À PROPOS DE L'AUTRICE

Bronwyn Scott est professeur de communication aux États-Unis, et l'heureuse maman de trois enfants – un garçon et deux filles. Quand elle n'enseigne pas ou n'écrit pas, elle aime jouer du piano, voyager (en Italie, à Florence notamment) et étudier l'histoire et les langues étrangères. Elle tient également un blog qui lui permet d'échanger avec ses lectrices !

La tentation de lord Tintagel

*

La confession du duc de Newlyn

Collection : SAGAS

Titre original :
THE TEMPTATIONS OF LORD TINTAGEL

Ce roman a déjà été publié en 2021

HARPERCOLLINS FRANCE
83-85, boulevard Vincent-Auriol, 75646 PARIS CEDEX 13
Service Clients — https://www.harlequin.fr/contenu/contactez-nous
ISBN 978-2-2805-1709-6 — ISSN 2426-993X

Édité par HarperCollins France.
Composition et mise en pages Nord Compo.
Imprimé en avril 2025 par CPI Black Print (Barcelone)
en utilisant 100% d'électricité renouvelable.
Dépôt légal : mai 2025.

FSC
www.fsc.org
MIXTE
Papier issu de sources responsables
FSC® C159065

Pour limiter l'empreinte environnementale de ses livres, HarperCollins France s'engage à n'utiliser que du papier fabriqué à partir de bois provenant de forêts gérées durablement et de manière responsable.

BRONWYN SCOTT

La tentation de lord Tintagel

SEIGNEURS DE CORNOUAILLES
VOLUME 2

Traduction française de
CAROLE PAUWELS

SAGAS

HARLEQUIN

1

Londres - septembre 1824

La traîtresse se mariait.

Cinq ans après sa dernière tentative, elle jetait à nouveau son dévolu sur un pair de la couronne.

En tout cas, c'était ce que laissait entendre la chronique mondaine. Et les informations relayées par celle-ci étaient souvent le reflet de la réalité.

Inigo Vellanoweth déposa l'édition du matin sur la table, et but une gorgée de café. Le breuvage aromatique était tout aussi intense, brûlant et amer que l'était la nouvelle.

Le plus surprenant n'était pas que cela se produise, c'était écrit d'avance, mais plutôt que cela ait mis autant de temps à arriver.

Cependant, le choc de voir cette information imprimée noir sur blanc n'en était pas amoindri. Une parution dans la presse apportait un caractère officiel, transformant une rumeur en fait.

Durant toute la Saison, Inigo avait suivi cette rumeur qui éclipsait tous les autres événements, même les plus palpitants, comme l'annonce du décès du roi d'Hawaii, ou la cour assidue de Cassian Truscott auprès de Penrose Prideaux ayant conduit à leur récent mariage.

D'après le Times, l'arrangement entre la traîtresse et le très en vue vicomte Tremblay était pratiquement chose faite. La demande en mariage du vicomte était attendue d'un moment à l'autre, probablement en ce mois de septembre, en l'absence du Tout-Londres. Il n'y aurait alors personne pour protester ou réveiller les anciennes rumeurs concernant les antécédents de l'aventurière.

Était-il donc le seul à voir dans cette affaire les manigances de son père, l'infâme Gismond Brenley ?

Tandis qu'il poursuivait sa lecture, quantité de questions assaillaient l'esprit d'Inigo, mêlées à des émotions qu'il préférait ne pas identifier.

Il ne voulait pas penser à la traîtresse, à ce passé où leurs vies s'étaient entrecroisées, à ses propres échecs face à elle et à cet homme diabolique qu'était son père.

La façon dont il réagissait à la nouvelle était pour le moins complexe. Mais la principale préoccupation d'Inigo était sans doute de savoir si elle avait réellement l'intention de se marier cette fois, ou si elle ne cherchait qu'une nouvelle opportunité de ruiner un pair.

Peut-être visait-elle le mariage... Après tout, elle avait vingt-deux ans, et il était largement temps pour elle de songer à faire une sortie honorable. En outre, le vicomte Tremblay, sa nouvelle conquête, était un homme sérieux. À bien des égards, il était un bon parti.

Mais la traîtresse avait déjà trouvé, cinq ans auparavant, un bon parti en la personne de Collin Truscott, second fils du duc d'Hayle. C'était une prise de guerre extraordinaire pour la fille d'un homme du commun tout récemment adoubé chevalier.

Lorsque Sir Gismond Brenley s'était mis en tête de se hisser en haut de l'échelle sociale, il l'avait fait avec ambition et opportunisme, utilisant tous les moyens et toutes les personnes à sa portée, y compris sa fille, l'exquise Audevere.

Aujourd'hui encore, cinq ans après la tragédie qui avait terni la réputation de la ravissante et très courtisée débutante, et alors qu'il était parfaitement conscient du danger qu'il y avait à succomber à ses charmes, Inigo n'avait aucun mal à se la représenter en pensées telle qu'elle était autrefois.

Il lui suffisait de songer à sa tête blonde rejetée en arrière, à sa gorge exposée tandis que ses lèvres pleines et délicatement rosées libéraient un rire rauque, évocateur de scènes décadentes à la lueur des chandelles, pour qu'il s'imagine en train d'ôter les épingles ornées de perles qui retenaient sa magnifique chevelure.

Il se rappelait aussi les œillades enjôleuses de ses prunelles vertes, pétillant d'intelligence et de malice, et le demi-sourire mystérieux qui étirait ses lèvres quand elle tournait la tête vers Collin, suggérant quelque chose de complice et d'intime entre eux, même s'ils étaient cernés par la foule d'une salle de bal.

Oh ! comme il avait envié Collin Truscott ; l'un de ses meilleurs amis à l'époque. Au plus profond de son cœur, c'était ce qu'il désirait pour lui-même : une femme qui pourrait le faire rire grâce à son esprit, qui serait intelligente et n'aurait pas peur de le montrer, contrairement aux cohortes de débutantes jetées sur le chemin des quelques rares héritiers convenables.

Inigo se leva et se mit à arpenter la pièce, le corps et l'esprit agités par les souvenirs.

Non... Pour être tout à fait honnête, ce n'était pas une femme conforme à cette description qu'il recherchait alors.

L'unique femme qu'il avait désirée, c'était Audevere, la fiancée de son ami.

Il en avait éprouvé de la honte à l'époque, car elle était loin d'être innocente dans les intrigues machiavéliques de son père. Elle avait sa part de responsabilité dans la mort de Collin.

Parfois, Inigo se surprenait à nier la vérité. Audevere n'était qu'une complice involontaire, n'ayant pas connaissance du degré de corruption de son père. Peut-être même était-elle une victime, forcée contre sa volonté de servir les intérêts de Gismond Brenley.

Cela faisait maintenant des années qu'Inigo avait pris l'habitude de trouver des excuses à Audevere, tout comme à lui-même.

Il avait beau se dire qu'un tel désir était un péché, qu'éprouver de la jalousie ne lui ressemblait pas, il ne parvenait pas à se défaire de cette envie qu'il avait d'elle.

C'était pitoyable, il le savait. Il était le fils et l'héritier du duc de Boscastle. Sa propre fortune était déjà fort respectable, et il était connu en affaires pour avoir le don de transformer en or tout ce qu'il touchait.

Il avait tout et, pourtant, il avait éprouvé de la jalousie à l'égard de Collin, un homme qui n'hériterait jamais d'un titre, qui marcherait toujours dans l'ombre des autres et qui n'avait pas le moindre sens des affaires. Un homme qui n'avait que son physique et une personnalité avenante, et qui dépendrait toujours des relations et de la fortune de sa famille pour assurer sa propre subsistance.

Mais cette logique n'avait eu que peu d'influence sur le garçon de vingt-cinq ans secrètement amoureux qu'était alors Inigo.

Il n'avait cessé d'envier Collin, jusqu'au jour où celui-ci s'était noyé à Porth Karrek.

Cela s'était produit une semaine jour pour jour après qu'Audevere eut mis fin à leurs fiançailles.

Deux semaines auparavant, le partenariat financier entre Collin et le père d'Audevere avait dramatiquement échoué, menant à la ruine quantité de gens.

La famille de Collin avait évoqué un triste accident, mais ses amis les plus proches savaient à quoi s'en tenir. Les Brenley père et fille l'avaient brisé.

Et ils paieraient pour cela.

La nuit où Collin était mort, Inigo s'était juré de faire tomber Brenley afin que plus jamais personne ne soit victime de ses perfides desseins.

C'était là qu'avaient commencé ses investigations ; cinq années à remonter la piste de transactions douteuses qui collaient aux basques de Brenley.

En prenant soin d'y regarder de plus près, c'était évident. La plupart des gens ne le faisaient pas, mais cela n'aurait probablement rien changé de toute façon. Brenley était prudent. Il ne faisait rien d'illégal à proprement parler. Tout au plus pouvait-on juger cela immoral et détestable, selon le point de vue où on se plaçait.

Une soudaine pensée arrêta les allées et venues d'Inigo.

Tremblay avait-il des soupçons à l'égard de son futur beau-père ? Voyait-il un peu plus loin que les actes d'héroïsme durant les guerres napoléoniennes, qui avaient valu à Brenley le titre de chevalier ? Ou la manne financière dont avaient bénéficié les propriétés de Brenley quand le Parlement avait décidé de faire passer des routes à travers certains villages plutôt que d'autres ?

Tremblay avait-il compris le lien entre la nomination de Brenley au conseil d'administration de la corporation minière de Blaxford l'année précédente et le monopole établi par ce dernier sur les Minières de Cornouailles ?

Peut-être était-il au courant de tout cela et s'en moquait-il ?

Connaissant un peu Tremblay, sa probité, son sens civique, Inigo avait du mal à croire à une telle hypothèse. À moins que Tremblay ne soit totalement aveuglé par la beauté d'Audevere, comme l'avait été Collin.

Inigo reprit ses déambulations, en proie à un nouveau sujet d'agitation. Sa raison lui soufflait qu'il n'y avait pas matière à s'alarmer. Tout portait à croire que les avoués de Tremblay avaient procédé à quelques investigations de leur côté. Et pourtant il éprouvait un certain malaise à ne s'appuyer que sur des suppositions. Autrefois, il avait présumé que Collin allait bien, lui aussi...

La nouvelle du matin soulevait une autre question, cruciale : Inigo devait-il avertir Tremblay ?

Cela impliquerait de révéler au grand jour les secrets de la famille Truscott. Or, Inigo avait à cœur de protéger ses amis. Jamais il ne leur causerait délibérément de la peine en évoquant un décès qu'ils avaient pris grand soin d'attribuer à une noyade accidentelle.

Mais peut-être existait-il un moyen de prévenir Tremblay sans exposer les Truscott à un nouveau scandale ?

Inigo devait la vérité à Tremblay. Le vicomte était un ami. Ne pas faire entendre sa voix alors qu'il était en son pouvoir de créer la différence serait servir bien pauvrement cette amitié, et ce serait en outre contraire au code d'honneur défendu par les ducs de Cornouailles - les hommes qu'il admirait le plus au monde.

Inigo se dirigea vers la petite pièce qui lui servait de bureau et prit sur une étagère une pile de documents qui regroupaient les résultats de ses investigations.

Rien ne ferait fléchir sa détermination.

Il n'avait pas su faire preuve de soutien à l'égard de Collin. Cette fois, il serait présent. Il aurait un entretien avec Tremblay - peut-être l'inviterait-il à boire un verre au White's - et il le dissuaderait de faire un choix désastreux avant que l'histoire ne se répète.

— J'espère que Tremblay acceptera de parler mariage lors de notre entrevue de cet après-midi chez Tattersall.

Les mots déferlèrent sur Audevere Brenley, froids et menaçants comme la mer de Cornouailles en hiver. Son père se montrait par trop confiant, et cela lui faisait peur, même si elle ne laissait rien paraître de son inquiétude. La journée n'était pas encore suffisamment avancée pour cela. La peur ne faisait pas bon ménage avec le petit déjeuner.

— Ne serait-ce pas plutôt avec moi qu'il devrait parler mariage ? suggéra-t-elle d'un ton détaché. Après tout, ce n'est pas vous qu'il souhaite épouser.

Elle but une gorgée de thé - un ceylan noir aux puissants arômes –, avec tout le sang-froid dont elle était capable.

Elle s'était déjà trouvée dans cette situation, celle du pion sacrifié à l'ouverture du jeu, selon la technique du gambit du roi, bien connue aux échecs. Une fois encore, le piège allait se refermer sur elle. Son père avait l'intention de l'utiliser comme appât, afin d'offrir un titre à la lignée Brenley. Un titre dont ses petits-enfants hériteraient, et qu'il pourrait entre-temps faire valoir au Parlement.

Plutôt que se trouver à Londres, Audevere aurait mille fois préféré être en Cornouailles, loin de demandes en mariage dont elle ne voulait pas, de la part d'hommes qui ne se doutaient pas à quel point l'épouser serait désastreux. Les hommes ne voyaient en elle que la belle Audevere, l'héritière à qui l'on avait donné le prénom d'une reine mérovingienne du VIe siècle.

Sa fortune était récente, mais son prénom était ancien.

Son père balaya sa remarque d'un geste de la main.

— Tremblay sait que la question du mariage se négocie avec le père, tout comme un contrat d'affaires. Faire sa demande à la jeune fille n'est qu'un rituel pour amuser la galerie.

— Charmant !

Son intonation sarcastique, tout comme le regard outré qu'elle lança à son père disait assez tout le mal qu'Audevere pensait d'un tel arrangement.

— En quoi mon opinion aurait-elle de l'importance ? Après tout, ce n'est que ma vie tout entière qui en sera affectée, ajouta-t-elle.

Dès qu'elle avait eu seize ans, son père avait commencé à lui présenter des hommes. Cela aurait dû lui apparaître comme le premier signe de sa corruption, mais elle était alors trop naïve pour comprendre.

Et sans doute aussi était-elle flattée qu'un père jusqu'alors absent, et dont l'approbation comptait tellement à ses yeux, s'intéresse à elle. Après avoir passé une grande partie de sa vie à parcourir les mers et les océans, il avait soudain fait d'elle sa priorité.

— Très juste, ma fille.

Sir Gismond Brenley agita sa fourchette dans la direction d'Audevere, en un geste inélégant qui s'accordait bien mal à ses velléités de noblesse.

— Une vie arrangée de façon fort satisfaisante. Tu seras une lady, une vicomtesse, l'épouse d'un pair du royaume. Ce n'est pas si mal pour un homme qui s'est enrichi depuis peu. Regarde comme nous nous sommes élevés vite et haut. Ne m'en suis-je pas bien sorti ?

D'un grand mouvement du bras, son père désigna la pièce, englobant jusqu'au dernier de ses coûteux colifichets, dont le bon goût n'était pas la principale caractéristique.

— Oui, vous avez magnifiquement réussi, répondit Audevere d'un ton poli.

Il était inutile de chercher à argumenter avec lui quand il était ainsi : obstiné et confiant, assuré de sa propre valeur. Il avait accompli beaucoup au cours des sept années qui s'étaient écoulées depuis qu'il avait été élevé au rang de chevalier.

Mais à quel prix ?

Cinq ans plus tôt, le premier fiancé d'Audevere, Collin Truscott, second fils du duc d'Hayle, avait mis fin à ses jours en raison de l'avidité du père d'Audevere. À présent, ce dernier avait jeté son dévolu sur un vicomte qui serait détruit de la même façon.

L'histoire se répétait, et il était temps que cela cesse.

— Regarde ce que nous avons gagné en cinq ans, insista Gismond Brenley, tout en emplissant de nouveau copieusement son assiette.

Peu importait sa fortune, il continuait à dévorer comme un homme qui ne savait pas quand aurait lieu son prochain repas.

— Peut-être est-ce un cadeau de la providence après la perte du fils du duc. Truscott n'aurait jamais eu de titre, mais Tremblay en possède déjà un. Un vicomte est un bien meilleur parti que le second fils d'un duc. Évidemment, je venais tout juste d'être fait chevalier à l'époque, et je ne pouvais guère prétendre à mieux. Mais j'ai fait du chemin depuis.

Audevere repoussa son assiette, l'appétit coupé par le dédain que son père affichait à l'égard de Collin et de ses propres sentiments.

Elle appréciait vivement le jeune homme et avait été sincèrement attristée par son décès. D'ailleurs, elle se rappelait encore avec une cruelle précision le jour où elle avait appris la nouvelle. Cassian Truscott, l'héritier, avait chevauché sous le vent et la pluie jusqu'à Truro, pour les prévenir. Audevere avait été convoquée dans le bureau de son père, où Cassian attendait, trempé, l'eau dégoulinant de son épais manteau de voyage sur le coûteux tapis de la pièce, le visage ravagé par le chagrin.

— Collin est mort. Il s'est noyé à Porth Karrek.

Cassian avait accompagné ses mots brutaux, dénués de fioritures, d'un regard sévèrement accusateur qu'Audevere avait aussitôt compris. Collin s'était noyé délibérément. Elle avait rompu avec son fiancé, et celui-ci avait mis fin à ses jours.

C'était sa faute. Personne n'allait nager seul dans les eaux froides de Cornouailles en avril.

Cassian ne s'était pas attardé après cette terrible annonce. Dès que la porte avait été refermée derrière lui, le père d'Audevere s'était mis à pester.

— Malédiction ! Cette nouvelle est terrible. La Saison est fichue pour nous.

Ce jour-là, pour la première fois de sa vie, Audevere l'avait vu tel qu'il était vraiment : un opportuniste dénué de scrupules, prêt à piétiner n'importe qui pour peu que cela lui permette de s'élever un peu plus haut. Même sa propre fille.

Probablement le savait-elle au fond de son cœur depuis quelques années, sans toutefois vouloir l'admettre. Quelle fille le pourrait ?

En tout cas, elle avait compris alors que la vie n'était pas sacrée pour Gismond Brenley.

Elle s'était mise à le détester après la mort de Collin et n'avait pas fait le moindre effort pour le lui cacher. Malheureusement, son père lui avait révélé juste avant le drame un secret dévastateur à l'origine de la rupture de ses fiançailles et par la même de la fin tragique de son fiancé.

Un secret qui la maintiendrait à jamais attachée à lui.

Plus tard, Audevere avait compris que cette cruelle révélation lui avait été faite par crainte qu'elle ne s'enfuie.

À présent, elle haïssait son père plus que tout mais elle en avait peur aussi. Et elle s'en voulait de laisser cette peur la diriger, d'être impuissante à empêcher les agissements de son père, et de redouter ce qui se produirait si elle essayait.

Mais c'était fini. Il était temps de mettre ses peurs de côté et de prendre des risques.

— Veuillez m'excuser, père.

Comme elle esquissait un geste pour se lever, un valet vint lui tirer sa chaise.

— J'ai de la correspondance à terminer. Si peu de gens sont présents à Londres ces jours-ci...

C'était une façon subtile de lui rappeler que, pour les vrais mondains, la Saison avait pris fin depuis quelque temps et qu'ils auraient dû regagner leur maison de Truro.

Son père la congédia d'un petit signe de la main, et Audevere s'empressa de gagner sa chambre, en refermant avec soulagement la porte derrière elle.

Elle aurait pu faire son courrier dans le petit salon à l'arrière de la maison, mais elle se sentait plus en sécurité dans sa chambre, loin des regards inquisiteurs des domestiques qui avaient ordre de surveiller ses moindres gestes. Loin de son père, qui ne cessait de comploter pour servir son ascension sociale. Loin des *gentlemen* qui venaient lui rendre visite pour parler affaires.

Être hors de vue, c'était aussi être hors de pensée. Et Audevere avait tout intérêt à ce que son père ne pense pas trop à elle. Encore que les nouvelles du jour à propos de Tremblay tendaient à prouver que les machinations du chevalier ne connaissaient pas de répit.

Depuis le décès de Collin, elle avait réussi à gagner du temps, mais elle savait que cela ne durerait pas éternellement.

Durant sa deuxième Saison, son deuil lui avait tenu lieu de bouclier de protection. Personne ne l'avait approchée par respect pour sa peine, et son père n'aurait rien pu faire sans passer pour un ignoble personnage.

Sa troisième Saison avait été ternie par des rumeurs concernant les affaires menées en sous-main par son père concernant la corporation minière de Blaxford. Il était entré en conflit avec les ducs de Cornouailles et y avait laissé des plumes. Personne n'avait souhaité courtiser Audevere cette année-là, et son père en avait été mortifié. Mais la pairie avait la mémoire courte.

Durant la Saison qui venait de s'écouler, elle avait attiré l'attention du vicomte Tremblay. Son père s'était offusqué des efforts d'Audevere pour l'éconduire, sachant très bien qu'elle risquait de ne plus l'intéresser l'année suivante. Une jeune femme qui faisait sa cinquième Saison était comme un article défraîchi oublié sur le rayonnage d'une boutique ; plus personne n'en voulait.

Audevere prit place devant son délicat écritoire blanc placé devant la fenêtre. Fermant les paupières, elle se massa les tempes, en proie à un début de migraine. La course du sang dans ses veines martelait un étourdissant tempo : *il faut partir, il faut partir...*

Oui, il était plus que temps pour elle de mettre un terme aux manigances de son père. Plus que temps de ne plus lui obéir.

À vingt-deux ans, elle n'était plus une jeune fille de seize ans dont la jeunesse et la naïveté étaient les seules excuses à son aveuglement et à son inertie.

Personne ne viendrait à son secours. La solution viendrait d'elle et d'elle seule.

Si elle voulait vraiment agir, c'était maintenant, avant qu'un autre homme ne soit victime de son père. À défaut, elle serait mariée avec Tremblay d'ici la nouvelle année. Qui plus est, elle serait complice cette fois, puisqu'elle avait connaissance des plans de son père et de l'intention de celui-ci de se servir d'elle.

Mais comment pourrait-elle s'opposer à son père quand il avait à disposition toute une liste d'hommes qui lui devaient des faveurs, et une autre liste d'hommes qui redoutaient un chantage, quand il avait brutalement conquis un pouvoir et une fortune que personne n'osait contester.

C'était une tâche impossible pour une personne seule.

Elle avait tout fait pour dissuader Tremblay, mais il semblait ne pas vouloir en démordre. Faute d'une autre solution, il fallait donc qu'Audevere empêche ce mariage. En partant du principe qu'on ne pouvait pas épouser quelqu'un qui n'était pas là, il lui suffisait de disparaître. Tremblay serait sauvé, et elle serait libre. Enfin.

La liberté aurait un prix, toutefois. Où irait-elle ? Elle n'avait personne vers qui se tourner, aucun endroit sûr où se réfugier.

D'un autre côté, le monde serait à sa portée ; elle pourrait aller partout, être qui elle voulait, faire tout ce dont elle avait envie… Oui, mais le monde était dangereux pour une femme seule avec des ressources limitées. Une femme qui devrait renoncer à tout, même à son nom, et disparaître.

Il ne serait probablement pas trop difficile d'échapper à la surveillance des domestiques. Elle pourrait prétendre qu'elle allait se promener et ne jamais revenir. Mais alors, elle ne pourrait rien emporter d'autre que les vêtements qu'elle portait sur elle, et tout ce qu'elle pourrait dissimuler dans ses poches.

C'était un début bien effrayant et probablement voué à l'échec.

Le regard d'Audevere se porta sur le jardin, entretenu à la perfection même en automne par les jardiniers de son père.

Il allait lui falloir du courage pour quitter tout cela.

La fortune injustement acquise par son père l'avait entourée d'un luxe auquel il était facile de s'habituer. D'ailleurs, elle en avait largement profité, jusqu'à ce qu'elle comprenne que des gens avaient souffert pour qu'elle puisse mener cette vie dorée.

Audevere prit une profonde inspiration pour se donner du courage.

L'incertitude ne la retiendrait pas plus longtemps.

Elle ne pouvait pas continuer ainsi, alors que son inaction faisait d'elle la complice des projets machiavéliques de son père. Le mal progressait quand les spectateurs se contentaient de regarder sans intervenir. Et elle ne se considérait pas comme une spectatrice.

Elle ne pouvait plus prétendre, comme elle l'avait longtemps fait, qu'elle ne savait pas.

Elle avait besoin d'aide, besoin d'un ami. Mais peut-être devrait-elle se contenter d'un allié. Il lui suffisait de trouver une personne qui l'aiderait à s'enfuir. Une personne qui ne la dénoncerait pas à son père, une personne qui la croirait parce qu'elle savait précisément qui était son père.

Audevere prit une feuille de papier et traça une ligne au milieu.

Sur le côté gauche, elle nota les qualités que devait avoir son allié : loyauté, courage, compréhension, et une capacité infaillible à garder un secret.

Sur le côté droit, elle dressa une liste d'amis.

Comme elle s'avérait trop réduite, Audevere ajouta les relations proches. Mais cela restait toujours passablement limité, et elle inscrivit donc les noms de toutes les personnes de sa connaissance qui n'étaient pas en affaires avec son père ou sous sa coupe.

Malgré ses efforts, sa liste ne totalisait que douze personnes, dont l'une était décédée. Il n'en restait plus que onze.

Audevere appliqua ses critères aux quatre premiers noms, mais toutes ses exigences n'étaient pas remplies.

Les sept autres personnes avaient quelque chose en commun : elles avaient connu Collin, sa famille, ses mentors, ses amis... Et pendant un moment, elles avaient été ses amis aussi, par association.

L'espace de quelques mois, Audevere avait fait partie d'un cercle aux liens d'affection étroits. Elle avait eu l'expérience de la chaleureuse et loyale compagnie des ducs de Cornouailles. Lui accorderaient-ils encore leur attention ? L'accueilleraient-ils comme une des leurs, même si elle avait rompu ses fiançailles avec Collin ?

Elle n'avait pas eu de contacts avec eux depuis la mort de ce dernier, et ils n'avaient pas non plus cherché à la joindre. Il semblait chimérique de croire qu'ils feraient quoi que ce soit pour elle. Mais l'heure était désespérée.

Audevere étudia les noms un à un, hésitante.

Eaton Falmage avait une famille. L'année précédente, son père avait trempé dans un complot qui avait failli coûter la vie à l'épouse d'Eaton. Elle ne pouvait lui demander de l'aide.

Cassian Truscott était en voyage de noces hors du pays, ce qui l'excluait d'office.

Vennor Penlerick, le nouveau duc de Newlyn, portait encore le deuil de son père.

Cela ne laissait plus qu'une personne : Inigo Vellanoweth, l'homme qui avait dit sans le moindre ménagement qu'elle n'était pas digne d'épouser Collin.

Ce n'était pas précisément encourageant, mais c'était tout ce qu'Audevere avait.

Inigo Vellanoweth remplissait tous les critères, et il se murmurait qu'il était toujours en ville. Il s'était opposé à son père l'année précédente dans l'affaire de la corporation minière de Blaxford et il avait gagné.

Peut-être son désir de continuer à exercer sa vengeance sur le père d'Audevere l'emporterait-il sur l'aversion que Vellanoweth avait à son égard ?

La seule façon de le savoir était de lui poser la question.

Audevere prit une nouvelle feuille de papier et commença à écrire quelques mots pour proposer à Vellanoweth de le rencontrer le lendemain soir, à l'occasion du bal des Bradford.

Il ne lui resterait plus ensuite qu'à se glisser dans le jardin, et à donner discrètement quelques piécettes à un gamin des rues pour lui demander d'aller déposer la missive.

C'est dès aujourd'hui qu'il faut avoir du courage, se dit Audevere avec détermination.

2

Le courage requérait finalement de la patience.

Audevere n'y avait pas pensé. Et la patience demandait des nerfs d'acier pour agir comme si rien n'avait changé.

Quelques heures après avoir fait porter la missive à Inigo, elle avait déjà des difficultés avec les deux. Elle faisait les cent pas dans sa chambre et sursautait au moindre bruit.

À l'instant même, elle venait d'entendre la porte du hall s'ouvrir. C'était son père qui rentrait. Elle ne l'avait pas vu depuis le petit déjeuner de la veille. Il y avait fort à parier qu'il avait des nouvelles.

Audevere s'arma de courage en attendant la suite et fit le décompte dans sa tête : trois, deux, un...

— Audevere !

La voix de son père s'éleva dans l'imposante cage d'escalier de Brenley House, résonnant sur les murs doublés de boiseries et les plafonds moulurés, comme s'il était toujours sur le pont d'un bateau.

Audevere se crispa en réaction à cette invasion sonore et à ce que celle-ci pouvait annoncer, avant de consulter sa pendulette de table.

Si seulement le temps pouvait s'écouler plus vite ! Il lui semblait qu'un siècle la séparait du bal de ce soir-là.

En tout cas, elle était prête.

Elle avait répété chaque mot, préparant ses arguments, anticipant la réaction d'Inigo. Elle savait qu'il ne s'en laissait pas conter et n'avait pas oublié le plaisir qu'elle prenait autre… leurs confrontations verbales. Il avait l'esprit vif et l'ironie fac… mais n'était pas dénué d'une certaine noirceur de sentiments, au contraire de Collin dont l'enthousiasme et l'affabilité enchantaient son entourage.

Le souvenir de leurs chamailleries fit naître un sourire sur les lèvres d'Audevere, tandis que la voix de son père s'élevait à nouveau.

— Audevere, descends immédiatement !

Son père offrait peut-être toutes les apparences d'un gentleman, s'habillant comme tel, et habitant une belle maison, mais il resterait toujours un capitaine de marine marchande. Il s'attendait à être obéi séance tenante, et Audevere avait très vite appris à ne pas ignorer les injonctions de son père, même si celles-ci présageaient rarement quelque chose de bon.

Elle le trouva dans son bureau, posté devant l'imposante table de travail en acajou massif d'où il conduisait ses affaires, les pieds fermement ancrés au sol et les mains croisées dans le dos.

— Que se passe-t-il, père ?

Elle avait endossé le masque de la curiosité pour dissimuler son agitation.

Pourvu que sa missive n'ait pas été interceptée ! s'inquiéta-t-elle *in petto*. Pourvu qu'elle n'ait pas été convoquée en bas pour être punie !

Son père lui sourit, et ses craintes s'envolèrent aussitôt. Son subterfuge n'avait pas été dévoilé.

— J'ai un cadeau pour toi

Il désigna le grand carton plat posé sur une console. Celui-ci était fermé par un ruban rose pâle, auquel était fixée une carte noire et or l'identifiant comme provenant d'une des boutiques de confection les plus renommées de Londres.

— Pour moi ?

Tout en faisant machinalement glisser entre ses doigts le doux ruban de satin, Audevere ne put s'empêcher de se méfier. C'était un cadeau coûteux. Le ruban à lui seul représentait un mois de salaire d'un ouvrier. Elle avait quinze ans quand son père avait commencé à gagner beaucoup d'argent, et elle était donc en âge de se rappeler ce qu'était leur vie d'avant, quand il leur fallait compter chaque pièce et s'interroger sur la nécessité du moindre achat.

— Eh bien, vas-y, jeune fille. Ouvre-le et vois si cela te va.

Son père agitait la main avec impatience, et peut-être une pointe de fierté d'être capable d'acheter dans un tel établissement. Même au bout de sept ans, il s'émerveillait encore de sa réussite.

Audevere n'était pas dans le même état d'esprit. Peu importait la beauté de la boîte ou du ruban. Les cadeaux de son père ou des amis de ce dernier n'étaient pas sans contrepartie. Elle l'avait durement appris au fil du temps.

Méfiante, Audevere dénoua le ruban et le mit soigneusement de côté. Il y en avait des mètres, suffisamment pour qu'elle en fasse quelque chose d'intelligent et donne ce qu'il restait à sa femme de chambre. Patsy était peut-être sa seule amie entre les murs de Brenley House. Elle serait folle de joie en voyant le ruban.

Audevere souleva le couvercle et repoussa les nombreuses couches de papier de soie blanc.

En dépit de son anticipation quant au coût du cadeau, elle eut le souffle coupé en soulevant la robe hors du carton.

— Oh ! elle est splendide !

Elle la tint contre elle, en secouant le bas pour le défroisser.

Sous une longue tunique de dentelle ivoire, doublée au niveau du corsage de satin de même teinte et resserrée à la taille par une large ceinture de soie bordeaux, s'épanouissait un jupon soyeux assorti à la ceinture.

Combien d'heures de travail avait-il fallu pour réaliser les mètres de dentelle nécessaires à la confection de la robe ? Jamais Audevere ne s'était imaginée autrefois posséder un tel vêtement.

Elle pivota sur elle-même, s'autorisant à croire pendant quelques instants qu'elle avait un père normal qui gâtait sa fille parce qu'il l'aimait, que cette robe était un cadeau dont elle pouvait profiter sans honte, ni culpabilité, ni peur.

— Je la porterai ce soir au bal des Bradford.

Ces mots avaient à peine franchi ses lèvres que sa douce illusion s'était déjà envolée.

— J'y compte bien. J'avais commandé cette robe pour l'annonce de tes fiançailles, mais il nous faut aller au combat maintenant, ou bien nous perdrons le vicomte.

Ah, la manigance, enfin. Audevere n'en attendait pas moins. Mais la nouvelle qui l'accompagnait était une surprise.

— Le perdre ?

Audevere cessa d'admirer la robe pour se tourner vers son père.

— S'est-il passé quelque chose à Tattersall ?

Elle rangea la jolie robe dans sa boîte avec un soupir.

— Tremblay n'est pas venu. Peux-tu imaginer cela ? Il m'a fait porter un mot pour me prévenir qu'il était retenu pour affaires.

Son père avait le visage crispé.

— Naturellement, j'ai eu envie de savoir de quoi il retournait, considérant que Tremblay se doutait bien de ce dont nous allions parler. Eh bien, figure-toi qu'il buvait tout bonnement un verre au White's, avec Inigo Vellanoweth. Et maintenant il refuse de me recevoir. J'ai demandé à le voir ce matin, et il m'a éconduit. Son attitude est une insulte pour toi comme pour moi.

Il tapa du poing sur la table, ce qui fit tressauter l'encrier.

— Nous avons travaillé à cela tout l'été, et c'est ainsi que Tremblay ose me traiter ? Je suis un chevalier du royaume, bon sang !

On en revenait toujours à cela. Son titre. Ses exigences. Audevere ne connaissait pas de personne plus égoïste ni plus dangereuse.

Elle réfléchit à la révélation de son père et à ses possibles significations. Un frisson la traversa. Tremblay avait pris un verre avec Inigo. Était-ce à cause de sa missive ? Ou bien, ne l'avait-il pas encore reçue à ce moment-là ? Elle aurait aimé avoir la réponse.

La notion de temps faisait tout.

Si cette rencontre avait eu lieu après qu'il eut pris connaissance de son mot, alors cela signifiait qu'il acceptait de l'aider, et qu'il était immédiatement passé à l'action.

Mais, si la rencontre avait eu lieu avant, c'était tout à fait différent. Inigo cherchait à contrecarrer les projets de son père, probablement pour se venger. Ce coup bas l'incluait-il aussi ? La haine de l'ami de Collin était-elle toujours aussi vive après cinq ans, pour qu'il veuille lui faire du mal à elle aussi ?

Cette dernière hypothèse ne présageait rien de bon pour la soirée. Elle allait devoir faire preuve de finesse.

— Tu dois récupérer Tremblay ! Tintagel le manipule.

Le fait qu'il désigne Inigo par son titre était une preuve de la colère de son père.

— Ce soir, tu vas danser avec Tremblay, le charmer, puis tu l'entraîneras sur la terrasse et tu l'embrasseras. Naturellement, tu prendras soin de t'entourer de quelques témoins de confiance. Il faut absolument que le vicomte fasse sa demande avant de quitter la ville, ou avant que Tintagel ne gâche tout, comme il a gâché l'accord avec Blaxford. Que je sois maudit si nous le laissons échapper maintenant. Nous aurons l'air toi et moi de deux niais.

Il marqua une pause et la considéra avec surprise.

— Qu'y a-t-il ? Pourquoi fais-tu cette tête ? Il n'y a rien là que tu n'as déjà fait.

En effet, et c'était cela qui emplissait Audevere de honte.

Depuis qu'elle avait seize ans, son père lui demandait de faire les yeux doux à ses amis et à ses partenaires en affaires. Combien de fois avait-elle flatté un homme jusqu'à ce qu'il se rengorge d'importance et signe les yeux fermés les contrats que lui présentait son père ?

Pas cette fois, se promit Audevere. Elle pourrait certes danser avec le vicomte, mais elle ne lui forcerait pas la main. Si elle avait eu le moindre doute sur la nécessité pour elle de demander de l'aide à Inigo, elle était à présent fixée.

Elle devait agir, et le bal de ce soir-là était sa chance d'entrer en contact avec lui.

— Je n'aime pas l'idée de piéger Tremblay, répondit-elle.

— Nous n'allons pas le contraindre à quoi que ce soit.

Son père grimaça un froid sourire.

— Nous allons juste l'aider à se rappeler combien il nous apprécie.

Il s'avança vers elle et lui donna une pichenette sous le menton.

— Ai-je besoin de te rappeler tout ce qui est en jeu ?

C'était une façon subtile de lui faire comprendre ce qu'elle risquait en cas de désobéissance.

Audevere savait qu'il n'hésiterait pas à mettre ses menaces

à exécution. Il n'était pas un bon père. Il avait pris grand soin de s'assurer qu'elle n'ait aucune issue, pas d'amis vers qui se tourner, aucune indépendance.

Mais ce soir-là, si elle osait prendre le risque, ce serait peut-être différent.

Peut-être pourrait-elle, pour la première fois, échapper à sa domination.

Dès ce jour, elle se devait d'avoir du courage.

Son père eut un sourire qui pouvait passer pour de la bienveillance.

— Ne me fais pas défaut, jeune fille.

La mise en garde était présente dans son intonation, le message clair derrière l'apparence impassible. Audevere avait déjà échoué une fois, et elle n'avait plus droit à l'erreur.

Audevere était là.

Après qu'il avait passé cinq années à l'éviter, Inigo n'en revenait pas : Audevere se trouvait juste de l'autre côté de la pièce. Et force lui était de constater que le souvenir qu'il avait gardé d'elle ne lui rendait pas justice.

Inigo la suivit du regard tandis qu'elle déambulait dans la salle de bal, notant les moindres détails de son apparence. Ses cheveux étaient plus clairs, son menton plus pointu, ses yeux d'un vert plus profond.

À seize ans, elle était déjà séduisante. Mais, avec la maturité, son charme avait pris de l'ampleur, de l'assurance. Son regard aussi était différent, l'insouciance avait cédé le pas à une gravité plus mystérieuse.

Inigo en avait le souffle coupé, et pourtant il ne pouvait pas oublier le rôle qu'elle avait joué dans la mort de Collin. Cette pensée avait alimenté sa colère pendant des années. Il ne pouvait pas l'effacer au premier regard posé sur elle, aussi poignante que soit sa requête.

Le message de la jeune femme était dans sa poche, il était simple et concis.

J'ai besoin de votre aide.

Le mot « aide » était souligné deux fois. Inigo toucha sa poche et sentit le papier plié à l'intérieur. Avait-elle vraiment besoin de son aide, ou s'agissait-il d'un piège ?

Retrouvons-nous au bal des Bradford. Je viendrai à vous.

L'ironie résidait dans le fait qu'ils se seraient de toute façon croisés au bal. Tremblay l'avait invité, et Inigo s'était dit que ce serait une bonne idée de garder un œil sur son ami après leur conversation au White's.

À ce propos, Brenley ne lâchait pas ce dernier d'une semelle, et Inigo s'arracha à la contemplation d'Audevere pour observer les deux hommes, en se demandant ce que Brenley attendait de Tremblay.

Était-ce lié à la Chambre des lords, ou à la plantation de sucre que Tremblay possédait aux Indes occidentales ? S'agissait-il d'autre chose dont il n'aurait pas connaissance ? Encore qu'Inigo ne voyait pas de quoi il pouvait s'agir. Il avait soigneusement enquêté sur Brenley, et il se plaisait à croire qu'il savait tout ce qu'il y avait à savoir sur lui.

L'orchestre observait une courte pause, et Inigo en profita pour sortir prendre l'air. Bien que n'étant pas un événement marquant, la Saison étant trop loin derrière eux pour cela, le bal connaissait une certaine affluence, et il faisait chaud dans la salle.

C'était une belle nuit, douce et encore claire, et Inigo inspira à pleins poumons. Il laisserait une heure à Audevere pour l'approcher - c'était largement suffisant –, puis il s'en irait.

Peut-être pourrait-il convaincre Tremblay de partir avec lui. Ils pourraient s'arrêter au club pour un dernier verre, et il serait couché avant minuit.

Seigneur que le temps était long à Londres, une fois la Saison terminée ! Il était grand temps pour lui de rentrer en Cornouailles.

D'ailleurs, s'il ne s'était pas trouvé dans l'obligation de surveiller Tremblay, il y serait déjà, profitant de l'automne sur la côte avec ses amis, ou ce qu'il en restait.

Cassian Truscott, le frère aîné de Collin, était à l'étranger, et Vennor Penlerick refusait de quitter Londres. Mais les Trevelen étaient sur la côte, ainsi que les Kitto. Et bien sûr, il y avait aussi

Eaton et Eliza. Il y avait le récital d'automne organisé par les Kitto, les truffes à chercher dans les bois avec Eaton, et Inigo voulait faire le point avec Eliza sur les écoles pour les enfants de mineurs.

Il était totalement lassé de Londres, ce qu'il n'aurait jamais cru possible. Londres était moins passionnant maintenant que Cassian et Eaton étaient mariés et avaient pris la décision de passer le plus clair de leur temps en Cornouailles. Cassian avait des excuses car il était en voyage de noces. Mais, même à son retour, il ne passerait guère de temps en ville.

De leur groupe de quatre, il ne restait plus que Vennor Penlerick. Cela faisait un an que Richard Penlerick et sa femme avaient été tués en rentrant chez eux du théâtre. Mais le chagrin de Vennor était toujours aussi vif. À quel moment pouvait-on dire à un ami qu'il était temps de recommencer à vivre ? Qui en avait le droit ? Certainement pas lui, alors qu'il n'avait toujours pas fait le deuil de Collin, et qu'il cherchait toujours à se venger de Gismond Brenley.

Inigo posa les mains sur la rambarde en pierre de la terrasse et observa le jardin, qu'éclairaient chichement quelques flambeaux.

Son problème résidait peut-être dans le fait qu'il s'était laissé consumer par son chagrin quand d'autres ne l'avaient pas fait. Eaton et Cassian avaient trouvé une façon de passer à autre chose, de vivre à nouveau, d'aimer à nouveau. Ce n'était pas son cas, et il était à présent isolé dans son deuil. De même, Vennor s'était isolé dans la recherche des assassins de ses parents.

La porte-fenêtre s'ouvrit derrière lui, projetant un halo de lumière sur la terrasse. Inigo se crispa, envahi d'un espoir irraisonné, et il ne fut pas déçu.

— Je pensais bien vous trouver ici. Vous avez toujours aimé les recoins sombres.

Il aurait reconnu n'importe où cette voix aux inflexions voilées qui ressemblait à un chuchotement. Audevere Brenley avait eu la chance de naître avec une voix faite pour la séduction.

Porté par la brise fraîche, son parfum vint lui chatouiller les narines. C'était un mélange épicé d'ambre et de cannelle. Elle sentait l'automne et les souvenirs.

Inigo se retourna et prit appui contre la rambarde.

— J'ai reçu votre message, commença-t-il.

La missive l'attendait quand il était rentré du White's.

— Merci d'être venu, répondit-elle.

Puis elle le rejoignit près de la rambarde, comme s'ils étaient de vieux amis.

— Cela fait longtemps, Inigo.

Elle lui adressa un doux sourire qui le surprit. Il supposait, puisqu'il avait développé pour elle de l'aversion, qu'elle ressentait la même chose. Apparemment, il n'en était rien.

À moins qu'elle ne se joue de lui, se méfia-t-il aussitôt.

Il devait toujours garder à l'esprit cette possibilité.

— Trop longtemps, peut-être.

Elle hocha la tête.

— Sans doute. Pardonnez ma brutalité, mais l'heure est grave, et je n'ai pas de temps à perdre en civilités.

Inigo l'observa plus attentivement. Audevere était différente ce soir-là, conciliatrice, conspiratrice même. Cela ne lui ressemblait pas, et il fut immédiatement sur ses gardes.

— C'est votre père qui vous envoie ?

Le sourire d'Audevere s'évanouit.

— Je suis venue de ma propre initiative. Mon père n'est pas au courant.

Elle soupira.

— Je pensais qu'il restait au moins un peu d'honnêteté entre nous.

— Dans ce cas, vous devriez me parler directement, sans faire mine d'ignorer que j'ai rencontré Tremblay hier.

Inigo regarda l'expression de la jeune femme se durcir, le masque de douceur glissant pour révéler une expression qui lui était plus familière : l'acuité. Elle n'était jamais plus brillante que lorsqu'elle était poussée dans ses retranchements.

— Très bien. Je vais être directe. Essayez-vous de faire échouer mes fiançailles ?

Inigo eut un rire amer.

— C'est un peu précipité, puisqu'il n'y a pas encore de fiançailles. Tremblay n'a pas fait sa demande.

— Pas encore. Mais j'avais des raisons de penser qu'il le ferait… Jusqu'à hier soir.

Elle lui glissa un regard oblique.

— À moins que vous n'ayez réussi à l'en dissuader ? Je me souviens que vous avez toujours su vous montrer persuasif.

— Souhaitez-vous l'épouser ?

Un bref élan de culpabilité envahit Inigo. Peut-être ne faisait-il pas que contrecarrer les plans de Brenley…

En mettant en garde Tremblay, peut-être interférait-il avec le bonheur personnel d'Audevere, avec ses projets d'échapper aux griffes de son père ?

Il lui était difficile d'envisager qu'Audevere puisse avoir droit au bonheur. Cela faisait si longtemps qu'il la considérait comme son ennemie, qu'il en avait oublié qu'elle ne l'avait pas toujours été. Elle avait aussi été une personne formidable, qu'il appréciait et admirait. Mais il refusait de s'en souvenir. Collin était mort à cause d'elle, et il lui était impossible d'éprouver de l'empathie pour elle.

N'obtenant pas de réponse, il insista :

— Comprenez que je me sente concerné à l'idée que vous vouliez ruiner un autre homme innocent.

Elle parut sincèrement blessée par cette accusation.

— Cela n'a jamais été mon intention avec Collin, croyez-moi. J'étais jeune et naïve. Je ne savais pas ce que mon père manigançait et je ne pouvais pas imaginer que Collin…

Sa voix se brisa et Inigo termina la phrase à sa place.

— Mettrait fin à ses jours ?

Il était important que les mots soient prononcés. Il se refusait à faire comme si ce drame ne pesait pas sur leur relation.

— Oui, murmura-t-elle. Il débordait tellement de vie, de joie… Comment aurais-je pu croire qu'il ferait une telle chose ? Je me disais qu'il était invincible, que rien ne pouvait l'atteindre.

Elle secoua la tête.

— Je vois aujourd'hui combien j'étais naïve.

— Il m'est difficile d'imaginer que vous soyez naïve. Vous me permettrez donc de réserver mon jugement.

Inigo s'attendait à une réaction de colère, peut-être à une gifle mais la jeune femme garda son sang-froid.

— Je vous supplie de me croire...

Elle posa une main gantée sur la manche de sa veste, et Inigo sentit un étrange picotement courir le long de son bras.

— Je n'ai jamais voulu la mort de Collin.

Non, probablement pas, songea Inigo avec cynisme. Mort, Collin ne servait plus à rien. Mort, Collin était source de scandale.

Elle insista.

— Toute ma vie, je porterai cette culpabilité. Peut-être n'ai-je pas su voir les signes avant-coureurs, peut-être n'ai-je pas compris que cette séparation l'anéantirait...

Cette confession, tellement semblable à sa propre réflexion, fit fléchir Inigo. Peut-être Audevere avait-elle véritablement éprouvé des sentiments pour Collin...

— C'est pour cette raison que je vous ai écrit, Inigo. C'est pour cela que je ne veux pas de ce mariage avec Tremblay. Je ne veux pas être l'instrument de la ruine d'un autre *gentleman*.

Plus elle parlait, plus elle redevenait la jeune fille qu'il avait connue, effaçant l'image de l'ennemie qu'il s'était forgée.

Inigo essaya de raisonner. Il ne voulait pas prendre Audevere en pitié. Il se refusait à se laisser attendrir par sa beauté. Et pourtant, il avait une conscience aiguë de sa proximité, de son parfum, du contact de sa main, du son de sa voix...

— Qu'attendez-vous de moi ? demanda-t-il sèchement.

— J'ai besoin que vous m'aidiez à fuir dans un endroit où mon père ne me retrouvera pas, et où je pourrai devenir quelqu'un d'autre.

Ses yeux verts étincelaient dans la pénombre, emplis tout à la fois de détermination et de crainte. Elle semblait sincère, mais la prudence empêchait Inigo de capituler aussi aisément.

— Vous voulez vous enfuir et disparaître ?

Ce projet était extravagant. Y avait-elle vraiment réfléchi ? Inigo avait du mal à s'imaginer l'exquise Audevere Brenley faire ce genre de choses.

— Oui.

— Et je suis supposé vous croire ? Qui me dit qu'il ne s'agit pas d'un plan machiavélique pour m'accuser d'enlèvement ou me compromettre afin de me contraindre à vous épouser ? J'imagine que votre père ne verrait nul inconvénient à unir sa fille à un duc de Cornouailles.

— Oui, vous devez me croire.

Elle referma plus fermement ses doigts gantés autour du bras d'Inigo.

— Je vous en supplie, Inigo. Vous êtes le seul à pouvoir m'aider, car vous êtes le seul à savoir de quoi mon père est capable.

— Pourquoi pensez-vous que je serais disposé à vous aider ?

— Pour venger Collin. Si vous aviez pu exercer cette vengeance par vos propres moyens, ce serait déjà fait.

Les yeux d'Audevere restaient rivés aux siens, guettant son adhésion.

— J'ai besoin de vous, Inigo, et vous avez besoin de moi. En unissant nos forces, nous parviendrons à faire cesser les manigances de mon père.

C'était magnifiquement argumenté. Combien de temps avait-elle répété ce petit discours, réarrangeant les mots pour en tirer le plus de bénéfice ?

La curiosité finit par l'emporter sur la raison, et Inigo fut le premier surpris par les mots qui franchirent ses lèvres.

— Vous avez cinq minutes pour plaider votre cause.

3

Elle n'eut besoin que de deux minutes, ce qui prouvait, s'il en était besoin, que c'était bien une stratégie préméditée de sa part.

Elle n'avait pas approché Inigo à la légère. Son désir de disparaître était profond. Ses yeux étaient comme deux flammes vertes brûlant d'insistance.

— Même si je parviens à empêcher ce mariage, cela ne suffira pas, plaida-t-elle. Tant que je serai là, il y aura une autre tentative, puis une autre. Aidez-moi à partir, pour que je cesse enfin d'être le pion de mon père.

Elle détourna le regard, mais Inigo eut le temps d'y lire de la peur. Cela le fit réfléchir et lui inspira une réelle inquiétude pour elle. Il la voyait à présent d'un tout autre œil, non comme la jeune fille insouciante qu'elle avait été, non comme une ennemie, mais comme une victime prise dans les filets de son père.

— Vous pourriez épouser Tremblay et le charger de mettre un terme aux agissements de votre père. Le titre de Tremblay vous protégerait assurément si vous vouliez rompre les ponts avec lui.

Inigo marqua une pause, s'exhortant à se montrer juste.

— Tremblay vous apprécie énormément. Il vous aidera.

Audevere secoua la tête.

— L'épouser, ce serait le ruiner. Mon père se servira de moi pour lui faire signer des contrats désavantageux pour lui, comme il l'a fait avec Collin. Et si Tremblay se soucie de moi, ce sera encore pire. Il cédera à mon père en pensant me protéger.

Inigo comprit qu'elle voulait protéger Tremblay. Était-ce par affection pour lui ?

À contrecœur, il posa la question dont il redoutait la réponse.

— Aimez-vous Tremblay ?

Audevere soupira.

— Qu'est-ce que l'amour ? Est-ce la passion éphémère dont on parle dans les romans ? Dans ce cas, non. Je ne l'aime pas. Est-ce quelque chose de moins brûlant, qui s'apparente à de la sympathie, au souci de ne pas le voir anéanti par les manigances de mon père ? Alors, oui.

— Protéger n'est pas aimer.

Inigo croisa les bras sur son torse.

Elle cherchait à protéger Tremblay, tout comme il avait toujours fait en sorte de protéger ses amis. Avant ce soir-là, Inigo ne s'était jamais imaginé avoir ce point commun avec Audevere Brenley.

— Protéger, c'est un acte de civisme. C'est ce qui empêche la société de sombrer totalement dans la corruption.

— Et c'est ce que j'attends de votre part, Inigo.

Elle chercha son regard.

— Me donnerez-vous la protection dont j'ai besoin en m'aidant à m'enfuir ?

Il était évident qu'elle voulait une réponse tout de suite. Mais il ne pouvait pas se permettre de se précipiter, même si Audevere semblait particulièrement vulnérable.

Stoïcisme et neutralité étaient ses meilleures armes.

— J'ai quelques questions.

— Eh bien, retournons à l'intérieur et dansons. Mes cinq minutes sont écoulées, et les gens finiront par le remarquer si nous restons ici trop longtemps.

C'était une manœuvre adroite. Elle espérait obtenir son consentement en procédant pas à pas. Était-elle donc aussi certaine de ses charmes ? À moins qu'elle ne le connaisse trop bien et sache intuitivement quelles tactiques employer ? Il est vrai qu'ils avaient été proches...

Mais une chose était sûre, Audevere ne pouvait connaître son secret le plus sombre. Il le dissimulait avec un soin jaloux. Même ses amis les plus proches l'ignoraient.

— Comme vous voudrez.

Il inclina brièvement la tête et la guida vers la piste de danse, une main posée, légère, au creux de son dos.

La valse requérait plus de contacts que d'autres danses, et peut-être Audevere tablait-elle sur cela. Le contact était persuasif là où les mots échouaient. Quand les gens se touchaient, ils se confessaient, ils capitulaient. Les contacts physiques étaient dangereux, puissants...

Avec assurance, elle posa une main sur l'épaule d'Inigo, et de l'autre enserra ses doigts. Il n'y avait rien de léger ni de timide dans ces gestes.

Miséricorde, c'était la première fois qu'une femme essayait aussi ouvertement de le séduire. Mais, était-ce vraiment ce qu'elle faisait ? N'était-ce pas plutôt lui qui interprétait avec excès la moindre nuance ? C'était sans doute le prix à payer quand on était cynique, se dit Inigo. Plutôt que de prendre les choses pour argent comptant, il lui fallait analyser toutes les hypothèses.

Il posa la main sur la taille de la jeune femme, et ils commencèrent à se mouvoir au rythme lent de la musique. Un, deux, trois. Un, deux, trois. Elle était légère dans ses bras et se déplaçait avec assurance.

— Posez vos questions, Inigo. La danse ne durera pas éternellement, et vous savez que nous ne pourrons pas nous en permettre une seconde.

Inigo était en plein dilemme. Devait-il ne pas accorder crédit à sa requête ? Lui prêter de noirs desseins, et l'abandonner à son sort ? Au contraire, devait-il la croire, reconnaître qu'elle était trop naïve à seize ans pour comprendre la noirceur de son père et, dès lors, admettre qu'elle n'était pas véritablement responsable de la mort de Collin ?

Audevere Brenley était-elle une manipulatrice, ou bien son désespoir était-il réel ?

— Inigo, je vous ai dit la vérité. Pourquoi résistez-vous ?

Elle était si douce, si délicieusement féminine que la résolution d'Inigo faillit vaciller.

— Vous me demandez de vous aider. Mais je ne peux oublier que vous avez poussé au désespoir mon meilleur ami. Vous êtes la fille d'un manipulateur et, comme le dit la sagesse populaire, la pomme ne tombe jamais loin de l'arbre.

Elle se crispa, tandis qu'une lueur de colère faisait étinceler ses yeux.

— Vous ne savez rien de moi ni de ce qu'a été ma vie. Je crois que vous seriez surpris. Et, tout ce que j'ai fait, c'était pour me protéger.

Il était temps pour Inigo d'imposer ses conditions.

— Si je vous aide, j'exige une totale honnêteté de votre part. En serez-vous capable ?

Il perçut une légère hésitation avant qu'Audevere ne lui réponde, comme si elle réfléchissait à la façon de formuler sa réplique sans que ce soit un mensonge.

— Oui. Ce que je vous dis est la vérité.

— Ce n'est pas ce que j'espérais, Miss Brenley.

Il voyait bien qu'elle avait envie de garder pour elle les vérités douloureuses, mais il ne lui accorderait pas cette faveur. S'ils devaient se faire mutuellement confiance, il devait être sûr qu'Audevere ne travaillait pas contre lui de quelque façon que ce soit.

Elle rejeta la tête en arrière, et la lumière des imposants lustres en cristal de Venise fit étinceler les diamants de sa tiare.

— Pourquoi vous adresser à moi ? Il semble évident que les événements passés ne sont pas propices à faire de nous des alliés.

C'étaient là les mots les plus polis qu'il pouvait employer pour définir l'animosité qui existait entre lui, Brenley et par extension Audevere.

— Au contraire, rétorqua-t-elle. Je crois que cela fait de nous les meilleurs alliés possible. Je ne veux plus que mon père se serve de moi pour faire du tort aux gens, et vous haïssez Gismond Brenley.

Inigo considérait effectivement l'homme comme un assassin, mais ce n'était pas une raison suffisante pour qu'Audevere s'en remette à lui pour changer le cours de sa vie.

— Je ne suis pas le seul.

Tandis que la musique s'accélérait, il la fit pivoter avec un peu plus de force qu'il n'était nécessaire, les doigts crispés sur l'étoffe de sa robe.

— Vous n'avez pas peur de lui, Inigo. C'est cela qui vous différencie des autres. Vous l'avez empêché de prendre les mines d'Eliza Blaxland. Vous n'avez pas ménagé votre peine pour elle l'année dernière. Mais cela ne suffit pas, n'est-ce pas ? Vous voulez toujours venger la mort de Collin.

Elle marqua une pause, s'humectant les lèvres.

— Il vous faut une vie contre une vie. Qu'y a-t-il de mieux que de me voler à lui comme il vous a volé Collin ?

Seigneur, elle était par trop intuitive ! Inigo aurait préféré qu'elle regarde par-dessus son épaule, comme il convenait à une lady quand elle dansait avec un *gentleman*, au lieu de fixer sur lui ses yeux de jade.

Il les entraîna vers le fond de la salle, manquant bousculer au passage un autre couple.

— Ce que vous me demandez est plus compliqué que d'acheter la démission de membres d'un conseil d'administration et de les remplacer par des alliés. Savez-vous ce que signifie disparaître ?

— Cela signifie que je serai libre. Qu'il ne pourra plus se servir de moi.

Elle releva le menton, d'un geste de défi, mais il en fallait plus pour impressionner Inigo.

— Cela veut dire que vous serez seule, à la merci du monde. Cela veut dire que vous serez privée de tout le luxe auquel vous êtes habituée, et que vous n'aurez rien d'autre que votre corps pour survivre.

Il se montrait délibérément brutal. En évitant un mariage, Audevere se condamnait presque inévitablement à une condition beaucoup moins enviable.

— Je vous assure que je sais exactement ce que je fais.

Son ton était fier, cassant. Inigo se demanda qui d'elle ou de lui elle cherchait le plus à convaincre. En tout cas, ce qu'elle proposait était extrêmement audacieux. Elle le savait et elle était suffisamment intelligente pour le redouter.

— Alors, vous avez un pas d'avance sur moi, répliqua-t-il. Je cherche toujours la réponse à ma première question. Pourquoi devrais-je m'allier à vous ? Vous me dites que vous pouvez m'aider à exercer ma vengeance.

Le temps leur était compté, la danse était sur le point de s'achever.

— Mais, poursuivit-il, le souci, c'est que votre père ne pourra pas savoir qui vous aura aidée. Cela mettrait en danger votre capacité à rester hors de sa portée. Donc, je vous le demande à nouveau : pourquoi devrais-je vous aider ?

— Parce que c'est la juste chose à faire. Parce que vous êtes l'homme le plus honorable que je connaisse, et l'honneur vous commande de mettre un terme aux agissements de mon père.

Elle reprit brièvement son souffle.

— Vous étiez le meilleur ami de Collin. Je suis certaine qu'il voudrait que vous m'aidiez.

Le dur regard de jade d'Audevere s'adoucit.

— Et si ces raisons ne vous suffisent pas, il m'en reste une. Autrefois, vous ne me détestiez pas. Autrefois, même si vous vous donniez du mal pour le cacher, vous aviez de l'affection pour moi. Et je fais appel à cette affection aujourd'hui, alors que je me trouve dans une profonde détresse.

Les dernières résistances d'Inigo s'effondrèrent.

Ainsi, il était question d'honneur, de loyauté, d'amour, même si Audevere ne l'avait pas formulé ainsi, ne sachant pas qu'elle pouvait le faire.

Il mettrait donc ses doutes de côté et ferait ce qu'elle lui demandait, même si c'était terriblement risqué pour l'un comme pour l'autre. En effet, rien ne garantissait, s'il l'aidait, qu'elle obtiendrait ce qu'elle désirait.

La valse s'acheva, sous le regard insistant de Brenley.

— Votre père nous observe. Qu'allez-vous lui dire ?

Il avait murmuré ces mots à l'oreille d'Audevere, s'offrant le luxe de respirer son troublant parfum.

Rejetant la tête en arrière, elle afficha un air parfaitement innocent.

— Je lui dirai que j'essaie de rendre jaloux le vicomte Tremblay, en dansant avec l'homme le plus séduisant de la soirée.

Elle esquissa un sourire.

— Je crois qu'il appréciera mon sens de la compétition.

Lui pressant la main, elle ajouta dans un murmure :

— Merci pour votre aide. Je vous suis à jamais redevable. Quand j'aurai besoin de vous, je vous enverrai un mot.

Puis Audevere Brenley disparut, sa mission accomplie, hors de la portée d'Inigo jusqu'à la prochaine fois.

Selon l'expression consacrée, il était dans le lit de son ennemi, ou plutôt dans le lit de la fille de son ennemi, la fiancée de son défunt ami, et une ribambelle de fantômes de son passé resurgissait.

Que le Ciel lui vienne en aide !

4

— Tu as dansé avec l'ennemi !

Rien ne valait une brutale condamnation de la part de son père pour percer la bulle d'euphorie engendrée par sa petite victoire.

Les doigts de Gismond Brenley s'enfonçaient brutalement dans la chair nue de son bras, tandis qu'il l'entraînait derrière un palmier en pot, à l'abri des regards.

Mais Audevere n'en attendait pas moins. Rien n'échappait à l'attention de son père. C'était le prix qu'elle avait à payer pour s'assurer l'aide d'Inigo.

— Tous les aristocrates sont vos ennemis, père.

Elle força un petit rire.

— Si je ne dansais pas avec vos adversaires, je ne danserais pas du tout. Ne dites-vous pas qu'il faut garder ses amis près de soi, et ses ennemis encore plus près ?

Audevere retint son souffle en attendant la réponse de son père, guettant le signe indiquant qu'il soupçonnait quelque chose. Il serait brutal s'il devinait ce qu'elle lui cachait, mais elle comptait sur l'arrogance du chevalier pour échapper à la punition. Il était trop sûr de lui et trop sûr d'elle, ou plutôt de l'emprise qu'il avait sur elle pour douter de sa loyauté.

Le visage de Gismond Brenley se détendit, et il ricana.

— Je vois que j'ai en toi une excellente apprentie, jeune fille. Il faut garder ses ennemis à l'œil, c'est bien vrai. Surtout celui-ci. Tintagel est particulièrement dangereux. Tous les ducs de Cornouailles le sont d'ailleurs.

Le père d'Audevere détestait beaucoup d'hommes, mais en haut de sa liste figuraient les quatre ducs de Cornouailles, des hommes qui aimaient leur famille, qui se consacraient personnellement à l'éducation de leurs héritiers, et qui considéraient comme un devoir de porter assistance à leur communauté avec de grands projets de réformes sociales. Ils faisaient passer les êtres humains avant la richesse, ils étaient généreux et pensaient aux autres.

En résumé, ils défendaient des valeurs totalement opposées à celles que prônait son père. Là où ils voyaient un progrès, Gismond Brenley voyait une faiblesse.

Le rire de ce dernier s'évanouit tandis qu'il la scrutait à nouveau.

— Quel intérêt avons-nous à nous rapprocher de Tintagel ?

Il la testait, mais Audevere était prête.

— Nous assurer qu'il ne se mêlera pas de mes fiançailles avec Tremblay, bien sûr. Il sait maintenant que nous sommes au courant de ce qu'il a essayé de faire en rencontrant Tremblay au White's. D'ailleurs, nous avons peut-être marqué un point en créant un litige entre deux amis.

Elle mentait avec une aisance confondante et en éprouvait un malaise profond. La remarque d'Inigo sur la pomme qui ne tombait jamais loin de l'arbre la hantait. Elle ne voulait pas qu'il ait raison.

Elle essaya de se réconforter en se disant qu'elle mentait uniquement pour se protéger.

— Tremblay sentira peut-être une compétition. Et son rival n'est pas n'importe qui. C'est un ami. Qui plus est, un ami qui l'a mis en garde contre moi. Tremblay s'interrogera probablement sur les motivations de Tintagel. Avec un peu de chances, il ignorera ses arguments et se dira que Tintagel voulait l'écarter pour me courtiser lui-même.

— Très astucieux, jeune fille.

Son père approuva d'un signe de tête.

— J'aimerais que tu profites de ton rapprochement avec Tintagel pour lui extorquer un ou deux secrets. Il me faut un moyen de pression sur lui. Ces ducs de Cornouailles se comportent comme s'ils étaient propres comme un sou neuf. Mais personne n'est aussi immaculé. Tout le monde a des cadavres. Certains les enterrent mieux que les autres.

— Je verrai ce que je peux faire.

Audevere pouvait difficilement dire moins sans éveiller la suspicion. Mais une petite ritournelle trottait déjà dans sa tête. *Il est temps de partir, il est temps de partir.*

Plus que temps, en réalité.

Son père eut un sourire satisfait et libéra son bras.

— Tu es bien ma fille. Le sang parlera toujours.

Audevere lui sourit en retour, comme si son approbation comptait plus que tout, et fut soulagée de le voir s'éloigner vers le fumoir.

Enfin elle pouvait relâcher son souffle. Enfin elle pouvait s'autoriser un moment de fête.

Elle avait été courageuse. Elle avait mis son plan à exécution. Inigo Vellanoweth allait l'aider. Et le lendemain matin, le véritable travail pourrait commencer. Elle devait réunir des fonds, convertir ce qu'elle possédait en espèces sonnantes et trébuchantes, choisir ce qu'elle emporterait avec elle, décider où elle irait.

Sa vie était sur le point de changer drastiquement. Audevere essaya de se convaincre que ce n'était rien. Elle serait libre… si elle réussissait.

Si elle échouait, en revanche, il n'y aurait pas de seconde chance. Gismond Brenley ne connaissait pas le pardon, même pour sa propre fille.

Succès ou échec, elle serait coupée de sa seule famille, entièrement seule au monde. Il y avait peu de réconfort dans cette pensée. Et cependant, cela n'aurait pas dû l'inquiéter.

N'était-elle pas déjà seule ?

Son père n'était pas vraiment un père, mais un homme qui utilisait sa propre fille pour servir ses intérêts, la menaçant de révéler ses plus sombres secrets comme si elle était une autre de ses victimes, l'encourageant à séduire les hommes qu'il lui désignait et l'impliquant contre son gré dans ses manigances.

Audevere lissa sa jupe et retourna dans la salle de bal. Elle avait envie de danser jusqu'à oublier ses inquiétudes.

Les cavaliers se bousculèrent, et elle dansa jusqu'à épuisement. Mais aucun ne pouvait se mesurer à Inigo. Ils regardaient tous au loin, n'osant croiser son regard, quand les yeux d'Inigo l'avaient transpercée, pâles, bleus et si intuitifs qu'ils semblaient déchiffrer les secrets de son âme.

Elle avait oublié combien ces yeux étaient uniques, si spéciaux qu'ils avaient leur propre nom de couleur, le bleu Boscastle, transmis par des générations de ducs de Boscastle. Les années avaient changé Inigo, transformant le jeune homme d'autrefois en un homme d'une beauté époustouflante, qui faisait se retourner les têtes quand il entrait dans une pièce. C'était aussi un homme direct, dont les mots avaient frappé au cœur de la vérité, là où les autres cavaliers d'Audevere ne lui disaient que des banalités.

Inigo lui avait posé des questions franches. Pourquoi voulait-elle cela ? Pourquoi s'adressait-elle à lui ? Pouvait-il lui faire confiance ? C'était en réalité ce qu'il voulait savoir quand il lui demandait de lui dire la vérité.

Ce serait difficile de ne pas le faire avec ces irrésistibles yeux bleus fixés sur elle.

Audevere hocha la tête et sourit à ce que venait de lui dire son cavalier. Ce n'était pas compliqué de suivre la conversation, même si elle pensait à autre chose.

Les yeux d'Inigo l'avaient toujours fascinée. Ils étaient si indéchiffrables. On ne savait jamais ce qu'il pensait vraiment. Contrairement à Collin, dont elle n'avait jamais eu aucun mal à deviner les pensées. La candeur de Collin était charmante, mais il y avait chez Inigo un mystère qui pouvait garder une femme éveillée toute la nuit.

Audevere le savait parce qu'elle avait passé quelques nuits à se demander quelles pensées se cachaient derrière ces yeux. Elle avait certes été un peu gênée à l'époque de songer à l'ami de son fiancé, mais elle s'était rassurée en se disant qu'il s'agissait d'une curiosité bien naturelle.

Et elle aurait pu s'en convaincre si elle ne l'avait pas revu, si elle n'avait pas dansé avec lui, si elle n'avait pas senti la main d'Inigo dans son dos, la force de ce regard bleu. La curiosité était revenue, mais Audevere avait d'autres mots pour la qualifier, comme le désir, l'envie... Et ces mots étaient beaucoup moins innocents.

Son esprit était curieux d'autres choses aussi. S'était-elle adressée à Inigo uniquement parce qu'elle croyait qu'il était le seul à pouvoir accomplir cette mission ? Ou bien sa décision s'était-elle fondée sur des motivations plus secrètes ?

Elle devait avancer prudemment et être honnête avec elle-même. Elle était attirée par Inigo. Il aurait mieux valu que ce ne soit pas le cas. D'autant que ce n'était pas réciproque.

Si elle avait appris quelque chose de son père, c'était qu'il ne fallait pas mélanger les affaires et les sentiments. Tout ce qui comptait ce soir-là, c'était qu'Inigo avait accepté de l'aider. Elle était venue au bal des Bradford dans l'espoir de trouver un allié, et elle avait réussi.

Audevere ne put résister à l'envie de balayer du regard la salle de bal à la recherche d'Inigo, mais il était déjà parti. Elle aurait dû se rappeler qu'il ne restait jamais longtemps à une soirée.

C'était curieux de pouvoir passer cinq ans sans voir une personne, de s'habituer à ne plus penser à elle. Et puis, tout à coup, il suffisait d'une seule rencontre pour que la digue se brise et que tout revienne à flots.

Cette nuit-là, Audevere rêva de Collin, de ce paisible été empli de tous les rêves d'une jeune fille : ses débuts dans le monde, ses fiançailles ébouriffantes avec un jeune homme charmant.

Ils venaient faire un pique-nique dans les bois de Richmond, après avoir descendu la Tamise en barque. Ils formaient un groupe assez important sous la voûte des arbres.

Audevere ralentit le pas, laissant le groupe s'éloigner et entraîna Inigo avec elle. Elle avait envie de le taquiner. Il était beaucoup trop sérieux.

— Vous nous observiez, commença-t-elle, d'un ton faussement accusateur.

— Pardon ?

L'héritier Boscastle était raide comme un piquet.

Audevere éclata de rire et fit tournoyer son ombrelle, puis elle lui glissa un regard en coin.

— On dirait que je vous ai accusé de haute trahison.

De nombreux gentlemen à Londres trouvaient irrésistible ce mélange de spontanéité et de timidité. Mais pas Inigo. Il n'était pas du tout enchanté.

Elle n'en eut que plus envie de le pousser dans ses retranchements.

— Votre accusation est presque aussi grave. Vous me faites passer pour un voyeur, ce que beaucoup considéreraient comme un passe-temps plutôt sordide.

Il haussa un sourcil tandis qu'elle lui donnait une petite tape sur le bras avec son éventail.

— Un voyeur ! Comme vous y allez !

Voyant qu'il refusait toujours d'entrer dans son jeu, elle fit une moue boudeuse. Elle s'était beaucoup entraînée devant le miroir et savait la mimique irrésistible.

— Vous ne souriez jamais ?

— Seulement lorsque j'ai des raisons de le faire, répondit Inigo avec le plus grand sérieux.

— Collin sourit tout le temps.

— Il a une vie heureuse.

— Pas vous ?

— Ma vie est tout à fait satisfaisante.

— Vous a-t-on jamais dit que vous n'êtes pas doué pour la conversation ?

Audevere passa sa main libre sous le bras d'Inigo et le sentit se crisper.

— Je vous mets mal à l'aise ?

— Vous devriez marcher devant avec Collin.

Elle balaya ce conseil d'un haussement d'épaules.

— Je marche tout le temps avec lui. Et puis il a déjà sa cour d'admiratrices.

S'il y avait une chose qu'Audevere aurait voulu changer à ce pique-nique, c'était le nombre de participants, et particulièrement de filles jolies et bien nées.

— Vous n'avez pas besoin de vous inquiéter, répliqua Inigo, comme s'il lisait dans ses pensées. C'est vous que Collin admire le plus.

— Eh bien, je vous remercie de me rassurer, si toutefois j'en avais eu besoin.

— Ce n'est pas un compliment, c'est la vérité. Et vous en avez besoin,

si vous me permettez cet avis. Vous vous inquiétez en permanence de savoir si vous êtes assez bien pour lui. Eh bien, laissez-moi vous dire que vous ne l'êtes pas.

Inigo disait vrai, elle s'inquiétait. Un jour, Collin se réveillerait et comprendrait qu'il pouvait trouver mieux. Que, si l'on mettait de côté ses vêtements coûteux et son joli minois, elle n'était rien d'autre que la fille d'un capitaine de marine marchande.

Inigo Vellanoweth l'avait déjà vu, car il n'était pas momentanément aveuglé par l'amour.

Audevere sentit monter la colère. Elle détestait être compromise, et en particulier par cet homme qui n'avait aucune sympathie pour elle.

— Pourquoi ne m'aimez-vous pas ? demanda-t-elle.

— La question ne se pose pas en ces termes. Ce n'est pas que je ne vous aime pas. Je ne vous aime pas pour lui. Pour Collin.

Audevere s'enflamma.

— Je ne crois pas avoir été aussi violemment insultée de toute ma vie. Vous êtes un goujat !

Seigneur, cet homme ne lui laisserait donc aucun répit ? Quelle méchanceté sous ce beau visage aux traits austères !

— Je suis désolé que vous trouviez l'honnêteté insultante.

Elle préféra ignorer la remarque et réorienta la conversation vers son précédent commentaire.

— C'est pour cela que vous nous observez ? Je surprends en permanence votre regard sur nous. Réfléchissez-vous à quelqu'un qui pourrait me convenir davantage ?

Il ne dit rien, et Audevere lui adressa un sourire malicieux, le poussant dans ses retranchements.

— Vous m'imaginez avec quelqu'un ? Je prends cela comme un défi. Qui cela peut-il être ?

Elle observa le groupe qui marchait devant eux.

— Un de vos amis ? Lynford, peut-être ? Ou...

Elle reporta son attention sur Inigo.

— Vous, peut-être ?

C'était une hypothèse outrageante que d'imaginer un homme honorable convoitant la fiancée de son ami. Audevere savait qu'elle était allée trop loin, mais elle voulait lui faire payer ses remarques désobligeantes.

Elle posa le bout des doigts sur sa manche, d'un geste faussement amical.

— Est-ce vous ? Pensez-vous être un homme à ma hauteur ? Mieux que Collin ? Ce n'est guère flatteur de penser cela d'un ami. De plus, ne craignez-vous pas de vous encanailler avec moi ?

— Cessez ! Cette conversation est déjà allée trop loin. Vous dites des sottises.

Inigo libéra son bras d'un geste brusque.

Elle sourit, plissant délibérément les yeux et y insufflant de la gaieté. Il voulait qu'elle ait honte, mais elle ne lui ferait pas ce plaisir.

« Ah ! voulait-elle s'exclamer, j'ai enfin réussi à vous faire sortir de vos gonds. » Mais Collin abandonnait le groupe et rebroussait chemin pour les rejoindre.

— Quel bonheur ! Mon meilleur ami et ma future femme qui discutent ensemble comme deux bons amis.

Collin se plaça entre eux et leur prit le bras.

— De quoi parliez-vous donc ?

— Mais de vous, bien sûr ! répliqua Audevere. Je disais à Tintagel qu'il devrait prendre exemple sur vous et sourire davantage.

Collin lui adressa un sourire radieux.

— Mais ma chère, il ne peut pas sourire autant que je le fais, car il n'a pas autant de raisons que moi d'être heureux. Après tout, je vous ai, la plus belle fille de la Saison, ou de toutes les Saisons d'ailleurs.

Le visage de Collin s'illumina davantage, et il tira sur sa manche.

— Avez-vous vu le buisson de framboisiers sauvages dans le vallon ?

Il l'entraînait déjà avec lui, et Audevere se demanda s'il y avait vraiment des framboises, ou si c'était une excuse pour être seul avec elle et lui voler un baiser.

Elle n'y était pas opposée. Elle aimait bien les baisers de Collin. Et même si cela n'avait pas été le cas, elle l'aurait laissé l'embrasser quand même. Il fallait bien qu'elle retienne l'attention du jeune homme par un moyen ou un autre. Son père serait fou de rage si elle laissait Collin, le second fils d'un duc, lui échapper.

Elle se demanda si elle pouvait proposer à son père de faire avancer le mariage. Des fiançailles de neuf mois lui semblaient une éternité.

Mais elle sentait le regard d'Inigo lui brûler le dos tandis qu'elle s'éloignait avec Collin.

Audevere se réveilla brusquement et s'assit dans son lit, l'esprit égaré. Sa chemise de nuit collait à son corps, moite de transpiration.

Le passé s'était mêlé au présent, malgré tous ses efforts pour l'occulter, pour oublier ces mois merveilleux où elle avait été une des leurs, acceptée dans le cercle intime du groupe connu à Londres comme celui des ducs de Cornouailles.

Elle était si innocente à l'époque, ignorant tout de l'étendue de la corruption de son père.

Elle était heureuse alors. Ses jours étaient emplis du sourire de Collin et des reparties acides d'Inigo, ses soirées se passaient à danser dans les bras de Collin, sous des lustres en cristal...

Mais c'était le souvenir de la danse qui lui revenait cette nuit-là, pas celui des bras de Collin. Elle ne parvenait pas à se rappeler la sensation de leurs corps enlacés évoluant au rythme de la musique, de leurs mains jointes...

C'était la valse avec Inigo et les bras d'Inigo qui la hantaient à présent.

Audevere secoua la tête. C'était déloyal de sa part d'oublier Collin, de le reléguer aux oubliettes en faveur de son ami. Mais peut-être sa personnalité était-elle ainsi faite ?

Elle avait encore en tête les paroles de son père. « Tu es bien ma fille. Le sang parlera toujours. »

Peut-être Inigo avait-il raison.

Peut-être n'y avait-il rien de bon en elle, après tout.

Audevere mijotait quelque chose, il le sentait.

Brenley tapotait nerveusement du bout des doigts le plateau d'acajou de son bureau, plongé dans ses pensées tandis que le soleil se levait. En fait, il ne s'était pas couché depuis son retour du bal. Son esprit était trop actif, trop suspicieux.

Sa fille s'était montrée beaucoup trop conciliante. Tout s'était beaucoup trop bien déroulé. La nuit précédente, Tremblay l'avait invitée à une démonstration équestre de l'école d'équitation du prince Baklanov, à Leicester Square.

Audevere avait obéi à ses ordres, faisant des efforts notables pour regagner l'attention de Tremblay.

Tout cela après qu'elle eut exprimé quelques réticences à l'encontre de cette union.

Brenley connaissait sa fille. Elle était aussi têtue que lui, et il devinait quand elle avait une idée derrière la tête. Mais laquelle cette fois ? Il avait été beaucoup trop facile de la persuader de renouer avec Tremblay. Voulait-elle lui faire croire qu'elle avait finalement envie d'être vicomtesse ? Ou qu'il avait su employer les bons arguments ?

Autrefois, il aurait pu se laisser duper. Autrefois, elle était une jeune fille malléable qui faisait exactement ce qu'il voulait. Elle ne protestait pas quand il lui demandait d'être avenante avec certains des *gentlemen* qu'il invitait. Elle ne s'était pas rebellée quand il lui avait demandé de rompre ses fiançailles avec Collin Truscott, car elle connaissait les conséquences d'un refus.

N'avait-elle plus peur à présent ? La peur était l'outil de la manipulation et du chantage, mais elle avait une durée de vie limitée. Et si elle se moquait maintenant que ses secrets soient dévoilés ?

Brenley se leva et se dirigea vers la console pour se servir un verre, oubliant que c'était déjà le matin et non le soir.

Il fit un effort de réflexion.

Pourquoi Audevere n'aurait-elle plus peur que la vérité éclate ? Elle savait très bien que Tremblay ne la protégerait pas du scandale. Pensait-elle que Tintagel le ferait ?

Y avait-il derrière cette danse autre chose que de l'émulation pour motiver Tremblay ? Et que s'était-il passé sur la terrasse ? Il n'avait pas posé la question. Que diable pouvait-elle mijoter ?

Brenley sourit et but une gorgée d'alcool. Que pensait-elle pouvoir faire contre lui ?

C'était intrigant de penser à cela. Elle lui appartenait tout comme sa mère lui avait appartenu. Il n'y avait pas grand-chose qu'elle puisse faire. Mais ce serait intéressant de la regarder essayer.

Et si cela pouvait lui permettre de faire tomber Tintagel, ce serait encore mieux. Il n'avait toujours pas digéré que cet homme lui retire le contrôle de la corporation minière de Blaxford.

Brenley finit son verre et sonna deux valets, de grands gaillards qu'il avait engagés pour autre chose que leur aptitude à porter la livrée et faire le service.

— Je veux intensifier la surveillance sur ma fille, leur dit-il. J'ai des raisons de croire que l'on pourrait attenter à sa sécurité.

Les deux hommes hochèrent la tête, et Brenley alla à son bureau pour y prendre deux pochons emplis de pièces.

— Ne la quittez pas des yeux. Je veux savoir en permanence où elle va et qui elle voit. Mais bien sûr il ne faut pas qu'elle le sache. Cela ne ferait que l'angoisser inutilement. Vous me ferez un compte rendu quotidiennement.

Il ne lui restait plus à présent qu'à attendre pour voir ce qu'il en ressortirait.

5

— Il n'en sortira rien de bon.

Vennor Penlerick, duc de Newlyn, passa la main dans ses cheveux blonds ébouriffés et bâilla au-dessus de sa tasse de café.

— La nuit a été courte ? demanda Inigo.

Depuis le décès de son père, Vennor passait une partie de ses soirées à boire et à jouer aux cartes.

Vennor but une gorgée de café et marmonna :

— Pas pour la raison que tu crois.

— Une femme, alors ? Elle est toujours là-haut ?

Inigo pensait voir son ami au bal, mais il ne s'y était pas montré. En cette période de l'année, Londres était déserte. Ce n'était pas comme au plus fort de la Saison, quand un *gentleman* célibataire avait le choix entre quatre ou cinq bals dans la même soirée. La soirée des Bradford était donc le seul endroit où se montrer.

Vennor exprima sa désapprobation par une grimace.

— Si c'était le cas, je ne l'aurais pas amenée ici. Tu me connais mieux que ça.

— Vraiment ?

Inigo se cala contre le dossier de sa chaise, les mains croisées sur son estomac. Depuis quelque temps, il ne reconnaissait plus son ami.

— Tu as changé. Tu n'étais pas chez les Bradford, la nuit dernière.

— Cela ne veut pas dire que j'ai changé mais que j'ai décidé de ne pas y aller.

— On ne t'a vu nulle part depuis que Marianne Trevelen est rentrée chez elle.

Vennor repoussa en arrière une mèche de cheveux tombée sur son front et but une nouvelle gorgée de café.

— À mon grand regret, s'il en résulte que tu t'acoquines avec les Brenley...

— Ce que je regrette, quant à moi, c'est que tu ne sois jamais où tu devrais être, ces derniers temps.

Inigo lança un regard sévère à son ami.

— Où passes-tu ton temps ?

— Ah non ! Tu ne crois quand même pas que tu peux débarquer chez moi, me tirer du lit, m'annoncer que tu vas aider Audevere Brenley à fuir de chez elle, et en plus m'interroger. S'il faut interroger quelqu'un, c'est bien toi. As-tu perdu l'esprit ? Comment peux-tu être sûr qu'il ne s'agit pas d'un piège ? Brenley a peut-être en tête de t'accuser d'enlèvement ou de te forcer à épouser sa fille.

— Parce que je lui ai posé la question hier soir. Figure-toi que j'ai moi aussi envisagé ces hypothèses.

Vennor ricana.

— Laisse-moi deviner : elle a nié et tu l'as crue.

— Elle ne veut plus être un pion entre les mains de son père. Il a l'intention de continuer à l'utiliser jusqu'à ce qu'elle se marie, et peut-être encore après. Si elle reste, cela ne finira jamais.

En fournissant cette explication à Vennor, Inigo comprenait mieux l'ampleur du désespoir d'Audevere.

Vennor haussa un sourcil, dubitatif.

— Un pion ? Ne faudrait-il pas dire plutot sa complice ?

Inigo aurait été contrarié par le cynisme de Vennor s'il n'avait pas lui-même éprouvé les mêmes réticences. Mais Vennor devait être excusé car il n'avait pas vu la peur dans les yeux d'Audevere ni entendu le désespoir dans sa voix.

— Pourquoi maintenant ? Pourquoi n'a-t-elle pas réagi plus tôt ?

— La mort de Collin lui a ouvert les yeux, expliqua patiemment Inigo, en utilisant les arguments employés la veille par Audevere. C'est là qu'elle s'est rendu compte de l'étendue de la corruption de son père et de ses conséquences.

— Et elle a attendu cinq ans pour penser à s'enfuir ?

Vennor ne cherchait pas à masquer son incrédulité. Le sarcasme dégoulinait de sa langue.

— Elle a reconnu avoir fait comme l'autruche qui enfouit la tête dans le sable. Elle se disait que cela ne se reproduirait plus. Et n'oublie pas non plus qu'elle était en deuil. Sans parler du scandale de la mine. Ces événements lui ont permis de se retirer un moment du marché nuptial.

Inigo soupira, à bout d'arguments.

— Et puis franchement, Vennor, qu'aurait-elle pu faire ? Quel pouvoir avait-elle ? Où aurait-elle pu aller ?

— Et c'est toi qu'elle a choisi pour l'aider ? Comme c'est pratique ! Excuse-moi, mon ami, mais cela ressemble à un guet-apens. Je te rendrais un bien mauvais service en ne te le disant pas. Elle te manipule.

— Tu ne peux pas comprendre. Tu ne l'as pas vue, ni entendue. Il y a des détails que tu ne peux pas saisir.

Comment expliquer à Vennor ce qu'il avait ressenti en présence d'Audevere ?

Son ami ricana.

— Des détails ? Oh ! je suis certain qu'il y en avait. Le clair de lune, une jolie fille dans une jolie robe… Il y avait de quoi se laisser convaincre, je n'en doute pas. Des hommes sont même morts pour cela. Je ne pensais pas que tu en ferais partie.

Vennor hocha la tête avec conviction.

— Eh oui, mon ami, c'est ainsi ! Brenley est déjà responsable de la mort de Collin, et il a joué un rôle dans la tentative de meurtre contre Eliza l'année dernière. Pourquoi ne serais-tu pas sa nouvelle victime ? Après tout, il a une revanche à prendre depuis l'affaire de la corporation minière de Blaxford. Il ne s'en prendra pas à ta fortune ou à ta réputation, elles sont indéboulonnables. Il ne reste que ta vie.

— Je vois que tu es parfaitement réveillé à présent, commenta Inigo.

Vennor termina son café, sans toucher à ses toasts.

— Promets-moi d'être prudent. Et n'hésite pas à m'appeler à l'aide si tu en ressens le besoin.

Sans attendre la réponse, il repoussa sa chaise et se leva.

— Maintenant que c'est réglé et puisque tu es là, que dirais-tu de croiser le fer avec moi ?

Il demanda à un valet de faire porter le matériel d'escrime dans la salle de bal.

Inigo se leva à son tour, et les deux amis se dirigèrent vers l'immense salle de bal déserte de Newlyn House.

— J'ai entendu dire que tu avais surpris Sedgwick chez Jackson, l'autre jour.

Le jeune Sedgwick avait vendu les bijoux de sa mère pour rembourser ses dettes de jeu. L'épisode avait été rendu public, et le scandale avait été d'autant plus grand que Sedgwick les avait volés à sa mère.

Vennor haussa les épaules.

— Il s'est montré imprudent, mais il ne recommencera plus.

Ils mirent leurs masques grillagés et sélectionnèrent leur rapière. Inigo testa la sienne d'un geste expérimenté.

— Je vois que tu as renouvelé ton équipement. L'équilibre est excellent.

— Les épées viennent de l'armurerie Léon Degrance, à Paris.

Vennor prit place au centre de la pièce et signala qu'il était prêt.

— En garde ! annonça-t-il.

Puis il allongea le bras pour l'offensive initiale, en choisissant une feinte de coup droit dégagé.

Inigo n'eut aucun mal à l'esquiver.

— Tu es très prévisible, aujourd'hui.

— Méfie-toi d'Audevere, lui conseilla Vennor, tout en contre-attaquant. Il ne manquerait plus que tu tombes amoureux.

Inigo riposta.

— Il n'est pas question d'amour. Il ne s'agit que d'aider une femme en détresse.

Vennor para le coup, et Inigo exécuta une contre-riposte.

— Ce n'est qu'une question de chevalerie.

Inigo songea aux paroles qu'Audevere avait prononcées au clair de lune.

« Vous étiez le meilleur ami de Collin. Je suis certaine qu'il voudrait que vous m'aidiez... Autrefois, vous ne me détestiez pas. »

Il s'agissait de mots très forts, qu'il ne voulait pas partager avec Vennor.

Face à une nouvelle attaque de Vennor, il réalisa un contre-de-sixte avec une redoutable rapidité.

— De toute façon, je n'ai aucune intention de me marier.

Vennor éclata de rire.

— Cassian et Eaton disaient cela aussi. Et regarde-les maintenant. Eaton s'est retrouvé avec une famille toute faite, et Cassian nous a abandonnés pour un voyage de noces d'un an à travers l'Europe.

— Je ne suis ni Eaton, ni Cassian, répliqua sèchement Inigo.

Il voyait cependant toute l'ironie de la situation. Des quatre, Vennor était celui dont on avait attendu qu'il se marie le premier. Fils unique de feu Richard Penlerick et nouveau duc de Newlyn, il se devait d'avoir un héritier, faute de quoi le duché passerait à un obscur cousin qui ne partageait nullement le code des ducs de Cornouailles.

— Le fait est que Cassian et Eaton ne s'y attendaient pas, mais cela leur est arrivé quand même. L'amour, c'est comme la foudre, on ne sait pas quand ni où il frappe. Or, je préférerais qu'il ne te frappe pas quand Audevere Brenley sera dans les parages.

Agacé, Inigo feinta à droite et faillit remporter la partie avec une attaque surprise vers l'épaule de Vennor. Mais ce dernier fut plus rapide et parvint à esquiver le coup.

— J'apprécie ton appréhension, grommela Inigo, en se concentrant sur les échanges.

— C'est une fille maligne, et une demoiselle en détresse est irrésistible pour des *gentlemen* comme nous.

— Elle a peur. Elle sait que son départ aura des conséquences. Je la trouve très courageuse.

Cette fois, Inigo parvint à toucher l'épaule de Vennor de la pointe de son épée.

— Un premier point pour moi.

— Et le dernier, grommela Vennor, vexé.

Ils recommencèrent, Inigo prenant l'offensive.

— N'est-ce pas ironique qu'elle se soit adressée à toi ?

Leurs lames s'entrechoquaient en un cliquetis métallique, tandis qu'Inigo essayait de gagner du terrain.

— Tu étais le seul à ne pas pouvoir résister à son marivaudage.

Ce commentaire réveilla la culpabilité d'Inigo. Vennor avait touché juste. Inigo était à l'époque rongé de désir pour Audevere, tandis que les autres étaient simplement charmés.

— Ah !

La lame de Vennor franchit sa garde.

— Tu n'es pas concentré.

— C'est vrai, reconnut Inigo.

Il était trop distrait ce jour-là pour être un adversaire de qualité. Vennor allait s'en rendre compte et se demanderait pourquoi.

— Il va falloir en rester là ce matin, ajouta-t-il donc, en levant son épée. J'ai des visites à faire avant que la journée ne soit trop avancée.

Vennor haussa un sourcil, l'air moqueur.

— Tu te précipites déjà pour exécuter ses ordres. Qu'a-t-elle exigé de toi ?

Inigo ôta son masque grillagé.

— Elle ne m'a rien demandé. À part d'attendre.

Quatre jours plus tard, Inigo attendait toujours.

Assis à une table du White's, il dégustait un brandy tout en lisant les journaux.

La chronique mondaine relatait que Tremblay s'intéressait de nouveau à Audevere. À moins que ce ne soit le contraire. Inigo ne savait pas trop ce qu'il devait en penser.

Bien sûr, il fallait qu'elle donne le change pour ne pas éveiller les soupçons de son père. Elle ne pouvait pas rompre avec Tremblay de but en blanc. Mais se pouvait-il qu'elle ait changé d'avis ? Avait-elle réfléchi à cette hypothèse qu'ils avaient évoquée concernant la protection que représentait pour elle le titre de Tremblay ?

Ce serait peut-être préférable pour lui. Au moins, il en serait débarrassé pour de bon.

Étonnamment, son estomac se noua à cette idée.

Pourquoi ne reprenait-elle pas contact avec lui ? Elle semblait pourtant aux abois l'autre soir sur la terrasse...

Avait-elle des difficultés pour communiquer ? Sans l'activité frénétique de la Saison, qui permettait aux gens de se rencontrer quotidiennement, il n'était pas aisé pour des hommes et des femmes de bonne naissance non mariés de se rencontrer sans risquer les spéculations ou le scandale.

Des pensées plus sombres succédèrent à cette réflexion dans l'esprit d'Inigo. Audevere était-elle en danger ? Son père n'avait-il pas cru son explication à propos de leur danse ?

Devait-il se rendre à Brenley House et demander à voir Audevere ?

Au moins ce serait agir, au lieu de se morfondre en restant assis à attendre.

Un valet s'approcha avec un plateau sur lequel était posée une simple note pliée en deux.

Inigo prit le papier, en s'efforçant de contenir ses espoirs.

Il n'était pas inhabituel qu'on lui fasse porter des dépêches en ce lieu. Il y avait souvent des informations qui lui parvenaient à propos d'un investissement, d'une cargaison, ou des cotations boursières... Mais ce n'était pas ce type de message. Ses associés en affaires ne s'adressaient pas à lui en ces termes : « Mon cher Inigo ».

Il lui semblait presque entendre la voix suave d'Audevere tandis qu'il déchiffrait les mots qu'elle avait tracés à la plume. Enfin, elle lui avait écrit.

Le message était succinct.

Partie de cartes chez les Thurston ce soir.

Audevere Brenley était prête à passer à l'action. C'était ce qu'il fallait déduire de cette information. Cependant, elle avait omis de préciser ce qu'il fallait faire. Cela témoignait peut-être d'un souci de discrétion ou d'une difficulté à entrer en contact avec lui. Toutefois, Inigo était trop intelligent pour se jeter la tête la première dans la gueule du loup.

Il replia la feuille et tapota sa cuisse du bout des doigts, vibrant d'énergie contenue.

Les doutes de Vennor, qui faisaient écho à ses propres interrogations, l'incitaient à la prudence. En outre, la brièveté du délai ne lui échappait pas. La partie de cartes devait avoir lieu quelques heures plus tard. Devait-il se rendre chez les Thurston ?

Il ne niait pas qu'il y ait chez lui un certain enthousiasme à l'idée de revoir Audevere, et cet enthousiasme l'encourageait précisément à se précipiter vers elle.

Mais encore une fois, la prudence était de mise. Il ne pouvait pas se lancer ainsi à l'aveuglette.

Il irait mais en imposant ses règles.

Elle l'avait fait attendre, et il allait lui rendre la pareille. Il fallait qu'elle comprenne qu'il n'était pas une marionnette entre ses mains… Même si celles-ci étaient infiniment gracieuses.

Six heures plus tard, alors que la pendule du hall de Thurston House sonnait 9 heures, Inigo franchit le seuil du salon de jeux, passant en revue les tablées de joueurs de cartes, jusqu'à ce qu'il aperçoive Audevere.

Elle était assise près de la cheminée de marbre blanc, dos à la porte. Son rire flotta jusqu'à lui par-dessus le brouhaha des conversations.

Même lorsqu'elle était confrontée à une crise, Audevere Brenley donnait toujours l'apparence que tout allait bien.

Un sourire monta aux lèvres d'Inigo tandis qu'il prenait appui sur le chambranle de la porte et s'octroyait quelques minutes pour la contempler.

Ses cheveux d'or pâle étaient relevés en un chignon haut, révélant son long cou délicat. Sa robe à manches bouffantes, coupée dans une soie indigo rebrodée de sequins argentés autour de l'encolure, évoquait un ciel nocturne piqueté d'étoiles.

Un désir impérieux envahit Inigo, celui de marcher tout droit vers elle, de poser la main à la base de son cou et de caresser sa peau en un geste de propriétaire.

Non, pas de propriétaire, se corrigea-t-il. Elle ne voudrait pas être possédée tel un objet. Elle avait déjà été traitée ainsi par son père.

Ce serait plutôt un geste d'intimité et de complicité, alors. Un geste qui dirait : « Nous ne formons qu'un. »

Nous.

C'était une rêverie bien plus dangereuse que la vengeance.

6

Audevere joua sa dernière carte, mais le plaisir de gagner était diminué par l'absence d'Inigo.

Il était 9 heures du soir, et il n'était toujours pas là. Cela faisait naître toutes sortes de doutes en elle. Avait-il reçu son message ? Avait-il décidé de penser le pire à son sujet et de ne pas l'aider finalement ?

— Bien joué, Miss Brenley, dit son partenaire de jeu.

Le jeune homme, un neveu des Thurston, se leva et tourna la tête vers une jeune fille assise au *pianoforte*.

— Vous permettez que je fasse une pause ? demanda-t-il à la tablée.

On voyait bien que ce garçon était un débutant. Audevere se mordit la lèvre pour ne pas rire à ses dépens. Personne ne l'avait donc mis en garde contre leurs adversaires ? Mrs Whitfield et le major Banken, tous deux joueurs de cartes invétérés, le regardaient avec une telle sévérité qu'il finit par se laisser tomber sur sa chaise en soupirant.

— Je serais ravi de le remplacer.

Lorsque retentit cette voix de ténor, les bras d'Audevere se couvrirent de chair de poule.

Inigo était là. Il était venu. Elle pressa les doigts autour du réticule posé à son côté, en souriant de soulagement.

Le neveu de Thurston ne se fit pas prier pour céder sa place.

— Tintagel, quel plaisir de vous voir ! Cela fait longtemps.

Le major Banken lui serra la main, tandis que Mrs Whitfield

l'enveloppait d'un regard appréciateur. Jeune, beau, riche et titré. Tout à fait son genre, semblait-elle penser.

La jeune veuve adressa un petit sourire d'avertissement à Audevere, du genre qu'une femme adressait à une autre quand elle voulait signaler qu'un homme était pour elle. Mais Audevere lui répondit par un sourire de propriétaire : il est à moi.

Oui, Inigo Vellanoweth était à elle.

Elle se familiarisa avec cette pensée tandis qu'elle organisait ses cartes.

Il était venu pour elle. Plus important encore, il était venu parce qu'elle le lui avait demandé. La confiance qu'elle avait placée en lui n'avait pas été vaine. Il allait l'aider à s'enfuir et à devenir quelqu'un d'autre. Quelqu'un de meilleur.

Face à lui, elle soutint brièvement son regard, mais cela dura suffisamment longtemps pour effacer le sourire du visage de Mrs Whitfield. Suffisamment longtemps pour qu'Audevere en ait le rouge aux joues, et pour qu'elle se demande si l'organisation de sa fuite était la seule raison de la venue d'Inigo. Ses traits anguleux manquaient de douceur, mais cela ne l'empêchait pas d'être incroyablement séduisant. Cela tenait sans doute à son expression cynique, et à quelque chose de résolument viril qui émanait de sa personne. Là où les autres hommes avaient opté pour des vestons de couleur, lui était habillé en noir, comme à l'accoutumée. Sa seule concession à la couleur était le saphir de sa pince à cravate, dont la couleur rappelait celle de ses yeux.

Ils remportèrent la partie après trois tours acharnés, au grand dam de Mrs Whitfield.

— Bien joué, s'exclama le major, plus *fair-play*.

Inigo hocha la tête à l'intention d'Audevere et se leva.

— Miss Brenley, vous êtes une partenaire exceptionnelle. Puis-je vous inviter à faire le tour de la pièce ?

— Rien ne me ferait plus plaisir.

Avec un sourire, elle posa une main sur le bras qu'il lui tendait.

— Vous êtes venu, murmura-t-elle, dès qu'ils se furent éloignés. Je commençais à craindre que vous ne le fassiez pas.

Bien qu'elle soit soulagée de le voir, elle voulait lui faire part de l'inquiétude qu'il lui avait causé.

— Vous m'avez laissé très peu de temps pour m'organiser, répliqua Inigo, d'un ton de reproche.

Ah, son arrivée tardive était donc une sorte de leçon. Audevere en prit note. Inigo était un homme d'honneur, loyal, mais il n'était pas des plus conciliants.

Ils s'arrêtèrent devant un paysage de Constable, prétendant l'étudier.

— Je n'avais pas le choix, expliqua-t-elle à mi-voix. Il m'est difficile de vous faire passer des messages, et les occasions de vous rencontrer sont limitées. Je suis constamment surveillée.

Elle pouvait comprendre son point de vue, mais il devait se rendre compte aussi de la gravité de sa situation.

— Et ce soir ? N'êtes-vous pas également surveillée ?

— Pas tout à fait. Le cocher rapporterait tout arrêt non prévu que je ferais. Mais, ici, les domestiques de mon père ne peuvent pas me suivre. Ma femme de chambre est à la cuisine avec les autres domestiques. Pendant quelques heures au cours d'un événement mondain, je dispose d'une liberté relative. Notre hôtesse a promis de veiller sur moi. Mais je doute que Lady Thurston voie le fait de discuter avec vous comme une menace digne d'être signalée à mon père. Il faut aussi compter avec les chroniqueurs mondains, qui pourraient écrire dans leur gazette que j'ai été vue en compagnie de tel ou tel. Mais je ne pense pas que quiconque fasse attention à une modeste partie de cartes en plein mois d'octobre.

— Réfléchissez-vous toujours ainsi ? demanda Inigo.

Et le regard qu'il posait sur elle n'était pas dénué d'une certaine tristesse.

— Comme si je jouais aux échecs ? Oui. Quand on est la fille de Gismond Brenley, on ne peut pas survivre autrement.

Elle haussa les épaules avec détachement. Elle ne voulait pas de sa pitié.

— C'est bientôt fini, tout ça. Je vais avoir une meilleure vie.

Elle lui sourit.

— Et si nous allions prendre l'air ?

Dès qu'ils furent sur la terrasse, Audevere desserra les cordons de son réticule.

— Je voulais vous donner cela ce soir. Tendez vos mains.

Il forma une coupe de ses mains, et elle y versa quelques joyaux : un collier de perles, une paire de boucles d'oreilles en saphirs, quelques pinces à cheveux incrustées d'émeraudes, et une broche ancienne constellée de diamants autour d'un camée.

— Ce n'est pas grand-chose, dit-elle, mais je voudrais que vous les mettiez en gage pour moi. J'ai besoin de liquidités.

— Ils sont à vous ?

— Oui. Ce sont les seuls auxquels j'ai accès. Mon père garde tous mes autres bijoux dans un coffre-fort. Je ne pourrais pas les prendre sans qu'il le sache.

— Et il ne se rendra pas compte que vous ne portez plus ceux-ci ?

— Pas avant que je ne sois partie.

— Et cette broche ? s'enquit Inigo. Elle ne ressemble pas au reste. Elle est faite pour une femme âgée, pas pour une jeune fille.

— Elle était à ma mère.

Elle avait répondu d'une voix ténue, presque intimidée. Personne ne parlait jamais de Lady Brenley, et Inigo perçut la réticence d'Audevere à aborder le sujet. C'était un mystère de plus à mettre au compte des Brenley. La femme de Gismond n'était déjà plus de ce monde quand ce dernier était arrivé à Londres avec sa ravissante fille.

— Je ne suis même pas certaine que mon père sache que je l'ai.

Et sans doute ne l'aurait-il pas autorisé, songea Inigo. Mais ce bijou avait de l'importance pour Audevere.

— Vous êtes sûre de vouloir la gager ?

— Je n'ai pas le choix.

Le regard de la jeune femme dériva vers le jardin plongé dans l'obscurité.

— On a toujours le choix, Aud.

Cet ancien surnom lui avait échappé.

Elle tourna la tête vers lui, le regard ému et songeur.

— Personne ne m'a appelée ainsi depuis longtemps.

Inigo fut troublé par la façon dont l'ambiance nocturne, soudain emplie de confidences et de secrets, se chargeait d'intimité.

Pendant quelques instants, il vit le corps d'Audevere vaciller vers le sien et il imagina qu'elle attendait autre chose de lui que de l'aide.

Il fut tenté de la prendre dans ses bras, de l'embrasser pour faire disparaître sa peur, ses regrets, sa certitude qu'elle n'avait pas le choix.

Au lieu de quoi, il prit la broche, la reposa dans la paume de la jeune femme et referma ses doigts autour.

— Gardez-la. Je vous prêterai de l'argent.

— Non.

Sa réponse était vive et assurée, tranchante comme un coup de couteau, et il n'en fallut pas davantage pour briser ce bref instant d'intimité, et rappeler à Inigo que leur relation n'avait rien de personnel.

Elle lui redonna le bijou.

— Je n'accepterai pas d'argent de votre part. Trop d'hommes m'ont fait des cadeaux, à mon grand détriment. Je ne pourrai jamais vous rembourser, et vous le savez.

— Qu'importe. Je ne demande pas à ce que vous me remboursiez.

Inigo réfléchissait à une autre solution, lui prenant déjà ses projets, et les assimilant comme les siens.

Où pourrait-il l'installer ? Où trouver une propriété ? Où lui ouvrir un compte ? Il pourrait lui procurer la sécurité et le confort... Il n'avait aucune envie de la perdre quand elle changerait de vie et il ne voulait pas qu'elle se sente abandonnée.

Mais ce n'était pas ce genre d'aide qu'elle souhaitait.

— Alors, l'argent sera entre nous pour toujours, reprit-elle. Cette dette pèsera toujours au-dessus de ma tête. Je ne veux pas de dettes.

Elle ne voulait pas que quiconque puisse faire pression sur elle, voilà ce qu'elle voulait dire, en réalité.

Inigo le comprenait très bien. Des hommes comme Gismond Brenley faisaient le plus gros de leurs affaires ainsi, faisant peser des secrets et des dettes sur d'autres hommes pour obtenir ce qu'ils désiraient.

Cela l'incita à se demander quel moyen de pression Brenley avait sur sa fille. Quelles expériences lui avaient appris à se méfier des cadeaux ? Même ceux donnés par amitié ?

Ce n'était qu'un fragment de plus du mystère qu'Audevere représentait, et une preuve de plus qu'Inigo ne la connaissait pas réellement.

Pour de si vieux amis, ils ne savaient pas grand-chose l'un de l'autre.

— Bien, concéda-t-il, en glissant les bijoux dans la poche de sa veste.

Les femmes aussi avaient leur fierté, et celle d'Audevere avait été blessée.

— Je m'arrangerai pour les gager. Donnez-moi trois jours.

— Retrouvons-nous au récital donné par les Tetford, proposa-t-elle.

Elle était redevenue sérieuse et froide, et Inigo aurait voulu retrouver l'autre Audevere, celle qui avait rougi quand il l'avait regardée avec insistance. Celle qui avait nargué Mrs Whitfield d'un sourire triomphant qui semblait dire « il est à moi ».

Il avait aimé cette réaction. Être à elle, rien que ce soir-là. Rien qu'un petit peu... La ressentait-elle aussi cette attirance ? Ce lien entre eux qui n'avait rien à voir avec leur accord pour organiser sa fuite, et qui serait toujours là quoi qu'il arrive ?

— Et alors nous pourrons discuter des conditions de votre fuite, suggéra-t-il.

Il n'avait pas envie de gâcher la magie de ce tête-à-tête, mais le temps leur était compté. La décence exigeait qu'ils rejoignent maintenant les autres, ou les rumeurs ne tarderaient pas à aller bon train.

Et c'était préférable pour Inigo aussi. S'il s'attardait, il était fort possible, en effet, qu'il cède à la tentation de l'embrasser.

— Ce ne sera guère compliqué, affirma-t-il. Une carriole se tiendra prête à partir à tout moment. Mais il nous faudra un point de chute. Je veux le plus grand laps de temps possible entre notre départ et la découverte par votre père de votre disparition. Pour cela, il nous faut un plan. Me laisserez-vous l'élaborer ?

— Merci, dit-elle en guise de réponse.

Alors qu'Inigo voulait la guider vers la porte-fenêtre, Audevere le retint.

— Vous avez été très bon pour moi, Inigo.

Elle se plaqua alors contre lui, en passant les bras autour de son cou.

— Que faites-vous, Aud ? demanda Inigo, même si son geste ne laissait aucune place au doute.

— Je pense que vous le savez.

Une petite flamme dansa dans les yeux de la jeune femme.

— Je vous ai déjà embrassé.

— Un marivaudage de salon, rien de plus. Mais nous ne jouons plus à présent.

Songeant à son énigmatique remarque à propos des cadeaux, il ajouta :

— Vous n'êtes pas obligée de m'embrasser en échange de mon aide.

Elle baissa les yeux, en rougissant légèrement.

— Ce n'est pas ce que les demoiselles en détresse offrent à leur chevalier en brillante armure ? Une telle démonstration de galanterie mérite sans doute une récompense.

Un sombre soupçon commençait à prendre forme dans l'esprit d'Inigo à propos des leçons qu'Audevere avait tirées concernant les cadeaux faits par les hommes. Et sa colère à l'égard de Gismond Brenley ne fit que s'amplifier. Quel genre de père autorisait des hommes à faire à sa fille des avances réservées aux femmes de petite vertu ?

Il lui prit le menton entre le pouce et l'index et l'obligea à relever la tête.

— Les demoiselles n'embrassent leur sauveur que si elles en ont envie.

— Eh bien, peut-être ai-je envie de vous embrasser.

S'ils avaient été en pleine Saison, si les choses avaient été différentes, éventuellement Inigo aurait-il pu autoriser ce marivaudage.

— Aud, nous ne voulons pas de cela.

Et peu importait que son corps contredise de manière éloquente cette déclaration.

Il avait envie de l'embrasser. L'attirance qu'il éprouvait pour elle était indéniable. Cela n'avait rien à voir avec un innocent baiser pour service rendu. C'était quelque chose de puissant, d'envoûtant, qui semblait doté d'une vie propre, et il ne pouvait absolument pas l'autoriser. Pas quand elle avait l'impression de lui être redevable. Pas quand lui-même ne savait pas où il en était de ses sentiments.

Si jamais un jour il l'embrassait, il voulait que ce soit pur, dénué de culpabilité et d'arrière-pensées.

Si ?

Ne pensait-il pas plutôt quand ?

— Rentrons, suggéra-t-il. Je ne veux pas que vous attrapiez froid.

Il y avait pourtant peu de risques que cela se produise.

Il lui semblait qu'ils étaient tous les deux brûlants.

7

Trois jours plus tard, Audevere rougissait encore en pensant à son comportement sur la terrasse des Thurston.

Lissant ses jupes, elle entra dans le salon des Tetford, espérant être arrivée avant Inigo afin d'avoir le temps de se composer un visage impassible avant de l'affronter.

Après avoir bien réfléchi, elle comprenait qu'elle s'était laissé emporter par la complicité du moment, par sa gentillesse qu'elle avait sans doute prise pour autre chose.

Peut-être avait-elle mal interprété l'attitude tout entière d'Inigo, confondant sa sympathie avec de l'affection, troublée par le souvenir d'un baiser qui n'était en effet qu'un marivaudage de salon.

Elle était la seule à blâmer, elle le savait.

Elle avait été prise dans un chaos émotionnel créé par les récents événements. Il n'était pas courant pour une jeune fille de décider de disparaître et de se réinventer. La vie était soudain plus compliquée et angoissante, et elle s'était laissé submerger dans un moment de faiblesse. Elle l'expliquerait à Inigo ce soir-là, et ils pourraient redevenir ce qu'ils étaient avant, d'anciennes relations expérimentant une nouvelle et fragile amitié qui n'était pas destinée à durer.

Ce pourrait peut-être même être l'amitié la plus courte qu'elle ait jamais connue, si on considérait la semaine précédente comme son début, et la semaine suivante comme sa fin.

La semaine suivante.

Cette pensée ramena brutalement Audevere à la réalité. La semaine suivante, elle ne se trouverait pas dans un salon, vêtue d'une robe de soie et entourée de personnes élégantes. Ni la semaine suivante, ni celle d'après.

Tout cela serait bientôt fini.

Le jour du départ n'avait pas encore été fixé, mais cela ne pourrait pas avoir lieu plus tard que la semaine suivante. Des événements étaient en marche, requérant qu'il n'y ait pas de report de sa part.

— Vous voilà, ma chère.

La trouvant dans la foule, Mrs Tetford glissa son bras sous le sien.

— Je suis tellement heureuse que vous ayez pu venir ce soir.

Mrs Tetford avait offert de lui servir de chaperon, et Audevere était ravie d'échapper au regard inquisiteur que son père posait sur elle à la maison.

— Tremblay est ici, bien sûr. J'imagine que vous voudrez le voir. Son ami Tintagel est également présent. Ils semblent devenus inséparables cet automne.

— Je serai en effet ravie de voir le vicomte, répondit Audevere, avec un sourire pour son hôtesse.

En fin connaisseur de la bonne société, Inigo ne pouvait ignorer que le meilleur moyen de la rencontrer fortuitement serait de rester à proximité de Tremblay.

Son intuition fut la bonne, et elle ne tarda pas à apercevoir les deux hommes, plongés dans une discussion animée. Puis Inigo la remarqua, et son attitude changea.

Il la suivait des yeux comme si elle était l'unique femme dans la pièce. Cela suffit pour la faire rougir à nouveau et s'interroger. Peut-être n'était-ce finalement pas son imagination qui l'avait incitée à prendre l'initiative d'un baiser qu'il avait refusé...

Et s'il l'avait éconduite, non par absence de sentiments, mais parce qu'il ressentait pour elle quelque chose de trop fort ?

Comment un homme pourrait-il regarder une femme de cette manière et ne rien ressentir ?

— Miss Brenley, toujours aussi charmante, la salua Tremblay en s'inclinant.

— Et vous êtes toujours aussi flatteur, répondit Audevere, en exécutant une brève révérence, accompagnée d'un sourire radieux.

Tous ceux qui les observaient n'en attendaient pas moins. Leur couple avait été très observé durant la Saison, et elle devait continuer à donner le change. En aucun cas il ne fallait provoquer un incident qui pourrait être rapporté à son père.

Elle se tourna vers Inigo.

— Quel plaisir de vous revoir, Lord Tintagel.

Et ensuite ? se demanda Audevere. Le récital n'allait pas tarder à commencer, et les invités rejoignaient déjà leurs sièges. Elle n'aurait pas l'occasion d'être seule avec Inigo avant l'entracte.

Mais son inquiétude n'avait pas lieu d'être. Inigo avait tout prévu.

— Lord Tremblay et moi avons réservé des sièges au fond avec sa sœur. Voulez-vous vous joindre à nous ?

Il désigna un alignement de chaises, près de la porte-fenêtre, où une blonde discutait avec quelques matrones.

Audevere s'émerveilla de la finesse avec laquelle tout cela avait été arrangé et de la fluidité avec laquelle tout se mettait en place. Elle était toutefois un peu gênée d'utiliser Tremblay et sa sœur pour donner le change, mais c'était mieux que de piéger le pauvre homme dans un mariage.

— Je me suis laissé dire que la soprano était fascinante. Nous pourrons nous glisser dehors une fois que la performance aura commencé, et personne ne le remarquera.

C'était nécessaire à la conduite de leurs affaires, se raisonna Audevere, mais le murmure de la voix ainsi que le contact de la main d'Inigo dans le creux de son dos avaient provoqué une accélération de son cœur et fait naître de troublantes pensées dans son esprit.

Qu'elle était donc sotte, se morigéna-t-elle. Peu importait ce qu'elle croyait lire dans les yeux d'Inigo. Elle ferait mieux de se contrôler, si elle ne voulait pas risquer de faire échouer sa fuite.

Ils prirent place, et Audevere échangea quelques mots avec la sœur de Tremblay, qui sembla ravie de faire sa connaissance.

Apparemment, cette dernière n'était pas informée qu'il n'y aurait pas de demande en mariage de la part de son frère.

Inigo s'assit à côté d'elle, et la conscience aiguisée de sa présence fit courir d'étranges frissons à travers tout le corps d'Audevere.

Heureusement, ils n'eurent pas à attendre longtemps. La soprano, une ravissante Italienne aux longs cheveux noirs et aux yeux de braise, commença à 20 heures précises.

Au bout d'un quart d'heure, Inigo se faufila discrètement à l'extérieur. Cinq minutes plus tard, Audevere le rejoignait dans le jardin.

Le jardin des Tetford n'avait pas été fermé pour l'automne. Le clapotis d'une fontaine murmurait en son centre. Se laissant guider par le son, Audevere découvrit Inigo assis sur la margelle de pierre, l'air parfaitement à l'aise, comme s'il avait coutume d'inviter des femmes en pleine nuit dans des jardins.

Et peut-être était-ce le cas.

La question était intéressante. Inigo était suffisamment séduisant pour qu'une femme accepte de le suivre n'importe où sans trop se faire prier.

Il était temps toutefois de penser à autre chose.

— Êtes-vous parvenu à gager les bijoux ? s'enquit-elle.

— Oui. La somme est tout à fait décente. Cela vous aidera à couvrir vos dépenses de nourriture et d'habillement.

Inigo plongea la main dans sa poche et en sortit un pochon de cuir qu'il lui tendit. Le poids en était plaisamment réconfortant, mais Audevere savait que c'était une illusion. À chaque fois qu'elle plongerait la main dans le sac, elle en diminuerait le poids, sans savoir quand elle pourrait le remplir à nouveau.

Comment subviendrait-elle à ses besoins dans sa nouvelle vie ? L'énormité de ce qu'elle s'apprêtait à faire la submergea à nouveau. Ce sac de pièces était la seule chose qui pourrait la préserver de la famine et du vagabondage.

Enfin, pas tout à fait. Il y avait aussi Inigo et son honneur.

— Merci.

Elle glissa le pochon dans son réticule. La quantité d'argent était crédible. Inigo ne l'avait pas augmentée de quelques pièces supplémentaires. Audevere avait redouté cela. Mais il avait compris combien son désir de s'en sortir par elle-même était sérieux.

Elle lui sourit, en espérant qu'il devinerait ce qu'englobaient ses remerciements.

— Me permettrez-vous de m'occuper de tout ? demanda-t-il, comme il l'avait fait chez les Thurston.

Cette fois, Audevere était tentée d'accepter. Il lui avait accordé du temps, et elle n'avait pas davantage de plan de bataille que trois jours auparavant.

Inigo prit son silence pour un signe d'encouragement.

— Je peux vous fournir un *cottage* dans le Devonshire, à la frontière des Cornouailles. C'est une région sauvage, à peine peuplée. Personne ne vous y remarquera.

La générosité de cette offre toucha Audevere. Elle fut même tentée. Mais elle voyait très bien où il voulait en venir.

— Et si j'étais découverte, vous seriez à proximité pour me venir en aide, remarqua-t-elle. Il me semble me rappeler que le domaine des Boscastle n'est pas très éloigné de cette frontière. Je pourrais facilement y trouver refuge si besoin était.

Elle secoua la tête.

— Ce serait trop dangereux. Quelqu'un finirait par établir le lien. Ce serait un jeu d'enfant de me retrouver à travers vous. Je tiens absolument à couper tous les ponts.

Elle prit soin de tempérer son refus.

— J'apprécie votre offre, mais vous avez déjà pris assez de risques pour m'aider. Si mon père se doute du rôle que vous jouez, vous serez le premier à qui il viendra demander des explications.

— Et je ne me déroberai pas, répliqua fièrement Inigo. Mais il y réfléchira sans doute à deux fois. Quiconque s'en prend à moi, s'en prend aussi aux ducs de Cornouailles. Il ne se risquera pas à cette confrontation.

Comme ce devait être agréable de se sentir aussi invincible, songea Audevere. Mais, comme le lui avait enseigné son père, toute armure avait sa faille. Aussi, elle crut bon de le mettre en garde.

— Inigo, il est capable de s'en prendre à n'importe qui.

— Pas cette fois. Écoutez-moi. Je rassemble des preuves depuis plusieurs années et j'en ai maintenant suffisamment pour convaincre le roi de le destituer de son titre. M'autorisez-vous à le faire savoir à votre père ?

Audevere prit le temps de décomposer cette information.

— Vous voulez vous en servir comme un moyen de pression pour l'empêcher d'agir contre moi ?

Inigo hocha la tête.

— Il pourrait garder son titre tant qu'il vous laisserait tranquille, et je serais là pour m'en assurer.

— Il ne se laissera jamais destituer de son titre.

— Le roi apprécie peut-être l'argent que les activités de votre père font entrer dans les coffres de la Couronne, mais il serait très contrarié d'apprendre les scandales qui s'y attachent. Et Sa Majesté ne pourrait pas non plus se permettre la défaveur des ducs de Cornouailles. Si le roi devait faire un choix, votre père saurait bien qu'il serait le grand perdant.

Inigo s'enflamma, convaincu par sa proposition.

— En un geste, je peux venger Collin, et vous donner votre liberté. Vous n'aurez pas à passer votre vie à regarder par-dessus votre épaule, fuyant à la moindre crainte d'être découverte. Vous pourriez vous installer dans le Devonshire, et même garder votre nom.

À cet instant, tandis que la lune les éclairait, et que la fontaine accompagnait leur conversation d'un doux bruissement d'eau, Audevere sentit son cœur s'emplir d'émotion. Inigo croyait sincèrement qu'il pourrait accomplir cela avec un bout de papier, et elle avait envie de le croire elle aussi. Elle avait envie d'oublier qu'elle était porteuse d'autres secrets qu'elle ne devait à aucun prix révéler.

— Je ne peux pas accepter de m'installer dans votre *cottage*. Ce ne serait pas juste, même si c'était possible.

Combien de temps faudrait-il avant que l'un ou l'autre estime qu'elle était redevable à Inigo ?

Combien de temps faudrait-il avant que son père ne la retrouve et ne rende public son secret, afin de discréditer Inigo auprès du roi ?

— Je ne demande rien en retour, Aud.

Il fronça les sourcils, et Audevere devina la pensée horrible qui le traversait, tandis qu'il se remémorait ce qu'elle lui avait dit à propos des hommes qui demandaient des faveurs.

— Vous n'imaginez quand même pas que je cherche à vous piéger afin de faire de vous ma maîtresse ?

L'affront qu'il ressentait était visible. Son regard s'était durci, sa mâchoire crispée.

— Je ne déshonorerai pas la mémoire de Collin en traitant de cette façon la femme qu'il aimait.

Collin ?

Était-ce pour cette raison qu'il ne l'avait pas embrassée ?

Elle avait trouvé le seul homme d'honneur d'Angleterre. Un homme qui la désirait mais qui ne manifesterait jamais ses sentiments par respect pour un ami défunt.

Audevere était à la fois admirative d'une telle grandeur d'âme et frustrée par cette décision.

— Il ne s'agit pas seulement du *cottage*, Inigo, mais de votre plan dans son ensemble. Cela ne fonctionnera jamais. Un document ne peut arrêter une lame ou une balle. Mon père enverra ses hommes, et ils feront la sale besogne pour lui au détour d'une allée sombre.

Voyant qu'il s'apprêtait à protester, elle s'empressa de reprendre.

— Il est inutile d'argumenter. Nous n'avons plus beaucoup de temps, et je ne changerai pas d'avis ce soir.

Elle n'avait pas envie d'entendre ses raisonnements, de crainte de commencer à y croire.

— Quand partons-nous ? demanda-t-elle d'un ton brusque.

Inigo soupira, sans doute aussi frustré qu'elle l'était.

— Je suis en train de mettre quelque chose au point avec Tremblay pour faire en sorte que votre père quitte la ville. Pouvez-vous attendre encore trois jours ?

Audevere fit une petite moue, avant de hocher la tête.

— Oui.

Trois jours. Autant dire une éternité à attendre. Et à la fois si peu de temps pour rassembler ce dont elle avait besoin et quitter tout ce qu'elle connaissait.

Inigo Vellanoweth ne sortirait pas indemne de cette escapade.

Gismond Brenley renvoya ses deux valets avec des ordres précis pour y veiller.

L'aimable Mrs Tetford avait été plus que ravie de lui fournir un compte rendu des activités de sa fille contre l'effacement des dettes de jeu plutôt étendues de son mari, lesquelles menaçaient les possibilités du couple de rester à Londres.

Elle n'avait pas non plus manqué de célérité. Il était à peine 23 heures. Avec un peu de chance, ses hommes intercepteraient Vellanoweth sur le chemin du retour chez lui.

Brenley se servit un verre pour célébrer sa victoire.

Une chose restait toutefois à éclaircir.

Pourquoi Audevere avait-elle accepté l'attention de Vellanoweth ? Mrs Tetford n'en avait pas idée. Tout ce qu'elle pouvait dire, c'était que le duc était arrivé avec Tremblay, et qu'Audevere s'était parfaitement bien comportée jusqu'à ce que Vellanoweth s'éclipse dans le jardin et qu'elle lui emboîte le pas.

Que pouvait-il bien vouloir à sa fille ?

Ce n'était un secret pour personne que Vellanoweth avait une dent contre lui et cherchait à se venger. La débâcle de l'année précédente l'avait clairement établi.

Avait-il l'intention de séduire Audevere pour lui extorquer des informations ? Voulait-il lui tourner la tête avec les souvenirs du passé ? Ou bien, voulait-il détruire la réputation de sa fille pour l'atteindre à travers elle ?

Eh bien, Tintagel allait apprendre qu'Audevere avait un père très protecteur.

8

Elle lui cachait quelque chose, préservant un détail de la plus haute importance.

C'était la seule explication qu'Inigo avait trouvée au refus d'Audevere quand il lui avait proposé de la raccompagner.

Il avait renvoyé son cocher, dans l'espoir que la fraîcheur de l'air nocturne lui éclaircirait les idées.

La soirée avait été fort agréable, tout comme la partie de cartes quelques jours auparavant. À chaque fois qu'Inigo rencontrait la jeune femme, il découvrait une nouvelle facette de sa personnalité et comprenait mieux qui était vraiment Audevere Brenley. C'était tout simplement une jeune femme qui avait réussi à conserver l'espoir d'une vie meilleure, malgré tant d'années de déceptions.

Personne n'aurait pu imaginer qu'une telle force de caractère et une telle persévérance se cachaient derrière son apparence de belle héritière. Il était si aisé de croire que les belles jeunes femmes avaient de belles vies...

D'après ce qu'il avait pu en voir, la vie d'Audevere n'avait pas été belle. Et le terme de « déception » ne suffisait pas à décrire les tragédies qu'elle avait connues : la perte d'une mère aimée, l'abandon d'une vie paisible à la campagne pour l'agitation de Londres, l'entrée dans l'âge adulte avec pour tout guide un père cruel et gouverné par l'appât du gain - un père qui par ailleurs n'hésitait pas à utiliser la beauté de sa fille pour faciliter son ascension sociale.

Inigo donna un coup de pied dans un caillou.

Il n'y avait rien d'étonnant à ce que ce dernier la surveille de près. Brenley voulait être le seul propriétaire de ses attentions, et il devait redouter grandement ce qu'elle pouvait faire contre lui. En fuyant, elle emportait l'atout le plus précieux qu'il détenait.

Inigo envoya voler un nouveau caillou, avec plus de force cette fois, sa colère attisée par la pensée de ce qu'Audevere avait dû endurer. Elle n'avait pas donné de détails, mais ce n'était pas nécessaire. Ce qu'elle insinuait était déjà assez horrible.

Inigo avait des sœurs dont l'âge était à peu près identique à celui d'Audevere lorsque celle-ci était arrivée à Londres. Il ne pouvait imaginer son père se servir d'elles comme Brenley s'était servi de sa fille.

Et si cela avait été le cas, Inigo se serait mis en travers de son chemin.

Mais c'était bien là le problème : Audevere n'avait personne pour prendre sa défense.

Jusqu'à maintenant.

Il la protégerait aussi longtemps qu'elle le lui permettrait.

Au fil de ses pensées, Inigo était ainsi revenu au point de départ. Pourquoi ne voulait-elle pas de lui comme protecteur ?

Il ne pensait pas qu'il s'agissait uniquement d'une question de bienséance. De même, il ne croyait pas qu'Audevere avait refusé qu'il lui prête de l'argent uniquement par crainte de ne pouvoir le rembourser.

Elle ne voulait aucune attache. Pourquoi ? La réponse la plus évidente était le souci qu'elle devait avoir de le protéger. Mais de quoi ? Il n'avait pas peur de Brenley.

De quoi d'autre pouvait-il s'agir ? Il y avait bien quelque chose, Inigo en était certain.

Ce qui était moins certain, c'était le temps durant lequel sa volonté l'emporterait sur le désir qu'il éprouvait pour elle. Il avait réussi à se contenir jusqu'à présent, et il faudrait que cela continue ainsi encore un moment.

Sur quel argument pouvait-il s'appuyer pour renforcer sa volonté ?

Elle avait cessé d'être son ennemie quand il avait compris qu'elle était tout aussi victime des machinations de Brenley que l'avaient été Collin et Eliza. Et, tout comme eux, elle avait besoin d'aide.

Quand son esprit avait assimilé cela, Inigo n'avait plus vu d'obstacle à offrir son aide à la jeune femme.

Restait le problème de l'attrait qu'elle exerçait sur lui. Tant que Collin était présent, il était évident que jamais il ne se serait risqué à faire la moindre avance à Audevere.

Mais aujourd'hui ? Il ne lui restait plus qu'une vieille culpabilité et l'honneur.

Inigo essaya de réveiller cette culpabilité tandis qu'il arpentait les rues en direction de Jermyn Street.

Les quartiers étaient paisibles, les artères désertes en cette soirée d'automne. Il lui semblait que la ville était à lui, tandis qu'il réfléchissait.

Audevere serait toujours l'ancienne fiancée de Collin. Ce serait toujours la base de leur relation. Sans lui, ils ne se seraient jamais rencontrés.

Était-il juste de laisser libre cours à son désir maintenant, alors que Collin n'avait plus son mot à dire ? Plus précisément, était-il juste de céder à ce désir alors qu'elle était si vulnérable ? Elle aurait cherché le réconfort dans ses bras s'il le lui avait offert.

Tous deux n'en étaient pas à leur première incartade. Cela s'était produit durant une fête d'anniversaire. Inigo se rappelait cette nuit-là comme si c'était la veille. C'était un de ses souvenirs préférés, et aussi l'un des plus inconfortables.

« La soirée était bien avancée, et quelqu'un avait corsé le punch avec du brandy. Rosenwyn Trevelen dirigeait ses invités telle une reine. Elle avait dix-huit ans ce jour-là, et elle devait partir pour Londres le mois suivant pour sa première Saison.

— Jouons à Patipata ! s'exclama-t-elle soudain.

Elle s'adressa à sa sœur.

— Ayleth, tu seras Patipata. Je jouerai l'aveugle désignant les objets, et Patipata désignera la personne qui doit les embrasser.

Rieuse, Ayleth se plaça au centre de la pièce, tandis que tout le monde se rassemblait dans son dos. Fermant les yeux, Rosenwyn désigna au hasard un vase.

— Qui doit l'embrasser, Patipata ?

— Cassian !

Tout le monde rit, tandis que Cassian embrassait théâtralement le vase.

Le jeu continua dans la bonne humeur. Eaton dut embrasser Vennor, et Vennor embrassa le saladier de punch. Collin se retrouva à embrasser le chien, et ainsi de suite.

Tous les invités riaient de bon cœur, sans doute échauffés par le rhum, quand Rosenwyn, sans le voir, pointa le doigt vers Inigo.

— Patipata, qui doit embrasser ça ?

Inigo se crispa. Il avait espéré s'esquiver discrètement. Ses amis étaient tellement meilleurs que lui pour les jeux de société, tellement plus détendus, prêts à se ridiculiser et à rire avec ceux qui riaient d'eux.

— Audevere, répondit Ayleth.

Il y eut des rires et des cris faussement choqués, et quelques commentaires adressés à Collin. Inigo essaya d'y échapper, en prétendant que c'était déplacé, mais Collin ne lui fut d'aucune aide.

— Ce n'est qu'un jeu, mon vieux. Il n'y a pas de mal à ça.

Audevere s'approcha d'une démarche exagérément séductrice et s'assit sur les genoux d'Inigo.

Elle s'était humecté les lèvres et le regardait d'un air de défi.

— Si je ne vous connaissais pas mieux, je pourrais croire que vous avez peur de m'embrasser, murmura-t-elle à sa seule intention.

Il n'avait pas peur - Seigneur, non - il en avait tellement rêvé. Mais il avait peur d'y prendre goût. Il redoutait que ce baiser soit encore mieux que dans ses rêves, et que tout le monde se rende compte du plaisir qu'il y prenait, surtout Collin.

Audevere se pencha, pressant brièvement ses lèvres sur les siennes. Inigo aurait pu y survivre, ce n'était après tout qu'un chaste baiser, mais l'alcool avait enhardi les invités. Eaton insista lourdement, suggérant qu'ils pouvaient faire mieux que cela. Et Audevere avait toujours été audacieuse, adorant relever les défis...

Elle passa les bras autour de son cou, glissa les doigts dans ses cheveux et entrouvrit les lèvres. Il respirait son parfum, percevait ses courbes. Son sang bouillait, et il ne put résister. Sa langue chercha celle d'Audevere, et elle lui répondit, jouant un jeu dangereux. La salle se mit à siffler et à applaudir, et Eaton appela au calme.

Audevere glissa alors de ses genoux, fit une révérence moqueuse aux autres et rejoignit Collin. Ce dernier l'attira dans ses bras, l'accueillant avec un baiser passionné.

— Voilà une femme comme je les aime. Elle ne recule devant rien.

Inigo eut l'impression de recevoir une douche froide. En voyant Audevere dans les bras de Collin, il prenait conscience que leur baiser n'était qu'un jeu, tandis qu'avec Collin c'était bien réel.

Très bientôt, Collin serait son mari et il serait autorisé à faire bien plus que l'embrasser. »

Mais cela ne s'était pas passé ainsi. Inigo était là, et Collin était parti. Le pécheur avait vécu, et le saint était mort.

Avait-il facilité cela d'une quelconque façon ? Avait-il ignoré un appel à l'aide de Collin ? Négligé un signe avant-coureur ?

Pourquoi avait-il aujourd'hui cette chance de pouvoir déclarer sa flamme à Audevere ? C'était lui qui dissimulait un sombre secret, lui qui méritait d'être puni.

Mais peut-être sa punition consistait-elle à se retrouver contraint d'approcher Audevere, la cause de son péché.

Il avait fait de gros efforts au fil des années pour oublier ce baiser. À l'évidence, il n'y était pas parvenu.

Audevere y pensait-elle ? Ainsi qu'à toutes ces journées où elle se moquait de son excès de sérieux, où elle le provoquait, essayait de le faire rire ? Ou bien avait-elle aisément oublié ces rencontres, Inigo étant le seul à garder en tête un album d'images pour chaque moment, chaque conversation ?

N'était-ce pas ridicule de sa part de s'y accrocher ainsi, de leur donner une signification qu'ils n'avaient pas ?

Plongé dans ses pensées, Inigo ne s'était pas rendu compte qu'il était suivi.

Quand il le comprit, il était trop tard. Trois hommes l'entouraient, alors qu'il se trouvait à deux rues de chez lui, à un endroit où Jermyn Street croisait St. James's. Dans la journée, l'intersection vibrait d'animation, mais pas à cette heure de la nuit, surtout en automne, quand les membres de la bonne société se trouvaient dans leur résidence de campagne.

Inigo décida de ne pas opposer de résistance et chercha sa bourse, heureux d'avoir déjà donné son dû à Audevere. Il n'avait pas de patience ce soir-là pour les détrousseurs. Il secoua le pochon en cuir, faisant sonner les pièces.

— C'est tout ce que j'ai.

— On n'en veut pas à votre argent, milord, grommela le plus grand des trois.

Un mouvement de sa main révéla un couteau à la lame aiguisée.

Comprenant qu'il n'avait pas affaire à des voleurs ordinaires, Inigo sortit aussitôt l'épée dissimulée dans sa canne de marche. Cela s'engageait bien mal : trois contre un, dans l'obscurité et sur des pavés glissants, sans personne dans les parages.

Il fit un signe de tête à l'homme qui tenait le couteau. S'il pouvait les affronter l'un après l'autre, il aurait plus de chances.

— Vous d'abord, puisque c'était votre idée.

Peut-être n'était-ce que de l'esbroufe. En voyant une véritable épée, sans doute allaient-ils s'enfuir.

— Moi d'abord. Vous entendez ça, les gars ?

L'homme cracha dans le caniveau.

— Nous, on est plus démocratiques que ça.

Le trio commença à avancer. Inigo allongea sa lame et entailla le bras de l'homme qui se tenait sur sa droite. L'homme poussa un cri et battit en retraite, en plaquant une main sur la plaie sanglante.

Inigo pivota alors sur sa gauche, déviant la trajectoire du couteau avant que celui-ci n'atteigne son épaule. Il essaya de forcer l'homme à reculer, tout en lançant des coups de pied dans la direction du troisième assaillant pour l'empêcher d'avancer.

Une pensée lui traversa l'esprit tandis qu'il se défendait tant bien que mal. Il allait mourir dans la rue, poignardé comme son mentor, Richard Penlerick.

Il y eut soudain des bruits de combat à mains nues derrière

lui, tandis qu'il marquait son opposant à la joue. L'homme s'effondra, et Inigo se retourna pour en finir avec le dernier de ses assaillants. Il découvrit qu'il avait déjà été mis en fuite par un allié inattendu.

L'inconnu était habillé tout en noir et portait un masque.

— Vous ! Vous êtes le Vigilante !

Inigo avait du mal à retrouver son souffle. Il prit appui contre un mur et observa son sauveteur providentiel. Depuis un an, on ne parlait que de ce justicier qui hantait les rues et réglait leur compte aux malfrats.

— Ainsi, vous n'êtes pas uniquement une rumeur, une légende créée par une société en mal de héros chevaleresques.

Inigo lui adressa un sourire reconnaissant.

— J'en suis ravi. Je vous suis redevable.

Il tendit la main, mais l'homme ne la prit pas. Il ne parla pas non plus. Après un signe de tête, il disparut dans la nuit.

Inigo épousseta ses vêtements et vérifia qu'il n'avait rien. Son corps vibrait de l'énergie nerveuse qui suivait un combat, tandis que son esprit était la proie d'une ribambelle de questions et d'émotions, la principale étant une profonde incrédulité.

Il était un pair de la Couronne, comte de Tintagel, héritier d'un duc. Peu de gens oseraient s'en prendre à lui. À moins que ces hommes n'ignorent qui il était ? Cela semblait peu probable.

Par ailleurs, ils n'étaient pas intéressés par son argent…

Il ne s'agissait pas de détrousseurs, mais de criminels ! Ils avaient été envoyés pour le passer à tabac.

La conclusion était évidente : c'était l'œuvre de Brenley.

Qui d'autre pourrait vouloir s'en prendre à lui ? Il n'avait pas d'ennemis.

Il s'agissait à l'évidence d'un avertissement. Mais à qui était-il destiné ? À lui, ou à Audevere ?

Brenley devait avoir appris qu'Audevere l'avait rencontré. Peut-être même soupçonnait-il qu'elle préparait quelque chose.

Un frisson traversa Inigo, frisson qui n'avait rien à voir avec sa récente confrontation avec le danger. Il s'inquiétait pour Audevere. Si elle était vraiment en péril, trois jours pourraient représenter une trop longue attente. Sa velléité de fuite pourrait être étouffée dans l'œuf.

Soudain, il n'avait plus aucune envie de rentrer chez lui. Passer la nuit seul avec ses pensées ne lui apporterait rien de bon.

Il fit demi-tour vers Newlyn House. Il avait besoin de parler à Vennor.

Et tant pis s'il était plus de minuit. Les amis étaient faits pour cela.

9

— Inigo, que s'est-il passé ?

Un coup d'œil suffit à Vennor pour passer à l'action. On pouvait toujours compter sur lui pour trouver une solution. Il n'était pas du genre à rester assis sans réagir.

En quelques minutes des valets furent appelés, la cuisine fut réveillée, du thé fut infusé, des décanteurs furent rafraîchis.

— As-tu besoin d'un médecin ?

Vennor lui mit dans la main un verre de whisky généreusement servi.

Observant son ami, tandis que celui-ci donnait des ordres autour de lui, Inigo remarqua combien il était pâle. Son front était couvert de sueur, ses cheveux emmêlés... Avait-il surpris son ami au retour d'une soirée ? Mais il avait peu de temps à consacrer à l'apparence agitée et hirsute de Vennor.

— Cela s'est passé au croisement de St. James's et Jermyn. J'étais presque arrivé à la maison.

Inigo but une gorgée du liquide ambré. L'énergie d'après combat s'amenuisait, et il commençait à ressentir les effets des coups qu'il avait pris.

— Ils étaient trois et m'ont attaqué par surprise.

Il avait commis l'erreur de ne pas faire attention, se désignant tout seul comme une cible idéale.

— Mais, là où cela devient intrigant, c'est qu'ils n'étaient pas intéressés par mon argent. Je leur ai offert ma bourse directement, mais ils m'ont fait comprendre qu'ils étaient en fait venus pour moi.

— Tu aurais pu être tué, remarqua Vennor, en s'asseyant sur le bord de son siège.

— J'y ai pensé, figure-toi. Je me suis même dit que j'allais mourir de la même façon que ton père, poignardé dans la rue.

Inigo frissonna en prononçant ces mots.

— Grâce à Dieu, tu es bien vivant.

— Je ne sais pas si Dieu y est pour quelque chose, mais je peux remercier le Vigilante. Il est arrivé juste à temps. Sinon, les choses auraient pu finir différemment.

— Le Vigilante est intervenu ? J'en suis ravi. Mon père n'aurait pas voulu que tu finisses comme lui.

— Où en est l'enquête ? Tu as des pistes ?

— Non. Rien du tout.

Vennor secoua la tête en soupirant.

— Je crois que c'est peine perdue.

Son intuition souffla à Inigo que Vennor lui mentait. Après avoir passé un an et demi à chercher les coupables, il était impossible qu'il capitule ainsi.

— Mais revenons à nos moutons, reprit Vennor. Je pense qu'il est raisonnable de conclure que Gismond Brenley se cache derrière cette agression.

— C'est ce que je me suis dit aussi. Et je m'inquiète pour Audevere.

Inigo ôta sa veste et sa chemise et enfila les vêtements propres apportés par un valet.

Vennor eut une mimique entendue.

— Non, ce n'est pas ce que tu crois, s'empressa de préciser Inigo. Je pense qu'elle court un danger, et que cette attaque avait valeur de message. Je dois la faire sortir de cette maison et l'emmener loin tant qu'il en est encore temps.

Vennor se passa la main dans les cheveux et soupira.

— Elle t'a entortillé autour de son petit doigt, n'est-ce pas ? Tu vas l'aider à disparaître. Son père ne te laissera aucun répit.

— C'est probable. Mais il est temps que cette guerre souterraine entre Brenley et les ducs prenne fin. Et il est temps aussi que le comportement de Brenley soit révélé au grand jour. Nous n'avons rien à craindre de lui.

Inigo commença à exposer son plan.

— Je veux te confier la lettre destinée au roi. Tu la lui feras porter si jamais il m'arrive quelque chose.

— Tu as donc confiance en elle ? Es-tu sûr qu'elle en vaille la peine ?

— Certain.

Quelques semaines auparavant, Inigo aurait répondu différemment. Mais l'histoire d'Audevere l'avait fait changer d'avis. Sa sécurité passait avant le désir qu'il avait de venger la mort de Collin.

— Es-tu en train de tomber amoureux d'elle ?

L'inquiétude vibrait dans la voix de Vennor, et Inigo comprenait son point de vue. La fille de leur ennemi jetait à nouveau son dévolu sur l'un des leurs. C'était la recette d'un désastre annoncé.

— J'ai de l'affection pour elle, confessa-t-il. Elle a vécu un enfer et, si je ne l'aide pas, elle continuera à souffrir. Je sais que tu doutes d'elle. Mais ne doute pas de moi. Ma parole a toujours été suffisante pour toi. Je voudrais donc que tu me croies aujourd'hui quand je te dis que nous ne la connaissions pas. Elle est tellement différente de ce que nous avons pu penser d'elle.

Vennor garda le silence un moment. Puis il hocha lentement la tête.

— Tu as raison. Je ne la connais pas. Je peux seulement te faire confiance. Je n'ai pas envie qu'il t'arrive quelque chose, mon ami. Mais ta parole me suffit. Que puis-je faire ?

Inigo sourit, se sentant mieux tout à coup.

— Merci, Ven. Je te suis redevable.

— Pas du tout. Entre amis, on ne se doit rien.

Vennor secoua la tête.

— Vous étiez tous là quand mes parents sont morts. Je n'aurais pas réussi à surmonter cette première semaine sans vous.

— Bien, bien, dit Inigo, en cherchant à masquer son émotion. Mettons-nous au travail.

— Je t'écoute.

— Nous devons impliquer Tremblay. Brenley ne se pliera jamais à une convocation si elle vient de nous…

Son plan débuterait huit heures plus tard. Il restait à espérer qu'il ne serait pas trop tard pour venir en aide à Audevere… Gismond Brenley surveillait sa fille par-dessus le rebord de son journal.

Il saurait bien vite si Audevere était coupable d'avoir délibérément attiré l'attention d'Inigo Vellanoweth la nuit précédente.

Il espérait que ce n'était pas le cas. Cela signifierait que le contrôle qu'il exerçait sur elle commençait à se desserrer, et qu'elle ne redoutait plus ce qu'il était en mesure de révéler sur elle.

Plus vite il pourrait la marier à Tremblay, mieux ce serait. Et alors il aurait à nouveau un moyen de pression sur elle.

Il agita son journal pour attirer son attention.

— Mrs Tetford m'a dit que Tremblay était ravi de te voir, hier soir, déclara-t-il d'un ton détaché.

— Oui, la soirée était très agréable.

Audevere releva brièvement la tête, avec un demi-sourire poli. Son expression était imperturbable. Si elle cachait quelque chose, elle le faisait bien.

— Il paraît qu'Inigo Vellanoweth était avec lui ?

— En effet.

— Je me suis laissé dire qu'il avait connu quelques mésaventures sur le chemin du retour. Des malfrats l'ont agressé.

Au grand dam de Brenley, lesdits malfrats s'étaient montrés beaucoup moins efficaces qu'escompté. En outre, ce fichu Vigilante était venu tout gâcher. Néanmoins, le message était passé.

— Il a été blessé ?

Une note d'inquiétude vibrait dans la voix d'Audevere. N'était-ce qu'une marque de sympathie somme toute naturelle ? Brenley n'en était pas certain.

— Probablement.

Il tourna nonchalamment une page de son journal, comme si cela n'avait aucune importance pour lui.

— D'abord, c'est Richard Penlerick qui se fait tuer dans la rue, et maintenant c'est au tour de Vellanoweth. On pourrait se dire que les ducs de Cornouailles n'ont pas de chance...

On pourrait certes penser une telle chose, si l'on n'était pas mieux informé.

S'obligeant à beurrer posément son toast, Audevere prenait sur elle pour conserver une expression et des réactions normales.

Inigo avait été attaqué. Pourvu qu'il n'ait pas été grièvement blessé..., songea-t-elle avec angoisse.

Naturellement, il devait savoir qui lui avait envoyé ces hommes. Lui en ferait-il reproche ? Penserait-il qu'elle l'avait trahi ?

Maudissait-il le jour où il avait accepté de l'aider ?

Audevere avait envie de se précipiter hors de la salle à manger et de courir à travers les rues pour le rejoindre. Elle voulait s'assurer qu'il allait bien.

Mais elle ne pouvait laisser filtrer la moindre indication de ses sentiments sans trahir la vérité.

C'était sa faute. Elle s'était crue en sécurité pendant le récital, mais quelqu'un avait dû les voir se faufiler dehors et avait prévenu son père. L'agression d'Inigo était un message à son intention.

Son père suspectait quelque chose, mais quoi, et dans quelle mesure ? Trois jours lui paraissaient une éternité, maintenant. Elle avait l'estomac noué. Inigo avait été blessé à cause d'elle. Mais peut-être comprendrait-il maintenant pourquoi elle était si réticente à l'impliquer dans sa vie. Sans doute était-il soulagé qu'elle ait refusé le *cottage* dans le Devonshire.

Un valet entra et présenta à son père un plateau sur lequel était posé un message. Audevere vit l'expression de Gismond Brenley passer de la confusion à la satisfaction quand il brisa le sceau et commença à lire.

— Nous avons de bonnes nouvelles, ma fille. Le vicomte Tremblay souhaite m'entretenir d'une opportunité d'investissement.

Il tapota le rebord de la table avec la missive.

— Il veut que je rencontre ses investisseurs à Douvres, et m'invite à voyager avec lui. Le seul souci, c'est qu'il part demain.

Cela ne me laisse pas beaucoup de temps pour me préparer, et je suis ennuyé de te laisser seule. Mais je crains de ne pas avoir le choix. Il dit qu'il a ensuite l'intention de rejoindre son domaine dans le Sussex.

Audevere voyait son père peser le pour et le contre.

Ne pas se rendre à l'invitation de Tremblay risquait de compromettre grandement la demande en mariage. Une fois installé pour l'hiver dans le Sussex, Tremblay ne reviendrait plus à Londres avant le printemps, et Truro était encore plus éloigné du Sussex que de Londres.

Ils perdraient alors le vicomte... peut-être définitivement.

Tout le monde savait que le voisin de Tremblay avait une fille ravissante et qu'une union serait bienvenue pour réunir les deux domaines.

Audevere garda le silence. Si elle insistait pour que son père accomplisse le voyage, ce dernier se méfierait.

Elle n'était, quant à elle, pas dupe. La proposition n'aurait pas pu mieux tomber. Au moment où elle avait besoin que son père quitte la ville, une invitation tombait du ciel. Ses doigts se crispèrent imperceptiblement autour du couteau à beurre. La partie avait déjà commencé.

Le valet revint, cette fois avec un bouquet de fleurs.

— Pour vous, miss, de la part du vicomte.

Le visage de Gismond Brenley s'illumina.

— On dirait que le vicomte est de retour.

Audevere essaya de voir la situation avec les yeux de son père. Les fleurs étaient le signe que le vicomte lui faisait toujours la cour, et que le mariage restait de mise. La proposition d'investissement indiquait que la mise en garde qu'Inigo avait faite à Tremblay n'avait pas porté ses fruits. L'invitation à voyager serait l'occasion de créer un lien avec le vicomte, et d'engager des conversations à caractère privé.

Audevere sourit timidement.

— Peut-être n'est-il jamais parti, père. Je vous avais dit que cette valse chez les Bradford l'inciterait à passer à l'action. Rien ne vaut un peu de rivalité pour rappeler à un homme ce dont il a envie. C'est ce que vous m'avez appris, et j'ai suivi vos conseils.

Elle se leva, ses fleurs à la main.

— Voulez-vous m'excuser ? Je vais chercher un vase pour ce bouquet.

Son père agita la main pour la renvoyer, lui prêtant à peine attention. Déjà, il était absorbé par la préparation de son voyage à Douvres avec le vicomte. Il n'était plus question de ne pas y aller.

Comme il devait se réjouir, songea Audevere, tandis qu'elle quittait la pièce pour chercher un vase, mais surtout pour se retrouver un peu seule. Son père avait attendu toute sa vie une telle opportunité.

En lisant la carte qui accompagnait les fleurs, Audevere fut déçue. Elle venait bien de Tremblay. Mais Inigo lui avait sûrement parlé, comme il l'avait promis. Le message était rédigé simplement, et de façon prévisible.

J'ai hâte d'avoir l'honneur de la compagnie de votre père à Douvres, mais aussi de vous revoir. Faites-moi savoir le jour et l'heure qui vous conviendraient le mieux pour un entretien privé.

C'était signé Arthur Fenmore, IVe vicomte Tremblay.

Il n'était pas nécessaire d'indiquer qu'il était le quatrième à porter le titre. Sauf que… IV ne signifiait pas seulement quatre.

C'étaient aussi les initiales d'Inigo Vellanoweth.

Audevere sourit de soulagement. Elle ne s'était pas trompée. Tremblay allait servir d'intermédiaire et de leurre. Il allait conduire son père à Douvres et faire en sorte qu'il y reste. Et il ferait également passer sa réponse à Inigo.

À ce propos, il n'y avait pas de temps à perdre.

Audevere s'empressa d'écrire un mot et plia soigneusement la feuille.

Jamais elle n'aurait dû douter de lui. Malgré les événements de la nuit précédente, et sans doute parce qu'il était inquiet pour elle, Inigo avait mis son plan à exécution.

Sa gorge se noua d'émotion à cette pensée. Combien de temps s'était écoulé depuis la dernière fois où quelqu'un s'était préoccupé de son sort ? À part sa mère et Collin, il n'y avait eu personne. Les personnes qui se souciaient d'elle avaient le fâcheux point commun de mourir.

Son père avait envoyé des hommes pour attaquer Inigo dans le but de lui faire peur et de le dissuader de continuer à la fréquenter. Cela n'avait pas fonctionné.

En fait, cela n'avait servi qu'à renforcer la détermination d'Inigo. Quant à elle, cela l'avait confortée dans l'idée que sa décision de partir était la bonne.

Audevere toucha avec soulagement le message enfoui dans sa poche.

Elle n'était plus seule, désormais.

10

Inigo était considérablement agacé de ne pouvoir rejoindre Audevere. Il avait réussi à éloigner son père, mais il ne pouvait toujours pas la voir.

Il replia sa longue-vue, tandis que le carrosse de Tremblay s'éloignait de Brenley House. Les deux hommes partaient pour Douvres. Tremblay avait de bon gré accepté de servir de leurre après qu'Inigo lui avait expliqué les manigances du père d'Audevere. La sœur du vicomte les accompagnait, pour plus d'authenticité.

Mais cela ne voulait pas dire pour autant que la voie était libre. Audevere n'avait pas menti en affirmant qu'elle était espionnée de toutes parts. Les domestiques étaient à la botte de Brenley, et la maison était une véritable forteresse. L'homme pouvait partir l'esprit tranquille. Sa fille n'irait nulle part et ne recevrait personne.

Désireux d'avoir une autre opinion, Inigo tendit la longue-vue à Vennor et attendit que celui-ci ait observé les parages, depuis leur calèche stationnée de l'autre côté de la rue.

— Quatre hommes se partagent la surveillance des extérieurs, constata Vennor.

Cela voulait dire que quelqu'un passait devant la maison toutes les cinq minutes.

Vennor rendit sa longue-vue à Inigo et grimaça.

— Quiconque essaierait de rentrer serait immédiatement repéré. Même du côté de l'entrée de service. Nous ne pouvons pas lancer l'attaque sans nous faire démasquer. Et nous serions en outre minoritaires à quatre contre deux.

Inigo ne voulait en aucun cas attirer l'attention sur l'évasion. Plus il se passerait de temps entre la disparition d'Audevere et sa découverte par Brenley, mieux ce serait. Avec un peu de chance, ils pourraient être en Cornouailles avant le retour à Londres de Brenley. Et alors, la lettre l'attendrait, l'empêchant de se ruer là-bas pour récupérer sa fille.

— Si nous ne pouvons entrer, c'est elle qui va devoir sortir.

Inigo ouvrit sa montre de gousset et consulta l'heure.

— La livraison sera faite dans une demi-heure.

Il s'agissait d'un bouquet de la part de Tremblay, accompagné d'une petite enveloppe contenant de la poudre destinée à endormir les gardes.

Inigo n'appréciait pas de devoir faire peser cette charge sur Audevere. Non parce qu'elle était incompétente - elle en était bien loin - mais parce qu'il aurait voulu avoir plus de contrôle sur la situation.

Il aurait voulu être sur place au cas où quelque chose se passe mal, mais il n'avait d'autre choix qu'attendre. Cinq heures jusqu'au soir lui paraîtraient une éternité.

Vennor lui tapa sur l'épaule.

— Allons au club de Manton faire du tir. Le temps passera plus vite si nous trouvons à nous occuper. Et puis ce ne serait pas plus mal si la rumeur courait que tu t'es entraîné.

Inigo le savait. Il était de notoriété publique en effet que, vis-à-vis des *gentlemen* de Londres, montrer son adresse au club de tir de Manton était le meilleur moyen d'éviter d'être provoqué en duel.

— Si Brenley t'avait vu tirer aujourd'hui, il aurait réfléchi à deux fois avant de te défier.

Vennor gloussa tandis qu'Inigo prenait une fois de plus position, bras tendu, corps de profil, et visait la cible au bout du couloir de tir.

Il tira avec une grande précision et s'attira une salve d'applaudissements.

Situé au 27, Davies Street, le club de tir était passablement fréquenté pour un après-midi hors Saison.

— Cela fait dix-huit points pour moi, et vingt pour toi, déclara Inigo. Je suggère que nous en restions là pour aujourd'hui.

Ils tendirent les pistolets à un valet qui attendait, enfilèrent leur veste et sortirent en quête d'un verre.

Dehors, un vent froid soufflait.

— Tu crois que Brenley en viendrait aux armes ? demanda Vennor, à présent qu'ils étaient seuls et pouvaient parler librement.

— J'aimerais encore mieux cela, mais rien ne prouve qu'il agira à la loyale.

Inigo aurait préféré ne pas vivre avec l'idée de devoir constamment regarder par-dessus son épaule, ou la crainte d'une nouvelle agression. Il lui fallait agir discrètement ce soir-là pour emmener Audevere, mais le secret ne serait pas gardé longtemps. Dès que Brenley lirait la lettre, la guerre serait déclarée.

À la tombée de la nuit, Audevere et lui entreprendraient le voyage de quatre jours vers les Cornouailles, et la bataille serait formellement engagée.

Inigo remonta le col de sa veste, frissonnant sous le vent d'automne, et tourna la tête vers l'auberge.

Il lui restait encore environ deux heures à attendre.

— Et si nous dînions au Running Horse ? suggéra-t-il.

Quand le repas fut terminé, Vennor dévisagea Inigo avec insistance.

— Je ne me rappelle pas la dernière fois où je t'ai vu amoureux. Si toutefois cela t'est déjà arrivé.

Comme il ne répondait pas, son ami insista.

— Que se passera-t-il après ? C'est une aventure, ou tu penses à quelque chose de plus permanent ?

Inigo haussa les épaules.

— Je n'en sais rien. Audevere insiste pour couper tous les ponts une fois qu'elle sera en sécurité.

Il comprenait la peur de la jeune femme, mais il avait foi en la force de la protection que lui, sa famille et ses amis étaient à même de lui offrir.

Vennor eut un sourire narquois.

— Mais tu penses autrement, je le vois bien.

Il tendit la main au-dessus de la table et pressa l'avant-bras d'Inigo, en un geste fraternel.

— J'espère que cela marchera pour toi. Nous allons la chercher, maintenant ?

— Nous ?

Inigo ne put masquer son étonnement, tandis qu'il déposait quelques pièces sur la table. Il pensait que Vennor lui ferait ses adieux ici.

— Tu ne croyais quand même pas que j'allais te laisser affronter cela tout seul ? Je vais aller chercher mon cheval et je vous accompagnerai jusqu'aux faubourgs de Londres.

Le temps, qui s'était traîné en longueur toute la journée, commençait soudainement à filer comme l'éclair, et il leur en restait juste assez pour faire un détour par Newlyn Mews afin de récupérer le cheval de Vennor.

Heureusement, tout était prêt. Inigo avait fait charger la berline de voyage durant la matinée, et il lui suffisait maintenant de la garer à proximité de Brenley House à 10 heures moins le quart. Il était heureux du soutien de Vennor. Comme il l'avait prouvé durant leur jeunesse, son ami avait toujours été excellent au combat.

La situation qu'ils trouveraient à Brenley House dépendrait de ce qu'Audevere avait pu accomplir. Mais ils ne repartiraient pas sans elle.

C'était ce soir-là ou jamais.

Audevere glissa la poudre dans le vin de ménage et remua le mélange, avant de le glisser dans des gobelets grossiers.

Elle avait eu un peu de mal à convaincre la cuisinière qu'elle voulait porter elle-même le vin aux hommes de son père pour les remercier personnellement des efforts qu'ils faisaient pour la protéger.

Elle reprit son souffle et vérifia à nouveau l'heure. Il était 8 heures du soir.

Le temps que tous les hommes soient servis, il s'écoulerait une demi-heure. Cela prendrait ensuite entre trois quarts d'heure et une heure pour que la poudre fasse son effet, et que les domestiques se retirent pour la nuit. Le reste dépendait d'elle. Si elle annonçait qu'elle voulait se coucher tôt, les domestiques pourraient eux aussi rejoindre leurs quartiers.

Audevere sortit dans la nuit avec son plateau. Plus vite ce serait fait, plus vite elle pourrait s'en aller.

Et elle savait qu'Inigo l'attendait.

Cette pensée ne quitta pas son esprit jusqu'à l'heure fatidique.

Bientôt, elle fut seule dans sa chambre.

Le plus dur avait été de souhaiter une bonne nuit à Patsy, sa fidèle femme de chambre, comme elle le faisait depuis huit ans, en faisant comme si elle allait la revoir le lendemain matin. Même si elle était persuadée de pouvoir lui faire confiance, Audevere ne voulait pas l'impliquer et la mettre ainsi dans une position délicate quand son père découvrirait qu'elle avait disparu.

Elle n'avait préparé qu'une valise pour démarrer sa nouvelle vie, ne voulant pas s'encombrer davantage car elle aurait besoin de se déplacer rapidement et en silence le moment venu.

Si par malheur elle rencontrait quelqu'un en descendant, elle devrait abandonner la valise derrière elle. Seigneur, elle espérait que cela ne se produirait pas.

Tandis que les dernières minutes s'écoulaient, ses paumes se couvrirent de transpiration. Audevere les essuya sur sa jupe, regarda une dernière fois sa chambre, souleva sa valise et se dirigea dans le couloir.

Le trajet le long de la galerie, puis dans l'escalier et enfin jusqu'à la porte d'entrée ne lui avait jamais paru aussi long.

Elle guettait le moindre craquement du sol, une porte qui s'ouvrirait, un éventuel bruit de pas...

Enfin, elle fut sur le perron, le cœur battant à tout rompre. Sans tarder, elle s'engagea dans la rue et repéra la berline noire d'Inigo. Les lampes n'étaient pas allumées, mais elle pouvait distinguer sa silhouette sur le trottoir, dans son grand manteau de voyage.

Elle commença à courir, le corps frissonnant tandis qu'elle traversait la rue - à cause du froid, de sa nervosité et de l'énormité de ce qu'elle était en train de faire...

Inigo vint à sa rencontre et prit sa valise.

— C'est tout ?

Il la glissa sous la banquette et aida Audevere à se hisser à l'intérieur, visiblement aussi impatient qu'elle de quitter les lieux sans se faire remarquer.

— Je n'ai pas osé me charger davantage.

En réalité, elle avait eu le plus grand mal à choisir les quelques articles à emporter avec elle, à déterminer quelles robes, quelles chaussures, quels accessoires lui seraient le plus utiles dans sa nouvelle vie.

Elle s'installa sur la banquette, et Inigo donna le signal à Vennor qui chevaucherait à la hauteur du cocher.

— Vous vous attendez à des ennuis. Vous avez fait venir Vennor.

Audevere essaya de cacher ses mains tremblantes dans les replis de sa jupe, mais rien n'échappait à Inigo.

— Vous tremblez, Aud.

Il s'empara d'une couverture de voyage et la drapa sur ses jambes.

— Cela va vous aider.

Il prit ses mains dans les siennes et l'enveloppa d'un regard rassurant.

— N'ayez pas peur.

— Je ne tremble pas de peur, mais parce que je suis libre.

Ce qu'elle ressentait était un étrange mélange d'enthousiasme et de crainte. Tant de choses étaient incertaines.

Il y aurait du danger sur le chemin qu'elle avait choisi d'emprunter, et des risques. Mais elle aurait aussi la possibilité d'être heureuse et de retrouver une forme de pureté.

— Libre ne veut pas dire seule, répliqua Inigo. Je prendrai soin de vous.

Naturellement. Il était ainsi. Il avait pris soin de Collin, d'Eliza Blaxland, et il prendrait soin d'elle.

Si elle le laissait faire.

Elle devait faire attention à ce qu'elle lui permettrait, faute de quoi elle aurait les plus grandes difficultés à partir quand le moment serait venu.

Mais pour l'instant, la perspective d'être prise en charge était trop merveilleuse pour lutter contre.

Des larmes de gratitude lui montèrent soudain aux yeux, et elle porta une main à ses lèvres pour réprimer un petit sanglot.

— Qu'ai-je fait ? demanda-t-elle dans un murmure.

— La seule chose que vous pouviez faire, ma chère, répondit Inigo, avant de l'attirer dans ses bras.

Et, tandis que la berline s'éloignait dans la nuit, Audevere comprit qu'elle n'aurait pas voulu quelqu'un d'autre que lui pour l'accompagner.

Tant qu'il était près d'elle, rien n'était impossible.

11

L'odeur d'Audevere l'assaillait par vagues, alors qu'elle s'était endormie contre son épaule, quelque part aux alentours de minuit.

Elle bougea dans son sommeil, et Inigo ajusta sa posture, indifférent à la raideur de ses muscles mis à mal par sa bagarre avec les hommes de Brenley.

Il avait quatre jours pour la faire changer d'avis, pour lui faire comprendre qu'elle avait une issue de secours. Et cette issue de secours, c'était lui.

Il lui offrirait la sécurité, non pas pendant quelques jours ou quelques mois, mais de façon permanente.

Mais en quoi consisterait cette sécurité ? Le *cottage* dans le Devonshire, ou quelque chose de plus ? La conscience d'Inigo ne permettrait que le *cottage*. Mais son cœur voulait autre chose.

Épouse-la. Fais preuve d'audace, et prends ce que tu as toujours voulu. Cela fait des années que tu attends cela, et maintenant c'est à ta portée.

Mais pourrait-il être heureux avec une femme qu'il avait convoitée secrètement alors qu'elle appartenait encore à son meilleur ami ?

Inigo repoussa une mèche de cheveux qui était retombée sur le visage d'Audevere et la regarda dormir. Pour le moment, elle était en paix.

La justification pour l'aide qu'il lui apportait était facile. Collin aurait voulu qu'il le fasse, et c'était un acte honorable.

Mais sa véritable motivation refaisait surface. Comment

pourrait-il, dans ces conditions, l'épouser et ne pas se sentir coupable ? Cette culpabilité brouillerait leur bonheur, empoisonnerait leur relation.

Peut-être serait-il préférable de s'en tenir au *cottage* dans le Devonshire... songea-t-il amèrement.

Audevere s'étira et ouvrit un œil, alors que l'aube se levait. Embarrassée de s'être endormie contre Inigo, elle demanda :

— Vous êtes resté éveillé tout ce temps ? Vous auriez dû me pousser pour dormir vous aussi.

— J'aurai toute la journée pour me reposer si besoin est et je voulais continuer à veiller sur vous.

Audevere tira un rideau et regarda le paysage plongé dans la grisaille.

— Le premier lever de soleil de ma nouvelle vie.

Elle sourit à Inigo.

— Que c'est bon de pouvoir se dire que je ne retournerai jamais là-bas, qu'il ne pourra plus jamais se servir de moi.

La journée promettait d'être froide et grise, les kilomètres s'étirant sans fin devant eux.

À 8 heures, ils s'arrêtèrent dans un petit relais de diligences pour faire boire les chevaux.

— Nous nous arrêterons dans une véritable auberge ce soir, promit Inigo, tandis qu'ils remontaient en voiture. Nous pourrons y prendre un repas correct et dormir dans de bons lits.

— Mais, en attendant, comment allons-nous passer le temps ? demanda Audevere.

Elle avait dans le regard une flamme narquoise qui laissait entendre qu'elle avait une petite idée.

Elle plongea la main dans la poche de sa jupe et en sortit un paquet de cartes.

— Voulez-vous jouer ? Je ne suis pas mauvaise au piquet.

Inigo se mit à rire.

— Je ne sais pas si beaucoup de personnes penseraient à emporter un jeu de cartes dans leur fuite. Par chance pour vous, je ne suis pas mauvais non plus au piquet.

Il l'avait vue jouer au whist chez les Thurston et il était prêt à parier qu'elle excellait dans tous les jeux de cartes.

Il s'avéra qu'ils étaient tous les deux doués, et tous les deux dotés d'un fort esprit de compétition. Ils jouèrent une bonne partie de la matinée et auraient continué s'il n'avait fallu faire une nouvelle pause pour soulager les chevaux.

La berline s'arrêta près d'une rivière, et ils descendirent pour se dégourdir les jambes. Le ciel ne s'était pas éclairci, et de lourds nuages gris s'amoncelaient, annonciateurs de pluie. Après avoir observé le temps avec une grimace dubitative, Inigo proposa de pique-niquer dans la berline.

— Il y a du pain, de la viande froide et du fromage, annonça-t-il. J'ai tout fait trancher à l'avance.

— Vous pensez à tout, n'est-ce pas ? Je crois que toute cette attention aux détails est la clé de votre personnalité.

Elle lui adressa un large sourire.

— Je ne vous remercierai jamais assez.

— Et la clé de votre personnalité est probablement la gratitude.

— Que voulez-vous, ma mère m'a appris à être polie, à dire s'il vous plaît et merci.

Inigo se servit un morceau de pain et de fromage.

— Parlez-moi de votre mère.

Il étira ses jambes devant lui, les croisant aux chevilles, et s'efforça de ne pas paraître trop avide de détails. Et pourtant, il avait très envie de mieux connaître sa compagne de voyage.

Audevere prit une profonde inspiration, fouillant sa mémoire. Par où commencer ? Pas au tout début. C'était le secret qu'elle tenait le plus à cacher.

— Comme vous le savez, mon père était un capitaine de marine marchande, avant d'être fait chevalier. Pendant mon enfance, il n'était jamais là, toujours à parcourir les mers et les océans. Il n'y avait que ma mère et moi, dans notre maison de Truro...

Elle s'interrompit.

— Je crains que ce ne soit très ennuyeux.

— Pas du tout. En outre, je suis un homme patient et je suis persuadé que cela va devenir de plus en plus intéressant.

Elle haussa les épaules.

— Vous l'aurez voulu ! Où en étais-je… Ah, oui. Quand mon père revenait de ses expéditions, il remontait l'estuaire jusqu'à notre *cottage* et nous apportait des cadeaux. Mais nous retenions toujours notre souffle jusqu'à ce qu'il reparte. Heureusement, il avait la bougeotte. Il nous laissait un peu d'argent en partant, pour que nous soyons tranquilles. Il voulait que nous vivions tranquillement, c'était très important pour lui.

Audevere en avait compris la raison des années plus tard.

— Vivre tranquillement nous convenait. Nous allions à Truro pour la messe et pour le marché. En dehors de cela, nous restions chez nous.

Elle sourit de l'air pantois d'Inigo.

— Je vois que cela vous surprend. Vous avez du mal à m'imaginer en ermite. Ou alors, c'est le fait que j'aie eu une enfance heureuse qui vous étonne. C'était pourtant le cas.

Encore maintenant, elle n'avait aucun mal à revoir le petit *cottage* en pierre au toit recouvert de chaume, le potager, où sa mère faisait pousser toutes sortes de légumes et d'herbes aromatiques.

— La vie était différente avant 1814, Inigo. J'avais une mère. Elle m'a appris à lire, à écrire, à penser… Nous faisions de longues promenades. Nous cueillions des fleurs sauvages, des baies, et nous observions les oiseaux dans l'estuaire. Elle m'apprenait les noms des plantes et leurs propriétés. J'étais heureuse. Mon père était un homme colérique, jamais content, toujours à manigancer quelque chose, mais je ne lui prêtais pas attention. Il était comme un nuage noir, suspendu un temps au-dessus de ma tête, mais qui avait tôt fait de disparaître.

— Je n'ai pas connu Lady Brenley, mais il me semble, d'après ce que vous en dites, qu'elle était une très bonne mère.

Elle l'était bien plus qu'Inigo ne pouvait l'imaginer, mais Audevere ne partagerait pas avec lui cette partie de l'histoire.

— Elle me manque tous les jours.

Nombreuses étaient les nuits où elle aspirait aux conseils de sa mère, à sa force.

Elle redevint silencieuse. Dehors, la pluie frappait les vitres de la berline.

— Je me suis souvent demandé ce qu'elle avait vu en mon père pour l'épouser. Ils étaient tellement différents... Peut-être ce que beaucoup de femmes cherchent chez un homme : la sécurité, un foyer, quelqu'un pour prendre soin d'elle...

Elle regarda Inigo.

— Je ne pense pas qu'elle l'aimait. Et je crois que lui ne l'aimait pas non plus.

— Ils vous ont eue. Il a bien dû y avoir un peu d'affection entre eux.

Audevere reprit son récit.

— Elle est morte juste après que mon père a été élevé au rang de chevalier pour son comportement héroïque pendant la guerre d'indépendance espagnole. Mon père a construit sa fortune durant les guerres, vous savez. Il fournissait des armes aux troupes, faisait toutes sortes de trafics... Je ne l'ai compris que beaucoup plus tard. Tout ce que je sais, c'est qu'après la guerre nous avons eu de l'argent, un titre et une maison à Londres. Ma mère ne l'a jamais vue.

Elle eut un petit rire amer.

— C'est peut-être mieux comme cela. Mon père a des goûts dispendieux à défaut d'être de bon ton.

Mais Inigo ne semblait pas vouloir s'éloigner de l'histoire initiale.

— Comment est-elle morte ?

Inigo se rendait-il compte qu'elle n'en avait jamais parlé à personne ?

— De façon soudaine. Une fièvre, une maladie qui l'a emportée en deux nuits. Elle allait bien juste avant, et puis plus rien. Nous avons joué aux cartes deux jours avant son décès.

La gorge serrée, Audevere chercha son souffle.

— Je ne savais pas que c'était la dernière fois. Elle m'a laissée gagner.

— J'avais raison, elle était formidable, remarqua Inigo. Beaucoup plus que moi. Je ne vous laisserai jamais gagner.

Il sourit, et son humour bon enfant fit du bien à Audevere. C'était tout à fait ce dont elle avait besoin pour tempérer son émotion.

Cet homme, qui semblait toujours savoir ce qui était le mieux pour elle, lui laissa quelques instants pour se ressaisir.

— Et ensuite vous êtes venue à Londres ?

— Oui. Grâce à notre fortune, mon père n'avait plus besoin de naviguer, et moi j'avais besoin de quelqu'un pour s'occuper de moi.

Et la douceur de son existence s'était évanouie en une nuit.

— J'avais quatorze ans et je devenais belle, selon l'opinion de mon père, et celle de ses amis aussi.

Elle vit Inigo se crisper.

Cette partie était plus difficile à conter.

Comment elle était passée de sa vie de recluse à la campagne à celle de beauté émergente dans une Londres effervescente. Comment son père lui demandait de s'asseoir à sa table et de jouer les hôtesses quand il donnait des soupers d'affaires… Si quelqu'un demandait si c'était bien approprié, il balayait la remarque d'un geste de la main et d'un rire facile, en disant qu'il n'y connaissait rien, qu'il n'avait plus de femme, de toute façon, et que sa fille était ravissante dans sa jolie robe.

— Il adorait m'habiller comme si j'étais déjà une femme, avec des robes exceptionnelles, les cheveux relevés comme pour une soirée à l'opéra, des perles aux oreilles, et parfois des diamants…

Audevere redressa le menton d'un air de défi.

— Et j'aimais cela.

— Bien sûr, dit Inigo d'un ton compréhensif. Quelle jeune fille n'aime pas la mode ? Mes sœurs font des comédies pour porter des robes sophistiquées et des bijoux. Ma mère ne sait plus quoi faire pour tempérer leurs rêves de grandeur.

Il avait des sœurs. Quelle jolie découverte. Elle y penserait plus tard, quand elle serait seule et qu'il lui manquerait. Elle l'imaginerait avec sa famille, ses sœurs, riant ensemble, s'aimant… comme des gens normaux.

— Peut-être cela me plaisait-il trop, toutefois, suggéra-t-elle. Quand j'obéissais à mon père, il criait moins, menaçait moins... Et moi, j'étais contente de jouer les grandes dames. Je ne voyais pas où était le mal. J'étais naïve et je m'amusais innocemment.

Elle baissa les yeux vers ses mains.

— Ses amis m'appréciaient beaucoup. Ils m'apportaient des présents : rubans, barrettes, boîtes de chocolats... et je les encourageais. J'aimais les cadeaux et l'attention. Ayant grandi seule, sans amis, j'étais fascinée par cette nouvelle vie de luxe où j'étais le centre de tant d'attentions. Je ne voyais pas le danger que cela représentait.

Elle s'arrêta et soutint le regard d'Inigo. Elle avait envie de le prévenir que l'histoire allait s'assombrir.

— Mais j'ai vite appris qu'aucun homme ne donne quoi que ce soit sans rien attendre en retour.

Le regard d'Inigo s'assombrit.

— Vous ne voulez pas dire qu'ils...

Il cherchait ses mots. Direct comme il l'était pourtant, il n'arrivait pas à le dire.

— Qu'ils m'ont importunée ? Oh ! si. Mais c'était ma faute. Je les avais encouragés.

Encore maintenant, Audevere se demandait si elle aurait pu faire autrement.

— Au début, ils se sont crus autorisés à me voler des baisers. Puis ils ont essayé d'aller plus loin, me demandant de les laisser me toucher, ou bien que ce soit moi qui les touche.

Inigo semblait horrifié.

— Mais... votre père ne faisait rien pour les en empêcher ?

— Au contraire, il encourageait ces situations. Il disait que cela pourrait permettre de les faire chanter plus tard, si nécessaire. Aucun *gentleman* n'aurait voulu être accusé de débaucher des jeunes filles.

Audevere vit la pomme d'Adam d'Inigo tressauter dans sa gorge tandis qu'il déglutissait avec peine.

— Personne ne devrait grandir ainsi... Être prostituée par son propre père...

— Pas réellement prostituée. Je n'ai jamais eu de relations intimes avec eux.

Au moins son père avait-il compris l'importance que représentait sa virginité pour le genre de mariage qu'il avait en tête pour elle.

Inigo lui prit la main.

— C'est fini, maintenant, Aud.

— Je sais. C'est pour cela que je me suis adressée à vous.

Ils approchaient de leur étape du soir. Des signes de civilisation étaient visibles à travers la pluie. C'était parfait. Audevere avait besoin d'air frais et d'un peu de distance après ce qu'elle venait de confesser.

Elle n'avait pas eu l'intention d'en dire autant mais, une fois qu'elle avait commencé, elle avait été incapable d'arrêter.

Elle voulait qu'Inigo sache. Peut-être comprendrait-il mieux ses raisons, maintenant.

Mais, en regardant son visage, en sentant sa main qui tenait la sienne, d'autres sentiments lui venaient, qui allaient au-delà de la fragile amitié qu'ils avaient commencée.

Hier, il était son héros. Aujourd'hui, son confident.

Serait-il plus si elle le demandait ?

Un amant ? Un homme à qui elle pourrait confier non seulement ses secrets, mais aussi son corps ?

Quelle chance ce serait de vivre cela avec lui, même une seule fois, se dit Audevere en regardant pensivement tomber la pluie.

12

Elle était seule au monde et elle comptait sur lui.

Inigo ne cessait de penser à cela durant le dîner. Elle attendait de lui qu'il la protège, au moins jusqu'à ce qu'elle soit en mesure de le faire elle-même.

L'histoire d'Audevere avait réveillé sa fibre chevaleresque. Qu'une jeune fille puisse être traitée de la sorte le révulsait. Quel père pouvait faire cela ? Si Gismond Brenley s'était trouvé en face de lui à cet instant, il lui aurait sans hésitation transpercé le corps de son épée.

Cet après-midi-là, quelque chose avait changé dans le ressentiment qu'il éprouvait envers l'ancien capitaine. Ce n'était plus seulement Collin qu'il voulait venger, mais aussi Audevere. Il voulait se battre pour elle, et il voulait que justice soit faite.

— Vous voulez le dernier morceau de pain ? demanda-t-il en lui tendant la corbeille.

La lumière chatoyante du feu qui pétillait dans l'âtre allumait des reflets d'or pâle dans sa chevelure et rehaussait l'aspect velouté de sa peau à peine ambrée. L'intimité favorisée par l'habitacle étroit de la berline de voyage flottait encore entre eux pendant le dîner.

Audevere le ressentait-elle aussi ? Avait-elle conscience qu'ils étaient en train de devenir bien plus qu'ils n'avaient jamais été ?

Deux personnes empruntant un chemin inconnu vers une mystérieuse destination.

Elle secoua la tête.

— Non merci. Le ragoût était délicieux mais exagérément copieux.

Elle reprit son souffle, paraissant un peu nerveuse.

— Cette première journée s'est bien passée. Pensez-vous que les autres seront ainsi ?

Ils n'avaient pas parlé du voyage en lui-même, mais peut-être était-il temps de le faire.

— Je ne pense pas que nous ayons été suivis. Les domestiques auront sûrement fait prévenir votre père, mais à mon avis il ne pourra pas être de retour à Londres avant demain. Cela nous donne deux jours d'avance sur lui, au cas où il déciderait de nous poursuivre.

Inigo n'y croyait pas. La menace figurant dans sa lettre inciterait Brenley à rester en retrait.

— De l'avance pour où ? demanda-t-elle doucement. Il me semble que nous n'avons pas encore établi où nous allons.

Audevere lui servit un verre de vin, avec un sourire qui encouragea son imagination. Soudain, il la voyait accomplir ce geste à leur propre table, comme une épouse.

Et comment ne pas l'imaginer comme sienne suite à l'après-midi qu'ils avaient passée ? Après avoir écouté son histoire et pris conscience de sa solitude, de sa dépendance envers lui, qu'elle le veuille ou non.

Le chevalier en lui avait envie de la protéger, tandis que l'homme qu'il était brûlait de la posséder.

Que penserait-elle de cela ?

— Nous allons à Boscastle, répondit-il. Si vous ne voulez pas que je vous conduise dans le Devonshire, alors je vous emmène là où vous serez en sécurité. À la maison.

La maison, où elle serait entourée par l'amour de sa famille. La maison, où se trouvait sa force : son père. Et, tout près, Eaton et Eliza, les Trevelen et les Kitto. Ils se rallieraient tous à lui, et à elle, une fois qu'ils auraient compris la situation. Et s'il devait tomber, ils se battraient à sa place pour assurer la sécurité d'Audevere.

Cette réponse n'eut pas sur elle l'effet escompté.

— Vous ne pouvez pas m'emmener là-bas.

Il y avait de la rébellion dans son intonation, et deux taches rouges étaient apparues sur ses pommettes.

— Ils penseront que je ne suis pas digne d'eux, comme vous l'avez pensé aussi. Et je sais qu'ils m'en veulent pour la mort de Collin. Ils ne voudront pas de celle qui a apporté le malheur dans la famille Truscott. C'est ainsi que fonctionnent les ducs de Cornouailles, non ? Tous pour un.

— Ils comprendront. Nous leur expliquerons tout.

Inigo déploierait tous ses efforts pour apaiser la situation.

— De toute façon, je ne vois pas de meilleur endroit où nous réfugier.

— Mon père saura que nous y sommes. C'est le premier endroit où il va chercher. Mon idée était de disparaître totalement mais, à cause de la lettre que vous avez laissée, il saura avec qui je suis partie, et cela rend ma fuite inutile. Il n'y a plus de secret.

— Cette lettre permet de mettre fin à cette situation. Vous n'aurez pas à vivre tout le reste de votre vie en redoutant d'être retrouvée un jour. Je ne veux pas de cela pour vous si on peut l'éviter. Avez-vous seulement pensé aux conséquences ?

Audevere ne pourrait pas entraîner un mari ou des enfants dans ce chaos. Si elle était découverte, toute une famille serait déchirée. Aucun écuyer de campagne, aucun *gentleman-farmer*, aucun notable de village ne voudrait apprendre que sa femme lui avait menti. Ils ne seraient pas non plus en mesure de la défendre contre Brenley et ses hommes. Si elle était obligée de fuir en laissant ses enfants derrière elle, elle en serait dévastée.

— Ne jamais connaître l'amour ? Ne jamais avoir de famille ni d'amis ? Oui, j'y ai pensé, Inigo. Si je veux être libre, il ne me reste que l'anonymat.

Inigo laissa échapper un soupir de frustration.

— Vous êtes plus têtue qu'une mule. Si vous acceptiez mon plan, vous auriez une vie digne de ce nom.

Ils commençaient à se quereller, donnant à leur tranquille intimité un aspect plus rugueux leur rappelant leurs échanges d'autrefois.

Peut-être le faisaient-ils délibérément. Il y avait moins de tentations ainsi. Inigo préférait ne pas la désirer. Et pourtant, après la journée qu'ils avaient vécue, l'envie qu'il avait d'elle était plus intense que jamais.

— Une vie digne de ce nom ? Mais qu'est-ce donc pour vous ? Un conte de fées, peut-être ?

Audevere s'était montrée volontairement moqueuse pour éviter de se laisser tenter par la proposition d'Inigo. Elle ne pouvait pas se le permettre. Et pourtant cela aurait été tellement plus facile de croire qu'un tel choix était possible, qu'elle pouvait avoir un homme tel que lui, aimer un homme tel que lui, sans tout gâcher, sans lui apporter la ruine et la destruction, ainsi qu'à tous ceux qu'il aimait.

Il lui fallut du courage pour soutenir l'intense regard bleu d'Inigo, de l'autre côté de la table. La pensée qui lui avait traversé l'esprit un peu plus tôt dans la berline revint en force. Elle avait envie de lui, de cet homme prêt à défier le monde pour elle. Mais cela présentait un risque.

Dans cette pièce confortable, réchauffée par le feu de cheminée, cette idée l'enthousiasmait et l'effrayait à la fois.

Il deviendrait son amant si elle le lui demandait, cela ne faisait aucun doute. Elle voyait la tentation embraser ses yeux bleus.

Mais céder à cette attirance n'aurait pas les mêmes conséquences pour lui que pour elle. Il ne la laisserait plus jamais partir et, en faisant cela, il signerait sa propre perte, il serait détruit par les secrets qu'elle dissimulait avec soin. Si elle restait avec lui, si elle gardait le nom d'Audevere Brenley, ces secrets feraient beaucoup de mal. Et la lettre d'Inigo au roi n'y changerait rien.

— Nous n'avons que l'instant présent, dit-elle enfin. Il n'y a pas d'autre vie possible.

Elle s'était exprimée avec douceur, consciente qu'ils étaient au bord de la querelle.

— Que pensez-vous qu'il se passera après Boscastle ? Même en imaginant que tout se déroule sans anicroches, pourrai-je retrouver ma place dans la bonne société ? Je ne le pense pas. Je ne pourrai jamais revenir en arrière, Inigo. Tout ce qu'il me reste de mon ancienne vie, ce sont ces quelques jours. Ensuite, je devrai passer à autre chose.

Et à cet instant, elle le désirait. Elle le laissa transparaître dans son regard. Inigo n'était pas le seul à avoir des désirs contenus. La différence, c'était qu'Audevere était prête à le reconnaître.

Inigo se leva, l'air agacé.

— Je suis désolé, Audevere. Je ne peux pas vous donner ce que vous voulez.

— C'est vous que je veux, Inigo.

Elle se leva et le rejoignit, toute réserve oubliée.

Il la désirait aussi, elle en était certaine. Seulement, il s'obstinait à le nier.

— Vous m'avez dit un jour que je n'étais pas assez bien pour Collin…

Elle avait du mal à contenir sa colère.

— Pensez-vous aussi que je ne suis pas assez bien pour vous ?

— J'ai eu tort de dire cela.

Inigo restait imperturbable, le visage semblable à un masque de pierre.

Audevere sentait monter sa colère, agacée par cette attitude, n'aspirant qu'à le faire sortir de sa neutralité prudente.

— Pourquoi ne voulez-vous pas admettre que vous me désirez ?

— Audevere, je vous en prie… Vous êtes seule et sans doute plus effrayée par la situation que vous ne voulez bien le reconnaître. Il est naturel que vous cherchiez du réconfort. La journée a été longue et riche en émotions, et nous avons sans doute bu trop de vin.

Il lui suggérait toutes les excuses possibles, toutes les chances de se rétracter.

Mais Audevere insista. Elle avait conscience de le mettre mal à l'aise, et cela l'intriguait. Cela pouvait vouloir dire qu'elle avait touché un point sensible… Quelque chose qu'il ne voulait pas qu'elle voie.

Que pouvait-il bien cacher ? Un homme comme Inigo n'avait pas de secret.

— Peut-être le vin rend-il mes idées plus claires.

— Que voulez-vous, exactement ? Ceci ?

Elle vit les narines d'Inigo se gonfler légèrement, signe que sa froide réserve avait été affaiblie, avant qu'il ne pose la main sur sa taille et l'attire à lui.

Son baiser fut brutal dans son intensité, sauvage dans sa possession, mais Audevere n'en fut pas choquée. Pas plus qu'elle n'eut envie de le repousser.

C'était ce qu'elle avait réclamé, ce qu'elle voulait connaître. Elle s'était demandé si souvent ce que ce serait d'embrasser Inigo, de sentir toute cette intensité, toute cette passion.

Elle répondit avec une ardeur égale, mordant sa lèvre inférieure, accueillant la caresse intime de sa langue avec la même audace.

Les mains d'Inigo étaient dans ses cheveux, dérangeant l'harmonie de ses tresses, faisant voler à terre des épingles, tandis qu'il la plaquait contre le mur.

Audevere avait une conscience aiguë du corps d'Inigo plaqué contre le sien, brûlant de la chaleur du feu, de sa bouffée de colère, et d'un éveil de ses sens.

Depuis combien de temps réfrénait-il son désir ? Depuis combien de temps avait-il envie de la prendre dans ses bras, de la sentir contre lui, de boire à sa bouche en sachant qu'elle voulait la même chose ?

Elle commença à lui dénouer sa cravate. Leurs souffles étaient courts. Leurs corps se mêlaient, dureté contre douceur, là, au beau milieu de la campagne anglaise, quelque part entre le passé et l'avenir.

Soudain, Inigo écarta ses lèvres des siennes.

— Je ne vous prendrai pas contre le mur d'une auberge, dans un accès de passion.

Ses yeux étincelaient, sa respiration était altérée, témoignant de l'effort qu'il lui en coûtait. Mais Audevere savait qu'il était inutile d'essayer de le convaincre. Il n'était pas ce genre d'homme.

— Je vous prie de m'excuser, dit-il.

Et on sentait dans ces mots tout le poids de son éducation.

— C'était mal agir de ma part.

Ses passions étaient à nouveau fermement jugulées. Mais Audevere eut le temps de voir de la culpabilité dans ses yeux.

Et cette question revint la tarauder : depuis combien de temps luttait-il contre cette attirance ?

Une pensée traversa son esprit, fugitive, lui échappant avant qu'elle ait le temps de l'assimiler.

— Il faut que j'aille m'entretenir avec mon cocher.

Inigo lui adressa un signe de tête courtois. Il était redevenu parfaitement maître de lui-même, comme s'il ne s'était rien passé.

Naturellement, il n'avait plus envie de s'attarder auprès d'elle, maintenant.

La pensée revint et cette fois, dans le silence de la salle d'auberge déserte que seul le craquement des bûches venait déranger, Audevere eut une révélation.

Inigo la désirait depuis des années, avant même la mort de Collin. Et, en homme d'honneur qu'il était, il en éprouvait de la honte.

Elle posa le bout de ses doigts sur ses lèvres. Seigneur, qu'avait-elle fait ? En un seul baiser, elle l'avait obligé à confesser son secret le plus sombre, quelque chose qu'il dissimulait depuis des années.

Horrifiée par son propre comportement, Audevere se demanda s'il n'y avait vraiment aucun bien en elle. Et cette fois, elle n'avait pas été poussée par son père. Elle avait agi seule.

Elle devait absolument réparer ses torts.

13

Inigo eut la surprise de trouver Audevere dans sa chambre quand il monta se coucher. Elle avait défait ses cheveux, et son profil se découpait dans le contre-jour de la lampe.

L'estomac d'Inigo se serra à cette vue. Jusqu'où avait-elle l'intention de pousser la torture ? Pourquoi n'avait-elle pas couru se réfugier dans sa chambre, telle une vierge effarouchée, après ce qui s'était passé ?

Que diable, il avait failli la posséder contre le mur d'une salle d'auberge, où n'importe qui aurait pu les surprendre ! S'il n'était déjà pas maître de lui dans un lieu public, comment pouvait-il imaginer l'être dans l'espace clos d'une chambre ?

— Vous ne devriez pas être ici, dit-il d'un ton bourru.

— Comment pourrais-je dormir après un baiser comme celui-là ? Vous êtes plein de surprises, Inigo. Pendant toutes ces années, j'ai pensé que vous ne m'aimiez pas. Mais ce n'était pas vrai.

Elle n'avait même pas pris la peine de le formuler comme une question. Il n'avait rien pu cacher pendant la soirée, mais cela n'avait pas rebuté Audevere. Au contraire, il semblait que cela avait exacerbé l'attirance qu'elle éprouvait pour lui.

— Si vous avez tout compris, que faites-vous ici ?

La grossièreté était peut-être sa meilleure défense, sa seule chance de lui faire quitter la pièce avant qu'il ne fasse quelque chose d'embarrassant pour tous les deux.

Elle se leva et vint vers lui.

— Parce que je vous ai blessé ce soir, et que telle n'était pas mon intention. À ma façon, je vous ai mené vers une confession que vous ne vouliez pas faire. Pouvez-vous me pardonner ?

Elle tendit la main pour prendre la sienne, mais Inigo recula. Si elle le touchait, il était perdu.

Ressentant le besoin de faire quelque chose, il ôta son manteau. Il ne voulait pas la regarder, pour éviter qu'elle ne décèle dans ses yeux plus qu'elle n'en savait déjà.

— Vous n'avez rien à vous faire pardonner.

— Vous non plus.

Audevere s'obstina à le suivre dans la pièce.

— En êtes-vous sûre ?

Il se tourna brutalement vers elle.

La vérité dite sans détour était généralement une arme efficace contre la flatterie.

— J'ai convoité la fiancée de mon meilleur ami.

— Mais vous n'avez rien fait. Qu'y a-t-il de plus honorable et loyal que cela ? Vous n'avez rien fait dont vous devriez avoir honte. Vous n'avez pas fait passer vos désirs avant votre amitié pour Collin, et vous n'avez jamais souhaité sa mort.

Inigo se sentit gêné. Elle le faisait presque passer pour un saint.

Audevere leva la main et lui caressa la joue.

— Puis-je vous avouer quelque chose ? Cela fait cinq ans, et je ne me souviens plus de son visage. Bientôt, je l'aurai oublié. J'étais supposée l'épouser, l'aimer jusqu'à ce que la mort nous sépare... Et aujourd'hui j'ai oublié le son de sa voix, le contact de ses bras...

Inigo l'interrompit.

— Vous étiez jeune.

— Non, je n'accepte pas votre absolution si vous n'acceptez pas la mienne. De quoi vous sentez-vous coupable, Inigo ? D'être toujours en vie ? D'être ici en ce moment ? Vous savez pourtant que Collin aurait voulu que vous m'aidiez.

— Mais sans doute pas que je vous mette dans mon lit.

Les mots avaient franchi ses lèvres avant qu'il ait pu les retenir. Ils étaient brutaux et honnêtes.

Cette femme lui mettait les nerfs en pelote, alors qu'il était connu pour aborder la vie avec un froid détachement, dans le respect absolu des règles.

— Pourquoi pas, si c'est ce que je veux et que vous le voulez aussi.

Elle darda ses yeux de jade sur lui, et Inigo sentit sa résolution faiblir.

Pourquoi résistait-il, en réalité ?

— Inigo, le passé est enterré et le futur est incertain. Il ne nous reste que l'instant présent.

Audevere laissa un sourire jouer sur ses lèvres, un sourire qui lui demandait d'enfreindre toutes les règles, de mettre de côté la culpabilité qu'il s'était imposée depuis la mort de Collin.

Sa voix se fit murmure, vibrante de sensualité.

— Je sais ce que je veux. Je veux que vous soyez mon amant pour le temps qu'il nous reste. Je veux que vous m'embrassiez à nouveau, comme si le monde était en feu. Et, cette fois, je veux que vous ne vous arrêtiez pas.

Il souhaitait cela aussi. Son corps était douloureux du désir qu'il avait d'elle, même si son esprit ne comprenait pas la logique de tout cela.

Tandis qu'il écoutait parler Audevere, le monde entier se résuma soudain à cette petite pièce.

Rien en dehors de ces murs n'avait d'importance. Tout ce qui comptait, c'était de brûler avec elle, de balayer le passé, de se laver de sa culpabilité.

Son sang bouillait déjà. Le feu était le plus grand purificateur.

D'un mouvement d'épaules, Inigo ôta sa veste.

Il n'allait pas la décevoir en prétendant ne pas comprendre ce qu'elle demandait, ce qu'elle voulait : éradiquer elle aussi son passé, effacer les mains et les bouches des hommes qui n'avaient aucun droit sur elle mais qui l'avaient touchée quand même.

Il savait qu'elle voulait faire l'amour avec un homme honorable, à qui elle pouvait faire confiance. Il serait son exutoire, le moyen d'éliminer toutes ses impuretés. Et peut-être, en retour, serait-elle le sien.

Il l'embrassa longuement, avec insistance, avant de crisper les doigts autour de la ceinture de son peignoir.

— Permettez-moi, dit-il dans un souffle.

Il allait la révéler, la déballer comme le plus précieux des cadeaux.

Il dénoua la ceinture et repoussa l'étoffe soyeuse de ses épaules, laissant le peignoir glisser au sol dans un bruissement.

La silhouette d'Audevere se dessinait dans le contre-jour de la lampe, et Inigo retint son souffle en découvrant le corps de la jeune femme, qu'épousait comme une seconde peau un déshabillé de soie. Le vêtement était taillé simplement, et dépourvu de rubans ou de dentelles. Son seul ornement était le corps qu'il recouvrait.

Il glissa les doigts sous les fines bretelles, les abaissant pour révéler ses seins hauts et fermes, son ventre plat, ses hanches... avant que le vêtement n'aille rejoindre son compagnon au sol.

— Vous êtes magnifique, Aud.

Il avait la gorge sèche, la voix enrouée, et ses mots ne rendaient pas justice à Audevere. Elle était exquise, une déesse aux cheveux d'or, avec une peau de porcelaine, et un corps à se damner.

— À vous maintenant, demanda-t-elle. Je veux vous voir.

Elle se hissa sur le grand lit et s'étendit sur le côté, en appui sur un coude.

Inigo ne se rappelait pas avoir jamais été étudié aussi intensément.

Ses maîtresses l'avaient dévêtu, s'étaient livrées à des jeux licencieux, mais ce n'était pas la même chose. Audevere lui demandait de se révéler petit à petit, un peu comme ils s'étaient révélés intellectuellement l'un à l'autre dans la berline.

Il commença à défaire les boutons de sa chemise et libéra les pans glissés dans la ceinture de son pantalon. Il vit Audevere écarquiller les yeux devant son torse nu, puis baisser la tête tandis qu'il se défaisait de ses bottes et ôtait son pantalon...

Seigneur, il était magnifique ! Un dieu de l'Antiquité ramené à la vie, tandis que ses vêtements tombaient un à un, révélant ses pectoraux saillants, son ventre dur, ses cuisses musclées...

C'était un homme qui prenait soin de lui, qui ne se complaisait pas dans les divertissements offerts par une vie de luxe oisive.

Cette scène, Audevere l'avait souvent imaginée seule la nuit, au fond de son lit. Mais rien ne l'avait préparée au choc de cette virilité triomphante et si réelle qui s'offrit à son regard lorsque Inigo ôta son pantalon et son sous-vêtement.

— Venez, dit-elle. Je veux vous toucher.

— Et moi aussi, je veux vous toucher.

La façon dont il avait dit cela, d'une voix enrouée, lui fit courir des frissons sous la peau.

Le matelas ploya sous le poids d'Inigo tandis qu'il prenait place à côté d'elle, posait une main chaude sur son ventre et l'embrassait.

Il ne se contenta pas de la toucher. Il la vénéra. Ses mains, ses lèvres, ne laissèrent aucune parcelle du corps d'Audevere inexplorée, même les plus intimes, faisant naître en elle des sensations inconnues.

Exprimant son plaisir par des gémissements fiévreux, elle ne tarda pas à chavirer, emportée par une immense vague.

Plus tard, tandis qu'il la berçait doucement dans ses bras, en lui murmurant des mots tendres et en lui embrassant les cheveux, elle hésita à parler, bien plus émue qu'elle ne l'aurait voulu.

— C'était vraiment... surprenant, finit-elle par dire. Je n'ai pas de mots. Je ne savais pas qu'il était possible de ressentir cela.

Inigo éclata de rire.

— Ce n'est que le début. Le plus intéressant reste à venir.

— Je l'espere bien.

Elle glissa la main entre eux et enroula les doigts autour de son sexe dur.

— À moi de vous toucher, maintenant.

Il la laissa faire un moment et, malgré son inexpérience, Audevere trouva d'instinct les gestes du plaisir.

Mais bientôt, il la fit rouler sous lui et se positionna entre ses jambes.

— Êtes-vous sûre ? demanda-t-il.

Elle lui prit le visage entre ses mains et le regarda dans les yeux.

— Jamais je n'ai été aussi sûre de toute ma vie. Je veux cette nuit, Inigo, et je vous veux.

Elle s'ouvrit alors à lui, en sachant parfaitement bien que, une fois que cela serait fait, ce ne pourrait être défait.

Ce qu'elle lui aurait donné ne pourrait être repris.

Mais c'était sa décision.

La première qu'elle ait jamais prise.

Il fut doux avec elle, suffisamment expérimenté pour savoir ce dont elle avait besoin et suffisamment discipliné pour le faire avec délicatesse.

Vague après vague, le courant impétueux du plaisir amena Audevere vers les rivages de l'extase.

Peu lui importait où elle allait, du moment qu'Inigo était avec elle. Il était son ancrage, son port d'attache. Et il l'accompagna sans relâche, attendant qu'elle soit happée par une dernière onde, plus puissante que les autres, pour se retirer dans le drap, honorable jusqu'au bout, sans doute au prix d'une considérable discipline.

Languide, Audevere flottait à présent en des eaux plus paisibles. Ainsi, c'était cela faire l'amour. Ainsi, c'était cela le plaisir physique.

À présent, elle savait et elle en était heureuse. L'expérience ne l'avait pas déçue. Mais qu'il était triste de penser que cela ne se reproduirait plus, qu'Inigo ne ferait bientôt plus partie de sa vie.

Audevere n'était pas naïve au point de croire qu'elle pourrait retrouver les mêmes sensations avec un autre homme. Ce qui s'était passé ce soir-là allait au-delà de la recherche du plaisir. Au-delà de la communion des corps, c'était aussi celle des âmes.

Elle se sentait détendue, réceptive aux sensations de son corps, au contact des draps sur sa peau, à la chaleur des bras d'Inigo autour d'elle.

Dans l'espace clos et protecteur de la chambre, le monde extérieur lui semblait si loin...

La joue pressée contre le torse d'Inigo, elle écouta les battements de son cœur reprendre un rythme normal et sa respiration décroître.

Dans ces calmes et précieux moments de tranquillité absolue, elle avait l'impression que tout était possible.

Le monde ne pouvait pas les atteindre ici. Ils étaient ailleurs, dans un endroit qui n'appartenait qu'à eux.

Avec un soupir satisfait, Audevere se blottit plus étroitement contre son amant, se refusant à céder aux doutes.

Ils étaient ensemble pour le moment, et rien d'autre n'avait d'importance.

14

Quelle stupide péronnelle !

Pensait-elle pouvoir lui échapper ? Être plus maligne que lui ?

Ne savait-elle pas qu'il n'existait aucun endroit où elle pourrait se cacher ?

Gismond Brenley froissa la lettre entre ses doigts avec une rage folle.

Ce n'était pas le retour triomphal à la maison qu'il avait imaginé lorsqu'il était parti pour Douvres, persuadé d'obtenir enfin la faveur de Tremblay.

Voilà qu'il était rappelé plus tôt que prévu, sans la moindre demande en mariage à se mettre sous la dent, parce que sa fille s'était enfuie avec l'homme qui menaçait de lui voler tout ce pour quoi il avait travaillé si dur.

Comment ce diable d'Inigo Vellanoweth osait-il le menacer de lui faire retirer son titre de chevalier ?

Évidemment, il se croyait invincible. Traiter avec Tintagel et les ducs de Cornouailles n'était pas comme traiter avec des hommes ordinaires. Brenley en avait fait l'amère expérience l'année précédente avec l'histoire de la corporation minière de Blaxford.

Afin de discréditer Eliza Blaxland, qui était alors à la tête du conglomérat minier, il avait fait circuler un pamphlet. Hélas, il avait découvert que cela n'influençait que les petites gens, sans avoir aucun effet sur le pouvoir des ducs de Cornouailles. Vellanoweth avait tout bonnement acheté les membres du conseil d'administration, remplaçant les plus âgés d'entre eux par des hommes aux idées plus modernes, sur lesquels la rumeur n'avait aucune prise. Puis Lynford avait épousé Eliza Blaxland, la plaçant définitivement à l'abri de tout scandale.

Gismond tapota du bout des doigts le plateau de sa table de travail. Du scandale, il y en aurait cette fois à foison. Vellanoweth avait compromis ses projets et attaqué son statut social. Il n'y aurait pas de mariage avec Tremblay. Le vicomte ne voudrait pas d'une femme qui s'était enfuie avec un autre homme, et il n'aurait plus de raisons de faire des affaires avec le père de celle-ci. Ce voyage à Douvres avait été entrepris en pure perte.

Vellanoweth avait conspiré contre lui sur tous les fronts : financièrement, socialement et personnellement. Mais il était allé trop loin cette fois, et cela signerait sa perte.

Brenley ne pouvait pas laisser cela impuni, faute de quoi il validerait tout bonnement la menace. Il ne doutait d'ailleurs pas que Vellanoweth irait jusqu'au bout. Un mot de travers, et celui-ci porterait l'affaire à la connaissance du roi.

Il n'était pas difficile de deviner comment cela tournerait. Le roi aimait l'argent qui entrait dans ses coffres, mais il aimait encore plus les ducs de Cornouailles. Il ne prendrait pas le risque de les offenser en prenant le parti d'un homme de basse extraction, dont la noblesse n'était que de papier.

Il fallait arrêter Vellanoweth net dans son élan. Et pour cela, il était nécessaire de sonder ses motivations.

Brenley se servit un verre de whisky et s'installa dans son fauteuil préféré près de la cheminée.

Qu'est-ce qui motivait Vellanoweth ?

Était-il encore question de venger ce garçon stupide et faible, Collin Truscott ? Ou bien, était-ce lié à Audevere ?

Vellanoweth serait-il tombé amoureux d'elle ? Il ne serait pas le premier. Étaient-ils amants ? Partenaires en affaires ? L'avait-il convaincue, ou bien était-ce elle qui lui avait demandé de l'aider ? La seconde hypothèse était plus probable.

Brenley avait compris depuis un moment que sa fille était en colère contre lui, mais jamais il n'aurait imaginé qu'elle aurait le cran de partir. Avait-elle vraiment décidé d'abandonner le luxe, un statut social et sa réputation ? Elle comprenait sans doute que la fuite l'exposait au déclassement et à la pauvreté. Plus jamais elle ne vivrait comme elle avait vécu sous son toit. Et elle ne pourrait pas conserver son nom, ou bien son secret finirait par la rattraper.

Ou alors…

Ou alors Tintagel l'avait convaincue qu'elle pouvait échapper à son père sans renoncer à tout cela. Mais, pour qu'il mette ses promesses à exécution, Audevere devrait faire en sorte qu'il tombe amoureux.

Les ducs de Cornouailles croyaient à l'amour. Ils étaient connus pour leurs mariages d'amour, et leurs héritiers avaient pris la mauvaise habitude de répéter les mêmes erreurs : Eaton Falmage Lynford avec Eliza Blaxland et Cassian Truscott Trevethow avec Lady Penrose Prideaux.

Cela pouvait jouer en faveur d'Audevere… Mais Vellanoweth finirait par s'en mordre les doigts. S'il l'épousait, elle le détruirait.

Brenley ricana. La beauté d'Audevere était son seul atout. Mais elle était une bombe dont le compte à rebours avait déjà commencé. Comment Tintagel réagirait-il s'il découvrait la vérité à propos de sa naissance ?

La vraie question, c'était de savoir quand le lui dire. Avant le mariage, ou après ? Qu'est-ce qui serait le plus dévastateur ? Qu'est-ce qui offrirait la meilleure opportunité de chantage ?

Mais, bien que tout cela puisse constituer une douce revanche, cela ne résolvait pas le problème de la protection de son titre et de son statut.

Quelques stratégies vinrent à l'esprit de Gismond. D'abord, il pourrait faire courir la rumeur que Tintagel avait enlevé sa fille, et demander publiquement réparation. C'était la meilleure carte à jouer. Il était évident qu'une telle rumeur ferait peser un doute sur la virginité d'Audevere. Après tout, elle avait voyagé pendant des jours avec un homme…

Brenley gloussa de plaisir. Il aimait l'idée de faire passer Vellanoweth pour un sagouin. Tout comme il aimait l'idée de passer pour un père bafoué.

Avoir une duchesse pour fille serait délicieux. Cela obligerait

Tintagel à lui donner accès au cercle des ducs de Cornouailles. En voulant lutter contre lui, Tintagel allait se retrouver dans l'obligation de lui donner tout ce qu'il avait toujours voulu.

Brenley imaginait déjà la tête de Cassian Truscott, quand celui-ci rentrerait de son voyage de noces. Il voyait la grimace difficilement contenue du duc de Bude et du duc d'Hayle quand ils seraient contraints de le saluer comme un égal, comme un membre du clan...

Brenley sortit son papier à lettres et commença à écrire. Il avait hâte de voir la réaction de Vellanoweth. Qu'il épouse sa fille, sinon...

La portée de la menace était toutefois incertaine. Si Tintagel refusait d'épouser Audevere, Brenley pourrait jouer les pères outragés. Il pourrait tenter de détruire la réputation de Tintagel...

Mais cela n'empêcherait peut-être pas celui-ci de solliciter l'arbitrage du roi. Il fallait faire en sorte que cela ne se produise pas. Il avait des hommes pour cela, même s'il aurait préféré la satisfaction de régler cela lui-même.

Brenley eut un sourire machiavélique. Il se montrerait magnanime, laissant le choix à Tintagel entre le mariage et la mort. Sa lettre envoyée, il se mettrait en route pour Truro, et il attendrait là-bas la réponse du futur duc de Boscastle.

Comblée comme si elle avait atteint le paradis, Audevere s'étira, rechignant à quitter la paix d'un demi-sommeil, l'esprit saturé de souvenirs de sa nuit avec Inigo.

Il s'était montré un amant exquis, à la fois tendre et passionné. Audevere n'avait jamais imaginé qu'un tel plaisir soit possible. Ni les baisers de Collin, ni ceux de Tremblay, et encore moins les avances des amis de son père ne lui avaient laissé entrevoir cela.

C'était quelque chose qu'elle brûlait de ressentir à nouveau. Peut-être cela faisait-il d'elle une dépravée, mais elle s'en moquait.

Elle se blottit plus confortablement sous les couvertures, les rondeurs de ses fesses frôlant l'entrejambe d'Inigo. Son membre se durcit en réaction, et il passa un bras autour de sa taille pour l'attirer plus étroitement contre lui. Lui mordillant l'oreille, il la prit ainsi, avec une lenteur qui ne fit qu'exacerber le désir d'Audevere, les mains sur ses seins, lui murmurant des paroles décadentes.

Quelle façon délicieuse de se réveiller, songea-t-elle. Tous les matins devraient ressembler à cela.

Plus tard, Audevere songea que tous les après-midis devraient comporter un trajet en calèche, un pique-nique dans une clairière, et une promenade dans une forêt odorante et fraîche, où le vert sombre des pins contrastait avec celui plus tendre et par endroits jaunissant des trembles qui commençaient à se dénuder, le tout éclairé par la parure des chênes qui flamboyaient de toutes les nuances de rouge, comme un dernier éclat de gloire avant l'hiver.

— Quand nous étions enfants, le père d'Eaton nous emmenait chercher des truffes dans les bois de Trevaylor, dit Inigo.

Puis il lui raconta des anecdotes de son enfance, la nourriture cuite en pleine nature au feu de bois, les nuits à dormir à la belle étoile...

Audevere lui tenait le bras en marchant.

— J'aime vous voir ainsi, heureux, détendu...

Elle était si bien avec lui qu'elle en oubliait de penser à son père, à ce qu'elle ferait après cette parenthèse enchantée, et à quoi ressemblerait le reste de sa vie quand elle aurait rompu le dernier lien.

Peut-être était-ce pour cette raison qu'Inigo se montrait aussi divertissant. Peut-être essayait-il lui aussi d'oublier ce qui se profilait à l'horizon.

En oubliant le passé et l'avenir, ils pouvaient profiter du présent.

Audevere lui glissa un regard en biais sous le rebord de son bonnet. Contemplant à la dérobée son profil énergique, elle scruta chaque détail de ses traits : son front large, ses yeux autour desquels elle devinait de fines rides, ses lèvres pleines et sensuelles...

— Comme la vie peut être simple, s'émerveilla-t-elle soudain. Nous portons les mêmes vêtements que la veille, à des kilomètres de la civilisation, à des kilomètres des divertissements sophistiqués qui font notre quotidien, et je suis plus heureuse que je ne l'ai jamais été.

C'était la vérité. Elle n'avait pas besoin de penderies remplies de robes, d'invitations accumulées sur la console du hall. Elle n'avait besoin que de cela : marcher dans la nature, parler avec un ami, loin de la vie qu'elle avait laissée à Londres, loin de son père.

Ou alors, n'était-ce pas plutôt d'Inigo qu'elle avait besoin ?

Était-ce l'isolement qui lui procurait le bonheur qu'elle ressentait aujourd'hui ? Ou bien était-ce l'homme à ses côtés ?

— J'en suis ravi, Aud. Vous méritez d'être heureuse.

Elle avait la main posée sur le bras d'Inigo, et il la couvrit de la sienne tandis qu'ils regagnaient la berline de voyage.

Ils avaient encore de nombreux kilomètres à faire avant d'atteindre leur destination du soir. Et pourtant Audevere avait envie de s'attarder encore un peu.

— Vous aussi, vous méritez d'être heureux.

Elle lui sourit tendrement.

— Est-ce que je vous rends heureux, Inigo ?

La nuit précédente avait-elle représenté autant pour lui que pour elle ? Il avait évoqué beaucoup de sujets, à l'exception de celui-là.

Comme il s'obstinait dans le silence, Audevere s'inquiéta.

— Vous aurais-je déçu ?

Inigo plissa le front, perplexe.

— Bien sûr que non. Comment pourriez-vous me décevoir ? Je vous ai attendue pendant si longtemps. J'ai oscillé entre vous désirer, renoncer à vous, me détester parce que je vous désirais, me convaincre que ce n'était pas le cas… Et puis, au moment où je pensais que j'étais guéri de vous, vous êtes apparue sur la terrasse des Bradford, dans cette robe de soie, et tout a recommencé : le désir, le doute, la torture d'être coincé entre les deux… Et j'ai compris que je n'étais pas immunisé contre vous.

Un silence de cathédrale régnait dans la forêt, tandis qu'Audevere se tenait sous la frondaison des arbres, abasourdie par cette confession.

— Et maintenant ? demanda-t-elle dans un murmure. Êtes-vous immunisé contre moi ?

Peut-être, maintenant que sa rêverie romantique était accomplie, son désir s'était-il émoussé…

Les hommes étaient ainsi. Ils aimaient la chasse, mais une fois la proie capturée, ils s'en désintéressaient rapidement.

— Je n'ai pas envie d'être immunisé, Aud. J'ai envie d'être avec vous, de vous montrer…

Elle posa un doigt sur ses lèvres.

Elle n'avait pas envie d'entendre ce qu'il voulait lui dire, de crainte qu'ils ne se disputent à ce sujet.

Il ne lui était pas très difficile de deviner de quoi il s'agissait, et combien elle risquait de le souhaiter elle aussi.

— Je n'ai pas envie d'être immunisée non plus.

Elle avait ses propres rêves. Ils avaient germé dans les bras d'Inigo ce matin-là, s'étaient enracinés tout le long de la journée, à chaque regard, chaque sourire, chaque caresse.

Audevere voulait prendre à bras-le-corps ces jours de bonheur, et en conserver le souvenir pour qu'ils lui réchauffent le cœur les jours de solitude.

— J'ai envie d'être comme les feuilles de ces arbres, Inigo. Je veux chatoyer de mes plus belles couleurs avant de mourir.

Elle vit une flamme de désir illuminer les yeux d'Inigo.

Il n'était pas question d'attendre qu'il donne corps à sa rêverie. C'était à elle de lancer l'invitation.

— Je veux brûler avec vous pour le temps qu'il nous reste. Voulez-vous brûler aussi ?

— Oh ! Seigneur oui, je le veux plus que tout.

Sa voix n'était plus qu'un souffle rauque. Mais l'heure n'était plus à la conversation.

L'attirant dans ses bras, il plaqua sa bouche sur la sienne, en un échange exigeant, passionné, rallumant aussitôt l'incendie qui couvait sous la cendre depuis leur dernière étreinte.

15

Le corps d'Inigo était en feu. La sensualité extrême de ce qu'elle lui avait demandé le laissait en proie à un désir douloureux.

Il allait accepter l'invitation d'Audevere d'être son amant. Il n'y avait pas de déshonneur à cela. Il ferait plus que se consumer avec elle dans la passion. Il allait la protéger, faire en sorte qu'elle soit toujours en sécurité.

Elle était à lui maintenant, même si elle ne le comprenait pas encore.

Mais cela viendrait. Il avait le temps.

Il lui restait encore deux précieux jours sur la route pour la persuader qu'elle n'était pas obligée de disparaître, deux jours avant qu'ils n'arrivent à Boscastle. Là, elle comprendrait qu'il pouvait lui offrir ce qu'elle n'avait jamais eu : le soutien inconditionnel d'une famille et d'amis.

Ce qu'il avait à lui donner était beaucoup plus appréciable que la richesse : son nom, sa protection, son corps et son cœur.

La rudesse de son baiser arracha à Audevere un petit gémissement d'excitation, et le désir flamba comme une torche entre eux.

Comment alors ne pas l'adosser contre le tronc d'un arbre, glisser la main sous ses jupons et fouiller son intimité avec fièvre ?

Comment ne pas, sous l'empire d'une frénésie aveugle, ouvrir son pantalon, et la pénétrer avec rudesse ?

Ils recherchèrent le plaisir avec la même ardeur, la même intensité, aussi affamés, aussi insatiables l'un que l'autre.

Puis, quand tout fut fini, elle s'effondra contre l'arbre, le souffle haletant. Assommé par la violence de son plaisir, Inigo posa le front contre celui d'Audevere et attendit que déclinent les derniers frissons de volupté qui le traversaient encore.

Il sentit qu'elle lui passait la main dans les cheveux.

— Je ne crois pas vous avoir jamais vu aussi échevelé et débraillé.

— C'est votre faute, répondit-il, avant de déposer un baiser sur sa gorge.

Audevere noua les bras autour de son cou.

— Je vous aime ainsi. Cela prouve qu'Inigo Vellanoweth est humain, après tout.

Elle lui sourit, et Inigo songea à la possibilité de ne jamais quitter ces bois. Que n'aurait-il pas donné pour rester ici avec elle...

Il l'embrassa une dernière fois, puis il lui prit la main.

— Venez, les chevaux nous attendent.

Une marche dans l'air vivifiant d'automne, et une activité plutôt vigoureuse contre un arbre avaient eu raison des forces d'Audevere qui, bercée par les oscillations de la berline, s'était endormie.

Mais Inigo avait l'esprit trop en éveil pour dormir, empli des promesses qu'il avait faites.

La protéger, veiller à sa sécurité... Elle était sienne maintenant.

Il baissa les yeux vers la tête blonde appuyée contre son épaule.

Chacun des mots qu'il avait prononcés l'avait été avec sincérité. Mais comment affronter Brenley ?

À présent, le père d'Audevere devait être rentré chez lui. Il avait lu la lettre. Il avait compris les risques qu'il y avait pour lui à s'en prendre aux ducs de Cornouailles. Ce qui signifiait qu'il fourbissait ses armes et redoublait de ruses pour trouver une parade.

Les transactions professionnelles de cet homme étaient comme une hydre. Quand une porte se fermait, il en ouvrait une autre, empruntant tous les chemins de traverse jusqu'à ce qu'il parvienne à ses fins.

C'était cette ténacité qui rendait dangereux le plan d'Inigo.

Brenley s'en prendrait-il directement à lui ? Inigo songea aux deux pistolets dissimulés sous la banquette. Il était prêt si tel devait être le cas. Des bandits de grand chemin en embuscade ? Il était prêt aussi.

Il n'osait pas en parler avec Audevere. Plus elle aurait de sujets d'inquiétude, plus elle serait confortée dans son idée de fuir.

Ses paroles lui revinrent. « Je veux chatoyer de mes plus belles couleurs avant de mourir. » Elle voulait dire, avant de changer de nom et de disparaître de cette vie-ci. Et il était évident qu'elle s'en irait si elle pensait que cela pouvait éviter à Inigo un duel avec son père. Aucun argument ne pourrait la faire changer d'avis.

Quant à lui, il était prêt à affronter ce risque mortel pour elle. Il ne pouvait pas la perdre maintenant. Il avait fait l'amour avec elle, et rien de ce qu'il avait pu vivre avant dans les bras d'autres femmes n'égalait l'union passionnée de leurs corps.

Mais alors, comment la garder ? Cette question taraudait Inigo.

Avait-il l'intention de l'épouser ? Qu'en penserait sa famille ? Qu'en penseraient ses amis ? Que dirait Cassian quand il rentrerait et verrait qu'il avait épousé la fiancée de son défunt frère ?

Inigo voulut se convaincre que Cassian accepterait son choix, tout comme l'avait fait Vennor. Quant à sa famille, elle les accueillerait à bras ouverts car le sens de l'accueil était sacré à Boscastle.

Mais, au fond de son cœur, Inigo savait qu'il était important pour lui que ses parents acceptent réellement Audevere. Puisqu'ils étaient du même sang, puisqu'ils avaient des liens si forts avec lui, ils verraient sûrement en elle ce que lui-même voyait, non ?

Audevere remua contre lui, laissant échapper un gémissement dans son sommeil.

La véritable raison pour laquelle il voulait l'acceptation de tous n'était-elle pas, finalement, qu'il voulait lui donner la famille qu'elle n'avait jamais eue ?

Il les imaginait ensemble, ses parents, Audevere et lui, comme dans un paysage de Wilson, quatre silhouettes longeant le chemin de la falaise… Mais combien de temps cette illusion pourrait-elle durer ? Des semaines, quelques mois, jusqu'à Noël ? Les fêtes de fin d'année à Boscastle étaient splendides.

Sans nul doute, il y aurait des questions sur les raisons de la présence d'Audevere. Du scepticisme de la part de ceux qui connaissaient son histoire. Peut-être même du scandale.

Un homme ne venait pas dans sa famille avec une femme, sans chaperon, sans que cela signifie quelque chose. La visite serait vue comme le prélude à une demande en mariage.

Bien sûr qu'il allait faire sa demande. Il pourrait même la faire dès à présent s'il pensait qu'il existait une chance pour qu'Audevere accepte.

Que se passerait-il si elle s'entêtait à refuser sa demande après avoir été présentée à sa famille ?

Peut-être ne souhaiterait-elle pas appartenir à un homme après s'être libérée de l'emprise de son père...

Inigo ne pouvait se résoudre à la déshonorer en faisant d'elle sa maîtresse. Ce serait certes une protection pour elle, mais il ne pourrait pas la présenter à sa famille. Son père serait furieux qu'elle s'asseye à la même table que sa sainte mère. Et à raison.

Ne resterait alors que la solution du *cottage* dans le Devonshire.

Inigo resserra le bras autour d'Audevere, à la pensée de la perdre.

La garder par les liens du mariage ou la perdre. Il n'avait que ces deux options, et cela lui déchirait le cœur.

Le soleil entamait sa chute vers l'horizon, lacérant le ciel de traînées de feu. De l'orange aveuglant au pourpre éclatant, en passant par toutes les nuances de rose, c'était une explosion de couleurs.

Audevere se réveilla alors que la berline entrait dans la cour de l'auberge. L'habitacle de leur voiture baignait dans une atmosphère dorée qui rehaussait la pâle perfection de son profil.

Quand elle leva sur lui ses yeux de jade, Inigo eut le souffle coupé.

Existait-il une femme plus belle qu'elle ?

Elle sourit, intimidée par l'insistance du regard d'Inigo, et porta la main à ses cheveux.

— Je dois être affreuse. Mes cheveux sont emmêlés, et mon visage doit être chiffonné par le sommeil.

Elle frotta sa joue, où les replis de son manteau avaient en effet creusé un sillon dans sa peau.

— Pas du tout. Vous êtes magnifique.

Mais il n'était pas certain d'avoir envie que les valets la voient ainsi.

— Attendez-moi ici, pendant que je m'occupe de notre hébergement.

Il ouvrit la portière et sentit qu'Audevere le retenait par la manche.

— Inigo, ne gaspillez pas votre argent à prendre deux chambres.

Audevere savait qu'elle jouait un jeu dangereux. Ses raisons de se laisser aller à cette folle passion n'étaient pas les mêmes que celles d'Inigo.

Elle se l'autorisait parce qu'elle savait que cela ne durerait pas. Mais l'honneur du comte de Tintagel, fils héritier du duc de Boscastle, exigerait plus que trois jours d'escapade sur la grand-route du sud-ouest. Inigo aurait à cœur de tenir les promesses qu'il lui avait faites. Des promesses de sécurité, d'une nouvelle vie sans renoncer à l'ancienne… Et il était prêt à mourir pour cela.

Comment lui faire comprendre qu'il ne pourrait jamais remporter cette lutte de deux volontés avec son père ?

Il ne méritait pas plus de mourir pour elle que Collin.

Audevere ne savait plus quelle décision prendre. Jamais, quand elle lui avait demandé son aide, elle n'aurait pu imaginer la profondeur des sentiments qui naîtraient entre eux.

Elle avait pensé que l'honneur d'Inigo serait plus fort que son aversion pour elle. Mais elle ignorait alors que cette aversion n'était qu'une façade pour dissimuler son désir.

Cet homme l'aimait. Cet homme l'avait attendue pendant des années. Il avait lutté contre ses démons pour elle. Il ne renoncerait pas aussi aisément. Il voudrait se battre parce qu'il pensait qu'elle en valait la peine.

La conscience d'Audevere lui murmurait l'horrible vérité :

elle devait lui dire qu'il se trompait et lui révéler l'horrible secret de sa naissance.

Elle pressa la main contre la poche de sa jupe pour sentir le contour des objets qu'elle contenait. Au cas où elle devrait fuir sans sa valise, elle ne voulait pas les abandonner.

Elle devait les montrer à Inigo, lui révéler quel moyen de pression son père avait sur elle.

Et quand il connaîtrait son secret, Inigo la laisserait partir.

La porte de la berline s'ouvrit, et une bourrasque froide s'engouffra dans l'habitacle.

— Notre chambre est prête, Mrs Vellanoweth.

Le regard d'Inigo pétillait de malice. Seigneur, il était irrésistible, auréolé de cette prestance innée des aristocrates, exsudant l'élégance même après deux jours de voyage.

Elle allait donc se faire passer pour sa femme. Elle pouvait encore profiter de la nuit à venir et du lendemain.

Remettre sa révélation à plus tard ne changerait rien fondamentalement.

Elle lui parlerait avant leur arrivée à Boscastle.

16

L'amour était un mot important, intense. Mais Audevere n'en voyait pas d'autre pour décrire les émotions qu'Inigo provoquait en elle.

Du geste le plus anodin au plus intime, elle aimait tout de lui.

En ce troisième jour de leur voyage, elle observait son prétendu mari dans la berline qui les conduisait vers Boscastle.

Elle ne s'attendait pas à tomber amoureuse, ni même à établir un lien avec lui. Mais cela ne devait pas entrer en ligne de compte. Elle était sur le point de disparaître, de devenir quelqu'un d'autre. Sa virginité n'aurait aucune importance dans sa nouvelle vie, et son passé cesserait de compter.

— Votre lecture est intéressante ? demanda Inigo, en relevant la tête de son propre livre.

Son regard alourdi par leurs ébats portait encore la trace d'une matinée passée au lit plus longtemps que prévu. En conséquence de quoi, ils avaient décidé de ne pas s'arrêter pour déjeuner, afin de rejoindre Exeter avant la nuit.

— Oui, répondit-elle d'un ton peu convaincu.

Il rit.

— Rappelez-vous que vous m'avez promis d'être honnête. Vous n'avez pas tourné une page depuis que vous avez commencé à lire.

Audevere referma son livre.

— Il est probablement intéressant, mais j'ai découvert quelque chose de plus intéressant encore.

Elle lui adressa un sourire impertinent.

— Pourquoi lire un livre, quand je peux vous lire, vous ?

Le temps leur était compté. Leur soirée et leur nuit à Exeter seraient leurs dernières sur la route, marquant la fin de cette période bénie où ils n'avaient de compte à rendre à personne.

Le lendemain, la réalité commencerait à s'immiscer entre eux. Leurs pensées seraient occupées par leur arrivée et la façon dont ils seraient reçus.

En attendant, Audevere voulait profiter encore un peu d'Inigo.

— Apprenez-moi un jeu. Que faisiez-vous pour passer le temps quand vous preniez la carriole pour aller à l'école ?

Elle adorait qu'il lui raconte des anecdotes de son enfance. Cela lui permettait de mieux comprendre ce qui l'avait forgé et avait fait de lui cet homme merveilleux.

Il sourit, ce qui lui était arrivé beaucoup plus souvent pendant ce voyage que durant toute la période où elle l'avait connu auparavant.

— Je vais vous apprendre le jeu de la poche. C'est un jeu que nous avons inventé tous les quatre. Mais il ne faut pas mentir.

— Expliquez-moi les règles.

— C'est très simple. Je prends quelque chose dans votre poche, et vous me racontez l'histoire de cet objet.

— Encore faudrait-il que j'aie des poches, ou qu'il y ait quelque chose dedans.

Audevere n'était guère tentée par ce jeu, étant donné ce qu'il y avait dans la poche de sa jupe.

Elle voulait encore une nuit avec lui, avant de lui révéler son terrible secret.

— Je sais que vous en avez. Je les ai remarquées ce matin sur votre tenue de voyage. Vous ne vous en sortirez pas comme ça, Aud.

Il plaisantait mais se fit aussitôt rassurant.

— Il n'y a que nous deux. Personne ne saura ce que nous nous disons.

Il désigna l'habitacle, d'un geste semi-circulaire.

— C'est notre monde pour le moment. Vous y êtes en sécurité.

Son regard se posa sur la poche de la jupe d'Audevere, où un léger renflement indiquait la présence d'objets.

— Montrez-moi.

Audevere sortit un mouchoir de batiste blanche et le déplia, révélant un ruban de satin rose pâle enroulé sur lui-même.

— Il y en avait des mètres. J'en ai laissé un morceau à ma femme de chambre pour la remercier de s'être occupée de moi. J'aurais voulu faire plus. Je suis sûre qu'elle aura besoin d'argent, mais je n'en avais pas à lui donner. Mon père la renverra probablement sans références. Il lui en voudra, même si elle n'y est pour rien.

Elle lissa le ruban entre ses doigts.

— Je suis partie pour me libérer de sa mauvaise influence et pour sauver Tremblay, alors que je n'ai pas pu le faire pour Collin. Mais d'autres continueront à souffrir, alors qu'ils ne peuvent pas se défendre, comme Patsy.

Elle soupira.

— Je voudrais tellement que cela s'arrête.

Inigo lui prit la main.

— Cela va s'arrêter. Je vous le promets.

Sans doute. Mais pas de la façon qu'imaginait Inigo.

— Pourquoi avez-vous ce ruban dans votre poche ?

Audevere haussa les épaules.

— Il est joli, et j'aime les jolies choses.

Laissant passer un silence, elle eut un petit rire amer.

— Je suppose que j'aurai peu de jolies choses à l'avenir. Cela me rappellera ce à quoi il m'a fallu renoncer pour être libre, mais aussi la corruption qui m'a permis de connaître ce luxe.

— D'où vient-il ?

— D'une boîte de couturière.

Elle rougit. Ce souvenir paraissait stupide maintenant, au regard de tout ce qui s'était passé.

— Il entourait la boîte contenant la robe que j'ai portée au bal des Bradford. J'étais tellement heureuse… Mais mon père n'a pas tardé à me préciser que cette robe était destinée à séduire le vicomte.

Ce ruban lui rappelait aussi que son sacrifice en valait la peine.

Audevere enroula à nouveau le ruban et le replaça dans le mouchoir qu'elle glissa dans sa poche.

— À vous, Inigo. Qu'y a-t-il dans votre poche ? Encore que ce ne soit pas équitable. Vous devez avoir quantité de poches.

Il y avait les grandes et profondes poches de sa houppelande de voyage, celles plus étroites de sa veste de costume et celles minuscules de son gilet.

— J'aimerais que les vêtements des femmes aient autant de poches que ceux des hommes, ajouta Audevere.

Elle inclina la tête.

— C'est une forme d'oppression, vous savez. C'est une manière subtile pour les hommes de rabaisser les femmes.

— Comme vous y allez !

— Je vous assure. Les poches rendent votre vie transportable. Vous pouvez avoir une montre, et quantité d'objets utiles, le tout aisément accessible sur votre personne, sans avoir à vous encombrer d'un réticule. Cela et le fait de nous trouver empêtrées dans nos jupes, représentent une privation de liberté. Alors que vous, les hommes, vous pouvez aller où bon vous semble, et vous avez toujours les mains libres.

— Pour mieux vous défendre, ma chère !

Inigo souriait, amusé par sa diatribe.

— Comment pourrais-je sortir mon pistolet ou mon épée si j'avais un réticule ?

— Précisément ! Si je voulais me défendre moi-même, comment ferais-je ?

— En avez-vous jamais eu besoin, Aud ?

En un instant, il était redevenu sérieux.

— Il y a eu des occasions où j'en ai eu envie, même au risque de m'attirer les foudres de mon père.

— Les amis de votre père.

L'intonation d'Inigo vibrait de fureur contenue, et Audevere le vit serrer le poing le long de son corps.

— Oui. Il y a eu un homme en particulier, que j'aurais aimé balafrer à l'aide d'une rapière. Je ne pensais pas que j'étais en danger. Il m'avait apporté une boîte de chocolats. Il était resté près de moi après le dîner, pendant que les autres jouaient aux cartes.

C'était un souvenir qu'Audevere n'aimait pas évoquer, mais elle s'obligea à poursuivre.

— Il m'a attirée dans un couloir et a tenté de m'embrasser.

Il disait que j'avais une dette envers lui. Il m'avait apporté des cadeaux, et c'était normal que je lui donne quelque chose en retour.

Il avait fait plus qu'essayer de l'embrasser. Il avait glissé la main dans son décolleté et, comme elle se débattait, il avait arraché le corsage de sa robe.

— C'est la première fois que j'ai compris de quelle façon mon père se servait de moi. Avant cela, je n'avais pas fait le lien entre la flatterie, les petites faveurs... et les affaires de mon père. Il y avait bien eu quelques baisers, mais cela restait chaste et sans conséquences. J'étais trop naïve pour comprendre.

Elle se risqua à regarder Inigo. Ses traits étaient tirés, et son attitude crispée.

Ils restèrent un moment silencieux, regardant la route, chacun réfléchissant à ce qui venait d'être dit.

— Aud, vous êtes en sécurité avec moi. Je ne ferai jamais de spéculations sur votre personne.

Audevere eut un sourire attristé et répondit simplement :

— Je sais.

Il était tellement attentionné...

Elle soupira.

— Nous avons digressé. C'est à mon tour de choisir l'une de vos nombreuses poches.

Elle se mordilla la lèvre inférieure tout en le contemplant. Laissant son regard s'arrêter sur une poche, puis une autre.

— Celle-ci, se décida-t-elle enfin, en désignant une toute petite poche sur son gilet.

— Vous êtes sûre que vous ne voulez pas en choisir une plus grande ? Je n'ai peut-être rien dedans. Elle est tellement petite.

— J'en suis sûre. Surtout parce que j'ai l'impression que vous protestez trop.

Quel genre de secret l'honorable Inigo Vellanoweth cachait-il dans sa poche ?

Audevere se tenait sur le rebord de la banquette, soudainement emplie d'un mélange d'agitation et de curiosité.

Peut-être était-ce le cadeau d'une maîtresse...

Passée, ou présente ?

Certainement pas présente. Elle ne s'était quand même pas trompée sur lui à ce point. Il n'y avait qu'elle.

Oui, mais si elle faisait erreur ? S'il lui avait menti ? Ou alors, si elle avait mal compris...

Et si Inigo Vellanoweth n'était pas meilleur que tous les autres hommes, finalement ?

L'attente lui mettait les nerfs à vif. Jamais elle ne s'était sentie autant en danger.

Voilà ce qui arrivait quand on jetait sa prudence aux orties. Elle était la coupable. Il lui avait laissé entendre qu'il n'avait pas envie qu'elle choisisse cette poche.

Audevere regarda Inigo glisser deux doigts dans la fente de la poche miniature et en ressortir quelque chose dans son poing fermé.

Elle ne pouvait pas voir de quoi il s'agissait, tandis qu'il faisait rouler l'objet dans sa paume. Était-ce une pierre, un bijou ?

Il finit par desserrer les doigts, révélant une bague.

L'or patiné, piqué en son centre d'un saphir, scintilla sous le soleil.

— C'était la bague de Richard Penlerick, lâcha Inigo, comme si ces mots seuls expliquaient tout.

Feu le duc de Newlyn. L'un des ducs de Cornouailles et mentor d'Inigo.

Audevere sut sans l'ombre d'un doute qu'elle ne regardait pas une bague mais le cœur d'Inigo.

— Je peux ? demanda-t-elle.

Il hocha la tête, et elle souleva la bague avec révérence. Elle était lourde, élégante, chère... Mais Inigo faisait passer les sentiments avant la fortune. Ce qui comptait pour lui, c'était l'honneur, l'amour, la loyauté, l'amitié.

Audevere inclina la bague. À l'intérieur de l'anneau, elle vit quelque chose de gravé.

— *Ad honorem*, déchiffra-t-elle, en butant sur la prononciation.

Elle lui rendit la bague.

— Qu'est-ce que cela signifie ?

Inigo la remit dans sa poche.

— Pour l'honneur. Chacun des quatre ducs possède une

bague similaire. Le saphir représente la vérité et la loyauté, qui sont les piliers de l'honneur.

— Le duc ne l'a pas transmise à son fils ?

Audevere trouvait cela étrange.

— Il me l'a donnée quand j'ai terminé Oxford. Étant donné que j'avais du talent pour faire de l'argent, je pense qu'il la considérait comme un talisman contre l'appât du gain. Il voulait que je me souvienne d'utiliser ce talent à bon escient. L'argent est un sujet tabou parmi les pairs, vous savez. Il est bon d'en avoir, mais il est considéré comme vulgaire de s'en préoccuper. Je veille à ne pas faire honte à ma famille avec mon sens des affaires.

— Je pensais que vous l'aviez reçue après sa mort.

Audevere savait qu'elle abordait un sujet difficile. La mort du duc avait été soudaine et violente, et le Tout-Londres en avait été bouleversé.

— Non, mais sa mort a sans doute rajouté à la symbolique de cette bague. C'est un peu comme s'il était toujours présent à mes côtés.

Audevere garda le silence un moment. C'était la preuve, s'il en était besoin, qu'Inigo était l'antithèse de son père.

— Vous êtes si pur, Inigo, et je suis si corrompue. Ne dit-on pas tel père, telle fille ?

Inigo secoua la tête.

— Vous êtes une bonne personne, courageuse et gentille, Aud. Vous ne ressemblez en rien à votre père. Et vous n'êtes pas responsable de ses agissements. Le fait que vous soyez partie le prouve. Tout comme votre façon de traiter votre femme de chambre, de vous inquiéter pour elle… Vous avez bon cœur, Aud. Vous êtes partie pour protéger Tremblay et d'autres qui auraient pu venir après lui. Vous avez renoncé à une vie d'aisance et de luxe. Ce sont des actes totalement altruistes.

Il disait cela parce qu'il ne savait pas.

Elle n'était pas seulement corrompue par association, ou parce qu'elle était liée aux sombres agissements de son père.

Non, elle portait la marque de l'infamie depuis sa naissance.

17

Ils arrivèrent à Exeter une heure avant le coucher du soleil, un jour de marché. La cour de l'auberge vibrait d'animation tandis qu'Inigo allait se renseigner pour avoir une chambre.

Le lendemain après-midi, ils seraient à Merry Weather, fief des ducs de Boscastle. Leur périple s'achèverait, et Inigo ne pouvait s'empêcher de penser à ce qui se terminerait également, en même temps.

Ils allaient devoir cesser de prétendre être mari et femme. Ils allaient devoir cesser également de faire comme si la route pouvait durer éternellement, comme s'ils n'avaient pas à affronter la menace que représentait le père d'Audevere.

Inigo se demandait si le coup d'éclat d'Audevere dans la berline était une tentative d'établir une distance entre eux.

Peut-être s'attendait-elle à ce qu'il soit rebuté par un aperçu sur sa vie avec son père et la façon dont il l'avait utilisée.

Si c'était le cas, elle avait totalement échoué.

Contrairement à ce qu'elle semblait croire, Audevere avait besoin d'être protégée. On lui avait tant pris. On l'avait traitée si mal. Cela brisait le cœur d'Inigo et le mettait en colère.

Il avait envie de se battre avec tous les hommes qui l'avaient importunée, y compris avec son propre père.

L'aubergiste lui tendit une clé, et Inigo laissa des instructions pour leurs bagages. Il n'était pas encore prêt à se retirer pour la nuit. Il voulait une dernière promenade avec sa « femme ».

Il l'aida à descendre de la berline et prit soin de lui faire éviter les parties les plus sales de la cour.

— Voulez-vous faire un tour du marché avant qu'il ne ferme ? proposa-t-il. Je pensais que nous pourrions composer notre dîner nous-mêmes. À moins que vous ne vouliez prendre le repas dans la salle commune ? Impossible d'avoir un salon privé. Nous sommes arrivés trop tard.

Inigo sourit en prononçant ces mots, se rappelant la raison de leur retard.

— Un pique-nique dans notre chambre ?

Audevere sourit à son tour, songeant peut-être comme lui que c'était leur dernière nuit avant que tout ne change, avant que la réalité ne les rattrape.

Ils firent de bonnes affaires au marché, négociant avec les marchands pressés de remballer, et remplirent leur panier d'une bouteille de vin, d'une boule de pain, d'un demi-poulet encore chaud de la broche, d'une roue de fromage et de poires.

— C'est peut-être plus que nous ne pourrons manger, remarqua Audevere en riant.

Ils s'attardèrent devant les étals d'artisanat, et Inigo la vit admirer un collier - une aventurine suspendue à une fine chaîne d'argent.

— Je vous l'offre, décida-t-il.

— Mais non, voyons !

— Je peux bien offrir un cadeau à ma femme, non ?

— Je ne suis pas vraiment votre femme.

— Ce soir, vous l'êtes.

Inigo l'embrassa, sans se soucier de qui pouvait les voir.

— Nous prenons le collier, dit-il au marchand.

Puis il saisit la main d'Audevere et l'entraîna vers un autre étal.

— Mais… Que faites-vous ? protesta-t-elle, avec un rire indiquant que cela ne l'ennuyait pas réellement.

— Je suis d'humeur à vous faire des cadeaux, ma chère femme.

Il s'adressa ensuite au marchand d'armes.

— Ma femme a besoin d'un petit couteau. Quelque chose de bien tranchant qu'elle pourra garder sur elle quand elle sort.

— Si ma femme était aussi belle, je ne la laisserais jamais

sortir toute seule, commenta le marchand avant de lui présenter différents modèles.

Oh ! miséricorde, Inigo voulait lui acheter un couteau à cause de ce qu'elle lui avait dit un peu plus tôt. La gorge d'Audevere se serra, et des larmes lui montèrent aux yeux.

Elle avait failli pleurer quand il lui avait acheté le collier. Mais, là, c'était autre chose.

Inigo souleva un des poignards, testant son poids et son équilibre.

— Essayez celui-ci.

Un symbole *claddagh* en étain, représentant deux mains tenant un cœur surmonté d'une couronne, était incrusté dans le manche, et la lame effilée étincelait. C'était une arme belle mais dangereuse.

Audevere prit le poignard, d'un geste un peu gauche. Quelles qualités devait-elle rechercher ? Elle se sentait maladroite et un peu stupide.

— Choisissez pour moi.

— Celui-ci, alors.

Les yeux d'Inigo s'attardèrent sur elle, d'une façon qui lui donna envie de gagner leur chambre au plus vite.

— Plus jamais quelqu'un ne vous touchera contre votre gré, Audevere, murmura-t-il, faisant bouillir son sang.

Tout ce qu'elle voulait, c'était qu'il soit désormais le dernier homme à la toucher.

— Ce poignard est ma promesse : vous ne serez plus jamais démunie.

C'était un cadeau généreux. Un cadeau attentionné. Mais les mots qui l'accompagnaient ramenèrent brutalement Audevere à la réalité.

La préparait-il à des adieux ?

« Quand je ne serai plus là pour vous protéger moi-même. » Était-ce ce qu'il sous-entendait ?

Audevere n'avait pas envie de penser à cela pour le moment, et pourtant elle le devait.

Son dernier secret planait encore entre eux et, quand elle le lui aurait révélé, Inigo comprendrait qu'il n'y avait pas d'avenir pour eux.

Elle glissa le poignard dans la poche de sa jupe. Son poids était rassurant, comme l'était le bras d'Inigo sous sa main tandis qu'ils se dirigeaient vers l'auberge.

Ils arrivèrent en haut de l'escalier, et Inigo déverrouilla la porte. La chambre était propre mais de petites dimensions. Un feu avait déjà été allumé dans la cheminée pour réchauffer l'atmosphère.

— À quoi pensez-vous, Aud ?

Inigo posa le panier sur la petite table près de la fenêtre.

— Vous être très calme depuis que nous avons quitté le marché.

— Je ne suis pas prête à ce que cela se termine. Je ne suis pas prête pour la réalité, pour les menaces de mon père… pour rien de tout cela.

Audevere se laissa tomber sur le lit, recouvert d'une courtepointe bleu et blanc. Elle aurait des décisions difficiles à prendre les jours suivants.

Secrètement, au fond de son cœur, elle n'avait pas envie d'imaginer un temps où Inigo ne serait pas là pour la protéger. Mais, si elle voulait disparaître, elle devait renoncer à cet homme exceptionnel. L'un n'allait pas sans l'autre.

— Nous n'avons pas besoin de nous y préparer tout de suite.

Il vint vers elle, s'agenouilla et lui retira ses bottines. Puis il lui massa les pieds.

— Avez-vous faim ? Le dîner peut-il attendre ?

Audevere lui adressa un sourire malicieux.

— Cela dépend de ce qu'il doit attendre.

— Moi.

Inigo se releva, l'attira dans ses bras et échangea avec elle un baiser brûlant.

Et elle savait que le meilleur restait à venir.

Oui, ceci, un million de fois ceci, criait son cœur. C'était la seule chose qui pouvait tenir à distance l'inévitable.

Plus tard, épuisée, éperdue de bonheur, Audevere se dit qu'elle avait envie de connaître toute sa vie cet épanouissement ultime où toute pensée cohérente devenait impossible. Elle avait vaguement conscience qu'Inigo remontait une couverture sur elle et l'attirait contre son épaule.

Puis elle n'eut plus conscience de rien, jusqu'à ce que la flamme d'une chandelle vacille dans l'obscurité, sur la petite table près de la fenêtre, où le repas avait été dressé.

Inigo se tourna vers elle avec un sourire.

— Vous êtes réveillée. Quand je disais que le dîner pouvait attendre, je ne pensais pas ce que ce serait pendant deux heures.

Il s'était visiblement lavé et, délaissant sa tenue de voyage, ne portait que sa robe de chambre bleue. Elle était ceinturée, mais l'entrebâillement permettait de voir qu'il ne portait rien en dessous.

— Il y a de l'eau chaude pour votre toilette, reprit-il. Enfilez une tenue confortable. Je vais servir le vin.

Ce serait probablement le repas le plus décadent qu'elle ferait jamais, songea Audevere tandis qu'elle prenait place à table en chemise de nuit et les cheveux défaits. En face d'elle, une mèche de cheveux rebelle tombant sur son front, Inigo était d'une beauté ténébreuse qui était loin de la laisser indifférente.

— Vous êtes beaucoup plus romantique que je ne le pensais, dit-elle.

C'était ainsi qu'elle voulait se souvenir de lui.

— Ce sont toujours les plus calmes qui se révèlent les plus passionnés, ajouta-t-elle.

— Et ce sont toujours les plus intrépides qui ont le plus à cacher. Vous n'êtes pas le livre ouvert que vous prétendez être.

Il lui tendit un verre de vin.

— Aux passionnés et aux cachottiers.

— Longue vie à eux, répondit Audevere, tandis que leurs verres s'entrechoquaient.

Elle aurait pu dire d'autres choses, si elle avait été plus courageuse, raconter d'autres histoires, prononcer d'autres mots.

Mais elle ne pouvait s'y résoudre.

Ils avaient envie tous les deux de faire durer la nuit, de repousser le lendemain, de s'accrocher aux choses merveilleuses qu'ils avaient découvertes au milieu des difficultés qu'ils avaient dû affronter.

Elle percevait le désespoir d'Inigo dans les cadeaux qu'il lui avait offerts.

C'était le genre de présents qu'un homme pourrait faire à une femme qu'il avait l'intention d'épouser. Et pourtant, Audevere savait qu'il ne s'agissait pas de cela. Il voulait qu'elle ait quelque chose pour se souvenir de lui.

Ces cadeaux, et même la façon dont il lui avait fait l'amour contenaient un message d'adieu.

Elle se demanda si c'était cela que ressentaient les jeunes mariés quand s'annonçait la fin de leur voyage de noces. Pas tout à fait, car ils avaient toute la vie devant eux pour s'aimer, alors qu'Inigo et elle vivaient leurs dernières heures ensemble.

Elle but une gorgée de vin.

— Parlez-moi de votre famille.

Elle ferait aussi bien de commencer à se préparer. Se préparer, c'était s'accoutumer. Et ce serait peut-être plus facile à la lueur des chandelles, dans une atmosphère sereine.

— Vous avez dit que vous aviez des sœurs. Je croyais pourtant que vous étiez un enfant unique.

Inigo se cala contre le dossier de sa chaise. Son peignoir était entrouvert, découvrant la peau lisse et hâlée de son torse, à laquelle la lueur des bougies donnait une apparence de bronze doré.

— Eh bien, je suis resté le seul pendant longtemps. Quatorze ans, pour être exact.

Son sourire s'évanouit, et la tristesse ternit ses yeux.

— Après moi, il y a eu deux garçons et une fille qui n'ont pas survécu à la naissance.

— Vous vous en souvenez ?

— Le premier non. J'avais deux ans. Mais, pour les autres, j'avais cinq et huit ans. Mon père m'a laissé les prendre dans mes bras.

Il fit le geste de former un berceau avec ses bras, et le cœur d'Audevere se serra. Elle était loin d'imaginer qu'Inigo avait vécu une telle tragédie.

— Eaton et Cassian avaient des frères et sœurs. Vennor était fils unique également. Pendant des années, ils ont été comme les frères que je n'avais pas pour moi, et je ne me sentais pas seul avec eux. Mon petit frère, Benjamin, n'a que dix ans, et la différence d'âge fait que nous n'avons pas beaucoup de points communs, même si j'ai énormément d'affection pour lui. Une surprise tardive de la vie, comme aime le dire ma mère.

Il soupira.

— Ce fut toutefois une grossesse compliquée, tellement inattendue à son âge.

— Quel âge ont vos sœurs ?

— Sarah a seize ans, et Rose quatorze. Elles rêvent de Londres constamment.

Il souriait en parlant de ses sœurs.

— J'étais déjà grand quand elles sont nées et je faisais mes études à Londres, où je me suis très vite installé ensuite. Je suis donc plutôt comme un jeune oncle pour elles.

Mais il les adorait, cela se voyait. Il n'était pas étonnant qu'il soit aussi protecteur. La tragédie du décès des nourrissons avait forgé son caractère, et la différence d'âge avec les enfants suivants avait développé cet instinct de protection.

Audevere lui servit à nouveau un verre de vin, vidant la bouteille.

— Votre famille semble extraordinaire, très aimante…

Et tellement différente de la sienne.

— Ils vous aimeront, vous verrez. Mes sœurs voudront tout savoir de Londres, des dernières modes et des ragots… Et Benjamin est un enfant adorable qui aime tout le monde. Ne vous inquiétez pas.

— Qui dit que je suis inquiète ?

— Vous n'avez pas à le dire.

Il se leva et lui offrit sa main.

— Pensez-vous que nous pourrions faire une pause dans notre conversation ?

— Qu'avez-vous en tête ?

— Vous le verrez bien, répondit-il en l'entraînant vers le lit.

18

Ils se vêtirent avec lenteur le lendemain matin, leurs préparatifs usuels empreints d'une certaine révérence, comme s'ils enfilaient leurs tenues de combat, tels des gladiateurs de l'Antiquité.

Audevere noua la cravate d'Inigo avec une précision extrême. À son tour, il fixa autour du cou d'Audevere le pendentif qu'il lui avait offert, et elle l'entendit reprendre son souffle tandis que ses doigts lui effleuraient la peau.

C'était réconfortant pour Audevere de savoir qu'il savourait lui aussi ces moments et emmagasinait des souvenirs pour les jours de solitude à venir.

Elle se tourna vers lui, touchant brièvement la pierre contre sa peau.

— Comment est-ce ?

Le regard d'Inigo s'enflamma.

Magnifique. Comment ne le serait-ce pas, porté par vous ? Vous embellissez tout, Audevere.

Elle rangea le compliment au fond de son cœur, juste à côté des autres. Un jour, elle les passerait en revue et se rappellerait ces moments : leur dernier petit déjeuner, la dernière fois qu'ils avaient quitté une auberge ensemble, leur dernier voyage en berline…

Quand tout cela avait commencé, il n'était pas dans ses intentions d'avoir besoin d'un homme. Pas après les expériences qui lui avaient prouvé qu'une femme était beaucoup mieux toute seule. Mais à présent elle avait besoin d'Inigo tout autant qu'elle avait envie d'être libre.

Cependant la partie était trop avancée pour changer de tactique. Et il restait toujours cette horrible vérité finale qui éloignerait Inigo pour de bon.

Après un dernier tournant, le cocher engagea la berline dans une allée de terre battue bordée de grands chênes. Et soudain, au détour d'un virage, Audevere eut une vue d'ensemble sur le domaine de Merry Weather.

Bâtie sur deux étages, l'austère demeure de brique pâle était flanquée de deux hautes tours octogonales de part et d'autre de l'entrée. Deux ailes tout en longueur s'étiraient de chaque côté, surmontées de créneaux, et s'achevaient, elles aussi, par une tour, de taille plus modeste.

— Au début, seule existait la partie centrale, expliqua Inigo. Elle a été construite par le premier duc de Boscastle, au XVIe siècle.

C'était impressionnant, l'archétype de la vieille fortune qui aiguillonnait la jalousie du père d'Audevere et à laquelle il n'accéderait jamais. Les lignes simples et pures de l'architecture de la bâtisse offraient un contraste saisissant avec l'extravagante maison de ville des Brenley et n'en soulignaient que davantage le ridicule.

Soudain, Audevere sentit un élan de panique la submerger.

— Sont-ils prévenus de notre arrivée ?

S'il y avait quelque chose de pire que de devoir accueillir la fille d'un ennemi, c'était de la voir arriver chez soi à l'improviste.

— J'ai fait envoyer un mot avant notre départ. Ils savent que nous venons, et ils savent pourquoi. Je leur ai tout expliqué. Vous n'avez pas à être embarrassée par votre passé.

Inigo affichait une calme assurance, et Audevere aurait aimé pouvoir lui en emprunter un peu.

Malgré les encouragements répétés d'Inigo, elle avait peine à croire qu'elle serait acceptée. Peut-être était-ce un trop grand espoir pour elle.

Sans doute ne serait-elle que tolérée, et ce serait déjà extraordinaire.

Après tout, elle n'avait besoin de rien d'autre de la part des Vellanoweth. Bientôt, elle serait partie, il ne fallait pas qu'elle l'oublie. Peu lui importait ce qu'ils penseraient d'elle par la suite.

D'un geste machinal, elle caressa l'aventurine qui pendait à son cou, comme pour se rassurer.

Inigo lui prit la main et entrelaça ses doigts aux siens.

— Ils vont vous aimer, affirma-t-il.

Audevere haussa les épaules.

— Ils vont seulement me tolérer.

Il rit.

— Ils feront plus que vous tolérer.

Parce qu'il le leur avait demandé, songea Audevere. Comme il avait de la chance d'être entouré de personnes aimantes, sur qui il pouvait compter pour le soutenir quoi qu'il arrive.

Comme la berline se rapprochait, des silhouettes apparurent de part et d'autre du perron : des femmes en robe grise et tablier blanc amidonné, des hommes en livrée bleu nuit.

En haut des marches, par ordre d'âge, se tenaient le duc de Boscastle et sa famille.

Quelque chose se noua dans la gorge d'Audevere, et elle lança un regard affolé à Inigo. Quand ils n'étaient que tous les deux sur la route, il était facile d'oublier qui il était vraiment, et ce que cela signifiait d'être le fils héritier d'un duc.

Inigo était de retour au bercail, et toute la maisonnée, domesticité comprise, se réunissait pour l'accueillir.

La berline de voyage s'arrêta, et Audevere ne put s'empêcher de songer que c'était un peu comme si elle était véritablement l'épouse légitime d'Inigo.

Mais, à part en rêve, elle ne serait jamais Mrs Vellanoweth. La femme d'Inigo aurait droit à l'appellation de Lady Tintagel, et plus tard au titre de duchesse de Boscastle.

Pourtant, quand la portière s'ouvrit, elle eut l'impression de rentrer à la maison.

Inigo sortit le premier et lui tendit la main.

— Souriez, ma chère. Il n'y a rien à craindre ici.

Elle posa les doigts dans sa paume, et il les serra.

— Ils vont vous aimer, murmura-t-il. Tout comme moi.

Les derniers mots étaient presque inaudibles, et Audevere se demanda si elle les avait imaginés.

Peut-être était-ce seulement l'écho de ce qu'elle ressentait au fond de son cœur.

Le père d'Inigo s'avança. La ressemblance entre les deux hommes était frappante.

— Soyez la bienvenue à Merry Weather, Miss Brenley. J'espère que vous apprécierez votre séjour parmi nous.

En effet, ils l'appréciaient, et c'était une expérience nouvelle pour Audevere.

Les sœurs d'Inigo étaient aussi délicieuses que promis, avides d'essayer de nouvelles coiffures et de parler de la mode. Son petit frère débordait d'énergie, et leurs journées furent remplies de longues promenades sur la lande battue par les vents, au bord des falaises surplombant la mer.

Il y eut des soupers chaleureux, où toute la famille prenait part à la conversation, y compris Benjamin, parlant, riant, et parfois argumentant. Sarah et Rose étaient instruites et débattaient intelligemment de politique et d'économie.

Après cela, il y avait toujours des divertissements dans le salon familial. Inigo et elle jouaient au whist avec les filles, ou bien Audevere le regardait faire une partie d'échecs avec son père - un passe-temps qu'ils affectionnaient visiblement tous les deux.

Cela la faisait sourire de les voir ainsi, père et fils. C'était cela, être une famille. Et c'était tout à la fois beau et rare. Elle comprenait mieux maintenant pourquoi les ducs de Cornouailles protégeaient les leurs avec une telle ténacité. Il s'agissait d'un précieux trésor, en effet.

— Vous voyez que vous n'aviez pas de raisons d'être inquiète, ma chère.

La duchesse rapprocha une chaise de l'endroit où était assise

Audevere et prit avec elle son ouvrage de broderie. Ce soir-là, les filles se relayaient au piano, tandis qu'Inigo jouait aux dominos avec Benjamin, et que le duc était plongé dans la lecture d'une revue politique.

— Vous nous observez comme si nous étions faits de délicate porcelaine de Chine, ajouta la duchesse. Mais nous n'allons pas nous briser. Nous avons eu notre lot de déboires, et cela nous a fortifiés.

Elle glissa un regard discret vers Inigo.

— C'est un bon frère, même s'il est beaucoup plus âgé. Pendant un temps, nous avons pensé qu'il serait notre seul enfant.

— Votre famille est extraordinaire. Je n'en ai jamais connu de telle.

— Personne n'a une vie parfaite, et nous ne pouvons pas choisir la famille où nous venons au monde. En revanche, nous sommes responsables de la famille que nous formons. Nous devons faire en sorte que l'amour en rassemble les membres, et qu'il ne leur arrive rien.

Rassembler, aimer, protéger...

Cela ne faisait pas partie des projets d'Audevere, qui n'envisageait que la fuite et l'oubli.

Encore que, depuis quelques jours, cette décision semblait être remise en question face à la compréhension et la gentillesse des Vellanoweth.

Cependant, elle devait être forte. Si Inigo pensait que sa volonté vacillait, il insisterait davantage pour qu'elle reste.

Elle allait devoir se décider bientôt. D'un jour à l'autre, une lettre de son père arriverait en réponse à la menace d'Inigo, et les cartes seraient rebattues.

— As-tu décidé ce que tu allais faire d'elle ? demanda le duc. Nous pouvons lui donner le *cottage* du Devonshire, si cela lui agrée.

Inigo et son père marchaient côte à côte le long de la falaise. Audevere avait pris de l'avance avec ses sœurs et Benjamin. Les chiens dansaient dans leurs jambes en aboyant. Les rires flottaient jusqu'à eux, rabattus par le vent.

Cela ressemblait beaucoup aux images qu'il avait formées dans son esprit, évoquant une vie de famille simple et heureuse, et Inigo en était enchanté. Il se demandait toutefois ce qu'en pensait son père.

— Cela fait déjà une semaine, répondit-il, et je n'ai toujours pas réussi à la convaincre que nous pouvions l'aider.

L'entêtement d'Audevere était aussi incompréhensible que frustrant. Pourquoi résistait-elle ? Elle devrait pourtant comprendre que, tous ensemble, ils n'auraient aucun mal à mettre son père en échec.

— Une réponse de Brenley devrait arriver d'un jour à l'autre, reprit-il. Nous devons nous tenir prêts.

— Ta menace l'a poussé dans ses derniers retranchements, et c'est précisément cela qui le rend dangereux. Il sait que tu peux lui faire retirer son titre et le faire bannir de la bonne société. Sa riposte sera féroce.

— Vous pensez à un duel ?

— Ce serait une façon définitive de régler votre différend. Cependant, il devrait savoir qu'il ne gagnera jamais contre nous tous. S'il s'en prend à toi, nous serons nombreux à l'affronter.

Le duc posa brièvement la main sur l'épaule d'Inigo.

— Naturellement, si nous devions te perdre, nous en serions dévastés. Si l'un de nous le tuait, cela ne te ramènerait pas.

— Rassurez-vous, père, je n'ai pas l'intention de mourir. Je vais gagner, et tous nos problèmes seront résolus.

Ému, Inigo laissa passer un silence avant d'ajouter :

— Et Collin sera vengé.

Le duc soupira.

— Je sais que tu as promis de faire justice pour la mort de Collin, mais je ne suis pas certain qu'il aurait voulu que cela se termine au pistolet.

— Ce sera peut-être l'unique solution.

La frustration du duc était perceptible mais, à son crédit, il ne chercha pas à argumenter.

— En as-tu discuté avec Audevere ?

— Non.

Il n'était pas question de mentir à son père. Ce dernier avait toujours exigé l'honnêteté de la part de ses enfants et, même adulte, Inigo respectait cela.

— Que crois-tu qu'elle ressentira si tu engages un duel avec son père, en sachant qu'un seul de vous deux en sortira vivant ?

— Je l'ignore. Tout ce que je sais, c'est qu'elle veut être libérée de lui. Il l'a manipulée cruellement par le passé, d'une façon répréhensible.

Le duc hocha la tête.

— Même un mauvais parent reste un parent. Et, d'après ce que j'ai compris, il est tout ce qu'elle a en ce monde.

— Elle nous a nous, répliqua Inigo.

— Vraiment ?

Ils avaient atteint une corniche étroite, taillée dans le roc, et s'y arrêtèrent un instant, tandis que le reste du groupe courait sur la lande, en essayant de faire s'envoler le cerf-volant de Benjamin. Leurs tentatives infructueuses leur arrachaient de grands éclats de rire.

— C'est donc ce que tu as en tête ? Tu veux en faire une des nôtres ? Tu veux épouser Audevere Brenley ?

— J'ai l'intention de lui offrir plus qu'un *cottage* à la campagne.

Inigo ne se l'était jamais avoué à lui-même aussi brutalement. Jusqu'à présent, c'était une idée qui rôdait à la frontière de sa conscience, sans que jamais il ne lui donne forme.

— Qu'en penseriez-vous, si elle devenait ma femme ?

L'avis de sa famille était important pour Inigo, et il voulait à tout prix éviter une querelle.

En contrebas, le bruit des vagues qui venaient se fracasser sur les roches était assourdissant, mettant les nerfs d'Inigo à rude épreuve pendant que le duc réfléchissait, les yeux perdus au loin.

— Je pense que cela dépendrait des raisons...

Il tourna la tête vers Inigo et planta son regard dans le sien.

— Si tu l'aimes et si elle t'aime, c'est une chose. Mais si tu l'épouses pour la protéger, c'en est une autre. J'aurais des réserves dans ce cas, et je te conseillerais de trouver une autre solution.

Un sourire éclaira le visage de son père.

— Sais-tu combien de fois j'ai imaginé avoir cette conversation avec toi ? Depuis le jour de ta naissance, je crois que j'ai commencé à répéter mon discours pour toutes les étapes de ta vie : ta remise de diplôme, ton installation à Londres, ton mariage…

Le regard bleu du duc était embué, tandis qu'il secouait la tête.

— Mais jamais je n'aurais pu imaginer que tu souhaiterais épouser la fille de notre ennemi.

Il lui posa la main sur l'épaule.

— Je veux que tu sois prudent, mon garçon. Tu sais ce que ta mère et moi pensons du mariage. Seul l'amour doit commander, car un mariage dure toute la vie. Vous devez donc vous demander tous les deux si vous vous aimez assez pour supporter ensemble toutes les épreuves que vous rencontrerez au fil des années. Ta mère et moi avons enterré trois enfants, ainsi que nos amis et les enfants de nos amis. Un sombre nuage pèserait sur votre mariage, si tu te battais en duel avec son père.

Et il aurait du sang sur les mains, songea plus brutalement Inigo.

— Je l'aime, répondit-il. Et depuis un moment déjà. Bien avant de la connaître comme je la connais aujourd'hui.

Cette confession lui faisait un bien fou. Il ne s'était pas rendu compte avant combien il s'était replié sur lui-même.

— Est-elle au courant de ton désir de l'épouser ? demanda son père.

— Elle l'a sans doute deviné, mais elle n'en connaît pas la véritable raison.

Inigo soupira.

— Je suppose qu'il va falloir que je lui en parle.

Il trouverait un moyen pour qu'Audevere reste, pour la convaincre que le mariage était possible, que leur amour était possible…

— Le plus tôt sera le mieux.

À nouveau, son père lui mit la main sur l'épaule.

— Je te souhaite bonne chance, car je vois ce qu'elle représente pour toi. Mais souviens-toi qu'Audevere a vécu l'enfer. Elle ne pourra peut-être pas te donner ce que tu souhaites. Si jamais elle avait envie de partir, tu ne devrais pas essayer de la retenir. Vous n'en seriez heureux ni l'un, ni l'autre.

Inigo se tourna pour regarder Audevere en compagnie des

autres. Le vent soulevait les pans de son bonnet. Ses joues étaient rosies par l'air vif, et elle semblait heureuse.

Peut-être n'aurait-elle pas envie de partir. Peut-être avait-elle pour Merry Weather et sa famille la même affection que lui. En tout cas, il avait fait de son mieux pour qu'elle découvre toutes les joies de la vie de famille...

Mais son père avait raison. Il était temps d'avoir cette conversation difficile, et mieux valait le faire tant qu'ils avaient encore l'illusion de la liberté, en l'absence de réaction de la part de Brenley.

Si Audevere et lui pouvaient décider ce qu'ils voulaient faire sans interférences, cela leur donnerait les bases pour aller plus loin.

— J'en parlerai ce soir avec elle, promit-il. Concernant Brenley, je crois qu'il est temps de prévenir les ducs et de réunir notre conseil de guerre.

19

L'impossible s'était produit. Inigo était devenu un moulin à paroles.

Cela suffit à mettre la puce à l'oreille d'Audevere. Il mijotait quelque chose.

Le second indice consista en un changement dans la routine de la maisonnée. Au lieu de rejoindre sa famille au salon après le dîner, Inigo lui proposa une promenade dans la galerie.

Tout cela commençait à inquiéter Audevere, et elle n'y voyait qu'une raison.

— Vous avez eu des nouvelles de mon père ?

À dire vrai, l'attente lui pesait. Elle avait atteint son seuil de patience. C'était dur d'attendre ainsi que le coup tombe, en sachant qu'il viendrait, mais en ignorant à quel moment.

Quelle action entreprendrait son père ? De quelle manière Inigo pourrait-il y réagir ?

Ses décisions à elle dépendraient des leurs. Or, Audevere aurait voulu pouvoir les prendre sans se laisser influencer par ses émotions. Ce serait tellement facile de rester à Merry Weather, de laisser à Inigo le soin de régler les problèmes avec son père…

Mais tout changerait une fois qu'Inigo aurait connaissance de son secret.

— Non, il n'a pas donné signe de vie, répondit-il.

— Dans ce cas, de quoi voulez-vous me parler ?

— Ne puis-je pas seulement avoir envie d'être seul avec vous ?

Il l'attira contre lui pour lui voler un baiser. Les moments d'intimité entre eux avaient été rares depuis qu'ils étaient arrivés à Boscastle, et cela avait manqué à Audevere.

— Vous pouvez, mais je ne crois pas qu'il s'agisse de cela, rétorqua-t-elle.

Inigo la guida vers une banquette de velours capitonné bordeaux, installée dans une alcôve au milieu de la galerie.

— Vous avez raison. Il s'agit d'autre chose, et j'espère que vous le prendrez au sérieux.

Son regard étincela dans la pénombre de la galerie.

— Naturellement, assura Audevere.

Elle sentait que le moment était solennel. Ce qu'il s'apprêtait à lui dire était important pour Inigo.

— Je vous demande de me faire l'honneur d'être ma femme. Je veux vous épouser, Aud. J'ai envie de construire une vie avec vous, ici à Merry Weather, d'y élever nos enfants.

Audevere resta silencieuse, sous le choc. L'endroit était idéalement choisi pour une telle proposition, sous les yeux des ancêtres dont les portraits ornaient la galerie.

Depuis combien de temps Inigo préparait-il une telle demande ?

Et que répondre ? Elle ne s'attendait vraiment pas à cela. Oh ! bien sûr, elle avait déjà tenté d'imaginer ce que cela ferait d'être sa femme, mais elle n'avait jamais osé rêver qu'Inigo la demande réellement en mariage.

Et elle n'osait pas en rêver maintenant, ou elle serait capable de se laisser tenter. Elle devait s'accrocher coûte que coûte à sa décision. Il fallait qu'elle se souvienne de toutes les raisons qu'elle avait de refuser.

— Maintenant ? Alors que rien n'est réglé ? Pensez-vous que ce soit une décision sage ?

Elle avait choisi de gagner du temps, plutôt que de rejeter sa proposition en bloc.

— Je vous aime, Aud. Il ne s'agit pas de vous protéger ou de me venger de votre père. Cela ne concerne que nous. Et j'ai eu peur que vous ne vous en rendiez pas compte, si j'avais attendu d'avoir des nouvelles de votre père.

Il l'aimait. Ainsi, elle n'avait pas imaginé les mots murmurés au sortir de la berline, le jour où ils étaient arrivés à Merry Weather.

Tandis que le cœur d'Audevere se gonflait de joie, le silence retomba entre eux.

Inigo attendait qu'elle dise quelque chose. Qu'elle réponde oui, qu'elle dise qu'elle l'aimait aussi.

Elle l'aimait. Et c'était précisément pour cette raison qu'elle ne pouvait pas accepter.

Elle savait ce qu'elle avait à faire, ce qu'elle avait à lui dire.

— Je suis sincèrement honorée par votre proposition...

Elle dut s'éclaircir la gorge, tant elle était émue.

— Mais il y a quelque chose que vous ignorez et qui changera l'opinion que vous avez de moi.

Soutenant le regard d'Inigo, Audevere plongea la main dans sa poche et en retira deux miniatures.

— Voici mes deux mères. Je suis la fille naturelle de Gismond Brenley.

Elle attendit qu'il assimile l'information, qu'il la transforme en un terme plus cru : bâtarde.

— La femme qui m'a donné la vie était une actrice française, reprit-elle. Mon père avait une femme dans chaque port. Ma mère est morte en couches, et il m'a ramenée auprès de sa femme légitime qui ne pouvait pas avoir d'enfant.

Audevere eut un petit rire amer.

— Certaines épouses espèrent que leurs maris leur rapporteront de leurs voyages des étoffes et des colifichets. Mon père est revenu à la maison avec un nourrisson malingre de deux semaines. Celle qui est devenue ma mère adoptive aurait pu se mettre en colère, me repousser... mais elle m'a immédiatement considérée comme sa fille.

Elle tendit les miniatures à Inigo.

— Comme vous pouvez le voir, je suis le portrait de ma mère de naissance. Tout ce que j'ai d'elle, ce sont ses traits, et le prénom qu'elle m'a donné.

— Oh ! mon pauvre cher ange, je suis tellement désolé.

Inigo lui rendit les miniatures, mais il ne s'écarta pas.

— Il ne faut pas. Mon père aurait pu m'abandonner sur les marches d'une église. Pour une fois dans sa vie, il a eu un geste noble. La femme qui m'a élevée m'aimait et ne m'a jamais tenu rigueur de mes origines.

— Je ne vous les reproche pas non plus.

— Mais, si vous m'épousez, mon père se servira du secret de ma naissance pour obtenir votre subordination en toutes circonstances.

Elle insista.

— Un aristocrate ne peut épouser une bâtarde. Vous le savez aussi bien que moi. Vous seriez la risée de tous, vos pairs vous renieraient.

Inigo hocha la tête.

— C'est pour cela que vous avez rompu avec Collin.

Audevere se leva de la banquette, et Inigo la laissa faire, sentant sans doute son besoin d'aller et venir tandis qu'elle parlait.

— C'était une idée de mon père. Je devais menacer Collin de rompre s'il s'obstinait à refuser la construction d'une route à Porth Karrek. Mon père était déçu, et passablement étonné de cette opposition. Mais Collin avait compris que quantité de pauvres gens seraient expulsés et ne trouveraient pas à se reloger.

À nouveau, Inigo hocha la tête.

— Je me souviens que Collin m'en avait parlé.

— Comme je ne voulais pas rompre mes fiançailles, mon père m'a appris la vérité sur les circonstances de ma naissance. C'est alors que j'ai décidé de quitter Collin, pour l'épargner. Je l'appréciais beaucoup. Sans doute l'aimais-je. En tout cas, cela me faisait beaucoup de peine de renoncer à lui. Mais c'était dans son intérêt.

Le chagrin qui se lisait sur le visage d'Audevere toucha Inigo en plein cœur. Pendant toutes ces années, alors qu'il la blâmait, elle souffrait elle aussi. Et elle était seule, tandis qu'il pouvait compter sur ses amis.

— Mais je ne l'ai pas sauvé, n'est-ce pas ? Je l'ai tué.

— Non, Aud. Il a fait son choix.

Il la rejoignit et la prit dans ses bras.

Les mots étaient destinés à les réconforter tous les deux. Ils n'auraient rien pu faire, ni l'un, ni l'autre. Inigo le comprenait à présent.

— Pendant des années, j'ai pensé que j'aurais pu faire quelque chose, reprit-il. Mais, en vous écoutant, en voyant combien vous vous sentez coupable, je me rends compte que ce n'est pas vrai.

Ce chemin qu'ils venaient de faire était celui du pardon réciproque au sujet de Collin.

— Il s'est ôté la vie et a peut-être sauvé la mienne, murmura Audevere, le visage enfoui contre l'épaule d'Inigo. Si Collin ne s'était pas opposé à mon père, je n'aurais peut-être pas regardé de plus près comment ce dernier menait ses affaires et d'où lui venait sa richesse. C'est alors que j'ai commencé à comprendre les tactiques qu'il utilisait, et le rôle que j'y jouais.

Elle soupira.

— J'étais sa complice involontaire, un autre pion à déplacer sur son échiquier.

Quand elle releva les yeux vers lui, Inigo repoussa doucement ses cheveux en arrière et prit son visage entre ses mains.

— Je comprends pourquoi vous m'avez dit tout cela, et pourquoi vous avez peur de m'épouser. Mais votre père ne peut pas m'atteindre. Il ne pourra pas se servir de vous pour me faire chanter. S'il tente quoi que ce soit, je transmets au roi les informations que j'ai collectées sur lui, et il sera ruiné. Vous êtes libre de prendre votre propre décision.

— Vous êtes infatigable.

Audevere lui adressa un timide sourire, avant de suggérer :

— Je crois que nous devrions en reparler dans quelques jours quand nous serons remis de nos émotions, et que nous y verrons plus clair.

Puis elle noua les bras autour de sa taille et le serra contre elle.

— Vous me manquez au lit.

Il déposa un baiser sur le sommet de sa tête.

— Vous me manquez aussi. La lettre arriva le lendemain.

Selon Inigo, c'était le moment approprié. Il voulait en finir au plus vite et aller de l'avant, maintenant qu'il savait ce qu'il voulait par-dessus tout. Une vie avec Audevere. Une vie ici à Merry Weather avec sa famille.

Il aurait voulu pouvoir annoncer dès à présent à ses amis la bonne nouvelle de ses fiançailles. Mais cela devrait attendre. Audevere avait été très claire sur ce point : elle ne déciderait rien tant que la situation avec son père ne serait pas réglée.

Mais Inigo avait au moins une bonne raison de se réjouir : elle n'avait pas dit non.

— Aurais-je dû attendre ? demanda le duc de Boscastle, tandis qu'Inigo prenait place en face de lui.

La lettre était posée sur son bureau, déjà décachetée.

— Non. Mieux vaut régler cela tout de suite et passer à des choses plus heureuses.

Inigo passa rapidement la lettre en revue puis la relut plus doucement, avec un sourire froid.

— Brenley veut que je répare le tort causé à sa fille en m'enfuyant avec elle. Il est à Truro, où il attend ma réponse.

Il tendit la lettre à son père.

— Il semblerait que nous soyons d'accord, pour une fois.

Son père chercha ses lunettes de lecture.

— Pourquoi croit-il être en position d'exiger quoi que ce soit ?

— Il compte sur le fait que je mettrai tout en œuvre pour protéger le secret d'Audevere. Si je l'épouse, il ne révélera pas qu'elle est sa fille naturelle. Et s'il devient mon beau-père, je ne pourrai plus le dénoncer au roi sans causer un immense scandale.

Inigo se réjouissait d'avoir parlé mariage à Audevere la veille. Il n'aurait pas voulu qu'elle doute de ses intentions. Son offre venait du cœur, pas d'un quelconque sentiment d'obligation inspiré par les menaces de Brenley.

— Soyons honnêtes...

Le duc ôta posément ses lunettes.

— Si tu fais cela, Gismond Brenley sera une épine dans ton pied pendant des années. Tu ne te débarrasseras jamais de lui. Ce mariage ne te protégera pas. Il protégera Brenley.

Inigo le comprenait maintenant. Audevere et lui s'étaient

jetés tout seuls dans la gueule du loup. Un mariage permettrait à Brenley de sauver la face. Peut-être le savait-il depuis le début et s'était-il amusé de leurs vains efforts.

— Il est peut-être temps que vous partiez tous les deux, suggéra son père.

Inigo s'emporta.

— Que je parte d'ici ? Que je bafoue la promesse faite sur la tombe de Collin ? Que j'abandonne à leur triste sort toutes les futures victimes de Brenley ?

Son père se cala contre le dossier de sa chaise et croisa les mains sur son estomac resté plat en dépit de l'âge.

— Que proposes-tu pour mettre un terme à ses agissements ?

Ils avaient souvent pratiqué cet exercice par le passé, quand son père lui apprenait les ficelles de la gestion immobilière. Le duc lui soumettait un problème, et Inigo proposait une ou plusieurs solutions. Mais cela demeurait de l'ordre de l'hypothèse.

— Je vais écrire au roi et lui exposer toutes les exactions de Brenley.

Il expliquerait en particulier au monarque le scandale des munitions défectueuses, fournies par Brenley aux troupes britanniques durant les guerres napoléoniennes. Il avait été applaudi en héros pour avoir pris le risque d'aller en livrer lui-même sur les champs de bataille. Mais une balle sur cinq ne fonctionnait pas. Des soldats étaient morts à cause de cela, tandis que Brenley avait été élevé au rang de chevalier.

Le duc mit son fils en garde.

— Brenley sera furieux et rendra coup pour coup. Ta dénonciation ne restera pas sans conséquences.

— Dans ce cas, un duel réglera le problème une bonne fois pour toutes.

20

Un duel !

Audevere s'éloigna de la porte à reculons et se laissa tomber sur une banquette installée dans un renfoncement du mur.

La lettre était arrivée.

Elle s'en était doutée quand le duc avait convoqué Inigo dans son bureau.

Les duels n'avaient pas la faveur de son père. Gismond Brenley préférait les menaces, le chantage et les petits arrangements avec la loi.

Audevere pressa une main contre son cœur.

Un des deux allait mourir, Inigo ou son père, et elle en porterait la responsabilité.

C'était un dilemme digne d'un drame de Shakespeare. Et tout cela parce qu'elle voulait être libre. À présent, elle risquait de perdre et sa liberté et l'homme qu'elle aimait.

Elle porta une main à sa bouche pour contenir un sanglot.

Qu'avait-elle cru faire en entraînant Inigo dans tout cela ? Pourquoi n'avait-elle pas trouvé un moyen de se débrouiller seule ?

Mais alors elle serait passée à côté de ce voyage avec lui, de ces nuits magnifiques dans les chambres d'auberge, de ces journées d'automne en famille à Merry Weather…

Au moins, elle avait eu la chance d'aimer Inigo, même pour un court laps de temps.

Aurait-elle vraiment voulu passer à côté de cela ?

Audevere prit une profonde inspiration pour se donner du courage. Elle savait depuis le début qu'il faudrait en arriver là.

Si elle l'aimait vraiment, elle devait le quitter.

Mais cela n'empêcherait pas le duel. Pour qu'il n'ait pas lieu, il faudrait qu'elle parle la première à son père. Qu'elle essaie de le convaincre, qu'elle marchande avec lui...

Son père était à Truro, elle se faufilerait hors de la maison à la tombée de la nuit pour le rejoindre.

— Tu es là ! dit Rose. Nous t'avons cherchée partout. Sarah et moi voulons essayer cette coiffure à la hollandaise dont tu nous as parlé.

Audevere sourit bravement et prit la main de la jeune fille.

— Passons d'abord par ma chambre. J'ai un ruban rose qui serait du plus bel effet.

Elle fit de petits cadeaux à sa manière tout le reste de l'après-midi, comme une façon de faire ses adieux sans se compromettre.

Le ruban rose enchanta les filles, et elle passa un moment à faire des puzzles avec Benjamin sur le sol de la bibliothèque, quand la pluie gâcha ses projets de cerf-volant sur la plage.

Donner de son temps était le meilleur cadeau qu'elle pouvait faire au garçon de dix ans. Elle se rappelait combien était important à ses yeux le temps que sa mère passait avec elle.

Après le dîner, elle joua du piano à la demande de la duchesse et rougit quand cette dernière la complimenta. Elle avait joué correctement, mais elle savait que sa prestation n'avait rien d'exceptionnel.

— Eh bien, c'est parfait pour une soirée à la maison, affirma la duchesse, quand Audevere lui fit remarquer qu'elle n'avait pas le talent d'une concertiste.

Les filles faisaient du point de croix. Benjamin jouait avec des blocs de construction en bois. Inigo et son père lisaient.

La perfection de cette scène familiale fit monter des larmes aux yeux d'Audevere, tandis qu'elle faisait courir ses doigts sur le clavier.

Elle voulait s'en souvenir toujours. Et, par-dessus tout, elle voulait se rappeler la façon d'être d'Inigo, assis à côté de son père, le regard sérieux tandis qu'il se penchait pour partager quelque chose qu'il venait de lire.

En dépit de son sérieux, il était à l'aise. Sa décision, quelle qu'elle soit, était prise, et cela lui procurait de la paix.

Audevere aurait aimé être dans le même état d'esprit, mais son maître mot était le regret. Regret si elle partait. Regret si elle restait.

La pendule sonna 10 heures du soir. La duchesse se leva, rassembla les enfants et les guida vers l'étage.

Inigo posa son livre et s'approcha du piano.

— Voulez-vous que je vous accompagne à votre chambre ? Ou bien préférez-vous rester encore un peu ?

— Je vais monter.

Audevere rangea consciencieusement les partitions, consciente que le duc les regardait.

Inigo l'accompagna à sa porte, posant un tendre regard sur elle tandis qu'il lui souhaitait une bonne nuit.

Dès qu'elle fut dans la chambre, Audevere ne perdit pas une minute pour faire sa valise.

Elle ne prit que les effets avec lesquels elle était venue de Londres, malgré la générosité des Vellanoweth. Elle aurait eu l'impression d'être une voleuse, sinon.

C'était déjà bien assez qu'elle abuse de leur hospitalité, qu'elle trahisse la confiance qu'Inigo avait placée en elle, et qu'elle les mette tous en danger.

Mais il resterait en vie et serait libéré de la menace que représentaient les Brenley. Et c'était le plus important.

Dans le hall, la pendule sonna 11 heures. Toute la maisonnée devait être endormie à présent. C'était le moment.

Audevere sortit à pas de loup de sa chambre et descendit l'escalier.

Sans bruit, elle poussa la porte d'Inigo et se glissa dans la pièce. Elle fut surprise de le trouver éveillé, assis dans un fauteuil près de la cheminée.

— Vous ne dormez pas, dit-elle d'un ton hésitant.

Elle n'avait pas prévu de devoir faire la conversation. Derrière lui, son lit n'était pas défait. Un verre de brandy auquel il n'avait visiblement pas touché était posé sur une petite table à portée de main.

Le regard tendre et chaud d'Inigo s'était posé sur ses lèvres, et Audevere sentit son cœur battre plus vite.

— Je pensais que vous viendriez, avoua-t-il.

Sa voix était déjà enrouée.

— Pourquoi cela ? demanda Audevere en essayant de paraître détachée.

— Vous n'avez cessé de me regarder pendant que vous jouiez du piano.

Il lui adressa ce sourire infiniment séduisant, qui la faisait vaciller.

— Votre père désapprouverait ma présence ici.

— Il sait que j'ai l'intention de vous épouser. Il n'y aurait rien de bien grave à anticiper notre nuit de noces.

Les yeux d'Inigo étaient comme des diamants bleus, aiguisés et perçants tandis qu'ils la mettaient au défi.

C'était un défi qu'Audevere ne relèverait pas. Il pensait qu'elle était là parce qu'elle avait reconsidéré sa réponse. Elle ne lui donnerait pas de faux espoirs.

En revanche, il y avait un cadeau qu'elle pouvait lui faire.

Le dernier.

— Eh bien, qu'attendez-vous pour me mettre dans votre lit ?

Le jour pointait à peine lorsque Inigo se réveilla, repu de plaisir. Bien au chaud dans son lit, il se sentait détendu, sensible à son corps, au contact des draps sur sa peau.

Comblé par leurs ébats nocturnes, il se trouvait à la limite du monde réel et du rêve et n'était pas pressé d'affronter les réalités de la journée qui commençait.

Songeant à l'audace des caresses que lui avait prodiguées Audevere, aux initiatives qu'elle avait prises, il tendit le bras en travers du lit et… ne rencontra qu'un drap froid.

Il fut déçu, mais cela ne l'étonna pas vraiment. Audevere avait dû regagner sa chambre pour éviter de se faire surprendre par les domestiques qui se levaient de bonne heure pour entretenir les feux de cheminée.

Il avait dormi profondément, au point qu'il ne l'avait pas entendue bouger à côté de lui. Il le regrettait. Il aurait voulu la posséder encore une fois avant le lever du soleil. Ou bien, peut-être aurait-il voulu qu'Audevere le possède ? C'était une amante infatigable et inventive et, sur ce point, ils étaient parfaitement en accord.

Ils s'accordaient aussi dans d'autres domaines. Tous les deux protecteurs, ils avaient une forte capacité à aimer, qu'ils dissimulaient sous une façade rude, ne voulant pas paraître vulnérables.

Inigo voyait ces qualités en elle à présent, et il était stupéfait de ne pas s'en être rendu compte plus tôt.

Il se décida à repousser les couvertures et sonna son valet.

Il avait quantité de choses à faire ce jour-là, à commencer par s'entraîner au tir... Rasé et habillé, Inigo se dirigea vers la salle à manger familiale dédiée aux petits déjeuners.

Après avoir salué son père et ses sœurs, la duchesse et son frère n'étant pas encore levés, il s'approcha de la desserte où était présenté un grand choix d'aliments et se servit une copieuse assiette d'œufs brouillés.

— Audevere n'est pas descendue ?

Il n'était peut-être pas surprenant qu'elle ait dormi tard, si elle était aussi épuisée que lui par leurs étreintes nocturnes.

— Non.

Rose secoua la tête, faisant danser les pans du ruban rose noué dans ses cheveux.

Prenant place à côté de Sarah, Inigo vit qu'elle en portait un identique.

— Où avez-vous eu ces rubans ?

Sarah porta la main à ses cheveux.

— C'est Audevere qui nous les a donnés hier. Ils sont jolis, n'est-ce pas ?

Un sombre pressentiment s'empara d'Inigo, tandis qu'il

se remémorait le cadeau d'adieu qu'Audevere avait laissé à sa domestique.

Aussitôt, il se leva.

— Vous savez quoi, je vais aller vérifier si elle va bien et n'a besoin de rien.

Dès qu'il fut sorti de la salle à manger, il se rua dans l'escalier, en espérant se tromper.

Il devait forcément se tromper. Elle dormait, voilà tout.

Mais, en y repensant, tout dans son comportement de la veille était un signal de départ : sa réticence à accepter la proposition qu'il lui avait faite, sa détermination à passer l'après-midi avec les enfants, leur offrant des cadeaux à sa façon...

Et cette visite dans sa chambre, la nuit précédente. Ce n'était pas un signe d'engagement mais un adieu. Une dernière étreinte pour se constituer des souvenirs.

Inigo frappa à sa porte et se rua à l'intérieur de la chambre.

Au diable la bienséance.

Mais il n'y avait personne à offenser.

La chambre était vide.

Elle était partie.

Il le sentait. L'atmosphère de la pièce avait changé. Il ne s'en dégageait plus aucune vitalité.

Inigo regarda autour de lui, cherchant des indices, espérant avoir tort.

Les robes qu'on lui avait prêtées étaient toujours dans la penderie, mais les effets personnels d'Audevere avaient disparu.

Inigo sentit une présence derrière lui et pivota brusquement sur ses talons, en espérant que ce serait elle.

Son père se tenait sur le seuil.

— Elle est partie ? Je suis désolé, mon garçon.

— Pourquoi a-t-elle fait cela ? Elle savait que je voulais l'épouser. Que je voulais régler tous les problèmes.

Les idées se bousculaient dans la tête d'Inigo. Il ne tenait plus en place.

— Je veux interroger les domestiques, savoir qui l'a vue en dernier. Je vais partir à sa recherche et la ramener ici.

Son père posa une main sur son bras.

— Tu vas commencer par réfléchir et tu agiras ensuite. Pour le moment, tout ce que tu fais, c'est réagir à l'instinct.

Évidemment, et c'était bien normal. Chaque minute qui passait éloignait un peu plus Audevere de lui. Il n'avait pas de temps à perdre.

— Tu vas descendre, prendre ton petit déjeuner, interroger les domestiques et tes sœurs. Peut-être leur a-t-elle dit quelque chose hier. Et ensuite, nous prendrons une décision. S'il convient de le faire.

Inigo adressa un regard incrédule à son père.

— S'il convient de le faire ?

— Mon garçon, elle n'a peut-être pas envie d'être suivie. Je sais que ce n'est pas la réponse que tu as envie d'entendre, mais c'est peut-être la vérité.

Mais cette vérité n'était pas acceptable pour Inigo.

Cela n'avait aucun sens.

Pas après la nuit qu'ils avaient passée. Pas après les promesses que leurs corps s'étaient faites.

Il se passait quelque chose d'anormal.

21

— Je la cherchais pour qu'elle m'aide à me coiffer, raconta Rose. Je l'ai trouvée dans l'alcôve à côté du bureau de père. Elle semblait bouleversée. On aurait dit qu'elle pleurait. Elle était pâle, aussi. Comme si elle avait peur.

Inigo échangea un regard avec son père. Ils avaient passé une partie de l'après-midi, la veille, à discuter de la lettre de Brenley.

— Quelle heure était-il ?

— Environ 15 heures, je pense. Avez-vous dit quelque chose qui aurait pu lui faire peur ?

Rose était rapide à prendre la défense de sa nouvelle amie, et cela réchauffa le cœur d'Inigo, même en ces circonstances. Audevere aurait une famille ici pour l'aimer, si seulement il parvenait à la faire revenir.

— C'est possible, répondit-il. Nous parlions des actions à entreprendre contre son père. Elle a peut-être surpris notre conversation.

Inigo essaya de se remémorer cette conversation, et de se mettre à la place d'Audevere, pour comprendre ce qui avait pu la choquer.

Le duel. Mais, oui, c'était cela.

Inigo posa brutalement sa tasse de café sur la soucoupe.

Elle était partie pour le protéger.

Brenley ne pourrait l'obliger à un mariage avec une femme qui avait disparu.

— Elle n'est pas partie parce qu'elle ne m'aime pas, mais au contraire parce qu'elle m'aime.

Inigo regarda son père.

— Elle ne veut pas être suivie, vous avez raison, mais pas pour les raisons auxquelles vous pensez. Elle nous a entendus parler et elle a tout simplement pris les choses en main.

Cela n'avait rien d'étonnant. Audevere avait l'habitude d'agir seule. Mais cela le blessait qu'elle n'ait pas eu davantage confiance en leurs sentiments et en leur relation.

Il se leva et donna des ordres pour qu'on prépare son cheval et un bagage.

— Je pars à sa recherche. Il est temps qu'elle comprenne qu'elle ne peut pas faire tout ce qui lui passe par la tête.

— Où crois-tu qu'elle soit allée ?

Le duc se leva d'un mouvement décidé.

— Je viens avec toi. Dans ce genre de situations, deux têtes valent mieux qu'une.

Inigo déclina son offre.

— Non, j'ai besoin que vous vous occupiez d'envoyer la lettre au roi. Et prévenez Eaton, même s'il y a fort à parier que tout sera fini avant qu'il ne soit d'une quelconque aide.

Le duc protesta.

— Tu ne sais même pas où chercher.

— Si elle nous a entendus parler, elle est partie pour Truro. C'est là qu'est son père.

Inigo aurait préféré qu'elle retourne à Exeter. L'anonymat d'une grande ville aurait été plus sûr pour elle. Mais Audevere n'avait plus en tête de disparaître. Elle voulait empêcher le duel. Et pour cela, il fallait qu'elle parle à son père.

Inigo n'osait imaginer quel genre d'accord elle serait obligée de passer pour lui sauver la vie. Mais Audevere n'avait jamais choisi le chemin le plus facile. Et ce jour-là, elle avait décidé de se précipiter dans l'antre du lion.

Il n'avait pas d'autre choix que de la suivre. C'était ainsi quand un homme était amoureux.

Il allait la ramener et mettre un terme à cette querelle avec Brenley.

Elle mettrait fin à toute cette histoire, et pas plus tard que maintenant.

Audevere frappa à la porte de la maison, avec une détermination forgée par ce qu'il lui restait de courage. Elle en avait déjà employé une grande partie à quitter Inigo, à attraper la malle-poste, et à entreprendre le voyage pour Truro. Cela lui avait pris toute la matinée et le début de l'après-midi, coincée entre un pasteur et sa femme. Elle avait eu tout le temps de penser et de ressasser.

— Oui, madame ? dit le maître d'hôtel, par habitude.

Puis il la reconnut.

— Oh ! Miss Brenley. Mais entrez, je vous en prie.

L'homme faisait son travail, mais il la dévisageait avec curiosité.

— Je ne savais pas que vous étiez attendue.

Il la guida vers le petit salon.

— Veuillez prévenir mon père de ma présence et me faire préparer un thé et quelques toasts.

Elle n'avait pas mangé depuis le dîner de la veille et commençait à en ressentir les effets.

Comme Audevere s'y attendait, son père la fit attendre, et elle en profita pour préparer son discours, tout en se demandant quel accueil elle allait recevoir.

Elle regarda autour d'elle et dans le hall. Elle sentait une atmosphère différente dans la maison, comme une activité furtive. Le petit salon paraissait plus vide. Était-ce son imagination, ou bien le dessus des meubles avait-il été débarrassé de la multitude de bibelots qui s'y trouvaient encore l'hiver précédent ?

Audevere marcha jusqu'à la fenêtre et regarda dans la rue, scrutant les visages.

Dans quel but ? Qui s'attendait-elle à voir ? Inigo ?

Chercherait-il à la retrouver ? Elle espérait que non. Cela ruinerait tous ses efforts.

Elle ne voulait pas qu'il s'approche de son père.

Mais son cœur s'emballait, contredisant sa raison.

Elle n'avait aucune envie de le quitter, mais c'était la seule solution.

Ils ne pourraient pas être ensemble et vivre sans crainte de son père.

Elle avait eu le cœur brisé de quitter Inigo, mais elle l'aimait trop pour le mettre en danger.

Elle se demanda ce qu'il avait pensé ce matin-là. Était-il furieux contre elle ? Ou bien avait-il compris qu'il leur était impossible d'être ensemble, en dépit de ce qu'ils souhaitaient ?

Les familles rivales ne se mariaient pas entre elles. Cela n'avait pas fonctionné pour Roméo et Juliette, et cela ne pourrait pas non plus se faire pour eux. D'autant que les Brenley n'étaient pas assez puissants pour être de véritables rivaux des Vellanoweth, simplement des ennemis.

— Quelle surprise ! ironisa son père, depuis l'embrasure de la porte.

Il tira sur ses poignets de chemise, s'assurant que la bonne longueur d'étoffe blanche dépassait des manches de sa veste. Il semblait courtois et confiant, parfaitement maître de lui-même.

— Laisse-moi deviner. Tu rentres au bercail parce que le jeune comte s'est lassé de toi ? À moins que tu ne sois sa messagère ? Il t'a envoyée pour me dire que la lettre destinée au roi était partie, et que je perdrais bientôt mon titre ?

Brenley serra les poings, et son visage se durcit.

— Il le paiera de sa vie.

— Je suis venue vous offrir une issue de secours. Quittez le pays et recommencez tout ailleurs. Je viendrai avec vous, à condition que vous laissiez Inigo et les siens tranquilles. Ne croyez pas échapper à la justice si la lettre devient publique et que, soudain, Inigo essuie un coup de feu fatal.

Audevere espérait que cet argument serait convaincant. Elle était épuisée et commençait à avoir du mal à se concentrer.

Son père éclata de rire.

— Tu crois que je n'y ai pas déjà pensé ? Comme c'est admirable de ta part de t'offrir en sacrifice pour me convaincre de partir ! Mais j'ai déjà compris que c'est ce que j'ai de mieux à faire. Il n'y a donc pas d'accord entre nous. Et je ne promets absolument pas de laisser le jeune comte tranquille.

Il était appuyé nonchalamment contre le chambranle de la porte, comme s'il s'agissait d'une conversation bon enfant.

— Je dois dire que je suis un peu déçu qu'il ne soit pas venu lui-même, pour me donner le plaisir de l'abattre. Mais…

Son visage s'éclaira.

— Tout n'est peut-être pas perdu. J'aurais détesté te laisser derrière moi, ma chère. Même si ta valeur a quelque peu diminué à mes yeux.

Il la détailla de la tête aux pieds, d'un regard méprisant.

— Mais personne n'est obligé de le savoir en Russie.

— En Russie ?

— C'est notre destination. J'y ai de puissants intérêts, et je pense que la Baltique pourrait devenir une région lucrative si l'Europe du Sud persiste dans ses dispositions belliqueuses.

Il croisa les bras.

— Que dirais-tu d'un prince pour mari ? Je suis sûr que nous pourrons en trouver un disposé à t'épouser, et je pourrai ainsi asseoir ma position à Saint-Pétersbourg.

Cela expliquait les dessus de meubles vides. Les domestiques étaient occupés à tout empaqueter. L'instinct d'Audevere ne l'avait pas trompée.

— Ne t'inquiète pas, ma chère. Tout le reste suivra une fois que nous serons installés.

Son père partait donc de façon permanente.

— Vellanoweth m'oblige à quitter l'Angleterre. Apparemment, tu ne le contrôlais pas autant que tu le pensais.

Il haussa un sourcil, mimant l'intérêt.

— Que s'est-il passé ? Non, attends ! Je sais. Tu es tombée amoureuse de lui. Tu as cru que tu pouvais m'échapper. Peut-être même me ruiner…

Son père se dirigea vers le décanteur et se servit un verre. Mais Audevere n'était pas dupe de son sang-froid. Elle en avait peur. Jamais il n'était plus dangereux que lorsqu'il complimentait quelqu'un pour sa virtuosité.

— Ne t'inquiète pas, ma chère. Nous trouverons un moyen pour que tu te fasses pardonner.

Regardant vers le hall, Audevere se demanda quelles étaient ses chances d'atteindre la porte d'entrée.

Son père lui adressa un sourire froid.

— N'y songe pas. J'ai déjà des hommes postés dehors. Tu ne partiras pas d'ici. À part avec moi, cela va de soi. Ou bien...

Il soupira, simulant l'ennui.

— Si Vellanoweth te veut vraiment, je suppose qu'il essaiera de venir te récupérer.

Il s'amusait à remuer le couteau dans la plaie.

— Est-ce qu'il t'a promis le mariage ? Tu crois qu'il était sincère ou qu'il s'amusait avec toi ? C'était sûrement sa façon de venger la mort de son ami.

Brenley ricana méchamment.

— Tu n'es quand même pas assez stupide pour t'être laissé prendre à ce piège. Finalement, il est obligé d'aller pleurnicher dans le giron du roi, comme un écolier pathétique.

Il vida son verre et s'en servit un nouveau.

— Eh bien, ma fille, reprit-il avec une feinte amabilité, penses-tu qu'il va venir ? Moi, je le crois et j'y compte. La question est : lui as-tu facilité la tâche ? J'espère qu'il sera là avant que le bateau ne lève l'ancre ce soir.

Audevere se crispa.

— La route est longue de Boscastle à Truro.

Peut-être cette distance allait-elle protéger Inigo. De toute façon, son père n'avait pas vraiment l'intention de le tuer, n'est-ce pas ? se dit Audevere pour essayer de se rassurer.

— Nous verrons bien. S'il t'aime, rien ne l'empêchera de te retrouver. C'est le genre d'homme qui est capable de mourir pour une femme, et ce sera sa perte. S'il vient, il ne sera bientôt plus de ce monde.

Son père héla un valet.

— Escortez Miss Brenley jusqu'à sa chambre, et assurez-vous qu'elle y reste.

22

N'apprendrait-elle donc jamais ?

Audevere observait la rue depuis la fenêtre de sa chambre, avec une fascination morbide.

D'un côté, elle aspirait à voir arriver Inigo. De l'autre, elle espérait, pour le propre bien de son amant, qu'il ne viendrait pas.

L'histoire de Collin se répétait. Elle avait essayé de le sauver en rompant avec lui. Elle avait essayé de sauver Inigo également en s'enfuyant. Mais tout ce qu'elle avait réussi à faire c'était l'attirer dans un piège.

S'il frappait à la porte, il serait tué à la seconde où elle s'ouvrirait. Effectuerait-il d'abord une reconnaissance ? Suspecterait-il quelque chose ?

Elle avait tenté de l'aider, tenté de le protéger, mais elle n'avait fait qu'aggraver les choses.

La seule consolation d'Audevere était que les heures passaient, et qu'il n'y avait toujours aucun signe de lui.

Il n'allait pas venir.

Soit parce qu'il n'avait pas deviné où elle se rendait.

Soit parce qu'il avait décidé que c'était fini. Qu'elle représentait trop d'ennuis. Ou parce qu'il ne voulait pas d'elle, finalement.

La pendule du hall, qui n'allait pas voyager avec eux, semblait-il, sonna 4 heures, et la porte de la chambre d'Audevere s'ouvrit.

Il était temps de partir. Le bateau attendait.

Inigo était presque sauf.

Une fois que le bateau aurait levé l'ancre, il le serait totalement.

En choisissant d'accompagner son père sans rechigner, elle contribuait à protéger Inigo. Plus vite ils embarqueraient, mieux ce serait.

Mais le cœur d'Audevere se brisait, et elle savait que son père avait fomenté ce dilemme pour la punir.

Quand ils auraient quitté le port, elle commencerait à se demander pourquoi Inigo n'était pas venu.

Une cape de voyage l'attendait, et elle la drapa autour d'elle. Comme elle s'apprêtait à rabattre la capuche, son père la reprit.

— Pas de capuche ! Laisse-lui une dernière chance de te voir.

Il eut un sourire froid.

— Je dois dire que je suis déçu. Ce départ est beaucoup moins dramatique que je l'espérais. Je me sens privé de mon dû. Pas toi, ma chère ?

Plus que cela, Audevere se sentait privée de ce qui aurait pu être.

Elle avait eu une réelle chance de pouvoir faire confiance, d'aimer, d'avoir une famille, et elle avait tout perdu. En outre, elle ne le devait qu'à elle-même.

Ce qui lui arrivait, c'était à cause de ses manigances. Elle avait exactement ce qu'elle méritait. Inigo tambourina à la porte. Il avait chevauché sans relâche, ne s'arrêtant à Bodmin que pour changer de cheval, tout en sachant que le temps jouait contre lui.

Le trajet entre Boscastle et Truro était semé d'embûches et représentait un défi même pour un cavalier aguerri.

Et maintenant, alors que son voyage s'achevait, il n'y avait personne pour l'accueillir. En fait, la maison semblait désertée. Cela n'avait aucun sens puisque Brenley avait annoncé qu'il serait à Truro et y attendrait sa venue.

Finalement, Inigo recula dans la rue et s'époumona.

— Audevere ! Audevere !

— Il n'y a personne, m'sieur, dit un vendeur des quatre saisons. Ça fait bien une heure qu'ils sont partis.

— Comment cela, partis ?

— Des malles ont quitté la maison toute la matinée, puis une femme est arrivée. Et il y a encore eu des va-et-vient. Puis, le clocher sonnait 4 heures quand ils sont partis.

Le gamin tendit sa paume ouverte.

Inigo y déposa une pièce puis en ajouta une deuxième.

— Tu sais où ils sont allés ?

— Je dirais le port. Il y a un bateau qui doit appareiller tout à l'heure. Et ils avaient trop de bagages pour une calèche.

Inigo le remercia et se remit en selle, aiguillonnant sa monture déjà bien fatiguée.

Encore vingt minutes avant la marée, calcula-t-il. Après, les bateaux lèveraient l'ancre, et il serait trop tard, en dépit de tous ses efforts.

Il s'était fait des reproches toute la journée. Pourquoi ne s'était-il pas réveillé plus tôt ? Pourquoi n'avait-il rien vu venir ?

Le quai grouillait d'activité, et la foule jouait contre lui. Il y avait plusieurs bateaux, et il n'avait aucun moyen de savoir sur lequel ils avaient embarqué.

Comment allait-il retrouver Audevere dans ce chaos ?

Inigo attrapa un porteur par la manche.

— Ce bateau, là-bas, où va-t-il ?

Il avait désigné le plus gros navire du port.

— Au Danemark, puis en Russie. Il ne reviendra pas avant un an.

La Russie. Brenley y avait des intérêts. C'était ce bateau, Inigo en était certain.

Il s'y précipita, en essayant de ne pas trébucher sur des cordes, cherchant à apercevoir Audevere.

Enfin, Inigo aperçut une femme à la chevelure blonde appuyée contre le bastingage.

Il cria frénétiquement son nom, en agitant les bras. Mais elle ne le voyait pas.

Il atteignit la passerelle et cria aux hommes de ne pas la remonter.

Bondissant sur les planches, son pistolet à la main, Inigo fut arrêté dans son élan par Gismond Brenley qui le tenait en joue.

Ils s'affrontèrent du regard. Tirer à cette distance, c'était la mort assurée pour l'un et l'autre.

— J'ai informé le capitaine que vous n'êtes pas le bienvenu à bord, lança Brenley. Je vous tuerai s'il le faut. Suis-je bien clair ?

Inigo savait prendre une menace au sérieux. Brenley attendait un prétexte pour le tuer. Ce serait le remède parfait à la situation.

— Non !

Il y eut un cri derrière Brenley, et Audevere se précipita sur la passerelle. Son visage était livide de panique tandis qu'elle se plaçait entre son père et lui.

Inigo prit peur en voyant les risques qu'elle prenait pour lui, dans le but de le sauver.

Avait-elle perdu la raison ? C'était de la folie de se mettre entre deux hommes au caractère tempétueux et, qui plus est, armés de pistolets.

Mais il savait à quoi elle pensait. Et il savait aussi qu'il avait eu raison de venir.

Quelqu'un avait-il déjà risqué autant pour lui ? Que ce soit la femme qu'il aimait touchait Inigo au-delà de ce qu'il pouvait exprimer.

Mais à présent c'était à lui de la sauver.

Si seulement il pouvait obtenir qu'elle s'écarte.

— Aud, poussez-vous !

— Non ! Si je fais cela, il va vous tuer.

Elle se tourna vers son père.

— Laissez-le partir, et je vous promets que je ferai tout ce que vous voudrez.

Brenley grimaça.

— Mais voudra-t-il partir ? J'en doute. Qu'en dites-vous, Tintagel ? Allez-vous partir bien sagement ? Oh ! je vois que vous cherchez déjà un moyen de ruser. Eh bien, je vais vous étonner, mais j'ai toujours été sensible à l'amour. Aussi, je vais vous laisser vivre. Et, maintenant, partez.

— Je ne partirai pas sans elle.

Inigo se demandait s'il pouvait atteindre Brenley en tirant par-dessus l'épaule d'Audevere.

Elle se tourna et fit quelques pas vers lui.

— Partez, Inigo. Je vous en supplie, lança-t-elle.

— Je vais vous faciliter les choses, Tintagel, cria Brenley. J'ai promis de ne pas vous tuer. Mais je n'ai rien dit la concernant.

— Aud !

Inigo se précipita, mais il était déjà trop tard.

Brenley avait tiré, touchant Audevere à l'épaule.

Le choc lui fit perdre l'équilibre, et elle bascula dans les eaux sales et froides du port.

S'accroupissant, Inigo leva son arme.

Les pensées se succédaient à une vitesse folle dans sa tête.

Désarmer Brenley. Plonger à la suite d'Audevere. La remonter à la surface...

Mais le capitaine du navire avait déjà pris les devants, ceinturant Brenley.

— Allez récupérer la fille ! cria-t-il.

Inigo ôta ses bottes et plongea.

L'eau qui se refermait sur sa tête était noire et froide, mais il s'obligea à ouvrir les yeux.

Là !

Il venait de repérer une masse de cheveux blonds qui flottait comme un étendard. Il nagea dans cette direction. La silhouette était inerte, et l'eau se colorait de rouge autour d'elle.

Audevere saignait et elle était inconsciente. La peur donna de la force à Inigo. Il n'était pas trop tard.

Un coin de la lourde cape d'Audevere était coincé entre des roches. Inigo parvint à ôter la cape de son corps toujours immobile et passa un bras autour de sa taille.

À la surface, des hommes se massaient, attirés par l'agitation. Des mains se tendirent pour les hisser hors de l'eau.

Tandis qu'on étendait Audevere sur le ponton, Inigo s'agenouilla à côté d'elle. Elle était si pâle, si froide...

— Une couverture ! Un médecin ! ordonna-t-il. On lui a tiré dessus, bon sang.

Son monstre de père avait tiré pour prouver quelque chose, pour marquer un point.

Mais cela ne pouvait pas se terminer comme ça. Non.

Il l'aimait.

Inigo détacha sa cravate trempée, la roula en boule et fit pression sur la blessure. Il devait arrêter le saignement, il devait la faire respirer.

Tant à faire et si peu de temps.

Combien de temps une personne pouvait-elle rester sans respirer ? Combien de sang une personne pouvait-elle perdre ? se demandait-il, affolé.

Dans son désespoir, il la redressa contre lui.

Audevere toussa et commença à cracher de l'eau, tout en cherchant à respirer, le regard écarquillé par la panique.

— Tout va bien. Tout va bien.

Inigo répéta ces mots stupides et la berça dans ses bras jusqu'à ce que les soubresauts déclinent.

Quelqu'un apporta une couverture, et il la drapa autour d'elle.

— Aud, oh ma douce Aud. Je croyais vous avoir perdue. Quelle folie vous avez fait, mon amour ! Un médecin arrive. Tout va bien se passer.

Inigo leva les yeux juste le temps de voir passer Brenley qu'on emmenait menotté.

Le médecin arriva enfin et procéda à un rapide examen de la blessure.

— La balle a traversé. Il suffira de recoudre et de garder la plaie bien propre. Pouvez-vous la transporter à l'auberge ?

Audevere tremblait de froid et de douleur quand Inigo la souleva dans ses bras. Ses propres forces s'amenuisaient, mais il devait dépasser ses limites car elle avait besoin de lui.

À l'auberge, quelqu'un lui présenta une boisson chaude, et lui offrit des vêtements secs, mais Inigo ne voulait pas quitter Audevere, tandis que le médecin lui recousait l'épaule.

Elle avait besoin qu'il lui tienne la main, qu'il lui murmure des paroles de réconfort.

Plus tard, quand ils furent étendus côte à côte dans un lit confortable et bien chaud, Inigo laissa toute l'horreur de cette journée l'envahir.

Maintenant qu'Audevere était sauve, c'était à son tour de trembler. Et son esprit semblait fixé sur un unique et terrible refrain : la femme qu'il aimait avait reçu une balle par sa faute. Et elle n'était pas encore tirée d'affaire.

Il veilla longtemps sur elle, tandis qu'elle dormait paisiblement. Il en avait besoin pour s'assurer qu'elle était toujours en vie.

La fièvre commença à minuit. Le médecin l'avait prévenu que c'était possible, et Inigo s'efforça de l'endiguer en bassinant le corps d'Audevere avec des linges humides.

C'était une méthode éprouvée, voulut-il se rassurer, et le lendemain tout irait bien.

Mais la fièvre continua à monter.

Au matin, Audevere était brûlante et agitée. Inigo envoya chercher le médecin.

— La fièvre est synonyme d'inflammation, dit-il en refaisant son bandage. Or, je n'en vois aucun signe. La plaie est propre. L'autre possibilité est que la fièvre provienne de sa chute dans l'eau.

Le médecin rangea ses instruments et fit claquer le fermoir de sa mallette.

— La seule chose à faire, c'est d'attendre.

Inigo hocha la tête. Il n'avait pas besoin qu'on lui explique combien une forte fièvre pouvait être dangereuse, les dégâts qu'elle pouvait causer au cerveau, au cœur…

Mais Audevere était jeune et forte. Une fièvre ne pouvait pas l'emporter comme cela.

Inigo remercia le médecin, fit demander qu'on lui apporte encore de l'eau fraîche et des linges puis se posta devant le lit, les mains sur les hanches, les manches déjà remontées, prêt à livrer bataille.

23

On frappa à la porte peu après l'heure du souper, et Inigo s'empressa d'aller ouvrir.

Eaton se tenait sur le seuil, grand, imposant, un sac de provisions en provenance du domaine balancé en travers de son épaule.

— Eaton, elle est brûlante.

Sa propre voix n'était qu'un souffle rauque.

Eaton posa son sac sur la table.

— Ta mère t'envoie une tisane pour faire baisser la fièvre, et te conseille de lui mettre des bas mouillés.

Il posa une main sur l'épaule d'Inigo.

— Tout le monde t'envoie ses amitiés. Je suis content d'être arrivé à temps pour t'aider. J'étais à Merry Weather depuis une heure quand ton message est arrivé.

Il était venu parce qu'un conseil des ducs avait été réuni, mais c'était dénué d'intérêt, maintenant.

— Elle ne va pas bien, confessa Inigo, en se passant la main dans les cheveux de frustration.

— Je suis sûr que cela va s'arranger. Ne baisse pas les bras. En attendant, tu as une sale tête, et j'ai des instructions pour prendre soin de toi aussi. On va t'apporter un repas et un lit de camp. Tu vas manger et dormir, et je vais veiller sur Audevere.

Inigo sourit pour la première fois depuis des jours.

— Tu as toujours pris soin de tout le monde.

— Et ce n'est pas près de changer.

Eaton avait commandé un copieux pot-au-feu et une boule de pain frais, mais Inigo n'avait pas d'appétit.

— Tu dois te forcer, insista Eaton. Comment veux-tu l'aider, si toi aussi tu tombes malade ?

Inigo lui lança un regard agacé.

— Des platitudes, Eaton ? Tu n'as rien trouvé de mieux ? Comment veux-tu que je mange quand je la vois comme ça ?

Sa voix se brisa.

— À chaque heure qui passe, elle s'enfonce davantage, et c'est ma faute. Je l'ai poussée à cela. Je lui ai fait croire que nous pourrions affronter Brenley et qu'il ne lui arriverait rien. Tout ce qu'elle voulait, c'était disparaître et commencer une nouvelle vie. Mais j'ai insisté et insisté encore. C'est comme si j'avais appuyé moi-même sur la gâchette.

Il se leva d'un bond, et sa chaise bascula contre le mur.

— Bon sang ! Audevere n'était pas pour moi. Je ne devais pas l'avoir.

C'était cela qui le hantait. Ils n'étaient pas destinés l'un à l'autre, et elle allait mourir parce qu'il avait défié le destin. *Aud, reviens-moi. Je t'aime.*

Les mots interrompirent sa marche.

La lumière au bout du chemin se rétrécit.

Elle tourna la tête, plissa les yeux et tenta de discerner quelque chose dans l'obscurité.

Qui était là-bas ? Qui l'appelait ? Qui l'aimait ?

Sûrement pas son père. Il n'avait pour elle que des insultes.

Aud, je t'aime.

Elle ne l'avait pourtant pas imaginé…

Les mots étaient comme un écho maintenant, se répétant à l'infini.

Aud, je t'aime… Ton corps magnifique… Ton âme magnifique qui se soucie de justice et fait passer les autres avant toi… Reviens-moi… Épouse-moi… Sois ma femme… Élève nos enfants… Aide le peuple de Cornouailles à se défendre contre la corruption… Fais de moi quelqu'un de meilleur. Je t'en supplie, Audevere. Je ne suis rien sans toi.

Elle courait maintenant à travers une brume grise, guidée par la voix d'Inigo.

Où était-il ?

Avait-il mal ? Elle l'entendait dans sa voix. Cet homme qui commandait le monde, qui jamais ne mettait un genou en terre... Il vacillait à cause d'elle.

— Inigo ! appela-t-elle.

Mais sa voix avait disparu.

Comment allait-il pouvoir l'entendre ?

Elle voulait le regarder, voir son visage et ses yeux si bleus.

Mais elle ne voyait rien. Ses paupières étaient comme collées, trop lourdes pour qu'elle puisse les soulever. Même courir sur cette route grise était un effort. Ses jambes pesaient des tonnes.

Elle fit une nouvelle tentative.

— Inigo, je suis là.

C'était un murmure rauque, rien de plus.

Elle se força à avancer, pas à pas.

— Inigo, je viens.

Ses paupières commencèrent à se soulever, et elle vit les yeux de l'homme qu'elle aimait. Il pleurait. Cet homme si fort pleurait pour elle.

— Inigo, je suis revenue.

Aussitôt, elle fut dans ses bras, cajolée, bercée, tandis qu'il réclamait de l'eau, réclamait une soupe, réclamait un médecin...

Le cher fou. Il ne savait pas qu'elle n'avait besoin de rien de tout cela.

Elle avait seulement besoin de lui.

— Aud, vous m'avez fait une peur bleue.

Il la tenait serrée dans ses bras, et elle n'était pas pressée qu'il la libère.

C'était pour cela qu'elle était revenue.

Elle leva une main tremblante vers sa joue.

— Merci de n'avoir jamais renoncé. Je vous aime, Inigo.

C'était la première fois qu'Audevere prononçait ces mots, et elle regrettait de ne pas les lui avoir dits plus tôt. Elle avait failli perdre la chance de le faire.

Durant les jours qui suivirent, Inigo fut aux petits soins pour elle, l'encourageant à se reposer, s'assurant qu'elle n'abusait pas de ses forces.

Il resta à côté d'elle et lui fit la lecture. Il y eut des « je vous aime » et des baisers échangés. Mais Audevere savait que cela ne suffirait pas à dissoudre l'ombre qui planait encore entre eux.

— Qu'est-il arrivé à mon père ? demanda-t-elle le troisième jour, quand il fut évident qu'Inigo n'aborderait pas le sujet.

— Il a été arrêté et attend le bon vouloir du roi pour décider de son sort.

— Vous avez donc envoyé la lettre.

Audevere se tortilla contre les oreillers, à la recherche d'une position confortable. Elle avait repris des forces et commençait à trouver le temps long.

Elle avait tellement hâte de quitter cette chambre. Mais pour aller où ? Retourneraient-ils à Merry Weather ? Pouvaient-ils reprendre le cours de leur vie là où ils l'avaient laissée ? Ou devait-elle finalement suivre sa première idée et disparaître ?

— Nous serons bientôt fixés sur son sort, dit Inigo en lui prenant la main. Mais je suis davantage intéressé par le nôtre. J'ai failli vous perdre et je n'ai pas envie d'attendre plus longtemps. Je veux vous épouser avant la fin de l'automne. Ainsi, je pourrai fêter Noël à Merry Weather avec ma femme.

— Vous êtes sûr de vouloir épouser la fille naturelle d'un homme qui va perdre son titre et risque d'être pendu pour tentative de meurtre ?

— Non.

Inigo déposa un baiser sur le dessus de sa main.

— C'est vous que je veux épouser, Audevere. Rien que vous. Pas votre passé. Pas les crimes de votre père.

Il se pencha, et ils échangèrent un baiser léger et tendre qui ne tarda pas à s'enflammer.

Ce devait être une cérémonie restreinte à Merry Weather, avec les ducs, leur famille, et leurs plus proches amis, mais la chapelle du château était pleine à craquer.

Après une matinée où le ciel était resté enveloppé d'un grand manteau de grisaille, le soleil avait fini par dissiper les brumes, donnant à la fraîche atmosphère de novembre une limpidité de cristal.

Audevere se tenait à l'extérieur avec ses deux demoiselles d'honneur, Rose et Sarah, toutes les deux folles de joie dans leurs robes de satin rose pâle venues tout exprès de Londres.

Elle laissa les filles tourbillonner sur elles-mêmes et faire bouffer leurs jupons, tandis qu'elle tentait de maîtriser sa nervosité.

Comme le voulait la tradition, elle portait ce jour-là quelque chose d'emprunté et d'ancien : la robe de mariée de la duchesse, qui avait dû être retouchée afin de mieux s'adapter à sa propre silhouette amaigrie par sa convalescence.

Coupée dans un lourd satin ivoire, la robe ornée de perles et de dentelle était une merveille. Un long manteau en lainage blanc, bordé d'hermine au col et aux poignets, complétait la tenue.

La touche de bleu requise était apportée par la bague en diamants et saphirs, dans la famille Boscastle depuis des générations, qu'Inigo lui avait offerte à l'occasion de leur retour à Merry Weather.

Quant à la nouveauté, elle avait été offerte par Eaton, sous la forme d'un bouquet d'orchidées provenant du conservatoire botanique de Falmage Hill.

Il avait choisi les couleurs avec soin pour ce qu'elles symbolisaient : le blanc pour l'élégance, le rose pour la joie, et le jaune pour les nouveaux départs.

— Êtes-vous prête ?

Audevere leva les yeux vers le duc d'Hayle, qui se tenait devant elle.

— Oui.

Il l'intimidait toujours. C'était le père de Collin, et elle ne lui avait pas parlé depuis la rupture de ses fiançailles avec son fils.

— Entrez, jeunes filles, dit-il aux sœurs d'Inigo. La musique a commencé. Et rappelez-vous de marcher lentement. Ce n'est pas une course.

Audevere prêta l'oreille aux notes du canon de Pachelbel pour trois violons et basse qu'Inigo avait choisi.

Le duc d'Hayle la regardait avec un gentil sourire.

— Me ferez-vous l'honneur de me laisser vous conduire à l'autel ?

Ce geste, de la part d'un homme qui avait failli être son beau-père, lui alla droit au cœur.

Il y avait tant de choses tues dans cette demande...

— Avec grand plaisir.

Même un mariage dans la plus stricte intimité pouvait réunir beaucoup de monde, dès lors qu'il s'agissait de celui de l'héritier d'un duc.

Les Truscott étaient présents : la duchesse d'Hayle et les sœurs de Collin ; le duc de Bude et sa femme, ainsi que leur jeune fils ; la femme d'Eaton, Eliza, et sa fille, Sophie ; et bien sûr toute la famille d'Inigo.

L'autel était simplement dressé, avec une nappe blanche, un vase contenant des lis blancs, et deux candélabres en argent. C'était parfait ainsi.

Mais ce qu'il y avait de plus parfait encore, c'était l'homme qui attendait Audevere, encadré d'un côté par Eaton, et de l'autre par ses sœurs.

Inigo se tenait droit dans sa redingote bleu nuit qui rehaussait ses yeux. Ses cheveux bruns étaient soigneusement coiffés en arrière, et il était rasé de près.

Il souriait.

À son intention et à elle seule.

Rien d'autre ne comptait. Ni sa naissance, ni un quelconque scandale attaché à leur mariage - et il y en aurait probablement.

Tout ce qui comptait, c'était l'amour qu'ils avaient l'un pour l'autre.

Le duc d'Hayle plaça la main d'Audevere dans celle d'Inigo, qui enroula ses doigts autour des siens, avant de porter la main d'Audevere à ses lèvres.

— Vous êtes éblouissante, Aud, murmura-t-il, au moment où le service commençait.

Le passé était derrière eux, et leur nouvelle vie pouvait commencer.

L'amour d'Inigo l'avait libérée en lui montrant qu'elle ne devait plus avoir peur.

— Vous pouvez embrasser la mariée.

Tout à son bonheur, Audevere n'avait pas vu se dérouler la cérémonie. À présent, elle allait pouvoir entamer sa nouvelle vie avec le plus extraordinaire des hommes.

La bouche d'Inigo s'écrasa sur la sienne, réclamant le premier baiser de leur vie de couple, et Audevere se plia avec délice à la coutume.

Dehors, les villageois attendaient pour les féliciter, tandis que les cloches carillonnaient, propageant l'heureuse nouvelle. L'héritier Boscastle s'était marié, et l'avenir semblait riant pour tous.

Inigo jeta des pièces aux enfants, tandis qu'ils regagnaient à pied le château où aurait lieu le repas de noces.

Sur le perron, il lui vola un baiser et, pendant quelques minutes, dans le hall, ils furent seuls pour la première fois en tant que mari et femme.

— Vous faites une magnifique mariée, Lady Tintagel, murmura Inigo à son oreille. Quand je vous ai vue entrer dans la chapelle, mon cœur a failli exploser à la pensée que cette femme était la mienne.

— J'espère que vous le penserez toujours.

— Toujours. C'est promis.

Il lui prit la main.

— Êtes-vous prête ?

— Pour quoi ?

Il sourit. C'était une habitude qu'il avait prise ces derniers jours.

— Pour commencer notre conte de fées.

Épilogue

Truro Quay - 1825

Le dos raide, Inigo se tenait sur le quai, observant l'accostage du navire.

Cela faisait longtemps qu'il attendait cette arrivée. Cassian et Pen revenaient à la maison ce jour-là, après un voyage de noces à travers l'Europe qui avait duré presque une année.

Inigo avait écrit à Cassian pour l'avertir qu'il s'était marié, sans toutefois révéler avec qui, et il avait demandé au duc d'Hayle de ne rien dire non plus.

Il lui semblait préférable d'annoncer cette nouvelle en personne, et en la présence de son ami.

À côté de lui, Audevere triturait nerveusement le voile qui dissimulait son visage.

Pour elle comme pour lui, la perspective d'annoncer à Cassian qu'Inigo avait épousé la fiancée de son défunt frère représentait le dernier obstacle à franchir.

À présent, il lui était difficile de penser à Audevere comme étant la fiancée de Collin. Cela faisait partie d'un passé qui n'était plus source ni de culpabilité ni de honte.

Audevere était sienne désormais, et il lui appartenait. Il espérait que Cassian le verrait également ainsi.

Inigo serra la main gantée d'Audevere, tandis qu'on installait la passerelle.

— Ils vous aimeront, j'en suis certain. Me suis-je jamais trompé jusqu'à présent ?

En effet, il ne s'était pas trompé.

Sa famille avait accueilli Audevere à bras ouverts, et cela avait grandement contribué à graisser les rouages de la bonne société de Londres.

Mais cela n'avait pas empêché la Saison d'être difficile à vivre. Ils étaient nombreux ceux qui avaient pris plaisir à faire courir des rumeurs.

Inigo y avait mis bon ordre. La prochaine Saison serait meilleure et, entre-temps, tout le monde aurait oublié Gismond Brenley.

En attendant, Inigo et Audevere étaient heureux ensemble, consacrant leurs journées à porter assistance aux pauvres, à sortir les enfants de leur misérable condition en leur offrant la possibilité d'étudier.

C'était un bonheur pour Inigo de voir Audevere travailler auprès d'Eliza pour la promotion de l'école pour les enfants des mineurs.

Les derniers mois avaient été merveilleux.

Cassian et Pen posèrent pied sur le quai, et Inigo s'avança vers eux.

— Quel bonheur de te revoir, mon vieil ami.

— Inigo !

Cassian l'enveloppa dans une chaleureuse mais quelque peu brutale accolade virile.

— Je m'absente pendant quelques mois et je te retrouve marié.

Sa voix de stentor était à l'image de son accolade et de sa silhouette de géant.

— Il me semblait pourtant que tu n'étais guère partant pour le mariage, ajouta-t-il sur le ton de la réprimande amusée.

L'ignorant, Inigo salua Pen et l'embrassa sur les joues avec infiniment plus de délicatesse que Cassian n'en avait eue avec lui.

— Bonjour, Pen, comment allez-vous ?

— À merveille.

Rayonnante, elle échangea un regard entendu avec son époux, démontrant que la magie de la lune de miel ne s'était pas encore estompée après une année de mariage.

— Nous avons une heureuse nouvelle à vous annoncer, reprit-elle. Mais, à vous l'honneur, mon cher Inigo. Faisons connaissance avec votre épouse.

— Cassian, Pen, permettez-moi de vous présenter Lady Tintagel, Audevere Vellanoweth.

Tandis qu'Audevere repoussait son voile et faisait une révérence, Cassian écarquilla les yeux de surprise.

— Tu as épousé Audevere B...

Avant qu'il ait eu le temps de prononcer « Brenley », Inigo l'interrompit d'un regard sévère.

— Oui, j'ai épousé Audevere.

— Eh bien, je crois que tu vas avoir beaucoup de choses à nous raconter.

Cassian désigna une auberge à proximité.

— J'ai une faim de loup. Si nous allions discuter de tout cela autour d'un bon repas.

Tandis qu'ils se dirigeaient vers l'auberge, Inigo se réjouit de la tournure que prenaient les événements. Contrairement à ses craintes, Cassian ne montrait nulle hostilité.

— Au fait, dit Cassian, tandis qu'ils s'apprêtaient à prendre place à table, comment va Vennor ?

— Je pense qu'il a des ennuis, Cass. Mais nous en parlerons plus tard.

Il tira une chaise pour Audevere.

— Aujourd'hui est le temps des histoires d'amour uniquement. Nous commencerons par écouter la tienne, puis je te raconterai la nôtre.

Inigo prit place à table et commanda un pichet de vin à la serveuse.

Quelques instants plus tard, il levait son verre, les yeux rivés sur Audevere.

— Portons un toast à l'amour, le plus grand voyage de nos vies.

À B., qui m'a reproché de ne lui avoir encore jamais dédicacé de livre.

Celui-ci est pour toi.

Rien que pour toi.

Et voici le meilleur conseil qu'une mère puisse donner à sa fille : « Contente-toi d'être toi-même. C'est déjà beaucoup. » Merci de m'avoir aidée à aller jusqu'au bout de la rédaction de cette histoire. Tu as toujours été là pour me soutenir dans les moments difficiles, alors que j'étais sur le point d'abandonner. Je ne l'oublierai jamais. Tu es absolument incroyable.

Avec tout mon amour,

Maman

1

Londres, mai 1826

Pour cette nuit, la mission du Vigilant était terminée. Sitôt qu'il eut mis un pied dans le périmètre de Mayfair[1], Vennor Penlerick ôta son masque de soie noire, qu'il enfonça dans la poche de son pardessus couleur de nuit, et marcha d'un pas plus léger. Ici, il redevenait le duc de Newlyn. C'était seulement dans les quartiers crapuleux qu'il endossait le rôle du Vigilant, défenseur de la veuve et de l'orphelin et pourfendeur de tous les vices qui hantaient les ruelles obscures du Londres des pauvres. C'était là qu'il trouvait enfin une mission qui donnait un sens à sa vie.

Était-ce pour ces raisons qu'il avait chaque jour un peu plus l'impression que ce masque le portait plus qu'il ne le portait lui-même ? Ces derniers temps, il se sentait davantage lui-même dans la peau du Vigilant que dans celle du duc. Le fossé entre ses deux personnalités s'élargissait dangereusement. Le Vigilant avait un rôle à jouer dans la société. Le jeune duc, mis à part le titre dont il avait hérité et indépendamment de ses mérites personnels, n'en avait aucun. Quand il revêtait la panoplie du Vigilant, Vennor savait pourquoi il était sur terre. Il n'aurait pas pu en dire autant de Vennor Penlerick, fils et héritier du

1. *Quartier chic de Londres situé à proximité de Hyde Park, à l'époque essentiellement habité par l'aristocratie et la grande bourgeoisie. L'auteur français Paul Morand dit de cet endroit :* « Mayfair est moins un quartier qu'une manière d'être, une façon d'envisager la vie, de savoir tenir son parapluie à la main toute l'année, de ne pas reconnaître quelqu'un qui ne vous a pas été présenté cinq ou six fois... » (Londres, *1933*). *(NdT)*

feu duc de Newlyn, et, du moins avant la mort tragique de ses parents, dilettante notoire et mondain impénitent. Quoique, à la vérité, on ne pût dire qu'il y ait une grande différence entre les deux. Tout n'était qu'affaire de masque, finalement. Les titres, les costumes...

Vennor tourna en boitillant dans la rue qui menait à Portland Square, où se dressait l'hôtel particulier des Newlyn. Sa cuisse, blessée dans une rixe au début de la soirée au cours de laquelle il avait reçu un coup de « savate » particulièrement bien envoyé, commençait à le faire souffrir. Tout en avançant, il tendait instinctivement l'oreille, guettant le moindre bruit anormal, la moindre menace. Mais la soirée était paisible, comme la plupart du temps dans ces parages. Ici, la soirée n'en était encore qu'à ses débuts. Dans quelques heures, songea-t-il avec une grimace désabusée, l'atmosphère pourrait bien changer. En trois ans, depuis qu'il exerçait la mission qu'il s'était donnée, il avait vite compris qu'aucun endroit dans Londres n'était épargné par le crime.

À l'origine, quand il avait revêtu l'habit noir et le masque du Vigilant, c'était dans le but de retrouver les meurtriers de ses parents. Après le double meurtre, il avait utilisé les prérogatives de son titre pour exiger les investigations les plus complètes. Mais quand il se fut avéré qu'elles ne menaient à rien, quand Bow Street[1] et The Watch[2] eurent eux-mêmes jeté le gant en décrétant qu'il n'y avait plus rien à faire, Vennor avait mesuré les limites de son pouvoir. Même un duc ne pouvait exiger l'impossible.

Mais, pour un homme masqué, sans identité repérable, les obstacles s'évanouissaient. Il pouvait aller partout où les portes se fermaient pour la police officielle, aussitôt repérée. Partout aussi où un pair du royaume ne pourrait jamais mettre les pieds. À la seconde même où il s'introduirait dans les quartiers où

1. Les *Coureurs de Bow Street* ont constitué le premier corps de police professionnel à Londres. À l'origine, ils étaient au nombre de six et faisaient office de police volante.

2. *The Watch* est, du Moyen Âge jusqu'au XIXe siècle, un corps constitué de citoyens chargé d'exercer la surveillance nocturne dans les rues de Londres.

régnait la pègre, sa présence serait signalée. Ceux qu'il cherchait s'envoleraient comme une compagnie d'étourneaux et il en serait pour ses frais. Et, dans le pire des cas, il y laisserait la vie. Le Vigilant, lui, pouvait se faufiler dans l'ombre et suivre toutes les pistes qui se présentaient. S'il était repéré, son masque et sa canne-épée sauraient le protéger.

Vennor acheva de gravir les marches de son domicile avec une grimace de douleur. Ce soir, le Vigilant avait payé son tribut. Et les brutes épaisses qu'il avait dérangées dans leur sale besogne avaient dû faire plus de dégâts qu'il ne le pensait au premier abord. Ceci dit, il valait mieux qu'ils s'en soient pris à lui plutôt qu'à la pauvre fille qu'ils avaient choisie comme proie. Sans aucune défense, elle n'aurait eu d'autre choix que de se soumettre.

La porte s'ouvrit et Vennor pénétra dans le hall de Newlyn House.

— Bonsoir, Honeycutt. Me voilà, finalement, annonça-t-il avec un bref sourire pour son maître d'hôtel.

— C'est ce que je vois, Votre Grâce, répondit le vieil homme avec dans la voix un subtil mélange de déférence et de réprobation dont lui seul avait le secret. Et vous êtes blessé, accusa-t-il.

Aucun détail ne lui échappait malgré son âge. Honeycutt avait servi trois générations de ducs de Newlyn et il y avait beau temps que Vennor, qui le connaissait depuis toujours, n'essayait plus de lui dissimuler quoi que ce soit.

— Bah ! Simple contusion, affirma-t-il en se dirigeant vers l'escalier. Rien qu'un bon bain chaud ne puisse calmer.

Honeycutt lui emboîta le pas, son long visage affichant une impassibilité acquise par de longues années de pratique.

— Très bien, Votre Grâce. Votre bain vous attend et votre habit de soirée est sur votre lit. Je vais vous faire apporter un baume au camphre et un whisky.

Vennor n'avait rien contre un bon whisky. Quant au baume, et au bandage qui allait avec, il s'en passerait volontiers. Il n'avait nulle envie de sentir l'officine d'un apothicaire dans les salons où on l'attendait. S'il le laissait faire, Honeycutt, qui l'avait vu naître, le garderait à longueur de journée soigneusement enveloppé dans du coton.

Non, merci, Honeycutt. Pas le camphre !

— Même une contusion peut dégénérer, protesta Honeycutt avec une sévérité qui confinait à la censure. Nous ne pouvons en prendre le risque.

Si le brave homme n'avait été au service de la famille depuis si longtemps, sa conduite eût semblé à la limite de l'insolence. Mais Vennor savait exactement à quel risque Honeycutt faisait allusion. Si le jeune duc subissait un sort fatal, le nom des Newlyn s'éteindrait faute d'héritier. En effet, le grand-père de Vennor était mort à soixante et un ans, et son père à cinquante-six, tous les deux de mort brutale et sans avoir eu la chance d'avoir engendré plusieurs fils.

Aucun vieux serviteur digne de ce nom ne pouvait souhaiter que la grande famille qu'il servait depuis plus de soixante ans disparaisse avant lui.

Vennor, quant à lui, n'avait guère le temps de songer à la romance. Non qu'il rechignât à fonder une famille. Mais comment se charger de femme et d'enfants quand le mauvais sort vous avait chargé d'une telle mission ? Plus tard, il verrait bien. Quand les assassins de ses parents seraient punis.

Et quand il aurait trouvé la candidate idéale !

— Rien de grave, Honeycutt, répéta-t-il.

Il se réfugia avec soulagement dans l'intimité de sa chambre, heureux d'en retrouver la chaleur et le confort. Le tub, installé devant la cheminée, l'accueillit de sa chaude vapeur fleurant bon l'essence de lavande et le benjoin. Une vraie bénédiction... Pendant quelques précieux instants, il pouvait être un homme sans masque ni rôle à jouer. Plus de discours enflammé à la Chambre, plus de braves mères de famille chargées de filles à marier à esquiver, plus d'assassins à retrouver.

Vennor se déshabilla à grands gestes nerveux, lorgnant avec un œil dégoûté vers l'habit de soirée soigneusement étalé sur la courtepointe. Encore un bal, dont, finalement, il se passerait bien.

Il se laissa glisser voluptueusement dans le bain, poussant un cri de douleur quand l'eau chaude mordit sa blessure encore fraîche. L'envie l'effleura d'envoyer un valet l'excuser pour le bal et de rester là toute la soirée, cajolant son whisky dans son bain.

Depuis son deuil, il avait pris l'habitude de limiter sa vie sociale au strict nécessaire. Son absence ne surprendrait personne.

Comme s'il lisait dans ses pensées, Honeycutt frappa discrètement à la porte de la chambre et entra sans plus de façon :

— Miss Marianne vous attend chez les Fordham, Votre Grâce. Faut-il envoyer un valet pour vous excuser ?

C'était à peine une question. Plutôt un reproche voilé. Et Honeycutt avait raison. Se terrer chez lui, comme il le faisait depuis la mort de ses parents, n'était pas une solution. Plutôt une forme de lâcheté qui lui permettait d'éviter la foule et, surtout, les demoiselles en quête de mari. Or Vennor Penlerick pouvait être accusé de tous les défauts de la terre, mais pas de lâcheté.

Il laissa aller son crâne douloureux contre le rebord de cuivre de son tub tandis que le fidèle Honeycutt lui glissait un verre entre les doigts. Il allait bien falloir retourner dans le monde à plein temps un jour ou l'autre. Il ne pouvait se cacher derrière son deuil jusqu'à la nuit des temps. Alors, autant profiter de la compagnie de Marianne.

— Non, Honeycutt, n'annulez rien. Accordez-moi seulement quelques minutes...

Puisqu'il allait revoir Marianne, la soirée ne s'annonçait pas tout à fait comme un désastre.

Les Treleven étaient de vieux amis du pays natal, près de Porth Karrek, en Cornouailles. Marianne avait fait son entrée dans le monde précisément l'année où les parents de Vennor avaient été tués. Et, absurdement, Vennor s'était toujours senti un peu coupable que cette tragédie ait jeté une ombre sur la première Saison[1] de la jeune fille. Il s'était racheté tant bien que mal lors de la deuxième Saison, sitôt qu'il avait pu décemment sortir de son deuil, lui servant de cavalier et veillant sur elle à

1. La *Saison* londonienne bat son plein entre avril et juillet. L'aristocratie et la *gentry* quittent leurs résidences campagnardes pour rejoindre Londres et participer à de nombreuses mondanités publiques et privées : fêtes, bals, garden-parties, concerts, sorties au théâtre ou à l'Opéra, courses hippiques comme le fameux derby d'Epson. C'est également l'occasion pour les jeunes filles des meilleures familles d'être présentées à la reine... et de trouver un mari ! (NdT)

chaque fois qu'ils se retrouvaient invités dans la même fête. Ce qui était évidemment le cas très souvent. Du reste, Marianne n'avait guère besoin de lui. Elle avait aussitôt remporté un succès fou et ne manquait pas de cavaliers. Mais, avec sa gentillesse et son humour habituels, elle clamait à qui voulait l'entendre que paraître dans le monde au bras d'un duc ne faisait que la rendre encore plus intéressante. Elle n'avait guère besoin de faire-valoir. Mais il se serait bien gardé de le lui dire.

Maintenant, c'est parce qu'il en avait envie que Vennor l'accompagnait dans ces soirées, les plus recherchées et les plus élégantes de Londres. Ils se plaisaient en compagnie l'un de l'autre et c'était devenu une sorte d'arrangement entre eux afin de tenir à une distance respectable les mères de famille pourvues d'une fille à marier et l'essaim bourdonnant de jeunes gens qui tournaient autour de Marianne comme des guêpes autour d'un pot de miel.

Vennor acheva son whisky et émergea de son tub, ragaillardi. Grâce à la chaleur de l'eau, ses muscles contusionnés le faisaient moins souffrir et l'alcool avait diffusé dans son cerveau fatigué une agréable torpeur. Honeycutt lui tendait déjà une épaisse serviette, moelleuse et parfumée. Il serait bientôt prêt à affronter la meute rassemblée comme dans n'importe quel salon mondain, prête à bondir et à mordre.

Il remercia chaleureusement son fidèle maître d'hôtel pour ces menus services. Il disposait d'un valet particulier, bien sûr, mais les soirs où il exerçait sa mission de Vigilant, c'était Honeycutt qui s'occupait de lui. Moins de gens étaient au courant de sa double identité, mieux c'était. Savoir garder ses secrets était un exercice difficile, même chez soi. Les serviteurs pouvaient parler, les bavardages se répandaient sans qu'on en ait conscience. Vennor tenait plus que tout à l'anonymat du Vigilant. Le voir démasqué, c'était un peu comme perdre une partie de lui-même. La seule partie qui, en ce moment, avait encore une raison d'être.

— Comment était Covent Garden, aujourd'hui ? s'enquit Honeycutt.

Il avait gardé son ton neutre de personnel de maison parfaitement stylé mais sa voix cachait mal une légitime inquiétude mêlée de curiosité.

Et Vennor ne l'en aimait que davantage.

— Comme d'habitude, répondit-il en jetant sa serviette humide sur le dos d'une chaise. Pickpockets et putains. Mais rien d'aussi dangereux que la pègre qui traîne sur les docks ou à Seven Dials. Le Garden est certainement le secteur le plus tranquille de ma tournée.

Il avait divisé les bas-fonds de Londres en différents secteurs qu'il visitait à tour de rôle dans la semaine. Et il fallait bien reconnaître que, à Covent Garden, les délits étaient en général prévisibles et relativement anodins. Sur les docks et à Seven Dials, le pire pouvait arriver, du simple vol à l'arraché au meurtre le plus gratuitement sanglant.

— C'est bien ce qui m'inquiète, Votre Grâce. Même dans les secteurs « tranquilles », l'affaire peut tourner mal. Ce soir, c'est ce qui s'est passé.

Tout en parlant, Honeycutt enduisait la cuisse de son maître d'une bonne épaisseur de baume et Vennor ferma les yeux, les narines envahies par le parfum de la sauge et du camphre. Après trois ans de recherches inutiles, le brave homme, dernier ange tutélaire de la maisonnée, saisissait la moindre occasion pour l'inciter à abandonner la recherche de l'assassin de ses parents. Il était grand temps de rester chez soi, ou dans les respectables salons des beaux quartiers, au lieu de battre le pavé au milieu des voyous.

Vennor secoua furieusement la tête, et sa crinière blonde aspergea la pièce autour de lui.

— Il n'est pas question que j'abandonne. Un indice peut surgir n'importe où, n'importe quand. On ne sait jamais.

Bien sûr, il lui arrivait de partager le scepticisme de Honeycutt. C'était un peu comme de courir une course un bandeau sur les yeux, sans en connaître ni la direction ni la durée.

— Et je détesterais plus que tout m'arrêter à quelques pas de mon but.

Il y avait d'autres raisons pour lesquelles il ne voulait pas mettre fin à sa quête. S'il cessait d'endosser le costume du

Vigilant, qui serait-il ? Exactement le genre d'individu que son père méprisait. Un jeune dilettante imbu de ses privilèges et sans autre but dans la vie que d'en goûter tous les plaisirs. Il trahirait ainsi les idéaux de ses parents et de la longue lignée de ducs de Cornouailles qui les avaient illustrés sans jamais faillir.

Honeycutt s'éclaircit la gorge.

— Fort bien, Votre Grâce. Il s'agit maintenant de vous transformer de nouveau en homme du monde. Nous ne voudrions pas faire attendre Miss Marianne, n'est-ce pas ?

2

Il repéra Marianne à l'instant même où il mit le pied dans la salle de bal des Fordham. Il était difficile de ne pas la remarquer. Avec sa taille élancée, son abondante chevelure auburn et sa robe blanche ornée de sequins brillant sous les lustres comme un ciel étoilé, elle attirait tous les regards. Aucune autre jeune fille ne portait le blanc aussi bien qu'elle. Et ce soir-là, dans la mer de bleus, de roses et de gris délicats qui avaient envahi l'immense salle richement décorée, elle resplendissait comme un phare.

Debout au pied d'une colonne de marbre ornée de guirlandes de roses blanches, Marianne tenait sa cour au milieu d'un cercle de jeunes mâles en quête d'un beau parti et de *débutantes*[1] au sourire timide. Son succès évident ne s'expliquait pas seulement par son charme et par son élégance, mais aussi par sa gentillesse. Généreuse de nature, elle partageait volontiers sa popularité avec les autres jeunes filles.

Quand Vennor s'approcha, elle le gratifia d'un sourire radieux, et le cercle s'élargit pour lui faire de la place, non sans qu'il ne perçoive un frémissement nerveux de la part de certains jeunes *beaux*[2]. Maintenant que Vennor avait hérité d'un des titres les plus prestigieux de la pairie, ses jeunes concurrents ne savaient pas toujours comment se comporter à son égard sur le terrain de la galanterie. Mais pas Marianne. Aux yeux de la jeune fille,

1. En français dans le texte.

2. Idem.

il était et serait toujours Vennor, son camarade d'enfance et son meilleur ami.

— Votre Grâce, vous daignez enfin vous joindre à nous ! le taquina-t-elle. Hélas, il est déjà 11 heures ! Les douze coups de minuit risquent de vous transformer bientôt en gâte-sauce, et votre carrosse en citrouille.

Vennor lui sourit, heureux de retrouver l'atmosphère légère et plaisante que Marianne savait créer partout où elle était. Ils avaient pris l'habitude de se retrouver durant toutes les fêtes de la Saison londonienne, leur amitié s'approfondissant au cours des années tandis que trois des sœurs de la jeune fille achevaient leur Saison et se mariaient les unes après les autres, tout comme les trois camarades d'enfance de Vennor.

Il porta la main gantée qu'elle lui tendait jusqu'à ses lèvres et en effleura le dos d'un baiser.

— Mais il n'est pas trop tard, chère princesse, pour vous mener à la danse, dit-il en filant la métaphore des contes de fées de leur enfance… Au risque de vous faire perdre votre précieuse pantoufle.

Saisissant le petit carnet de bal qu'elle portait au poignet, il s'empressa d'y inscrire son nom au rang habituel. Marianne lui réservait toujours la danse qui précédait immédiatement le souper, de manière à éviter la compagnie d'un balourd ou d'un importun pendant tout le repas. Ce qui le préservait lui-même également de l'assaut des mères de famille cherchant à caser avantageusement leur progéniture. Cette organisation leur avait plutôt réussi pendant les précédentes Saisons mais cette fois, quand il se redressa, il sentit courir dans les rangs pressés des admirateurs de la jeune fille un courant hostile. Quelqu'un n'était pas content de son arrivée, et encore moins des préséances dont il semblait jouir auprès de la belle Marianne.

Le regard de Vennor coulissa discrètement vers la droite et rencontra le regard opaque, d'un bleu d'acier, du jeune vicomte Hayes.

— Cet arrangement vous agrée, je l'espère, Miss Treleven ? Pardonnez-moi si je me suis ainsi précipité…

Il y avait au moins quelqu'un à qui cela ne convenait pas,

à l'évidence, mais il n'avait pas à demander la permission du vicomte. C'était l'avis de Marianne qu'il requerrait, à voix haute et claire pour que le fait soit entendu, et Hayes était trop bien éduqué pour manifester son mécontentement autrement que par un regard en coin.

Ceci dit, Vennor enregistra dûment sa réaction.

— Il n'y a rien à pardonner, mon cher duc, répartit vivement Marianne.

Et, prompte à détendre l'atmosphère, elle ajouta à l'intention de Hayes avec un sourire enjôleur :

— Vicomte, je crois bien que voilà notre danse.

Vennor regarda le jeune couple se diriger vers le parquet de danse. Hayes prit Marianne dans ses bras et la fit tourner sous les lustres dont les mille lumières faisaient rutiler les sequins de sa robe blanche.

Voici donc comment les choses se présentaient, cette Saison. Cela ne faisait que confirmer les rumeurs qui circulaient dans les clubs. Hayes, retour du Continent après deux ans d'absence pour accomplir son Grand Tour, avait l'intention de se marier. Et il avait jeté son dévolu sur Marianne. Comme c'était intéressant ! Et ô combien prévisible. Marianne était un bon parti et le jeune vicomte, propriétaire en Cornouailles, lui aussi, tenait bien son rang dans la noblesse locale. Vennor éprouva un désagréable pincement dans la région du cœur.

Il n'aurait pas dû être surpris. La jeune fille s'était remarquablement transformée, ces derniers temps. Elle était devenue une belle jeune femme qui, depuis ses débuts dans le monde, deux ans plus tôt, avait acquis des manières parfaites et le sens de la diplomatie. Intelligente et raffinée, pouvant espérer une dot généreuse de la part de son père, elle était parvenue à placer ses espérances matrimoniales au-dessus de la condition du simple baronnet de Cornouailles qu'était Sir Treleven. Le jeune garçon manqué qui suppliait jadis Vennor et ses camarades de l'emmener dans leurs expéditions de chasse et de pêche avait laissé place à une exquise gravure de mode, capable d'attirer tous les hommages. Le vicomte Hayes avait eu l'esprit de s'en apercevoir rapidement et de passer aussitôt à l'action.

Se saisissant d'une coupe de champagne au passage d'un plateau, Vennor y trempa pensivement les lèvres. Les ambitions de Marianne ne se cantonnaient pas au domaine du mariage. Elle ne se contenterait ni d'une vie mondaine ni de celle de mère de famille. Comment réagirait Hayes, quand il s'apercevrait que sa future femme avait l'intention d'exercer un métier ? De se faire connaître autrement que comme une bonne reproductrice et une bonne éducatrice ? Il risquait d'être bien surpris. Et Marianne aussi, si elle n'y prenait garde.

Quant à lui, Vennor, sa réaction à cette nouvelle donne méritait d'être examinée avec une certaine attention.

Enviait-t-il sa bonne fortune à Marianne ? C'était peu probable. Il avait une grande affection pour elle et lui souhaitait tout le bonheur du monde. Alors, si ce n'était pas de l'envie, qu'était-ce ? De l'amitié jalouse ? Oui, il y avait un peu de cela. Vennor était jaloux de celui qui allait lui prendre Marianne. Il eut un sourire doux-amer.

La danse s'acheva. Hayes et Marianne revinrent dans le petit cercle de courtisans de la jeune fille. Elle était essoufflée et ses joues s'étaient teintées d'un léger incarnat.

— La danse du souper est la suivante, prévint-elle.

Il la prit par le bras et la sentit vibrante d'une joie contenue. Et pourquoi ne serait-elle pas heureuse ? Nul fantôme ne hantait son petit monde de fêtes et l'harmonie de sa vie familiale, nulle mort tragique, nul échec dont le remords viendrait hanter ses nuits encore aussi paisibles que celles d'un enfant. Marianne saisissait le monde par les cornes et lui imposait sa danse. Il était surpris qu'un tel rythme convienne à l'esprit étroit et compassé de Hayes. Avec sa lippe hautaine, son teint pâle et son regard peu expressif, l'homme avait tout d'un puritain pragmatique et ambitieux. Vennor voyait sans peine ce que Hayes pouvait trouver en Marianne. A contrario, il avait quelques difficultés à percevoir ce que Marianne trouvait en lui.

Il conduisit sa cavalière sur le parquet avec une aisance due à une longue habitude. Ils avaient si souvent valsé ensemble, bien avant les débuts de la jeune fille dans le monde, que la situation lui paraissait aussi naturelle qu'une promenade en forêt. Combien d'après-midis d'automne et d'hiver ne les avait-il pas entraînées, elle et ses sœurs, sur les parquets cirés du vieux manoir cornouaillais des Treleven ? Mais ce soir, tandis qu'ils évoluaient en une symbiose parfaite, il était plus conscient qu'il ne l'avait jamais été de la souplesse de la taille de Marianne entre ses bras, de la manière dont son pas s'accordait au sien, de la rapidité avec laquelle son corps répondait à la plus infime pression de sa main. Ils se connaissaient et s'appréciaient si bien l'un et l'autre !

Et il allait la perdre.

Cette constatation sonna dans le cerveau de Vennor comme un glas. Quand elle serait mariée, il perdrait l'amitié de Marianne. Il n'y aurait plus de danse du souper, plus de conversations à bâtons rompus, plus de ce chaud sentiment de complicité qui les liait l'un à l'autre depuis toujours.

Bien décidé à profiter de cette valse, Vennor se concentra sur la danse. Il comprit pourtant bientôt qu'il avait surestimé ses forces physiques. Marcher avec une jambe blessée était une chose, danser en était une autre. En dépit du bain chaud et du baume salvateur de Honeycutt, sa cuisse était de plus en plus douloureuse. Et l'enthousiasme qu'il mettait toujours à danser la valse risquait de lui être fatal.

Il ralentit l'allure et Marianne le scruta de son beau regard sombre.

— Que se passe-t-il ? Souffrirais-tu quelque part ?

Vennor réprima une grimace.

— Cela t'ennuierait-il si nous sortions un peu dans le jardin ? Je... je ne suis pas dans une grande forme, ce soir, confessa-t-il en ralentissant.

Marianne lui lança un regard étonné.

— Mais oui, bien sûr.

Ils virevoltèrent par l'une des double-fenêtres grandes ouvertes sur le jardin et se retrouvèrent bientôt sur la terrasse, puis dans les allées éclairées par des lampions de fête. Sitôt qu'ils adoptèrent le pas de promenade au milieu des autres couples déambulant dans la fraîcheur du soir, Vennor sentit la douleur s'apaiser. Il eût aimé pouvoir en dire autant de l'étau qui lui serrait le cœur.

Les meurtriers de ses parents couraient toujours et Marianne allait épouser Hayes. Tout ce qui avait de l'importance pour lui dans ce bas monde lui glissait entre les doigts.

Marianne devint pensive. Ce soir, Vennor semblait s'être éloigné d'elle aussi sûrement que s'il avait pris le train à vapeur, ce nouveau moyen de transport qui défrayait la chronique, pour se rendre à l'autre bout du pays. L'expression d'urbanité distante qu'il adoptait en société depuis qu'il avait hérité de son titre avait repris sa place sur son beau visage, et il lui semblait parler à un parfait étranger. Un jour, peut-être, perdrait-elle à jamais son seul véritable ami ?

— Vas-tu me dire ce qui te tracasse, ou dois-je le deviner ? s'enquit-elle gentiment.

À dire vrai, ce n'était pas bien difficile. La même personne hantait leurs pensées à tous les deux.

Vennor ralentit le pas.

— Hayes ne semblait pas très heureux de me voir, ce soir. Considère-t-il que je marche sur ses plates-bandes ?

Le sang de Marianne ne fit qu'un tour.

— Au cas où tu ne l'aurais pas remarqué, rétorqua-t-elle vivement, je ne suis pas une plate-bande.

Puis elle s'excusa aussitôt. Vennor n'était pas responsable de sa nervosité. Il ne méritait pas qu'elle le traite ainsi.

Vennor baissa la voix.

— D'après ce que j'ai cru comprendre, il a l'intention de te demander en mariage. Cela te convient-il ?

Marianne n'était pas surprise. Hayes n'avait fait aucun mystère de ses intentions. Pour ce qui la concernait, elle était beaucoup moins enthousiaste. La question la tracassait depuis que, dès l'ouverture de la Saison, le jeune vicomte avait pris place dans le cercle de ses courtisans. Prenait-elle vraiment cette candidature au sérieux ? Ou plutôt, pour poser la vraie question, envisageait-elle sérieusement de se marier ? On était déjà à la fin de mai et elle n'avait toujours pas trouvé la réponse.

Bah ! Elle avait encore le temps. Pour respecter les convenances, Hayes ne ferait pas sa demande avant la fin de l'été.

— Ce cher vicomte n'est-il pas assez bien né pour toi ?

Ils approchaient d'une fontaine dont le jet sonore pouvait couvrir fort commodément leur conversation. Vennor fit asseoir sa compagne à côté de lui sur la margelle de marbre.

Marianne plongea sa main dans l'eau fraîche et l'y laissa un instant.

— C'est justement là le problème, tenta-t-elle d'expliquer avec un petit rire. Il devrait pourtant suffire à mes ambitions ainsi qu'à celles de mon père. En l'épousant, je ferais mieux que toutes mes sœurs réunies.

Mais la plaisanterie tomba à plat. Ils savaient bien tous les deux que Marianne ne s'était jamais souciée des titres et de la position sociale des gens à qui elle accordait son amitié.

Elle reprit d'une voix neutre :

— Le vicomte est quelqu'un de très bien, d'une réputation sans tâche. Aucun vice connu. Ni la boisson ni... les filles, ajouta-t-elle, riant encore pour dissimuler sa gêne. Je ne saurais trouver mieux. Pourtant, je ne parviens pas à me faire à cette idée. Et si c'était moi qui risquais de le décevoir ?

C'était la première fois qu'elle confiait ses préoccupations à quelqu'un. Elle n'en avait même pas parlé à sa mère, le soir, dans l'intimité du petit boudoir de celle-ci, où s'étaient échangées tant de confidences, ni dans une lettre à l'une de ses sœurs.

Leurs regards se nouèrent et un courant de compréhension, fruit de leur longue amitié, passa entre eux. « Tu en connais la raison », pouvait-il lire dans son regard, car elle ne lui cachait rien.

— Il ignore tes ambitions, en effet, fit remarquer Vennor à voix haute. Crois-tu qu'elles lui déplairaient ?

Marianne opina du chef. Comme il était bon de savoir qu'il existait au moins une personne au monde qui pouvait vous comprendre. Elle avait toujours pu compter sur Vennor pour cela.

— Tu l'imagines tolérant que la vicomtesse Hayes soit chroniqueuse dans un journal ? Et un journal masculin, qui plus est !

Non que l'agrément de Hayes lui fasse apprécier davantage son éventuel prétendant, pour être tout à fait franche. Du reste, en informer son futur mari dans l'espoir d'obtenir son accord était hors de question. Marianne n'avait même pas osé en parler à ses parents. D'ailleurs, il ne leur serait jamais venu à l'idée qu'une de leurs filles puisse se livrer à pareille excentricité.

— Peut-être pourrais-tu continuer à leur envoyer tes articles en secret ? suggéra Vennor. Si personne ne sait, qui pourrait y trouver à redire ?

Elle lui adressa un sourire incrédule.

— Comment peux-tu proposer une chose pareille ? Imagines-tu une femme ayant des secrets pour son mari ? Comment un mariage pourrait-il tenir sur de telles bases ? Et puis, tu me vois me cacher dans la cave ou le grenier pour écrire mes articles ? Ça va comme cela pour le moment, mais je n'ai pas l'intention de rester dans la clandestinité, tu le sais très bien.

Les ambitions de Marianne étaient de sortir du rang des auteurs anonymes de chroniques mondaines et de faits divers. Elle voulait devenir un de ces journalistes qui changent le monde avec leur plume. Qui signent de leur véritable nom, pas d'un pseudonyme aussi affligeant que le sien actuellement, M.R. Mannering. Elle frappa l'eau du plat de la main, sentant monter la colère.

— Ceci dit, tant que je ne fais que couvrir les actualités du spectacle et que je me contente de dire qui portait quoi lors de ce fabuleux bal chez la comtesse X ou Y, je ne risque pas grand-chose. Personne ne se souciera jamais de qui écrit ce genre d'inepties. Cela n'a rien à voir avec le vrai journalisme. N'importe qui peut faire ça...

Elle poussa un soupir puis ajouta, un peu exaltée :

— Non, ce que je veux, c'est couvrir de vrais événements, résoudre un mystère, dénoncer des abus... Bref, écrire des articles dont on se souviendra encore pendant des années.

— La vie quotidienne a aussi son importance. Tu te sous-estimes en considérant que tes chroniques sont de peu d'intérêt. Les gens ont aussi besoin de se distraire, de commenter dans les salons les potins du jour, les ridicules de tel ou tel, la mode venue de Paris... Et M.R. Mannering s'en sort à merveille. Sa plume est pleine d'esprit.

Lui prenant la main qu'elle laissait toujours flotter dans l'eau, Vennor se rapprocha un peu d'elle.

— Par exemple, reprit-il, j'aimerais bien savoir ce que j'ai manqué ce soir du fait de mon arrivée tardive. Nul doute que beaucoup de petits drames, de tragiques ruptures ont eu lieu. Et beaucoup d'idylles se sont nouées.

Marianne ne put retenir un sourire. Elle pouvait compter sur Vennor pour la sortir de ses humeurs les plus sombres.

— Comme d'habitude, c'est surtout le Vigilant qui a défrayé la chronique. Ce soir, il a fait sa tournée plus tôt que de coutume. D'après les rumeurs, il serait venu à la rescousse d'une fille de joie dans Covent Garden[1]. C'est un vrai héros, maintenant. Je pensais qu'on finirait par se lasser de ses exploits, une fois passé l'attrait de la nouveauté, mais c'est tout le contraire. Le seul fait qu'il demeure anonyme attise la curiosité d'une manière inimaginable. Toutes les femmes de Londres sont amoureuses de lui, tu peux en être sûr. Il paraît qu'Angeline Mercer s'est même hasardée dans les bas-quartiers dans l'espoir qu'il viendrait à son secours.

Vennor laissa échapper un gloussement amusé.

— Et cela a marché ?

Marianne rit aussi, sentant s'évaporer dans l'air nocturne le poids de ses idées chagrines.

— Non. Elle ne s'est même pas fait aborder. Pas un quolibet, rien. Quant au Vigilant, elle n'a pas même aperçu le pan de sa cape. Mais on peut la comprendre. Je ne serais pas contre faire la connaissance d'un pareil héros.

Elle se rapprocha de lui avec un sourire taquin. C'était le moment ou jamais de confier à Vennor ses derniers projets.

— Figure-toi que j'ai une idée pour avoir moi aussi ma petite aventure et faire ainsi reconnaître mes talents de journaliste auprès de mes employeurs. J'ai pensé que...

1. Au XVIIIe siècle, Covent Garden, (toponyme déformé à partir de Convent Garden, jardin maraîcher de l'abbaye de Westminster au Moyen Âge) est devenu un quartier « chaud » pourvu de nombreuses maisons closes.

Elle hésita une fraction de seconde, craignant la réaction de son compagnon, puis se jeta à l'eau :

— ... Que je pouvais essayer de démasquer le Vigilant. Avec ça, je pourrais avoir un encart en première page, non ? On ne parle que de lui, en ce moment.

Elle s'arrêta pour guetter un sourire, une expression d'approbation sur le beau visage de son compagnon. Peut-être même allait-il lui proposer de l'accompagner dans sa quête ? Mais elle en fut pour ses frais.

– As-tu perdu la tête ? explosa Vennor, stupéfait et furieux. Tu veux finir dans la rubrique des faits divers, toi aussi ? Je vois ça d'ici : « Une jeune chroniqueuse étranglée et laissée pour morte dans le caniveau... »

Marianne le dévisagea, aussi surprise que lui :

— Et moi qui espérais ton soutien !

— N'y compte pas, Marianne. C'est beaucoup trop dangereux. Cet homme a affaire à de véritables criminels, et la violence des bas-fonds n'est pas une pièce de théâtre, je te le garantis.

— Mais je serai prudente ! Je sais très bien me servir d'un pistolet. Je pourrais en emporter un avec moi...

Vennor lui étreignait maintenant les mains avec une force qui trahissait son inquiétude. Son regard plongea dans celui de Marianne, riche d'une ferveur nouvelle.

— Promets-moi que tu ne te risqueras pas dans une aventure pareille ! Tu ne connais rien de ce monde-là. Tu serais vite repérée et vite... perdue. Donne-moi ta parole, Marianne. Tu n'as pas le droit de faire ça. Pense à tes parents...

La voix de Vennor se faisait pressante. Elle vibrait d'une sonorité grave. Son étreinte se resserra autour des mains de Marianne. Il ne la lâcherait pas tant qu'elle n'aurait pas juré.

C'était son meilleur ami qui lui parlait, mais aussi quelqu'un d'autre. Quelqu'un qu'elle ne reconnaissait pas. C'était à la fois excitant et déconcertant. Une fois encore, leurs regards se nouèrent et ce fut comme si l'air autour d'eux changeait de qualité, se mettait à crépiter d'une énergie nouvelle.

Leur relation était en train de changer. Eux-mêmes étaient en train de changer. Tout à coup, la conscience qu'ils avaient l'un de l'autre n'était plus la même. Pour la première fois, depuis sa présentation dans le monde, Marianne avait peur de perdre Vennor. Leur amitié, qu'elle tenait pourtant pour acquise depuis toujours, était soudain devenue quelque chose de précieux et d'infiniment fragile.

Quand elle reprit la parole, sa voix n'était plus qu'un murmure rauque.

— Oui, c'est entendu, Vennor. Je te le promets. Je ne ferai rien d'imprudent.

3

Vennor poussa un gémissement. Tout son corps était perclus de douleurs.

Il faillit tomber en sortant de son lit, chose qui ne lui était pas arrivée depuis l'âge de deux ans ! D'ordinaire, il se levait d'un bond et vaquait à ses affaires sans y penser. Mais ce matin, c'est tout juste s'il pouvait mettre un pied devant l'autre. S'il sonnait Honeycutt, il entendait d'avance ses jérémiades. Le brave homme s'empresserait d'affirmer que c'était le signe qu'il lui fallait abandonner ses expéditions nocturnes dans les rues de Londres. Et, qu'un de ces jours, il pourrait bien en revenir avec autre chose que de simples courbatures. S'il en revenait...

Vennor haussa les épaules avec un sourire affectueux pour son vieux serviteur et boitilla jusqu'à la cuvette de porcelaine pour s'asperger le visage de bonne eau fraîche. Dieu qu'il était las ! Las de se coucher tard, las de ces nuits trop courtes, las du vide de ses journées, malgré tant d'agitation. L'homme qui le regardait dans le miroir était fatigué, lui aussi. Il avait les yeux rougis et des poches commençaient à se former sous ses yeux.

Comme il aimerait se recoucher ! Mais il y avait tant à faire. Des dossiers concernant les affaires parlementaires à étudier, un discours à préparer pour soutenir la dernière proposition de loi déposée par son père et qui était enfin sur le point d'aboutir. Un rapport de son régisseur sur les récoltes espérées pour cette année et les ensemencements à prévoir pour l'automne. Dire qu'il n'avait pas remis les pieds dans son domaine depuis la mort de ses parents !

Et puis, il y avait sa mission de Vigilant. Des paniers de nourriture à faire distribuer, des dispositions à prendre pour trouver des places d'apprentis à de jeunes garçons en âge de travailler. Tout cela en espérant que ses efforts en valaient la peine, que c'était plus qu'une simple goutte d'eau dans l'océan de la misère de Londres. Il ne pouvait pas les sauver tous, il le savait bien. Mais s'il y parvenait pour quelques-uns, il se sentirait au moins un peu utile. Il se passa nerveusement la main dans les cheveux. S'il ne s'attelait pas à la besogne, rien ne changerait jamais.

Son père, contrairement à beaucoup de ses semblables qui ne se levaient pas avant midi, consacrait sa matinée, tous les jours que Dieu fait, à s'occuper de ses affaires avec une volonté infaillible et un sérieux qui, dès l'enfance, avaient impressionné Vennor. Quand il avait hérité du duché et des devoirs qui allaient avec, il avait l'exemple de son père dans son cœur. La voie était toute tracée.

Une heure plus tard, constatant qu'il n'avait répondu qu'à une seule lettre, Vennor dut bien s'avouer vaincu. Ce matin, il n'était décidément bon à rien. Se laissant aller contre le dossier de son fauteuil, il se massa le visage du plat de ses deux mains. Impossible de rester concentré sur son travail. Il ne pensait qu'à Marianne. Marianne qui risquait de recevoir favorablement la demande en mariage de Hayes. Marianne courant les bas-fonds de Londres pour démasquer le Vigilant. Il imaginait déjà la jeune fille errant dans les rues sombres, son petit pistolet à manche de nacre dans la poche de son manteau. Doux Jésus ! Cette seule pensée lui glaçait le sang. Avec cette arme ridicule dans la poche, et poussée par son stupide entêtement, elle ne manquerait pas de se sentir invincible. Et ce serait sa perte.

Vennor repoussa sa correspondance d'une main impatiente et, pour se dégourdir les jambes, alla jusqu'à la grande fenêtre du bureau paternel. C'était surtout le caractère obstiné de la jeune fille qui le préoccupait. Il avait reconnu cette lueur qui brillait dans son regard hier soir tandis qu'elle lui exposait son plan. Elle était décidée à rencontrer le Vigilant, à l'obliger à se dévoiler. Il avait vu dans ses yeux cette même obstination triomphante le jour où elle lui avait révélé qu'elle avait répondu, bien qu'il y fût explicitement précisé qu'on y voulait un homme, à une annonce du *Gentlemen's Weekly* demandant un chroniqueur mondain. Elle avait postulé et obtenu la place. Alors, pourquoi ne pas se lancer dans cette dangereuse aventure ? La fortune ne souriait-elle pas aux audacieux ?

La veille, il l'avait évidemment désappointée en ne l'encourageant pas. Elle espérait son soutien moral, et pourquoi pas, ses conseils. Et même une aide active pour réussir dans cette entreprise qui lui permettrait de réaliser ses ambitions. Et il n'avait rien trouvé de mieux que de l'en dissuader, avec la dernière énergie ! Ce matin, il s'en sentait coupable. Après tout, il était son ami, son confident, le seul à qui elle confiait ses secrets et ses rêves. Et il l'avait laissée tomber. Il était très doué pour cela. Mais, à moins de révéler à Marianne l'identité du Vigilant, que pouvait-il faire ?

Pourtant, dans leur intérêt à tous les deux, il fallait qu'il la dissuade définitivement de se lancer dans pareille entreprise. Repoussant le rideau, Vennor jeta un regard dehors. La journée s'annonçait radieuse. Le soleil brillait et le ciel était sans nuages. D'où il était, la rue paraissait calme, soigneusement ordonnée. Tout le contraire de sa vie. Que devait-il faire, en ce qui concernait Marianne ? Il ne pouvait tout de même pas la laisser risquer sa vie en hantant les quartiers les plus dangereux de la ville en pleine nuit ? Et s'il lui révélait l'identité du Vigilant ? Cela ne réglerait pas tous les problèmes, évidemment. Quand Marianne apprendrait qu'il lui cachait depuis des années ce qu'il faisait le soir avant de la rejoindre au bal, le petit pistolet qu'elle avait dans sa poche risquait bien de se retourner contre lui ! Elle lui avait confié ses projets les plus intimes et il ne lui avait pas rendu la pareille !

Vennor fut pris d'un violent remords. La veille, il ne s'était pas comporté loyalement. Le code de l'honneur des ducs de

Cornouailles stipulait qu'on devait soutenir ses amis en toutes circonstances. Il devait au moins s'excuser auprès de Marianne. Laissant retomber le rideau, il consulta sa montre de gousset. Il était encore tôt pour les visites, mais Treleven Place était une maison dans laquelle il se savait toujours le bienvenu.

Il dévala l'escalier et traversa le hall impeccable et glacé avec son dallage noir et blanc et ses consoles ornementales dépourvues de la moindre trace de poussière. Le miroir allongé qui ornait le portemanteau, un lourd ouvrage rococo encadré de bronze ouvragé, lui renvoya l'image d'un étranger, pâle comme la mort et, tandis qu'il enfilait son manteau, aussi raide qu'un pantin. Grand Dieu ! Cette maison ressemblait à un mausolée. Tout y était d'un goût parfait, décoré comme un musée… mais sans vie. Il aurait tout aussi bien pu n'être qu'un invité de passage ou un simple acteur dans un décor de théâtre.

Jetant un regard autour de lui, Vennor vit l'endroit d'un œil neuf. Le luxe et la propreté ne suffisaient pas à conférer à une demeure son charme et son confort. Encore moins à donner l'impression à celui qui l'habitait d'être chez lui. Sa mère avait su donner à Newlyn House cette atmosphère-là. Quand la maison l'avait-elle perdue ?

Honeycutt, qui, entendant du bruit du fond de son office, l'avait rejoint à pas pressés, lui tendit son chapeau et sa canne. Le vieux serviteur était aussi impeccable et stylé que le hall de la vaste demeure. À peine un peu plus vivant.

— Puis-je demander où Votre Grâce compte se rendre ? Devons-nous l'attendre pour le déjeuner ?

— Simple visite à Miss Treleven, dit Vennor en ajustant son manteau. Je serai là pour midi.

— Parfait, Votre Grâce.

Honeycutt eut un petit hochement satisfait, comme si la réponse n'était pas une surprise pour lui et qu'elle lui convenait.

Le hall de Treleven Place, quant à lui, n'avait rien d'un tombeau, se disait Vennor en confiant sa canne et son chapeau au valet de pied.

Les lieux étaient de dimensions plus retreintes qu'à Newlyn House mais plus lumineux et infiniment plus vivants. Un grand vase de cristal rempli de fleurs multicolores ornait la grande table occupant le milieu du hall et les rayons du soleil entraient à flots par la jolie verrière en imposte au-dessus de la porte d'entrée. Un grand tapis persan et des murs d'un joli jaune tendre ajoutaient à l'atmosphère chaleureuse de la pièce. Vennor appréciait sous ses bottes la surface bien cirée d'un parquet au point de Hongrie à la chaude couleur de miel.

— Vennor, mon cher garçon, comme c'est gentil à vous de nous rendre visite !

Lady Treleven, aussi rousse, mince et ravissante que ses six filles, se précipitait vers lui, les mains tendues.

Elle l'embrassa affectueusement et ajouta sans reprendre son souffle :

— Marianne est en haut dans la bibliothèque. Voulez-vous que je vous y conduise ? C'est bien elle que vous venez voir, n'est-ce pas ?

Passant familièrement son bras sous le sien, la charmante femme le mena vers l'escalier tout en lui déversant à l'oreille le flot des dernières nouvelles. C'était d'elle, à coup sûr, que Marianne tenait cette curiosité pour les affaires du monde.

Cette pensée le fit sourire tandis que, bercé par cet aimable bavardage, il gravissait les marches jusqu'à l'étage supérieur. C'était bien pour cela qu'il était venu, du moins en partie. Pour se retrouver dans un endroit où il se sentait comme à la maison, un endroit où personne ne le jugeait, où il n'était pas avant toute chose Sa Grâce le duc de Newlyn. Un endroit où personne n'attendait qu'il prenne des décisions. Il avait passé beaucoup de temps chez les Treleven, en Cornouailles, quand il était enfant, au milieu du caquetage joyeux des six filles, dans une atmosphère bon enfant et aimante. Peut-être ses propres parents le laissaient-ils fréquenter cette aimable maison pour compenser le fait qu'il était lui-même un enfant unique ? Jamais il n'aurait imaginé que ce foyer de substitution lui serait si indispensable, maintenant que le duc et la duchesse n'étaient plus là.

Lady Treleven ouvrit doucement la porte de la bibliothèque.

— Marianne, ma chérie ! Regarde qui est là ! annonça-t-elle d'un ton enjoué. Quelle bonne surprise, n'est-ce pas !

Mais Marianne ne semblait pas apprécier autant que sa mère cette intrusion. Vennor le comprit tout de suite. Elle sursauta puis jeta un regard effaré aux coupures de presse étalées devant elle.

— Vennor ! Mais... Que fais-tu là ?

Il saisit la tension qui faisait vibrer sa voix tandis que, quittant précipitamment sa chaise, elle venait vers eux. À moins qu'elle ne s'empresse de s'éloigner de sa table ? Il était prêt à parier qu'elle désirait lui cacher quelque chose. La curiosité de Vennor s'accrut.

— Je passais dans le quartier et je me suis dit que je pouvais faire un saut..., expliqua-t-il en se dirigeant vers le bureau malgré la main qui le tirait en arrière.

Que diable voulait-elle qu'il ne voie pas ?

— Je vais vous faire apporter du thé, proposa Lady Treleven de sa voix affable. Je suis sûre que tu n'as encore rien mangé ce matin, Vennor. Ou alors, que tu as encore faim... Adolescent, tu avais toujours faim. Si vous voulez bien m'excuser, ajouta-t-elle avec un sourire, j'ai une réunion de mon comité de bienfaisance chez Lady Bretton.

Vennor attendit que le bruit des pas de Lady Treleven se fût éteint dans l'escalier avant de passer à l'offensive.

— Tiens, tiens, mais qu'avons-nous là ? s'exclama-t-il en s'emparant vivement de quelques coupures de journal.

— Donne-moi ça tout de suite !

Marianne fit le geste d'arracher les documents mais Vennor les agitait très haut devant elle avec un grand rire. Soudain, ils étaient de nouveau adolescents, ne vivant plus que pour l'instant. Vennor contourna la table d'un bond, riant toujours.

— Donne-moi ça, Vennor. Sinon, je dis à Lady Lester que tu tiens absolument à danser avec toutes ses filles au prochain bal

Elle passa de nouveau à l'attaque, ses beaux yeux sombres lançant des éclairs. Elle avait oublié toutes ses bonnes manières, et elle parvint enfin à le coincer contre un mur, pressant ses petits seins ronds contre son torse.

— Tu n'oserais pas faire une chose pareille, haleta-t-il, le souffle soudain coupé par la douce menace des seins de la jeune fille autant que par la perspective de devoir inviter à danser les cinq filles de Lady Lester.

C'est que la menace était de taille ! Les filles de Lady Lester étaient de vraies haridelles. Et avec cela bavardes comme des pies. La plaie de toutes les salles de bal.

— Ne me provoque pas, Vennor. Tu sais ce dont je suis capable. Donne-moi ça tout de suite.

Marianne tendit la main vers les papiers avec une lueur féroce dans le regard. Et, en effet, il savait ce dont elle était capable. Un été, quand, le cherchant partout dans le domaine, elle s'était aperçue qu'il avait été nager sans elle, elle avait jeté ses vêtements dans la rivière. Il avait dû rentrer pieds nus et en caleçon, à la grande joie des petits paysans qu'ils avaient rencontrés sur le chemin.

Il s'apprêtait à céder, tendait déjà les feuillets dont il s'était emparé à Marianne, quand son regard capta un gros titre.

Le Vigilant a mis fin à une tentative de vol sur East Docks !

D'elle-même, sa main se referma sur le poignet de la jeune fille.

— Qu'est-ce que c'est que ça ?

Mais il connaissait déjà sa réponse. Malgré la promesse qu'elle lui avait faite, Marianne était toujours à la poursuite du Vigilant. Il sentit la colère monter du fond de ses entrailles. C'était pourtant dans son propre intérêt qu'il avait arraché sa promesse à Marianne. Ne pouvait-elle comprendre cela ? Il ne lui avait pas fallu vingt-quatre heures pour trahir sa promesse. Elle n'avait jamais eu l'intention de s'y tenir, c'était évident.

— Marianne, gronda-t-il, ne te souviens-tu pas de ce que tu m'as promis ?

Ni l'un ni l'autre ne plaisantaient plus, maintenant. Les mots sortaient de la bouche de Vennor comme des projectiles, offensifs et violents. Marianne pâlit, apeurée ou coupable.

D'une certaine manière, trahir une promesse était plus grave que de mentir. Surtout quand il s'agissait d'une promesse faite à Vennor. Marianne, horriblement gênée d'avoir été prise sur le fait, sentit le sang lui monter au visage.

— Je te jure que je ne faisais rien de mal. Pourchasser le Vigilant depuis ma bibliothèque n'a rien de bien dangereux.

Tout en parlant, elle tortillait une mèche de ses cheveux autour de son index.

— Dans ce cas, si tu jouais au détective en chambre, pourquoi te cachais-tu ?

Le regard bleu de Vennor était horriblement pénétrant. Marianne ne baissa pas les yeux. Elle n'était plus une petite fille. Les dix années qui les séparaient n'étaient plus un fossé insurmontable. En atteignant l'âge adulte, elle était devenue son égale, passant du statut de camarade à celui d'amie. Pourtant, en ce moment, il était facile de l'oublier. Quand ils étaient si proches l'un de l'autre, la sensation nouvelle qu'ils avaient de leurs deux corps faussait le jeu. Elle devenait soudain plus consciente de la haute taille de son compagnon, de la largeur de ses épaules, de sa force aussi, quand il manifestait ainsi sa colère.

— C'est ce que tu as l'intention de faire du résultat de ton enquête qui pose un problème, Marianne. Il est évident que tu n'as pas l'intention de garder dans cette pièce les informations que tu as obtenues.

La perspicacité de Vennor, qu'elle appréciait tant d'ordinaire, devenait franchement gênante. Et il ne bluffait pas.

— Comment le sais-tu ?

— Quand tu veux cacher quelque chose, tu tripotes toujours tes cheveux comme une gamine.

Il ajouta avec un sourire d'excuse :

— Désolé, voilà l'un des inconvénients de trop bien se connaître.

Son sourire détendit un peu l'atmosphère, et l'arrivée du thé accompagné de délicieux sandwichs au concombre, les préférés de Vennor, paracheva le tout.

Tandis qu'ils s'installaient l'un en face de l'autre autour d'une petite table dans le bow-window inondé de soleil, Marianne songea que jamais un individu comme le vicomte Hayes ne la connaîtrait aussi bien que Vennor. En épousant ce quasi-inconnu, tout ce qu'elle était, tous les souvenirs, les bons moments, les plaisanteries qu'elle échangeait depuis toujours avec son ami d'enfance et qui faisait la richesse de leurs relations, serait à jamais perdu.

Une partie d'elle-même, de sa vie, disparaîtrait pour toujours.

Marianne poussa un soupir et entreprit de servir le thé en veillant à respecter le goût de son hôte pour les douceurs : deux carrés de sucre et un nuage de lait.

— Je n'avais pas l'intention de te mentir, Vennor. Mais tu insistais tellement ... Avec une telle virulence...

Elle lui passa la tasse de porcelaine ornée de violettes, qui tinta sur sa soucoupe tant sa main tremblait. Puis elle reprit :

— D'habitude, je sais que je peux compter sur tes encouragements. Mais là, pas question. Alors, qu'étais-je censée faire ? Je n'allais tout de même pas abandonner ! Faire du journalisme est mon rêve depuis toujours ! Il fallait que je me lance dans cette aventure, que cela te plaise ou non.

Elle but une gorgée de thé sans quitter Vennor des yeux. Elle pouvait se passer de son aide, mais il fallait qu'il comprenne.

— Pourquoi ? demanda-t-il simplement. Tu choisis là un chemin bien ingrat pour une femme.

Marianne aurait voulu lui répondre de manière aussi simple. Mais, dans leur monde, en ce qui concernait l'avenir d'une jeune fille, rien n'était simple.

— C'est ma dernière chance, Ven'. J'en suis tout de même à ma troisième Saison. Et elle avait à peine commencé que j'avais un vicomte à mes pieds. Le refuser et me mettre de nouveau sur les rangs pour une quatrième Saison susciterait des commentaires. Et pas tous bienveillants, je te le garantis. Sans compter les dépenses que cela entraîne chaque année pour mes parents.

Ils s'étaient montrés plus que généreux et compréhensifs à son égard mais sa mère avait laissé clairement entendre que leur patience arrivait à son terme. Une fille qui n'était toujours pas mariée, ou du moins fiancée, après trois Saisons, c'était un peu comme un mauvais cheval. On la soupçonnerait nécessairement de quelque vice de conformation ou de caractère.

— Rassure-toi. Si je ne parviens pas à faire un coup d'éclat avec mes articles cette année, je sais que mon avenir est tout tracé : le mariage, comme les autres filles.

Telle était la conclusion à laquelle elle avait abouti la veille au soir. Elle avait tourné et retourné dans sa tête la mise en garde de Vennor, puis avait conclu qu'elle passerait outre.

Le regard de Vennor s'attendrit et elle secoua la tête.

— Je ne veux pas de ta pitié, Ven'. Tel est le sort réservé aux femmes, tu le sais bien. Notre statut nous laisse fort peu de choix. Le mariage ou la marginalité. Même les fils cadets ont plus de liberté qu'une fille pour mener leur vie comme bon leur semble.

Vennor, qui était resté un moment songeur, l'interrompit.

— Ce n'est pas de la pitié, Marianne. Plutôt de la sympathie. J'aimerais tellement que le monde soit différent pour les femmes. Ça viendra peut-être un jour. Mais, pour l'heure, cela ne résout pas ton problème... Mais pourquoi le Vigilant ? Pourquoi prendre comme sujet pour tes articles un homme qui passe son temps à fréquenter des brutes et des truands ? Un tel homme peut ne pas avoir tout son bon sens. Ne pourrais-tu trouver un héros un peu plus fréquentable ? Quelqu'un qui vit moins dangereusement.

Marianne secoua la tête. Elle avait déjà eu bien du mal à trouver cette idée. Et ce héros-là était si généreux, si fascinant !

— Je suis certaine que tu te trompes, Ven'. Le Vigilant ne peut être que quelqu'un de bon et de charitable. C'est un homme qui aime vraiment son prochain.

Tout en parlant, elle examinait son interlocuteur d'un œil attentif. S'il la connaissait bien, elle pouvait en dire autant. Il était rare qu'il se permette de juger aussi sévèrement autrui. Il faisait toujours preuve de mesure et de tolérance. C'était une des raisons pour lesquelles elle l'appréciait tant. Mais elle ne voyait rien qui expliquât un jugement aussi excessif si ce n'était son inquiétude pour elle.

— Tu t'es bâti un roman à son propos, comme la plupart de ces dames, ironisa Vennor avec un sourire moqueur.

— Absolument pas, décréta Marianne d'une voix nette. Veux-tu que je te montre ?

Elle reposa sa tasse de thé sur le guéridon et lui tendit la main.

S'approchant de la table, Vennor embrassa du regard la

longue kyrielle de coupures de presse qui s'y alignaient, dont les premières dataient de trois ans. Visiblement, la jeune fille avait bien tiré profit de sa matinée, les classant dans un ordre chronologique et soulignant certaines parties du texte.

Il parcourut les gros titres tandis qu'elle lui parlait.

L'homme masqué a évité l'agression d'une jeune fille.

L'homme masqué a encore frappé.

— Il s'agit là des premiers faits, expliquait Marianne, les joues rosies par l'excitation. Il n'avait pas encore adopté de routine particulière.

Elle le guida le long de la table en montrant d'autres coupures du doigt.

— Regarde ! « Le Vigilant patrouille dans Covent Garden. », « Le Vigilant fait sa tournée dans East Docks ! » « Hier soir, le Vigilant a été vu à Seven Dials ! » À partir de cette date, l'inconnu masqué a quitté Mayfair, concentrant ses maraudes sur les quartiers dangereux.

Le regard de Vennor quitta les articles pour se porter sur le visage de sa compagne. Ses yeux brillaient d'un feu sombre, son teint était tout animé par la passion de son sujet. Comme elle était belle dans son enthousiasme ! Pour la première fois, il la voyait comme la brillante journaliste qu'elle pouvait devenir.

— Il y en a qui spéculent déjà sur l'identité du Vigilant !

Marianne s'empara d'une coupure de presse pour illustrer ses dires.

— D'aucuns prétendent qu'il est lui-même un criminel désireux de régler ses comptes, d'autres disent qu'il s'agit d'un homme du monde...

Elle s'interrompit, légèrement haletante, puis lâcha tout à trac :

— Mais moi, je suis sûre que ce n'est pas seulement un redresseur de torts. C'est un révolutionnaire !

Vennor avait déjà vu Marianne se passionner pour une cause. Par exemple le jour où, à l'âge de six ans, elle l'avait supplié de soigner un oiseau blessé. Ou lorsque, à Porth Karrek, elle avait décidé de faire du porte à porte pour offrir des paniers de Noël aux mineurs. Mais jamais il ne l'avait vue ainsi, portée à la fois par l'enthousiasme et la raison. C'était impressionnant, vraiment. Elle était impressionnante. Pas étonnant qu'elle se sente frustrée. Si on lui en donnait la possibilité, elle ferait une formidable journaliste.

S'interrompant, Marianne le regarda, les yeux ronds.

— Qu'y a-t-il, Ven' ? Pourquoi me regardes-tu comme cela ? Ai-je de la sauce au concombre sur la joue ?

— Non, non, j'étais simplement pris par ce que tu disais, bafouilla Vennor, pris au dépourvu. Vas-y, continue. Tu estimais que notre champion devait être un révolutionnaire. Qu'est-ce qui te fais dire cela ?

Il était impatient de l'entendre disserter sur la question, non sans apprécier l'ironie de la situation. Il était bien placé pour savoir qu'il n'avait rien d'un révolutionnaire. Il n'était qu'un homme épris de justice, un homme désireux de rendre son sens à un monde qui, pour lui, avait basculé dans un horrible chaos trois ans plus tôt, quand on avait retrouvé ses parents sauvagement assassinés. Un homme qui ne savait plus qui il était et qui se cachait derrière un masque.

— Le fait qu'il applique sa propre loi. Il ne respecte aucune classe plus qu'une autre. Il protège le pauvre et l'opprimé quand personne ne s'en charge. Dans les lieux où il sévit, tout le monde sait que l'on ne rencontre pas souvent les forces de l'ordre. La nuit dernière, il a sauvé une fille de joie agressée par des voyous. Là où le monde ne voit qu'une prostituée, lui, il a vu un être humain. Il l'a défendue parce qu'elle en avait besoin, sans se préoccuper de sa naissance.

Marianne fit une pause, les yeux pleins de flammes.

— Laisse-moi te demander ceci, Ven'. As-tu vu un seul de ces gentlemen qui me font la cour se donner la peine d'en faire autant, ne serait-ce qu'une seule fois ? Bien sûr, je suis convaincue que, si j'étais dans ce genre de situation, Lord Hayes ne manquerait pas d'intervenir. Mais c'est parce que nous appartenons au même monde. Il n'aurait pas jeté un second regard sur la pauvre fille de joie. Se serait-il seulement aperçu qu'elle était agressée ? Voici ce que je pense, Vennor : si le Vigilant n'avait pas été là, personne ne se serait donné la peine de venir à son secours, tout simplement parce qu'elle n'est pas des nôtres.

— Je vois que tu lui portes une grande admiration, fit remarquer simplement Vennor quand elle eut terminé.

— Plus que cela, rectifia Marianne. Je l'envie. Lui au moins a un but dans la vie. Comme toi et comme les autres ducs de Cornouailles.

Vennor eut un sourire crispé. Les ducs de Cornouailles, son petit cercle d'amis de pères en fils, avaient un but dans la vie. Lui, non. Marianne lui accordait trop de crédit. Mais elle lui fournissait également un argument pour l'empêcher de commettre des imprudences. Si elle se refusait à abandonner ses recherches sur le Vigilant dans son propre intérêt, peut-être le ferait-elle dans l'intérêt du Vigilant lui-même ?

— Je ne comprends pas, Marianne. Si tu l'admires à ce point, pourquoi veux-tu révéler son identité ? C'est le meilleur moyen de réduire ses efforts à néant, non ?

— Un héros mérite la reconnaissance de tous, rétorqua Marianne en rassemblant les coupures de journaux dans l'ordre. Cela pourrait même attirer l'intérêt de quelques bienfaiteurs...

Vennor soupira. Il ne manquerait plus que cela ! Que deviendrait sa cause ? Cela créerait un véritable scandale, sans compter que les rois de la pègre, furieux de voir leur industrie largement compromise, risquaient bien de ne pas se laisser faire.

Dis-lui, murmura sa conscience à son oreille. Révèle-lui la véritable identité du Vigilant. Elle n'osera jamais te mettre en danger.

Mais Marianne serait furieuse qu'il lui ait caché cette facette de son personnage. Elle avait horreur des cachotteries et cela risquait bien de ruiner ses plans de carrière. Et puis, il n'en avait encore rien dit à ses meilleurs amis, Inigo, Eaton et Cassian. S'il se démasquait, peut-être devrait-il leur en parler d'abord ? Et comment s'y prendre. Il s'imaginait mal assénant ce genre de nouvelle au détour d'une conversation. Quoi qu'il en soit, il était difficile de laisser passer une telle opportunité. Il devait parler à Marianne. Ce matin, elle s'était confiée à lui avec son honnêteté habituelle, lui avait confié ses réticences à se marier, révélé ses ambitions. Il avait fallu bien du courage à la jeune fille pour aborder un sujet sur lequel elle savait qu'ils risquaient de s'opposer. Elle ne comprendrait pas qu'il n'en fasse pas de même.

Vennor se ressaisit. Sauf qu'il n'était pas venu pour cela. Il était venu pour s'excuser et il ne l'avait pas encore fait.

Il lui tendit les dernières coupures.

— Tu es très douée dans ton travail, Marianne. Bien meilleure qu'un simple chroniqueur. Je tiens à ce que tu le saches. Je veux que tu saches également que je crois en toi, même si je désapprouve totalement ton projet de démasquer le Vigilant. Je comprends très bien pourquoi tu veux le faire. Toutes ces dames ne parlent que de lui. Mais tu cours un vrai danger et si tu finis par le trouver, je veux que tu prennes conscience des conséquences dramatiques que cela peut avoir pour lui aussi.

Marianne hocha lentement la tête.

– J'ai une idée, dit-elle enfin après un temps de réflexion. Et si je ne révélais pas son identité ? Si je me contentais de quelques interviews ? Cela me permettrait de démontrer à mon chef de rédaction que je peux mieux faire que la rubrique des chiens écrasés.

— Il faudrait malgré tout que tu le trouves, cet homme, et ça suffit pour te mettre en danger.

En temps normal, Vennor aurait applaudi des deux mains la ténacité et l'esprit d'entreprise de Marianne. Mais pas ce matin. Il souhaitait de tout son cœur qu'une autre urgence puisse la distraire de son objectif.

Il s'écarta du soleil, qui emplissait maintenant toute la pièce d'une chaude lumière. La maison de ville des Treleven n'avait rien à voir avec sa propre demeure, si élégante et si froide. Personne ne semblait vivre vraiment à Newlyn House. Lui-même ne s'y sentait pas vivant. Il était grand temps de changer tout ça. Et si quelqu'un pouvait y parvenir, c'était certainement Marianne. Il tendit la main vers elle.

— Viens te promener avec moi, veux-tu ? J'ai pris la calèche et le temps est magnifique. J'ai une proposition à te faire.

4

S'abandonnant contre le confortable dossier de cuir, Marianne laissa la brise baigner son visage d'une fraîche caresse. Prendre un peu l'air était une bonne idée, finalement. Et se retrouver en tête à tête avec Vennor, sans les contraintes de la société, ne lui arrivait plus si souvent. La soirée de la veille avait été… différente. Si elle agréait la demande de Lord Hayes, tout changerait. À commencer par ces promenades au Park dans la voiture de Vennor, dans une atmosphère d'amitié complice. Plus de confidences en tête à tête auprès d'une fontaine, plus de disputes dans la bibliothèque. Un chapitre de sa vie se refermerait définitivement.

Elle sentit la botte de Vennor taquiner le bout de sa chaussure.

— À quoi penses-tu, Marianne ? Tu parais très loin d'ici.

— Une jeune fille ne peut-elle profiter tranquillement du beau temps sans éveiller la curiosité ? rétorqua Marianne en lui glissant un regard taquin sous le rebord de son chapeau de paille.

— Je serais tout prêt à le croire… mais tu avais l'air de réfléchir. Et ça n'est jamais bon signe.

Il lui rendit son sourire et il avait l'air si gamin, il était si séduisant avec ses cheveux blonds retroussés par la brise et son beau regard bleu que le cœur de Marianne s'accéléra. Quel beau mari il ferait pour celle qu'il aurait choisie ! Rien d'étonnant à ce qu'il soit si demandé dans tous les bals.

Le plus étonnant, songeait Marianne tandis que la calèche franchissait les grilles du Park, c'était qu'elle n'avait jamais vraiment remarqué l'angle ferme de la mâchoire de son compagnon, la fossette qui creusait son menton, la lumière bleue qui émanait de ses yeux. Et puis, il y avait ces fines lignes qui commençaient à se former à leur angle, qui se plissaient quand il souriait. Tout à fait irrésistibles ! Et la preuve tangible qu'ils n'étaient plus des enfants. Elle allait avoir vingt et un ans dans quelques semaines, et lui en aurait donc trente-deux au mois d'août. Il n'y avait certainement plus rien d'enfantin chez Vennor Penlerick. C'était un homme fait, un adulte dans toute sa superbe maturité. Était-ce ainsi que les autres femmes le voyaient ? Comme un... homme séduisant ? Un cœur à conquérir ?

Marianne soupira.

— J'étais en train de penser que c'est probablement notre dernière Saison. J'épouserai sans doute Lord Hayes ou l'un de ses pareils et tu vas devoir toi aussi te marier. Tu as trente-deux ans, Ven'. Nous avons repoussé l'échéance autant que possible, tous les deux. Tous les autres sont mariés.

Il se tourna vers elle, les sourcils froncés.

— Je croyais que tu n'étais pas sûre de vouloir fonder une famille. Pas tout de suite, du moins ?

— Je n'en suis pas du tout sûre, en effet, répondit Marianne, réfléchissant à voix haute. C'est juste que toutes mes sœurs sont parties, ou presque. La maison de Londres est terriblement vide.

— Il reste les jumelles, lui rappela Vennor.

Elle secoua la tête.

— Ce n'est pas pareil.

Les jumelles, Isabella et Catherine, vivaient toujours avec leurs parents, bien sûr, et ne feraient pas leurs débuts avant deux bonnes années. Il y avait une différence d'âge de cinq années entre elles et Marianne, et elle n'avait jamais pu créer avec elles la même complicité qu'avec ses sœurs aînées.

— Mes sœurs aînées me manquent, expliqua-t-elle. Non que je ne puisse aller leur rendre visite quand j'en ai envie quand nous sommes en Cornouailles. Ce n'est pas une question de distance... C'est difficile à expliquer. Je passe un bon moment avec elles, avec leur famille, mais nous ne partageons plus rien réellement. Leurs vies appartiennent à d'autres, maintenant.

Pour être tout à fait honnête, j'en veux un peu à leur mari et à leurs enfants de me les avoir prises.

Elle laissa échapper un nouveau soupir de frustration puis reprit :

— Parfois, je me demande si la demande en mariage de Lord Hayes n'est pas le meilleur moyen d'imiter mes sœurs et de les retrouver un peu. De ne plus être seule... N'éprouves-tu pas la même chose, Ven' ? Tes trois meilleurs amis sont mariés et...

Ils devaient lui manquer aussi, n'est-ce pas ?

Vennor gara son cabriolet le long du bord de l'allée et serra le frein.

— Oui, ils me manquent, en effet, et je suis un peu jaloux de leurs femmes et de leurs enfants.

Sautant de son siège, il contourna le léger véhicule pour aider Marianne à descendre. Était-ce un effet de son imagination ? Il lui sembla que les mains de son compagnon s'attardaient un peu plus longtemps qu'il n'était nécessaire sur sa taille. Ils restèrent ainsi l'un contre l'autre, protégés de la vue des passants par leur véhicule, sa jupe frôlant les bottes de Vennor, son cœur battant la chamade comme il l'avait fait la veille au soir et les yeux du jeune homme plantés fermement dans les siens comme deux flammes bleues. Décidément, cette réaction étonnante en face de son vieux camarade devenait une nouvelle habitude.

Marianne sentit les mains de Vennor resserrer encore leur étreinte et elle prit soudain conscience du silence autour d'eux, du chant lointain des oiseaux, du murmure de la rivière le long de la berge.

— Que tes sœurs te manquent, que tu désires ce qu'elles ont, n'est peut-être pas une raison suffisante pour te lancer dans le mariage la tête la première, Marianne. Pas plus que moi simplement pour remplir la nurserie du château... Je t'en prie, insista-t-il d'une voix basse et mélodieuse, ne te marie pas simplement pour faire plaisir à tes parents. Ni pour faire comme tout le monde, parce qu'il le faut.

Il caressa la joue de Marianne du dos de la main, et elle fut traversée d'un délicieux frisson. En dépit des secrets qu'ils avaient partagés pendant toutes ces années, de toutes les confidences qu'ils s'étaient faites, jamais il ne lui avait parlé ainsi, jamais ils n'avaient échangé un tel regard.

— ... Tu es trop précieuse pour te lancer ainsi à la tête du premier venu. Promets-moi que tu ne feras pas de bêtise.

Elle fut tentée de plaisanter, de répliquer : « Tu exiges beaucoup de promesses de moi, ces derniers temps. »

Mais la lueur qui brillait dans le regard de Vennor l'en empêcha. L'heure était grave et son compagnon parlait sérieusement.

— Tu veux dire, si la personne en question ne fait pas battre mon cœur plus vite ? Si le candidat ne correspond pas à l'image dont j'avais rêvé ? C'est cela ?

— Oui, c'est cela, Marianne, murmura Vennor contre sa joue. Dans ce cas, il ne faut pas te marier.

Marianne ferma les yeux. Si seulement elle pouvait suivre son conseil ! N'était-ce pas ce que lui soufflait son propre cœur ?

— Mes parents n'aimeraient pas t'entendre me dire une chose pareille, Vennor. Ma mère a été assez claire sur la question. Ils ont toléré assez longtemps mon envie de prendre mon temps. Si ma mémoire est bonne, mère a dit en ces termes : « Cette année, ma fille, j'espère que tu as grandi un peu et que tu en as fini avec les caprices et les enfantillages. Le prince charmant n'existe pas et il faudra te contenter de ce qui en approche au plus près. »

L'heure était venue pour elle de se conformer aux règles, elle qui avait grandi avec un esprit si anticonformiste. Elle qui s'était toujours sentie comme le vilain petite canard au milieu d'une magnifique portée de cygnes. Elle avait des goûts pour l'écriture alors que ses sœurs étaient toutes musiciennes. Elle aimait les ors et les fastes de la Saison londonienne alors que ses aînées ne se sentaient bien qu'au milieu des embruns et du cri des mouettes. Dans son milieu, on ne tolérait l'originalité que jusqu'à un certain point, et il semblerait que, cette fois, elle ait atteint les limites.

— Ah ! dit simplement Vennor sur un ton qui en disait long, puis il ajouta après un silence :

— Il semblerait que, cette année, tu ne sois pas la seule à devoir franchir le Rubicon.

Une lueur traversa son regard, excitante et exaspérante à la fois. Que voulait-il dire ? Bah ! Elle y réfléchirait plus tard. Elle ne voulait pas se laisser distraire de la conversation.

Marianne recula d'un pas.

— Mais je ne crois pas que tu voulais me parler de cela en m'amenant ici, n'est-ce pas ? Tu voulais me faire une proposition ?

— Oui, je voulais te parler de quelque chose que j'aurais dû aborder avec toi depuis longtemps...

Le cœur de Marianne manqua un battement. Elle crut une fraction de seconde qu'il voulait faire sa demande, lui aussi. Pour la protéger ?

— ... Accepterais-tu de m'aider à vider la maison des affaires de mes parents ? J'aurais dû m'en occuper depuis longtemps... Mais je n'en ai jamais eu le courage.

Il voulait qu'elle l'aide à ranger Newlyn House ? À faire de la demeure dont il avait hérité son véritable foyer ? Marianne battit des paupières. Au diable ses idées romanesques de demande en mariage ! Il lui fallut un certain temps pour se ressaisir et ravaler sa... Ravaler quoi ? Sa déception ? S'était-elle vraiment attendue à ce que Vennor la demande en mariage ? Le désirait-elle ? Était-ce la raison pour laquelle son cœur battait plus vite ?

L'hypothèse était complètement absurde. D'abord, parce qu'ils étaient amis depuis toujours. Les amis ne se mariaient pas ensemble. Ils étaient complices, solidaires. Et c'était déjà beaucoup.

— Avec plaisir, assura-t-elle d'une voix douce. Je viendrai avec ma mère. Elle nous sera d'une aide inestimable.

Elle était parfaitement consciente du privilège que lui faisait Vennor en la laissant pénétrer dans ce qui était devenu un sanctuaire à la mémoire de ses parents défunts. Quand le duc et la duchesse de Newlyn étaient morts, il n'avait autorisé personne à l'aider à faire son deuil. Qu'il lui demande un service aussi intime maintenant était une preuve de la grande amitié qu'il avait pour elle, de sa confiance. Elle devait s'en réjouir.

— C'est là un grand pas en avant, Ven'. Pourquoi maintenant ?

En dépit de son sourire, il y avait un pli amer au coin des lèvres de Vennor. Quoi que ce soit qui ait pu motiver sa décision, elle n'avait pas dû être facile à prendre. Et il luttait toujours pour l'assumer.

Il eut un léger haussement d'épaules.

— Simple fièvre printanière, je suppose. C'est la saison du renouveau, expliqua-t-il avec un geste vague en direction des arbres dont les branches lançaient vers le ciel bleu leurs bouquets de feuilles tendres. Bourgeons, arbres en fleurs… Si nous étions à la campagne, nous pourrions ajouter à la liste les agneaux et les poulains galopant dans les prés. Le renouveau est partout sauf dans ma maison. Je l'ai regardée ce matin avec un œil neuf, vraiment regardée, et je me suis aperçu que ce n'était plus un foyer. Ma maison a besoin de renaître à la vie, Marianne. Et tout seul, je me sens incapable de faire cela.

Il y avait autre chose, Marianne en était sûre. Mais elle se garda d'insister. Vennor en dirait davantage quand il se sentirait prêt. Il venait de prendre une décision difficile mais nécessaire. Elle ferait de son mieux pour l'aider à franchir ce cap. Elle voulait retrouver le Vennor de ses souvenirs, rieur et heureux de vivre. Qu'il quitte ce masque poli et froid dont il se protégeait maintenant devant le reste du monde.

Elle lui pressa affectueusement la main.

— Tu peux compter sur nous, Ven'. Maman et moi, nous passerons dans l'après-midi.

5

Il était venu rendre visite à Miss Treleven, et elle avait l'audace de ne pas être là. De rage, Justin Moore, le cinquième vicomte Hayes, fouetta violemment son pantalon au pli impeccable avec le bouquet de fleurs dont il avait fait l'emplette pour l'occasion. Des pétales roses et blancs s'éparpillèrent sur le trottoir. Si encore elle s'était absentée pour faire des achats ! Les femmes ne vivaient que pour ça, après tout. Mais non ! Cette petite niaise était sortie se promener au Park en compagnie de Sa Grâce, le duc de Newlyn.

Et ça, non, il ne saurait le tolérer.

Hayes appela son cocher et lui lança d'une voix sèche une adresse sur les Docks. Là, au moins, il recevrait un accueil chaleureux et bénéficierait d'un service empressé. Il claqua la portière du cabriolet et se laissa aller contre le dossier agréablement rembourré du léger véhicule, le cerveau agité d'un tourbillon de fureur. Il avait fait des progrès considérables auprès de Miss Treleven, ce mois-ci. On ne parlait que de cela à White's[1]. Hayes jouissait depuis quelques jours de cette extraordinaire popularité due au fait que son nom fût associé à celui de l'Incomparable, comme le cercle des soupirants de Marianne l'appelait. On avait même lancé des paris dont les mises grossissaient de jour en

1. *White's*, situé dans St. James Street, est le plus ancien club privé de Londres (1693) et probablement le plus exclusif. À l'heure actuelle, les femmes n'y sont toujours pas admises, à l'exception de la reine Elizabeth II qui y fut reçue en 1991 et en 2016.

jour. L'enjeu n'était pas de savoir si *oui* ou *non* Marianne Treleven accepterait sa demande mais *quand*. Ce qui prouvait l'intérêt porté par tout ce qui comptait à Londres à ce genre d'affaire. Du reste, les avis étaient unanimes. Il fallait bien que la Belle finisse par se marier. Après deux Saisons, elle était à son zénith et tout le monde savait qu'elle n'obtiendrait pas de meilleure offre que la proposition d'un vicomte.

Jusqu'à ce que Newlyn vienne y mettre son grain de sel ! Il était bien regrettable que le jeune duc ait soudain décidé, au début de mai, de sortir de son trou. Hayes tirailla nerveusement sur ses manchettes pour les faire dépasser avec une symétrie parfaite des manches de sa nouvelle jaquette. Au début, il n'avait pas prêté attention à la menace constituée par la présence de Newlyn. Après tout, cela faisait près d'un mois qu'il faisait sa cour auprès de la jeune Marianne, étant rentré tout spécialement de Cornouailles dès le premier jour d'ouverture de la Saison pour se mettre sur les rangs. Il faisait déjà partie des familiers de la jeune fille quand Newlyn avait fait irruption un soir de mai dans un bal, sortant enfin de sa retraite.

Mais cela faisait des années que la famille Treleven et celle des Newlyn se fréquentaient. Si Vennor prétendait à la main de la jeune fille, les occasions de le faire savoir ne lui avaient pas manqué. Le fait qu'il l'invite à danser et qu'il soupe à ses côtés les rares fois où il apparaissait dans un bal ne pouvaient être dictées que par le devoir imposé par une vieille amitié.

Non, décidément, il n'y avait aucune raison de s'inquiéter. Même si le jeune duc se comportait comme en terrain conquis. Cette façon d'inviter Marianne à se promener à Hyde Park dans *sa* voiture ! Et en tête à tête, qui plus est ! C'était tout à fait inconvenant... Tout Londres en parlerait demain, à coup sûr ! On allait se demander quelles étaient exactement les intentions du jeune homme. Et si on se le demandait, on n'allait pas manquer de remettre en question ses intentions à lui, vicomte Hayes. Ou plutôt, les chances qu'il parvienne à les mener à bien.

Impossible de laisser le doute s'installer. Si ce genre d'informations parvenait aux oreilles de ses créanciers, des gens qui avaient conditionné leurs prêts, des prêts importants à des taux astronomiques, au succès de ses espérances auprès de Miss Treleven, tout risquait de tomber à l'eau. Il avait pris ses renseignements. À en juger par la dot accordée à chacune de ses sœurs aînées, la dot de Miss Treleven ne devait pas être négligeable. Mais il avait surtout misé sur les bienfaits collatéraux, et beaucoup moins tangibles, d'une telle alliance. En épousant la jeune Treleven, il faisait une entrée discrète mais sûre dans la sphère des ducs de Cornouailles, dont l'influence était quasiment illimitée tant en région que dans la capitale. Et il était prêt à en rafler la mise, sous toutes ses formes.

Hayes serra les poings. Personne ne compromettrait des plans qu'il avait fallu trois générations pour voir aboutir. Des plans dont il avait promis le succès à son grand-père sur son lit de mort. Les Penlerick avaient assez pris aux Moore pendant des années. Il était temps qu'ils paient leur dette.

Hayes souleva discrètement le rideau de son cabriolet. Ils étaient presque arrivés. À la perspective des plaisirs qui l'attendaient chez Delilah, son bordel préféré situé sur East Docks, son sang courut plus vite dans ses veines. C'est Élise qui serait surprise de le voir ! Cela faisait deux ans, maintenant. Un lent sourire étira ses lèvres minces tandis que sa main se posait sur son membre, déjà tout excité, qu'il se mit à caresser au travers de l'étoffe de son pantalon. « Ça vient, mon garçon, du calme ! » murmura-t-il entre ses dents. Pendant les deux années passées sur le Continent, il avait ajouté pas mal de nouveaux jeux à son répertoire. Élise allait devoir mériter son argent.

Il sauta à terre sitôt son cabriolet arrêté et renvoya son cocher avec l'ordre de revenir trois heures plus tard. Pas question de risquer de se faire remarquer avec sa voiture en train de l'attendre ! L'un des principaux intérêts de fréquenter Delilah, outre son choix agréablement fourni de jouvencelles, c'était la discrétion. S'il avait voulu faire savoir au petit monde de Mayfair qu'il ne dédaignait pas les services d'une maison close, comme bon nombre de ces gentlemen, il serait resté dans son quartier. Que la bonne société le considère comme un puritain, un de ces Tories particulièrement conservateurs, servait ses intérêts. Et, en l'occurrence, son libertinage débridé n'aurait certainement pas été du goût de Jock Treleven.

En soulevant le heurtoir de la porte, Hayes s'emplit les narines d'une forte odeur de crasse et de détritus. Les East Docks n'avaient pas changé. Cela puait toujours autant. La bâtisse n'était rien d'autre qu'un vieil entrepôt reconverti en maison privée et, à l'intérieur, la décoration était plutôt sommaire. Murs de briques et sofas au velours râpé où des filles plus ou moins déshabillées étalaient leurs charmes vulgaires. Délila vint l'accueillir en personne, boudinée dans une robe de soie rouge exagérément décolletée.

— Milord, quelle bonne surprise ! Ainsi, vous voilà de retour. Dois-je faire prévenir Élise que vous montez ?

Hayes lui pinça un sein avec un petit rire.

— Oui. Et donnez-moi donc une cravache. Je suis sûr qu'elle a profité de mon absence pour faire des bêtises.

Une fois muni de son accessoire favori, il grimpa allègrement l'escalier, le sang lui battant aux tempes. Une bonne moitié de son plaisir viendrait de cette belle peau crémeuse zébrée de rouge par sa cravache. Et des cris de la fille ! Oh ! Ses cris délicieux !

Et l'autre moitié venait du fait que le monde, son monde, n'avait aucun soupçon de ses coupables penchants. Avoir une vie secrète était déjà en soi un aphrodisiaque. C'était ce genre de séances qui lui permettait de supporter ces réceptions insipides où il devait faire bonne figure devant des débutantes à la figure de porcelaine et au corps filiforme.

Arrivé devant la porte d'Élise, il fouetta ses bottes d'un bon coup de cravache. Juste pour s'entraîner.

Il se sentait renaître.

La maison avait tout du mausolée, en effet. Ce fut l'impression qu'éprouva Marianne sitôt qu'elle pénétra dans le hall de Newlyn House. Elle n'était plus venue ici depuis la veillée funèbre du défunt duc et de la duchesse. Vennor n'avait pas exagéré. On n'entendait que le claquement des talons de ses souliers de ville qui se réverbérait en échos sinistres sur le carrelage noir et blanc du hall désert. Même Honeycutt glissait devant les visiteuses sans faire de bruit, comme porté par une invisible carpette magique.

Une minute plus tôt, la porte s'était ouverte silencieusement sur le fidèle maître d'hôtel et il avait murmuré :

— Lady Treleven, Miss Treleven, quel plaisir de vous revoir ici.

Il les avait aidées à se débarrasser de leur châle et de leur chapeau, et les conduisait maintenant à l'étage tandis que Marianne enveloppait les lieux d'un regard critique. Pas un signe de vie dans l'immense salle. La vaste console de marbre installée contre le mur, près de l'entrée, brillait certes comme un miroir. Mais quoi de plus froid que du marbre ? Une longue banquette de velours ras, couleur puce, occupait le mur opposé sur lequel, hommage sans doute à d'illustres ancêtres impossibles à reconnaître, quelques tableaux noircis par les ans s'alignaient.

Et rien d'autre, pas un vase de fleurs, pas un objet familier.

Marianne échangea un regard avec sa mère et commença à dresser une liste dans sa tête. Quand Vennor vint les accueillir en haut de l'escalier, elle s'était déjà fait une petite idée des améliorations indispensables.

— Lady Treleven, vous m'honorez beaucoup. Je suis ravi que vous ayez pu venir toutes les deux. J'espère ne pas avoir dérangé vos projets pour aujourd'hui ?

Son ton était léger. Il paraissait comme à son habitude souriant et chaleureux. Mais Marianne, qui le connaissait bien, qui savait lire derrière la façade mondaine de ce parfait ami, avait déjà repéré cette petite crispation au coin des lèvres, ce regard légèrement voilé.

Son cœur se serra de compassion. Il n'avait pas été facile pour Vennor de prendre cette décision. Mais vivre ici tous les jours était aussi une épreuve. Newlyn House avait été une demeure chaleureuse et vivante, parfait reflet de ses propriétaires. Et, avec leur disparition, c'était comme si la lumière s'était éteinte. Pourtant, Marianne soupçonnait que le phénomène ne s'était pas produit d'un seul coup. C'était Vennor, prisonnier d'un cruel dilemme, qui avait accepté de se laisser enfermer dans ce qui était devenu son tombeau. Devait-il transporter au grenier tout ce qui appartenait à ses parents afin d'aller de l'avant ? Resterait-il sa vie durant l'adorateur de ces vestiges du temps passé ? D'un bonheur à jamais révolu ? Il avait finalement sauté le pas. Mais cela n'avait pas dû être chose facile.

Vennor les poussa devant lui dans un large corridor.

— J'ai pensé que nous pourrions commencer par les garde-robes. Vous saurez mieux que moi ce qu'il convient de donner aux œuvres de bienfaisance et ce dont il faut se débarrasser.

Mais Marianne, prise d'une idée soudaine, rebroussa chemin et lança à Honeycutt par-dessus la balustrade :

— S'il vous plaît, Honeycutt, envoyez quelqu'un chercher des fleurs au marché. Beaucoup de fleurs. Il en faut pour toutes les pièces de réception. À renouveler toutes les semaines, naturellement.

Honeycutt, son visage d'ordinaire impassible et stoïque frémissant d'un invisible sourire, lui adressa un petit signe de tête.

— Avec plaisir, Miss Treleven.

Puis il disparut au fond du hall.

Marianne entendit un rire bas dans son dos.

— Tu n'es pas là depuis cinq minutes, commenta Vennor, et tu donnes déjà des ordres. !

Elle lui lança un regard de défi.

— C'est bien pour cela que tu m'as fait venir, n'est-ce pas ? Je ne voudrais pas te décevoir.

Mais l'humeur légère qu'ils avaient tenté d'adopter s'évanouit sitôt qu'ils eurent ouvert la porte des appartements de la duchesse. Un flot de souvenirs les submergea, porté par le parfum familier d'eau de rose qui flottait encore dans les lieux si longtemps confinés. Les objets qui avaient appartenu à Lady Penlerick étaient dispersés ici et là, sa brosse à cheveux et ses flacons de crème sur la coiffeuse, son peignoir sur son lit. Marianne déglutit péniblement. Pas étonnant que Vennor n'ait plus jamais remis les pieds ici. La duchesse allait sortir d'un instant à l'autre de sa garde-robe et venir vers eux les mains tendues, un chaud sourire éclairant son gracieux visage.

— Maman, si cela te convient, dit Marianne à sa mère qui attendait sur le seuil, Vennor et moi allons nous occuper des appartements de la duchesse. Peut-être pourrais-tu faire les appartements du duc avec une ou deux domestiques ?

Lady Treleven s'empressa d'obtempérer, aussitôt rejointe par deux soubrettes que Honeycutt avait déjà prévu de leur envoyer.

Marianne ajouta en se tournant vers Vennor :

— Il faut que tu t'installes dans la chambre des maîtres sitôt qu'elle sera prête. C'est chez toi, maintenant.

Elle décida de commencer par les toilettes d'après-midi et du soir. La duchesse avait toujours eu un goût exquis. Ses robes étaient si bien coupées, et taillées dans des étoffes si raffinées et originales à la fois, que, trois ans plus tard, elles ne paraissaient pas démodées.

— Tu devrais faire cadeau de ces toilettes. Nous en choisirons quelques-unes pour sa femme de chambre et pour d'autres domestiques si tu le veux bien. Il serait dommage de les mettre au rebut. Quant au reste, pourquoi ne pas le revendre à un magasin de vêtements de seconde main. L'argent ira aux pauvres... Aide-moi à faire trois piles, veux-tu ?

Joignant le geste la parole, Marianne commença à faire le tri.

Maintenant qu'il avait une tâche à accomplir, Vennor commençait à se détendre.

— J'étais sûr que tu saurais m'aider. Demande-moi d'examiner des comptes d'exploitation ou de rédiger un projet de loi autant que tu veux. Mais ranger un vestiaire de femme !

Il tenta un rire qui sonna faux.

— Ne t'inquiète pas, le rassura Marianne avec un sourire encourageant. Quand il s'agit de chiffons, une femme sait toujours s'y prendre.

Elle se mit aussitôt au travail, racontant des anecdotes sur les vêtements qui s'empilaient.

— Cette robe de soie lavande, tu te souviens ? La duchesse la portait le soir de mon premier bal... Et celle-ci, la verte, elle l'avait mise pour le vernissage de l'exposition Gainsborough à Somerset House... Même en Cornouailles, quand elle nous rendait visite, j'adorais les délicieux ensembles qu'elle portait pour nos excursions en calèche.

Marianne fut enfin récompensée par un sourire.

— Merci, Marianne. Tu rends les souvenirs heureux…

Elle déposa la dernière pile de vêtements dans les bras de Vennor.

— Tant mieux. Ta mère n'aurait pas voulu que tu sois triste, Ven'.

Vennor déposa les robes à leur place sur la pile puis alla s'appuyer contre le chambranle de la porte, une mèche dans les yeux. Marianne dut se retenir de la repousser, de prendre le jeune homme dans ses bras comme une mère le ferait de son enfant. Mais elle savait qu'il ne voulait pas de sa pitié.

Il la regarda un moment sans la voir.

— Je me demande encore qui diable pouvait avoir une raison de les tuer ? Ils n'ont jamais fait de mal à personne, bien au contraire.

Marianne détestait voir la tristesse sur le beau visage de son ami. Il n'était pas fait pour le malheur.

— Les truands ne se posent pas ce genre de question… Dis-toi bien que tes parents t'aimaient profondément, Vennor. Tu as été le bonheur de leur vie.

Vennor hocha la tête en prenant le coffret à bijoux qu'elle lui tendait.

— J'aurais pu être un meilleur fils. J'aurais dû l'être.

De nouveau, il y avait cette amertume dans ses yeux, au coin de ses lèvres. Une amertume qui ne le quittait guère, depuis trois ans. La plupart des gens ne la voyait pas. Il ne la laissait pas voir. Il était si vigilant sur les émotions qu'il montrait… Même à ses amis. Surtout à ses amis, peut-être. C'était probablement la première fois depuis des années que Marianne le voyait ainsi baisser sa garde, tandis qu'ils étaient là, assis côte à côte sur le lit. Elle perçut l'honnêteté nue de ses paroles et elle fut tentée de profiter de cet instant de vulnérabilité pour voir ce qui se cachait sous cette carapace pour une fois entrouverte. Mais elle connaissait trop bien Vennor. Il n'apprécierait pas cette intrusion. Si elle insistait, elle le perdrait. Il valait mieux attendre et le laisser venir de lui-même à elle pour lui confier les raisons de sa peine. Même si l'impatience de Marianne lui objectait qu'elle avait déjà attendu trois ans. Combien de temps faudrait-il encore au jeune homme pour se confier ?

Ils s'occupèrent du coffret à bijoux en silence. Les bijoux de famille des Newlyn étaient gardés dans un coffre, à la banque. Les bagues et boucles d'oreilles qui étaient là appartenaient en propre à la duchesse et seraient rangés dans les appartements de Vennor en attendant qu'il les mette à l'abri avec les autres. Vennor referma le couvercle du coffret avec un soupir et enveloppa la vaste chambre du regard.

— Je suppose que tu devrais commander de nouveaux tissus d'ameublement pour cette pièce, n'est-ce pas ?

Il se tourna vers elle avec un sourire, mais il n'avait pas l'air convaincu.

Marianne secoua négativement la tête.

— Il vaut mieux attendre encore un peu, je crois. Ta duchesse préfèrera sans doute choisir elle-même un décor selon son goût. Tout refaire maintenant serait du gaspillage.

Vennor arqua un de ses sourcils blonds.

— *Ma* duchesse ? Essaierais-tu de nouveau de me marier, Marianne ? C'est la deuxième fois en deux jours que tu m'en parles.

Il ne riait qu'à moitié.

— Il faudra bien que tu en passes par là un jour, Vennor. Et tu le sais bien.

Marianne se tut un instant. Mais marié à qui ? Là était la vraie question. Une simple débutante ne ferait pas l'affaire. Peut-être était-ce la raison pour laquelle il montrait tant de résistance ? Personne ne retenait son attention.

— Voudrais-tu que maman te trouve quelqu'un ?

La réponse de Vennor aurait pu les faire rire tous les deux si l'heure n'était pas aussi grave.

— Comme on donne à un enfant un joujou pour le guérir de son chagrin ? Tu voudrais que je me marie sans amour ? Mes parents se sont mariés par amour. Ceux d'Inigo, de Cassian et d'Eaton aussi.

Vennor parlait avec force, comme s'il voulait se persuader que, pour lui aussi, cela ne pouvait pas se passer autrement. Mais ils savaient aussi bien l'un que l'autre que la plupart des aristocrates faisaient des mariages de raison. Ils se mariaient par devoir. C'était même le premier devoir d'un noble. Elle-même devait faire un bon mariage dans son propre intérêt, bien sûr, mais aussi dans l'intérêt de sa famille.

— Ils sont parvenus à associer les deux. Le devoir et l'amour. Peut-être pourrais-je faire de même ?

La tristesse de Vennor, son espoir confessé presque naïvement tordirent le cœur de Marianne. Oui, peut-être réussirait-il à accomplir cet exploit. Elle le lui souhaitait de tout son cœur. Les autres n'y étaient-ils pas parvenus lors de leur récent mariage ?

— Je te le souhaite de tout mon cœur, dit-elle en lui prenant la main. Mais l'amour est si difficile à rencontrer, ne trouves-tu pas ?

Elle-même n'aimait pas Lord Hayes, c'était le moins qu'on puisse dire.

Elle parcourut mentalement la liste des candidates potentielles pour cette nouvelle Saison. Il y en avait plusieurs, assez jolies, avec de bonnes références, si on pouvait parler ainsi. Mais aucune dont Vennor pût tomber passionnément amoureux. Il lui fallait quelqu'un de plus... de plus vivant. De plus authentique.

— Ven', reprit-elle après un silence, tortillant nerveusement la courtepointe entre ses mains désœuvrées, et s'il ne nous était pas donné à tous de tomber amoureux ? Si un bon mariage, raisonnable et sûr, était tout ce que nous pouvions espérer ? Ce n'est déjà pas si mal, après tout ?

Vennor secoua la tête. Un mariage raisonnable... Un mariage arrangé, en quelque sorte. C'était bien ce qui risquait de lui arriver, en effet. Sinon, il pourrait bien passer sa vie à chercher quelqu'un qui n'existait pas. Tout comme il cherchait le meurtrier de ses parents. Et s'il ne le trouvait jamais ? Et s'il ne trouvait jamais l'amour ? Si les deux choses qui comptaient vraiment pour lui lui échappaient toujours ? Quand finissait-on par se résigner à l'inévitable ? à la médiocrité ?

Alors, que répondre à Marianne ? Que cela pouvait arriver, en effet ?

— Je ne pourrai me marier que quand j'aurai trouvé leur assassin.

Marianne le regarda un instant de son beau regard intelligent.

— Et si tu ne le trouves jamais ? Cela fait déjà trois ans que tu cherches, Vennor.

Vennor poussa un soupir exaspéré.

— On croirait entendre Inigo et Cassian. Eux-aussi ne cessent de me répéter que je ferais mieux d'abandonner.

— Je n'ai jamais dit cela. Simplement, tu ne devrais pas conditionner l'un à l'autre. Cela n'a pas de sens.

Un millier d'arguments fusèrent comme un feu d'artifice dans la cervelle de Vennor.

Si, cela a un sens.

Parce que j'ignore encore qui je suis. À part ma mission de Vigilant, qu'ai-je comme but dans la vie ?

Parce que toute mon énergie est consacrée à mon enquête. Qui serais-je si j'abandonnais subitement ?

Parce que je n'ai rien offrir à une femme pour le moment. Même pas moi-même.

Parce que je ne veux pas échouer avec elle comme j'ai échoué avec mes parents.

Il avait échoué avec eux bien avant leur mort tragique en refusant les jeunes filles soigneusement choisies par sa mère, en ne prêtant aucune attention aux « candidatures » que lui présentait son père. En menant une agréable vie de dilettante sans s'investir dans les affaires de son pays ni dans celles de leur domaine.

Mais il ne pouvait confier tout cela à Marianne. C'était trop personnel, il en avait trop honte pour le formuler à voix haute. Elle ne voudrait pas y croire, elle qui voyait toujours le meilleur de lui-même.

— Inutile de poursuivre sur le sujet. Personne ne m'intéresse.

Marianne se raidit, comme prise d'une idée soudaine.

— Ven' ! Est-ce que… Est-ce que par hasard tu… tu n'aimerais pas les filles ?

Elle chuchotait, maintenant, et son visage s'était empourpré sous l'effet des propos scandaleux qu'elle tenait.

Il eut un demi-sourire.

— Mais si, mon chou, j'aime les filles.

Bien qu'il n'en ait fréquenté aucune depuis longtemps…

En voyant le beau visage animé de Marianne levé vers lui, son sourire affectueux, une autre phrase s'imposa dans son cerveau : *Je t'aime, toi.* Cette évidence le traversa. Ce n'était pas la première fois qu'il y pensait. Il avait toujours aimé Marianne, d'une manière quasi inconsciente. Il ne s'était jamais interrogé sur ce fait, n'en avait jamais examiné la raison. Ni les conséquences...

Aujourd'hui, en la voyant s'occuper de sa demeure, donner des ordres, prendre des décisions, cette prise de conscience devenait plus précise. Marianne ferait une parfaite duchesse. Et ils s'entendaient merveilleusement bien. Mais ce n'était pas le moment de creuser la question. Il était concentré sur sa mission de Vigilant, et Marianne cherchait à s'épanouir dans la voie qu'elle s'était choisie.

Il fallait garder ses distances tant que l'un et l'autre n'auraient pas réalisé leurs ambitions.

Un signal d'alarme se déclencha dans son cerveau. Et si Marianne finissait par accepter d'épouser Hayes ?

Son cœur avait manqué un battement, ce matin, en voyant Marianne évoluer avec aisance dans le hall, examinant le décor d'un œil sûr, prenant des décisions, commandant des fleurs... Elle avait su le faire rire en lui racontant des histoires, su transformer sa peine en douce nostalgie.

Et maintenant, voilà qu'elle se rapprochait de lui et... Dieu, qu'il avait envie qu'elle se rapproche ! Son parfum familier, mélange harmonieux de muguet et de vanille, lui emplissait les narines... Elle était là, tout près, sans méfiance tant ils étaient habitués l'un à l'autre.

— Tout va bien, Ven' ?

Marianne l'examinait, les sourcils froncés, soudain inquiète. Vennor n'avait qu'un geste à faire pour capturer sa bouche, vérifier d'un baiser cette soudaine attirance.

Non, il n'en avait pas le droit. Que dirait Marianne, s'il obéissait ainsi à son seul instinct. Que penserait-elle de lui ? Allait-il gâcher leur amitié sur un coup de tête ? Cette amitié était bien trop précieuse. Même si, il le sentait, elle partageait ce sentiment nouveau qui les attirait l'un vers l'autre. Contrairement aux autres, il avait moins encore à lui offrir. Comment vivrait-il si leur histoire était confrontée à l'échec. Et comment ne pourraient-ils pas échouer, chacun obsédé par le but qu'il souhaitait atteindre ?

— Ven' ?... Tu ne parais décidément pas en grande forme, aujourd'hui. Bon... Je crois que nous en avons assez fait pour le moment. Descendons voir comment Honeycutt s'en est sorti avec les fleurs.

Oui, songea Vennor en se levant. Il valait mieux descendre. Sinon, il risquait de perdre son contrôle, là, dans la chambre de sa mère.

6

Pendant leur absence, le printemps avait brusquement envahi le hall. Des vases remplis de jonquilles jaune vif et de tulipes multicolores occupaient consoles et dressoirs, apportant avec eux la joie vibrante de la nature au mois de mai. La métamorphose de la vaste salle n'avait pas échappé à Vennor, qui en fit la remarque tandis qu'il aidait Lady Treleven et sa fille à récupérer leurs affaires.

— Ces fleurs sont une vraie réussite, la complimenta-t-il tandis que ses mains s'attardaient sur les épaules de Marianne. Il faut t'en rendre grâce.

— Ce n'est qu'un début, lança Marianne par-dessus son épaule tandis que leurs regards se croisaient. La prochaine fois, ce sera la salle de bal.

Et, pendant une fraction de seconde, ce fut comme s'ils étaient seuls au monde.

Ce qui, par chance, n'était pas le cas, tant Vennor était tenté de lui voler un baiser, de mettre en pratique ces curieuses idées qui lui avaient traversé l'esprit un instant plus tôt.

Il eut un petit rire.

— Pourquoi ? Que ferais-je d'une salle de bal ? Elle doit avoir sombré sous la poussière, de toute façon.

Il s'attendait plutôt à ce que Marianne et sa mère s'attaquent à la bibliothèque ou aux petits salons privés.

Marianne lui lança un clin d'œil espiègle qui ne laissait rien présager de bon.

— Tu peux en avoir besoin plus tôt que tu ne penses. Il serait grand temps de relancer le Grand Bal de charité des Newlyn, non ?

Elle souriait, mais elle était parfaitement sérieuse, ce petit démon. Et cela le rendait nerveux. Mademoiselle avait des projets... Et une longue expérience avait appris à Vennor qu'il fallait toujours se méfier des projets de Marianne.

— Et pourquoi le ferais-je ? Je supporterais mal de voir tout Londres circuler dans la maison de mes parents comme au musée...

Organiser un bal était bien la pire corvée qui soit. Chaque année, sa mère passait des mois à organiser ce bal de charité, célèbre dans tout Londres, et il n'en avait ni l'envie ni le temps.

— Ce n'est plus la maison de tes parents, Ven'. C'est la tienne. Et c'est précisément le but que tu dois poursuivre. La faire tienne, pour toi et ta future famille, dit Marianne fermement en revenant vers lui pour lui prendre la main. Je sais que c'est difficile, mais tu es chez toi ici, maintenant. C'est le lieu de ton pouvoir à chaque fois que tu es dans la capitale. Tu dois montrer à tout le monde que le jeune duc de Newlyn est de retour afin que nul n'en ignore.

— Mais je ne suis jamais parti ! Je continue à assister aux séances de la Chambre des lords et je fréquente les salons mondains plus qu'à mon goût.

Là-dessus, Vennor avait la conscience tranquille. Il n'avait pas manqué une seule séance de la Chambre, reprenant, malgré son chagrin, le siège de son père le lendemain même de sa disparition. Il lança un coup d'œil par-dessus l'épaule de Marianne à sa mère, dans l'espoir de trouver chez elle un soutien, mais la chère femme opinait du chef vigoureusement.

— Marianne a raison, Vennor, intervint Lady Treleven, l'œil brillant. Bien sûr, vous fréquentez les salons, mais seulement les plus « sélects » et jamais avant l'heure du souper.

Elle ajouta en agitant un doigt sous son nez :

— Vous savez ce que vous êtes en train de faire, mon garçon ? Vous vous cachez. Vous ne dansez qu'avec Marianne et vous ne soupez qu'à son côté. On ne peut pas appeler cela être sociable.

Lady Treleven avait raison, on ne pouvait le nier. Mais précisément, Vennor n'avait pas envie de se montrer « sociable ». Il n'avait pas envie d'inviter à danser la kyrielle de débutantes poussées sous son nez par leur mère, ni les « vieilles » débutantes, dont c'était la dernière chance, et qui faisaient tapisserie en le dévorant des yeux. Pour lui, cela signifiait moins de temps à consacrer à sa mission de Vigilant. Sans compter qu'il préférait infiniment plus patrouiller dans East Docks que danser avec les sosies des filles de Lady Lester.

Lady Treleven continuait sur sa lancée.

— Il est grand temps de montrer au monde que vous pouvez soutenir la réputation des Penlerick en ce qui concerne l'art de recevoir. Au moins pour ce qui est de la plus grande réussite de vos parents, le Grand Bal de charité organisé pour les orphelinats de Londres.

Vennor baissa la tête, à moitié vaincu. Même Honeycutt, occupé à proximité à arranger dans leur vase des fleurs qui n'en avaient pas besoin, ne lui était d'aucun secours. Au contraire, l'œil du vieil homme paraissait plus vif, et un léger sourire frémissait au coin de ses lèvres.

— Pardonnez-moi de vous contredire, Milady, mais, aux yeux du monde, organiser un bal à Newlyn House n'aurait qu'une seule signification : que j'ai l'intention de me marier et que les paris sont ouverts !

La perspective de voir sa maison prise d'assaut par un essaim de demoiselles à marier prêtes à se livrer à une âpre compétition secouait Vennor de terribles frissons. Il voyait déjà la longue queue des mères pourvues d'une fille en âge de convoler s'aligner depuis le perron jusqu'au trottoir dans l'espoir d'obtenir une invitation... Non, décidément, il n'avait pas le temps. Au moins pour cette Saison.

— L'an prochain, peut-être, répondit-il d'un ton conciliant. La Saison est déjà bien entamée et...

— Nous nous occuperons de tout, n'est-ce pas, maman, décréta Marianne en passant son bras sous celui de sa mère. Tu n'auras qu'as te montrer le soir du bal. Qu'en penses-tu ?

Honeycutt, le traître, s'avança d'un pas.

— Votre Grâce, si vous permettez... Il se trouve que j'ai toujours en ma possession toutes les notes de Sa Seigneurie concernant l'organisation du bal, la liste des traiteurs, celle des fleuristes et des décorateurs. Voulez-vous que j'aille les chercher ?

— C'est très aimable à vous, Honeycutt, s'empressa d'accepter Marianne.

Elle ajouta, se retournant vers Vennor avec un de ses sourires les plus lumineux :

— - Vois-tu comme c'est facile, Vennor ? Tout est déjà pratiquement organisé.

— Il n'y a rien d'urgent, intervint Vennor, affolé. Ces dames sont attendues chez elles, Honeycutt. Nous ne pouvons les retarder plus longtemps.

Avec un peu de chance, cette ardeur collective s'éteindrait comme un feu de paille.

Se dirigeant vers la porte à grands pas, il l'ouvrit lui-même avant que Honeycutt n'ait pu intervenir.

— À demain chez les Gaspard, Marianne. Je passe te prendre à 7 h 30, cela te va ?

Il aurait ainsi l'occasion de lui dire ce qu'il pensait de son initiative saugrenue.

— C'est parfait, approuva Marianne les yeux rieurs, comme si elle lisait dans ses pensées. Ainsi, nous pourrons mettre au point les derniers arrangements.

Elle pouvait toujours essayer ! Vennor referma la porte fermement et se retourna vers Honeycutt pour lui dire ce qu'il pensait de son attitude. Pas question d'organiser un bal. Et il ne changerait pas d'avis !

Mais le brave homme avait déjà regagné prudemment ses quartiers.

Ils allaient organiser ce bal, se réjouit Marianne, un pli décidé aux lèvres, en montant dans le landau.

C'était la meilleure idée qu'elle ait eue depuis longtemps. La capote de cuir avait été relevée de manière à ce que les occupantes puissent profiter du soleil pendant le trajet entre Portland Square et Curzon Street. Marianne était de la meilleure humeur. Si seulement l'état d'esprit de Vennor était au diapason ! Ceci dit, aujourd'hui, ils avaient fait un grand pas. Elle l'avait quelque peu poussé dans ses retranchements, il fallait bien l'avouer, avec cette idée d'organiser un bal. Mais elle lui avait aussi laissé la bride sur le cou dans d'autres domaines, plus privés. Pas question de le dorloter. Le temps n'était plus à ça, à supposer que ce temps-là ait jamais existé. À la mort de ses parents, Vennor ne s'était lui-même jamais laissé aller aux lamentations. Il avait aussitôt endossé son rôle d'unique représentant de la lignée et s'était mis au travail sans se ménager. Mais, ce faisant, il avait mené une vie de reclus. Un duc avait aussi un rôle social à assumer et, le moins qu'on puisse dire, c'était que Vennor n'en avait pas fait grand cas.

— Tu as magnifiquement manœuvré cet après-midi, ma chérie, déclara sa mère tandis que le landau se glissait dans la circulation toujours dense de l'après-midi. Si Vennor ne remarque pas tes talents de maîtresse de maison, c'est qu'il est aveugle.

Marianne se tourna vers Lady Treleven. Ce commentaire était plutôt étrange.

— Je ne pense pas que Vennor se soucie de savoir si j'ai quelques compétences ou non pour composer un menu de réception, ma chère mère.

Elle n'avait aucun doute sur ses talents de maîtresse de maison. Lady Treleven avait inclus cet apprentissage dans l'éducation de ses filles dès l'âge de treize ans. Mais ce n'était pas pour autant qu'elle devait en faire son ambition. Il y avait bien d'autres choses plus intéressantes à faire dans la vie ! Elle n'avait rien de commun avec sa sœur Ayleth, qui avait épousé un membre du Parlement et s'enorgueillissait de ses succès domestiques.

Sa mère fronça les sourcils.

— Je ne parierais pas le contraire. Aujourd'hui, Vennor a pu te voir sous un jour nouveau. Et il avait l'air très... intéressé.

Corroborant sans le savoir la perception nouvelle qu'avait eue Marianne de son ami d'enfance ces jours derniers, ce commentaire avait de quoi l'émouvoir. Sa mère s'était-elle aussi aperçue de quelque chose ? Cet après-midi, tandis qu'ils étaient dans la chambre de la défunte duchesse, elle aurait juré à un moment que Vennor était sur le point de l'embrasser.

Et, il fallait bien se l'avouer, elle aurait bien aimé elle aussi voir l'impression que cela faisait.

Cet instant, aussi fugitif qu'un rayon de soleil entre deux nuages en plein hiver, avait aussitôt disparu. Mais elle en avait ressenti les vestiges au moment du départ, quand les mains de Vennor s'étaient attardées sur ses épaules. Et elle y avait fait bon accueil. Mais elle n'appréciait pas du tout que sa mère s'en mêlât. Surtout avec des considérations et un vocabulaire aussi pragmatiques. Et le terme « manœuvres » lui avait franchement déplu. La lueur qui brillait dans le regard de Lady Treleven pouvait susciter les plus vives alarmes. Un œil ignorant pouvait ne voir qu'une agréable quadragénaire en regardant Sarah Treleven, mère de famille et épouse épanouie. Mais quand il s'agissait de sa nichée de filles, elle pouvait se transformer en véritable tigresse. Rien d'étonnant à ce que Rosenwyn ait dissimulé son histoire d'amour avec Kitto jusqu'à son heureux dénouement. Et maintenant, Dieu garde ! Toute l'énergie de la brave femme était focalisée sur elle, Marianne. Sa dernière fille en âge de se marier.

— Vennor doit prendre femme, décréta-t-elle en ajustant son ombrelle pour les protéger du soleil. Un homme dans sa position ne saurait rester célibataire. Inutile de reculer pour mieux sauter !

— Mais aucune débutante n'a encore attiré son attention ! protesta Marianne, sur la défensive.

Peut-être Vennor avait-il raison de refuser l'aide de Lady Treleven pour lui trouver une épouse. Sa mère était d'une redoutable efficacité.

Lady Treleven repoussa l'objection d'un geste désinvolte.

— C'est parce qu'il ne veut pas ouvrir les yeux. Ce ne sont pas les jolies filles qui manquent ! Prends Lea St John, par exemple. Elle est charmante et joue du piano d'une manière exquise. Et Amelia Helmley ! Son père a un titre de comte, et les manières de la jeune fille sont divines. Sa dot aussi, paraît-il. Si j'avais un fils, je le dirigerais vers elle sans aucune hésitation.

— Mais elles le connaissent à peine ! Et réciproquement.

À l'idée que Vennor pût s'intéresser à l'une de ces filles, une désagréable sensation s'était installée dans la poitrine de

Marianne. Elles étaient toutes les deux charmantes, élevées par leurs parents comme des pouliches de Grand Prix, dans l'espoir de leur faire faire un bon mariage. Mais Marianne ne voulait pas d'elles pour son ami d'enfance. Vennor... Eh bien, Vennor lui appartenait. C'était Vennor qui l'avait promenée à califourchon sur son dos dans les bois de Pors Karrek en été, Vennor qui parvenait toujours à persuader les garçons de l'emmener avec eux quand ils partaient pêcher en mer. Vennor encore qui, en tant que capitaine, l'acceptait dans son équipe quand ils jouaient au ballon. Non, décidément, pas question de le partager avec une autre représentante de la gent féminine.

Et lui ? Éprouvait-il la même chose quand elle valsait dans les bras de Lord Hayes ? Bah ! Sans doute devrait-elle s'accoutumer à cette perspective. Autant se rendre à l'évidence. Sa mère avait raison. Vennor devait se marier, et le plus tôt serait le mieux.

— Et puis, ajouta sa mère en la transperçant d'un regard aigu, il y a *toi* !

Marianne sursauta.

— Moi ? Mais ce n'est pas possible. Vennor ne peut pas m'épouser. Je suis son amie.

Lady Treleven tapota délicatement sa lèvre supérieure de son mouchoir. La chaleur s'était accrue et le temps tournait à l'orage.

— À mon avis, il ne demanderait pas mieux que de devenir quelque chose de plus. J'en ai eu la certitude aujourd'hui. Tu n'es pas si naïve, mon enfant, n'est-ce pas ? Il t'a demandé de venir l'aider à réorganiser sa maison. Il passe toutes ses soirées au bal avec toi. Tout le monde sait ce que cela veut dire, n'est-ce pas ?

— Où allez-vous chercher tout cela ? C'est simplement parce qu'il me fait confiance. Vous l'avez entendu de sa propre bouche. Il ne veut pas que qui que ce soit vienne fouiner chez lui pour réveiller la tragédie.

— La confiance est certainement la meilleure des choses dans un couple, asséna Lady Treleven, ravie. Le rôle d'un duc n'est pas si facile. Savoir qu'il a à ses côtés une épouse en qui il peut avoir confiance est un atout considérable, une femme qui le soutiendra toujours, en toutes circonstances, qui ne le trahira jamais et ne saurait compromettre son honneur. Mais c'est elle, la femme idéale, ma chérie. C'est toi ! Toi qu'il a connue toute sa vie, dont la famille est liée avec la sienne depuis toujours, toi qui sais parfaitement tenir une maison, qui élèvera ses enfants dans le respect des mêmes valeurs… Que demander de plus ?

Lady Treleven semblait soudain frappée comme par une révélation divine.

— Comment pouvez-vous faire pareille suggestion ? Nous sommes des amis, maman. Seulement des amis, répéta Marianne, consciente en même temps que cela ne pouvait que renforcer les convictions de sa mère. Et Lord Hayes, qu'en faites-vous ?

Sa mère eut un geste désinvolte des épaules.

— Je n'ai jamais dit que *tu* voulais épouser Vennor. Dieu sait qu'il a pas mal de problèmes à régler avec lui-même, ce cher garçon. Il mène une vie de reclus, et Dieu sait où il passe tout son temps quand il n'est ni au Parlement, ni au bal. À force de se noyer dans le travail, un jour, le barrage va sauter et, crois-moi ma fille, ce ne sera pas facile à gérer… Non, ce ne sera pas un mari facile, j'en conviens volontiers.

— Alors, pourquoi nous faire perdre notre temps avec ces bavardages ? explosa Marianne, à bout de patience.

— Je me contente de t'expliquer ce que Vennor pense, expliqua Lady Treleven sans se démonter. Je n'ai pas réussi à conduire trois filles à l'autel sans avoir appris à comprendre un tant soit peu la psychologie des jeunes hommes.

Elle se tut un instant, tournant le manche de son ombrelle entre ses doigts avec un léger sourire. Et ce fut comme si elle était redevenue la jeune débutante, rieuse et perspicace, qu'elle avait dû être.

Puis elle conclut :

— Mieux vaut prévenir que guérir. Si tu peux anticiper la situation, rien ne te surprendra. Vennor a l'intention de te courtiser, ça se voit comme le nez au milieu du visage. S'il se déclare, autant que tu t'y sois préparée.

Vennor voulait la courtiser ?

Cette perspective chassa Marianne, sitôt rentrée, vers la

bibliothèque où elle savait pouvoir trouver un moment de solitude. Elle ferma soigneusement la porte, respira à fond à plusieurs reprises, fit quelques allées et venues dans la vaste pièce mais, quand elle se laissa tomber dans un fauteuil, cette idée saugrenue était encore là. Si la perspective avait été déplaisante, il aurait été sans doute plus facile de s'en débarrasser. Mais ce n'était pas le cas. Simplement, l'idée était tellement... étrange.

Quel effet cela ferait-il d'être l'objet des attentions de Vennor ? Qu'est-ce que cela changerait entre eux ? Pourraient-ils garder les mêmes relations de bonne camaraderie ? Un baiser changerait tout, de cela elle était certaine. Et pourtant, Marianne s'aperçut qu'elle désirait ce baiser. Elle en mourait d'envie, même. Les hommes embrassaient-ils tous de la même façon ? Cela lui ferait-il le même effet qu'avec Hayes ?

Le jeune vicomte l'avait embrassée une fois, quelques semaines plus tôt, après la visite de la dernière exposition à Somerset House. Peut-être n'aurait-elle pas dû le laisser faire. Mais personne ne l'avait encore jamais vraiment embrassée. Juste quelques frôlements de bouche maladroits quand tel ou tel garçon de son entourage la raccompagnait chez elle après une invitation à un thé chez ses parents. Vraiment pas de quoi en perdre la tête ! On était en droit de se demander pourquoi les gens, ses amies, surtout, en faisaient une telle affaire !

Non, il devait y avoir autre chose...

Quand ses sœurs parlaient de leur mari, elles rougissaient, elles avaient l'air heureuses. Mais pas question qu'elles ne lui livrent une partie du mystère. Cela ne se faisait pas. Dieu merci, il y avait les livres, source inépuisable d'informations dans ce domaine, à condition de savoir lesquels consulter. Et Marianne le savait. Les rayonnages du fond du magasin, chez Hatchards[1], étaient fort bien fournis dans ce domaine.

Ouvrant l'un des tiroirs du bureau, Marianne en sortit son carnet de notes ainsi qu'une carte de Londres. La perspective de

1. *Hatchards* (à l'origine Hatchard's), considérée comme la plus ancienne librairie de tout le Royaume-Uni, est fondée en 1797 par John Hatchard au 173, Piccadilly Street (sud de Mayfair). Elle y est encore aujourd'hui (au n°187), avec la réputation de choisir ses auteurs.

devoir choisir entre Hayes et Vennor était fausse parce qu'elle reposait sur une fausse hypothèse. Sa mère ne voyait que ces deux possibilités, persuadée qu'elle était que sa fille se marierait à la fin de la Saison. Marianne étendit soigneusement la carte sur le bureau et se mit à l'examiner attentivement. Elle avait un autre point de vue sur cette affaire. Rien ne l'obligeait à choisir entre Vennor et Hayes. Il lui suffisait de se choisir elle-même. De choisir son avenir.

Et pour cela, il fallait trouver le Vigilant.

Et donc, se mettre au travail. Parce que c'était cela, son destin. Devenir un reporter célèbre. La première femme reporter de Londres. Pas une de ces épouses modèles avec pour tout divertissement les mondanités, les courses dans les boutiques de « nouveautés » et la liste des menus à établir.

Mais Vennor, lui, te laisserait mener tes enquêtes et rédiger tes articles. Avec lui, ce pourrait être différent.

Cette idée s'enfla dans l'esprit de Marianne, avec d'autant plus de force qu'elle était probablement exacte. Vennor connaissait son travail de journaliste et il n'avait jamais manqué de l'encourager.

Mais une objection s'imposa soudain, comme une flèche en plein cœur. Si Vennor l'encourageait, c'était parce que cela ne nuisait en rien à ses propres activités ni à son rang. Mais, une fois mariée, pas question que sa duchesse écrive dans un magazine destiné aux messieurs. Cela provoquerait un énorme scandale. Non, devenir duchesse, s'était s'enfermer dans un carcan, dans une cage dorée où tout le monde pourrait surveiller ses faits et gestes. Un peu comme on le faisait pour Vennor en ce moment. Pas étonnant qu'il ait préféré se retirer chez lui après son deuil.

Dieu du ciel ! Son article ! Il devait paraître demain matin. Et pour cela, il fallait qu'elle l'envoie cet après-midi sans faute à son journal pour approbation. Rouvrant de nouveau le tiroir, Marianne en sortit quelques feuillets d'une main nerveuse. Heureusement, il était prêt. En travaillant aux côtés de Vennor, elle n'avait pas vu le temps passer. Ses mains s'immobilisèrent sur le document. Se pouvait-il que ce fût ce que Vennor avait derrière la tête en lui demandant de venir l'aider ? Cherchait-il à l'occuper afin qu'elle n'ait pas le temps de partir à la recherche du Vigilant ?

Comment osait-il se mettre en travers de son chemin ?

Pourtant, non. Ce n'était pas une tentative de sabotage. Il avait peur pour elle, il s'inquiétait pour sa sécurité. Et surtout, il tenait à ce que le Vigilant demeure incognito.

Mais quels que soient ses motifs, elle ne pouvait se laisser arrêter. Elle devait aller jusqu'au bout. Que Vennor ait l'intention de lui demander sa main ou qu'il veuille simplement la protéger, elle devait s'en tenir à ce qu'elle avait décidé. En faisant ses preuves en tant que journaliste-reporter, elle se donnait une alternative au mariage. Il lui fallait démasquer le Vigilant. Et ce n'est pas en restant assise sur sa chaise qu'elle y parviendrait.

Marianne examina sa carte, sur laquelle elle avait tracé un grand X à l'encre rouge, sur chacune des quatre zones privilégiées par son héros masqué. Il y avait un certain temps que sa présence n'avait pas été signalée à East Docks. Peut-être devrait-elle commencer par-là ? Elle fit une grimace. Il ne suffisait pas de se promener dans cet endroit lugubre. Elle n'était pas aussi sotte qu'Angeline Mercer qui espérait que le Vigilant lui tomberait dans les bras. À ses risques et périls. L'inquiétude de Vennor ne manquait pas de fondements. Ceci dit, lui ne sortait que la nuit. On ne l'avait jamais vu dans ces quartiers pendant la journée. Alors, inutile de perdre son temps. Elle irait là-bas dès ce soir.

Inutile de reporter à un autre jour. Attendre ne diminuait pas le danger et elle ne trouverait peut-être pas l'objet de sa quête dès sa première expédition. Une fois là-bas, elle poserait des questions aux gens. Peut-être le Vigilant disposait-il d'un repaire sur place ? Il fallait bien qu'il se cache quelque part dans la journée. Il ne se volatilisait pas le matin venu. Avec un peu de chance, il entendrait parler de cette jeune fille qui le cherchait et, s'il venait au-devant d'elle, ce serait infiniment plus facile.

L'exaltation de la chasse enhardissait follement Marianne. Elle passa mentalement en revue son équipement. Que convenait-il de porter ? Des vêtements sombres, bien sûr. De l'argent pour un fiacre. Et une arme. Elle n'avait pas encore fait l'acquisition d'un pistolet. Elle avait compté sur Vennor pour cela, mais, maintenant qu'il savait à quoi elle le destinait, il n'était guère probable, désormais, qu'il accepte de l'aider à s'en procurer un. Elle avait toujours son petit couteau, dont il faudrait se contenter...

Marianne prit soudain conscience de ce qu'elle allait faire et un léger frisson lui parcourut l'échine. Elle allait s'aventurer dans les quartiers mal famés de Londres. Seule. La nuit. Bah ! N'était-ce pas ce que devait faire un vrai reporter ? Si elle voulait que son patron la prenne au sérieux, il lui fallait prendre des risques. C'était exactement le test dont elle avait besoin. Si elle échouait, il serait plus raisonnable de retourner à la rubrique des chiens écrasés.

Satisfaite des dispositions qu'elle avait prises, Marianne reporta son attention sur sa stratégie. Pas question de retrouver Vennor chez les Gaspard, et il fallait absolument éviter ses parents, qui avaient leurs propres projets pour la soirée.

Elle jeta un coup d'œil à la pendule. Bientôt 6 heures. Vennor avait prévu de venir la chercher dans une heure et demie. Il fallait absolument le faire prévenir qu'elle était souffrante.

7

Le billet de Marianne arriva alors que Vennor achevait ses préparatifs pour la soirée. Le nez levé, il attendait que son valet de chambre lui noue sa cravate. Il était franchement désappointé. Il se réjouissait tant de cette soirée chez les Gaspard avec la jeune fille. Il aurait écouté avec intérêt ses arguments pour le convaincre de participer davantage à la vie mondaine. Cela ne l'aurait pas fait changer d'avis mais l'aurait amusé. Cependant la jeune traîtresse avait choisi de participer au raout des Mayfield avec Lord Hayes.

Le valet paracheva son œuvre en piquant d'un geste précis dans le satin blanc une épingle à cravate ornée d'un saphir. Vennor approuva machinalement le résultat d'un signe de tête. Après leur petite joute verbale chez lui, dans le hall, Marianne lui avait donc préféré le vicomte. Il revoyait le petit sourire de défi qu'elle lui avait lancé. Ce n'était pourtant pas son habitude de changer d'avis, d'autant qu'elle ne s'était pas le moins du monde entichée de Hayes. Il les avait vus ensemble. Marianne était polie, certes, mais rien de plus. Avait-elle agi sous la pression de ses parents ? Un élément nouveau était-il intervenu ?

Vennor chiffonnait nerveusement le billet entre ses doigts. À moins que Marianne ne se soit aperçue de ce qui se passait entre eux, de cet imperceptible frémissement qui naissait à chaque fois qu'ils se regardaient, qu'ils se touchaient ? Aurait-elle décidé de prendre ses distances ? Elle avait peut-être lu dans ses pensées, cet après-midi ? Mais si cela avait été le cas, elle n'aurait pas fui, au contraire. Si elle avait deviné ses intentions, elle n'aurait pas reculé devant une confrontation. Il l'entendait déjà au milieu d'une valse, chez les Gaspard, lui demandant d'une voix nette : « Ven' ! Avais-tu vraiment l'intention de m'embrasser, cet après-midi ? » Exactement sur le même ton qu'elle avait utilisé pour lui demander s'il aimait les filles.

Il émit un petit gloussement ... coupé net par un brusque sentiment d'alarme. Décidément, il se passait quelque chose d'anormal.

Il n'en fallut pas plus pour le faire changer d'avis.

— Appleby, dit-il en prenant son chapeau et sa canne des mains de son valet, faites dire au cocher que j'ai changé d'avis. Nous allons chez les Mayfield.

Mais Marianne n'était pas non plus chez les Mayfield. Elle avait de nouveau modifié ses projets. Pour une demoiselle qui se targuait de savoir prendre des décisions, changer deux fois d'avis en une seule soirée paraissait plus que suspect. Vennor resta encore deux heures pour s'assurer qu'elle ne ferait pas son apparition sur le tard. Et comme Hayes ne le quittait pas des yeux, il alla le saluer. Le jeune vicomte l'informa d'une voix tranchante, sans doute parce qu'il le considérait comme un rival, ou sur le coup de sa propre déception, que Marianne avait fait prévenir leur hôtesse qu'elle souffrait d'une migraine. Elle se voyait contrainte de rester chez elle.

Ce qui, aux yeux de Vennor, n'avait aucun sens. Si elle se sentait souffrante, pourquoi aurait-elle au préalable décidé d'annuler le bal des Gaspard pour se rendre chez les Mayfield ? Il aurait été plus simple, et plus logique, de lui faire savoir qu'elle restait chez elle. Si Hayes était prêt à avaler ce scénario, lui non. Marianne n'avait jamais souffert de migraine de sa vie entière. C'était la personne la mieux portante qu'il ait jamais connue.

Bien sûr, pas mécontent de le voir contrarié de l'absence de la jeune fille, il se garda de livrer cette information à Hayes.

S'excusant auprès du vicomte, il fit un nouveau tour dans l'assistance, s'arrêtant ici et là pour saluer une connaissance et échanger quelques mots polis, tandis que sa cervelle passait fébrilement en revue les deux messages contradictoires de Marianne. Décidément, il y avait anguille sous roche. Pourquoi Marianne avait-elle fait en sorte que Hayes et lui la croient ailleurs que prévu ? À quoi pouvait bien servir un tel subterfuge ? Avait-elle préféré rester chez elle pour mettre la dernière main à un article ? Mais c'était peu probable. Après tout, fréquenter les soirées mondaines faisait partie de son travail. C'était là qu'elle récupérait ses informations et, tant chez les Gaspard que chez les Mayfield, il y avait de quoi remplir plusieurs colonnes.

Une sourde angoisse commençait à naître au fond de lui. Et si cette entêtée avait décidé de se lancer sur les traces du Vigilant ? Et si, tandis qu'il sirotait son champagne en compagnie de filles à marier insipides accompagnées de leurs mères plus volubiles qu'un marchand de tapis, Marianne errait dans les ruelles malodorantes du vieux Londres, le nez au vent ? Cette perspective le glaça d'horreur. Marianne était courageuse et entêtée, certes, mais cela ne constituait en rien un gage d'invincibilité.

Fou d'inquiétude, il accéléra le pas, fendant la foule en marmonnant de brèves excuses. Il imaginait sans peine les pénibles rencontres auxquelles elle pouvait se trouver confrontée. Ivrognes, maquereaux, coupe-bourse...

Les pensées de Vennor s'affolaient. Avait-elle seulement songé à laisser ses bijoux chez elle ? S'était-elle vêtue de façon appropriée ou était-elle sortie telle qu'elle était, en robe de bal, afin de ne pas éveiller les soupçons à son domicile ? Dieu tout-puissant ! Et ses parents qui pensaient que leur fille était avec lui, sous sa protection ! Si jamais il arrivait quelque chose à Marianne, Jock Treleven le tuerait.

Une fois sur le trottoir, Vennor appela son équipage, dont le cocher, connaissant l'humeur impatiente de son maître, se tenait toujours prêt.

— Treleven House, Curzon Street. Vite !

Il espérait de tout cœur trouver Marianne chez elle, avec une bonne explication pour tous ces mensonges. Mais, quand il arriva à Curzon Street, Treleven House était plongée dans le noir. Ce qui ne l'empêcha pas, bondissant de son véhicule, d'aller actionner énergiquement le heurtoir de bronze contre la porte. Les domestiques savaient certainement où étaient passés leurs maîtres. Et, en effet, il lui fut expliqué par un valet de pied ensommeillé que Sir Jock et son épouse assistaient à un concert privé. Quant à Miss Treleven, elle passait la nuit chez une amie.

Cette fois, la conviction de Vennor était faite. Marianne, faisant fi de ses mises en garde, rôdait dans les bas-fonds. Il s'effondra sur la banquette de son véhicule. Sur quel quartier avait-elle jeté son dévolu ? Elle pouvait être n'importe où au bord de la Tamise, sur les docks, ou dans le nord de Londres, dans les quartiers ouvriers. Et, Vigilant ou non, il était tout seul pour partir à sa recherche.

Ce fut le degré de danger qui décida pour lui. À Covent Garden, à cette heure de la nuit, il y avait des rondes régulières de la police. Aux docks, même la garde à cheval n'osait pas s'aventurer après le coucher du soleil.

Vennor lança la nouvelle adresse au cocher qui haussa les épaules, résigné. Puis, sortant un petit coffret de dessous la banquette, il commença à opérer sa transformation. Il ôta ses boutons de manchettes, sa chevalière en or et l'épingle en saphir de sa cravate, puis procéda à un bref inventaire. N'avait-il rien oublié ? Non. Parfait.

Maintenant, qu'avait-il pour se défendre ? Pas grand-chose, à vrai dire. Le Vigilant ne sortait jamais sans armes. Il disposait toujours au moins de son couteau à cran d'arrêt, discrètement fixé à son mollet par un serre-chaussette. Mais ce soir, le Vigilant était en congé. Il n'avait pas prévu de faire une sortie. Il ne lui restait que sa canne-épée et ses poings. Il faudrait que cela fasse l'affaire. Pas le temps de retourner chez lui, ou dans sa cache des docks, pour mieux s'équiper. Il avait déjà perdu assez de temps comme ça chez les Mayfield. Chaque seconde qui s'écoulait mettait davantage Marianne en danger.

Vennor s'assura que son masque de soie noire était bien dans sa poche. Il aurait préféré s'en passer. Il était vêtu d'un habit de soirée et n'importe quel voyou pouvait se rendre compte qu'il avait affaire à un gentilhomme. De là à l'associer au Vigilant, il n'y avait qu'un pas. Ce qui risquait de compromettre gravement son anonymat.

Mais ce masque était aussi le meilleur moyen de protéger Marianne. Et d'abord, de la localiser. S'ils l'avaient vue, des gens viendraient spontanément en parler au Vigilant, dire où elle était, ce qu'elle faisait, à qui elle avait parlé. Il pourrait aussi faire passer la consigne qu'il ne fallait pas lui faire de mal.

À condition, évidemment, qu'il ne soit pas trop tard.

Grand Dieu ! Faites qu'il ne soit pas trop tard.

Jamais Marianne ne s'était trouvée dehors à pareille heure de la nuit. Elle rabattit sa capuche sur son visage, et sa main se referma sur le petit couteau qu'elle avait glissé dans son corsage en partant. La sensation de la corne dure et de l'acier entre ses seins lui apportait un peu de réconfort. Tandis qu'elle traversait une ruelle bourbeuse, dont le milieu était occupé par un ruisseau nauséabond, elle se concentra sur la prochaine étape. Pas question d'errer dans les rues en comptant sur le hasard pour tomber sur le Vigilant. Il fallait s'arrêter à une taverne et poser des questions.

Le premier établissement qui se présenta était un antre obscur qui sentait l'humanité mal lavée. Marianne en franchit le seuil, le dos très droit et la gorge nouée. Elle n'était pas la seule femme dans l'établissement, certes, mais elle était la seule qui ne soit pas à califourchon sur les cuisses d'un homme, le corsage largement ouvert et la trogne allumée par le vin. Bah ! Quelle importance ? Elle n'avait pas l'intention de s'attarder. Si elle avançait tout droit, d'un air décidé...

Le tenancier de la gargote était un homme trapu au crâne rasé, avec une large cicatrice sur la joue droite. Il la parcourut d'un regard insistant, mais ne dit rien.

Marianne fit glisser deux pièces d'argent au travers du comptoir.

— Je cherche des renseignements sur le Vigilant. Savez-vous où je peux le trouver ? s'enquit-elle d'une voix aussi ferme que possible.

L'homme cracha sur le plancher déjà constellé de détritus divers, ses petits yeux d'un brun opaque fixés sur elle.

— Z'êtes pas la seule à le chercher, ma p'tite dame. Personne ne sait d'où il sort, ni où il va. Ni quand. Ni comment.

Il cracha encore et conclut :

— Ça en embête plus d'un, faut l'dire.

— A-t-il des informateurs ? Des gens qui savent où le joindre ? Comment sait-il où il doit intervenir ? insista Marianne, retrouvant ses réflexes de journaliste. Savez-vous à qui je peux laisser un message à son intention ?

L'homme s'empara d'un nouveau verre.

— Vous pouvez lui laisser un message à la capitainerie, sur les docks. Y paraît qu'il envoie quelqu'un les chercher. Mais pas ici. Il est copain avec personne. Y'en a pas mal dans c'te salle qui sont au chômage à cause de lui. On peut pas dire que ça l'ait rendu très populaire.

Il reprit avec un ricanement, suivi d'un vigoureux jet de salive :

— J'vois bien, d'après vot'figure, qu'vous z'aviez pas pensé à ça. ... Alors, autant qu'ce soit clair, précisa-t-il avec un geste du menton en direction d'une tablée installée près de la fenêtre : Y'a pas un de ces gars, là-bas, qui ne rêve pas de lui trancher la gorge. Y gagnaient tranquillement leur vie avec un peu de racket, quelques filles bien choisies et deux ou trois p'tits trafics pas bien méchants. Vot' gars, il est passé par là, et hop ! Plus rien. Devraient encore s'estimer contents de pas croupir en prison, qu'il a dit. C'est pas comme ça qu'on s'fait des amis, pas vrai ?

Le regard de Marianne glissa vers la table en question. Les cinq occupants avaient tout du malfrat de petite envergure, prêt à tous les mauvais coups.

— Vous voulez dire que ce sont des délinquants. Ils n'ont eu que ce qu'ils méritaient. Et encore, ils s'en sont bien tirés.

— Délinquant est un bien grand mot, ma p'tite dame. Y'a pas trop d'moyens d's'en sortir, par ici, à part la fauche et les p'tits trafics.

Son interlocuteur rafla les pièces d'argent et conclut :

— Si j'étais vous, j'rentrerais bien gentiment chez moi. J'sais pas d'où vous sortez, avec toute c'te soie et ces dentelles sous vot' manteau, mais j'le devine. C'est pas un endroit pour vous, par ici. Vous gênez mes filles, et mes clients sont pas contents. Pour une fois qu'y peuvent profiter de la marchandise sans payer !

Marianne s'empressa de suivre son conseil. Les individus attablés près de la fenêtre, qui ricanaient en la suivant de leur regard brillant, ne lui disaient rien qui vaille. Elle avait d'autres endroits à inspecter pour retrouver le Vigilant, et si cela ne donnait rien, elle pourrait toujours laisser un mot à la capitainerie. Une fois dehors, elle respira avidement l'air frais de la nuit.

Elle n'avait pas fait dix pas quand la porte de l'estaminet s'ouvrit sur un petit groupe aussitôt avalé par l'obscurité. « Marche ! » s'intima-t-elle. Il n'y avait rien d'anormal à ce que des clients sortent d'une taverne. Cela n'avait rien à voir avec elle.

Mais une voix brutale la héla.

— Dites donc, la p'tite dame. Vous cherchez l'Vigilant, y paraît ? On pourrait p'têt' joindre nos efforts ?

Des rires d'ivrogne accueillirent sa proposition. Marianne pressa le pas. Les hommes la suivirent.

— Nous aussi, on a à faire avec lui, reprit l'homme. Le salaud nous a volé not' travail. Faut qu'y paye pour ça. Et vous, y vous z'a pas payée pour vos p'tits services ? Hein ? C'est ça ? L'a pas eu à s'plaindre, pourtant. Z'êtes un joli p'tit morceau.

Marianne retint un haut-le-cœur. Grand Dieu ! C'étaient les hommes assis près de la fenêtre, dans l'auberge. Elle regarda autour d'elle, cherchant un refuge, mais la rue était sombre et déserte. Pas une lumière derrière les fenêtres. Et elle n'avait aucune idée de l'endroit où elle se trouvait. Sur les docks, contrairement à Mayfair, pas de noms de rue ni d'enseignes.

Elle se mit à courir. Il serait toujours temps d'essayer de s'orienter plus tard. Pour le moment, il s'agissait d'échapper à ces malfrats. Ils avaient bu. Ils ne pourraient pas aller bien loin. Des pas claquaient sur le trottoir dans son dos, des cris et des rires trouaient la nuit.

— Allez, poupée, laisse-toi faire. On veut juste s'amuser un peu.

Marianne tourna un angle de rue, puis un deuxième. Elle glissa sur des détritus, retrouva miraculeusement son équilibre et reprit sa course.

Un point de côté lui torturait le flanc gauche. Elle tourna encore et faillit heurter un mur de brique. Bon sang ! Une impasse. Elle parcourut d'un œil affolé les alentours, cherchant en vain une porte, une fenêtre. N'importe quelle issue. Elle entendait le souffle rauque de ses poursuivants derrière elle. Elle-même n'avait plus de souffle. Peut-être qu'en ne bougeant pas, elle passerait inaperçue ? Glissant une main tremblante dans sa poche, elle en sortit son petit couteau.

Ce fut l'éclat de sa robe blanche qui la trahit.

— Elle est là, dans son trou, glapit l'un des escogriffes qui la poursuivaient.

Et ils se ruèrent dans l'impasse en poussant des cris d'animaux.

— N'avancez pas ! Je suis armée, cria Marianne en brandissant sa lame.

Mais c'était tellement dérisoire, devant ces grands corps mus par un désir de vengeance aiguisé par l'alcool. Et elle était tellement inexpérimentée !

Se jetant sur elle, un de ses poursuivants lui tordit le poignet jusqu'à ce que le couteau tombe sur le pavé. Un de ses acolytes lui immobilisa l'autre bras.

— Bien joué, Johny, cria-t-il en commençant à ouvrir son pantalon de sa main libre. Toi et moi, on s'ra les premiers servis, mon gars.

Marianne se débattait comme une furie, lançant des coups de pied dans tous les sens. Mais ses assaillants étaient trop lourds et bien trop forts pour elle.

— Quand le Vigilant va apprendre ce que vous me faites, cette fois, vous n'éviterez pas la prison !

— P'têt' bien, mais encore faudrait-il qu'il nous attrape. Et en attendant, on en aura bien profité ! ricana son agresseur en la pressant contre le mur. T'nez-nous-la bien, les gars !

Marianne lui cracha au visage et fut aussitôt punie d'un coup de coude dans la mâchoire. Sa tête heurta violemment le mur et elle ferma les yeux, étourdie. « Surtout, rester consciente ! » s'intima-t-elle. Et s'ils la laissaient égorgée dans la fange, une fois leur forfait accompli ?

— Je… j'ai de l'argent, bafouilla-t-elle, sa bouche pleine de sang.

L'homme fouillait maintenant brutalement sous sa jupe.

— Pour l'heure, ma p'tite, c'est pas c'qui m'intéresse, rétorqua-t-il d'une voix rauque. Faudrait vraiment qu't'aies un gros sac sous ta...

L'agresseur de Marianne n'eut pas le temps de finir sa phrase. Un hurlement de douleur sortit de sa bouche édentée et il s'effondra à ses pieds. Une ombre avait surgi dans le noir et un autre complice s'enfuyait déjà en silence dans la ruelle.

Mais il restait ceux qui retenaient Marianne par les deux bras, figés par la surprise.

— Libérez immédiatement cette dame, dit une voix dans la pénombre, rauque et menaçante. Sinon...

— Sinon quoi ? lâcha la voix narquoise de l'agresseur de Marianne. T'es tout seul, mon gars, et nous, on est encore trois. Mes gars sont plutôt costauds, et ils savent se battre... On va te faire ton affaire en un rien d'temps avant d'en finir avec la p'tite dame.

— Puisque vous insistez...

Marianne poussa un cri. La lame d'une canne-épée avait surgi dans le noir et brillait maintenant dans la main du Vigilant. C'était là une arme de gentilhomme. Les trois hommes avançaient maintenant sur le nouvel arrivant en demi-cercle, le couteau à la main. Le soulagement de Marianne en reconnaissant le Vigilant se mua en une terreur muette. Il risquait sa vie, et c'était de sa faute. Comment un seul homme pourrait-il résister à trois agresseurs ? Elle se glissa le long du mur. Si elle parvenait à se faufiler derrière le Vigilant, elle pourrait s'enfuir, chercher de l'aide. Mais où ? Ne risquait-elle pas d'aggraver encore la situation ? Ne ferait-elle pas mieux de rester ici et d'aider le Vigilant de son mieux ?

Ce fut l'homme de gauche qui attaqua le premier. Mais c'était un homme lourd et massif que son poids gênait. Esquivant ses poings avec souplesse, le Vigilant lui enfonça la pointe de sa canne-épée dans la gorge. L'homme s'écroula contre le mur sans un cri. Le Vigilant pivotait déjà sur lui-même pour faire face à ses derniers adversaires. Les deux hommes avançaient sur lui du même pas, bien décidés à le déborder. Il les laissa venir et, quand ils furent à la distance convenable, il décocha un coup de pied fulgurant dans l'estomac du premier tandis qu'il tailladait du bout de son épée le visage du deuxième. Neutralisés, les deux hommes s'écroulèrent dans l'allée en hurlant de douleur.

Le tout n'avait pas duré plus de deux minutes. Le Vigilant s'était joué d'eux comme s'il s'était agi de simples épouvantails. Il essuya son épée sur le pan de son manteau, la remit à sa place puis se tourna vers Marianne.

— Êtes-vous blessée ? s'enquit-il d'une voix sourde.

— Non, merci. Quelques contusions, c'est tout. Vous... vous êtes arrivé juste à temps, ajouta-t-elle d'une voix tremblante.

Prenant le mouchoir que l'inconnu lui offrait, elle le pressa doucement sur ses lèvres et le retira, ensanglanté. Puis, soudain consciente de ce qui avait failli lui arriver, elle fut secouée d'un violent tremblement. Vennor avait raison. Son entreprise était absurde et elle avait eu beaucoup de chance. Elle avait agi en dépit de tout bon sens, juste pour satisfaire ses ambitions. Jamais elle n'aurait dû venir jusqu'ici toute seule.

En fait, elle n'aurait pas dû venir du tout.

Elle se mit à trembler de plus belle.

8

Soudain, les jambes lui manquèrent et elle s'écroula. Tout de suite, les bras de l'inconnu la recueillirent et il l'attira contre elle.

— Là, là... ça va aller, murmura-t-il contre son oreille. Vous êtes encore sous le choc.

Elle entendait les battements sourds de son cœur, pulsant énergiquement le sang sous l'effort qu'il avait dû fournir. Mêlée à l'odeur de transpiration, il se dégageait de lui, comme du mouchoir qu'il lui avait tendu, une bonne odeur de linge frais et un parfum familier. Santal et noix muscade.

— Respirez avec moi, l'encouragea-t-il en inspirant puis expirant longuement contre sa joue. Là... C'est bien. Encore une fois...

Ils restèrent ainsi un long moment dans l'impasse, Marianne blottie dans ses bras. Elle entendait le cœur de son sauveur s'apaiser, reprendre un rythme normal. Elle s'arrêtait de trembler, elle aussi, mais elle répugnait à quitter son abri. Cet homme l'avait sauvée en prenant des risques considérables. Affronter cinq adversaires en même temps tenait de l'exploit, quoiqu'il n'ait guère paru fournir d'effort.

Levant la tête, elle étudia le visage du Vigilant, incapable de réprimer sa curiosité maintenant que le danger était passé. Son masque de soie noire ne laissait voir que sa bouche et un dur menton carré, tout à fait digne d'un héros. D'après le peu qu'elle voyait de sa physionomie, Marianne songea que les hypothèses émises par ces dames dans les salons concernant la probable séduction physique du Vigilant se trouvaient fondées. Et, à en juger par ses vêtements et son allure ainsi que sa canne-épée, c'était probablement un gentleman. Son regard se fixa sur le menton volontaire de son vis-à-vis. N'était-ce pas une fossette, qu'on voyait là ? Dans la pénombre, elle n'aurait su en jurer.

Mais, conscient de son soudain intérêt, l'homme ne lui laissa pas le loisir de l'examiner davantage.

— Laissez-moi vous raccompagner chez vous.

Sa voix n'était qu'un grondement sourd et – était-ce un effet de son imagination ? – Marianne eut l'impression qu'il la déguisait. Il la prit par la main et, l'entraînant le long de l'impasse, la conduisit jusqu'à la rue principale, un peu mieux éclairée. Les lampadaires à gaz n'étaient pas encore très nombreux dans ces quartiers misérables mais il y faisait tout de même plus clair. Marianne leva de nouveau les yeux vers son compagnon, tentant de mieux le voir. Mais, comme s'il s'y attendait, il s'obstinait à garder son visage détourné et, accélérant l'allure, il se mit à marcher deux pas devant elle.

Ils longèrent ainsi plusieurs rues en silence, l'oreille aux aguets. Mais, à cette heure de la nuit, tout était calme. Et le Vigilant avançait devant Marianne sans rien dire, sans lui poser la moindre question, sans émettre la moindre réprimande. Si elle voulait en savoir davantage, c'était à elle de poser des questions. N'était-ce pas, par un merveilleux coup du hasard, l'occasion qu'elle attendait ?

— Je dois vous remercier, monsieur. Vous m'avez sauvée, commença-t-elle, espérant établir un dialogue.

Mais rien ne vint. Le silence parut même s'épaissir. Elle fit un nouvel essai.

— Pourquoi faites-vous cela, monsieur ? Ou au nom de quoi ? N'est-ce pas très risqué, de vous exposer ainsi dans ces rues mal famées ?

Il n'eut même pas l'air d'avoir entendu sa question. Ils approchaient d'une grande auberge d'où s'échappait, par les fenêtres violemment éclairées, des rires et de la musique. Marianne sentait l'irritation l'envahir. Le temps s'écoulait et elle n'avait pas risqué sa vie pour courir derrière une ombre silencieuse.

Comment osait-il la traiter ainsi ? Elle ne s'attendait pas à ce que le Vigilant soit un aussi grossier personnage.

Allongeant le pas, elle l'attrapa par le bras.

— Vous pourriez au moins tourner la tête quand je vous parle. J'ai tout de même risqué ma vie !

La résistance de son compagnon parut vaciller. Pivotant sur lui-même, il lui décocha au travers du masque un regard fulgurant de ses yeux bleus. Puis, l'entraînant dans une ruelle latérale, il la plaqua contre le mur de briques rouges.

— Et moi, s'exclama-t-il d'une voix sourde. N'ai-je pas risqué la mienne ?

Il était visiblement furieux... et, elle crut le sentir au travers de ses vêtements, très excité.

Marianne essaya de se dégager du grand corps masculin plaqué sur le sien. Elle comprit un peu tard que le silence du Vigilant était dû à son effort pour maîtriser son émotion, à sa fatigue aussi, peut-être. Et maintenant, sotte qu'elle était, elle réclamait des explications ! C'était comme verser de l'huile sur un feu ronflant. Mais il n'était pas le seul à être ému. Elle aussi était en colère. Elle voulait lui faire payer son manque de confiance en elle, sa brutalité après qu'il avait manifesté tant d'intérêt pour elle. Comme s'il voulait lui faire payer son intrusion sur son territoire. Elle entrevit les conséquences de toute cette agitation beaucoup trop tard pour s'y préparer. Maintenant, c'était comme s'ils allaient se battre...

— Avez-vous seulement idée de ce qui a failli vous arriver ? s'enquit-il.

Il était tout contre elle, si près qu'elle sentait la chaleur de son corps, la colère qui le faisait trembler. Il y avait autre chose dans cette énergie dirigée contre elle. C'était comme s'il se retenait de la prendre contre lui, de s'assurer qu'elle était indemne, en la palpant de ses grandes mains sur tout le corps. Elle entrouvrit les lèvres, le souffle court, et ce fut pour lui comme une invitation. Il n'eut pas besoin de plus pour que sa bouche se plaque avidement sur la sienne.

C'était une autre forme de dispute ! Et, à sa grande surprise, Marianne ne fit rien pour l'éviter. Un désir explosait entre eux que ni l'un ni l'autre ne se soucia de voiler d'aucune forme de politesse. La tension qui retombait après le danger annihilait tout faux-semblant. Ils voulaient tous les deux avec la même force ce qui se passait.

Très vite le baiser perdit sa fureur. Leurs langues se mêlèrent, et les dents de Marianne mordillèrent la bouche ferme et mobile de son partenaire, suçant et léchant avec gourmandise. Les lèvres chaudes de l'inconnu descendirent le long de sa mâchoire, sur son cou, allumant en Marianne un feu nouveau et délicieux.

Les yeux clos, elle jouissait des caresses du Vigilant, de son souffle rauque contre sa joue, tandis que son odeur l'enveloppait tout entière. Un étrange sentiment de familiarité l'envahissait. Noix de muscade et santal flottaient dans sa mémoire, son regard se posa de nouveau sur la fossette qui creusait le menton de son partenaire, se perdit un instant dans le bleu intense de ses yeux. Le contact de ses mains la faisait vibrer, comme si… comme si son corps n'était pas surpris. Autant d'indices auxquels elle n'avait pas prêté attention dans le feu de l'action, dans le feu aussi de leur jeu érotique, mais qui ne faisaient plus aucun doute. Elle connaissait cet homme. Le Vigilant n'était pas un étranger pour elle. C'était pour ça qu'il ne voulait pas lui parler, qu'il préférait se taire et marcher devant elle.

Mais pourquoi ? Qui aurait pu lui reprocher de faire ainsi sa ronde le soir dans les bas-quartiers de Londres, qui aurait été furieux de son initiative ? Et surtout, qui aurait osé faire ce qui avait été fait ce soir ? Qui en aurait eu le courage ? La bouche de son partenaire s'égara sur la rondeur de ses seins et, frémissant sous un baiser plus audacieux, Marianne gémit. Ses yeux s'ouvrirent tout grands tandis qu'une évidence s'imposait.

— Vennor !

— Vennor ! répéta-t-elle d'une voix forte.

Et, arrachant le masque du Vigilant, balayant son chapeau, elle reconnut, exposée à la lumière d'un réverbère, l'abondante chevelure dorée de son ami d'enfance.

— Vennor ! répéta-t-elle. Comment est-ce possible ?

Son cœur se gonfla d'admiration. Puis sa joie s'éteignit tout aussi brusquement. Ainsi, l'homme qui était venu à son secours n'était pas le Vigilant.

— Comment as-tu osé ! cria-t-elle, toute sa colère revenue. Comment as-tu pu me faire croire que je l'avais trouvé ? Quel est le sens de cette sinistre farce ? Tu savais pourtant l'importance que ça avait pour moi.

Furieuse, elle leva la main et le gifla.

Quelque part dans Londres, minuit sonna à un clocher. Pour Marianne, c'était tout un univers qui venait de s'effondrer. Et avec lui, tous ses espoirs. Pas de héros courageux surgissant de nulle part pour venir au secours de la veuve et de l'opprimé. Pas d'article sensationnel dans son journal pour l'aider à bâtir sa carrière de reporter. Aucun héroïsme dans ce qui venait de se passer ce soir. Simple coup monté d'un vieil ami qui l'avait suivie et avait voulu lui jouer un tour.

Comment avait-il osé lui voler ainsi ses rêves ?

Marianne ne le croyait pas. Vennor se frotta la joue avec une petite grimace. Il avait envisagé pas mal de scénarios pour faire découvrir à Marianne l'identité du Vigilant, mais pas celui-là. Non seulement elle ne le croyait pas mais elle était convaincue qu'il avait pris ce déguisement pour tenter de la convaincre qu'elle avait atteint son but et qu'elle n'avait plus besoin de se mettre en danger.

— Marianne, laisse-moi t'expliquer… …

Mais elle l'interrompit avec un nouveau cri de fureur. Apparemment, la gifle n'avait pas suffi à épuiser sa rage.

— Tu as intérêt à trouver une bonne explication ! chuchota-t-elle en le repoussant brutalement.

Il lut dans ses yeux sombres autant de déception que de mépris. Elle ne l'avait pas frappé seulement sous le coup de la colère. Mais aussi parce qu'elle se sentait cruellement trahie. C'est ce qui le décida. S'il la laissait croire à l'hypothèse qu'elle avait élaborée, cela ne serait que reculer pour mieux sauter. Bien sûr, il protégerait ainsi l'identité du Vigilant, mais cela n'empêcherait pas Marianne de recommencer, jusqu'à ce qu'elle ait découvert le « vrai ». Et si elle le découvrait enfin, de son propre chef, il n'aurait pas à répondre à un seul mensonge mais à deux. Entretemps, la méfiance se serait instaurée entre eux et leurs relations ne seraient plus jamais les mêmes.

Le prix à payer serait lourd, puisqu'il s'agissait de leur amitié.

En revanche, s'il lui expliquait ce qu'il en était réellement, la confiance qu'ils avaient l'un envers l'autre depuis toujours pouvait s'en sortir indemne. Bien sûr, Marianne lui en voudrait de ne pas s'être dévoilé plus tôt. Ses rêves auraient explosé en plein vol, à cause de lui. Mais elle pourrait peut-être comprendre... et pardonner.

— Je peux tout t'expliquer, Marianne. Mais pas ici.

Le cerveau de Vennor s'était remis à fonctionner. Il récupéra son masque, qu'il noua soigneusement autour de son visage. S'ils étaient vus, il valait mieux qu'on le repère comme le Vigilant. Et pas question de s'attarder la nuit à quelques mètres de cette taverne dont les portes venaient de lâcher sur le trottoir deux ivrognes titubants. Il avait sauvé Marianne une fois. Il n'avait pas envie de recommencer. Pas ce soir, en tout cas. Elle s'écarta de lui, et la soie blanche de sa robe fit une tâche lumineuse dans la pénombre.

Il eut une grimace et Marianne réagit aussitôt.

— Qu'étais-je censée porter ce soir ? lança-t-elle d'un ton aigre en suivant son regard. Il fallait bien convaincre mes parents que j'allais au bal. Des haillons auraient été mal venus.

— Évidemment. Tant qu'à faire, tu pouvais tout aussi bien rester avec moi chez les Gaspard. Rien de tout cela ne serait arrivé. ... Viens avec moi, coupa-t-il.

Il allait la conduire à l'entrepôt. Il n'y avait pas d'autre solution, même si cela les obligeait à retourner vers les docks, au bord de la Tamise. Ils avaient besoin de sécurité et d'anonymat en attendant la fin de la nuit, et son repaire serait parfait.

Ils marchaient rapidement dans les rues obscures. Ou plutôt, lui marchait rapidement. Marianne, quant à elle, le suivait en trottinant, s'efforçant de rester à sa hauteur. Malgré l'heure tardive, les trottoirs étaient peuplés de filles de joie et d'hommes à plusieurs degrés d'ébriété, mais aucun ne les aborda. Dès qu'ils reconnaissaient le Vigilant, ils s'écartaient prudemment, aussitôt engloutis par la pénombre des ruelles obscures. Ils atteignirent l'entrepôt sans problème et Vennor s'arrêta devant une grille solidement cadenassée.

— Il y a une lanterne derrière l'un des piliers de l'entrée, dit-il à mi-voix. Tu y trouveras aussi des allumettes. Tu peux me les donner ?

— Où sommes-nous ? s'inquiéta Marianne en obtempérant avec une visible réticence. Nous n'allons tout de même pas entrer là-dedans par effraction ?

— Cet entrepôt est abandonné depuis longtemps. Si personne ne s'en sert, je suppose qu'il n'y a rien d'illégal à y pénétrer, rétorqua Vennor, encore sous le coup des événements de la soirée. Tiens-moi ça, veux-tu, pour que je puisse déverrouiller la grille.

Il se pencha sur le cadenas, procéda à quelques manipulations, et la chaîne tomba sur le sol.

— Après vous, milady, dit-il en s'inclinant.

Son cerveau préparait déjà fébrilement la conversation qu'ils allaient avoir. Moins il serait amené à en révéler à Marianne, mieux ce serait. Il y avait tant de choses à dire ou à ne pas dire ! Sans compter ces baisers, cette folle étreinte, qu'il faudrait bien expliquer, et auxquels il s'était refusé à penser jusqu'à maintenant.

Marianne semblait avoir retrouvé son assurance. Elle promena le faisceau de la lanterne autour d'elle puis sourit pour elle-même, sans le regarder. Apparemment, elle lui en voulait toujours.

— Mais je connais cet endroit ! C'est le vieil entrepôt des Penlerick. J'y suis déjà venue avec mes sœurs. Ton père venait juste de recevoir une cargaison de châles du Cachemire et il nous a laissées choisir en premier.

Vennor aussi se souvenait, maintenant. Il revoyait les quatre filles Treleven penchées sur les coffres avec des cris émerveillés, puis jouant à s'envelopper dans des châles tous plus beaux les uns que les autres. Toute la vieille bâtisse s'était animée, vivante et joyeuse, sous leurs rires éclatants.

— Maintenant, en haut ! gronda-t-il. Et, pour l'amour du ciel, cesse de brandir cette lampe aux quatre points cardinaux. Tu vas alerter tout le quartier !

— Qui y a-t-il dans le coin, à part des ivrognes et des filles des rues ? riposta Marianne. Personne ne travaille aussi tard et nous sommes protégés par la grille.

Lui prenant la lanterne des mains, Vennor la traîna littéralement dans l'escalier étroit et raide qui conduisait à l'étage tant il était pressé de la mettre à l'abri dans le petit appartement aménagé au-dessus de l'entrepôt. Il en referma la porte avec soin sur les intrus potentiels et contre tous les maux de la nuit. Alors seulement, une peur rétrospective le saisit. Dieu du ciel ! Cette nuit, il avait bien failli la perdre. Marianne avait failli mourir à cause de lui !

Marianne regarda autour d'elle, effarée.

— Où sommes-nous ?

— Dans la tanière du Vigilant, répondit-il d'une voix brève en posant la lanterne sur la table.

Marianne posa sur lui un regard incrédule. Puis, tournant sur elle-même, elle inspecta les lieux sans rien dire. Quand leurs regards se rencontrèrent de nouveau, ses yeux brillaient de mille questions.

— Ainsi, c'est vraiment toi, le Vigilant ?

Vennor opina du chef tandis qu'elle se laissait tomber sur le large lit qui occupait le fond de la pièce.

— Eh bien, soupira-t-elle, heureusement que nous avons toute la nuit. Je crois que tu as pas mal de choses à me raconter... En commençant par le commencement. Pourquoi ne m'as-tu rien dit ?

La fille qui se dissimulait dans l'ombre, à l'angle de la rue, rassembla son châle autour de son corps frissonnant avec un hochement de tête satisfait. Elle avait enfin trouvé où se terrait le Vigilant. Maintenant, elle pourrait le retrouver quand elle en aurait besoin. C'était rassurant, d'une certaine manière. Et surtout, cela lui donnait un peu d'espoir.

Elle effleura d'une main tremblante sa lèvre gonflée. Elle avait supporté beaucoup de choses pour assurer sa subsistance, toutes ces années. Mais maintenant, c'était fini. Elle ne se laisserait plus faire. L'homme qui lui rendait de nouveau visite était de plus en plus brutal. Ses exigences ne méritaient pas l'argent qu'il lui donnait. Aucune somme d'argent, aucun avantage matériel ne justifiait qu'on humilie ainsi un être humain, et qu'on lui fasse mal. On disait que le Vigilant était venu à la rescousse d'une fille de joie. Peut-être accepterait-il de prendre sa défense, à elle aussi, si elle le lui demandait ?

Son client avait déjà outrepassé ses droits deux ans plus tôt. Des gens étaient morts à cause de lui parce qu'elle n'avait pas pu l'en empêcher. Maintenant, il était de retour après une longue absence. Mais cette fois, ce serait différent. Elle pourrait se mettre en travers de son chemin. Elle pourrait chercher de l'aide. Mais ça, c'était pour plus tard. En s'interposant devant les manœuvres criminelles de cet homme, elle risquait gros. S'il découvrait qui l'avait trahi, il la punirait durement. Sans doute de manière définitive. Pas question de prendre un tel risque tout de suite. Elle pouvait en endurer encore un peu. Et pour mettre le Vigilant en action, il lui faudrait sans doute des faits plus substantiels. De simples hypothèses ne suffiraient pas.

Elle rentra à pas lents vers le bordel qui représentait son seul foyer. Le seul endroit où elle se sentait à peu près en sécurité.

Oui, maintenant, elle pouvait dormir tranquille. Elle savait à qui demander de l'aide.

9

Cette fois, Marianne le croyait. Elle s'assit en tailleur sur le lit, ses jupes amassées autour d'elle, tandis que Vennor achevait son récit. C'était tout simplement invraisemblable ! Un vrai roman de cape et d'épée. Il ne mentait pas, maintenant, elle en était certaine. Cela expliquait parfaitement les arrivées tardives de Vennor dans les réceptions, ses départs précipités. Cela expliquait aussi pourquoi il n'avait pas abandonné la recherche des meurtriers de ses parents.

Pourtant, maintenant qu'elle savait, cela ne réglait rien. Au contraire, c'était encore plus compliqué. Plus il s'expliquait, et plus elle se demandait si elle connaissait vraiment son vieil ami d'enfance.

Elle laissa échapper un long soupir tremblant.

— Pourquoi ne m'as-tu pas raconté tout cela dès le début ? Et avais-tu seulement l'intention de le faire ?

La colère et la rancune étaient toujours là, ronflant en elle comme un orage prêt à éclater. Toutes ces explications n'apaisaient en rien sa blessure. Au contraire, cela ne faisait que l'aviver. Elle se sentait horriblement trahie.

Cessant ses allées et venues, Vennor s'arrêta devant elle.

— Personne ne devait le savoir. C'était plus sûr pour les autres et plus sûr pour moi. Tout le monde devait ignorer cette deuxième vie. Si j'étais découvert, je ne voulais pas qu'on se serve de mes amis comme moyen de pression. Et je ne voulais les impliquer dans aucun scandale.

Il haussa les épaules et poursuivit :

— ... Peut-être étais-je également embarrassé. J'entendais d'avance les commentaires d'Inigo. À chaque fois que j'étais sur le point de confier quelque chose à l'un d'entre vous, j'entendais ses remontrances. Avais-je mesuré les dangers de cette entreprise ? Étais-je conscient que je n'avais pas d'héritier ? Ne voyais-je pas combien il était vain de chercher la piste d'un meurtrier si longtemps après. Etc. Etc.

Marianne réprima un sourire. Elle croyait l'entendre elle aussi. C'était du Inigo tout craché, en effet.

— Sans parler du scandale ! Un jeune duc frayant avec la pègre ! ... Il se faisait du souci pour toi, ajouta-t-elle avec une pensée affectueuse pour leur ami.

Vennor eut un demi-sourire.

— Veux-tu que je te dise ?... J'ai eu l'occasion de venir à sa rescousse, une fois, sans qu'il s'en doute, évidemment. Les hommes de main de Brenley lui étaient tombés dessus une nuit. Ils étaient trois contre un et Inigo était vraiment en difficulté.

Vennor émit un petit gloussement amusé et reprit !

— ... Une fois certain qu'il était tiré d'affaire, je suis rentré chez moi aussi vite que possible, de peur que, se précipitant pour tout me raconter, il ne trouve le terrier vide et se doute de quelque chose. J'étais sûr qu'il viendrait tout droit à Newlyn Place. J'étais le seul en ville, à ce moment-là. Cassian était en voyage de noces, et Eaton en Cornouailles. Et je ne me suis pas trompé. Dix minutes plus tard, il cognait à la porte pour me raconter ses malheurs. Il était minuit passé !

Marianne ne put s'empêcher de rire, elle aussi. Cette anecdote allégeait la tension qui s'était installée dans la pièce. Mais pas question de se laisser distraire. Vennor s'était expliqué, fort bien, mais tout n'était pas réglé. Elle embrassa du regard la petite pièce meublée, outre le lit, d'une table avec ses deux chaises et d'une étagère. Dans un angle, un petit poêle en fonte devait réchauffer un peu l'atmosphère rendue humide par la proximité de la Tamise en hiver. Combien de nuits avait-il dû passer ici, peu désireux de rentrer dans la demeure familiale hantée par les souvenirs ?

— Je comprends que tu n'en aies rien dit aux autres, Vennor. Ils auraient tout fait pour t'en empêcher. Mais pourquoi ne m'as-tu pas fait confiance, à moi ? Je croyais que nous étions de vrais amis. De ceux qui ne se cachent rien.

Vennor, qui, en un tour de main, avait chargé le poêle et l'avait allumé, vint s'asseoir à côté d'elle. Lui prenant la main, il enlaça ses doigts dans les siens dans un geste familier.

— Au début, je pensais que je ne ferais pas cela longtemps. Que je ne tarderais pas à trouver des indices sur l'identité des meurtriers de mes parents. Ou bien, que je finirais par me lasser de ma quête... Je ne pensais pas être très doué pour jouer les justiciers mais j'avais une revanche à prendre, en quelque sorte.

— Et ça a marché, renchérit Marianne en hochant la tête. Le Vigilant est un personnage célèbre, maintenant.

— Au point que j'aurais bien du mal à donner ma démission, plaisanta Vennor avec un sourire mi-figue mi-raisin. Et tu vois que j'avais raison de ne pas vouloir t'en parler. J'étais sûr que tu te mettrais en colère.

Leur vieille complicité revenait par bribes mais Marianne craignait pourtant de la voir compromise à jamais. Elle venait de découvrir un nouvel aspect de la personnalité de Vennor. Un aspect beaucoup moins sophistiqué que celui que le jeune duc offrait d'ordinaire à la face du monde. Beaucoup plus primaire et beaucoup plus... passionné.

— Oui, confessa Vennor en plantant son beau regard bleu dans le sien. J'aurais dû te le dire, tu as raison. Ne serait-ce que pour qu'on sache où me retrouver au cas où je disparaîtrais. Cela ne t'a pas évité le danger. Bien au contraire... Grand Dieu, Marianne, quand j'ai compris où tu étais allée ce soir, au lieu de te rendre au bal comme convenu ! Je me suis rué hors du bal des Mayfield, sans savoir où aller te chercher.

S'interrompant, il baissa la tête et elle le sentit trembler.

— ... Te rends-tu compte ? Et si j'avais été à Seven Dials au lieu de choisir les Docks ? Je n'aurais pas été là pour te tirer des griffes de ces ordures ! Et jamais je ne me le serais pardonné.

Marianne lui pressa affectueusement la main. Elle pouvait

gérer sa propre terreur, mais ceci... Voir ce grand corps d'homme secoué par les sanglots.

— Chut ! Tout va bien, Vennor. Je suis là, maintenant. Tout est bien qui finit bien.

Il la regarda au travers de ses mèches blondes.

— Es-tu sûre, Marianne. Tout finit bien, vraiment ?

— Mais oui, regarde ! À part une ou deux contusions, je n'ai rien du tout. Un peu de poudre de riz demain matin, et le tour sera joué.

Elle s'efforçait de plaisanter mais l'instant était sérieux, elle en était consciente.

Elle lui reprit la main et noua ses doigts intimement aux siens.

Oui, c'était vrai, physiquement, la soirée s'était bien terminée. Elle ne souffrait d'aucune blessure, ce qui tenait du miracle, étant donné les événements. Mais quelque chose avait changé, néanmoins. Leur amitié avait été mise à l'épreuve. La confiance qu'ils avaient l'un en l'autre aussi. Survivrait-elle à l'avenir ? A quoi ressemblerait leur amitié, à présent ? Marianne appréciait le fait que Vennor laisse le champ libre à l'imprévu, à l'inattendu. Il avait cela pour lui qu'il ne lui imposait rien.

— Me pardonneras-tu jamais, Marianne ?

Le halo lumineux de la lanterne découpait des pans d'ombre sur son visage harmonieux. La marque de la gifle qu'elle lui avait administrée commençait à s'estomper sur sa joue. Il n'était pas le seul à avoir des choses à se faire pardonner.

Marianne hocha lentement la tête. Le pardon était un bon commencement si leur amitié devait prendre un nouveau départ.

— Et toi, Vennor ? Me pardonneras-tu d'avoir rompu ma promesse et de ne pas t'avoir obéi ? De t'avoir frappé ? Tout ce qui est arrivé ce soir, c'est ma faute, finalement.

Mais si l'on pouvait pardonner, il n'était guère facile d'oublier. Et il leur faudrait à tous les deux un certain temps avant que l'un et l'autre rangent cette mésaventure dans les oubliettes de la mémoire. Et le silence qui s'était établi entre eux en était la preuve. Malgré leurs mains jointes, la méfiance était toujours là. Marianne était furieuse. Elle pouvait pardonner à Vennor sa dissimulation mais comment oublier ce que cela allait lui coûter, à elle ?

— Je suppose que mon enquête sur le Vigilant n'est plus de mise, maintenant, constata-t-elle d'une voix morne. Peut-être n'aurais-je pas pu la mener à bien, de toute façon ? Peut-être était-ce une mauvaise idée depuis le début ?

Pas seulement cette enquête sur le Vigilant mais son ambition de devenir journaliste, d'échapper au mariage. Cette brusque prise de conscience la submergea. Elle n'avait plus de choix, maintenant. Elle devrait accepter le parti qui se présenterait. Peut-être était-ce vrai, finalement. Nul n'échappait à son destin.

Elle posa la tête sur l'épaule de son compagnon avec un soupir. Cette soirée avait été un moment charnière.

— Quand sait-on qu'il est temps d'abandonner, Vennor ? J'étais si pleine d'espoir, ce soir, quand j'ai quitté la maison. Jamais je n'aurais imaginé un tel échec.

Jamais elle n'aurait imaginé que le Vigilant, c'était son meilleur ami, et que ce meilleur ami embrassait comme un dieu ... ou un diable.

Et surtout, qu'elle lui avait rendu ses baisers.

— En ce qui me concerne, je ne suis pas prêt à abandonner, déclara Vennor en l'attirant dans ses bras dans une chaude étreinte. J'espère que toi non plus, ajouta-t-il, la bouche dans ses cheveux. Je parle de ta vocation. Il y a sans doute d'autres manières de réussir que de faire un coup d'éclat ?

Elle leva les yeux.

— As-tu enfin trouvé une piste ? Sais-tu enfin pourquoi on a tué tes parents ?

Elle l'espérait pour lui de tout son cœur. Trois ans d'une quête aussi vaine, seul, c'était si lourd à porter.

Vennor se laissa aller contre les coussins, l'entraînant avec lui.

— Non, rien de bien nouveau, hélas ! Il m'a fallu six mois pour apprendre que Bow Street[1] avait clos le dossier.

Marianne se serra plus fort contre lui. Elle commençait à s'endormir et il faisait si bon dans le creux de ses bras.

1. Siège de la police londonienne à l'époque.

— Alors, pourquoi continuer à jouer ce rôle de Vigilant ? murmura-t-elle d'une voix ensommeillée. Pourquoi risquer ta vie ?

— Parce qu'ils ont besoin de moi. Pour beaucoup de ces gens, je suis le seul espoir.

Marianne sourit dans la pénombre.

— Alors, l'autre jour, quand j'ai supposé que le Vigilant était un révolutionnaire, je ne me trompais pas ?

Ça, c'était conciliable avec le Vennor qu'elle connaissait. Un jeune homme fier, élevé dans les valeurs des ducs de Cornouailles, qui reposaient sur l'entraide et l'amour de son prochain. Le Vennor qu'elle connaissait veillerait jusqu'à son dernier souffle à ce que tous ceux qui étaient sous sa protection soient bien nourris, habillés et à l'abri, en échange bien sûr des services qu'ils pouvaient rendre à la communauté. Seule la sauvagerie primitive dont il avait fait preuve dans l'assaut la surprenait.

— Pas besoin de déguisement pour faire cela, Vennor, tu le sais bien. Ton statut de duc te l'impose. Tu peux veiller sur le bonheur de tes semblables sans passer tes nuits à rôder dans les coupe-gorge, affublé d'un masque et d'une canne-épée.

— Pour ces pauvres gens, il n'y a pas d'autre moyen, expliqua Vennor en faisant courir sa main sur le bras de Marianne dans une caresse lente. Ce n'est pas de charité dont ils ont besoin, Marianne. Mais d'un protecteur, de quelqu'un qui fasse respecter leurs droits, qui s'élève contre tous les abus. Contre toute forme de mal. Et Dieu sait que l'être humain ne manque pas d'imagination, dans ce domaine. Le mois dernier, j'ai récupéré une pauvre jeune fille dans une maison close. Elle avait été vendue à la patronne par son propre père qui s'est probablement précipité ensuite dans la taverne la plus proche pour boire l'argent qu'il venait d'en tirer. Et elle aurait probablement été vendue le soir même au plus offrant parmi les nombreux amateurs de pucelles.

Marianne fut secouée d'un violent frisson. Quelle horreur ! Mais elle n'était guère surprise. Elle avait eu ce soir même une idée de la barbarie qui régnait dans les rues de Londres.

— Et qu'est-elle devenue, finalement ?

— Je l'ai fait embaucher comme femme de chambre chez Nikolay Baklanov, à Leicester Square...

Marianne opina du chef. Nikolay Baklanov était un jeune prince russe qui tenait une académie équestre à Londres. Elle l'avait rencontré une fois. Un grand jeune homme brun au corps souple et musclé, écuyer de grand talent et d'une grande séduction, tout comme sa jeune épouse.

— Mais, reprit Vennor, je ne peux pas placer toutes ces pauvres filles dans la domesticité de mes amis. Il n'y a pas de place pour tout le monde ! Sans compter que cela risquerait d'éveiller les soupçons... À Noël dernier, c'est un bébé que j'ai trouvé dans une impasse, juste à l'entrée d'une taverne de Seven Dials. Il était enveloppé de haillons et quasiment mort de froid.

L'image de Vennor avec un nouveau-né dans les bras arracha un sourire à Marianne. Il serait un père merveilleux.

— Qu'en as-tu fait ? L'as-tu conduit à l'orphelinat ?

Mais cette fois, l'histoire ne s'achevait pas comme un conte de fées.

Vennor leva vers elle un regard fermé.

— Hélas, non. Je n'en ai pas eu le temps. Il est mort avant que je puisse l'aider. Je n'ai pas pu le sauver. J'étais à deux rues de l'orphelinat quand il a rendu son dernier souffle dans mes bras.

La douleur qui faisait vibrer sa voix fit taire Marianne. Que pouvait-elle dire ? Rien, aucun mot ne pouvait consoler de la mort d'un enfant.

— Cet enfant avait besoin de plus qu'un simple panier de nourriture. Sa mère, quelle que soit la raison de sa conduite, aussi. Je peux difficilement imaginer le niveau de désespoir qui peut conduire une jeune mère à abandonner son enfant. À croire qu'il a plus de chance de s'en sortir dans la vie abandonné au coin d'une rue plutôt qu'avec une pauvre fille dépourvue de tout.

Marianne secoua la tête.

— Moi non plus, Ven'. Mais que tu aies le courage de faire tout ça n'en est que plus admirable.

Elle resta un long moment songeuse tandis qu'une idée se formait dans son esprit. Quand elle reprit la parole, ce fut d'une voix nette, décidée. Elle était tout à fait réveillée, maintenant.

— Il faut que les gens sachent ce qui se passe par ici. Qu'ils comprennent que la charité ne suffit pas. Que cela n'apporte aucun changement réel à la vie de tous ces gens. La seule chose qui supprime la misère, c'est une bonne instruction et un travail rémunéré par un juste salaire.

Se redressant sur le lit, elle repoussa ses cheveux en arrière, de plus en plus excitée.

— Tu as raison, je ne peux pas raconter l'histoire du Vigilant dans mon journal maintenant. Et je ne le pourrai sans doute jamais. Mais il y a des centaines d'histoires, des milliers même, que je peux exposer de long en large à la curiosité des lecteurs. Avec l'aide du Vigilant, je peux interroger tous ces gens. N'est-ce pas le premier pas vers un vrai changement ?

— Le Vigilant, M.R. Mannering, toi et moi, tu veux dire ? Cela fait beaucoup de monde, plaisanta Vennor, souriant d'un vrai sourire pour la première fois depuis le début de la soirée... Oui, cette idée me plaît bien.

Je suis heureuse de te voir sourire, Ven'. Cela veut dire que notre amitié pourra survivre à tout ça.

Vennor rit.

— J'espère bien !

Marianne baissa les yeux sur leurs mains jointes. De nouveau, le courant qui circulait entre eux fit vibrer l'atmosphère. C'était ça, le vrai danger. La vraie menace à leur amitié, s'ils s'y abandonnaient. Il était temps de prendre le taureau par les cornes.

— Mais il n'y a pas que cela, n'est-ce pas, Ven' ? Tu m'as embrassée, ce soir. Sous le coup de l'émotion, peut-être ?

Lui prenant le menton entre l'index et le pouce, Vennor la contraignit à le regarder dans les yeux. Quand il reprit la parole, sa bouche était tout près de la sienne.

— Peut-être. Pour le savoir, ne faudrait-il pas recommencer ?

Sa bouche franchit aussitôt la distance, emprisonnant celle de Marianne dans un baiser aussi enflammé par sa douceur que l'avait été celui de l'impasse un moment plus tôt, par sa férocité. Ses lèvres s'ouvrirent sous la pression de celles de son compagnon, cédant à l'exploration gourmande de sa langue. Elle s'abandonna dans ses bras avec un gémissement de plaisir. La terreur de la rue semblait bien loin, maintenant. Elle se sentait à l'abri dans cette pièce que le poêle ronflant envahissait de sa douce chaleur. Elle était avec Vennor, son ami, cet homme qu'elle connaissait si bien et, elle venait d'en prendre conscience, un homme qu'elle connaissait en même temps si peu.

Elle était prête à les explorer tous les deux avec sa bouche, avec ses mains.

Et même, avec son cœur.

10

Vennor réagit à l'impatience de sa partenaire avec la même ardeur. Ses caresses l'enflammaient autant qu'elles l'apaisaient. Ce qui allait se passer maintenant dans cette chambre était bien plus dangereux pour leur amitié que tous les secrets du monde.

Une fois la passion embrasée, il était difficile de l'éteindre ou de l'ignorer. Ces instants feraient partie de lui à jamais. Le spectacle des magnifiques cheveux de Marianne retombant sur ses épaules en une cascade de feu, cerclant son joli visage en forme de cœur, son nez droit et sa bouche délicieusement renflée, tout appartenait à son passé mais aussi à son avenir. Il n'oublierait jamais ce jeune corps frémissant dont, instinctivement, les hanches se pressaient contre les siennes et à qui son corps affamé criait : « Oui, je suis à toi. Tout de suite. »

Les baisers échangés dans l'impasse pouvaient s'expliquer par des circonstances extrêmes et, pourquoi pas, par une confusion d'identité. Quand il endossait la panoplie du Vigilant, il ne se sentait plus lui-même. Il était un justicier qui n'obéissait qu'à sa seule loi. Peut-être était-ce la même chose pour Marianne quand elle prenait la plume de M.R. Mannering ? Sans doute ne savait-elle pas bien qui l'embrassait et à qui elle rendait ses baisers dans cette ruelle lugubre de East Docks ? Mais ici, dans le petit appartement de fonction des entrepôts Newlyn, ils ne pouvaient échapper à leurs identités. Ici, ils étaient Marianne et Vennor.

Il sentit les mains de Marianne tirer impatiemment sur sa

chemise pour la libérer du pantalon de son habit, puis elles coururent sur son torse, éveillant sur sa peau un chemin de feu.

— Vennor... Tu es si dur !...

Elle se pressa contre lui, suscitant une réaction à laquelle elle ne s'attendait pas.

Il eut un rire bas dans son oreille. Son corps ne voyait aucune raison de déguiser son désir alors que sa raison lui murmurait qu'il fallait se reprendre avant qu'ils n'aillent trop loin tous les deux.

— Me prendrais-tu par hasard pour l'un de ces dandys de salon, frisés et galants comme de jolis petits caniches ?

Le désir avait rendu sa voix légèrement sèche, comme s'il tentait de cacher par tous les moyens cette furieuse envie d'elle. Il avait tant besoin d'être considéré comme un soupirant comme un autre, d'être reconnu comme davantage qu'un ami.

Elle le regarda, les yeux brillants.

— Non, je n'ai jamais cru une chose pareille... Mais... en avoir la preuve reste bien différent que de le penser, n'est-ce pas ? répliqua-t-elle, tandis que ses mains s'affairaient à déboutonner sa chemise, apparemment pour le constater de ses yeux. Il était temps de mettre fin à cette folie. Le déshabillage était un pas dangereux vers un désastre annoncé et ils étaient déjà dans un lit ! Cette pièce n'avait jamais été conçue pour des aventures galantes.

Il emprisonna les mains de Marianne dans les siennes.

— Non, Marianne. Les choses ont été assez loin pour ce soir. Nous avons pas mal de choses à régler, tous les deux. En attendant, il n'est pas bon de brûler les étapes.

Il se contenta alors d'un bref baiser sur le bout du nez, ne se faisant pas assez confiance pour se risquer sur ses lèvres et en rester là. Ce soir, il lui avait déjà volé un rêve. Pas question de lui en voler un autre, dont elle aurait beaucoup plus de mal à se remettre. Quelle que soit la force de la tentation, il savait que cela les conduirait vers la seule issue pour laquelle ils ne se sentaient prêts ni l'un ni l'autre : le mariage. Après la passion viendrait le mépris et la rancune.

Se retournant d'un coup de reins, Marianne lui fit face.

— Pas question de rentrer chez moi, dit-elle en le contemplant de son regard élargi, ses boucles auburn cascadant sur une épaule. Parle-moi du Vigilant, veux-tu ? Raconte-moi ses aventures. Dis-moi ce qu'il fait la nuit.

Il eut un petit claquement de langue désapprobateur.

— Je ne suis pas un héros, Marianne. Je ne fais pas le bonheur de tous, malheureusement. Il m'arrive souvent de ne pas arriver à temps... Ou de ne pouvoir rien faire.

Elle opina lentement du chef.

— Je l'imagine sans peine. Mais personne ne te le demande.

— Je ne sais même pas par où commencer...

S'il commençait, il risquait bien de ne jamais s'arrêter.

— Commence par cet endroit, veux-tu ? Est-ce pour cela que tu n'as pas rouvert cet entrepôt ? Parce que tu avais besoin d'un repaire ?

Il avait en effet fermé ce local deux semaines après la mort de ses parents.

— Nous avons un autre entrepôt sur les India Docks, beaucoup plus grand et mieux situé.

Et, là-bas, cela lui permettait d'échapper un peu au passé. La moindre réponse ouvrait sur une autre question et exigeait de lui une plus ample exploration de lui-même. Encore un pas plus avant dans les ténèbres.

La voix douce de Marianne reprit dans la pénombre.

— Est-ce la seule raison, Ven' ? Cela m'a paru si étrange, que tu disparaisses ainsi tout d'un coup. Puis que tu réapparaisses sans crier gare.

Vennor se laissa tomber sur les coussins et tendit les bras vers Marianne.

— Je croyais que tu voulais entendre des histoires sur le Vigilant ? la taquina-t-il. Laisse-moi te raconter la fois où j'ai sauvé un chiot de la Tamise.

Son sang s'était apaisé et il pouvait se permettre de la tenir simplement contre lui

Marianne rit.

— Je vois que, de la demoiselle en détresse au petit chien, ton répertoire est très large.

Sa main était simplement posée sur sa poitrine, légère et

douce, sans ébaucher la moindre caresse. Cette aisance dans leurs relations avait toujours existé et il était heureux d'être là avec elle. Heureux que cette nuit n'ait finalement rien détruit de cette belle amitié. Il n'avait jamais rencontré cela avec les femmes avec qui il avait eu des aventures. Peu importait ce qui arriverait ensuite, peu importait le chemin qu'ils prendraient l'un et l'autre. Il savait qu'il ne retrouverait jamais ce bonheur simple avec quiconque.

— Nous avions un jeune chien de chasse, un setter, qui aimait courir après les chats. Il nous accompagnait souvent quand mon père venait vérifier les cargaisons dans nos entrepôts. Mais le chat était évidemment plus agile et, en le pourchassant sur le quai, le chiot est tombé dans le fleuve.

Il racontait volontairement l'histoire d'un ton léger. Cette mésaventure était arrivée il y avait déjà des années. Et cela avait été sans doute sa première grande imprudence. Il avait entendu le chiot pousser des jappements aigus dans la nuit et l'avait vu se débattre dans les remous du fleuve, pauvre petite tâche claire menaçant d'être engloutie. Sans prendre le temps de réfléchir, il avait sauté dans les remous de la Tamise, avec ses bottes et son manteau, risquant toute la descendance d'une lignée ducale pour un petit chien. Quand Honeycutt l'avait trouvé sur le seuil de Newlyn House, détrempé et son chiot sous le bras, il était pour une fois violemment sorti de ses gonds.

— Et qu'est devenu ce chiot ? s'enquit Marianne, haletante.

— Il est vieux, maintenant. Il vit dans les écuries de notre maison de ville, avec un groom pour lequel il s'est pris d'amitié. Il n'aura jamais chassé que des chats, celui-là.

— Il faudra lui rendre visite, décréta Marianne en se serrant plus fort contre lui. Qui d'autre as-tu sauvé ?

— Des enfants, des femmes, quelques ivrognes maltraités par leurs camarades de beuverie et qui risquaient bien de finir dans la Tamise, eux-aussi.

Vennor passa les exploits du Vigilant en revue, tâchant de faire un tri. Après ce que la jeune fille avait vécu ce soir, pas question de lui raconter les affaires les plus sanglantes. Maintenant que la tension commençait à retomber, il lui paraissait de plus en plus facile de parler. Et les anecdotes se succédèrent les unes après les autres tandis que le clocher le plus proche égrenait les heures de la nuit. Marianne était un bon public. Elle poussait de temps en temps une exclamation, posait une question, et, curieusement, au fil de ces histoires, Vennor avait l'impression de s'alléger un peu de son fardeau. C'était la première fois depuis la mort de ses parents qu'il pouvait parler avec quelqu'un dans une telle atmosphère de confiance et d'écoute.

Il y avait encore beaucoup à dire, qu'il ne se sentait pas prêt à confier. Mais c'était un commencement.

La lanterne avait fini par s'éteindre et la pièce était plongée dans une obscurité profonde. Et pourtant, ils continuèrent à parler jusqu'à l'aube. Vennor ne se tut qu'en prenant conscience du calme inhabituel de sa compagne.

— Marianne ? Dors-tu ? murmura-t-il, réprimant lui-même un bâillement qui lui venait du fond de l'âme.

Comme il n'obtenait aucune réponse, il lui posa un baiser sur les cheveux.

— Merci, murmura-t-il.

Merci à elle d'avoir pris le temps de l'écouter. D'avoir partagé un peu de la vie mystérieuse du Vigilant avec lui. C'était, il s'en rendait compte un présent, un immense soulagement. Après tout, c'était maintenant les moments de sa vie qui avaient le plus de sens pour lui.

Il ferma les yeux à son tour avec un immense soulagement. Et, serrant Marianne contre lui, s'embarqua avec elle sur la barque du sommeil.

— Tiens ! Mets ça.

Hayes lança une perruque rousse à la prostituée et referma la porte derrière lui. Il poussa le verrou et, devant le regard étonné de la pauvre fille, expliqua avec un petit rire :

— Je ne veux pas être dérangé. Pour ce soir, j'ai prévu un petit divertissement.

La fille prit la perruque et disparut derrière le paravent qui dissimulait la toilette.

— Voulez-vous que je joue le rôle de quelqu'un en particulier, milord ?

— Oui. Tu vas être une jolie dame de bonne famille qui a besoin d'être châtiée.

Se laissant tomber sur le lit, Hayes retira ses bottes d'un coup de talon puis entreprit de se déshabiller.

— ... Inutile de mettre une belle robe, Élise. Juste un peignoir et un peu de poudre de riz sur ton joli petit minois. Je ne veux pas voir cette coupure sur ta joue. Tu sais que je n'aime pas ça, gronda-t-il en serrant les poings.

Tout de même, pour le prix qu'il la payait, elle pourrait se souvenir de ses petites exigences. Ceci dit, ce n'était pas non plus une de ces courtisanes de luxe qui avaient un peu d'éducation. Mais ces dames de haut vol n'accepteraient pas de se soumettre aux petits jeux qu'il aimait tant. Aussi devait-il se contenter d'Élise, une petite créature pas trop exigeante dont les compétences consistaient à rester sur le dos sans bouger et à émettre les gémissements attendus aux bons moments.

Mais pas cette fois. Il dénoua sa cravate et la jeta au pied du lit pour plus tard. Puis il sortit sa chemise de son pantalon et la déboutonna. À la perspective des plaisirs à venir, son membre commençait à se réveiller. Ils allaient commencer par une petite séance de confession. Il la ferait s'agenouiller au pied du lit, nue devant lui, puis, feignant d'être mécontent des fautes avouées, l'attacherait au pied du lit et la fouetterait jusqu'à ce qu'elle mendie son pardon. Et seulement alors, quand elle aurait assez pleuré, il lui donnerait sa récompense.

Et cette fois, c'était Marianne Treleven qu'il imaginerait avoir à ses pieds, éperdue et suppliante, sa belle bouche sensuelle ouverte sur un cri, ses cheveux roux dénoués ruisselant sur ses épaules blanches. S'il le lui demandait, serait-elle prête à supplier, à genoux, qu'on épargne la vie de Penlerick ? Que serait-elle prête à faire pour sauver son ami ? Ami... ou amant ? Hayes eut une grimace. Son instinct le trompait rarement. C'était l'inquiétude disproportionnée de Penlerick chez les Mayfield, quand il n'avait pas trouvé Marianne, qui lui avait mis la puce à l'oreille. Il s'était bien gardé de l'aider. Au contraire. Penlerick avait-il été chez elle ? Il y avait toujours la possibilité que Marianne ait préféré les éviter tous les deux. Bah ! Peu importait comment tout cela avait fini. Ce qui était éminemment contrariant, c'était que Penlerick se fût cru autorisé à pourchasser Marianne jusqu'à chez elle. Jamais Hayes n'aurait commis une faute pareille. Selon son propre code, un homme ne s'humiliait jamais devant une femme. Cela serait accorder trop de pouvoir à ces femelles. Il ne poursuivait la cour qu'il leur faisait, si le jeu en valait la chandelle, que pour obtenir leurs bonnes grâces. Bien sûr, la fin justifiait les moyens, et pour ce qui était de Marianne Treleven, la fin, c'était le mariage. Il serait toujours temps, ensuite, de rétablir la hiérarchie naturelle entre un mari et son épouse.

Il exigerait de Marianne une obéissance et une humilité totales. Et pour cela, il avait des arguments. Il savait provoquer chez les femmes un plaisir sexuel intense qui les mettait sous sa férule. Il capta du coin de l'œil ses bottes et sa cravache. Et il eut un petit rire. Oui, il ferait payer à la Treleven toutes les humiliations qu'elle lui avait infligées chaque soir, à chaque bal, à chaque souper en lui préférant Penlerick. Elle avait parfaitement compris ses intentions. Dès le début de la Saison, il s'était posé sans aucune ambiguïté comme l'un de ses plus ardents admirateurs. L'un de ses plus sérieux prétendants. Et celui qui, venant comme elle de Cornouailles, vieille connaissance de la famille, avec un titre tout à fait honorable, avait le plus de chance d'aboutir. Et pourtant, c'était à Newlyn qu'elle adressait ses faveurs !

Il s'imaginait déjà jetant la jolie rousse en travers de ses genoux et... Bon sang ! Mais que faisait Élise, derrière son paravent ?

Le seul obstacle à ses ambitions, c'était Newlyn. Tant qu'il serait dans les parages, impossible d'attirer Marianne dans son piège. Il le sentait. Surtout si le jeune duc avait lui aussi des vues sur la donzelle. Non, la seule solution, c'était de se débarrasser de ce gêneur.

Ce n'était pas seulement Marianne qu'il voulait prendre à

Penlerick. C'était son duché. Le château, les écuries et toutes les terres autour. Tout ce pour quoi les Penlerick s'étaient battus depuis des siècles, tout ce qu'ils avaient dérobé aux Moore. Une fois Penlerick hors-jeu, Marianne et toute la Cornouailles seraient à lui.

Il aurait sa revanche. Enfin.

— De quoi ai-je l'air ? s'enquit Élise en sortant de sa cachette, les boucles rousses de la perruque retombant sur ses seins à peine dissimulés par les pans du peignoir.

Un lent sourire cruel étira la bouche de Hayes.

— Tu es parfaite. Absolument parfaite.

Il allait lui laisser un petit extra, songeait-il en se rhabillant dans la pénombre de la petite chambre. Ils avaient joué tout l'après-midi mais il avait encore une question à régler.

— Dis-moi, mon petit, connais-tu deux ou trois hommes qui seraient disponibles assez vite pour un travail ?

Élise, pas encore bien réveillée, poussa un gémissement. Venant jusqu'à elle, il la secoua sans ménagement.

— Je n'en ai pas encore fini avec toi. Réponds à ma question, veux-tu ?

Et il fouetta l'air de la cravache restée sur le lit. Reprenant tous ses esprits, Élise se redressa d'un bond en se protégeant comme elle le pouvait avec la courtepointe.

— Que... Quel genre de travail, milord ?

— Bah ! Comme la dernière fois. Je les paierai bien et toi aussi. Ne t'ai-je pas laissé une jolie somme, quand je suis parti pour le Continent ?

Il se mit à arpenter la pièce, fouettant l'air de temps à autre tout en poursuivant :

— Ça t'a permis de te payer de jolies babioles, non ? Quelques bijoux, de beaux vêtements. Cette fois, peut-être pourras-tu t'offrir un cottage, une petite propriété où t'établir. Tu pourras enfin quitter cet endroit et changer de vie, qu'en dis-tu ?

Il jeta un coup d'œil vers le lit. Elle était là, cette pauvre créature, dans son lamentable petit peignoir de pacotille, à le regarder avec de grands yeux pleins de rêves. Cette fois, il avait réussi à l'intéresser. N'était-ce pas tout ce à quoi ces malheureuses aspiraient ? Un riche protecteur, une maison bien à elles. Comme quoi, les vicomtes et les femmes de la rue n'étaient pas si différents. La liberté, c'est tout ce à quoi ils aspiraient. La liberté de choisir son propre destin.

— Oui, milord. Je peux vous trouver des hommes, bien sûr.

Il laissa tomber ostensiblement une bourse bien remplie sur la commode et se dirigea vers la porte.

— Parfait. Alors, nous en discuterons plus avant la prochaine fois. Tu peux garder la perruque. Tu en auras encore besoin.

11

Ils avaient quitté discrètement le bal des Tetlow peu après 11 heures.

— Garde ta capuche, lui intima Vennor pour la dixième fois au moins depuis qu'ils étaient sortis du périmètre de Mayfair. Il vaut mieux que personne ne voie tes cheveux ni ton visage. Ils sont assez reconnaissables comme ça !

Marianne rabattit docilement la capuche de sa cape de satin noir plus bas sur son front. Vennor était nerveux et elle ne voulait pas lui faire regretter d'avoir accepté qu'elle l'accompagne. Elle comprenait parfaitement les risques inhérents à sa présence. Si quelqu'un établissait un lien entre le Vigilant et elle, ce quelqu'un pouvait tout aussi bien faire le même rapprochement entre le Vigilant et Vennor. C'était un risque infime. Après tout, personne dans les bas-fonds de la ville ne la connaissait personnellement. Mais il y avait toujours un risque. Les informations circulaient vite dans Londres, quel que soit le milieu auquel on appartenait.

Depuis ce fameux soir dans les East Docks, il y avait un autre domaine dans lequel ils s'étaient montrés prudents, Vennor et elle, attentifs à ne pas révéler aux yeux du monde ce qui s'était passé entre eux la nuit de l'entrepôt. Extérieurement, rien n'avait changé. Il arrivait toujours dans les bals aussi tard que possible, juste à temps pour inviter Marianne pour la valse qui précédait le souper, au grand dam de Lord Hayes, de plus en plus renfrogné. Si quelque chose avait changé, c'était le comportement de plus en plus possessif du vicomte vis-à-vis de celle qu'il considérait apparemment toujours comme sa promise, et son humeur qui tournait à l'aigre sitôt que Vennor faisait son apparition.

Le cabriolet cahotait sur les pavés inégaux de la rue tandis qu'ils se rapprochaient des docks. Passant en revue les faits de la soirée, Marianne se demandait si la mauvaise humeur de Hayes n'était pas un fait de son imagination. À moins qu'elle en fût un peu responsable ? Hayes manifestait un sentiment de possession d'autant plus exclusif à son égard qu'elle-même était de plus en plus sensible à la présence de Vennor. Parvenait-elle à dissimuler suffisamment son impatience quand il n'était pas là ? À dissimuler sa joie quand, enfin, il venait s'incliner devant elle pour la conduire sur le parquet de danse ? La paume de Vennor posée sur ses reins pendant qu'ils dansaient semblait plus vibrante, plus magnétique que celle de n'importe lequel de ses autres cavaliers. Son regard plongé dans le sien paraissait riche de maints secrets et elle ne pouvait empêcher son corps de trembler d'une mystérieuse impatience.

Pourtant, ils n'en avaient pas encore parlé ouvertement. Cette nuit qu'ils avaient passée dans les bras l'un de l'autre, aussi innocents et paisibles que le gentil Tristan et Yseult la Blonde du roman de la Table ronde, semblait appartenir à un autre monde, au-delà des rêves. Elle avait espéré que Vennor en parlerait lui-même. Non qu'elle se sentît une certaine lâcheté à le faire, mais parce qu'elle ne savait pas par quoi commencer.

Elle étudia le visage de Vennor dans la pénombre du véhicule. Il n'avait pas encore mis son masque et ses traits étaient tendus par l'impatience du moment. Ne pouvait-elle dire simplement : « J'ai aimé tes baisers. Je voudrais que tu recommences. Et, tiens, puisqu'on en parle, que signifient ces baisers entre nous ? »

Et si Vennor n'avait rien dit tout simplement parce qu'il n'y attachait aucune importance ? Pourquoi changer quelque chose dans leurs relations, dans ce cas ? Ils savaient bien tous les deux que ni l'un ni l'autre n'étaient pressés de se marier. Ne ferait-elle pas mieux de se demander ce que cette fameuse nuit signifiait pour elle, avant de se soucier de ce qu'elle signifiait pour lui ?

Marianne jouait nerveusement avec les cordons de sa capuche. Cette nuit dans le vieil entrepôt avait été un moment unique. Du moins, pour ce qui la concernait. Elle avait écouté les histoires de Vennor avec passion, et s'était épanouie sous ses baisers. Pendant quelques précieuses heures, son ami de jadis était revenu, doublé d'un amoureux. Elle l'avait retrouvé de toutes les manières, l'avait serré dans ses bras comme jamais elle n'avait pu le faire. Puis, dès l'aube, il lui avait de nouveau échappé.

Vennor, en face d'elle, venait de mettre son masque, et déjà il était redevenu cet étranger puissant et mystérieux qui avait sauvé sa vie et son honneur. Quand le fiacre s'arrêta au bord du trottoir, elle revivait, les yeux mi-clos, les baisers possessifs et furieux de l'étranger.

— À partir d'ici, nous continuons à pied, annonça Vennor tout en vérifiant d'un bref coup d'œil la conformité de la toilette de sa compagne.

D'une main autoritaire, il repoussa une boucle d'or roux sous la capuche, puis sa main s'adoucit, se transforma en caresse contre sa joue.

— Voilà, cela devrait aller.

— Qui devons-nous rencontrer, ce soir ? souffla Marianne en lui emboîtant le pas sur le trottoir que la pluie avait rendu glissant.

Elle serrait sous son coude un petit portefeuille contenant quelques feuilles de papier et un encrier portatif. C'était sa première interview ! Cela lui arrivait vraiment, à elle ! On lui donnait enfin sa chance. Vennor lui donnait sa chance.

— *Tu* vas rencontrer Mrs Broadham, propriétaire d'une pension pour femmes célibataires et mères de famille isolées. Quant à moi, je serai dehors, en train de patrouiller dans le coin. Deux Indiamen[1] sont arrivés au port aujourd'hui et les

1. *Un Indiaman* (Indiamen au pluriel), littéralement « homme des Indes » et par extension « vaisseau des Indes » était un navire affrété par la Compagnie anglaise puis britannique des Indes orientales, qui disposait d'un monopole accordé en 1600 par Élisabeth Ire. Au XVIIIe siècle, ce monopole, un tant soit peu restreint, autorisait les Indiamen à naviguer entre l'Angleterre et l'Inde en passant par le cap de Bonne-Espérance. Certains allaient néanmoins jusqu'en Chine.

marins vont débarquer avec leur paie dans la poche et la grande envie de la dépenser.

Marianne, déçue, fit la moue.

— Mrs Broadham, dis-tu ? Cette dame me paraît tout ce qu'il y a de plus respectable.

Elle qui espérait une prostituée ou une vagabonde ! Il lui serait bien plus profitable pour ses articles de suivre le Vigilant dans sa mission du jour... ou plutôt de la nuit. Mais elle devait s'estimer encore heureuse. Déjà, il avait accepté de l'emmener avec lui. Elle devrait se contenter de la dame en question et de ses protégées. Pour ce soir...

Vennor eut un petit rire amusé.

— Ne la sous-estime pas ! Elle connaît sur le bout des doigts tous les petits secrets, les grandes et les petites misères des femmes qu'elle héberge. Tu auras le choix tant dans la qualité que la quantité. Quant à la respectabilité de la dame, ne te laisse pas abuser par son nom. Je ne crois pas qu'il ait jamais existé un Mr. Broadham. Elle prétend que son honorable époux est un marin au long cours. Mais, depuis trois ans que je la connais, je n'ai jamais vu ce brave homme mettre pied à terre dans notre bon port de Londres. Si tu veux m'en croire, étant donné le caractère de la dame, il a dû s'embarquer pour un tour du monde,

Il rit puis son souci lui revint.

— Il m'est impossible de venir avec toi, tu peux l'imaginer aisément. Je ne peux pas rester assis là, dans la chambre de l'une ou l'autre de ces pauvres filles, à écouter leur histoire. Cela les gênerait.

Marianne opina du chef. Ce pourrait également être dangereux. Tout le monde n'appréciait pas la mission que s'était donnée le Vigilant. Le tenancier de l'estaminet dans lequel elle était entrée, le soir de sa grande aventure, le lui avait dit clairement. Ceux qui vivaient du crime, les hors-la-loi, ne portaient pas le Vigilant dans leur cœur. S'il était encore en vie, c'était surtout parce qu'il avait quelques alliés parmi les miséreux à qui il avait fait du bien et parmi les propriétaires de taverne ou de pension qu'il avait défendus contre le racket. Mais surtout parce qu'on ne savait jamais où l'attendre. Marianne hocha la tête et, se penchant vers elle, il lui prit la main.

— Mais ne t'inquiète pas, Marianne. Je ne serai pas loin. Et, chez cette bonne Mrs Broadham, tu seras en sécurité.

La pension de famille était située à Blackwall, pas très loin des East India Docks. D'après l'agitation qui régnait dans les rues, le Vigilant ne chômerait pas ce soir. Il aurait le choix entre des bagarres à mains nues, des querelles d'ivrognes et des vols. Il s'empressa de confier Marianne aux bons soins de Mrs Broadham avant de disparaître dans la nuit.

— Qu'est-ce qui vous intéresserait, ma p'tite demoiselle, s'enquit Mrs Broadham avec le ton rude et le lourd accent des habitants des docks. Tout c'que m'a dit le Vigilant, c'était qu' vous étiez *journalisse-reportère* et qu'vous vouliez rencontrer des gens qui vivent par ici, à East End pour les met' dans vot' journal.

Marianne se redressa imperceptiblement, prenant soudain conscience de son nouveau titre. Elle *était* reporter ! Grâce à Vennor, elle était enfin à pied d'œuvre. Elle lui en serait à jamais reconnaissante.

— C'est exact, Mrs Broadham. Si vous pouviez me faire faire d'abord un tour de votre établissement… Je me contenterai de prendre quelques notes, avec votre permission.

Elle sortit son papier et sa plume.

Mrs Broadham l'examina des pieds à la tête et souffla bruyamment par le nez. Marianne referma subrepticement son manteau, peu désireuse de laisser voir le décolleté de sa robe de bal.

— J'avais jamais encore vu une femme reporter, commenta sobrement son hôtesse. Mais j'me figurais qu'elles étaient habillées autrement qu'ça ! Maint'nant, c'est vot' problème. Mais dites-vous bien qu'par ici, quand on cherche des ennuis, on les trouve.

Marianne détourna le regard. Elle avait eu son baptême du feu, dans ce domaine, mais ce n'était pas le genre de chose dont elle avait envie de se vanter.

— Un bon reportage pourrait être une bonne publicité pour votre pension, suggéra-t-elle aimablement, en suivant Mrs Broadham dans l'entrée chichement éclairée de sa pension.

Ce faisant, elle notait du coin de l'œil une fissure dans le bas d'un mur qui aurait pu loger toute une famille de souris.

— Voici la salle à manger.

Mrs Broadham s'était arrêtée devant une porte qui s'ouvrait sur une grande salle meublée de deux longues tables de chêne au bois usé mais d'une rigoureuse propreté. Des chaises de toutes tailles et dont la paille avait connu des jours meilleurs les entouraient, sagement alignées.

— Nous pouvons r'cevoir jusqu'à vingt-quatre convives, annonça-t-elle avec la solennité d'un maître d'hôtel de grande maison.

Et elle ajouta en se rengorgeant :

— Deux repas par jour !

Vint le tour du salon où se réunissaient les pensionnaires après le repas. Canapés plus ou moins défoncés, velours usé jusqu'à la corde mais, avec ses plantes vertes et son grand poêle en porcelaine, la pièce, elle aussi d'une grande propreté, était accueillante. Plusieurs femmes étaient assises là, cousant et bavardant malgré l'heure tardive, mais aucune ne leur prêta attention. Quand elles montèrent à l'étage, les marches de l'escalier craquèrent sinistrement sous leur poids. Marianne nota le tapis élimé et décoloré, le papier peint maculé de larges tâches d'humidité.

— Si près du fleuve, expliqua Mrs Broadham qui avait saisi son coup d'œil, il est difficile d'empêcher l'humidité de s'met' partout, 'c'pas ?

Marianne hocha la tête, puis, profitant de la banquette qui meublait le palier, s'assit et prit rapidement quelques notes avant de poursuivre sa visite.

Apparemment, le toit n'était guère en meilleur état. Plusieurs chambres étaient munies d'une bassine en fer chargée de recueillir les éventuelles fuites par temps pluvieux. Les chambres elles-mêmes étaient petites, chauffées par un minuscule poêle à charbon et meublées seulement d'un lit étroit, d'une commode et d'une petite table.

— Les pensionnaires fournissent leur chandelle, dit encore la matrone. Et elles peuvent apporter leur mobilier.

Des vêtements pendaient à leur clou, et les pièces, dont plusieurs étaient sans fenêtre, sentaient le renfermé. Quelques-unes hébergeaient jusqu'à quatre pensionnaires, parfois de la même famille, comme il fut expliqué à Marianne.

Mrs Broadham frappa à une porte qui s'ouvrit aussitôt sur une femme de taille médiocre, au petit visage d'oiseau et aux cheveux d'un blond filasse.

— B'soir, Mrs Simmons. J'espère qu'il est pas trop tard. C'est la dame du journal dont j'vous avais parlé.

Mrs Simmons remonta d'un coup de hanche l'enfant qu'elle portait, un petit garçon âgé de un ou deux ans, blond et maigre lui aussi comme sa mère. Assise sur le lit, une petite fille un peu plus âgée regardait Marianne avec une curiosité effrayée.

Marianne sourit à son tour en entrant dans la pièce.

— Madame fait un reportage sur la pension, expliqua, très à l'aise, Mrs Broadham à Mrs Simmons.

Celle-ci, bien qu'intimidée, était visiblement heureuse de recevoir un peu de visite. Avec cinq personnes, la pièce paraissait maintenant minuscule.

— Lily, sors de c'lit. Laisse la dame s'asseoir.

— Non, non, ce n'est pas nécessaire, protesta Marianne. Je peux rester debout.

Elle ne voulait pas déloger la pauvre enfant du seul endroit qui paraissait confortable dans cette chambre. Et c'était aussi par précaution. Bien que tout parût d'une propreté exemplaire, elle craignait les éventuels habitants de la literie.

— Mrs Simmons, acceptez-vous de répondre à quelques questions ?

Il apparut très vite que, une fois remise de l'émotion de recevoir une invitée, Mrs Simmons était de tempérament communicatif.

— Et Mr Simmons ? interrogea Marianne tandis que l'interview progressait. Travaille-t-il ici, sur les docks ?

Mrs Simmons, qui avait pris place sur l'unique chaise, serra plus fort dans ses bras son enfant maintenant endormi. Aucune trace de berceau dans la pièce. Même pas un matelas jeté dans un coin. Toute la famille partageait le même lit.

— Non, m'dame. Mr Simmons est mort. Il a été tué en Grèce y'a deux ans déjà avec l'armée anglaise. Mais on s'plaint pas. On a d'la chance qu'y nous ait laissé de quoi vivre.

Elle leva les yeux, le regard humide, et expliqua encore :

— Grâce à ma pension d'veuve de guerre, et à la compréhension de Mrs Broadham, on a un toit sur not' tête. Et c'est plus souvent qu'aut' chose qu'elle oublie d'me réclamer la d'mi-pension...

Elle eut un sourire de gratitude envers son hôtesse qui leva une main.

— Allons, allons, Mrs Simmons. Ne m'faites pas meilleure que j'suis !

Un sourire de complicité amicale passa entre les deux femmes et Marianne en eut le cœur serré. Que serait devenue cette jeune veuve avec deux enfants si, en effet, elle n'avait pas rencontré sur son chemin une Mrs Broadham pour jouer les anges gardiens ?

Mais les vêtements pour les enfants ? Et les médicaments, s'il leur arrivait de tomber malades ? Et les jouets, à Noël ? La pension de veuvage ne devait pas non plus couvrir les accidents de la vie. Pourtant, Mrs Simmons n'était pas malheureuse, parce qu'elle avait pu garder les enfants avec elle au lieu de devoir les confier à un orphelinat. Et puis, n'avaient-ils pas tous les trois un toit sur la tête ?

Elle salua la pauvre jeune femme et la remercia pour son hospitalité puis se laissa conduire hors de la pièce par une Mrs Broadham qui, toute méfiance envolée, manifestait le désir de lui faire visiter le reste de sa pension.

Marianne espérait ne pas laisser transparaître ses émotions. Elle avait déjà rencontré la pauvreté. Il y avait beaucoup de misère en Cornouailles, surtout chez les mineurs, dont elle avait été mille fois témoin en distribuant avec ses sœurs des paniers de nourriture pour Noël et des jouets pour les enfants. Mais, elle en prenait soudain conscience, la misère des villes était bien pire. Il y avait dans ces faubourgs gris et humides une sorte de désespoir résigné. Et cela la mettait en colère. Londres était l'une des plus riches cités au monde, elle recevait des richesses du monde entier. Comment les classes dirigeantes pouvaient-elles laisser une partie de ses citoyens, la force vive du pays, vivre dans la misère, mourir de faim et de maladie ?

Marianne retint un soupir. Vennor l'avait pourtant prévenue qu'elle ignorait tout du monde qui l'entourait. En faisant son reportage, elle s'était convaincue qu'elle était prête à ce qu'elle allait voir. Pourtant, elle ne s'attendait pas à ceci. Et ce n'était certainement pas le pire. Comment Vennor faisait-il pour supporter tout ça ? Avait-il vraiment fini par se persuader qu'il pouvait faire quelque chose pour y remédier ?

Mrs Broadham conclut la visite de son établissement par une invitation à prendre une tasse de thé dans sa cuisine en attendant le retour du Vigilant. Les feuilles avaient dû servir plusieurs fois, mais la boisson, à défaut d'être parfumée, avait le mérite d'être bien chaude, et Marianne entoura avec reconnaissance son bol de ses deux mains glacées.

— Comment avez-vous fait connaissance avec le Vigilant, Mrs Broadham ?

L'histoire ne devait pas être dépourvue de pittoresque, même si Marianne n'avait pas l'intention de la raconter dans son journal.

Le rude visage de Mrs Broadham s'adoucit, autant qu'il était possible.

— Il y a deux ans d'ça, il nous a débarrassés d'une bande de racketteurs, nous, les commerçants du coin. Ces types-là nous prenaient une bonne part d'nos gains chaque mois soi-disant pour nous protéger. Il y avait pas mal de vitres brisées, de petits larcins et même des incendies avant qu'y s'intéressent à nous. Bien sûr, les gens dont y promettaient de nous protéger, c'était rien d'aut' qu'eux-mêmes...

Son hôtesse essuya ses mains sur son tablier et cracha dans le feu d'un air dégoûté.

— ... Mais le prix montait toujours, reprit-elle. Deux d'mes voisins qui pouvaient plus payer ont trouvé leur magasin en flammes en rentrant d'la campagne un dimanche. Même qu'ma pension a failli y passer.

Elle s'arrêta un instant pour reprendre son souffle, la main sur la gorge, puis reprit :

— J'savais bien qu'j'serais la prochaine. J'avais pas assez de pensionnaires pour payer c'qu'ils m'réclamaient. Enfin, pas assez de pensionnaires qui pouvaient payer.

Mrs Broadham secoua la tête et reprit :

— La rue d'venait déserte. Plus personne voulait habiter par ici. Ces voyous étaient pas assez intelligents pour s'apercevoir qu'y sciaient la branche sur laquelle ils étaient grimpés !

— Alors, qu'avez-vous fait, Mrs Broadham ?

La logeuse s'essuya les mains sur son tablier.

— J'ai laissé un mot au Vigilant. Anonyme, bien sûr.

Si le gang avait su qu'c'était moi, j'aurais pas fait long feu. J'étais pas sûre qu'y trouverait mon mot, ce cher garçon. Mais la semaine d'après, la fine équipe était partie. Z'avaient fui l'quartier comme les rats quittent le navire. Faut croire qu'il a des arguments... On les a plus jamais revus.

Elle conclut avec un large sourire en montrant la cuisine d'un geste large :

— Autant dire qu'y m'a sauvé la vie ! Regardez ça ! C'est tout c'que j'possède. Où j'irais, si je n'avais plus ma maison ? Qu'est-ce que je ferais d'mes dix doigts ? J'lui dois plus que j'saurais dire.

La brave femme avait rendu à ses pensionnaires ce que le Vigilant lui avait donné. Et en particulier à de pauvres jeunes femmes comme la petite Mrs Simmons à qui elle oubliait régulièrement de faire payer sa nourriture. La justice du Vigilant avait le même effet qu'un caillou sur l'étang. Elle s'élargissait en larges cercles concentriques, multipliant ses bienfaits.

Un léger heurt à la porte interrompit leur conversation. Marianne se leva précipitamment. Les deux heures passées chez Mrs Broadham avaient filé comme le vent. Au moment de sortir, le Vigilant mit une bourse généreuse dans la main de leur hôtesse. Puis ils s'enfoncèrent dans la nuit, marchant d'un pas vif en direction de leur véhicule.

L'intérieur du cabriolet était chaud et confortable. Marianne se laissa tomber sur la banquette de cuir avec un soupir, les yeux clos. Elle laissait la tension des heures écoulées s'apaiser lentement. Un bruissement de soie lui indiqua que Vennor venait de retirer son masque.

— Comment cela s'est-il passé ? Mrs Broadham t'a-t-elle été utile ?

— Elle a été formidable ! s'exclama Marianne en joignant les mains. Tu avais raison. C'était un excellent point de départ... Comment notre société peut-elle laisser des êtres humains tomber aussi bas ? J'ai fait connaissance avec Mrs Simmons. Elle vit dans une chambre minuscule avec ses deux enfants. Et pourtant, grâce à Dieu, elle n'est pas à la rue.

Elle se tut un instant puis déclara en frappant la banquette du plat de la main :

— Dès demain je lui envoie un panier de nourriture, des vêtements pour les enfants, un tapis pour le plancher. Des jouets, aussi !

Elle hocha la tête. Rien de plus facile ! Les greniers de leur maison de ville étaient remplis d'objets en bon état et oubliés depuis longtemps.

— ... Mais, conclut-elle, désabusée, ce ne sera pas assez. Cela leur apportera un confort momentané. Mais pas de véritable changement.

Elle sentit les mains de Vennor se refermer sur les siennes.

— Envoie-lui tout ça malgré tout. Cela lui réchauffera le cœur. Tu pourras dire que c'est en manière de remerciement.

Marianne ouvrit les yeux et poussa un cri.

— Grand Dieu ! Tu as été blessé !

Elle voyait le visage de son compagnon pour la première fois depuis qu'il était revenu des docks. Et, malgré la pénombre, elle distinguait clairement un large bleu qui s'étalait sur sa joue droite.

Instinctivement, elle l'effleura de la main.

— Ouch !

Il se recula avec un rire mal assuré.

— Pourquoi diable faut-il que les gens aient la manie de toucher là où ça fait mal ?... Honeycutt va me mettre une bonne escalope là-dessus. Il a l'habitude... Ce qui me console, c'est que les autres en ont pris autant.

— Les autres ? Mais combien étaient-ils ?

— Trois, peut-être quatre. Mais pas question de les laisser voler sa paie au jeune marin qui venait de la recevoir. Le pauvre gosse n'avait pas plus de seize ans et il avait l'intention de l'envoyer dès le lendemain à sa mère. Il n'avait pas osé laisser son argent à bord, le pauvre innocent !

Marianne jeta machinalement un regard par la vitre du cabriolet. Ils allaient dans la mauvaise direction ! Ils retournaient à Mayfair.

— Pas d'entrepôt, cette nuit ?

Vennor ne répondit pas tout de suite. Il était occupé à récupérer ses affaires dans le petit coffret glissé sous le siège. Il remit sa montre dans sa poche, non sans l'avoir consultée.

— Non, dit-il enfin, il faut que je te raccompagne chez les Tetlow. Il est 1 h 30. Tes parents ne se rendront compte de rien. Tu seras rentrée à la fin du bal.

Puis il ajouta, baissant la voix :

— Es-tu contente d'être venue ?

— Contente. Très contente. Je suis impatiente de recommencer. Je comprends maintenant pourquoi tu fais cela ! Il y a tant à faire, Ven', pour compenser un peu la misère de ces pauvres hères. Il faut que les gens sachent ce qui se passe.

Vennor eut un petit reniflement de mépris.

— Mais ils le savent, ma chère, ils le savent. Je sais à quoi tu penses. Tu crois qu'il va suffire que tu publies ton histoire pour que les responsables prennent tout soudain conscience de ce qui se passe sous leurs yeux depuis longtemps... C'est de la naïveté !

— Mais cette fois, ce sera différent, Ven', insista Marianne, de plus en plus enthousiaste. L'audience de M. R. Mannering est masculine. Il ne s'agit pas seulement d'écrire un article à propos de fêtes de charité ou d'autres quelconques œuvres de bienfaisance. Les hommes ont le pouvoir d'agir, de voter des lois.

— Ils savent tout ça depuis longtemps, je te le répète. Mais ça ne les intéresse pas. Je ne veux pas que tu sois déçue, Marianne.

Je siège à la Chambre des lords et je me bats pour obtenir des réformes. Je sais de quoi je parle.

Le ton de Vennor était de l'ordre du simple constat, du réalisme tranquille. Elle choisit de l'ignorer. Le réalisme ne menait qu'à la résignation. Et, pour les principaux concernés, au désespoir.

— Cette fois, ce sera différent, répéta-t-elle d'un ton plein de défi, en pensant à la pauvre Mrs Simmons et à ses enfants. Je vais faire en sorte que ces messieurs m'écoutent.

Et tout d'abord, elle allait s'occuper de convaincre son éditeur. Il fallait qu'il accepte de publier son reportage. Elle trouverait le moyen de l'intéresser.

Elle devinait le sourire de Vennor dans la pénombre.

— Si quelqu'un peut y parvenir, Marianne, c'est bien toi. C'est ce que j'admire le plus en toi.

Elle ne put retenir un soupir.

Ce soir, elle attendait davantage de lui que de la simple admiration. Elle voulait qu'il vienne s'asseoir à côté d'elle, qu'il la prenne dans ses bras et la serre contre lui. Qu'il l'embrasse comme l'autre fois. Elle aurait aimé retourner à l'entrepôt plutôt que de retourner au bal des Tetlow. N'était-il pas futile, parfaitement hypocrite même, d'aller danser sous les ors et les fastes des beaux quartiers en buvant du champagne tandis que des gamins mouraient de faim à quelques encablures de là ?

— C'est la vie, Marianne. Si tu veux pouvoir continuer tes enquêtes, il faut jouer le jeu.

Marianne sortit à son tour son coffret de sous sa banquette et en tira ses gants, son collier et son carnet de bal, qu'elle attacha à son poignet. Elle avait l'impression de franchir une invisible frontière, de rentrer dans un autre monde.

— Danseras-tu la *Roger de Coverly*[1] avec moi ?

C'était la dernière danse de la soirée. Tout à coup, elle ne supportait plus l'idée de danser avec quelqu'un d'autre. Vennor non plus, peut-être. Sa réponse vint dans un murmure.

— Oui.

1. Il s'agit d'une danse folklorique écossaise dont les pas rappellent la marche du renard cherchant à se mettre à couvert.

12

Il avait dû perdre la tête pour faire partager ainsi à Marianne ses aventures secrètes. Mais maintenant, il était trop tard pour revenir en arrière. Elle était sortie encore trois fois avec le Vigilant depuis leur première expérience, accumulant interview sur interview.

Impossible de revenir en arrière dans les autres domaines non plus. Cela parut évident ce matin-là à Vennor tandis qu'il prenait place devant son petit déjeuner, le nez agréablement chatouillé par une bonne odeur de saucisses grillées, d'œufs brouillés et de roulés à la cannelle, le tout arrosé de café fraîchement moulu. Son petit déjeuner préféré, probablement rappelé par une bonne âme au bon souvenir de Mrs Lennox, la cuisinière. Probablement la même bonne âme qui avait conseillé de tirer les rideaux de la petite salle à manger réservée au petit déjeuner. Ce qui avait permis à la lumière du matin d'entrer à flots pour la première fois depuis des années, allumant un arc-en-ciel de couleurs dans le bouquet de tulipes qui occupait le milieu de la table.

Marianne ! Ce ne pouvait être qu'elle. Sa touche était partout dans la maison.

Vennor fouilla dans la pile de journaux disposée à portée de main jusqu'à ce qu'il trouve ce qu'il cherchait. La dernière édition de *Gentlemen Weekly*. Il feuilleta rapidement le quotidien jusqu'à ce qu'il tombe sur ce qu'il cherchait. L'article signé M.R. Mannering.

Chers lecteurs

À mes articles sur la mode et les événements mondains va désormais s'adjoindre une série de témoignages sur d'autres citoyens de Londres avec qui nous partageons notre bonne ville mais pas toutes ses richesses…

Vennor retint son souffle. Ainsi, elle l'avait fait. Elle avait osé publier ses témoignages. Bravo, Marianne !

Naturellement, elle ne manquerait pas de se plaindre. Elle avait dû céder la moitié de ses colonnes pour pouvoir publier ses enquêtes. Mais, la connaissant, elle trouverait un moyen de contourner la difficulté. Tout comme elle avait fait sa place chez lui, à sa manière, en triant les vêtements inutiles, en réaménageant certaines pièces, en ajoutant des fleurs, en faisant entrer la lumière.

C'est toi qui l'as invitée, lui rappela sa conscience. Mais il n'avait pas évalué l'impact de cette invitation sur la vieille demeure ! Et encore moins sur lui-même. La maison étincelait littéralement. Elle avait toujours été d'une propreté irréprochable. Sa nombreuse domesticité y veillait. Mais elle était revenue à la vie. Plus que cela, elle devenait sienne. Marianne y avait veillé avec tact et continuait à le faire. Honeycutt l'avait informé ce matin qu'une commande de papier peint venait d'être passée chez l'un des meilleurs tapissiers de Londres.

Vennor reposa son journal et alla se resservir une bonne ration d'œufs brouillés. Il avait besoin de toutes ses forces. Marianne avait dit qu'elle serait là à midi et il imaginait sans peine le programme effréné qu'elle lui avait concocté. Il s'interrompit un instant dans son service. Pourquoi une telle impatience à la perspective de la revoir ? Ils s'étaient quittés il y avait à peine quelques heures. Cette nuit, il l'avait emmenée à Seven Dials, quittant discrètement le bal masqué de Lady Hardcastle pour y retourner avant que la fête ne s'achève. Marianne avait interviewé une jeune prostituée avec beaucoup de tact et de gentillesse. Il l'avait observée dans la pénombre, très impressionné.

Il allait falloir se méfier de ce soudain intérêt pour la jeune fille. Était-ce du fait de son excitation à l'idée de partager enfin son secret avec quelqu'un ? Au soulagement qu'il éprouvait à s'être libéré de la solitude qu'il s'était lui-même imposée ? À moins que ce soient les baisers qu'ils avaient échangés à East Docks ? Leur nuit d'intimité dans l'entrepôt ? Il s'était écoulé quinze jours depuis cette nuit-là et ils n'avaient pas recommencé. Son corps avait faim de davantage. Il le sentait. Mais ni l'un ni l'autre n'en avaient reparlé.

Devrait-il le faire ? Sans doute l'occasion était-elle passée ? Mais les émotions subsistaient. Il pouvait le percevoir quand ils dansaient ensemble, quand leurs mains se frôlaient. Tout son corps vibrait au contact de celui de Marianne. Mais il n'avait pas le droit de continuer à jouer à ce petit jeu, aussi agréable et stimulant qu'il fût. Il ne pouvait pas être l'homme dont elle avait besoin tant qu'il n'avait pas lui-même réglé sa dette vis-à-vis du passé. Sans cela, rien de bon ne pourrait en sortir pour eux deux.

Rien de bon ne pourrait sortir de tout cela. Il y avait anguille sous roche et à ses dépens. Rien n'allait plus avec Marianne ces dernières semaines et Hayes était bien déterminé à savoir pourquoi. Il tambourinait nerveusement sur la surface de son bureau en lorgnant les deux hommes dont il avait requis les services pour prendre en filature Marianne Treleven.

— Rien d'autre à signaler ?

L'information était la clé de tout. Personne ne le prendrait par surprise, et surtout pas ce jeune coq de Newlyn qui s'était insinué dans la cour qu'il faisait à Marianne Treleven et se mêlait maintenant d'affaires autrement plus graves.

— Non, milord, s'empressa de répondre l'un des deux escogriffes pressé de se faire bien voir. Sauf qu'la p'tite demoiselle, elle est toujours fourrée chez lui. Sa mère et elle, elles y vont tous les après-midis.

Son comparse lui donna un coup de coude.

— Réfléchis un peu, Joe. Quel mal y peut y avoir à ça si la fille est avec sa mère ? Les deux jeunes, y peuvent pas jouer à la bête à deux dos en présence de la bourgeoise !

Hayes eut un petit reniflement de mépris. « Jouer à la bête à deux dos » ! Quelle expression vulgaire ! Mais que pouvait-on attendre de pauvres diables des East Docks. L'avantage, c'était que des gars comme ça ne se posaient pas de questions. Ils prenaient leur argent et faisaient ce qu'on leur demandait. Et pour l'heure, ce qu'ils avaient à faire, c'était de surveiller Marianne.

Hayes lança deux bourses de cuir convenablement remplies au travers de la table et renvoya ses visiteurs d'un geste brusque. Il n'avait pas envie d'en entendre davantage. Paradoxalement, ce serait presque mieux si Marianne et son duc étaient effectivement passés à l'acte. Il aurait pu faire chanter les deux tourtereaux. Mais la présence de la mère aggravait considérablement la situation. C'était comme une caution morale. Selon les codes de la bonne société, il n'y avait pas tant de raisons pour qu'une jeune fille rende visite à un jeune homme dûment chaperonnée par sa mère. Et la principale, c'était le mariage.

Hayes asséna un violent coup de poing sur son bureau. Bon sang ! Pas question de laisser Marianne Treleven à Newlyn. Elle était la clé de voûte de tous ses plans.

Il fallait prendre le taureau par les cornes. Plus question de se contenter d'inviter la demoiselle à danser, surtout avec Newlyn tournant autour d'eux comme un oiseau de proie. Il jeta un coup d'œil au calendrier. On était encore au début de juin et il n'avait pas prévu de faire sa demande avant le mois prochain. Mais, à l'origine, ses plans n'envisageaient pas de sérieuse rivalité. Bah ! Son ardeur et son empressement feraient peut-être bon effet sur Sir Jock Treleven ? Après tout, le pauvre homme en était tout de même à subvenir aux frais d'une troisième Saison pour sa quatrième fille. Et il lui en restait encore deux à caser...

Hayes claqua la langue, satisfait. Il sonna son secrétaire avec un certain sentiment d'allégresse.

— Veuillez rédiger un billet à l'intention de Sir Treleven, Hoffman. Demandez-lui de bien vouloir me recevoir en fin d'après-midi.

Mieux vaut battre le fer tant qu'il est chaud, n'est-ce pas ? Et, d'homme à homme, l'affaire serait vite réglée. Si ses informateurs étaient bien renseignés, Marianne serait justement dans la gueule du loup pour l'après-midi. Qu'elle en profite bien, la pette garce. C'était probablement la dernière fois.

Mrs Treleven ayant prévenu qu'elle les rejoindrait plus tard, Marianne se présenta seule à Newlyn House à 2 heures sonnantes. Le décorateur était déjà là avec son matériel et deux de ses techniciens, et ils se mirent immédiatement à l'œuvre, étalant un peu partout dans le grand salon des échantillons de soie murale et de papier peint. Vennor, malgré son urbanité habituelle, faisait plutôt grise mine et un seul regard dans sa direction suffit à Marianne pour comprendre. La perspective de passer l'après-midi à choisir de la tapisserie ne le réjouissait pas particulièrement. Mais, à son crédit, il jouait le jeu avec le plus grand sérieux.

— Le gris clair sera très bien, Mr Howser, s'empressa-t-elle d'intervenir. Nous vous laissons prendre tranquillement vos mesures.

Marianne souhaitait en finir au plus vite. Il fallait que Vennor soit dans les meilleures dispositions quand ils s'attaqueraient ensemble à la salle de bal.

Laissant Mr Howser et son équipe dans le grand salon, elle conduisit un Vennor plus souriant vers la salle de bal. Malgré leur sortie nocturne assez tardive, maintenant qu'il était débarrassé de sa corvée, il paraissait avoir retrouvé sa bonne humeur. Elle poussa d'un large geste les grandes portes de châtaignier, et entra dans la vaste salle en pirouettant sur elle-même.

— Viens, Vennor. Dansons !

Elle l'entraîna au centre du parquet de danse inondé de soleil. Les portes-fenêtres qui donnaient sur le jardin laissaient entrer à flots la lumière du jour, et les fleurs de juin mettaient partout leur éclat.

— Sais-tu que je n'ai jamais dansé ici ?

Elle parlait sans réfléchir, prise dans le tourbillon de la valse.

Le sourire de Vennor s'évanouit.

— Si mes parents n'avaient pas été tués, tu y aurais déjà dansé deux fois, au moins, à l'occasion de notre bal de charité.

Marianne sourit bravement. Maintenant qu'elle avait dit une

bêtise, il fallait l'assumer. Elle ne voulait pas rappeler à Vennor de mauvais souvenirs mais le mal était fait.

— Oui, bien sûr. Je me souviens que, adolescente, j'attendais avec impatience d'être assez grande pour y être invitée. Mes sœurs revenaient toujours avec des histoires extraordinaires... Il paraît qu'une fois, une petite carriole tirée par un âne et croulant sous les fleurs a apporté des cadeaux pour tout le monde. Mais il fallait acheter un billet de tombola. Père est revenu avec un attirail de pêche à la ligne, le pauvre cher homme qui n'a jamais pêché de sa vie. Mère a eu un flacon de parfum de Paris. Elle était aux anges... Il paraît que les lustres, quand ils sont allumés, sont une vraie merveille.

Elle leva les yeux vers le plafond, où étaient suspendus deux immenses lustres de cristal de Venise, pour l'heure enveloppés de voiles de gaze, comme d'immobiles fantômes. Que ne donnerait-elle pas pour qu'ils brillent à nouveau de tous leurs feux !

Sans répondre, Vennor l'entraîna dans une silencieuse arabesque, leurs pas s'accordant parfaitement. Sa main brûlait Marianne au creux de ses reins, comme cela paraissait être devenu l'habitude depuis quelque temps. Leur sortie incognito des bals dans lesquels ils étaient invités, l'excitation de leurs excursions dans les bas quartiers et des interviews d'un peuple dont elle ne supposait ni l'existence ni la richesse humaine, la joie de voir ses articles imprimés, tout cela n'était rien comparé au plaisir de sentir la main de Vennor sur elle, son corps contre le sien, son souffle contre sa joue. Il allumait son corps d'un feu ravageur, en même temps que d'une joie irrépressible.

Oh ! Comme elle aurait voulu que se répète cette nuit dans l'entrepôt ! Pouvoir se blottir dans ses bras, recevoir ses baisers tandis qu'il lui ouvrait un peu de son cœur de sa voix basse et rauque. Vennor ne lui avait pas tout dit, elle le savait, mais c'était un début. Elle ne voulait pas s'en tenir là, ni pour lui ni pour elle. Et pourtant, c'était ce qui s'était passé. Cette nuit précieuse ne s'était jamais répétée. Et ne se répéterait jamais, à moins qu'elle ne prenne une initiative. Elle avait assez patienté.

— Vennor... Est-ce qu'il en sera toujours ainsi, maintenant ? Cette sensation, quand tu me touches, de brûler de l'intérieur ?

Elle avait pris son compagnon au dépourvu. Elle pouvait le voir dans son regard, dans le battement rapide de ses paupières.

— Peut-être... À moins que, avec le temps, cela finisse par s'apaiser.

Sur ces mots, Vennor l'entraîna dans un pas de danse plus rapide, s'efforçant de la distraire de ses pensées.

— Et si, moi, je ne veux pas que ce feu s'apaise ? insista-t-elle.

Au point où elle en était, autant aller jusqu'au bout.

— Ce que nous voulons et ce qu'il faut sont deux choses qui ne sont pas toujours compatibles.

Ce masque de politesse mondaine qu'elle haïssait tant avait repris sa place. Déjà, même s'il la tenait toujours dans ses bras, il s'éloignait. Au moins par la pensée.

— Mais n'as-tu pas envie de m'embrasser de nouveau ? osa-t-elle demander. Ces baisers ne signifiaient-ils rien pour toi ?... Tu peux me dire la vérité, Ven'. Cette nuit aux Docks fût-elle une erreur ? Quelque chose que tu regrettes ?

Elle voulait savoir, quel qu'en soit le prix à payer.

Il eut un rire sans joie.

— Vraiment, Marianne, tu poses les questions les plus extraordinaires. Non, je ne regrette rien. Mais je pense en effet que ce fut une erreur.

Leur valse ralentit tandis qu'il poursuivait :

— Peu importe que j'aie aimé cela ou que j'aie envie de recommencer. Nous ne le pouvons pas, tout simplement. Qu'en sortirait-il, sinon un grand désordre et une grande déception pour tous les deux ?

Sa voix baissa encore d'un ton, frémissante de sincérité, douloureuse aussi. Ce qui prouvait que, de son côté, lui aussi avait repensé à cette nuit-là.

— Ni toi ni moi ne souhaitons nous marier pour le moment. Et pourtant, comment tout cela pourrait-il se terminer entre nous autrement que par un mariage ? Il ne faut pas recommencer, Marianne. Ni même nous en donner l'occasion. Combien de temps crois-tu que nous pourrions nous retenir de commettre cette folie qui nous mettrait au banc de la société ? Tu sais combien je te désire. Je crois te l'avoir assez montré...

Marianne était parfaitement consciente de son désir. Elle avait senti son membre dur pressé contre sa cuisse, la chaleur qui se dégageait de son corps, son souffle rauque dans son cou. Elle avait vu la flamme de la passion brûler dans ses yeux. Lui aussi l'avait entendue gémir entre ses bras.

— Peut-être devrais-tu cesser de vouloir jouer au gentleman, Ven' ?

La suggestion était sortie de sa bouche avant même qu'elle ait eu le temps de la retenir. Mais c'était si vrai que cela n'avait pas d'importance.

— Marianne ! Tu ne sais pas ce que tu dis. Je n'ai pas le droit de te compromettre. De la part d'un ami, ce serait bien mal agir.

— Mais l'amitié n'a rien à faire ici ! Peut-être ne me marierai-je jamais, Ven'. Alors, pourquoi ne pas prendre du plaisir pendant que je suis jeune ? Certaines femmes ne se gênent pas et sont si discrètes que cela ne les empêche pas de mener une vie respectable.

— Tu es trop jeune pour prendre une telle décision... Et Lord Hayes ? Qu'en fais-tu ?

Ils s'étaient arrêtés de danser et se tenaient immobiles, leurs corps tout près l'un de l'autre, leurs mains nouées. Vennor avait le souffle court, lui qui d'ordinaire pouvait danser des heures sans qu'il n'y paraisse.

Marianne le dévisagea, prise au dépourvu. Elle n'avait pas songé à Hayes sérieusement depuis des jours et des jours. Elle était trop occupée par ses reportages, le succès qui les récompensait, la maison de Vennor à rénover, et le souvenir de ses baisers. Tout le reste de sa vie, le train-train ordinaire d'une vie mondaine de jeune fille à marier, avait pâli comme les images d'un vieux livre.

— Je le refuserai probablement. Si tant est qu'il fasse sa demande, bien sûr.

Elle n'était plus sûre du tout que le vicomte passe à l'acte. La cour qu'il lui faisait depuis deux mois commençait à marquer le pas. Bien sûr, il prenait sa place habituelle dans le cercle de ses courtisans, n'omettait jamais de l'inviter à danser, lui envoyait son bouquet de fleurs quotidien et, partout où ils se trouvaient, il semblait l'observer, les yeux mi-clos. Mais il en restait là.

Seule la rencontre avec Vennor avait le don de le faire se hérisser comme un volatile en colère.

— Franchement, Marianne, tu deviens par trop désinvolte.

— Non, simplement, je sais ce que je veux.

Et ce qu'elle voulait, c'était lui. Il avait fallu cette nuit-là à East Docks pour qu'elle le comprenne.

Vennor ouvrait la bouche, prêt à la contredire, quand Mrs Treleven fit irruption, tout essoufflée.

— Ah ! Vous voilà, mes enfants ! s'exclama-t-elle, la voix frémissante d'excitation. Je me présentais à votre porte, Vennor, quand un valet de notre maison est arrivé avec un billet à notre intention, Marianne et moi. Il faut que nous rentrions de toute urgence à la maison.

Marianne, alertée, porta la main à sa gorge.

— Mon Dieu, maman, que se passe-t-il ? Mes sœurs ? Le bébé de Rose ?

Oh ! Dieu du ciel, pas son adorable neveu !

Sa mère la rassura d'un large sourire.

— Non, non, rien de tout ça ! C'est seulement que... Lord Hayes est venu rendre visite à ton père... Je crois bien que c'en est fait. Il a dû demander ta main. N'est-ce pas merveilleux ? Il faut que nous rentrions sur-le-champ, ma chérie !

L'inquiétude de Marianne tourna à la panique. Elle rassembla ses affaires pour suivre sa mère tandis que l'information faisait lentement son chemin jusqu'à son cerveau. Elle ne s'attendait pas à cela. Surtout pas maintenant qu'il était clair pour elle qu'elle attendait autre chose. De quelqu'un d'autre.

Qu'est-ce qui pouvait avoir poussé l'impassible Hayes à faire sa demande de manière aussi impétueuse, alors qu'ils ne se connaissaient réellement que depuis un mois ? Elle jeta un coup d'œil à Vennor. Il était très pâle, son masque de parfaite urbanité fermement en place.

Dis quelque chose, cria-t-elle silencieusement. *Fais quelque chose !*

Mais il se contenta de raccompagner ses deux visiteuses jusqu'à la porte et de les saluer d'un bref signe de tête.

Sur le chemin du retour, Marianne ne put s'empêcher de penser qu'il aurait facilement pu arrêter tout ça s'il l'avait voulu. Avait-il peur de quelque chose ? Ou de quelqu'un ? Certainement pas de son père, en tout cas. Sir Jock aurait accueilli très favorablement une demande en mariage venant de Vennor. Il le considérait quasiment comme un fils adoptif. Le nouveau duc de Newlyn avait un titre, de la fortune et c'était un ami de la famille depuis toujours. Il était ce qu'on avait coutume d'appeler le *gendre idéal*. Et quel prestige aux yeux de la société londonienne ! Sa fille, épouser un duc ! Non, il n'y aurait aucun obstacle, si ce n'est ceux que Vennor s'imposait à lui-même. Et il le savait parfaitement. Mais, apparemment, même avec elle, cela restait un mariage, un piège que l'un et l'autre préféraient éviter pour le moment.

La réflexion de Marianne marqua un temps d'arrêt. De son côté, se refusait-elle vraiment à se marier ou était-ce Hayes qu'elle ne voulait pas ? Si Vennor proposait sa candidature, cela résoudrait-il tous les problèmes ? Souhaitait-elle vraiment mener la vie d'une bonne épouse, fonder une famille et occuper ses journées avec les bonnes œuvres et les mondanités ? Vennor, quant à lui, avait été clair sur la question. Il ne prendrait pas d'épouse tant qu'il n'aurait pas découvert les coupables du double meurtre de ses parents. Et pas question pour elle de lui demander de se sacrifier dans son intérêt.

Marianne, soudain envahie d'un grand calme, croisa sagement ses mains sur ses cuisses. Puisqu'il en était ainsi, c'était à elle de se sortir de là toute seule.

13

Quand elles arrivèrent chez elles, la maison était sens dessus dessous. Marianne pouvait le sentir dans toute la bâtisse, cette effervescence était palpable. Lord Hayes avait fait sa demande ! La jeune domestique qui venait de les accueillir dévisageait Marianne avec des yeux ronds comme des soucoupes. Une cour éclair et une demande en mariage au bout de quelques semaines seulement ! C'était ce qu'on appelait le coup de foudre, n'est-ce pas ?

Ainsi, c'était bien ça ! Lord Hayes avait présenté sa demande. Marianne, la main à la gorge, s'efforçait de recouvrer son calme. Peut-être se faisait-elle du souci pour rien ? Et si son père avait différé cette demande précisément à cause de toute cette précipitation ?... Mais il pouvait tout aussi bien l'avoir acceptée avec empressement, le candidat étant tout à fait acceptable. Dès le début de la Saison, ses parents avaient été flattés des attentions du jeune vicomte. Il n'y avait aucune raison pour que cette opinion se soit altérée. Son père envisagerait la question d'un point de vue masculin. Et il prendrait en considération tous les aspects pratiques favorables. Il voulait le meilleur pour elle et, à ses yeux, Hayes remplissait tous les critères.

— Marianne ! appela la voix joviale de Sir Jock depuis son bureau. Est-ce toi ? Viens me rejoindre avec ta mère, veux-tu ?

Il avait l'air content, et Marianne, emboîtant le pas à sa mère, envisagea le pire. Mais pas question de se laisser faire ! Lady

Treleven, tout sourires, prit place en face de son mari. Marianne se contenta du bord de sa chaise.

— Oui, père ? s'enquit-elle avec un sourire forcé.

Elle feignait l'étonnement, comme si elle n'avait aucune idée de ce qui se passait.

— Nous avons à parler, ma fille. Avez-vous reçu mon message, toutes les deux ?

Lord Jock souriait béatement et, pour Marianne, ce fut comme un coup au cœur. Grand Dieu ! Hayes avait dû se montrer particulièrement persuasif. Les yeux de son père brillaient de satisfaction et on pouvait le comprendre, le cher homme. Avec six filles à marier, le moindre prétendant présentable était un cadeau du ciel. Il avait atteint son but trois fois déjà. Il était sur le point d'aboutir pour la quatrième.

— Ma chère enfant, je n'irai pas par quatre chemins. Lord Hayes est venu me rendre visite. Et il m'a demandé ta main.

Marianne ouvrit la bouche, mais Sir Jock leva le bras pour l'interrompre.

— ... Il comprend parfaitement que tout cela semble un peu prématuré. Il avait l'intention de faire sa demande un peu plus tard dans la Saison. Mais il souhaite que ses intentions soient connues de manière un peu plus formelle.

— Pourquoi cela ? s'étonna Marianne.

Elle avait parlé trop vite. Il fallait garder son calme. Si elle leur opposait d'emblée un refus, ses parents risquaient de s'étonner de son changement d'attitude. Au mois de mai, elle ne voyait aucune objection à introduire Hayes dans le cercle de ses admirateurs.

— ... Nous nous connaissons à peine, reprit-elle. A-t-il donné une raison pour une telle précipitation ? Je ne me sens pas prête à m'engager si vite.

— Bah ! Maintenant ou dans six semaines, qu'est-ce que cela change ? objecta son père, visiblement étonné de rencontrer une telle résistance.

Il n'en avait guère l'habitude. Aucune de ses trois sœurs aînées n'avait manifesté la moindre opposition quand leurs prétendants avaient formulé leur demande, bien que Cador Kitto ait demandé son avis à Rosenwyn avant de solliciter un entretien auprès de son père, ce dont celui-ci avait eu du mal à se remettre.

— J'aimerais finir ma Saison avant de prendre une décision, voilà tout. On ne vit qu'une fois, et j'adore Londres au printemps.

Tout cela était la pure vérité.

— Avant de prendre une décision ? répéta Sir Jock d'une voix brève.

Sa bonhomie avait fondu comme neige au soleil remplacée par la sévérité d'un père devant un enfant récalcitrant.

— Je te rappelle, reprit-il d'une voix glacée, que tu as passé un temps considérable avec lui. Quasiment tous les soirs depuis le début de la Saison. Et que tu reçois de lui des bouquets de fleurs quotidiens sans en avoir jamais renvoyé aucun. Je croyais pouvoir considérer que cette affaire était un fait accompli. Que vous vous étiez entendus tous les deux.

Il jeta un regard soucieux à son épouse, attendant un éclaircissement, se demandant visiblement ce qu'il avait manqué.

Puis, comme Lady Treleven restait muette, il reporta son attention sur sa fille.

— Enfin, Marianne, ne me dis pas que tu as fait « marcher » ce pauvre garçon ?

— Non, père ! Grand Dieu, non !

Et elle était parfaitement sincère. Elle avait fini par se persuader qu'elle pourrait épouser le vicomte, à défaut de mieux. Mais c'était avant de démasquer le Vigilant, avant de prendre la mesure de la mission qu'elle pourrait mener à bien dans les quartiers pauvres. Et surtout, avant que Vennor l'ait embrassée. Mais pouvait-elle dire tout ça à son père ? Si le pauvre cher homme se doutait de ce qui se passait entre eux, il ne les laisserait plus jamais une seconde en tête à tête. C'en serait fini de cette belle amitié entre leurs deux familles.

Elle sentit la main de sa mère se poser sur son bras.

— Y a-t-il autre chose, ma chérie ? S'est-il passé quelque chose pour te faire ainsi changer d'avis ? Sur ce point, je suis d'accord avec ton père. J'étais convaincue que tu avais porté ton choix sur Sir Hayes.

Marianne soupira. Elle ne pouvait blâmer ses parents. Par

son comportement, elle avait certainement induit tout le monde en erreur, à commencer par Hayes lui-même. Ce qui lui avait permis, ces dernières semaines, de mener une double vie. Elle s'était prise à son propre piège.

— Je pensais que je pourrais m'y faire, dit-elle en soutenant courageusement le regard de ses parents. Mais maintenant, je ne suis pas certaine d'en avoir le courage.

Son père, dont elle avait hérité du caractère vif et emporté, donna soudain du poing sur son bureau.

— Bon sang ! s'exclama-t-il. Mais pourquoi pas ? Tu dois bien avoir une raison, ma fille ? Un gentleman réunissant toutes les conditions pour être considéré comme un excellent parti te demande en mariage. On ne peut pas le renvoyer dans les rangs sans une bonne raison.

Marianne fit défiler rapidement dans son esprit les atouts de Hayes. Pouvait-on lui reprocher quoi que ce soit ? Avait-il des vices cachés ? S'était-il comporté une seule fois de manière inappropriée ? Malheureusement non, pour autant qu'elle le sache. Mais justement, c'était peut-être là la raison ? Le vicomte était peut-être trop parfait ?

— Il... il n'est pas particulièrement... excitant, tenta-t-elle.

Il était affreusement embarrassant d'avoir ce genre de conversation avec ses parents. Que répondrait-elle s'ils lui demandaient ce qu'elle entendait par-là ? Une « vraie jeune fille » pouvait-elle avoir un avis sur la question ?

Les sourcils broussailleux de son père remontèrent très haut sur son front.

— Dieu nous garde ! Dois-je te le rappeler, ma fille ? Ce jeune homme est titré. Il est parfaitement éduqué, il ne joue pas, il n'est pas pourri de vices comme la moitié de nos jeunes mondains. Que lui demander de plus ?

Se penchant par-dessus le bureau, il agita un doigt sous le nez de Marianne, comme on chapitre un enfant.

— Excitant, dis-tu. Pfff ! Un garçon « excitant » est aussi dangereux que vite décevant.

Il lança à son épouse un regard exaspéré qui sous-entendait

clairement que c'était là un domaine que seule une mère pouvait aborder avec sa fille, et conclut :

— Un homme « excitant » va perdre ta dot dans les jeux de hasard, fréquenter les mauvais lieux et...

— ... et te rapporter des maladies, conclut Lady Treleven en se levant pour mettre fin à l'entretien. Viens, ma fille, allons parler dans mon salon.

Marianne capta le regard qu'elle et son mari échangeaient. Comme d'habitude, pour tout ce qui concernait la famille, ils étaient d'accord.

Lady Treleven ferma la porte de son salon particulier et poussa sa fille vers un fauteuil en la gratifiant d'un sourire d'une douceur trompeuse. Et, en effet, ses premiers mots furent sans ambiguïté.

— J'ose croire que nous pouvons parler franchement entre nous, Marianne.

Marianne acquiesça poliment, vaguement inquiète.

— Si Lord Hayes ne mérite pas le qualificatif d'« excitant », j'imagine que c'est parce qu'il n'embrasse pas aussi bien que Vennor ?

Marianne dévisagea sa mère, sidérée.

— Co-comment sais-tu ?

La question sonnait comme un aveu, mais à quoi bon garder le secret, maintenant ? Peut-être cela n'avait-il même jamais été un secret. N'était-ce pas Lady Treleven elle-même qui avait émis l'hypothèse que Vennor avait l'intention de la courtiser.

Le regard réprobateur que lui décocha sa mère pouvait rivaliser avec celui de son époux.

— J'ai toujours fait de mon mieux pour que chacune de mes filles puisse choisir son destin, dit-elle en s'asseyant à son tour. Pourtant, si je pense que l'une d'elles est en danger, il me semble normal d'intervenir. Rappelle-toi pour Rosenwyn. Je n'ai rien dit et n'ai pu empêcher son désastre à Londres. Alors, tant pis si je te parais un peu brutale, ma fille. Jusqu'où as-tu été avec Vennor ?

Le bon visage de Lady Treleven trahissait une réelle inquiétude mêlée d'un sentiment de culpabilité. Elle se croyait visiblement coupable d'avoir laissé la bride sur le cou de sa fille, au prétexte d'une longue amitié entre les deux familles.

— Je comptais aussi sur Vennor pour ne pas dépasser les règles de la bienséance, murmura-t-elle.

Marianne baissa la tête. Elle n'avait pas vu sa manière d'agir sous ce jour. Pourtant, d'une certaine manière, elle avait trahi la confiance de ses parents.

— Seulement des baisers, maman. Nous n'avons pas été plus loin.

Mais elle n'avait pas voulu que cela s'arrête là, n'est-ce pas ? S'il n'avait tenu qu'à elle, Marianne aurait allègrement sauté le pas ! Pourtant, le sentiment de culpabilité était une chose, le regret en était une autre, et elle ne regrettait rien de ce qu'elle avait fait. Si elle en avait l'occasion, elle recommencerait, elle le savait.

Et même, pourquoi le nier ! C'était son rêve le plus cher.

— Parfait, acquiesça sa mère, visiblement soulagée. Je suppose que je dois maintenant te demander si Vennor a l'intention de te demander ta main.

— Je l'ignore.

C'était la vérité. Vennor avait été clair au moins sur un point. Il n'avait pas l'intention de penser au mariage tant que le meurtre de ses parents ne serait pas résolu. Mais de là à penser que c'était elle qu'il voulait épouser... Ce serait beaucoup s'avancer.

La bouche de sa mère avait de nouveau un pli réprobateur.

— Nous non plus, figure-toi. Vennor ne nous a rien dit dans ce sens, malgré mes espérances, comme tu le sais. Je ne voudrais pas me montrer désagréable, ma fille, mais s'il ne nous dit rien, c'est qu'il n'y a rien à dire. Ma chère enfant, il n'est jamais bon de courir deux lièvres à la fois. On risque de les manquer tous les deux. En attendant le bon vouloir de Vennor, tu risques tout simplement de décourager Hayes. Ne t'es-tu pas avisée que ce sont très probablement les interférences de Vennor qui ont poussé le vicomte à nous faire connaître ses intentions plus tôt que prévu ? Si tu le refuses, il en déduira que tu lui préfères Vennor et l'affaire sera réglée.

Lady Treleven laissa échapper un long soupir avant de formuler son verdict :

— Marianne, il faut que tu t'éloignes de Vennor. Tu as eu un coup de cœur. À ton âge, c'est bien compréhensible. Mais tu dois lui faire entendre clairement que cela doit cesser. Ou plutôt, que rien ne s'étant vraiment passé, il faut en rester là de vos relations. Restez amis. Rien d'autre.

À ces mots, Marianne, qui fixait toujours ses mains, leva vivement les yeux. Elle ne s'attendait pas à un jugement aussi radical.

— Mais... Et sa maison, maman ? Il faut en achever le réaménagement. Nous ne pouvons pas le laisser ainsi.

Marianne s'aperçut que ses mains tremblaient. Cela ferait beaucoup de peine à Vennor. Sans doute ne savait-il pas à quel point il avait besoin d'elle, mais elle, elle le savait. Si elle le laissait tomber, il prendrait les choses très à cœur. Il se sentirait encore un peu plus seul. Et elle aussi, elle avait besoin de lui. Elle avait encore des interviews à faire, le Vigilant à assister.

— Je ne te demande pas de couper définitivement les ponts, Marianne. Simplement de rétablir entre vous des relations moins ambiguës. Ses amis vont bientôt revenir en ville. Il aura beaucoup de gens pour l'entourer. Les épouses de Cassian et d'Inigo, entre autres. Tu n'auras plus de raison de rester seule avec lui. Cette flamme qui est née entre vous ce printemps se dissipera d'elle-même. Hayes pourra constater de ses propres yeux qu'il n'y a plus aucun obstacle à ses projets.

Elle plongea son regard dans celui de sa fille, si noir, si semblable au sien, et ajouta en se penchant sur elle pour lui tapoter affectueusement la main :

— Tu verras, ma chérie. C'est un mal pour un bien. Les hommes « excitants », pour reprendre ton expression, sont souvent des individus mal équilibrés, qui galopent toute leur vie après des chimères. Ils essaient de remplir leur manque et s'affublent d'un masque pour le dissimuler. Le mariage, c'est pour la vie, mon enfant. Et, crois-moi, sur le long terme, il vaut mieux choisir un homme tranquille et sain comme le vicomte Hayes.

Marianne ferma les yeux et retint un soupir. Un homme tranquille et sain ! Tout un programme...

D'un autre côté, il fallait comprendre ses parents. Au bout de trois Saisons, quelle jeune fille prendrait le risque de refuser un titre et une famille honorablement établie ? Qui plus est, un voisin de Cornouailles !

— Et toi, maman, c'est ce que tu as fait ? Tu as choisi un homme tranquille et sain ?

Ses parents paraissaient toujours amoureux l'un de l'autre. Elle avait toujours pensé qu'ils avaient fait un mariage d'amour.

Sa mère la dévisagea un instant, une lueur s'allumant au fond de son regard.

— Oui. J'ai jeté mon dévolu sur un homme solide et calme et je n'ai jamais eu à le regretter. J'ai eu une vie merveilleuse, une vie équilibrée avec un bon mari et six filles à aimer. C'est tout ce que je te souhaite, mon enfant.

Marianne se jeta à l'eau.

— Et s'il existait, pour une femme, d'autres façons d'être heureuse que le mariage et les enfants ? Peut-être n'ai-je pas envie de me marier du tout ? Peut-être n'est-ce pas une question de choix entre Hayes et Vennor ? Et si je voulais faire carrière ? Il y a longtemps que je veux me lancer dans le journalisme. Les femmes ne sont-elles pas les mieux placées, du fait de leur sensibilité, pour être les témoins de leur temps ? Pour dénoncer les misères du monde ?

Lady Treleven dévisagea sa fille, stupéfaite. Aborder des sujets aussi délicats que les baisers illicites, les hommes excitants et ceux qui ne l'étaient pas, n'avait pas paru gêner sa mère le moins du monde. Mais là, Marianne avait réussi à la désarçonner.

Le visage de Lady Treleven devint livide.

— Tu ne parles pas sérieusement, Marianne ? C'est un projet qui me paraît tout à fait déplacé. Jamais Lord Hayes n'autorisera une chose pareille. Sans compter que tu n'en auras guère le temps. Une vicomtesse a un devoir de représentation non négligeable.

— Dans ce cas, c'est que Lord Hayes n'est pas fait pour moi. Comprends-tu, maman ? Ce n'est pas seulement un mari que je dois choisir, mais une philosophie de vie. Alors, voici ma réponse. Père doit dire à Hayes que j'ai besoin de temps pour réfléchir. Qu'il est encore trop tôt pour que je prenne une décision.

Sa mère, un peu rassurée maintenant qu'elles en étaient à l'étape des négociations, opina lentement du chef.

— Comme tu voudras... Cela me paraît assez raisonnable. En échange, il faut laisser à Lord Hayes un peu d'espoir. Prends tes distances par rapport à Vennor, Marianne. Permets à Hayes de constater que Vennor ne t'isole plus dans les réceptions. Qu'il ne te considère plus comme sienne.

Marianne retint un soupir. C'est là tout ce qu'elle obtiendrait aujourd'hui.

— Oui, murmura-t-elle. C'est entendu.

Mais elle savait qu'elle mentait. Elle ne pouvait pas plus renoncer à Vennor qu'elle pouvait renoncer à sa plume de journaliste. Son cœur se serra. Ce qu'elle désirait le plus au monde, c'était Vennor, son compagnon d'enfance, son ami de toujours, son amour. Elle voulait ses lèvres sur sa bouche, ses baisers sur ses yeux, pour étancher ses larmes. Mais aussi rire avec lui. Vivre, enfin. Vivre vraiment.

Elle voulait partager ses aventures dans les docks, panser avec lui les plaies du monde. C'était cette vie-là qui, pour elle, avait un sens.

Hayes soupira bruyamment. Il s'était montré plus que généreux avec cette fille et voilà qu'elle se mettait à pleurnicher. Excédé à la vue d'Élise roulée en boule sur le lit, sa perruque rousse sur le front, et les épaules secouées par les sanglots, il jeta une bourse sur la commode avec assez de force pour que l'agréable tintinnabulement des pièces attire son attention.

— Les deux hommes que tu m'as envoyés ont fait du bon travail. J'espère qu'ils sont aussi discrets que tu me l'as promis.

Pas question que tout Londres apprenne qu'il faisait suivre Miss Treleven et qu'on lui rapportait minutieusement ses faits et gestes. Si cela parvenait aux oreilles de ses créanciers, ils s'empresseraient d'en conclure que ses espérances d'un bon mariage prenaient l'eau. Pas question non plus que Sir Jock Treleven en soit informé.

— On peut leur faire confiance, murmura Élise d'une voix enrouée par les sanglots.

— Tant mieux, sinon, gare à toi ! Si la moindre information transpire à ce sujet, c'est toi qui devras en répondre.

Ceci dit, jusqu'à présent, il ne pouvait que se réjouir de son initiative. Grâce aux informations transmises par les deux escogriffes, il avait pu devancer toute initiative de Newlyn en se déclarant auprès du père de Marianne le premier. Maintenant, il ne lui restait plus qu'à trouver le meilleur moyen pour éliminer du jeu son rival.

— Crois-tu que tes petits camarades seraient prêts à mettre en œuvre une solution plus… définitive ? s'enquit-il en s'asseyant sur le rebord du lit, ce qui eut pour résultat de faire bondir la jeune fille en arrière.

Elle le regarda un moment, puis hocha lentement la tête.

— Ça se pourrait… Vous voulez dire comme… comme la dernière fois ?

— Par exemple. Je n'ai pas encore pris de décision. Les gars que nous avons utilisés à ce moment-là sont-ils toujours disponibles ?

Hayes réprima un ricanement. Il savait bien que non. Il avait veillé à ça. Et à l'heure qu'il était, il ne restait sans doute pas grand-chose d'eux au fond de la Tamise.

— Non, je ne les ai plus revus. Une fois payés, ils ont dû filer en Amérique.

Élise se redressa soudain sur son lit et dit avec une fermeté qui le surprit :

— Mais je ne veux plus être mêlée à tout ça. La dernière fois, je n'avais pas compris. Mais c'est fini. Je ne veux pas être accusée de complicité de meurtre.

Hayes eut un rire aigu.

— La dernière fois, tu y as été aussi peu mêlée que possible. Tu ne sais même pas de qui il s'agissait.

— Et je ne veux pas le savoir, rétorqua Élise, une flamme nouvelle dans le regard.

La panique provoquait souvent cette réaction chez les faibles. Ils pouvaient devenir dangereux. Il allait falloir faire attention. Cette fille pouvait parler.

— Bon. Peu importe. Je suis certain que tu as encore dans tes relations des gars qui aimeraient gagner facilement un bon paquet d'argent. Tu ne peux pas te sentir coupable de leur avoir simplement mis le marché dans les mains. À eux de décider…

Commence à chercher, veux-tu ? dit-il en lui tapotant la main. Bien sûr, comme d'habitude, tu auras une bonne petite commission.

Il dissimula un sourire.

Peut-être pourrait-il même s'épargner cette dépense-là. Quand une tierce personne était impliquée, il y avait toujours un risque d'indiscrétion. D'un autre côté, il ne pouvait tout de même pas faire le travail lui-même, n'est-ce pas ? Il n'était déjà pas facile de tenir un pistolet. Alors, un couteau...

— Allons, ma petite Élise. Sois gentille. Aide-moi à refaire mon nœud de cravate. J'ai un bal qui m'attend.

Et, ce soir peut-être, dûment chapitrée par son père, Marianne Treleven se montrerait-elle enfin un peu plus complaisante ?

14

Pas question de céder là-dessus ! Même si le *bon ton*[1] voulait qu'elle se montre aimable quand Lord Hayes lui demanderait sa réponse, ce qu'il ne manquerait certainement pas de faire dès ce soir.

Du reste, probablement certain de recevoir une réponse positive, le vicomte l'entraînait dans la valse avec un entrain particulier. Ce n'était pas une question d'attirance. Elle ne voulait pas l'épouser, voilà tout.

Lord Hayes les entraîna au fond de la salle de bal avec une précision toute mécanique, bien différente de l'élan enthousiaste de Vennor qui laissait sa cavalière essoufflée autant que ravie. Pour la première fois depuis ses débuts dans le monde, Marianne n'avait pas envie d'être dans un bal, ne prenait aucun plaisir à la danse.

Peu lui importait que ce soit l'une des réceptions les plus courues de ce début de Saison, que parmi les invités figurent les personnalités les plus en vue, que les buffets relèvent de la grande gastronomie. Marianne enregistra mentalement pour la chronique de M.R. Mannering l'originalité et le luxe du décor, quelques noms prestigieux, certaines toilettes particulièrement remarquables, mais le cœur n'y était pas. Son cœur était resté à Blackwall, avec Mrs Simmons et ses enfants et la brave Mrs Broadham. Vennor était-il là-bas cette nuit ? Se rendait-il utile auprès des opprimés pendant qu'elle tournait dans les bras de

1. En français dans le texte.

Hayes aux milieux des ors et des lumières, un faux sourire plaqué sur son visage poudré et peint comme un masque ?

Quelque chose de positif était malgré tout sorti de cette journée. Maintenant, Marianne savait ce qu'elle voulait faire. Elle n'épouserait pas Hayes, qu'elle réussisse ou non à devenir journaliste. Plus elle observait son cavalier, feignant d'écouter avec intérêt ses platitudes à propos d'un incident survenu le jour même dans son club, plus elle s'étonnait du contraste entre Vennor et lui. Comment se pouvait-il que Vennor suscite en elle une telle passion alors que la seule perspective de passer un peu de temps avec Hayes, le temps d'une valse, la fasse périr d'ennui. Les deux hommes, pourtant, présentaient certains traits physiques communs. Ils étaient grands et blonds tous les deux, avec des yeux bleus. Mais Hayes avait les épaules étroites, des bras maigres et le teint hâve. Rien dans son étreinte n'évoquait la chaleureuse sécurité qu'elle éprouvait dans les bras de Vennor.

Et puis, il y avait son regard. Les yeux de Vennor étaient d'un bleu vif, merveilleusement expressifs. Ceux de Hayes évoquaient pour Marianne le triste regard d'un poisson mort. Pourquoi, pour quels enjeux, se levait-il le matin ? Pourtant, le jeune vicomte avait un titre, des terres, de l'argent. Il était pair du royaume. Il aurait pu contribuer à améliorer le monde, ou du moins son pays, grâce à ses visions. Pourtant, de tout cela, il ne faisait rien.

Contrairement au Vigilant, qui veillait le jour à ce que les réformes promues par son père soient appliquées et qui, la nuit, défendait les intérêts des pauvres.

Contrairement aussi aux trois autres ducs de Cornouailles qui, chacun à sa manière, faisait de la Cornouailles un comté ouvert sur l'avenir et où il faisait bon vivre.

Contrairement à elle-même qui voulait contribuer par ses enquêtes à faire connaître la misère du peuple afin que justice soit faite. Si elle épousait Hayes, il voudrait la tenir en bride. Et elle ne le voulait pas. Elle voulait se faire connaître. Exister vraiment. Et c'était grâce à Vennor alias le Vigilant qu'elle allait pouvoir enfin réaliser ses rêves.

— Mrs Treleven, vous plairait-il de faire quelques pas dans le jardin ? La fontaine est ravissante sous les éclairages nocturnes.

Les dernières mesures de la valse venaient de s'éteindre et Lord Hayes était impatient d'avoir sa réponse. Dans quelques minutes, il risquait de regretter son impatience.

— Mais naturellement, j'en serais ravie, répondit Marianne avec un sourire un peu figé.

Tous les deux parlaient à mots couverts, sachant parfaitement l'un comme l'autre quel serait le sujet de leur conversation. L'estomac de Marianne se serra. Elle n'ignorait pas les conséquences de sa décision. Tout le monde savait que le vicomte Hayes avait l'intention de la demander en mariage. S'il faisait chou blanc, le même monde se demanderait ce qui s'était passé. Lui paraîtrait ridicule. Et elle, elle ferait l'effet d'une garce. Les gens diraient qu'elle l'avait manipulé, qu'elle avait joué les coquettes. Ils diraient aussi qu'elle ne trouverait jamais mieux. Ils spéculeraient à l'infini, dans ces interminables conversations de salon, sur le pourquoi et le comment de ce qui ressemblait finalement à une rupture. Ils pourraient même chercher à mêler Vennor à tout ça, à transformer l'affaire en scandale. La meilleure des solutions, dans leur intérêt à tous les trois, le meilleur moyen de sauver la face, c'était de différer sa réponse, comme elle l'avait promis à sa mère.

— Vous paraissiez distraite, ce soir, ma chère. Puis-je supposer que cela a quelque chose à voir avec ma visite à Lord Jock cet après-midi ? s'enquit Hayes, la prenant par le bras pour l'entraîner vers la fontaine.

Machinalement, Marianne posa sa main sur l'avant-bras de son cavalier. Elle prit une profonde inspiration. Autant crever l'abcès au plus vite.

— Oui, en effet. À dire vrai, milord, votre précipitation m'a surprise. Nous nous connaissons à peine et...

Son interlocuteur l'interrompit, le regard aussi inexpressif que de coutume.

— Justin !

Comme elle le dévisageait, interloquée, il répéta :

— Mon prénom est Justin. Vous pouvez m'appeler ainsi.

Elle ne l'avait jamais vu si communicatif, mais il avait le nez pincé et ses yeux brillaient d'un éclat désagréable.

— Si vous voulez... mais je le répète, nous nous connaissons à peine. Pas assez pour faire des projets pour la vie entière. J'ai besoin de temps pour réfléchir et je vous conseille vivement d'en faire autant. La hâte n'est jamais bonne conseillère. Nous aurons encore maintes occasions de nous voir. Pourquoi ne pas attendre la fin de la Saison pour prendre notre décision ?

Le regard pâle de son interlocuteur s'était soudain rétréci.

— Est-ce vraiment le fond de votre pensée ou dois-je craindre un rival ?

Il y avait ce soir chez Hayes une brusquerie qu'elle ne lui connaissait pas.

Il avait posé sa main sur la sienne tout en marchant, dans un geste plus possessif qu'attentionné. Marianne ne put s'empêcher de se sentir prisonnière.

— Sa Grâce le duc de Newlyn, peut-être ? précisa-t-il d'une voix douce. Cette situation n'est pas très encourageante, n'est-ce pas... Avoir pour rival un vieux camarade de jeux... Vous le voyez souvent, n'est-ce pas ?

Il parlait calmement, avec une once d'autodérision, mais Marianne n'était pas dupe. Il lui conseillait froidement, lui ordonnait même, comme en écho du discours que lui avait tenu sa mère, de se tenir à l'écart de Vennor si elle voulait qu'il accepte de patienter.

Marianne se hérissa. C'était un avant-goût de ce que serait la vie conjugale avec Hayes si elle se laissait faire. Des ordres habilement travestis en demandes polies mais implacables.

— Vous vous tourmentez en vain. Newlyn est un vieil ami de la famille. Il ne peut pas rénover sa maison sans les conseils d'une femme. Deux en l'occurrence, puisque ma mère nous aide beaucoup.

Hayes eut un sourire qui n'atteignit pas son regard.

— Dans ce cas, laissez donc votre mère se charger seule de cette tâche. C'est une experte, d'après ce que j'ai pu admirer à votre domicile. Je ne voudrais pas que Newlyn se méprenne, n'est-ce pas ? Une touche féminine, une charmante présence peuvent éveiller, même chez un gentleman, des idées tout à fait déplacées. Comptez sur moi pour vous protéger de la convoitise de mes semblables, ma chère.

Marianne arracha sa main qu'il s'apprêtait à porter à ses lèvres.

— Je suis parfaitement capable de veiller sur moi toute seule, milord. Je vous sais gré d'avoir bien voulu m'accorder un certain délai. Maintenant, si vous voulez m'excuser, je souhaiterais rentrer.

Le vicomte n'avait semblé ni comprendre ni accorder le délai qu'elle avait requis, mais Marianne se passait de son autorisation et considérait la chose comme acquise. Un gentleman n'oserait pas revenir là-dessus. Et, au cas où il s'en aviserait, tournant les talons avant qu'il n'ait pu protester, elle revint presque en courant vers la terrasse vivement éclairée. Elle rejoignit directement le hall, qu'elle traversa comme dans un rêve sans prêter attention aux valets de pied qui la dévisageaient, étonnés, et, débouchant sur le trottoir au bord duquel s'alignaient carrosses, tilburies et autres véhicules, portée par ses légers escarpins de bal, prit instinctivement la direction de Portland Square. Là où elle savait trouver le seul être au monde auprès duquel elle voulait être depuis le moment où elle l'avait quitté cet après-midi. Elle escalada les marches du perron de Newlyn House en deux enjambées, une seule idée en tête. Retrouver Vennor et se jeter dans ses bras. C'était désormais la seule chose qui avait un sens.

Marianne actionnait déjà le heurtoir quand elle s'avisa que la façade de la demeure était plongée dans la pénombre. Les doutes l'assaillirent. Et si Vennor était sorti ? Ou s'il était chez lui... mais pas seul ? Non, ce n'était pas son genre. Il n'amènerait pas une maîtresse ici. Pas dans la demeure familiale. Pas dans les pièces que sa mère et elle avaient si soigneusement aménagées.

Honeycutt vint lui ouvrir et, malgré une impassibilité acquise de longue date, parut surpris de la trouver sur le seuil.

— Sa Grâce est sortie, miss.

Il était légèrement empourpré, comme si le fait de trouver une jeune fille devant la porte de son maître en pleine nuit ne faisait pas partie de ses habitudes. Un bon point pour Vennor !

Le cerveau de Marianne fonctionnait maintenant à grande vitesse.

— Ça ne me gêne pas d'attendre. Je vais monter dans ses

appartements. Mr Howser, le tapissier, m'a fait savoir qu'il avait besoin de quelques mesures supplémentaires, improvisa-t-elle avec un sourire angélique, tout en filant vers l'escalier du hall.

Une fois à l'étage, elle pénétra dans les appartements nouvellement décorés du duc et referma la porte derrière elle avec un sourire. Première victoire ! Et la chose avait été plus aisée qu'elle ne l'imaginait. Elle alluma la lampe et fit un tour de la pièce avant de s'asseoir. Vennor jouait le jeu. Il commençait à s'installer. Dans le cabinet de toilette, Marianne caressa du bout des doigts le dos ciselé de ses brosses en argent, tâta la lame de son rasoir, puis, débouchant son flacon d'eau de toilette, en huma voluptueusement le mélange de senteurs. Muscade, bois de santal, le tout adouci par la note sucrée de la vanille. C'était l'essence même de Vennor, une odeur qu'elle associait à lui depuis toujours. Elle s'en mit un peu dans le creux de sa gorge puis reprit son inspection. Dans le dressing, son peignoir de soie bleue était accroché à une patère, prêt à être enfilé. Elle caressa lentement l'étoffe du plat de la main. Oserait-elle ?

L'idée pouvait paraître un peu audacieuse. Mais elle avait un avantage certain. Si Vennor la trouvait gentiment assise sur le bord d'un fauteuil en entrant chez lui, il commencerait à discuter. À tenter de la raisonner. Et Marianne n'était pas venue jusque-là pour ça. Maintenant qu'elle avait les idées claires, elle savait exactement ce qu'elle voulait. Pas question de revenir en arrière.

S'extirper seule de sa robe de bal ne fut pas chose facile. Marianne dut faire preuve d'imagination et se livrer à certaines acrobaties pour défaire une par une les agrafes du dos. L'affaire ne se passa pas sans dommages. Plusieurs agrafes sautèrent probablement dans l'assaut. Mais, étant donné l'enjeu, le sacrifice d'une toilette de bal était un prix bien léger à payer. Maintenant qu'elle avait trouvé le courage de fuir Hayes, il fallait aller jusqu'au bout.

Elle drapa le banyan de Vennor autour d'elle, s'enveloppant amoureusement dans la soie douce de ses pans brodés, tandis que son parfum lui chatouillait les narines. Puis, s'installant confortablement sur le lit, elle commença à défaire ses cheveux, un sourire aux lèvres. Cette nuit, elle se battait pour son avenir. Cette nuit, elle allait se mettre hors d'atteinte de Hayes, hors d'atteinte de qui que ce soit qui s'arrogeait le droit de mettre des limites à ses ambitions et à ses envies.

Vennor soupira. Cet après-midi, il n'avait pas fait un geste pour protéger Marianne des visées de Hayes et voilà qu'une autre femme se mettait sous sa protection. Sa main se referma sur le petit mot déposé à la capitainerie à son intention et qu'il avait fourré dans sa poche. Il était sorti pour l'une de ses tournées habituelles dans les docks dès la nuit tombée, prêt à défouler sa frustration sur le premier délinquant qui oserait bouger une oreille. Jamais les East Docks n'avaient été aussi calmes que ce soir, mais il fallait bien trouver un exutoire à la rage et au sentiment d'impuissance qui bouillonnaient en lui depuis que Lady Treleven avait traîné une Marianne stupéfaite hors de chez lui pour aller recevoir la bonne nouvelle dont était porteur Lord Hayes.

Aurait-il dû intervenir ? Aurait-il dû se précipiter à Treleven House pour faire une surenchère, en quelque sorte, en demandant la main de Marianne à son tour ? Même s'il savait que ni l'un ni l'autre ne le désiraient vraiment ? Cela résoudrait-il le problème ? Pourtant, il ne pouvait oublier la dernière image qu'il avait eue d'elle. Avant de sortir, Marianne lui avait jeté un regard désespéré, comme un appel au secours. Mais cela s'était passé si vite ! Il l'avait peut-être imaginé. Marianne savait se défendre toute seule. S'il intervenait, ne risquait-il pas d'aggraver les choses ? Et d'entraîner la jeune fille sur un chemin qu'elle ne souhaitait pas emprunter ?

Sept heures et quatre interventions plus tard, Vennor n'était toujours pas sûr d'avoir fait le bon choix. Il se sentait parfaitement misérable et impuissant. Peut-être aurait-il dû rejoindre Marianne au bal de Medhurst, finalement. Ne serait-ce que pour dégonfler un tant soit peu l'ego surdimensionné du vicomte. Et si la demande en mariage de Hayes était devenue officielle ? Et si Marianne avait fini par céder ? À cette perspective, l'estomac de Vennor se serra. Non, d'elle-même, jamais Marianne n'aurait condescendu à cela. Mais si ses parents avaient fait pression sur elle ? Si elle n'avait pas pu refuser ?

Soudain, comme alerté par un sixième sens, il s'arrêta de marcher. Jetant un regard autour de lui, il s'aperçut que ses pas l'avaient mené dans les environs de l'Opéra royal, dont les colonnes de marbre blanc brillaient doucement dans la nuit. À cette heure tardive, les lieux étaient déserts et il n'y était plus venu depuis longtemps, ni en tant que duc de Newlyn, ni en tant que Vigilant. Depuis la mort de ses parents, la loge privée des Newlyn restait vide. Saison après Saison…

Dans un peu plus de trois semaines, ce serait l'anniversaire des deux meurtres.

Vennor rajusta son masque. Soudain, il fut pris de l'envie de revoir l'endroit fatal, la ruelle dans laquelle on avait trouvé les corps du duc et de la duchesse. Il était déjà venu sur le théâtre du crime, bien sûr, le soir même du drame. Et la scène resterait à jamais gravée dans sa mémoire.

Ses pas le conduisirent dans la ruelle et sa mémoire fit le reste.

Ils étaient encore allongés sur le pavé tels qu'on les avait trouvés, Bow Street ayant demandé à ce qu'on ne touche rien avant que les officiers de police n'aient pu examiner la scène du crime. Sa mère avait eu la gorge coupée et son père avait été éventré.

C'était la duchesse qui était morte la première. Le duc était mort en cherchant à la secourir, un bras tendu vers elle. La profondeur de la blessure semblait indiquer qu'il s'était jeté sur son agresseur pour protéger sa femme, s'empalant de lui-même sur la lame.

Devant l'horrible spectacle, Vennor avait titubé jusqu'à un mur contre lequel il était resté longtemps, manquant de s'évanouir.

Selon toutes les apparences, le duc et la duchesse avaient été entraînés de force dans cette ruelle et saignés comme du bétail. Vennor imaginait la belle tête de sa mère plaquée contre le torse de son bourreau, un couteau s'enfonçant dans sa gorge tandis qu'on achevait sauvagement son père. Il était difficile d'imaginer le duc de Newlyn réduit à l'impuissance. Aussi loin que les souvenirs de Vennor pouvaient remonter, cela n'était jamais arrivé.

Il avait fallu cette nuit.

Apparemment, il avait tiré la lame de sa canne-épée, puisqu'on l'avait retrouvée sur le pavé. Mais que faire alors que son épouse était menacée par un couteau, probablement une arme de chasse à la lame tranchante ? Il ne s'agissait pas d'un simple meurtre crapuleux, contrairement à ce qu'avait prétendu Bow Street, pressé de clore l'affaire. Les crapules ne se promènent pas dans les quartiers chics avec des armes de chasse. Et ce qu'ils veulent, c'est de l'argent, pas du sang. Rien de valeur n'avait été pris sur les corps des victimes, ni bijoux ni argent. On avait retrouvé la rivière de diamants de Lady Newlyn autour de son cou martyrisé, et la montre en or ciselé du duc dans son gousset. Les meurtriers auraient pu faire fortune en quelques minutes et, pour sauver la vie de sa femme, le duc aurait tout donné sans discuter.

Non, les conclusions de Bow Street ne tenaient pas debout.

Pourtant, au fil des jours, des mois puis des années qui avaient suivi, rien, aucun indice n'était venu contrecarrer les premières hypothèses.

Vennor reconstitua les derniers mouvements de ses parents avant de mourir. Son père avait dû se tenir là, campé sur ses deux jambes, sa canne-épée à la main. Quant à sa mère, elle était retenue par l'un des assaillants, plaquée contre ce mur de brique. Il se précipita vers le mur, mimant la course de son père. Le duc avait dû tomber à cet endroit, rencontrant dans son élan la lame de son assassin.

Se laissant tomber sur les genoux, Vennor se mit à ramper. Puis il s'étendit de tout son long sur le pavé dont le froid lui pénétra la joue. Sa main droite était tendue dans le vide, là où devait être le pied gauche de sa pauvre mère. Les grands yeux bleus de Lady Newlyn avaient dû s'agrandir. Un cri s'était figé dans sa gorge, tandis que le sang jaillissait. Horribles instants ! Avait-elle vécu assez longtemps pour voir son époux bondir à son secours ? Assez longtemps aussi pour le voir tomber ? Si oui, cela avait dû l'anéantir. Ses parents étaient tout l'un pour l'autre.

Le terrible sentiment de culpabilité qui torturait Vennor depuis trois ans refit surface. Tout cela était de sa faute. S'il avait été avec ses parents ; comme prévu, rien de tout cela ne serait arrivé. Il avait failli, tout comme il avait failli auprès de Marianne cet après-midi.

Trois ans déjà et aucun indice sur l'identité des coupables et la raison de ce double meurtre. Peut-être le temps était-il venu de renoncer ? D'abandonner sa quête ? S'il en décidait ainsi, il pourrait demander la main de Marianne. Grâce à lui, elle ne serait pas obligée de choisir entre le bannissement social si elle décidait de devenir journaliste et le mariage avec un homme qu'elle n'aimait pas.

Vennor se remit sur ses pieds et, toujours masqué, avança dans l'ombre en direction de son domicile. Il avait hâte d'arriver et le redoutait en même temps. La vieille demeure serait déserte et silencieuse, et il se retrouverait une fois de plus seul avec ses fantômes.

En arrivant en vue de Newlyn House, il enfonça son masque dans sa poche. La porte s'ouvrit presque tout de suite et le long visage de Honeycutt apparut dans son entrebâillement.

— Vous avez une visite, Votre Grâce. Miss Treleven, qui vous attend dans vos appartements...

Ainsi, ce n'était pas un fantôme qui le guettait dans la solitude de sa chambre mais Marianne, en chair et en os. Vennor sentit son sang courir plus vite dans ses veines. C'était exactement ce qu'il lui fallait. Et exactement ce à quoi il devait résister.

De toutes ses forces.

15

Il avait beau s'y attendre, en voyant la scène préparée pour lui, Vennor s'arrêta net.

Marianne était assise au beau milieu du lit, ses jambes nues croisées devant elle. Elle était drapée dans son vieux peignoir de soie bleu, qu'il affectionnait pour sa douceur, et ses boucles rousses, cascadant sur ses épaules, s'enfonçaient entre ses seins nus.

— Marianne ! Que diable fais-tu ici ? s'exclama-t-il d'une voix déjà tendue par le désir.

— Je t'attendais. Pourquoi es-tu sorti sans moi ?

La voix de la jeune fille était lourde de reproche. Se levant d'un bond, elle avança vers lui tandis que les pans du peignoir dansaient autour de ses jambes, jouant avec sa nudité. Il n'avait jamais vu de spectacle aussi séduisant, aussi tentateur. Un spectacle qu'il lui fallait fuir. Absolument.

Il devait informer Marianne du petit mot qu'il avait dans sa poche. Lui parler de cette femme qui lui demandait son aide. Mais discuter des affaires du Vigilant devant un pareil spectacle était au-dessus de ses forces. Tout son corps se tendait vers elle, il n'avait plus d'autre envie que de la prendre dans ses bras et de l'embrasser sans fin pour lui faire oublier Hayes. Et pour se faire pardonner. Il voulait la porter jusque dans son lit et l'aimer jusqu'à ce que ses propres cauchemars s'évanouissent dans le néant. Tous les deux avaient vécu une journée éprouvante et ils avaient désespérément besoin du réconfort qu'ils pouvaient s'apporter mutuellement.

Vennor tenta encore de résister. Il aurait dû réveiller son cocher et la faire raccompagner chez elle. Il aurait dû lui demander de s'habiller. Mais les mots qui sortirent de sa bouche étaient bien différents.

— Hayes a-t-il fait sa demande ?

Il n'avait jamais haï aucun être au monde comme il haïssait le vicomte en ce moment.

— J'ai demandé un délai. Mais, de toute façon, je le refuserai.

Pressant un doigt sur ses lèvres, Marianne lâcha les pans du peignoir qui s'ouvrit largement, dévoilant la rondeur de beaux seins d'un blanc d'ivoire, prêts pour la caresse. Elle recula d'un pas pour lui permettre de mieux voir.

La seule chose qui importait, maintenant, c'était qu'elle était sienne. Si elle était là, ce soir, c'était pour ça. Parce qu'elle lui appartenait, à lui, Vennor. Attirant brusquement la jeune fille contre lui, il lui prit violemment la bouche.

— Tu as bien fait, Marianne. Parce que tu es mienne.

Et Marianne répéta après lui :

— Oui, Vennor, je suis tienne. Pour cette nuit, pour aussi longtemps que tu le voudras. C'est toi que je veux, Vennor. Toi et pas un autre.

Une sorte de fureur naissait entre eux maintenant que la décision était prise. Ils avaient hâte d'aller de l'avant. Leurs mains se débattaient ensemble avec les vêtements de Vennor. Elle déboutonna les petits boutons de nacre de sa jaquette et la tira sur ses épaules, commença à entrouvrir sa chemise, impatiente, affamée. Et, de lui-même, Vennor passa sa chemise par-dessus sa tête pour aller plus vite.

— Le pantalon, maintenant, chuchota Marianne, ses yeux brillant comme de l'onyx à la lueur de la lampe.

Le pantalon, oui, absolument. Il voulait être complètement nu pour elle, peau contre peau, comme si, grâce à leur nudité, il pouvait se débarrasser de ses démons. D'une main preste, il déboucla sa ceinture, fit descendre son pantalon sur ses hanches tout en contemplant le visage de Marianne, qui s'animait sous l'effet de la passion et du désir. Ils étaient tous les deux comme au premier matin du monde. Adam et Ève dans le jardin d'Éden. Quand Vennor souleva sa partenaire, elle enroula ses jambes autour de ses reins, passa ses bras autour de son cou et il la porta sur le lit.

Puis il vint au-dessus d'elle, les muscles de ses bras tendus comme les arches d'un pont, et la contempla dans toute la gloire de sa beauté, avec sa peau crémeuse et ses cheveux de feu. Et, avec un soupir de béatitude, il s'installa entre ses cuisses comme si Marianne l'attendait depuis toujours. Comme si leurs deux corps étaient les deux morceaux d'un même puzzle.

— Je ne me lasserai jamais de t'honorer, ma douce, murmura-t-il à son oreille, faisant courir une pluie de baisers le long de sa tempe, de sa joue et de son cou, et jusqu'entre ses seins. Il resta là, au-dessus de Marianne, aussi longtemps que ses bras purent le soutenir, embrassant, léchant et suçant la douce rondeur de sa poitrine tandis qu'elle s'éveillait au plaisir avec de petits gémissements.

Puis, l'attirant à elle, elle se cambra contre lui, ses hanches collées aux siennes. Vennor posa sa bouche sur son nombril, descendit plus bas encore, ses mains s'agrippant fermement aux hanches de Marianne tandis qu'il se perdait dans la douceur bouclée de sa toison. Il souffla délicatement sur son sexe, lécha encore, goûta la suave liqueur de son plaisir et rit de son soupir d'extase.

— Vennor... Oh ! Vennor...

C'était comme une prière, la demande impatiente de quelque chose que Marianne ne savait pas nommer mais dont son corps connaissait mystérieusement l'existence.

— Oui, ma douce, souffla-t-il avant de prendre possession de son intimité. Oui, je viens...

Puis, quand les vagues de plaisir se furent apaisées, il se mit de nouveau au-dessus d'elle et s'emplit les yeux et le cœur de son sourire extasié.

— Je... je n'avais pas idée de cela, murmura Marianne. Mais il y a encore autre chose, n'est-ce pas ?

— Oh ! Oui. Il y a autre chose. Quelque chose d'encore meilleur...

Il repoussa une boucle du front trempé de sueur de Marianne et lui sourit à son tour.

Enlaçant son cou de ses deux bras, elle l'attira contre ses seins.

— Alors, je le veux aussi. Je veux tout de toi, Vennor.

Et, de nouveau, ce fut comme si leurs deux corps n'avaient été conçus que pour cela, deux pièces d'un puzzle mystérieux qui n'attendaient que de se retrouver. Lui aussi la désirait. Lui donner un peu de plaisir n'avait été qu'un avant-goût de ce qui les attendait.

Il l'embrassa de nouveau, lentement, sans se presser, puis, plongeant son regard dans celui de Marianne, il la pénétra avec d'infinies précautions. Alors, ils partirent ensemble dans une longue chevauchée dont aucun ne semblait vouloir la fin.

Quand enfin il se laissa tomber à côté d'elle, épuisé et ravi, Marianne l'étreignit convulsivement.

— Oh ! Vennor... Je ne croyais pas que cela pouvait être aussi beau.

Et c'était vrai. Ce qu'ils venaient de partager, c'était l'amour porté à son sommet. C'était la joie profonde de deux êtres qui venaient de se retrouver. Mais c'était davantage encore. Il y avait dans ce moment quelque chose d'intangible qui transcendait les expériences habituelles de Vennor. Bien sûr, l'état d'euphorie qu'il éprouvait pouvait aisément s'expliquer par trois longues années d'abstinence sexuelle. Mais, plus qu'une simple communion des corps, il y avait eu entre eux une véritable communion des âmes. En aimant Marianne, Vennor s'était à la fois perdu et retrouvé. Dans ses beaux yeux d'onyx, dans ses gémissements de plaisir, dans son cri d'amour. Dans tout son corps.

— C'est toi que je veux, Vennor. Seulement toi.

Vennor soupira de nouveau. Si seulement cette nuit pouvait durer toujours. Si seulement il n'avait pas à affronter le jour...

— Est-ce toujours ainsi ? murmura Marianne, blottie contre son épaule, le corps alangui, l'esprit perdu dans un lointain éther.

Elle se sentait comblée mentalement, physiquement, émotionnellement.

— Non, ma douce, je ne crois pas. Pas toujours... Parfois, c'est plus... plus vide.

Elle sourit, secrètement heureuse qu'il sente cela, lui aussi. Qu'elle ne soit pas pour lui une simple expérience de plus.

— Parfait, ajouta-t-elle avec un sourire satisfait. Maintenant, les dés sont jetés.

Aux yeux de Lord Hayes, elle n'était plus qu'une fille perdue. Elle s'était mise hors de sa portée. S'il insistait, s'il la poussait dans ses retranchements, elle sortirait sa carte secrète.

Vennor se redressa sur un coude, comme assailli soudain par une idée.

— Pourquoi es-tu venue ici cette nuit, Marianne ? Es-tu venue pour perdre délibérément ta virginité ?

Marianne se redressa brusquement.

— Non, Ven'. Ne va pas t'imaginer que je t'ai utilisé. Je suis venue pour me prendre en charge. Je suis venue parce que je voulais choisir avec qui je voulais être. Parce que je refuse qu'on m'utilise comme une marionnette... C'est moi qui ai choisi ce qui s'est passé. Entièrement.

L'avait-elle convaincu ? Mon Dieu ! Pourvu qu'il n'aille pas s'imaginer...

— Tu te défends trop bien, Marianne, fit remarquer Vennor en jouant avec une mèche de ses cheveux. Es-tu sûre de ne pas avoir de regret ?

— Non, jamais.

Elle lui caressait le torse, s'étonnait de la douceur de sa peau. Maintenant qu'elle avait goûté à ce plaisir défendu, elle en voulait encore. Elle se sentait devenir insatiable.

— Aux yeux du monde, tu es une femme déshonorée, maintenant, déclara Vennor, comme pour la mettre à l'épreuve.

Elle leva les yeux vers le beau visage penché sur elle, s'attarda sur le menton carré, sur la petite fossette si reconnaissable.

— Non, Vennor. Pas déshonorée. Accomplie. Comment me sentir déshonorée par les moments que nous venons de partager ?

Elle ajouta sur un ton de reproche :

— J'aurais aimé être avec toi, ce soir.

Le visage de Vennor se ferma.

— Non, tu n'aurais pas aimé, Marianne. Après mon expédition aux docks, je suis retourné à l'Opéra. Dans la ruelle où leurs corps ont été trouvés. J'ai marché sur leurs pas, jusqu'au lieu du crime.

Marianne resta un long moment silencieuse. Les fantômes de Vennor devaient le hanter très fort, cette nuit, pour qu'il ait fait ça. Il n'allait plus de ce côté-là depuis longtemps.

— As-tu trouvé ce que tu cherchais ?

— Non. En fait, non, pas du tout. Est-ce que je me torture en vain, Marianne ? Devrais-je laisser tout cela derrière moi, maintenant ? Dois-je me résigner à la perspective de ne jamais savoir qui les a tués et pour quelle raison ? Ce que je cherche, est-ce autre chose que des réponses ? Est-ce le pardon ?

— Le pardon ? Mon Dieu, mais de quoi ?

Devant le regard étonné de Marianne, il expliqua :

— Le pardon pour ne pas avoir été là cette nuit-là. Pour n'avoir rien pu empêcher.

Jamais il n'avait évoqué devant elle cette soudaine culpabilité. En avait-il déjà parlé à quelqu'un d'autre ? À Cassian, peut-être ? À Eaton ? Ou à Inigo ? Marianne attendit, désireuse de ne pas interrompre cette fragile confidence. Le torse de Vennor se gonfla et s'abaissa sous sa main. Puis, enfin, les mots vinrent.

— Ce soir-là, j'aurais dû être là, avec eux. C'était ce qui était prévu.

La douleur qui faisait trembler sa voix était mêlée d'une terrible souffrance. Marianne sentit son cœur se serrer. Par tous les saints, comment cet homme si fort, si sûr de lui, avait-il pu se laisser ronger par ce terrible remords pendant si longtemps ?

Cette peine immense ne pouvait être soulagée par de fades banalités. Prudemment, elle passa délicatement son bras contre son torse dévêtu, et le serra contre elle.

— Raconte-moi, Ven'. Dis-moi tout ce qui s'est passé. Laisse-moi partager le poids de ton fardeau.

Une longue minute s'écoula et elle crut qu'il n'allait pas parler. Mais l'intimité de la chambre, le cercle chaud de la lampe les enveloppaient comme un cocon, un refuge dans lequel tout pouvait être dit.

Vennor commença à raconter, chaque mot le libérant un peu plus du poids de son passé.

16

— Ce soir-là, nous dînions tous les trois dans un nouveau restaurant que ma mère voulait essayer. Elle portait une robe qui venait de lui être livrée le matin même, en soie pourpre brodée de perles de jais. Père a commandé du champagne et lui a dit qu'elle était très belle. Ils étaient encore si amoureux, après toutes ces années de mariage, que cela faisait chaud au cœur.

Vennor se rappelait de cette soirée comme si elle avait eu lieu la veille. Il revoyait le sourire ému de sa mère, le regard brillant de son père tandis qu'il enveloppait sa femme d'un regard d'adoration.

— Sans doute est-ce la raison pour laquelle tu es toi-même si habile à faire des compliments, plaisanta gentiment Marianne. C'est de famille.

Vennor la serra plus fort contre lui, heureux de sentir la tiédeur de son corps réchauffer le sien.

— Nous avons passé un agréable moment. Les mets étaient excellents, le champagne bien frais, et l'humeur était à la gaieté.

Ce qui, pour Vennor, avait été un soulagement car la semaine avait été très tendue. Sa mère avait tenté, avec beaucoup de diplomatie, d'aborder le sujet du mariage, et son père, avec beaucoup moins de diplomatie, avait suggéré qu'il était grand temps qu'il trouve un sujet d'intérêt dans la vie. Il avait fini par se quereller avec tous les deux.

— À la fin du dîner, poursuivit-il, un de nos grooms est venu nous porter un message. Une cargaison que nous attendions depuis longtemps était enfin arrivée et il fallait quelqu'un pour en surveiller le déchargement dans nos entrepôts. Notre régisseur, souffrant, était rentré chez lui plus tôt que prévu. Sautant sur l'occasion, j'ai suggéré de m'en charger. En effet, ma mère avait proposé à la nièce de l'un de nos amis, en visite à Londres, de partager notre loge à l'opéra. Encore une candidate au mariage, évidemment. Comme tu t'en doutes, je n'étais pas particulièrement enchanté de faire sa connaissance. J'ai donc laissé mes parents finir de déguster leur sorbet et j'ai filé vers d'autres aventures, heureux d'échapper une fois de plus aux talents d'entremetteuse de ma chère maman. J'ai bien vu qu'elle était déçue, soupira-t-il. Pas seulement parce qu'elle espérait que cette candidate pourrait enfin me plaire. Déçue par mon attitude, aussi peu coopérative que possible. Une fois de plus, je ne me montrais pas à la hauteur.

— Comment peux-tu dire une chose pareille, Ven' ? protesta Marianne d'une voix douce. Elle t'aimait.

— Je le sais bien, mais figure-toi que je la comprends. J'arrivais à la trentaine, j'étais le dernier mâle de la lignée et je me refusais à satisfaire à mon devoir le plus important. Nous nous querellions sans cesse à ce sujet. Et c'est elle qui avait raison. C'est mon fichu égoïsme qui me faisait reculer devant l'obstacle. Aucun de mes meilleurs amis n'était marié. Pourquoi devrais-je me sacrifier le premier ?

— Même les familles heureuses se querellent, Ven'. J'ai cinq sœurs et cela suffit pour qu'il y ait toujours une dispute en train. Ce n'est pas pour cela que nous nous aimons moins.

— En tout cas, je ne pouvais m'empêcher d'avoir l'impression de l'avoir trahie. Si je me suis précipité vers East Docks, c'est un peu pour jouer sur les deux tableaux. Je pouvais dire ainsi à mon père : « Vous voyez, père, moi aussi je peux me montrer utile. Comment trouverais-je le temps de me marier ? » Je les dressais assez perfidement l'un contre l'autre, et franchement, en regardant en arrière, je ne suis pas très fier de moi. J'ai embrassé ma mère, serré la main de mon père, que j'ai remercié pour son invitation, lui ai rappelé que nous nous voyions le lendemain au White's. Puis, après leur avoir souhaité une bonne soirée à l'Opéra, je me suis rué hors du restaurant comme si j'avais le diable à mes trousses. Je ne pouvais pas le savoir, évidemment... mais c'était la dernière fois que je les voyais vivants.

Il secoua la tête, puis conclut d'une voix rauque :

— Quelles vaines paroles, n'est-ce pas ? Combien de fois me suis-je répété depuis tout ce que j'aurais aimé pouvoir leur dire ce soir-là ? Que je les aimais tendrement tous les deux. Que j'étais fier d'être leur fils. Combien mon père avait été un modèle pour moi. Combien j'aimais notre vie dans notre domaine de Cornouailles, nos promenades sur la plage de Karrek Sands, nos pique-niques à Trevaylor Woods. Combien je leur étais reconnaissant de la vie heureuse qu'ils m'assuraient depuis toujours. Et tant de choses encore, Marianne. Sans compter tout ce que je n'ai pas fait et qu'ils attendaient de moi.

Et maintenant, il était trop tard. Rien n'y personne ne pourrait les rappeler à la vie.

— Ils savaient déjà tout cela, Ven'.

Marianne se sentait prise d'une immense compassion pour cet homme si bon, si dévoué, que les remords torturaient depuis toutes ces années. Et qui s'était cru obligé de porter le poids de sa faute tout seul. Elle comprenait mieux maintenant les raisons de ce masque poli et froid qu'il adoptait si souvent en société. Et sans doute aussi pourquoi il portait le masque du Vigilant.

— La moindre des choses maintenant, si je veux me faire pardonner, c'est de trouver les coupables et de les traîner devant la justice. Ils méritent d'être punis pour ce qu'ils leur ont fait.

— Et ce qu'ils t'ont fait à toi aussi, ajouta Marianne.

Marianne aussi, maintenant, voulait une revanche pour ce que ces immondes individus lui avaient fait à elle en métamorphosant son joyeux compagnon en un homme froid et secret qui préférait vivre dans la nuit et le silence. Pour pouvoir s'en sortir, il fallait d'abord que Vennor se pardonne à lui-même. C'était pour lui le seul moyen d'aller de l'avant.

— Si tu avais été présent ce soir-là, Vennor, tu aurais pu être tué toi aussi. Ta présence n'aurait certainement rien changé.

Il poussa un grondement sourd.

— Le combat aurait été plus égal. Ils n'étaient que deux.

Celui qui tenait ma mère et celui qui a frappé mon père. Les hommes de Bow Street se plaisent à affirmer que ce n'est pas prouvé, que les assassins pouvaient être venus en bande. Mais il n'y a aucune raison. Cela aurait fait trop d'hommes dans la confidence... Non, ils n'étaient pas plus de deux, je l'ai compris ce soir. Et pas moins non plus. Un homme seul n'aurait pas suffi à empêcher mon père de protéger sa femme.

— Ven'... Crois-tu qu'en résolvant ce mystère, tu retrouveras la paix ?

— Au moins, j'aurai fait justice, rétorqua-t-il, une sorte de fureur sauvage dans la voix.

— Ce n'est pas la même chose. La vérité permettra de clore le dossier. Mais elle n'absoudra personne.

— Je m'en contenterai. Il ne sera pas dit que les assassins d'un duc de Newlyn resteront impunis.

— Et le Vigilant ? Qu'est-ce que cela changera pour lui ?

Car, finalement, pour Vennor, la recherche des meurtriers et la mission du Vigilant n'étaient que les deux faces d'une même médaille. S'il venait à disparaître, le Vigilant manquerait aux opprimés à qui il avait rendu d'innombrables services. Vennor ne comprenait-il pas cela ? Marianne pensait à la capitainerie des docks, où, confiants, les pauvres hères allaient déposer leur plainte et mendier une aide.

— Qu'adviendrait-il de toutes les Mrs Simmons de Londres si le Vigilant ne gardait pas un œil sur elles et sur leurs enfants ?

Sans doute le Vigilant avait-il commencé comme un simple enquêteur à qui son déguisement permettait de s'introduire partout. Mais, très vite, il était devenu bien davantage. Il ressortait clairement des interviews faites par Marianne que les habitants des quartiers défavorisés comptaient sur lui pour assurer la justice et le secours. C'était leur seul moyen d'espérer une vie meilleure.

Vennor secoua la tête.

— Je ne sais pas. Je n'y ai pas encore réfléchi. Il y a tant de conséquences auxquelles je n'ai pas encore pensé, ajouta-t-il, un pli amer déformant ses lèvres.

Puis soudain, contre toute attente, il sourit.

— Et beaucoup de choses que je n'ai pas encore vues... pas encore goûtées, ajouta-t-il en posant des lèvres chaudes sur l'épaule de Marianne.

Il voulait encore lui faire l'amour. Marianne se pressa contre lui, dans une anticipation voluptueuse.

Cette fois, ce fut différent. La tension avait disparu, remplacée par un rythme lent et doux, une exploration tranquille. Et pourtant, quand ils atteignirent ensemble le paroxysme de leur plaisir, ce fut tout aussi bouleversant que la première fois, bien qu'avec une teinte d'amertume.

La nuit s'écoulait pourtant et Marianne songea qu'il lui faudrait bientôt partir. Elle allait devoir quitter la chaleur du corps de Vennor, de ce lieu qui paraissait à l'écart du monde et de ses turpitudes.

Vennor l'aida à se rhabiller, rattachant de ses doigts habiles les agrafes de sa robe qui subsistaient encore. Il fit réveiller son cocher et insista pour la raccompagner chez elle. Pas question de la laisser parcourir seule le bref trajet jusqu'à Curzon Street à cette heure qui appartenait encore à la nuit. Marianne s'assoupit contre son épaule, heureuse de ce court sursis en sa compagnie, le cœur et le corps comblés. Le ciel tournait lentement au gris pâle, quelques flaques de pluie brillaient sur les trottoirs où avançaient à pas pressés des noctambules attardés. Le corps solide de Vennor pressé contre le sien, elle aurait voulu que ce voyage dure toujours.

— Pourquoi ne pas continuer à rouler, Vennor ? murmura-t-elle contre l'étoffe de sa redingote.

Il rit doucement.

— Pour aller où ?

— N'importe où. Loin de cette ville si lugubre, malgré ses fêtes et ses dorures.

Loin de ces prétendants aux yeux luisants, des parents défunts de Vennor dont le deuil était interminable, de cet avenir compliqué.

Vennor regarda par la portière avec un bâillement.

— Tu en aurais vite assez. Tes parents et tes amis te manqueraient... Nous y voilà. Veux-tu que je descende avec toi ?

Marianne secoua la tête.

— Non. Cela ne ferait que compliquer la situation. Je trouverai bien une excuse...

Elle fronça les sourcils. Par contre, elle allait devoir trouver une explication pour les dégâts qu'elle avait fait subir à sa toilette. Sa femme de chambre ne manquerait pas de remarquer les crochets manquants.

Vennor s'agita dans la pénombre.

— Marianne...

Elle lui ferma doucement la bouche du bout des doigts.

— Non, Vennor. Ne dis rien. Nous n'avons pas besoin d'avoir toutes les réponses cette nuit. Réjouissons-nous déjà de ce que nous venons de partager.

Puis, lui effleurant les lèvres d'un dernier baiser, elle ajouta encore :

— À demain.

Et, sautant vivement sur le trottoir, elle monta rapidement les marches du perron, sentant le regard de Vennor sur son dos. Elle sourit pour elle-même tandis qu'un merveilleux sentiment de plénitude l'envahissait. Vennor veillait sur elle et il serait toujours là.

De l'autre côté de la rue, deux silhouettes sombres, figées dans une longue veille, s'élancèrent sur le trottoir, enfin libérées.

Slash ! La cravache, propulsée par un bras déchaîné, s'abattit au travers des fesses dénudées de la fille. Les informations apportées par les hommes qu'il avait payés le rendaient littéralement fou de rage.

Miss Treleven était rentrée chez elle à l'aube dans le cabriolet de Newlyn !

Slash ! L'air sifflait autour de son bras, Élise poussait des cris aigus. Mais pas question de s'arrêter. Au contraire. Pour la première fois depuis qu'il fréquentait les lieux, Hayes s'était précipité chez Delilah avant midi, impatient de trouver un exutoire à sa fureur.

Ainsi, Marianne Treleven s'était moquée de lui. Elle avait réclamé un délai pour lui donner sa réponse, tout en lui laissant entendre avec un sourire angélique qu'elle accepterait de l'épouser à la fin de la Saison... Et la minute d'après, elle se précipitait dans le lit de Newlyn où le jeune duc et elle, entre deux épisodes de débauche éhontée, avaient certainement bien ri.

Décidément, cela devenait une tradition entre leurs deux familles. Les Penlerick trouvaient normal de s'arroger les femmes promises aux Moore sans se poser autrement de questions. Son propre grand-père avait perdu la jeune fille qu'il aimait au profit d'Alfred Penlerick, et pour les Moore cela avait été le commencement de leurs ennuis. Alfred Penlerick ne s'était pas contenté de voler Évangeline Warnick à Henry Moore. Il avait fait en sorte de contrecarrer tous les projets de son grand-père les uns après les autres. Il avait refusé de contribuer financièrement à la construction de routes qui auraient permis de transporter à moindre coût la production des greniers de Henry Moore éloignés des côtes, voté contre des lois permettant de baisser le salaire des travailleurs, et ainsi de suite. La liste des griefs, qui expliquaient sans conteste la situation actuelle de la fortune des Moore, tout à fait catastrophique, aurait été longue à établir.

Enfin épuisé, Hayes se laissa tomber sur le lit, à bout de souffle. Élise pleurait à brefs sanglots étouffés.

— Calme-toi ! intima-t-il d'une voix sèche. Je te paie suffisamment pour ça.

Elle leva la tête, sa perruque rousse lui retombant sur le front.

— Vous me payez pour garder vos secrets, protesta-t-elle, une flamme nouvelle dans le regard. Vous me payez pour vous trouver des hommes de main chargés d'accomplir Dieu sait quelle besogne. Vous me payez pour me grimer afin de ressembler à je ne sais quelle petite *débutante* dont vous vous êtes entiché et qui ne veut pas de vous. Mais je n'accepte pas d'être payée pour être battue jusqu'à épuisement. Je ne vous recevrai plus.

— Oh ! Parfait, ricana Hayes, ravi. Ma « petite *débutante* », comme tu dis, a elle aussi un sale caractère. J'ai toujours aimé les conflits. Ça m'excite terriblement...

À dire vrai, il n'y avait eu aucun conflit entre Élise et lui ce matin. Aucun motif pour la punir. La pauvre fille n'avait fait que servir d'exutoire à la colère qu'il éprouvait à l'encontre de Marianne et de sa trahison. Mais les putains n'étaient-elles pas là pour ça ? Pour satisfaire la libido des hommes et leur besoin de se défouler ? Élise voulait plus d'argent ? Eh bien, il lui en donnerait. À condition qu'elle satisfasse ses moindres désirs.

Et qu'elle l'aide à atteindre son but.

Lui relevant le menton d'un doigt brutal, il la força à le regarder dans les yeux.

— Tu as de la chance que je t'aime bien, ma jolie. Sinon, je te battrais encore pour insubordination. Si jamais il te venait à l'esprit de me faire chanter, dis-toi bien que tu n'as aucune preuve. Et à qui te confierais-tu, de toute façon ? Qui se soucierait de t'écouter ? Et surtout, de te défendre ? Tu ne connais même pas mon nom.

— Je pourrais toujours leur parler de la dernière fois, il y a deux ans, argua-t-elle sans se démonter. Vous avez fait tuer quelqu'un. C'est pour ça que vous êtes parti à l'étranger.

Le regard de Hayes se figea. Vif comme la foudre, il tira de la poche intérieure de son pourpoint un couteau à la fine lame tranchante.

— Si tu parles, je serai prévenu aussitôt. Je te tuerai avant même que Bow Street n'ait eu le temps de s'intéresser à toi.

Il remit le couteau à sa place et ajouta avec un mince sourire :

Il est toujours préférable de mettre les choses au point, n'est-ce pas, ma fille ? Si tu te tais, tu n'as rien à craindre. C'est aussi clair que deux et deux font quatre.

Il lui tapota la joue avec un sourire. Mais il savait déjà qu'il devrait se débarrasser d'elle. Définitivement. Maintenant, il savait qu'elle se méfiait. Et donc, qu'elle pensait. Ce qui était toujours mauvais signe chez une femme.

Quant à Marianne, il avait bien l'intention, malgré tout, de l'épouser, même si la perspective de devoir passer après Newlyn ne le ragoûtait guère. S'était-elle imaginé, la pauvre sotte, que la perte de sa virginité – car il ne pouvait s'agir que de cela – suffirait à le dissuader ? Ridicule ! Absolument ridicule. Il attendait autre chose de la fille de Sir Treleven que de simples faveurs sexuelles. Oui, il l'épouserait, mais pas pour son joli corps ni sa chevelure de déesse. Non, simplement pour son argent. Pour sa dot et pour la place que sa famille occupait dans la bonne société cornouaillaise.

17

Il devait la demander en mariage. C'était ce que faisait un gentilhomme quand il avait compromis une jeune fille, même quand c'était elle qui s'était offerte à lui. Vennor contempla un long moment la feuille de papier qu'il avait sous les yeux. Puis son regard se déplaça sur la plume qu'il tenait à la main. Et enfin sur l'encrier en argent massif qu'il avait toujours vu là, depuis sa prime enfance, sur le bureau de son père.

Cela faisait une heure qu'il était là, à regarder cette feuille de papier, la plume à la main, et il était presque midi. Quand il était rentré, après avoir raccompagné Marianne, il n'avait pas dormi. Il n'avait même pas essayé de se recoucher. Il était resté assis dans sa chambre, dans un fauteuil, à regarder le jour se lever en repassant dans son esprit les événements de la nuit. Il avait continué à y songer pendant le petit déjeuner et y songeait encore, regrettant de ne pas avoir géré la situation autrement.

Après ce qu'il s'était passé entre eux, il y avait des choses qu'il aurait dû dire à Marianne, des aspects de la situation dont ils auraient dû discuter.

Mais Marianne n'attendait rien de lui, elle n'attendait surtout pas « qu'il fasse son devoir », pour reprendre l'expression consacrée. Et, du reste, il n'était pas en position de pouvoir le faire. Plus précisément, il n'était pas libre de le faire. Bien sûr, si c'était ce qu'elle attendait de lui, il s'inclinerait. Il était prêt à lui demander sa main, en dépit de leurs préférences à tous les deux. Et si cette nuit qu'ils venaient de partager avait des conséquences, si un enfant s'annonçait malgré ses précautions, il ferait ce qu'on attendait de lui.

Un enfant... Bien sûr, cela changerait tout. Si Marianne était enceinte de ses œuvres, leurs ambitions personnelles ne comptaient plus. Vennor jouait avec sa plume, tandis que l'image de Marianne grosse de son enfant, de leur enfant, s'imposait à lui. Puis il vit l'enfant dans les bras de la jeune femme, enveloppé d'un lange et tétant goulûment l'un de ses jolis seins ronds. Et dans ses bras à lui.

Un enfant qui ne mourrait pas, qui ne disparaîtrait pas brutalement de sa vie, qui hériterait à son tour du duché de Newlyn, lui assurant enfin une continuité.

Un fils de Marianne ! Un flot de joie envahit Vennor, balayé aussitôt par un immense regret.

Elle ne le voulait pas. Elle ne le voudrait pas. Du reste, serait-il capable d'être père ? Marianne et le bébé pourraient-ils avoir confiance en lui ? Il avait démontré le contraire, en abandonnant ses parents à leur sort. Il avait failli à son devoir en les laissant aller seuls dans la nuit de Londres, simplement pour échapper aux intrigues maternelles. Par pur égoïsme.

Pourtant, la nuit qu'il avait partagée avec Marianne avait été un moment béni. Elle comptait parmi les heures les plus heureuses et les plus riches de sa vie. Et il n'avait plus qu'une envie : recommencer encore et encore. Revoir Marianne... La prendre dans ses bras. L'aimer à nouveau...

— Votre Grâce ?

Honeycutt entrait dans le bureau, l'interrompant soudain dans ses réflexions.

— ... Votre Grâce, répéta son majordome, vous avez des visiteurs. Le comte de Tintagel, le vicomte Trevethow, le marquis de Lynford et leurs épouses. Miss Marianne Treleven les accompagne. J'ai pris la liberté de demander aux cuisines de prévoir un déjeuner pour tout le monde.

Malgré son irréprochable tenue, le vieux maître d'hôtel avait bien du mal à dissimuler son contentement. Un déjeuner avec huit convives ! C'était la première fois depuis la tragédie ! Vennor compris immédiatement. Marianne lui avait tendu une embuscade. Jetant sa plume sur son buvard, il se leva d'un bond.

Le parloir était rempli d'éclats de voix et de rires dont le volume alla crescendo tandis qu'il traversait le hall. Il eut le temps d'embrasser la joyeuse assemblée du regard avant que ses visiteurs ne l'aperçoivent. Cassian, d'abord, grand et large d'épaules, à l'étroit dans son costume de ville, mais visiblement heureux de retrouver ses amis. Il gratifiait d'une chaleureuse accolade Eaton, tout aussi grand et large, ses boucles brunes lui retombant sur le front malgré l'effort visible qu'il avait fait pour les discipliner. Eaton se retournait vers Inigo, toujours aussi impeccable dans une redingote de drap bleu clair et un pantalon ajusté, pour l'embrasser à son tour.

Leurs épouses se tenaient près de la fenêtre, bouquet de fleurs aux couleurs vives dans leurs toilettes d'été. Marianne se tenait au centre, sa chevelure de bronze flamboyant dans le soleil, un sourire heureux éclairant son joli visage, tandis qu'elle montrait avec fierté les murs de la pièce récemment tapissés. On aurait dit une maîtresse de maison faisant les honneurs de son domicile à ses invités. Elle paraissait aussi à l'aise que si son destin était depuis toujours de prendre sa place, elle aussi, au sein de la lignée des ducs de Cornouailles.

Vennor s'empressa de chasser cette idée dangereuse.

Après la nuit qu'ils avaient passée ensemble, ce n'était pas ainsi qu'il avait imaginé leurs retrouvailles, au milieu de leurs amis, sans la moindre possibilité d'une conversation privée. Et puis, il y avait ce billet qui lui avait été apporté de la part d'une femme d'East Docks. Il aurait besoin de l'aide de Marianne pour régler ça. Il se surprit, au lieu d'agir, à rester là, dans la pénombre du hall, à contempler la jeune femme, notant avec délice les moindres détails du spectacle qu'elle offrait tandis qu'elle jouait les maîtresses de maison. La façon dont elle renversait la tête en arrière quand elle riait, sa manière d'établir sans cesse un contact avec ses interlocuteurs, une petite tape affectueuse sur la manche, une pression de la main sur l'avant-bras. Marianne, petite fée du logis, avait su apporter sa joie de vivre dans la maison. Et maintenant, elle lui apportait ses amis, qui n'étaient pas venus à Newlyn House depuis la sinistre veillée funèbre. Il émanait d'elle une joie si naturelle, si spontanée, que, malgré l'urgence des circonstances, Vennor ne parvenait pas à lui en vouloir pour cette petite réception improvisée.

Ce fut Cassian qui le repéra le premier.

— Vennor, vieux camarade, te voilà enfin !

Il fut sur lui en trois enjambées et l'enveloppa d'une chaleureuse étreinte, la première de toute une série car, aussitôt, tous se précipitèrent. Eaton d'abord, puis Inigo et enfin leurs trois femmes, Eliza, Penrose et Audevere. Tout cela était un peu étouffant et Marianne, sentant son malaise, vint lui glisser une main sous le bras, comme pour le soutenir. Vennor était heureux, naturellement, mais c'était presque trop. Il avait vu Inigo plusieurs fois en ville, et Cassian au moins une fois, à l'occasion de la visite du roi de l'île d'Hawaï[1], venant présenter ses hommages au roi George. Mais les voir tous réunis dans son salon était source d'une grande émotion.

Ce fut Marianne qui, une fois de plus, prit l'initiative, comme il faisait beau, d'installer ses invités sur la terrasse pour le déjeuner. Ils avaient tous tant de choses à se dire que personne ne savait par où commencer. Le repas fut occupé par de joyeux bavardages et, se ressaisissant, Vennor prit des nouvelles des enfants, qu'il ne connaissait pas ou fort peu. Cassian était maintenant père d'un fils prénommé Collin Richard d'après son frère Collin et le père de Vennor, Richard. Eaton, quant à lui, avait une belle-fille, âgée d'une douzaine d'années, Sophie, qui allumait son regard d'une flamme affectueuse à chaque fois qu'il parlait d'elle. Chacun avait également des projets à dévoiler, des ambitions satisfaites ou à accomplir. Eaton avait presque achevé la construction d'une première école pour les enfants de mineurs de Porth Karrek et Cassian allait bientôt ouvrir les grilles de son jardin d'acclimatation aux touristes de plus en plus nombreux en Cornouailles. En parcourant la rangée de visages amis autour de la table, en constatant leur bonheur,

1. Il s'agit du roi Kamehameha II, mort de la rougeole à Londres en 1824 avant même d'avoir pu rencontrer le roi George alors qu'il venait tout exprès de son île pour conclure une alliance entre Hawaï et le Royaume-Uni. (NdT)

Vennor sentit une boule se former dans sa gorge. Bien sûr, il se réjouissait pour eux, mais il ne pouvait s'empêcher de les envier.

— Toi aussi, tu as apporté ta pierre à l'édifice, déclara soudain Cassian, alors que la conversation ralentissait. Tu contribues à réformer heureusement notre pays en faisant voter des lois pour améliorer le sort des plus démunis.

— Des lois conçues et défendues par mon père, rectifia Vennor. Mais tu as raison. Je suis assez fier de pouvoir les faire adopter, lentement mais sûrement.

Cassian lui administra une tape affectueuse sur l'avant-bras.

— Tu es trop modeste, comme toujours. Tout le monde sait à la Chambre le travail que tu as effectué ces deux dernières années. Ton père serait fier de toi. Maintenant, il faut que nous te ramenions en Cornouailles pour que tu exerces un peu tes talents d'homme d'État là-bas. Les élections vont arriver et il faut préparer le terrain.

Vennor fit signe aux valets de pied de remplir de nouveau les verres, le vin blanc de Graves s'accordant à merveille avec la salade de crevettes et le saumon poché qui allait suivre.

Il eut un rire un peu forcé.

— Est-ce là la raison de votre visite ? Vous complotez tous pour me faire rentrer à la maison ?

Il jeta un regard interrogatif à Marianne assise en face de lui, à l'autre bout de la table. Quel rôle avait-elle joué dans ce complot exactement ? Car elle en était, à coup sûr.

Soutenant son regard, elle haussa imperceptiblement les épaules.

— Cela va faire trois ans, Ven', fit remarquer Eaton. Je suppose qu'il y a là-bas pas mal de monde qui serait content de te revoir.

Mes régisseurs et mes métayers, par exemple, songea Vennor. Mais on avait aussi besoin de lui ici, à Londres. Il y avait l'appel anonyme de cette femme d'East Docks, par exemple. Qui viendrait à l'aide de ces pauvres gens s'il retournait s'installer en Cornouailles ? Et qui arrêterait la course des meurtriers de ses parents ?

Sentant l'entrain de ses convives retomber, Marianne se leva.

— Mesdames, si nous laissions ces messieurs à leurs cigares

et à leurs alcools ? Que diriez-vous d'une petite visite de la maison ? Je serais ravie de vous montrer tous les changements. Nous venons juste de terminer la salle de bal. Le lustre central est une pure merveille.

Vennor suivit des yeux la jeune femme avec un sourire. À la seconde même où elle eut quitté la pièce, elle commença à lui manquer, comme une lumière qu'on éteint. Son sourire, son entrain, tout faisait désormais partie de l'univers quotidien de Vennor. Et même, de son intimité. Il était par trop conscient des regards masculins, franchement interrogatifs, qui s'étaient soudain tournés vers lui. À moins qu'il ne leur donne un sens qu'ils n'avaient pas ? Les portes se refermèrent sur des froufrous de soie et Inigo attaqua aussitôt.

— Dis donc, Ven' ! remarqua Eaton. Marianne est ici comme un poisson dans l'eau, on dirait.

C'était dit d'un ton léger, comme sans y toucher, tandis que les valets débarrassaient la table et que Honeycutt y déposait une carafe de cognac. Mais les sous-entendus y étaient.

— Il faut dire que ta vieille demeure est métamorphosée, ajouta-t-il en prenant le verre de cognac que lui tendait son ami. C'est beaucoup mieux qu'à ma dernière visite.

— La dernière fois que tu es venu, tu avais la bouche pleine de tes exploits à la chasse à Manton[1] et de ta course-poursuite avec un voyou dans Jermyn Street. Je suis très étonné que tu aies eu le temps de remarquer quoi que ce soit d'autre.

Vennor but une gorgée de cognac. Il comprenait soudain comment la situation pouvait apparaître aux yeux de ses amis. Marianne se chargeant de la décoration de sa maison, invitant ses amis à déjeuner…

— Marianne a écrit à Rosenwyn, et Rose a pris le thé avec Eliza à l'école, expliqua enfin Eaton, prenant pitié de lui.

— Et qu'a dit exactement Marianne à Rose ? s'enquit Vennor d'un ton qu'il espérait aussi neutre que possible.

1. Village du Wiltshire, dans le sud-ouest de l'Angleterre. Région particulièrement boisée et propice à la chasse.

— Qu'elle essayait de rénover un peu votre maison de ville pour reprendre la tradition du bal de charité annuel des Newlyn.

Eaton attendit une fraction de seconde et ajouta avec un sourire :

— Alors nous nous sommes dit d'un commun accord que cela valait la peine de venir nous rendre compte par nous-mêmes. Je... je me dois d'ajouter que ces dames s'attendent très probablement à... une sorte d'annonce officielle.

— Dans ce cas, je crains qu'elles ne soient déçues. Aux dernières nouvelles, le vicomte Hayes a demandé la main de Marianne. Cela n'a encore rien d'officiel mais la procédure est en route...

Cassian le dévisagea, stupéfait.

— Et tu as laissé faire une chose pareille ?

Il parcourut la tablée d'un regard qui en disait long et ajouta :

— Mes amis, je crois que nous sommes arrivés à temps... Vennor, mon vieux, tu es devenu fou. Marianne est la femme qu'il te faut ! Nous l'avons toujours su.

Que pouvait-on répondre à cela ? Un silence tomba sur le petit groupe, accompagné par le vol bourdonnant des abeilles. Ce fut la voix grave et mélodieuse d'Inigo qui le rompit.

— À mon avis, il le sait parfaitement.

Encore un silence, lourd de questions muettes, pendant lequel Vennor eut conscience de tous les regards posés sur lui.

Puis Inigo revint à la charge, avec son intuition habituelle.

— Jusqu'où cela a-t-il été entre vous, Ven' ? Tu ferais bien de nous en dire un peu plus long puisque, de toute façon, il s'est passé quelque chose. Ça se voit comme le nez au milieu de la figure.

Cela se voyait à ce point ? Apparemment, oui. Mais, quoi qu'il en soit, cela ne les regardait qu'eux deux, Marianne et lui.

Vennor se leva de table.

— Désolé, mais ce n'est pas le genre de conversation auquel s'adonne un gentleman. Allons rejoindre ces dames au salon. Nous devons commencer à leur manquer.

Acceptant avec bonne grâce son refus d'en dire davantage, ses amis se levèrent dans un remue-ménage de chaises. Seul Inigo glissa à Vennor un regard qui laissait entendre qu'il ne s'avouait pas vaincu.

— Je vais prendre mes renseignements sur ce Hayes, au cas

où, marmonna-t-il entre ses dents. Il doit être à la soirée de l'ambassade russe.

Comme la plupart des gens qui comptaient à Londres.

Bon sang ! pesta Vennor. Il avait complètement oublié cette soirée. Le bal que donnait chaque année Alexeï Grigoriev était très couru, les Londoniens n'aimant rien tant que la nourriture exotique et les acrobaties des danseurs du Caucase. Comment Marianne et lui feraient-ils pour s'esquiver discrètement s'ils étaient au milieu d'une foule où tout le monde connaissait tout le monde ? Et Inigo ne manquerait pas de le chercher au cours de la soirée, ne serait-ce que pour le tenir informé du résultat de ses investigations.

Impossible d'échanger un seul mot avec Vennor avant que tout le monde ne prenne congé. Ses amis se doutaient-ils de quelque chose ? Inigo, oui, certainement. Il avait l'œil partout et, depuis la tragédie, il s'inquiétait beaucoup pour Vennor. Marianne brûlait pourtant de partager ses bonnes nouvelles avec le maître de maison. Le directeur de publication de *Gentlemen's Weekly* lui avait accordé toute une page pour la publication de sa série sur la misère à Londres. Maintenant, il allait falloir attendre la prochaine occasion, ce soir, à l'ambassade russe. Mais là encore, parvenir à parler en tête à tête avec Vennor tiendrait de l'exploit.

— J'ai quelque chose à t'annoncer ! chuchota-t-elle enfin, quelques heures plus tard, dans l'embrasure d'une fenêtre de la grande salle des fêtes de l'ambassade.

Tous les invités de l'ambassadeur regardaient, le nez levé et la bouche ouverte, les prodigieuses acrobaties des artistes invités.

Vennor se tourna vers elle, l'œil interrogatif, et elle ajouta, bafouillant presque tant elle était excitée :

— Le magazine a reçu un nombreux courrier de la part de mes lecteurs. Ils ont beaucoup apprécié mon premier article sur les pauvres de Londres et ils en veulent davantage.

— Mais c'est merveilleux ! s'exclama-t-il.

Mais elle le sentait distrait. Son regard cherchait quelqu'un ou quelque chose dans la salle et il paraissait tendu, tout son corps en alerte.

— Cherches-tu quelqu'un en particulier ? s'enquit-elle, une main posée sur la manche de son habit.

Pour toute réponse, Vennor la saisit par le bras et l'attira derrière l'un des immenses rideaux. Et, sans crier gare, il la gratifia d'un baiser avide et fiévreux.

— J'en meurs d'envie depuis ce matin, soupira-t-il en la relâchant enfin.

Marianne lui passa ses bras autour du cou. Si c'était la raison de sa distraction, il était tout pardonné.

— Moi aussi !... Je ne pensais pas que tes amis étaient aussi envahissants.

Elle eut un rire joyeux. Elle aimait Eaton, Cassian et Inigo comme des frères. Mais, comme des frères, ils pouvaient aussi se montrer fatigants.

— À mon avis, ajouta-t-elle après un temps d'hésitation, Inigo se doute de quelque chose.

— Il ne se doute pas, il sait !

Vennor avait posé ses mains sur les hanches de Marianne et ses pouces caressaient le pli de sa taille en cercles concentriques. Il y avait de l'anxiété dans son regard.

— Hier soir, commença-t-il, quand je... quand le Vigilant est sorti, il y avait un mot pour lui à la capitainerie. Un appel à l'aide... de la part d'une femme. Elle pense être en danger. J'ai besoin que tu viennes la voir avec moi. Je sais que je ne devrais pas te demander ça, Marianne, que je n'ai pas le droit de t'exposer ainsi, mais elle n'osera pas parler au Vigilant. Elle ne se confiera librement qu'à une femme. Acceptes-tu de venir ?

— Quand ?

Un soudain sentiment d'allégresse soulevait Marianne. Vennor lui demandait son aide ! Il la considérait comme une véritable partenaire. Il avait besoin d'elle, pas seulement dans son lit mais dans ses aventures. Elle devenait son équipière dans sa lutte contre le crime. Cette requête venant de lui, formulée presque timidement, l'émouvait profondément.

— Ce soir, dès que nous pouvons filer d'ici sans nous faire remarquer.

— Alors, allons-y tout de suite. Ils sont tous en train de regarder les trapézistes. Personne ne fera attention à nous.

Marianne glissa sa main dans celle de son compagnon avec la certitude que, désormais, elle le suivrait n'importe où. Jusqu'au bout du monde s'il le fallait.

18

Il n'aurait pas dû l'amener ici. Le lupanar de Delilah, aussi chaleureuse et enjouée soit sa propriétaire, n'était pas un endroit pour les jeunes filles de bonne famille. Vennor, son masque plaqué sur le visage, entraîna Marianne dans le hall sans lui laisser le temps de contempler les diverses scènes qui se présentaient au visiteur. Filles largement dénudées offertes sur des canapés en piètre état, visiteurs mâles égrillards lutinant la demoiselle de leur choix.

Delilah, dans l'une de ses éternelles robes de satin rouge, avançait sur eux comme un navire.

— Mon cher ami !... Venez, que je vous conduise à l'étage... Mais, à qui ai-je l'honneur... ?

Son regard venait de tomber sur Marianne et elle la toisait d'un air hautain, avec la morgue d'une grande dame.

— Oh ! Juste une associée, rétorqua Vennor, préférant ne pas s'étendre. J'ai pensé que la personne qui a demandé à me voir parlerait plus facilement à une femme.

Le sourire de Delilah s'élargit.

— Mais certainement, acquiesça-t-elle en faisant courir sa main sur l'avant-bras de Vennor en une longue caresse. Voulez-vous que je vous tienne compagnie pendant ce temps, mon ami ?... On s'ennuie quand on est tout seul... Surtout ici, n'est-ce pas ?

Vennor se libéra doucement de l'emprise de son hôtesse.

— Non, ma chère, je vous remercie. Mais vous savez bien que je ne consomme pas.

Il était parfaitement conscient que, depuis toutes ces années, Delilah s'était fait un point d'honneur de le mettre dans son lit. Mais elle allait devoir, une fois de plus, se faire une raison.

Elle eut un rire de gorge, infiniment sensuel et troublant.

— Comme vous voudrez, mon ami. Si vous changez d'avis, faites-moi signe. Les hommes abstinents, moi, j'ai toujours aimé ça.

Par chance, il ne pouvait pas voir le visage de Marianne, dissimulé dans les pans de sa capuche. Elle devait être rouge de confusion... ou à force de se retenir de rire.

— Voici la chambre d'Élise, annonça Delilah en s'arrêtant devant une porte.

Se retournant vers Vennor, elle précisa à son intention :

— Vous avez de la chance. Elle est munie d'un miroir sans tain et d'une petite grille. Vous pourrez voir et écouter tout ce qui s'y passe depuis cette petite pièce attenante.

Elle ouvrit une porte étroite révélant un espace tout en longueur et très sombre. L'endroit ressemblait désagréablement à un cul-de-sac.

Comme si elle sentait son inquiétude, Delilah ajouta :

— Ne craignez rien, Vigilant. Vous savez bien que je veille sur vous. Personne ne saura que vous êtes là. Vous ne serez dérangé par personne.

Cette fois, sa voix était douce et chaleureuse, et sa main se voulait rassurante.

— Je n'ai pas oublié ce que vous avez fait pour moi, poursuivit-elle. Je ne pourrai jamais vous payer ma dette. Mais je m'y efforce, comme vous le voyez.

Il se glissa dans l'entrebâillement de la porte avec un clin d'œil à l'intention de Marianne. En dehors des considérations concernant la sécurité, l'endroit était parfait. Le miroir sans tain était installé juste en face du lit et il pouvait voir une jeune femme assise sur la courtepointe, triturant nerveusement un volant de sa robe. Même à distance, son anxiété était palpable. Vennor s'assit sur l'unique fauteuil, un antique voltaire tapissé de satin rose, et attendit, chose qu'il n'aimait guère. Il était un homme d'action. C'était ce qui lui plaisait, dans sa mission de Vigilant.

Et il pouvait en même temps rendre le monde meilleur, ne

serait-ce que pour quelques pauvres âmes. Il l'avait déjà fait, pour Delilah, pour Mrs Broadham, et Mrs Simmons. Et pour toutes ces pauvres créatures que le hasard mettait sur sa route au moment où elles allaient être attaquées et mises à mal. Ceci dit, il était bien conscient que, pour les plus démunis, tout cela était ponctuel. Son action n'apportait aucun changement décisif à leur vie. C'était un peu comme ces paniers de victuailles que les bonnes dames de la paroisse distribuaient aux pauvres. Une goutte d'eau dans un océan de misère. Et l'occasion pour elles de s'acheter une bonne conscience.

Qu'adviendrait-il de ces pauvres gens quand il quitterait Londres pour regagner ses terres ?

La porte de la chambre de la fille s'ouvrit, l'arrachant à ses pensées. Marianne entrait dans la pièce, suivie de Delilah qui la présenta. La fille assise sur le lit hocha la tête et leva un regard craintif mais grave et décidé vers sa visiteuse. Quoi qu'elle ait l'intention de dire, il s'agissait de quelque chose d'important. Et probablement de dangereux. La curiosité de Vennor en fut encore attisée. Le billet qu'elle lui avait transmis était laconique, comme toujours dans ce cas. Mais comme il venait de Delilah, Vennor y avait répondu. Le coin était plutôt tranquille, en ce moment, ce qui avait d'autant plus attiré son attention.

La jeune femme se leva mais Marianne la fit rasseoir tandis que Delilah quittait la pièce et refermait la porte derrière elle.

— Non, je vous en prie, dit-elle d'une voix douce. Ne bougez pas. Nous pouvons parler ici. Personne ne viendra nous déranger.

S'asseyant à côté d'elle, Marianne repoussa sa capuche pour la rassurer, mais ce simple geste arracha un cri à la pauvre Élise.

Vennor, surpris, posa la main sur la garde de son poignard. Il regarda par la petite ouverture grillagée à côté du miroir mais il ne se passait rien d'alarmant. Marianne tendait une main rassurante vers son interlocutrice.

— Est-ce... Est-ce lui qui vous envoie ? s'exclama la pauvre fille qui, bondissant sur ses pieds, avait entrepris de contourner la table pour se protéger. Il veut tester ma loyauté ?

Elle se dirigeait subrepticement vers la porte. Grand Dieu !

Voilà qu'elle allait filer. Vennor se prépara à bondir pour lui barrer la route.

Marianne, sans se décourager, continuait sa tentative d'apaisement.

— N'ayez pas peur, je vous en conjure. J'ai votre mot, là, dans ma poche. C'est le Vigilant qui m'envoie.

Sa voix se faisait plus douce encore. Elle sortit le feuillet plié en quatre et le lui montra.

— Qu'est-ce qui vous fait peur ? reprit-elle. Mes cheveux ? Ma robe ?

La fille opina du chef et Marianne sourit gentiment.

— Vous pouvez m'expliquer pourquoi ?

La fille secoua frénétiquement la tête dans un geste de dénégation affolée. Son regard se portait vers la porte, trahissant sa volonté réitérée de s'enfuir.

— ... Préférez-vous parler au Vigilant ? Cela suffirait-il à vous rassurer ?

C'était exactement ce qu'il fallait dire ! Se faufilant vivement hors de sa cachette, Vennor frappa discrètement à la porte et entra. Aussitôt, Élise se détendit.

— Pardonnez-moi... Je... J'avais peur qu'il ait trouvé mon billet.

La voix de la pauvre fille tremblait et elle était pâle comme une morte. Comment un être humain pouvait-il en terroriser un autre à ce point ? Se rapprochant, Vennor vit une marque sur le cou d'Élise. Sans doute y en avait-il d'autres sur le reste de son corps. Elle resserra son fichu autour de sa gorge, consciente de ce regard qui la scrutait.

— Pourquoi avez-vous eu l'air si effrayée quand vous avez vu mes cheveux ? la relança Marianne en voulant la faire rasseoir sur le lit. Mais, se libérant, Élise alla chercher quelque chose derrière le paravent.

— L'un de mes clients m'oblige à... à porter ceci, expliqua-t-elle en brandissant une perruque aux luxuriantes boucles rousses.

— De qui s'agit-il ?

Si Marianne avait été surprise par l'aspect et la couleur de la perruque, elle n'en laissa rien paraître. Vennor, assis à demi sur la table, laissait la jeune fille mener l'interrogatoire à sa guise.

— Je ne sais pas. Il ne m'a jamais dit son nom. Je l'appelle toujours milord. C'est ce qu'il a exigé de moi. Peut-être est-il vraiment un lord. Une fois, il m'a dit qu'il était pressé parce qu'il se rendait ensuite à un bal.

Un lord qui avait du goût pour les bas-fonds, en tout cas...

Une image commençait à se former dans l'esprit de Vennor. Il connaissait bien ce genre de grands bourgeois ou d'aristocrates torturés par de vilaines envies et qui préféraient leur donner libre cours aux dépens des plus faibles, de pauvres victimes qui n'auraient ni la force ni les moyens de se plaindre.

Les deux femmes étaient maintenant assises côte à côte sur le lit, la perruque rousse entre elles.

— Depuis combien de temps est-il votre client ?

La voix de Marianne était posée. Étant donné sa parfaite maîtrise de la situation, on aurait juré qu'elle passait ses journées à discuter de la carrière d'une prostituée. Vennor était très impressionné. Elle était exactement la personne qui convenait dans ce genre de situation. À la fois ferme et gentille, avec la volonté d'atteindre son objectif. Lui aurait manifesté beaucoup trop d'impatience.

— Quatre ans. Depuis mes débuts dans la maison, en fait. Il y a deux ans, j'ai bien cru qu'il était parti pour de bon. Mais il a refait son apparition le mois dernier.

Elle n'avait pas l'air ravie de ce fait.

— ... Et c'est là qu'il m'a demandé de porter cette perruque, acheva-t-elle dans un souffle.

— Savez-vous pourquoi il vous demande cela ? s'enquit Marianne d'une voix prudente. Aurait-il un faible pour les rousses ?

Vennor serra les poings dans ses poches. Sa pauvre Marianne risquait bien de ne pas aimer la réponse.

Élise hocha la tête en tortillant un pan du drap de lit entre ses doigts.

— C'est ce que je me suis dit, évidemment. On dirait bien qu'il désire les faveurs d'une femme rousse et qu'elle, elle ne veut pas.

La jeune femme ferma les yeux et son visage se contracta, comme si un souvenir désagréable l'avait fugitivement traversée.

— À votre avis, Élise, reprit Marianne, pourquoi ne veut-elle pas de lui ?

On s'éloignait du sujet, aussi intéressant fût-il, et Vennor fut sur le point d'intervenir.

Mais Élise tenait à répondre.

— Il me bat parce qu'il ne peut pas la battre. C'est tout ce que je sais.

Tandis qu'elle prononçait ces mots, son regard glissa jusqu'à la commode sur laquelle était jetée une cravache. Vennor vit le regard de Marianne s'élargir d'effroi.

— C'est peut-être une vraie dame, reprit Élise. Mais j'espère bien qu'elle ne lui cédera jamais. J'espère qu'elle verra qui il est vraiment avant qu'il ne soit trop tard. Il vient ici pour laisser libre cours à ses mauvais penchants… Je connais ce genre d'individu.

Vennor soupira. S'il mettait la main sur cet individu, il se ferait un plaisir de lui administrer une bonne correction.

Il s'éclaircit la gorge.

— Je suis désolé, miss. Mais si nous pouvions en venir au fait ? Pour quelle raison avez-vous fait appel à moi ? À quel danger faites-vous allusion ?

Peut-être pourrait-il l'aider à se débarrasser de son désagréable client plus tard.

La jeune femme le regarda un instant, médusée, puis son regard s'éclaira.

— Mais justement ! C'est lui, le danger. Oh ! Pas tant pour moi-même. Je connais les risques de ma profession et je pourrai m'en défendre… Non, c'est à propos de ce qu'il projette de faire. Il m'a demandé de lui trouver deux hommes pour faire un sale travail. Je ne sais pas exactement de quoi il s'agit mais quand on demande à des gars de se montrer discrets… Il promet une grosse prime mais, à sa dernière visite, il m'a demandé si ces gars seraient d'accord pour quelque chose de plus… sanglant. C'est pour ça que je vous ai envoyé ce billet.

— Qu'est-ce qui vous a poussée à agir ? demanda Marianne, de la même voix paisible. Ne vous avait-il pas promis une forte récompense ?

Vennor lui lança un bref coup d'œil. En effet, pourquoi les

prévenait-elle maintenant et pas plus tôt ? Essayait-elle de se protéger, de ne pas être prise pour une complice, maintenant qu'il s'avérait que l'affaire en question serait un crime de sang ? Mais cela allait encore plus loin, il en était persuadé. La pauvre fille avait l'air sincèrement alarmée.

— Il l'a déjà fait. Il y a deux ans, avant qu'il disparaisse, il m'avait demandé de recruter deux hommes. Je ne savais pas dans quel but... Mais j'ai appris ensuite que c'était pour tuer.

Les larmes coulaient maintenant sur le visage pâle d'Élise. Lui passant un bras autour des épaules, Marianne essaya d'en savoir plus. Mais Élise secouait la tête, impuissante. Elle ignorait quelles étaient les victimes potentielles, et pour qu'elle raison elles étaient sacrifiées. À l'époque, elle n'avait rien dit aux autorités parce qu'elle n'avait aucune preuve. Et puis, qui prêterait foi aux propos d'une pauvre fille sans nom ? Ensuite, le milord avait disparu et elle avait cessé d'y penser.

Pendant deux ans.

Vennor s'agita nerveusement dans son coin. Les morceaux du puzzle commençaient à se mettre en place. Jusqu'à maintenant, il s'était concentré sur la fille, s'efforçant de déchiffrer son langage corporel, tâchant de voir en quoi son histoire concernait le Vigilant, mais il n'avait pas établi de relation entre ce qu'elle racontait, le « milord » en question et sa propre histoire à lui. Peut-être surinterprétait-il ce qu'il venait d'apprendre à cause de ses propres soucis. Mais les coïncidences étaient troublantes : deux hommes dont on avait acheté les services, un meurtre, et aucune preuve parce que l'homme qui avait orchestré tout ça s'était envolé.

— À quoi ressemble cet homme, Élise ? demanda Marianne en lui passant son mouchoir.

— Il est grand, blond, très mince mais plus vigoureux qu'il n'en a l'air. Il a des yeux très bleus... C'est tout ce que je peux dire, conclut Élise avec un haussement d'épaules désolé.

— Pas de marque distinctive ? insista Marianne d'une voix très douce. Un grain de beauté, une tâche de naissance ?

— Je n'ai rien remarqué...

Les larmes d'Élise se remirent à couler. Vennor jeta un regard furtif vers la porte. L'heure tournait et il brûlait de l'envie de se retrouver avec Marianne à l'abri, dans un endroit tranquille où il pourrait partager avec elle ses doutes et ses conclusions.

— Nous devons vous quitter, Élise, trancha-t-il. Il se fait tard et vous devez vous reposer. Merci beaucoup pour toutes ces informations. Vous avez bien fait de faire appel à moi. Si vous avez besoin de me contacter, n'hésitez pas. Envoyez-moi un mot. Je répondrai tout de suite.

Soudain, à leur grande surprise à tous les deux, se libérant de l'étreinte de Marianne, la pauvre Élise traversa la chambre en deux enjambées et alla se jeter aux pieds de Vennor.

— Non, c'est impossible. Je ne pourrai plus, s'écria-t-elle en lui étreignant convulsivement les genoux. Il y a quelque chose d'autre. Cette fois, il a menacé de me tuer si je le trahissais. Il m'a montré son couteau… Un horrible petit couteau.

Les yeux agrandis par la terreur, la bouche tordue par les sanglots, Élise ne contenait plus ses pleurs.

Vennor la fit se relever.

— Alors, pourquoi m'avez-vous écrit ? Pourquoi avez-vous fait appel à moi ?

— Je ne pouvais pas aller à la police. Ils ne m'auraient jamais crue. Cela ne valait pas la peine de prendre le risque. Et si on me retrouvait morte une semaine plus tard, ils n'y attacheraient aucune importance. À Londres, il y a des prostituées qui meurent tous les jours. Mais vous, Vigilant, vous, vous êtes différent. Vous êtes en deçà de la loi. Vous écoutez les gens comme moi. Et si on me retrouve morte, vous, maintenant, vous saurez pourquoi.

Vennor secoua la tête. Non, il n'était pas question que cette pauvre femme meure. Pas sous les coups d'un bourreau. Sa décision fut prise en une fraction de seconde. Il se retourna vers Marianne.

— Aide-la à s'habiller et à rassembler ses affaires, veux-tu ? Je vous attends en bas dans cinq minutes. Je vais prendre les dispositions nécessaires avec Delilah. Cinq minutes, n'est-ce pas ? Pas une de plus ! Nous n'avons pas de temps à perdre.

Il conduirait Élise chez Mrs Broadham pour cette nuit et, dès le lendemain matin, il la mettrait lui-même dans une diligence pour la Cornouailles. Là-bas, elle referait sa vie, trouverait un emploi dans le domaine de Newlyn, ou ailleurs, si cela lui chantait.

Mais pas question qu'elle meure ici, victime d'un maniaque ou d'un bandit, s'il pouvait l'éviter.

Marianne regardait les rues sombres défiler derrière la vitre. Delilah avait fini par leur trouver un fiacre. Ils avaient laissé Élise chez Mrs Broadham avec des instructions et de l'argent. Quant à eux, ils ne rentraient pas chez eux, à Mayfair, ni au bal de l'ambassade. Ils se rendaient dans le repaire du Vigilant, dans l'entrepôt situé à East Docks. Et Marianne s'en réjouissait. Elle était encore sous l'effet de l'excitation produite par leur aventure et de la satisfaction de la tâche accomplie. Impossible de retourner au bal en prétendant qu'il ne s'était rien passé, que Vennor et elle étaient restés bien sagement parmi le public pendant le numéro des trapézistes. Elle n'aurait trompé personne et encore moins Inigo qui lui aurait arraché ses secrets en moins de cinq minutes.

Ils avaient besoin d'être un peu seuls pour analyser l'ensemble des informations qu'Élise leur avait fournies et décider de ce qu'ils allaient faire.

Vennor resta silencieux jusqu'à ce qu'ils atteignent la petite chambre. Il émanait de son corps une telle tension que Marianne craignait presque le moment où il se mettrait à parler. Il avait découvert ou compris quelque chose. Mais quoi ? Avec une certaine distance, ce que leur avait appris Élise donnait une tisane bien fade, un peu comme le thé de Mrs Broadham, trop de fois infusé. Un homme qui avait déjà tué prévoyait de tuer de nouveau. Cela valait certainement qu'on s'y intéresse mais c'était un peu comme chercher une aiguille dans une botte de foin. Élise n'avait fourni aucun nom, aucune preuve.

Vennor s'était mis à arpenter la pièce.

— J'aurais bien aimé que cette fille nous en dise un peu plus. Je ne vois vraiment pas par quel bout nous pourrions commencer...

— Il faudrait d'abord retrouver la trace de ce milord... Et nous n'avons aucun indice sur son identité.

Vennor s'arrêta net, son regard bleu brillant comme une flamme à la clarté de la lampe.

— Sur ce point, tu fais erreur. Nous avons assez d'éléments pour l'identifier. Je sais qui est cet homme. Du moins, je le crois... Il y a de fortes chances qu'il s'agisse de Hayes, articula-t-il entre ses dents serrées, comme si prononcer ce nom lui déchirait la gorge.

Comme Marianne allait protester, il leva la main.

— Écoute-moi jusqu'au bout, Marianne, je t'en supplie. C'est une idée surprenante autant qu'inattendue, je te le concède... Elle m'est venue quand Élise a manifesté une telle frayeur en voyant tes cheveux. Elle a cru qu'il t'envoyait à elle ce soir pour lui signifier qu'il avait découvert son manège. Elle avait l'intention de le dénoncer et il l'avait appris.

Marianne se laissa tomber sur le lit. Elle comprenait sans comprendre.

— Mais je ne suis pas la seule femme rousse de Londres !

Vennor, sans se laisser décourager, commença à défendre son point de vue avec le sérieux et la méticulosité d'un avocat devant un jury.

— Non, bien sûr, mais admets qu'il y a pas mal de coïncidences. Tu lui as laissé clairement entendre que tu n'appréciais pas ses hommages. Hayes revient d'un voyage de deux ans sur le Continent... Sans compter que la description qu'Élise a faite de lui correspond en tout point. Cela fait un peu trop de coïncidences, n'est-ce pas ?

Marianne resta un instant songeuse. Elle essayait de se faire à cette hypothèse.

— Comme elle correspond à la plupart des mâles anglais que nous rencontrons sur les trottoirs de Londres, objecta-t-elle... Nous parlons tout de même du vicomte Hayes, l'un des plus austères et des plus honorables célibataires de Londres. Aussi insipide qu'une bière ou une limonade tiède. Et parfaitement ennuyeux. Pas un scandale à son actif, pas un vice connu. Je l'imagine mal en train de ...

Elle s'interrompit, laissant à Vennor le soin de compléter sa phrase grâce aux images suggestives suscitées par la cravache et la perruque abandonnées dans la chambre de la prostituée.

Décidément, cette soirée avait été riche en enseignements, dont certains la répugnaient profondément.

Vennor haussa un sourcil.

— Que peux-tu savoir des vrais penchants de Hayes ? Une salle de bal n'est pas le lieu où l'on se montre sous ses pires aspects. Surtout si on est en quête d'une épouse.

— Le vicomte, un débauché ? ... Il m'a embrassée une fois, objecta Marianne. Le moins qu'on puisse dire, c'est que cela ne m'a pas fait rêver.

Mais l'argument de Vennor lui donnait à réfléchir. Pourquoi n'avait-elle pas pensé à ça ? Dans des endroits aussi sélectifs qu'une salle de bal ou un salon, ou même un club, tout le monde portait un masque. Cela jetait un éclairage très différent sur Hayes. Elle s'était toujours sentie parfaitement en sécurité dans ces endroits, entourée qu'elle était par des gens de sa connaissance ou qui appartenaient au même milieu. Mais les connaissait-elle vraiment tous ? Jamais elle n'aurait imaginé Hayes en visite dans un bordel, une cravache à la main...

— Évidemment, s'il se montrait sous son vrai jour, acquiesça-t-elle d'un ton hésitant, il aurait peu de chance de trouver chaussure à son pied. Les parents y mettraient vite le holà.

Soudain, une idée explosa dans le cerveau de Marianne comme un coup de clairon. Si son père savait, jamais il ne donnerait son accord pour qu'elle épouse Hayes. Il suffisait de l'en informer au plus vite et c'en serait fini des prétentions du vicomte ! Pour ce qui la concernait tout du moins.

— Quand je pense, murmura-t-elle... Hayes représente, aux yeux de beaucoup de ces mères de famille, le gendre idéal. Parfaitement terne et ennuyeux, mais irreprochable.

— Si je ne me trompe pas, il cache bien son jeu, assura Vennor qui semblait galoper loin devant elle dans l'ordre des hypothèses.

Que savait-il qu'elle ignorait ?

— Il y a tout de même cette affaire de meurtre. Pas une fois mais deux ! Hayes a peut-être des vices mais j'ai du mal à croire qu'il soit un meurtrier.

Vennor eut un rire bref.

— Il faut toujours se méfier de l'eau qui dort. Sans compter que ce n'est pas lui qui est passé à l'acte, d'après Élise. Il a loué les services de quelqu'un. Et tout indique qu'il a l'intention de recommencer.

— Parce qu'il a échoué la première fois ? demanda Marianne, d'une voix blanche.

— Non, parce qu'il a parfaitement réussi, au contraire. Et maintenant, il veut en finir.

Vennor agrippa la table de ses deux mains et Marianne vit ses jointures blanchir.

— Bon, admettons, accorda-t-elle en se penchant en avant. Qui veut-il tuer, maintenant ?

— Moi, évidemment !

19

— Toi ?

Marianne le dévisageait, aussi incrédule qu'il l'avait été lui-même quand les morceaux du puzzle avaient commencé à se mettre en place.

— Toi ? répéta-t-elle. Crois-tu qu'il mettrait sur pied un meurtre simplement pour éliminer un rival ? Je ne pense pas compter à ce point pour lui. Du moins, je l'espère bien.

Elle conclut en mâchonnant nerveusement sa lèvre inférieure :

— Ce serait tout de même un peu fort...

Vennor vint s'asseoir à côté d'elle sur le lit. Quand il lui prit la main, il fut aussitôt envahi par un doux sentiment de réconfort.

— Pour moi, en tout cas, tu comptes à ce point. Et même plus.

Ils rirent ensemble dans la pénombre de la pièce et, malgré la gravité de la situation, il sentit un sourire s'installer sur son visage.

Marianne posa sa tête sur son épaule. Il aimait le naturel avec lequel leurs deux corps s'accordaient, tantot sensuellement, tantôt seulement comme un doux compagnonnage. Elle entrelaça ses doigts aux siens dans un geste familier.

— Personne au monde ne se soucie de moi comme tu le fais, Vennor.

Vennor soupira.

— Inigo pense que tu serais pour moi la duchesse idéale.

Il avait lancé sciemment cette remarque. Comment Marianne allait-elle réagir ? Ne lui était-il jamais venu à l'esprit qu'ils devraient prendre un jour ou l'autre une décision à propos des sentiments qu'ils éprouvaient l'un pour l'autre ? Bien sûr, il y avait des obstacles. Mais s'il était enfin libéré de ses obligations ? Après tout, c'était lui-même qui se les imposait, n'est-ce pas ? Et s'il décidait d'abandonner sa quête des introuvables assassins de ses parents ?... À moins qu'il ne les ait enfin trouvés ? N'était-ce pas à cette conclusion que le menait son entretien avec Élise ? Hayes, commanditaire du meurtre du duc de Newlyn et de la duchesse s'en prenait maintenant à lui... Si c'était le vicomte le coupable, alors, le cauchemar de Vennor prenait fin. Et tout devenait possible. Vennor eut soudain l'impression que l'horizon s'ouvrait devant lui.

Déjà, Marianne secouait ses boucles rousses.

— Qu'Inigo pense ce qu'il veut. Il n'a pas tous les paramètres en main. Sans doute changerait-il d'avis s'il savait que je me destine à la carrière de journaliste. Il serait probablement scandalisé !

Elle se redressait, indignée, mais Vennor la ramena contre lui d'un geste possessif.

— Par contre, reprit-elle, en bâillant, je me demande pourquoi Hayes en voudrait à ta vie. C'est d'un romanesque achevé. Peux-tu m'expliquer, s'il te plaît ?

Oui, Marianne avait raison. Il fallait en venir aux choses sérieuses. À la raison pour laquelle il avait amené Marianne ici au lieu de la raccompagner chez elle. Vennor avait besoin d'essayer son hypothèse sur quelqu'un de neutre et d'objectif. Et il avait besoin d'elle, tout simplement. De son sourire, de son corps contre le sien.

— Sans vouloir t'offenser, Marianne, je crois que ses motifs ne se limitent pas à son ardeur déçue pour ta charmante personne...

Vennor se tut un instant, rassemblant ses idées.

— Et si c'est bien lui qui a demandé à Élise de lui trouver deux hommes de main, alors, ce n'est pas la première fois.

Il sentit son corps trembler de rage tandis qu'il réalisait enfin pleinement ce qu'il avait dû se passer trois ans plus tôt.

— ... Alors, reprit-il entre ses mâchoires si serrées qu'elles lui faisaient mal, alors, il serait aussi responsable de la mort de mes parents.

Il dut puiser en lui toutes ses dernières forces pour prononcer ces derniers mots. Mais il fallait que ce soit dit.

— Dieu du ciel ! Oh ! Non, Vennor... Ce n'est pas possible. Quelle horreur... !

Déjà, Marianne le prenait dans ses bras, l'embrassait, le caressait, le berçait contre elle avec des paroles apaisantes.

Bien sûr, la réaction de la jeune femme était plus épidermique. Hayes l'avait tenue dans ses bras, ils avaient dansé ensemble. Vennor frissonna lui aussi à cette idée. Si ses soupçons étaient avérés, il ne laisserait plus jamais cet homme l'approcher. Et du reste, s'il existait une justice, ce bandit n'en aurait plus jamais l'occasion.

— Comment est-ce possible ? murmura Marianne dans le creux de son cou. Comment a-t-il pu faire une chose pareille ? Tes chers parents... si bons... si justes...

— Il ne l'a pas fait au sens propre du terme. Ce n'est pas lui qui a tenu les armes. Il en a payé d'autres pour cela.

Marianne laissa échapper un cri d'indignation.

— Mais c'est encore plus grave ! Disposer de la vie d'autrui d'un simple claquement de doigts ! Quelle lâcheté ! Seul un monstre... !

Elle leva vers lui un regard horrifié, puis acheva d'une voix vibrante :

— Peu de gens seraient assez indignes pour commettre un tel forfait. Pour quel motif veut-il décimer une famille entière ? Et quel horrible sang-froid, quelle épouvantable obstination, pour attendre trois ans avant d'achever son forfait !

— Le motif me paraît évident, maintenant. La vengeance, Marianne. Et l'argent...

C'étaient les premières explications qui venaient à l'esprit de Vennor. N'était-ce pas pour ces motifs qu'étaient commis la plupart des crimes ? Dans le cas de Hayes, l'enjeu devait être de taille pour qu'il ait patienté pendant toutes ces années. Comme il avait dû être déçu quand ses acolytes lui avaient dit que lui-même n'était pas avec ses parents ce soir-là !

Il précisa pour Marianne :

— Tout cela avait dû être prémédité longtemps à l'avance. Il savait que nous devions être tous les trois à l'Opéra.

— Mais tu n'y étais pas, et cela l'a obligé à s'exiler pendant deux ans, pour se faire oublier. Tout en se félicitant de cette victoire, même partielle. ...

Marianne poursuivit, le regard sombre :

— Quels que soient ses objectifs, il a besoin que tu sois hors du jeu. Tuer ton père ne suffisait pas. Que possèdes-tu qu'il désire tant, Vennor ? Que contrôles-tu ?

— La Cornouailles. En tout cas, une bonne partie. Les autres ducs se partagent le reste.

— Mais ton père, Richard Penlerick, était leur chef à tous, sans que ce soit dit clairement, murmura Marianne, qui se souvenait de la révérence et de l'affection que tous, gens du peuple comme hobereaux du cru, portaient au seigneur de Newlyn.

Elle conclut, avec lucidité :

— Hayes voulait frapper à la tête.

Oui, c'était sans doute vrai. Mais que diable Hayes pouvait-il espérer de la Cornouailles qu'il n'ait déjà ? Il avait des terres et des propriétés, des intérêts dans plusieurs mines et fonderies.

Ils discutèrent encore un moment à voix basse, passant en revue toutes les explications possibles, sans en trouver de satisfaisante. Il leur manquait quelques éléments de cet enchaînement diabolique.

— Inigo va prendre ses renseignements sur Hayes et sa famille. Il me l'a proposé cet après-midi, quand je lui ai annoncé que ce sinistre individu t'avait demandée en mariage. Il ne tardera pas à nous rapporter quelque chose. Tu connais son efficacité.

Et si Vennor avait raison ? Si c'était bien Hayes le coupable ? Comment pourrait-il le prouver ? À moins qu'il se contente de provoquer le vicomte en duel ? C'était un moyen rapide et efficace de trancher. Il pouvait également agir sous le masque du Vigilant. En tant que tel, il était libre de choisir la forme de justice qui lui convenait. Si c'était bien Hayes l'instigateur de ces crimes, Vennor était quasiment dans son droit et il se libérait du même coup de son obligation morale envers ses parents.

Mais s'il faisait erreur ? S'il s'évertuait désespérément à

faire coïncider les pièces du puzzle pour trouver enfin un peu de paix ? Il souhaitait presque s'être trompé, si cela pouvait éviter à Marianne d'être impliquée dans cette sinistre affaire. Si Hayes était coupable, il comptait utiliser la jeune fille dans un but nécessairement condamnable. Il n'avait aucun respect pour elle, aucun sentiment sincère, et pour obtenir gain de cause, il serait capable de la mettre en danger. Un soupirant éconduit était une chose, un homme qui avait déjà tué et voulait se venger en était une autre. Il était autrement redoutable. Le premier était facilement prévisible, le second était capable des pires extrémités. L'image de ses parents gisant sur le pavé, leurs corps tendus l'un vers l'autre dans une dernière tentative pour se rejoindre, s'imposa dans la mémoire de Vennor, brutale et toujours aussi bouleversante.

Il baissa les yeux sur sa compagne, dont il distinguait le visage pâle dans la pénombre.

— Chut ! murmura-t-elle, à moitié assoupie contre son épaule. Je peux presque t'entendre penser, Ven'. Nous ne pouvons rien faire de plus cette nuit...

Il se pencha sur Marianne pour l'embrasser... mais elle était déjà assoupie.

Vennor avait dû finir par s'endormir. Quand il se réveilla, Marianne était blottie contre lui, douce et chaude. Elle l'avait senti bouger et elle se réveilla elle aussi. Il passa ses doigts dans ses cheveux, démêlant les longues boucles emmêlées.

— J'ai oublié de te remercier d'être venue avec moi hier soir, murmura-t-il d'une voix douce, presque apaisée, malgré la gravité des derniers événements. Tu as su poser à Élise les bonnes questions. C'est grâce à toi qu'elle a parlé.

Elle leva la tête et lui sourit.

— Nous formons une bonne équipe, tous les deux. Pense à tout ce que nous pourrions accomplir ensemble.

— J'y ai déjà pensé, commença Vennor prudemment, tant étaient nouvelles les idées qu'il allait exprimer. Nous avons déjà eu l'occasion de constater ensemble que la charité ne suffit pas pour changer le sort d'un individu. Elle lui permet tout juste de subvenir à ses besoins pendant quelque temps. Finalement, le Vigilant est un peu comme une dame patronnesse, même s'il améliore tant bien que mal, parfois, la vie de ces pauvres bougres. Mais ce qu'il fait ne suffit pas... Quand j'ai débarrassé les commerçants de East Docks des racketteurs qui leur volaient une partie non négligeable de leurs revenus, je leur ai permis de gagner enfin leur vie convenablement. Mais quand je récupère la paie qu'on lui avait volée à un pauvre petit gars, je ne fais que lui rendre un service ponctuel. Cela ne l'empêchera pas de se faire exploiter par son employeur. Pareil pour la pauvre fille agressée en pleine rue... Et si je m'en vais, qu'adviendra-t-il de tous ces gens-là ? Les racketteurs reviendront, les délinquants aussi, et tout recommencera de plus belle. Non... Il faut que le changement soit plus décisif, plus durable.

Plus il parlait, plus Vennor avait l'impression d'y voir clair. Il sentait Marianne opiner contre sa poitrine en l'écoutant.

Alors, je me suis dit que je pouvais faire à East Docks ce qu'Eaton et Eliza ont fait en Cornouailles avec leurs écoles pour les enfants de mineurs. Nous pouvons essayer d'en faire autant ici, à East Docks, mais aussi à Seven Dials et dans d'autres quartiers de Londres. Le meilleur remède à la misère, n'est-ce pas l'éducation ? Plus j'y pense, plus j'en suis convaincu. Comment changer sa vie quand on n'en a ni les moyens financiers ni les moyens intellectuels ?

Maintenant, Marianne était complètement réveillée. Se redressant sur un coude, elle dévisagea attentivement son compagnon.

— Construire une école ici ? Dans ce quartier ? Mais, Vennor, c'est une merveilleuse idée ! M.R. Mannering sera ravi de faire un reportage là-dessus. Que dis-je, plusieurs reportages, au fur et à mesure de l'évolution du projet. Je pourrai raconter les progrès des enfants, faire la chronique de leur réussite sociale !...

— Je pensais à une école, bien sûr, mais pas seulement pour les enfants, précisa Vennor, sa voix se faisant plus lente encore, car à sa connaissance, ce qu'il allait proposer n'avait encore jamais été expérimenté. Je voudrais faire une école pour les adultes, pour des gens comme Élise. Des cours du soir, en quelque sorte, où ils pourraient apprendre à lire et à écrire. Et tout ce qui peut leur être utile dans la vie.

— Oh ! Vennor. Mais c'est une merveilleuse idée. Ils pourraient aussi y apprendre un tas d'autres choses.

Marianne le regardait, les yeux brillants et les joues rouges. Et son enthousiasme réchauffait le cœur de Vennor, lui donnait envie de réussir.

— Et qu'est-ce qui se mijote encore dans cette belle tête ? demanda-t-elle en se blottissant de nouveau contre lui.

Elle était si convaincue, si chaleureuse, et si parfaitement à sa place dans le creux de son épaule que Vennor eut l'impression de pouvoir conquérir le monde.

— Pour le moment, rien que les écoles...

Il eut un petit rire puis soupira.

— Il va falloir que nous rentrions, Marianne.

Il n'en avait aucune envie. Il aurait aimé rester dans leur repaire encore de longues heures, continuer à échanger ses idées avec Marianne. Et surtout, l'aimer, rendre hommage à son corps, s'enfouir en elle pour une fête sans fin. Ici, ils étaient en sécurité. Ici, ils étaient heureux. Une fois sorti, il devrait faire face à l'éventualité qu'un meurtrier l'attende quelque part, au devoir qui lui incombait d'arrêter ce meurtrier et à le traduire devant la justice. Et si ses présomptions étaient exactes, alors, Marianne aussi était en danger.

— Marianne ? murmura-t-il en la sentant se rendormir. As-tu toujours sur toi ton poignard ?

— Oui, lâcha-t-elle, les yeux clos.

— Parfait.

Il espérait qu'elle n'ait pas à s'en servir. Il était prêt à mettre en branle tout ce qu'il fallait de forces publiques ou non pour protéger la jeune fille. Il l'entourerait de ses amis, la protégerait de l'autorité de son titre, même au prix de sa vie, s'il le fallait.

Il ne lui ferait pas défaut comme il avait fait défaut à ses parents.

20

Inigo n'avait pas failli à sa réputation. Il fit irruption à Newlyn House à l'heure du petit déjeuner, un dossier sous le bras, et s'attabla en face de Vennor tandis que Honeycutt déposait devant lui une pleine assiette d'œufs brouillés et de saucisses.

— Est-ce un effet de mon imagination, ou la nourriture est bien meilleure ici qu'il fut un temps ? remarqua-t-il entre deux bouchées.

Vennor sourit à son vieil ami. Ils avaient pris le pli, chaque fois qu'Inigo était à Londres, de prendre ensemble le petit déjeuner tôt le matin à Newlyn House. Cela leur permettait de rester en contact et de discuter des actualités de leurs terres de Cornouailles.

— Peut-être fais-tu davantage attention à ce genre de détails. Le mariage te va fort bien, assura Vennor en enveloppant d'un bref regard le visage hâlé mais rasé de frais d'Inigo et sa tenue de citadin élégant en lieu et place du vieux complet de tweed qu'il le voyait porter chez lui depuis des années. Tu parais infiniment plus heureux que la dernière fois. Au point que je suis étonné qu'Audevere t'ai laissé partir.

L'amour entre les deux jeunes mariés était presque palpable.

— En quoi tu te trompes du tout au tout. C'est elle qui m'engage à chaque fois à partir, et moi qui répugne à la laisser.

C'était dit sur un ton plaisant mais ni l'un ni l'autre n'oubliaient qu'Inigo avait failli perdre sa femme d'une balle de revolver dans les rues de Londres peu de temps avant leur mariage. Inigo était devenu férocement protecteur à son égard.

Il embrassa la pièce d'un geste large, visiblement désireux de changer de conversation.

— La maison aussi est beaucoup mieux. Elle revit, tout comme toi, mon ami. Franchement, dit-il avec sa sincérité et sa gentillesse habituelle, tu m'en vois ravi. Avons-nous des chances que cet état de grâce continue ?

Vennor eut un petit gloussement amusé.

— Parlons-nous de mon aspect physique et de cette maison, ou de quelque chose d'autre ?

Il connaissait assez Inigo pour se douter qu'il y avait un lien entre cette conversation apparemment légère et le contenu du dossier que le jeune homme avait posé à côté de lui sur la table.

— Tu deviens un peu rustique, avec l'âge, Ven', protesta Inigo, non sans prendre le temps de boire une gorgée de café. Il ne faut pas m'en vouloir mais Audevere m'a affirmé que ce n'était pas la peine que je remette les pieds à la maison si je ne savais pas le fin mot de cette affaire. Aussi, avec ta permission, je vais reformuler ma phrase de manière plus directe. Qu'y a-t-il exactement entre Marianne Treleven et toi ? Le déjeuner d'hier n'était évidemment pas le meilleur moment pour poser des questions mais nous avons tous senti qu'il se passait quelque chose. L'atmosphère était aussi lourde qu'avant l'orage, et je suis sûr que si j'avais allumé une allumette tout aurait explosé autour de la table. Heureusement, nous étions en plein air...

Vennor laissa échapper un petit gloussement. Décidément, les talents de grand inquisiteur de son ami étaient toujours aussi performants. Plus que jamais, même.

— Il ne peut rien y avoir de sérieux entre nous tant que je n'aurai pas retrouvé les meurtriers de mes parents. Je ne me marierai pas avec cette épée de Damoclès sur la tête.

Il y avait aussi les ambitions professionnelles de Marianne. Mais pas question de trahir les secrets de la jeune femme. C'était à elle d'en parler, si elle le souhaitait.

Inigo opina lentement du chef. Mais, comme un chien rongeant son os, il ne lâchait pas son idée.

— Mais si cette question-là était réglée ? Ou si tu abandonnais cette quête impossible ? Y aurait-il quelque chose entre vous ? Vos jeux de regards hier étaient parlants.

— Oui, je sais, rétorqua vivement Vennor.

De fait, Marianne et lui avaient largement dépassé le stade des regards brûlants, mais Inigo n'avait pas besoin de le savoir.

Son commensal le gratifia d'un de ces longs regards pénétrants dont il avait la spécialité. Il revint tranquillement à la charge.

— Si tu veux mon avis, quoique tu ne me le demandes guère, vous n'en êtes plus là...

Vennor ne répondit pas, laissant Inigo préciser sa pensée.

— ... Oui, bien sûr, un gentleman ne répond jamais à ce genre de question. Ce qui ne peut que signifier...

Il émit un léger sifflement, avant d'achever :

— Que j'ai raison.

Ce constat fut suivi d'un long soupir.

— Grand Dieu, Vennor ! Es-tu conscient de ce que tu as fait ?

— Oh ! oui, parfaitement conscient.

Vennor ne put retenir un sourire heureux. Le goût des baisers de Marianne était encore sur sa bouche et il savait parfaitement où il en était. Il était tombé amoureux de Marianne Treleven, la seule femme dans toute la bonne société londonienne qui ne voyait aucun intérêt à l'épouser. Et qui pourtant, en ce moment même, portait peut-être son enfant.

— Bon sang ! jura encore Inigo. Tu n'as pas le choix, il faut que tu l'épouses. Les Treleven sont nos amis. Sir Jock et Lady Sarah nous laissent fréquenter leurs filles en toute confiance depuis des années.

— Je sais, le coupa Vennor, à la fois grave et tranquille. Je n'ai pas besoin que tu me fasses la leçon. Crois-tu que je n'aie pas déjà pensé à tout cela ? Nous ne l'avons pas fait délibérément, ni l'un ni l'autre. C'est arrivé tout seul... Naturellement. Un soir nous étions amis. Le lendemain, elle était mienne et je prenais conscience que je pouvais la perdre... Et qu'elle comptait pour moi plus que tout.

— Je vois très bien ce qui s'est passé, reprit Inigo en jouant nerveusement avec sa fourchette. Cela fait des années que tu vis ici comme un moine. Il n'y a aucune honte à cela mais ça peut jouer des tours. Et voici notre Marianne qui vient jouer les fées du logis, avec sa jolie frimousse, et qui change les tapisseries, qui remplit les vases de fleurs, tout en agitant ses boucles rousses sous ton regard éberlué, qui te décoche ses sourires magiques... Sans compter la nostalgie... après tout, c'est tout un pan de ton enfance, de ta jeunesse heureuse si miraculeusement réapparue sous l'aspect de ce merveilleux petit bout de femme. Et voilà que vous vous enfuyez discrètement d'une fête de l'ambassade pour vous réfugier dans je ne sais quel petit nid d'amour. Aucun homme ne pourrait y résister, mon vieux. Je suis le premier à le comprendre.

Inigo n'avait donc rien perdu de leur manège hier soir.

Vennor soupira.

— Qui d'autre nous a vus, à ton avis ?

Inigo eut un petit sourire.

— Personne d'autre à part moi. Tout le monde était bien trop intéressé par la vodka, les vatrushkas[1] et les jolies jambes des acrobates.

Vennor se resservit du café.

— Juste pour information, je déteste comment tu fais ça, Inigo. Tu mets un homme à nu sans avoir l'air d'y toucher.

Le sourire d'Inigo s'élargit.

— On me l'a déjà dit... Mais après tout, pourquoi pas ? Pourquoi pas Marianne, précisa-t-il en baissant la voix. Elle entame sa troisième Saison, c'est une fille merveilleuse, et elle saura parfaitement tenir son rang. Tu les connais, sa famille et elle, depuis toujours. Et puis, tu n'es pas du genre à te contenter de n'importe qui. Il faut bien reconnaître que, cette année, les filles à marier sont particulièrement insipides.

Il tapota le dossier, qu'il ouvrit.

— En attendant, il faut se débarrasser de la demande en mariage de Hayes. Et je crois que ceci devrait pouvoir t'aider.

Inigo ignorait délibérément le problème des assassins du duc

1. La *vatrushka* est un petit gâteau traditionnel russe à base de fromage blanc.

et de la duchesse de Newlyn. Mais il n'avait jamais approuvé que Vennor se lance à leur poursuite.

— Regarde un peu ça, dit Inigo en lui tendant le dossier. L'impeccable et sourcilleux vicomte Hayes n'est pas aussi irréprochable qu'il voudrait le laisser croire. Et surtout pas en ce qui concerne ses finances, qui sont au trente-sixième dessous. Il est à deux doigts de la ruine. Je ne sais pas comment il s'imagine pouvoir cacher cet état de fait à Sir Jock quand ils vont aborder les questions financières. Peut-être s'imaginait-il que le père de Marianne serait à ce point ébloui de voir sa fille épouser un aristocrate qu'il n'irait pas chercher plus loin.

Vennor hocha la tête tout en parcourant les feuillets que lui avait confiés son ami. En effet, Hayes était criblé de dettes.

— Il a tenté d'arranger la situation en contractant des prêts d'origine douteuse, expliqua Inigo. Le prêt de chez Court n'a rien d'inquiétant. Mais il y a ceci...

Il passa encore quelques feuillets à Vennor qui les examina attentivement. Il s'agissait en effet de reconnaissances de dette au profit de prêteurs des bas quartiers de la ville pratiquant des taux exorbitants.

— Bref, conclut Inigo, impitoyable et réaliste, il a quasiment la tête sous l'eau. Ce qui nous amène à d'autres considérations... Comment a-t-il fait pour en arriver là ? La vicomté des Hayes a toujours paru solide. Aussi, père et moi avons mené une petite enquête tous les deux à White.

Il eut un sourire satisfait. Vennor voyait très bien le genre d'enquête qui pouvait être menée à bien dans cet endroit. Il suffisait d'arroser la noble assemblée d'excellent cognac, voire de champagne pour les plus réticents, et les langues se déliaient.

— Il semblerait, expliqua Inigo, très à l'aise, que plusieurs mauvais investissements aient été faits sur les deux dernières générations, d'abord de la part du grand-père de Hayes, puis de son père. Tout cela paraît logique. Un seul homme n'aurait pas suffi à mettre en péril une fortune aussi solide... Ce que je ne comprends pas, par contre, poursuivit-il, les sourcils froncés, c'est pourquoi il a jeté son dévolu sur Marianne. Sir Jock et moi avons établi sa dot ensemble dès ses débuts dans le monde. La somme est tout à fait respectable, mais cela ne suffirait pas à Hayes pour se refaire une santé financière. Avec son titre, il pouvait prétendre à une héritière comme Amelia Helmley ou au moins à Leah St. John. Qu'est-ce que Marianne possède qu'il désire à ce point, si ce n'est pas l'argent ?

— Moi.

Vennor accorda à Inigo un moment pour digérer cette réponse. Ce n'était que la première surprise parmi toutes celles qu'il lui réservait, maintenant que c'était à son tour de parler.

— Il se trouve, reprit-il d'une voix lente, que j'ai appris certains faits hier soir qui me laissent supposer que Hayes est derrière le meurtre de mes parents.

Ils en étaient maintenant à leur troisième tasse de café et l'atmosphère de la petite pièce était nettement plus tendue qu'au début de leur entretien.

— Tu penses donc que Hayes, après tes parents, va s'attaquer à toi ? résuma calmement Inigo quand Vennor eut achevé d'exposer l'ensemble de sa théorie.

Vennor fut rassuré de le voir prendre la chose au sérieux. C'était du reste l'un des articles du pacte des ducs de Cornouailles qui leur garantissait un soutien mutuel sans poser de questions.

— Mais, reprit Inigo après avoir réfléchi un instant, quel rapport avec Marianne, mis à part la vengeance pitoyable d'un candidat éconduit ? Le meurtre, c'est peut-être un peu gros, non ? Sans compter qu'il la courtisait bien avant que tu ne t'en mêles.

Vennor étendit ses mains sur la table, qui avait été débarrassée depuis un certain temps déjà.

— Marianne et moi n'avons aucune réponse sur ce point. Pour commencer, pourquoi en voulait-il à mes parents au point de commanditer leur mort ? Que lui avaient fait le duc et la duchesse de Newlyn ? Rien, à ma connaissance. Et moi, à part lui prendre Marianne, de quoi suis-je coupable ? Qu'est-ce qui rend Marianne si intéressante à ses yeux ? Et en quoi tout cela a à voir avec ses problèmes financiers ? Si nous pouvions répondre à ces questions, tout deviendrait plus clair. Ou bien cela démontrerait que je m'égare complètement.

Tout semblait si logique, au départ. Tout concordait parfaitement pour incriminer le vicomte. La durée du séjour de Hayes à l'étranger, les hommes de main qu'il aurait demandé à Élise de lui trouver, l'étrange détail de la perruque rousse... Mais trop d'éléments restaient inexplicables. Et notamment, le mobile.

— Je ne vois qu'une réponse, Inigo, et c'est toi qui viens de nous l'apporter. En effet, l'argent est souvent la clé de tout.

D'après ce que le Vigilant avait pu observer dans les bas-fonds, c'était l'argent, ou plutôt le manque d'argent, qui était à la racine du mal. Vennor était prêt à parier que Hayes, malgré sa morgue et ses beaux habits, ne dérogeait pas à la règle.

Inigo opina du chef.

— Je vais enquêter de ce côté-là, décida-t-il en tendant le dossier à Vennor. Cela ne résout certes pas le mystère de la mort de tes parents mais tu tiens là de quoi fournir à Sir Jock un bon prétexte pour se désengager vis-à-vis du vicomte. Cours sauver ta demoiselle en détresse, Ven'... Nous nous revoyons ce soir à Treleven House pour l'anniversaire de Marianne.

— Bon sang ! J'avais oublié.

L'agitation de ces deux derniers jours avait complètement effacé de sa mémoire cette festivité, comme elle lui avait fait oublier la réception à l'ambassade russe. Vennor pesta contre lui-même. Et maintenant, outre sa délicate démarche auprès de Sir Jock, cet après-midi, il avait donc un peu de shopping à faire. Marianne, comme toutes les jeunes filles, adorait les cadeaux.

— Tu pourrais lui offrir une bague ? suggéra Inigo d'une voix suave tandis que Vennor le raccompagnait jusqu'à la porte. Outre ses parents, tous les amis de Marianne seront présents. Quant à Hayes, entretemps, son sort aura été réglé... Je ne vois pas de meilleure occasion pour faire ta demande !

Vennor eut un hochement de tête qui ne l'engageait à rien. Il n'avait plus abordé la question avec Marianne et rien n'indiquait qu'elle ait changé d'avis.

Mais, comme il fallait s'y attendre, Inigo voulait en avoir le cœur net. Il s'arrêta sur le seuil.

— Les choses sont pourtant bien avancées entre vous. Et dans ces circonstances, il n'y a pas trente-six solutions. Qui de vous deux n'est pas prêt à sauter le pas ? Elle ou toi ?

Vennor broncha devant l'obstacle. Sans remettre en question l'amitié que lui portait son vieux camarade, il n'appréciait guère qu'on mette en doute son sens du devoir.

Il soutint fermement le regard de son interlocuteur.

— Tous les deux, apparemment. Et d'un commun accord.

Mais, ne voulant pas qu'ils se quittent sur une note désagréable, il ajouta en brandissant le dossier :

— Et surtout, encore merci. Tu es un véritable ami. Sois certain que j'en ferai bon usage.

Grâce à Inigo, à défaut de s'empresser de lier son destin à celui de Marianne, il pouvait au moins la débarrasser de Hayes sans provoquer de scandale. Peu désireux de voir les raisons pour lesquelles il avait été éconduit rendues publiques, le vicomte ferait très probablement profil bas.

Malgré tout, tandis qu'il se rendait à Treleven House pour éclairer Sir Jock sur le prétendant de sa fille, Vennor ne pouvait s'empêcher de se demander si les éléments contenus dans le dossier d'Inigo seraient suffisants. Dieu sait ce que serait capable de faire un Hayes enragé par la défaite. Vennor rendait-il vraiment service à Marianne en tentant de la débarrasser du vicomte ? Ne risquait-il pas plutôt de la mettre elle aussi en danger ?

— Bon sang ! Qu'ils aillent tous au diable !

Hayes lança un des verres de cristal de son service à porto contre le mur de son bureau.

Puis un autre...

Et encore un autre, jusqu'à ce que le tapis soit parsemé d'éclats de verre.

Jamais il n'avait subi une telle humiliation.

Sir Jock Treleven avait rompu les négociations concernant la demande en mariage ! Le père de Marianne s'était dérangé en personne pour lui apporter la nouvelle.

Avoir devant lui ce petit baronnet ridicule en train de lui

expliquer en gesticulant en quoi l'état de ses finances, à lui, le vicomte Justin Hayes, était incompatible avec un mariage avec sa fille, avait été une expérience tout à fait désagréable. Comme si lui-même ne le savait pas !

Sir Jock avait conclu qu'il préférait que le vicomte s'abstienne désormais de tout contact avec Miss Treleven. S'il gardait ses distances, Sir Jock ne rendrait pas publiques les raisons de ce fâcheux incident.

Bien sûr, Hayes avait contre-attaqué. Il y avait trop d'intérêts en jeu pour qu'il laisse Marianne lui échapper. Après un temps de réflexion, il s'était rendu à son tour à Treleven House pour expliquer que cette cour menée tambour battant s'expliquait par un véritable coup de foudre. Que les reproches de non-solvabilité qu'on lui faisait étaient le fait d'un concurrent jaloux qui espérait ainsi se voir agréé à sa place. Qui avait bien pu raconter de telles fariboles à Sir Jock ? Où avait-il pu trouver ce genre d'informations plus que fantaisistes ?

Sir Jock, se levant de son bureau, les documents à la main, avait rétorqué :

— D'un homme en qui j'ai la plus grande confiance.

Impossible d'insérer le moindre doute dans cette cervelle bornée, s'était dit Hayes. Mais il voyait parfaitement à qui le père de Marianne faisait allusion. Dans le cercle des familiers de Sir Jock, seul Vennor Penlerick, qui couchait avec la fille de la maison, avait de bonnes raisons de saborder ses projets de mariage ? S'il ne s'agissait pas de lui, alors c'était le fait de l'un de ces trois complices, les arrogants ducs de Cornouailles, toujours prompts à se mêler de ce qui ne les regardait pas.

Hayes serra les mâchoires. Eh bien, ce qu'il ne pouvait obtenir par des moyens légaux, il l'aurait par la force. Ce n'étaient pas les arguments qui manquaient pour obliger une femme à vous épouser. Il aurait préféré ne pas en arriver à de telles extrémités, mais qui veut la fin veut les moyens ! Il lui suffirait de parvenir à approcher la donzelle, seul point délicat de l'affaire, puisqu'il était maintenant *persona non grata*.

Mais il était plus intelligent qu'eux tous réunis. Il parviendrait à contourner ce genre d'obstacle.

Quant à Vennor Penlerick, il paierait le premier l'offense qui venait de lui être faite.

21

Vennor attendait le moment opportun pour offrir son cadeau. Il était intimement persuadé que c'était une affaire privée entre le donateur et la récipiendaire. Il était également parfaitement conscient qu'une certaine atmosphère d'attente régnait ce soir-là parmi l'assemblée des convives. L'accord avec Hayes avait été rompu, ce qui était une bonne chose, mais sa défection involontaire avait produit un certain vide. Plus de vicomte pour Marianne, soit. Un duc et ami ne serait-il pas disposé à prendre sa place ?

Il lut parfaitement le message dans le doux sourire de Penrose et dans le regard entendu d'Eliza. Même chose dans le petit clin d'œil complice que lui adressa Inigo en le croisant parmi les invités. Il pouvait comprendre le souci de ses amis, tous sincèrement désireux de le voir trouver enfin le bonheur, comme cela avait été le cas pour eux. Plus désagréable était l'évidente spéculation des Treleven.

L'après-midi même, Sir Jock lui avait été reconnaissant des informations qu'il lui avait apportées, mais l'entretien s'était prolongé dans un silence expectatif. Tout ceci n'était-il pas le prélude de quelque chose d'autre ? Coupant court, Vennor s'était excusé au prétexte qu'il devait acheter son cadeau pour Marianne.

Malheureusement, le message ne semblait pas avoir atteint la charmante Lady Treleven qui le scrutait ce soir avec la même impatience qu'une poule dont l'œuf est sur le point d'éclore.

Finalement, Vennor parvint à entraîner Marianne dans le jardin après le dîner, parfaitement conscient que tous les regards les suivaient. C'était à peu près comme si l'aimable assemblée avait couru d'un même mouvement coller son nez contre les carreaux ! C'était la seule intimité dont Marianne et lui pourraient disposer. Mais au moins, personne ne pouvait les entendre. Marianne, d'humeur particulièrement joyeuse, resplendissait dans une robe de soie verte agrémentée d'un collier de perles d'or et de pendants d'oreilles assortis, cadeau d'anniversaire de ses parents.

— Ton anniversaire te va bien, la complimenta Vennor.

— C'est toi qui me vas bien, rétorqua-t-elle avec un sourire presque impudique tant il trahissait son contentement. Père m'a dit ce que tu as fait pour moi cet après-midi. Merci, Vennor. Mille fois merci ! Grâce à toi, nous avons une bonne raison de refuser Hayes sans provoquer de scandale. Je meurs d'envie de t'embrasser... mais tout le monde nous regarde !

— Je mets donc ce baiser sur ton compte, plaisanta Vennor, redevenant aussitôt sérieux. J'aimerais que nous ne soyons pas obligés de nous cacher, surtout de nos amis. N'est-ce pas une forme de mensonge que nous pratiquons là ? Ils s'attendent tous à ce que je te demande en mariage. Inigo a insisté, un peu lourdement à mon avis, sur l'enchaînement parfait des circonstances. Je lui ai répondu que ce n'était pas ce que nous désirions. Je préférerais me tromper.

Trouvait-elle toujours leur mariage et ses ambitions de journaliste incompatibles ?

La main de Marianne était légère sur son bras.

— Tu as des criminels à châtier, et moi, ma carrière vient seulement de prendre son essor. Devenir duchesse, pour moi, ce serait s'enfermer dans une prison dorée, Ven'. Tu le sais bien.

Vennor ne put retenir un geste impatient.

— Peut-être parce que tu considères la question sous le mauvais angle. Et si c'était plutôt le début de la liberté ? Songes-y un peu. Tu pourrais faire ce que tu veux, redéfinir les règles à ton gré, au lieu de rester prisonnière des traditions.

Il acheva en couvrant la main de la jeune fille de la sienne :

— Tu ne serais pas n'importe quelle duchesse, Marianne.

Tu serais la mienne. Il me semble que cela n'est pas tout à fait la même chose...

Il sentit la main de Marianne se crisper.

— Est-ce une nouvelle demande en mariage, l'air de rien ? Je croyais que nous étions d'accord, Ven'. Tu sais que tu ne me dois rien. Je ne suis pas tombée dans ton lit pour te prendre au piège.

Vennor laissa la main de Marianne s'échapper.

— Est-ce un nouveau refus ?

— Non, simplement une question. Pourquoi revenir à la charge maintenant ? N'étions-nous pas d'accord ? Qu'y a-t-il de changé ?

Marianne fouillait son regard, un peu anxieusement, en quête d'une réponse.

— Moi, Marianne. Moi, j'ai changé, répondit-il tout à trac. Grâce à toi, ces dernières semaines, je suis revenu à la vie. Tu m'as aidé à redonner un sens au fait que je me lève chaque matin.

Vennor savait maintenant à quoi il allait consacrer les années à venir. Il allait bâtir des écoles pour les enfants des travailleurs pauvres, organiser des cours du soir pour les adultes. Il avait enfin trouvé un moyen de se battre contre la misère de manière plus radicale et plus rapide que par des lois sans cesse remises en question.

— Et les meurtriers de tes parents ?

— Cela devrait être bientôt résolu. Mais je crois que tu avais raison, finalement, en ne conditionnant pas l'un à l'autre. La poursuite des meurtriers de mes parents n'était peut-être qu'un prétexte pour donner un sens à ma vie.

— Et le Vigilant ? Va-t-il regagner les coulisses, lui aussi ?

— Je ne sais pas. Je n'y ai pas encore réfléchi. Peut-être deviendra-t-il moins indispensable, avec le temps. Mais quelle importance, Marianne ? Je croyais que tu l'aimais bien.

Il eut un bref sourire et Marianne sourit aussi.

— Oui, je l'aime bien. Il embrasse merveilleusement...

Vennor soupira.

— Mais cela ne suffit pas, n'est-ce pas ? Tu n'as pas changé d'avis.

Il avait espéré que les réserves de Marianne quant au

mariage auraient disparu en même temps que son prétendant. Apparemment, ce n'était pas le cas. Bien au contraire.

Il ne la brusquerait pas, bien sûr. Mais s'imaginait-elle que leur liaison passerait encore longtemps inaperçue ? Glissant sa main dans sa poche de poitrine, Vennor en sortit une petite boîte noire cerclée d'un mince ruban de soie bleue.

— Ton cadeau, annonça-t-il en gratifiant Marianne d'un petit salut.

Marianne prit la boîte avec un sourire joyeux.

— Oh ! Mais je croyais que c'était le dossier Hayes, mon cadeau ! Il ne fallait pas, Vennor. Tu en as déjà fait beaucoup pour moi.

Dénouant le ruban, elle souleva le couvercle de la boîte et poussa un cri de ravissement devant les deux barrettes à cheveux en or ornées de diamants.

— Oh ! Ven' ! Mais c'est tout à fait ravissant.

Vennor sourit. C'était elle qui était ravissante. Il lui offrirait bien des diamants tous les jours pour voir son joli visage s'illuminer ainsi.

Mais la surprise n'était pas finie. Il sortit une enveloppe de sa poche qu'il lui tendit.

— Cela va avec les barrettes.

Il guetta l'expression de Marianne tandis qu'elle ouvrait l'enveloppe et en sortait deux cartons imprimés qu'elle parcourut rapidement, les sourcils froncés.

— J'aimerais que tu m'accompagnes à l'Opéra vendredi soir et que tu mettes ces barrettes dans tes cheveux. Tout le monde est invité. Une vraie fête. Pour certains, même, un événement !

Le regard de Marianne glissa lentement du contenu de l'enveloppe jusqu'à lui.

— Es-tu sûr ? N'est-ce pas justement l'anniversaire de...

— De la mort de mes parents. Oui, je sais. J'ai choisi délibérément cette date. Je n'ai pas exagéré en disant que tu m'as rendu à la vie, Marianne. Tout a repris un sens, grâce à toi.

Cela faisait des années qu'il faisait pénitence. Il était temps de reprendre sa vie en main. Et c'était sans doute maintenant le meilleur hommage qu'il pouvait rendre à ses parents.

Marianne le récompensa d'un sourire heureux et hésitant à la fois.

— Autant dire que cela va faire du bruit.

Craignait-elle le flot de *débutantes* qui s'ensuivrait ? Elle n'avait pourtant guère à s'en faire. Vennor savait ce qu'il voulait et n'était pas prêt à y renoncer.

— C'est bien ce que j'espère. Peut-être M.R. Mannering pourrait-il mentionner également cet événement dans sa chronique mondaine ? Je crois savoir qu'il doit rendre un article pour demain ?

Passant un bras sous celui de sa compagne, il conclut :

— Rentrons, maintenant. Il est temps d'aller décevoir nos invités.

Bien sûr, tout le blâme serait pour lui. Mais il était prêt à tout pour protéger Marianne.

— Ils ne seront pas déçus, Ven'. Chacun est bien libre de faire ce qu'il veut et ils nous aiment trop tous les deux pour nous contraindre à faire ce que nous ne voulons pas. Mais ils seront contents de l'invitation à l'Opéra.

S'il n'y avait eu huit paires d'yeux en train de les guetter derrière la fenêtre, rien que pour ces mots-là, il l'aurait embrassée.

Les amis de Vennor furent plus nuancés que ce qu'avait affirmé Marianne, bien qu'ils aient eu la patience d'attendre le mercredi suivant, au White's, pour manifester leurs réserves. Inigo était en retard mais Eaton et Cassian étaient parfaitement capables de se passer de lui pour mener à bien leur interrogatoire.

— Tu as fait littéralement sensation avec ton idée de soirée à l'Opéra. Même M.R. Mannering en a parlé dans sa chronique.

Joignant le geste à la parole, Eaton plaqua le journal en question sur la table, à la page concernée.

Cassian prit le temps de s'asseoir et de commander des cognacs avant de passer lui aussi à l'attaque.

— J'ai entendu dire que l'opéra va se donner à guichets fermés et que des gens vendent leur place sur le trottoir à des prix tout à fait exorbitants. Avec tous ces gens qui voudront te voir ou te serrer la main, je crains l'émeute. Je ne peux pas dire que je m'en réjouisse, Ven'. Y as-tu songé ?

Ce fut Eaton qui répondit pour Vennor.

— Bien sûr, qu'il y a pensé, Cass', dit-il en fixant son interlocuteur de ses yeux d'obsidienne. Son idée n'était pas seulement de faire connaître au Tout-Londres son retour parmi nous. C'était surtout de servir d'appât… Hein, mon vieux ? N'est-ce pas le meilleur moyen de pousser Hayes à agir ?

Vennor et Inigo lui avaient brièvement exposé la situation du vicomte dans l'espoir qu'il pourrait les éclairer sur l'origine des différents prêts financiers qui avaient contribué à la débâcle financière de Hayes. Et ils avaient tous les trois passé les dernières quarante-huit heures à enquêter à ce sujet dans le milieu interlope de Londres, tout en sachant que plus les sources étaient discutables, mieux elles étaient cachées.

Le regard lucide d'Eaton était posé sur lui, pareil à celui d'une statue énigmatique.

— Oui, c'est ainsi que notre ami a imaginé de faire sortir notre animal de son terrier.

Cassian se frotta la lèvre inférieure.

— Mais… N'est-ce pas un peu risqué ?

Vennor se pencha vers eux.

— Ça dépend, dit-il à mi-voix. Nous n'avons aucune preuve que Hayes en a après moi. Seulement des soupçons. Il est possible que cette affaire soit bien antérieure à son projet d'épouser Marianne, qui ne date finalement que du début de la Saison. Tout ce dont nous sommes sûrs, c'est qu'il est financièrement aux abois.

Se retournant vers Cassian, Vennor le rassura :

— Mais je ne serai pas seul, n'est-ce pas ? Vous assurerez mes arrières ! Vous serez tous là pour me protéger.

Car c'était devenu une certitude pour lui. S'il montait toute cette mise en scène aux yeux du monde, et si les soupçons de Vennor étaient exacts, Hayes ne pourrait résister à l'envie de se montrer, de faire un coup d'éclat.

Une soudaine agitation du côté de la porte attira leur attention. Inigo venait d'arriver. Il se débarrassa de son pardessus dans les mains d'un valet et marcha droit sur leur table d'un pas pressé. Vennor sentit l'excitation l'envahir. Inigo avait trouvé quelque chose. Il essaya de lire sur le visage du jeune homme tandis que celui-ci prenait le dernier siège disponible. Eaton lui offrit un verre de cognac, qu'il repoussa de la main. Oui, décidément, Inigo savait quelque chose.

Vennor sentit son estomac se serrer.

— Messieurs, j'ai peut-être la réponse à la question que nous nous posions, commença le nouvel arrivant à mi-voix, ses yeux clairs fouillant soigneusement la salle du regard pour s'assurer qu'aucune oreille indiscrète ne s'apprêtait à les espionner.

Mais, à cette heure-là, le club était encore peu fréquenté et il n'y avait personne à proximité immédiate.

— Je sais la cause de la débâcle financière de la famille de Hayes... De mauvais investissements.

Il leva la main pour arrêter net toute velléité de l'interrompre.

— Messieurs, avant de me dire que vous le savez déjà, écoutez ceci. Toutes les difficultés de la famille ont commencé avec le grand-père de Hayes, le troisième vicomte. Le vieux bonhomme a commencé à faire des bêtises juste après son mariage. Il s'est mis à investir à tour de bras dans des projets qui n'avaient pas encore fait leurs preuves. De miraculeuses mines d'étain qui se révélèrent stériles, un haut-fourneau dont les matières premières étaient si lointaines qu'elles n'arrivaient jamais à temps, etc. Donc, en toute logique, la plupart de ces projets ont capoté.

Repoussant les verres, Inigo étendit une carte de la Cornouailles sur la table.

— Voici un exemple un peu plus parlant. Le vieux bonhomme faisait partie d'un groupe d'actionnaires qui projetait de construire une route ici, expliqua-t-il en tapotant un point au nord de Penzance. Mais, finalement, la route a débouché au sud de la ville, desservant le port de Newlyn, beaucoup plus intéressant pour la réception des matières premières et la livraison des marchandises.

Vennor, qui écoutait attentivement, opina du chef. Il comprenait parfaitement. Des mines sans minerai, des routes détournées, des investissements inutiles, autant d'échecs qui avaient fini par s'accumuler. Et un schéma se formait dans sa tête. Pendant que le vicomte de Hayes sombrait lentement, le duché de Newlyn, convenablement géré, profitait de l'essor industriel de la région pour prospérer et faire prospérer ses habitants, ceux du château mais aussi les métayers, les fermiers et tous les petits métiers qui en dépendaient.

— Tu as dit que ces investissements ont commencé après le mariage du grand-père de Hayes. Mais qui avait-il épousé ?

Vennor ignorait que la famille avait des intérêts en Cornouailles. Les terres du vicomté de Hayes se trouvaient dans le Devonshire.

Inigo eut un sourire de gros matou satisfait.

— Bonne question ! Le grand-père a épousé la fille cadette d'un comte dont le nom nous importe peu. Par contre, c'est qui il n'a pas épousé qui nous importe. Miss Évangeline Warnick.

Vennor lui lança un regard aigu.

— Ma grand-mère ?

— Oui. La jeune fille dont le troisième vicomte Hayes était tombé éperdument amoureux. Tel grand-père, tel petit-fils, semble-t-il.

— Oui, sauf qu'en l'occurrence, rétorqua Vennor, il ne l'aime pas. Hayes n'est jamais tombé amoureux de Marianne. Pour lui, c'est un investissement.

Il ne put s'empêcher de formuler à voix haute le scénario qu'il commençait à entrevoir.

— Suggères-tu que le troisième vicomte Hayes a délibérément fait une série d'investissements dans l'espoir de ruiner mon grand-père ?

Tout cela avait un sens. Entrer en compétition pour la construction d'une route qui mènerait à un port au détriment d'un autre, tenter de développer des terres au détriment d'autres...

— Oui, et apparemment, Hayes, qui n'a pas plus le sens des affaires que son malheureux aïeul, a décidé de continuer à jouer ce petit jeu... Regardez un peu ce dernier investissement. C'est Audevere qui a trouvé ça dans les papiers de son père. Hayes a investi dans la fameuse route mal tracée de Brenley.

Il précisa à l'intention de Cassian, avec un sourire d'excuse :

— Celle-là même dans laquelle Collin a investi.

— La même, en effet, confirma Vennor. Il y en a quelques autres dont mon père a fait voter l'interdiction à cause de toutes les expropriations que cela entraînait.

Il laissa échapper un léger sifflement et acheva dans un souffle :

— Je comprends mieux maintenant pourquoi le pauvre diable éprouve une telle rancune à l'égard des Penlerick.

Il devenait évident que la rivalité entre les deux familles ne pouvait que s'aggraver. Les Hayes, vindicatifs, n'avaient cessé de semer des embûches sur le chemin des Penlerick et les avaient rendus responsables de leurs échecs financiers et maritaux.

La haine avait toujours été un poison très efficace. Il suffisait de relire Shakespeare…

— Mais le meurtre de mes parents ? reprit Vennor. À quoi sert-il ? Où cela mène-t-il ?

Maintenant qu'ils avaient établi le mobile, il fallait le relier aux derniers événements.

— Notre deuxième question est donc la suivante : « En quoi les problèmes financiers sont-ils une condition suffisante pour mener au meurtre. »

— Hayes était très proche de son grand-père, leur apprit Cassian. C'est un ami de mon père qui nous l'a appris. Voici donc une famille qui sombrait peu à peu dans la spirale de la faillite depuis trois générations. Et qui sait jusqu'à quelles extrémités cela peut mener ?

Vennor revint à la charge.

— Mais, au risque de me répéter, à quoi mène le meurtre ? Cela ne leur rendra pas l'argent qu'ils ont perdu. Ni n'effacera les échecs et les humiliations du passé.

— Si tu me permets de faire preuve d'un certain cynisme…, dit Inigo.

Tous rirent, malgré la gravité de l'heure. Inigo était toujours cynique.

— … Contre toute attente, Hayes, reprit-il, imperturbable, fait peut-être tout simplement preuve d'ambition et d'une certaine largeur de vue. Éliminer les Penlerick n'était pas si difficile à envisager. Après tout, à l'époque, ils n'étaient que deux, ton père et toi. Du moins tant que tu ne serais pas marié et que tu n'auras pas d'héritier. Un fois débarrassé de vous trois, et nanti d'une épouse bien ancrée dans la terre de Cornouailles, il pouvait ambitionner de combler le vide laissé par les Penlerick.

Vennor fronça les sourcils.

— Bien sombre hypothèse et qui ne fonctionne pas. Si je disparaissais à mon tour, il n'y aurait pas de vide puisque vous seriez là.

Il sentit Cassian se raidir.

— Peut-être ne s'arrêterait-il pas là... À tes parents et à toi, je veux dire. Peut-être a-t-il établi des plans pour l'avenir. Pour ses fils et les fils de ses fils. Peut-être ambitionne-t-il d'éradiquer tous les ducs de Cornouailles, une maison après l'autre.

Inigo leva la main.

— Diantre ! C'est peut-être un peu trop radical. Je comprends ton point de vue, mais pour envisager une telle apocalypse, il faut être un peu fêlé, non ?

— C'est ce que démontrera cette soirée à l'Opéra, rétorqua Vennor. Si Hayes décide d'en profiter pour tenter de finir ce qu'il a commencé trois ans plus tôt, à nous de l'en empêcher et il sera pris la main dans le sac. Le tableau que nous a adressé Cassian vous paraît peut-être un peu mélodramatique, mais nous savons maintenant combien Hayes peut se montrer faux et manipulateur. Je sais, moi, ce que ce gredin a fait subir à Élise, tandis qu'il affichait aux yeux de la société les qualités du parfait gentleman.

Vennor serra les poings. Et dire que Hayes avait failli réussir à épouser Marianne !

Inigo rassembla les documents et replia sa carte. Le club commençait à se remplir.

Mais ils s'étaient tout dit. Ils n'avaient rien d'autre à faire, maintenant, que d'attendre la soirée à l'Opéra

Vennor leva son verre.

— À vendredi soir, messieurs. À la fin de la chasse !

Du moins, il l'espérait. Pourvu que Hayes soit bel et bien le coupable et qu'il se laisse prendre au piège que Vennor lui tendait.

Le groupe se sépara mais Eaton, retenant Vennor par le bras, resta assis, l'air soucieux.

— Tu as envisagé la possibilité que, vendredi soir, Hayes reste tapi dans son trou comme un rat ?

Vennor eut un long soupir.

— Oui, bien sûr…

Il avait dit à Marianne qu'il voulait recommencer à vivre. Ce qui signifiait accepter les échecs autant que les succès. Mais maintenant qu'il avait une piste, il gardait bon espoir, quelle que soit la stratégie de son adversaire.

— Eaton, reprit-il, je commence à me faire à l'idée que je pourrais bien ne jamais retrouver les assassins de mes parents. Du moins, les hommes qui tenaient les armes qui les ont mis à mort. Il est même peu probable que j'y parvienne. Mais on dirait que j'ai des chances de faire condamner l'instigateur de tout cela. C'est presque inespéré. Alors, ça me prendra le temps qu'il faudra… mais j'irai jusqu'au bout.

Se tournant vers lui, Eaton lui posa une main réconfortante sur le genou.

— J'espère pour toi que nous attraperons ce salopard. Mais pour ce qui me concerne, je préférerais nettement que mon ami s'en sorte sain et sauf, quelle que soit l'issue.

Il regarda un instant Vennor avant de reprendre :

— J'étais dans ta situation, malheureux comme une pierre, il n'y a pas si longtemps, quand je pensais que je n'avais pas droit au bonheur parce que je n'étais pas un homme complet. Parce que je ne pouvais avoir d'enfant. Mais l'amour d'une femme m'a montré que je me trompais. Eliza ne pouvait réparer mon malheur, mais elle pouvait me donner le bonheur. Et c'est ce qu'elle a fait.

Vennor leva les yeux, surpris par les propos de son ami. Jamais il n'avait entendu Eaton parler ainsi. Eaton, le meneur de leur petit groupe depuis toujours, qui avait été son roc et son refuge pendant la tragédie de la mort de ses parents ! Rien ne semblait l'ébranler. Il savait se montrer attentif et bienveillant à l'égard d'autrui. Et il savait toujours ce qu'il fallait faire. Jamais Vennor n'aurait imaginé que cet homme solide, plein d'assurance, pouvait avoir été un jour ébranlé par le doute.

Eaton sourit.

— C'est bien là le problème avec des gars comme nous, n'est-ce pas ? Personne ne se doute de nos fragilités. Nous ne le permettons pas. Parfois, nous n'en sommes même pas conscients nous-mêmes tant notre masque est bien ajusté. Puis quelqu'un arrive, qui est capable de lire dans notre âme et nous ne sommes plus pareils. D'un seul regard, d'une main posée sur la nôtre, ils ou elles nous ont changé en mieux !

Il soupira et reprit :

— Je sais qu'Inigo a été un peu loin à propos de Marianne. Mais, au risque de répéter ce qu'il a dit, je te mets en garde moi aussi. Ne la laisse pas t'échapper, Ven'. Elle t'aime et elle veut te protéger. Y compris contre toi-même. C'est le plus beau cadeau que puisse te faire une épouse.

Vennor avala sa salive.

— Oui, je sais. Il faut juste qu'elle s'en aperçoive, elle aussi. Vois-tu, elle a une autre conception de sa vie de femme que la plupart. Pour elle, le mariage est une impasse.

Eaton émit un petit gloussement.

— Je connais ça ! Eliza pensait la même chose. Peut-être devrais-je l'envoyer à Marianne pour qu'elles en parlent ?

— Si tu penses que cela peut être utile... Je suis ouvert à toutes les propositions. La vie nous joue parfois de drôles de tours. J'aurais dû être le premier à me marier, vu mon âge, et toi le dernier, si tu te mariais jamais, et voilà que c'est le contraire qui risque de se produire.

— Notre Marianne y viendra, mon vieux, le consola Eaton tandis qu'ils vidaient la dernière goutte de leur verre de cognac. Elle y viendra...

22

Le grand soir était enfin arrivé. Un courant d'excitation traversa Hayes tandis qu'il piquait une épingle ornée d'une topaze bleue dans son nœud de cravate. La topaze, la pierre de la fidélité ! C'était son grand-père qui la lui avait offerte quand il avait décroché son diplôme à l'université. Hayes tira une dernière fois sur les manches de sa jaquette, redressa ses épaules, dont il regrettait quelque peu le manque d'ampleur, et jeta un ultime regard à son miroir. Il avait renvoyé son valet pour jouir seul de ces derniers moments. Une célébration intime, en quelque sorte.

Après une série d'échecs, la chance semblait avoir tourné. Ce soir, il allait réaliser enfin la promesse qu'il avait faite à son grand-père. Il allait éradiquer à jamais la lignée des Penlerick. Cette famille maudite qui avait poussé son grand-père puis son père dans la tombe bien avant leur temps. Mais cela allait leur coûter cher. Plus cher encore que la mort du duc et de sa duchesse. Leur cupidité et leur folie des grandeurs allaient enfin les perdre pour toujours. Les éradiquer de cette planète. Ce qui prouvait une fois de plus que la droiture et la volonté gagnaient toujours. Peu importait que sa putain se soit enfuie de chez Delilah au milieu de la nuit, que sa demande en mariage de la fille Treleven ait été finalement repoussée, que l'état lamentable de ses finances ait été livré au public par ses ennemis. Ce n'était que des obstacles mis sur sa route par la Providence pour le mettre à l'épreuve. Et il avait survécu. Mieux que cela, il ne se laissait pas détourner de son objectif.

Hayes glissa un poignard dans la poche secrète de son manteau. Il n'en aurait pas besoin – les hommes qu'il avait embauchés feraient le sale travail –, mais il valait mieux se préparer à toute éventualité. C'était l'heure de se rendre à l'Opéra. Quoique le vrai spectacle soit prévu pour un peu plus tard dans la soirée. Et là, il serait aux premières loges ! Ensuite ? Eh bien… Ensuite, il aurait à ses pieds une Marianne éplorée et consentante. Et il la mettrait à sa botte sans perdre de temps. Elle paierait pour les humiliations qu'on lui avait fait subir. Pour la mauvaise foi dont elle avait fait preuve à son égard. Il ne se laisserait pas manipuler par une femme, fût-elle aussi belle que Marianne Treleven. Et si elle croyait pouvoir le faire cocu, elle allait déchanter. Il ferait en sorte que les enfants qu'elle engendrerait soient bien les siens. Oh oui ! Elle allait regretter d'avoir osé un jour lui préférer Vennor Penlerick.

Du reste, elle ne perdrait pas au change. Il allait lui montrer le plaisir qu'un homme pouvait apporter à une femme et, en retour, il en obtiendrait la plus vile obéissance.

— Sonnez, trompettes ! chantonna-t-il en gagnant la porte. Et que les rideaux s'ouvrent sur l'Âge d'or des vicomtes de Hayes.

Ils y étaient. Marianne tournoya sur elle-même devant la psyché, riant de plaisir devant la corolle ondoyante de ses jupes. La robe était neuve, commandée au début de la Saison mais encore jamais portée. Elle l'avait sortie le matin même de son carton pour la faire repasser.

Une voix féminine s'exclama dans son dos :

— Superbe ! Absolument superbe !

Marianne sursauta, gênée d'être surprise en flagrant délit de vanité

— Eliza ! Quel plaisir. Je ne savais pas que tu passerais d'abord par ici. Tu es absolument ravissante, ajouta-t-elle en serrant la nouvelle arrivante dans ses bras. Le vert te va très bien.

— Eaton nous attend en bas, annonça la jeune femme en s'asseyant familièrement sur le lit. Nous avons pensé que tu aimerais venir avec nous. Tes parents nous suivront… Quelle soirée excitante, n'est-ce pas ? Vennor qui fait son retour dans le monde avec toi, Marianne Treleven, pour cavalière !

Elle ajouta avec un petit rire :

— Nos maris sont persuadés que tous les yeux seront fixés sur Vennor, mais tu es si jolie ce soir que, moi, je parie que ce sera sur toi.

Marianne fixa le fermoir de son collier de perles et vérifia une dernière fois sa toilette avant de répondre.

— Pourquoi sur moi ? Ils ont déjà eu deux Saisons pour me voir.

Elle regarda le reflet d'Eliza dans la glace d'un œil interrogatif. Son amie avait une idée derrière la tête.

Eliza lui sourit.

— Tu sous-estimes le goût pour les ragots et les spéculations de la « bonne société », ma belle. Vennor danse avec toi depuis deux ans, il ne fait une apparition dans les bals que quand il sait que tu y assistes, il ne danse qu'une fois... avec toi, et ne reste au souper... que pour toi. Et maintenant, le voilà qui refait son apparition à l'Opéra avec toi à son bras, et dans sa loge. Tu peux être sûre que la rumeur t'aura mariée avec lui dès demain matin.

Marianne se mit à jouer nerveusement avec ses perles. Était-ce la raison de cette soudaine envie qui avait pris Vennor de retourner à l'Opéra ? Voulait-il la pousser dans ses retranchements ? Il lui avait dit clairement le soir de son anniversaire, dans le jardin, que lui-même avait changé d'opinion à ce sujet. Qu'il était prêt à l'épouser. Et quand elle avait de nouveau refusé, il n'avait pas caché sa déception.

— Il me semble que c'est un peu tôt pour discuter de mariage, objecta-t-elle sans s'engager davantage.

— Un peu tôt ? Mais cela fait des années que vous vous fréquentez ! En tant qu'amis, bien sûr, mais cela laisse tout de même le temps de se connaître !... L'épouser serait donc si terrible ? Il y a pire que de se marier avec son meilleur ami, non ?

Décidément, déléguée ou non par les autres, la femme d'Eaton était bien venue pour débattre de la question. Elle adressa à Marianne un sourire angélique mais la graine était semée. Marianne imaginait très bien la conversation entre les quatre garçons et leurs épouses à ce sujet. On pouvait faire pire, en effet, que de se marier avec son meilleur ami, un homme qui la voyait et l'acceptait telle qu'elle était, qui soutenait ses ambitions, qui l'incluait dans ce qu'il voulait faire de sa vie, qui lui faisait assez confiance pour lui confier ses secrets, un homme à qui elle pourrait se fier toute sa vie.

Le regard d'Eliza ne faiblissait pas et Marianne comprit soudain pourquoi l'épouse d'Eaton avait pu faire trembler des conseils d'administration, pourtant composés d'hommes aguerris dans le domaine des affaires. Mais pas question de céder.

— Moi aussi j'étais comme toi, reprit Eliza. Il n'y a encore pas si longtemps, je me refusais à l'idée qu'un homme puisse contrôler ma vie. Après mon premier mariage et les échecs de ma mère dans ce domaine, je pensais que la liberté était le plus beau cadeau pour une femme. J'ai tout fait pour protéger cette liberté. J'ai gagné de l'argent, beaucoup d'argent, j'ai contrôlé le conseil d'administration d'un consortium minier afin que personne ne me prenne cette liberté et en fasse mauvais usage. Et, en me comportant ainsi, j'ai failli manquer quelque chose d'infiniment plus important. L'amour d'un homme droit et bon. Eaton n'a jamais été intimidé par moi ni par mes fonctions. Il n'a jamais non plus essayé de prendre la direction de mes affaires. Il m'a toujours laissée faire, du moment que nous nous réservions du temps pour notre vie de famille. J'imagine mal Vennor faire autrement. C'est un homme juste et bon, lui aussi.

Marianne se retourna vers son amie. Non, elle le savait bien, jamais Vennor ne s'immiscerait dans ses affaires. Ne lui avait-il pas déjà dit qu'elle pourrait continuer à écrire ? Non seulement elle pourrait se perfectionner dans sa carrière de journaliste, mais elle se lancerait à ses côtés dans son nouveau projet, construire des écoles et éduquer les pauvres. Elle se voyait déjà en train d'écrire des articles sur cette merveilleuse aventure.

Pour la première fois, Marianne se sentit assaillie par le doute. Avait-elle eu tort de repousser la demande en mariage de Vennor ? Pourquoi s'obstinait-elle à résister ? Sur le coup, elle était incapable de le dire.

— J'ai des projets qui pourraient paraître scandaleux pour une femme, dit-elle enfin d'une voix hésitante. Je ne veux pas attirer la honte sur son nom. Et je me sens incapable de renoncer à ces projets. Pour moi, c'est aussi important que l'air que je respire. Je ne peux pas abandonner.

Eliza hocha la tête, sans poser de questions sur ces mystérieux « projets ».

— Je comprends, ma chérie. Je suis une fille du peuple, la fille d'un commerçant qui a réussi dans l'industrie. Moi aussi, j'ai craint un instant de faire honte à Eaton. À un homme issu de l'une des plus grandes familles du comté. Sitôt que j'ai compris que je l'aimais, j'ai essayé de me convaincre que je ne pouvais pas l'avoir dans ma vie. Et je me trompais. Le scandale n'est rien devant la force de l'amour. Alors, renoncer au bonheur avec l'homme qu'on aime, pour moi, c'est cela, la véritable erreur. La vraie tragédie.

— Pourquoi me dis-tu cela, Eliza ?

Se levant prestement, Eliza vint lui prendre les deux mains.

— Vennor t'aime et tu l'aimes. Il suffit de vous voir vous regarder, vous chercher des yeux sans cesse, n'importe où...

Eliza marqua une pause, soupira et reprit :

— Ma chère enfant, j'ai attendu trop longtemps pour dire à Eaton que je l'aimais. Il a failli en mourir. Je ne voudrais pas que tu fasses la même erreur. Quand on aime quelqu'un, il faut le lui dire, absolument. Les seules personnes vraiment heureuses sur cette terre, ce sont celles qui ont trouvé quelqu'un à aimer. Et qui les aime en retour.

Marianne opina du chef, la gorge serrée. Elle avait passé tout ce dernier mois à essayer de convaincre Vennor de sortir de sa réclusion, de revenir à la vie, et elle n'avait même pas été capable de lui donner l'exemple. Vivre, c'était prendre des risques, essayer des hypothèses. Et elle n'avait même pas tenté de le faire. Elle s'était accrochée fébrilement à ses vieux préjugés, à sa conception traditionnelle du mariage, même quand Vennor lui avait montré qu'il y avait d'autres manières de vivre ensemble, pour un couple. Pour lui, le mariage, c'était ce qu'ils décidaient d'en faire ensemble.

Elle serra affectueusement les deux mains d'Eliza.

— Merci d'avoir eu le courage de venir me dire tout ça, Eliza. De m'avoir aidée à voir ce qui était sous mes yeux.

Elle aimait Vennor. Son cœur le savait depuis toujours. Et maintenant, grâce à son amie, elle savait qu'elle ne devait pas en avoir peur. Elle devait au contraire prendre son amour à bras-le-corps. Elle en parlerait avec Vennor dès ce soir, après son triomphant retour à l'Opéra.

Le retour du duc fut l'événement de la soirée. Les abonnés étaient venus en foule à l'Opéra, les billets s'étaient arrachés et les gens se marchaient littéralement sur les pieds pour apercevoir ne serait-ce que le chapeau du jeune duc de Newlyn. Vennor ne dérogea pas à son rôle. Il parada dans le hall, Marianne à son bras, superbe dans sa robe de soie blanche et ses cheveux de feu retenus par les barrettes ornées de diamants qu'il lui avait offertes. La nombreuse suite du jeune duc monta solennellement les larges escaliers de marbre. Il y avait là le comte de Tintagel, le vicomte Trevethow et le marquis de Lynford, accompagnés bien sûr par leurs charmantes épouses somptueusement vêtues de toilettes venues de Paris. Ils étaient eux-mêmes suivis de leurs pères respectifs, le duc de Boscastle, le duc de Hayle, le duc de Bute et de leurs duchesses.

Vennor se sentait plus fort. Il avait besoin de leur soutien. Il lui avait fallu faire appel à tout son courage pour affronter le spectacle, au bout de l'avenue, de l'Opéra brillant de mille feux. Pour pénétrer dans ce bâtiment qui était devenu le symbole de son drame familial, de sa culpabilité, et de son propre échec.

Marianne lui pressa gentiment le bras.

— C'est fait, Vennor. Tu es là, maintenant, et ton père et ta mère seraient fiers de toi.

Vennor, en la regardant, ne put s'empêcher de sourire. Ce soir, il émanait de la jeune femme une lumière qui venait de l'intérieur, comme si on y avait allumé une lampe. Et soudain, il se sentit l'homme le plus heureux du royaume.

Une fois confortablement installée dans la vaste loge des Newlyn, la compagnie mena joyeux train, des bouchons de champagne sautèrent et l'on tira les rideaux donnant sur le foyer du premier étage pour se protéger des indiscrets. Mais dans la salle, la plupart des jumelles d'opéra étaient braquées sur eux. Ils ne pouvaient pas échapper à la curiosité du public et Vennor lui-même ne le souhaitait pas. Être vu, être même dévoré du regard par le plus grand nombre faisait partie de son plan. Hayes était-il là ? Les observait-il, lui aussi, derrière ses jumelles ?

L'intensité des lumières baissa d'un cran, annonçant le début du spectacle. Vennor, qui était resté debout un moment à bavarder avec ses amis, vint s'asseoir à côté de Marianne et lui prit la main. *Regardez,* se dit-il pour lui-même. *Regardez tous. Marianne est à moi et nous sommes heureux.*

Un bouillonnement de joie le submergea à cette pensée. Oui, Marianne était à lui. Et ce soir, il était prêt à faire encore un pas, le dernier, pour avoir le droit de la conquérir légalement, aux yeux de tous. Un pas en avant qui lui permettrait d'affronter ses vieux démons, afin d'offrit à la jeune femme un homme nouveau, l'homme que son père aurait voulu qu'il soit. Seulement alors aurait-il le droit de prononcer à son oreille les mots les plus beaux du monde. De lui dire qu'il l'aimait.

Parce qu'il aurait le droit de s'aimer enfin lui aussi.

Il aurait retrouvé sa dignité.

Les lumières baissèrent encore davantage. La belle et fraîche Juliette, adaptée à l'opéra par un tout jeune musicien débutant, s'apprêtait à vivre l'histoire d'amour la plus célèbre de tous les temps.

Et c'est à ce moment-là qu'il entendit Marianne lui chuchoter à l'oreille d'une voix très douce :

— J'ai quelque chose à te dire. Après, quand le spectacle sera fini.

— Très bien, murmura Vennor en retour. J'attends avec impatience de l'entendre.

S'ils n'avaient pas été prisonniers au milieu du groupe serré de leurs amis, Vennor aurait été tenté d'entraîner la jeune fille en dehors de la loge et de lui arracher son secret. Il passa tout le premier acte à rêver de la manière dont on pouvait séduire une femme à l'Opéra, surtout quand on avait une loge si bien remplie d'amis ! Et il passa tout l'entracte à regretter de ne pas avoir choisi la fuite avec elle.

Ce fut aussi terrible qu'il s'y était attendu. Leur loge fut envahie par des visiteurs bien intentionnés qui tenaient à lui dire leur joie de le revoir. Et, à propos, connaissait-il leur charmante fille, leur sœur, leur cousine ? Il faudrait qu'ils la lui présentent, vraiment.

— Cela me rappelle tout à fait les funérailles, constata ironiquement Vennor à la fin de l'entracte tandis qu'Eaton et lui poussaient les derniers visiteurs hors de la loge. Tout le monde veut se rappeler à mon bon souvenir. Mais rarement dans mon seul intérêt.

Eaton lui administra une grande claque sur l'épaule.

— Tu as eu raison de leur donner satisfaction. Maintenant, tu seras tranquille.

Au deuxième acte, la bonne humeur ambiante se prolongea. La mission que s'était octroyée Vennor, de son côté, entrait dans une nouvelle phase. Il avait fait connaître à la bonne société qu'il était officiellement de retour. Et à Marianne aussi. Il espérait qu'elle l'avait compris. Maintenant, il était temps de se concentrer sur ce qui allait se passer à la sortie du théâtre. De repérer éventuellement Hayes dans la foule et de suivre ses faits et gestes. Ou plutôt, ceux de ses hommes de main. Il ne s'attendait pas à ce que le vicomte intervienne personnellement.

Le rideau final venait enfin de tomber. Le public applaudit puis le lent processus de migration vers la sortie commença. Vennor échangea un regard avec ses amis. Le moment était venu d'être sur ses gardes. Si quelque chose se produisait, ils avaient pour consigne de faire reconduire Marianne chez elle par le cocher de Vennor. Il passa son bras sous celui de la jeune femme et, la serrant contre lui, entreprit la descente des escaliers, très encombrés. Ils avaient presque atteint la porte quand il réalisa que la foule les avait séparés du groupe de leurs amis. Jetant un coup d'œil par-dessus son épaule, il aperçut Cassian, loin derrière, mais il n'était pas question de remonter le courant puissant du public, maintenant pressé de regagner son domicile. Cassian fit un geste pour lui signifier qu'il l'avait vu, qu'ils le rejoignaient et Vennor se détendit un peu. Les autres pourraient les retrouver sur le trottoir.

Dehors, l'air frais leur fit du bien après la chaleur des corps entassés. Marianne parlait avec excitation du spectacle quand l'assaut fut donné. Vennor sentit une poigne vigoureuse l'attraper par le col de son habit. Il crut d'abord que c'était Cassian qui venait de les rejoindre et signalait sa présence, certes un peu brutalement. Mais le canon d'un pistolet qu'on lui enfonçait dans les côtes le détrompa.

— Mais qu'est-ce que… ?

Il était prêt à tout pour préserver Marianne et il ne s'agissait peut-être que de simples malandrins. Mais les tire-laine et autres coupe-jarrets n'étaient en général pas pourvus d'armes à feu. Les pistolets étaient les armes des riches. On avait donc équipé leurs assaillants de pistolets dans un but bien précis. Qui n'était certainement pas de leur soutirer quelques livres sterlings. Il avala sa salive. La main de Marianne s'agrippait à sa manche, seul indice de la peur qu'elle devait éprouver. Ainsi, l'histoire se répétait en tout point. Mais il ne se laisserait pas faire !

Il fallait occuper l'attention de leurs assaillants, car, nul doute que Hayes avait pris ses précautions. Ils étaient au moins deux. Il n'avait pas voulu que Marianne soit impliquée dans cette affaire, et maintenant il fallait à tout prix la protéger. La ruelle dans laquelle on les entraînait paraissait curieusement bloquée à une extrémité. De quoi s'agissait-il ? D'un fiacre ? D'une charrette faisant quelque livraison tardive ?

— Ah ah ! Quel beau duo nous avons là ! ricana une voix sortie de nulle part.

Une silhouette émergea d'une porte d'immeuble, toute de noire vêtue pour mieux se fondre dans la nuit, mais Vennor reconnut la voix et l'éclat d'une chevelure blonde.

— Hayes ! lâcha-t-il.

Ils seraient donc trois contre un, à condition qu'il parvienne à écarter Marianne. Cela ne lui faisait pas peur. Il en avait vu d'autres, sur les docks et ailleurs.

— Amène la fille ici ! intima Hayes à l'homme qui s'était emparé de Marianne.

— Non ! gronda Vennor entre ses dents serrées. Elle reste avec moi.

Le rire aigu de Hayes troua la nuit.

— Vous perdez votre temps, Newlyn. Ici, ni votre nom ni votre autorité n'ont de pouvoir. Vous avez le canon d'un excellent Derringer Remington deux coups entre les côtes, et il en est de même pour votre putain. Je préférerais en finir tout de suite avec vous deux mais j'ai des projets pour elle.

L'homme qui tenait Marianne essaya de l'entraîner, mais elle résista de toutes ses forces, comme si elle se doutait que s'éloigner de Vennor, c'était le condamner. Elle envoya son genou dans l'entrejambe de son agresseur, lui arrachant un cri de douleur. Mais il ne lâcha pas prise.

— Eh bien, Miss Treleven ? Vous tenez donc à ce qu'on en finisse tout de suite avec le duc ? railla Hayes. À vous de décider. Vous vous obstinez et on lui règle son compte immédiatement. Vous vous montrez raisonnable et nous voyons ce que nous pouvons faire.

— Obéis, Marianne, ordonna Vennor à contrecœur.

Il était furieux de devoir la laisser au pouvoir de Hayes, mais il fallait gagner du temps, laisser à Cassian et aux autres l'opportunité de les retrouver et d'organiser le combat sans mettre en danger la jeune femme.

— Vous êtes tout à fait ravissante, ce soir, ma chère, dit Hayes en la plaquant contre lui... Alors, Newlyn ? Cette petite scène ne vous rappelle rien ? C'est comme ça que vos parents sont morts. Et que vous allez mourir, vous aussi. Vous allez quitter cette vie en sachant que Marianne est mienne. Je vous la prends en compensation de la fiancée que votre grand-père a volée au mien. Vous allez mourir en imaginant toutes les agréables façons dont je vais planter ma semence dans son ventre pour fonder une dynastie qui dépassera en grandeur tout ce que les Penlerick ont jamais pu faire.

Marianne se débattait de nouveau. Ce n'était pas dans sa nature de s'avouer vaincue.

— La paix, putain ! rugit Hayes en la frappant en plein visage. Si tu ne sais pas écouter tranquillement, il va mourir à cause de toi.

Marianne tomba à genoux, les yeux brillants de larmes.

Soulevé par une fureur quasi dionysiaque, Vennor s'empara du bras de l'homme qui le retenait et le tordit brutalement. Le pistolet rebondit sur les pavés et le coup partit, sans toucher personne. Les deux hommes roulèrent sur le sol, luttant frénétiquement, Vennor s'efforçant de rejoindre Marianne. Le deuxième homme de main ne pouvait tirer sans risquer d'atteindre son acolyte, ce qui laissait à Vennor une marge de manœuvre.

Déjà, Hayes avait remis brutalement la jeune femme sur ses pieds et la traînait derrière lui, trébuchant et se débattant, en direction du véhicule qui barrait l'autre extrémité de la ruelle. Ce fou voulait l'emmener avec lui, pour mettre ses menaces en pratique, tandis que ses soudards feraient la sale besogne. La rage souleva Vennor d'une énergie redoublée. Il avait réussi à se libérer et se mit à courir, plié en deux pour échapper au coup de feu. Mais un choc fit exploser son crâne et il tomba sur le pavé.

Sa dernière tentative fut de faire chuter son adversaire avec lui pour qu'il tire, sur lui ou dans l'air, afin d'attirer l'attention de Cassian et des autres.

Son poing se referma sur la main de l'homme, il pressa sur la détente, et sombra aussitôt dans une profonde inconscience.

23

Un coup de feu se réverbéra en longs échos contre les murs de la ruelle. Marianne poussa un hurlement d'épouvante. Vennor ! Mon Dieu, ils l'avaient exécuté ! Vennor était mort.

Elle se débattit dans l'étreinte de Hayes qui la poussait dans le fiacre et, se tordant le cou, parvint à jeter un regard par-dessus son épaule. Vennor était allongé sur le sol au fond de la ruelle. D'elle-même, ses deux mains atteignirent le visage grimaçant de Hayes, qu'elle déchira de ses ongles tout en lui martelant le bas-ventre de coups de pied hystériques.

— Vous l'avez tué ! hurla-t-elle, vous l'avez tué ! Je vous jure que vous le paierez ! Même si vous me tuez aussi, ses amis le vengeront !

Il fallait qu'elle aille au secours de Vennor. Peut-être n'était-il pas mort ? Peut-être pouvait-elle le sauver ?

— Sale petite furie, cracha Hayes en lui emprisonnant les mains d'une poigne de fer. Ne t'inquiète pas, ils ne l'ont pas raté. Ils sont payés pour ça.

De l'autre main, il arracha sa cravate de son cou, non sans avoir pris le soin de glisser la précieuse épingle de son grand-père dans sa poche de poitrine, et la lui enroulant autour des poignets, en resserra énergiquement le nœud.

— Oui, ma belle, mes hommes ont reçu des consignes. Ils ne l'ont pas manqué. Il est mort et c'est bien fait. Bientôt, vous me remercierez de vous en avoir débarrassé. Votre héros n'était qu'une sale crapule qui a tout fait pour nous pourrir la vie, à ma famille et à moi. Et il l'a payé.

Il parut s'adoucir un instant.

— Je vous retiens dans votre propre intérêt, vous savez.

Tendant la main vers le visage de Marianne, il caressa lentement la marque rouge que ses coups y avaient laissée. Marianne se raidit, tout son corps en alerte. À quel jeu s'amusait ce sinistre individu ? Que lui voulait-il ? Quelle ruse pouvait-elle utiliser pour se libérer ?

— Je sais, reprit-il d'une voix anormalement douce. C'est encore trop tôt pour vous. Mais vous verrez. Un avenir magnifique nous attend. Ensemble, nous serons les rois de la Cornouailles.

Le fiacre, un véhicule de location avec un homme de Hayes à la place du cocher, pour ne pas avoir de témoin, avançait rapidement le long des rues obscures. Mais pour aller où ? Vers quel repaire ? Dans Londres ? Hors de Londres ? Peut-être Hayes le lui dirait-il si elle manifestait assez d'intérêt. Refoulant l'anxiété qui lui tordait le cœur, Marianne parvint à s'extirper un sourire. Mort ou vivant, Vennor ne voudrait pas qu'elle abandonne la partie. Il voudrait qu'elle combatte jusqu'au bout. Pas seulement pour se libérer, elle, de l'emprise de Hayes, mais pour mener sa quête à sa place et jusqu'au bout. Pour livrer au grand jour les crimes du vicomte.

Elle avait maintenant interviewé assez de gens pour sentir quand ils étaient prêts à parler. Hayes mourait d'envie de raconter son histoire. Elle était reporter. Elle pouvait mener sa mission à bien. Vennor avait cru en elle. Pour lui, elle ne pouvait faillir.

S'installant aussi confortablement que possible avec deux mains liées, elle essuya ses larmes d'un revers de main et commença l'interview la plus difficile de sa jeune carrière. Avec un peu de chance, les autres finiraient par retrouver sa piste et, quand ce serait fait, elle disposerait d'une confession totale.

— Que vous a fait le duc de Newlyn, pour que vous agissiez ainsi ?

— Pas lui tout seul, grinça Hayes. Pas seulement *votre* duc. Tous. Ils s'y sont tous mis. Ils ont monté une véritable conspiration contre nous, de père en fils. Ils voulaient ruiner notre vicomté et ils ont bien failli réussir.

La folie semblait parfois terriblement rationnelle, aussi rigoureuse qu'une plaidoirie au tribunal. Et c'était exactement ce qui était en train de se passer. Marianne écoutait Hayes attentivement, regrettant amèrement de ne pas pouvoir prendre de notes. Apparemment, le grand-père de Vennor aurait volé au grand-père de Hayes le grand amour de sa vie. Puis il s'était acharné à provoquer la ruine du vicomte, mettant systématiquement des bâtons dans les roues de toutes les entreprises de Sir Archibald Hayes.

Impossible pour Marianne de manifester la moindre émotion. Ni incrédulité ni désapprobation. À chaque fois qu'elle voulait intervenir, elle se rappelait, les dents serrées, qu'un bon journaliste ne prenait jamais parti. Que sa neutralité était la garantie de la véracité de ses propos.

Pourtant, ce n'était pas les Penlerick qui avaient détruit le tissu social de la région. Au contraire, ils avaient largement contribué à le densifier, à le faire prospérer. Mais Hayes ne se laisserait pas convaincre.

— Nous ne voulions pas en arriver jusque-là, Marianne, je vous assure. Nous ne voulions pas aller jusqu'au meurtre. Mais j'avais promis à mon grand-père sur son lit de mort que je le vengerais.

Marianne, sous l'emprise d'une fascination morbide, l'écouta raconter la nuit tragique, trois ans plus tôt.

— Alors, j'ai acheté les services de deux pauvres bougres des docks, qui, bien payés, ont accepté de tendre une embuscade au duc de Newlyn et à sa femme apres l'opéra. Tout s'est merveilleusement bien passé, se félicita l'interlocuteur de Marianne, les yeux brillants. Si ce n'est que cet imbécile de Vennor Penlerick n'était pas au rendez-vous. Ennuyeux, n'est-ce pas ? Les survivants sont plus dangereux encore. Ils veulent des réponses et ils sont prêts à tout pour les obtenir, surtout quand ils en ont les moyens.

Hayes eut un petit ricanement. Il ajouta, le regard mauvais :

— Parce que, évidemment, quand on vole la richesse des autres, on a les moyens. Mais il y avait peu de chances que

Penlerick trouve quoi que ce soit. J'ai fait en sorte que mes tueurs disparaissent dans la nature tout de suite après, pour qu'ils ne risquent pas de parler. Puis je suis parti pour le Grand Tour en Europe, jusqu'à ce que j'estime qu'il avait suffisamment coulé d'eau sous les ponts. Je pouvais rentrer en toute sécurité. Pour finir le travail !

Hayes adressa à Marianne un sourire satisfait, visiblement persuadé d'avoir tout prévu.

Pas tout à fait, songea Marianne. Il y avait Élise, la prostituée. Il avait cru qu'elle ne parlerait pas, que l'argent et la peur pouvaient tout régler. Mais il avait sous-estimé la jeune femme. Bien sûr, ce n'était qu'une femme. Il pouvait la frapper à sa guise, l'humilier, l'intimider. Les femmes n'étaient pour lui que des objets. Même elle, Marianne, qu'il prétendait pourtant admirer. Ce n'était pas avec elle qu'il avait abordé la question du mariage, mais avec son père. Comme on conclut une vente aux comices agricoles. Maintenant qu'elle l'avait sous les yeux, en vis-à-vis sur la banquette opposée, elle se demandait comment elle n'avait pas perçu ça en lui, ce mépris et cette folie. Mais elle ne s'en méfiait pas, pas plus que la bonne société, qui ne jugeait que par les apparences. Des vêtements élégants, de bonnes manières, un parfait respect de l'étiquette, en particulier dans les salons, avaient fait illusion. Il avait su cacher le monstre tapi au fond de lui.

Ils n'avaient vu, tous autant qu'ils étaient, que ce qu'ils voulaient bien voir.

Elle laissa échapper un soupir tremblant. Vennor avait risqué sa vie pour mettre au jour cette monstruosité. Et il avait perdu. Était-il mort dans ce but ? Le cœur de Marianne manqua un battement. Savait-il vraiment ? Était-ce pour cela qu'il était si résolu à assister à cette soirée à l'Opéra ? Grand Dieu ! Si c'était vrai... Toutes les implications de cette révélation faisaient lentement leur chemin dans son cerveau. Avait-il découvert, grâce au dossier confié par Eaton, la relation entre Hayes et les Penlerick ? Dans ce cas, s'il savait que c'était Hayes le responsable, alors, ce soir, il avait joué délibérément le rôle d'un appât. Il savait combien cet appât serait irrésistible aux yeux d'un Hayes aux abois. Et tout avait été calculé dans ce but. La date, l'heure, le lieu.

Et maintenant, Vennor était mort, laissant aux autres le soin de livrer Hayes à la justice.

Je m'en chargerai, mon amour. Je te le jure.

Marianne se redressa pour tenter de voir par la portière mais la nuit était trop sombre. Pourtant, ils semblaient être encore en ville.

— Où allons-nous ? demanda-t-elle quand il eut achevé son récit.

Hayes eut un sourire grimaçant.

— Quelque part où nous pourrons être enfin mari et femme.

Le sous-entendu la glaça. Elle s'était concentrée sur sa volonté de tirer le plus d'informations possibles de son ravisseur, mettant de côté son inquiétude, son désespoir. Pourtant, elle fut bizarrement rassurée en comprenant qu'il n'avait pas l'intention de la tuer. Il avait besoin d'elle pour réaliser son fantasme sanglant.

— J'ai bien l'intention d'avoir un héritier avec vous au plus vite, reprit-il. Mais je dois d'abord m'assurer que vous ne portez pas l'enfant de ce misérable Penlerick. Vous vous êtes laissé entraîner au péché à cause de lui et il nous faut vous purger de toute cette souillure. Ces exigences sont bien compréhensibles pour un mari, n'est-ce pas, ma chère ? Il ne s'agit que d'un mauvais moment à passer...

À ces mots, Marianne sentit la chair de poule hérisser sa peau.

— Ah ! Nous y sommes ! Chez Delilah. La patronne sait comment se débarrasser des enfants non désirés. C'est un endroit très sûr.

Le cœur de Marianne bondit dans sa poitrine. Hayes ne pouvait pas savoir qu'elle était déjà venue dans cet endroit. Qu'elle connaissait Delilah. Elle resta impassible tandis qu'une lueur d'espoir naissait en elle pour la première fois depuis le début de cette horrible mésaventure. Si elle pouvait faire parvenir un message aux amis de Vennor, ils viendraient. Il fallait simplement gagner du temps.

— Vous devriez me détacher, dit-elle en montrant ses poignets liés. Qui pourrait croire qu'un homme entrave ainsi sa fiancée ?

Que Hayes la conduise ici tenait du miracle. C'était sa seule chance de s'en sortir. Son cerveau se mit à fonctionner à toute vitesse. Si elle pouvait s'échapper, elle se réfugierait chez Mrs Broadham.

Delilah ne parut pas surprise. Elle gratifia Marianne d'un bref coup d'œil tandis qu'elle les escortait, Hayes et elle, jusqu'à l'étage et leur ouvrait la porte d'une chambre que Marianne ne connaissait que trop bien. La chambre abandonnée par Élise lors de sa fuite, une semaine plus tôt. Elle feignit, bien sûr, de ne rien reconnaître, mais Hayes, très à l'aise, ne se gêna pas pour manifester une grande habitude des lieux.

— Ce sera parfait pour cette nuit, déclara-t-il en fourrant une poignée de billets dans la main de leur hôtesse... Ah... Il y a un autre sujet, très délicat, pour lequel ma fiancée et moi aurions besoin de votre aide. J'aimerais en discuter avec vous en bas, une fois que nous aurons veillé à son installation.

Le regard inexpressif de Delilah alla de Hayes à Marianne.

— Comme vous voudrez. Je vous attendrai dans mon bureau... Nous sommes très occupés, ce soir. C'est la fin de la semaine, et les hommes ont de l'argent plein les poches. Mais nous ferons de notre mieux.

Marianne comprit à demi-mot. Elle savait ce que Delilah avait l'intention de faire. Elle allait envoyer l'un de ses portiers à la recherche du Vigilant dans les rues du quartier. Hélas, il ne trouverait personne. Le Vigilant ne pourrait plus jamais venir en aide aux faibles et aux opprimés. Le Vigilant était mort. Son corps gisait dans une ruelle des beaux quartiers, abattu par des voyous pour de l'argent. Marianne vacilla sur ses jambes, le choc des derniers événements la frappant soudain de plein fouet. Elle tituba en direction du lit et quelqu'un la rattrapa fermement sous les aisselles. *Delilah*, songea-t-elle en reconnaissant le parfum musqué de la tenancière. Hayes n'aurait probablement pas fait un geste, de toute façon. On l'allongea sur le lit, et elle ferma les yeux, vidée de tout courage, de toute forme d'espérance.

Vennor n'était plus et elle n'avait même pas eu le temps de lui dire qu'elle l'aimait.

Mais quelle importance, maintenant ? Ce qui comptait, c'était que d'autres achèvent la quête qu'il menait depuis trois ans. Et que Hayes soit châtié comme il le méritait. Marianne se jura de nouveau de tout faire pour que ça se sache. Que Vennor soit jugé et pendu. Ensuite, elle pourrait mourir. Parce que Vennor n'était plus.

Marianne n'était plus là. Quelqu'un l'avait enlevée.

Vennor se débattit contre le voile noir qui s'était abattu sur son cerveau. Il fallait qu'il se remette sur ses pieds. Pourquoi ne parvenait-il pas à bouger ? Hayes avait Marianne en sa possession, maintenant. Et c'était lui qui avait tué ses parents. Il voulait épouser Marianne pour qu'elle échappe à jamais au dernier rejeton de la lignée des Penlerick. Et il voulait le tuer, lui, Vennor. Il pensait même qu'il était déjà mort.

Ces pensées se frayèrent un chemin au travers de la douleur physique et de l'angoisse. *Marianne !*

— Marianne ! cria-t-il dans la nuit.

Était-ce sa voix, ce cri rauque et impuissant ?

— Nous sommes là, Ven'. Ne bouge pas. Reste tranquille.

Vennor reconnu la voix d'Eaton. Il tenta encore de se redresser mais quelqu'un le retenait fermement par les épaules.

— Ne bouge pas, Ven', répéta Eaton plus fermement. Aidez-moi à l'asseoir, les amis. Doucement... Là, très bien.

Vennor se sentit soulevé, puis on l'appuya contre quelque chose de dur. Un mur, peut-être ? Il se contraignit à ouvrir les yeux. La nuit, percée de vagues lueurs, tangua autour de lui et il lutta pour retrouver son équilibre. Il essaya de regarder autour de lui et son regard se fixa sur un mur de brique, juste en face. Dieu du ciel ? Mais où était-il ?

— Passez-moi un manteau, ordonna encore Eaton, et aussitôt il sentit une étoffe douce et chaude recouvrir ses jambes et sa poitrine.

Cela faisait un bien fou. Vennor ne savait pas sur quoi il était assis, mais c'était froid et humide. Le trottoir devant l'Opéra ? Non, la ruelle juste à côté, vers laquelle on les avait entraînés, Marianne et lui. Les souvenirs lui revenaient peu à peu, maintenant. L'embuscade, les pistolets. Marianne qu'on lui arrachait des bras, Hayes qui frappait violemment la jeune femme, sa propre colère explosant soudain. Puis cette crosse de pistolet qu'on lui abattait sur le crâne.

C'est pour ça qu'il avait si mal.

Il agrippa fébrilement le bras d'Eaton.

— Où est Marianne ? L'avez-vous retrouvée ?

— Non, pas encore. J'ai envoyé des hommes à sa recherche. Nous allons la retrouver, ne t'inquiète pas.

C'était la voix d'Inigo, juste au-dessus de lui.

— Aide-moi à me lever ! intima-t-il en essayant de se libérer de la poigne d'Eaton.

Mais Eaton ne lâcha pas prise.

— Non, pas question. Tu as reçu un choc violent à la tête. Cela peut être grave. J'ai envoyé chercher un médecin. Tu ne bougeras pas tant que nous ne serons pas rassurés sur ton état.

La voix d'Eaton baissa d'un ton, devint presque inaudible. Il parlait à quelqu'un, derrière lui.

— C'est pour ça que nous ne voulions pas lui parler de Marianne tout de suite, grondait-il. Tu veux qu'il essaie de se lever et qu'il meure ?

Apparemment, il s'en prenait à Inigo.

— Il a le droit de savoir, protesta Inigo.

D'après le silence qui s'ensuivit, Vennor comprit qu'Eaton n'était pas d'accord. Il en profita pour se redresser encore un peu.

— Dites-moi ce qui s'est passé. Tout ce qui s'est passé. Combien de temps suis-je resté inconscient ?

Pas longtemps, il l'espérait. Marianne pouvait avoir été emmenée n'importe où. Plus ils perdaient de temps, plus Hayes pouvait l'entraîner loin de Londres, dans un endroit introuvable.

— Pas plus de vingt minutes, assura Eaton d'une voix calme. Les vingt minutes les plus longues de ma vie, ajouta-t-il avec un soupir. Quand nous avons entendu le coup de feu, nous sortions juste de l'Opéra. Cassian regardait autour de lui pour essayer de vous repérer et il a compris tout de suite qu'il se passait quelque chose d'anormal. Impossible de vous retrouver. Puis nous avons entendu un second coup de feu et nous nous sommes précipités dans sa direction. C'est à ce moment-là que nous t'avons trouvé allongé sur le pavé. Et Marianne avait disparu. Franchement, mon vieux, ajouta Eaton d'une voix qui tremblait un peu, nous avons cru que tu étais mort.

— Ils étaient trois, expliqua Vennor d'une voix mal assurée. Hayes et ses hommes de main. Hayes a filé avec Marianne, mais les deux autres ? Où sont-ils passés ?

— On les a rattrapés. Cassian et moi les avons poursuivis et ils n'avaient aucune chance. Un bon coup de botte dans les côtes les a amenés à une rapide confession. Ils n'ont pas tardé à nous expliquer pourquoi ils avaient été payés. Bien qu'ils n'aient pu désigner Hayes nommément.

Subitement, Eaton se leva.

— Le médecin arrive.

Un homme en habit noir était déjà agenouillé auprès de Vennor et l'auscultait d'une main experte tandis qu'Eaton lui expliquait ce qui s'était passé. Quand les doigts habiles du médecin tâtèrent l'arrière de son crâne, Vennor ne put retenir un cri de douleur.

L'homme de l'art se redressa avec un sourire d'excuse.

— Désolé... Voilà, j'en ai fini. Je ne vois rien de grave. Juste une petite contusion douloureuse qui ne tardera pas à disparaître. Vous avez eu beaucoup de chance. Un ou deux centimètres plus à gauche et cela aurait été plus embêtant.

Vennor remercia d'un grognement et entreprit de se remettre debout, aidé par le bras d'Inigo.

— Allons-y. La nuit n'est pas finie.

Il fallait retrouver Marianne. Elle était avec Hayes. Donc elle était en danger.

Eaton et Inigo échangèrent un regard.

— C'est nous qui y allons, Ven'. Toi, tu rentres chez toi. Nous serons tes yeux et tes jambes. Mais pas question que tu coures les rues en pleine nuit dans ton état.

Vennor épousseta son habit de soirée.

— Si vous vous imaginez que je vais vous attendre dans mon lit en sachant Marianne en danger… C'est moi qui l'ai introduite dans cette souricière et c'est moi qui dois l'en sortir.

Un bruit de sabots claquant sur les pavés interrompit ce qui aurait pu devenir une dispute. Un homme se frayait un passage au travers de la foule qui commençait à s'attrouper, malgré les efforts de Bute, Hayle et Boscastle pour la retenir. Il conduisait par la bride deux paires de chevaux, une dans chaque main.

Vennor scruta la nuit, la vue encore brouillée par la douleur.

— Cassian !

Déjà, Cassian jetait une paire de rênes à Inigo puis à Eaton.

— Peut-il monter ?

— Évidemment, s'empressa de répondre Vennor en s'emparant d'une monture avant qu'on l'en empêche.

— Alors, allons-y. Il paraît qu'on a vu Hayes dans East Docks.

Les quatre hommes sautèrent en selle et pivotèrent sur eux-mêmes. Vennor, le crâne sonnant comme un tambour, se mit botte à botte avec Cassian.

— Qui a vu Hayes ? Comment le sais-tu ?

— C'est mon portier qui me l'a dit. Apparemment, Marianne a fait envoyer un message par la tenancière d'un bordel chez qui il s'est réfugié. Le messager devait faire le tour de nos domiciles. La dame en question s'appelle Delilah. Je n'ai pas l'honneur de la connaître…

— Moi, si… Pas pour les raisons que tu imagines, ajouta-t-il avec un rire bref devant le regard surpris de son ami.

Vennor poussa son cheval en avant de deux coups de talon. Un flot de soulagement mêlé d'excitation l'envahissait, faisant battre plus douloureusement encore le sang à ses tempes. En voyant Hayes en compagnie de Marianne, Delilah avait sans doute compris que quelque chose n'allait pas. Elle était parvenue à communiquer avec Marianne, qui lui avait donné leurs adresses.

Ses amis sur les talons, Vennor pressa encore l'allure, progressant aussi vite que possible sur les pavés glissants. Dans son cerveau défilaient des images terribles de Hayes abusant de Marianne, la frappant, peut-être, comme il aimait à le faire avec la pauvre Élise. Il serra les dents. Si jamais ce fou, ce déséquilibré maltraitait la femme qu'il aimait, il le tuerait. Car il aimait Marianne. Il le savait, maintenant. Il ne le lui avait pas dit, du moins, pas explicitement. Pas avec des mots. Et il le regrettait. Cela aurait servi de réconfort à la jeune femme dans la situation, quelle qu'elle fût, où elle se trouvait maintenant. Telle qu'il la connaissait, Marianne ne se laisserait pas abattre. Elle lutterait autant que possible contre son adversaire. Et cela exciterait Hayes, lui donnerait des excuses pour lui faire du mal.

Tiens bon, ma douce. J'arrive !

J'arrive ?

Vennor réalisa soudain que Hayes ne s'attendait pas à ce que Vennor Penlerick fasse irruption dans sa chambre.

Il le croyait mort.

Et si Londres apprenait au petit matin que deux pairs du royaume s'étaient battus comme des chiffonniers dans une maison close, le scandale serait total. L'affaire serait portée devant la justice et pourrait prendre des proportions incontrôlables. Hayes avait tué un duc et son épouse, avait agressé son fils et avait enlevé sa fiancée. Mais, en tant que telle, la justice traditionnelle était trop bonne pour lui. Parce qu'il était pair du royaume, il pouvait s'en sortir. Au Royaume-Uni, les hommes n'étaient pas encore égaux devant la loi. Et Hayes, s'il était pris, compterait certainement sur ça. Mais s'il avait affaire au Vigilant, alors, la donne était changée. Il ne pourrait pas compter sur l'indulgence d'un homme qui avait pris l'habitude de servir la justice en dehors de la loi.

Ils longeaient les rues, les fers de leurs chevaux menant grand tapage sur les pavés, et les fenêtres s'ouvraient pour leur passage. Des buveurs attardés sortaient des tavernes pour mieux voir. D'une main, Vennor tâta le masque de soie noire du Vigilant, toujours à sa place au fond de sa poche. S'il parvenait à sauver Marianne, si justice pouvait être faite à l'encontre de Hayes, alors, il le jurait, cette nuit verrait la dernière course du Vigilant.

24

Elle ne pouvait plus rien pour lui.

Vennor était mort.

Ce fut la première idée qui vint à l'esprit de Marianne quand elle se réveilla. C'était la seule pensée dont elle semblait capable. Elle sentait son cerveau lutter pour recouvrer toute sa lucidité. Elle tenta de s'y opposer de toutes ses forces. Elle ne le voulait pas. Elle ne voulait pas revenir dans un monde sans Vennor. Ce monde serait brutal et froid, sans espoir. Ce serait un monde où seuls des gens comme Hayes auraient le pouvoir.

Quelqu'un appuya un verre contre ses lèvres. Elle détourna la tête. De l'eau coula sur son menton, ruissela dans son cou.

Il se passait quelque chose d'anormal.

Elle essaya de lever la main pour s'essuyer. Impossible. Ses mains étaient toujours liées. Elle tenta de bouger. Étrange. Pas de bruit d'étoffe, aucune sensation de vêtements. La panique s'empara d'elle. Il fallait qu'elle revienne à elle. Qu'elle reprenne le contrôle de la situation. Quoique prétendre faire quoi que ce soit pieds et poings liés fût tout à fait ridicule. Pourtant, il fallait qu'elle essaie. Au nom de Vennor. Il n'aurait pas voulu qu'elle abandonne.

— Ah !... Très bien, ma fille, dit une voix féminine à son oreille. Vous voilà réveillée.

Il fallait tourner la tête pour identifier la voix.

Delilah... Marianne se tordit le cou pour tenter se voir si Hayes était aussi dans la pièce.

— Il est en bas, en train de boire un verre sur le compte de la maison, chuchota Delilah, lisant dans ses pensées. Êtes-vous en danger ? Vous menace-t-il ? Je peux appeler le Vigilant, si vous voulez…

Marianne sentit ses yeux s'emplir de larmes. Elle éclata en sanglots.

— Le… le Vigilant est mort. Envoyez sur-le-champ un message au vicomte Trevethow, qui est peut-être encore à l'Opéra. Ainsi qu'à ces messieurs, dont je vais vous donner l'adresse…

Delilah lui posa une main compatissante sur l'épaule.

— Je suis désolée. C'était un homme bon, et qui a fait beaucoup de bien par ici. Je ne peux pas vous libérer de vos liens. Hayes se méfierait de moi. Mais je vous protégerai de mon mieux jusqu'à l'arrivée de vos amis.

Elle alla entrouvrir la porte et chuchota quelques mots à l'homme qui était en faction sur le palier. Puis elle revint près du lit.

— J'ai fait passer le message, la rassura-t-elle.

Puis elle ajouta en s'asseyant sur le lit :

— Je suis censée vérifier que vous n'êtes pas enceinte. Je dirai à Hayes ce que vous voulez. Je ne lui dois rien. Bien au contraire. Il m'a privée d'une excellente recrue, quand Élise est partie.

La voix de la matrone s'adoucit :

— Alors, mon petit, êtes-vous enceinte ?

— Non, je ne crois pas.

En vérité, Marianne l'ignorait. Elle ne s'en était guère souciée. Vennor et elle n'avaient eu des relations intimes qu'une seule fois. Une autre vague de chagrin la submergea. Ils ne reposeraient plus côte à côte dans le lit de l'appartement de l'entrepôt, chuchotant leurs secrets, confessant leurs élans et leurs espérances, explorant leurs corps avec une lente gourmandise.

Il y avait aussi de la colère mêlée à sa douleur. De la colère contre elle-même pour ne pas avoir répondu complètement à son amour, pour avoir refusé de l'épouser. Pour avoir cru qu'elle ne pouvait pas à la fois être heureuse avec Vennor et réaliser sa vocation. Maintenant, il ne lui restait plus que ça. Son travail. Mais il servirait à les venger tous les deux.

Marianne allait publier la confession de Hayes. Elle montrerait à tout Londres qui il était vraiment. Un dangereux déséquilibré qui avait voulu se venger de gens qui ne lui avaient rien fait. Tant pis si elle s'impliquait elle-même dans le scandale. Quelle importance, maintenant que Vennor n'était plus là ? En tuant Vennor, Hayes avait tué deux hommes à la fois. Le dernier duc de Newlyn et le Vigilant. Deux hommes dont le seul souci était de faire du bien autour d'eux. Comme leur vie avait été soufflée brutalement, pareille à une bougie éclairant le monde ! Les larmes coulaient maintenant à flots et Marianne n'avait même pas la force de les essuyer. Il fallait pourtant réagir. Combien de temps mettrait Cassian pour arriver jusqu'ici ?

Delilah dut comprendre son besoin d'un peu d'intimité car, se levant soudain, elle se dirigea vers la porte.

— Votre robe est sur la chaise. Vous êtes dans vos sous-vêtements. J'ai insisté pour qu'on ne vous déshabille pas davantage... Malheureusement, Hayes va bientôt monter. Alors, que voulez-vous que je lui dise ? Si je prétends que vous êtes enceinte, il voudra faire supprimer l'enfant. J'ai une potion qui donne l'impression que la chose a été faite. Ce n'est pas très agréable mais cela vous permettra de gagner du temps. Il ne vous forcera pas tant qu'il pensera que la... chose n'est pas terminée.

Marianne suivait sans peine le raisonnement de Delilah. Si elle n'était pas enceinte, Hayes voudrait la faire sienne sur-le-champ, avant même que Cassian arrive. Et ensuite, comment pourrait-elle savoir de qui l'enfant qui viendrait peut-être serait la progéniture ? Mais pas question d'essayer cette potion si par bonheur elle attendait un enfant de Vennor. La merveille de cette éventualité la frappa de plein fouet. Pouvait-elle vraiment porter en son sein cette dernière parcelle de lui ? Ce souvenir de leur amour ? Elle éprouva l'envie soudaine, irrésistible, de poser les mains sur ses flancs. Il y avait là, peut-être, niché au plus profond d'elle-même, le futur duc de Newlyn. La preuve tangible que Hayes avait échoué.

— Ai-je un autre choix ? D'une manière ou d'une autre, je peux tout perdre.

La tenancière secoua la tête en même temps qu'on frappait à la porte. Hayes entra sans attendre la réponse.

— Eh bien ! Comment va ma charmante et pure fiancée ?

Tout en parlant, il dénoua la cravate enserrant les mains de Marianne et la jeta dans un fauteuil.

— ... Ne vous inquiétez pas pour ces liens, nous voulions juste nous assurer que vous ne vous blesseriez pas en reprenant connaissance. Alors, ajouta-t-il à l'intention de leur hôtesse, quel est le verdict ?

Delilah jeta un coup d'œil aigu à la prisonnière puis assura :

— Pas d'enfant, milord. Nul besoin d'intervenir.

Hayes se frotta les mains, dans un geste dont la vulgarité choqua Marianne.

— Parfait ! Vous pouvez nous laisser, Delilah. La besogne nous attend, ma fiancée et moi.

Marianne se raidit. Elle aurait voulu retenir Delilah, mais sous quel prétexte ? Le moindre signe de complicité entre les deux femmes risquait d'éveiller les soupçons de Hayes. Elle se rassura pourtant en songeant que Delilah serait en bas, attendant le renfort.

La porte se referma sur la brave femme, et Hayes se rapprocha du lit, le regard opaque.

— Encore une petite formalité, ma chère, et, dès l'aube, nous pourrons faire venir un homme d'Église pour célébrer nos noces. Quelle loi stupide qui interdit de se marier en pleine nuit !

Ils auraient pu tout aussi bien parler de la pluie et du beau temps tant il s'exprimait d'une voix nette et sans émotion.

Le lit plia sous son poids tandis qu'il continuait sans sourire :

— Cela donnera au moins le temps à Delilah de faire rafraîchir votre toilette pour la cérémonie...

Sa main se posa sur l'abdomen de Marianne, lourde et chaude. Elle refoula sa panique. Aucune raison d'avoir peur. Cassian arriverait à temps. À cette heure, demain, elle serait chez elle et pourrait enfin donner libre cours à son chagrin.

Hayes leva sa chemise, et, elle ferma les yeux, le souffle coupé.

— Bon sang, dit Hayes, je... Je n'osais l'espérer. Vous êtes de la couleur du feu, là aussi...

Marianne, figée comme une statue, n'osait manifester le moindre signe d'émotion. Elle ferma les yeux, essayant de s'échapper par la pensée loin d'ici, de cette chambre propre mais sordide. Peu importait ce que Hayes allait lui faire.

Puis, la prenant soudain par la taille, d'un geste brusque, il la retourna sur le ventre et lui posa une main sur les fesses.

— Il faut d'abord régler nos comptes, Marianne. Je sais que vous m'avez trahie avec Penlerick. Vous avez couché avec lui, et vous devez payer pour cela. Il faut exorciser en vous cette sorcellerie. Je veux une épouse pure et sans tâche.

Mordant l'oreiller pour ne pas crier, Marianne attendit les coups. Elle ne lui donnerait pas cette satisfaction. Elle était déjà loin... Loin d'ici...

Marianne comptait sur lui, et il ne faillirait pas.

Vennor se laissa glisser de sa monture, heureux que ses jambes ne l'aient pas trahi. La fureur et l'inquiétude l'avaient stimulé. Les autres suivaient et, déjà, Cassian s'apprêtait à frapper à la porte.

— Non, dit Vennor en l'arrêtant d'un geste. J'y vais seul. Il faut surveiller les deux issues, au cas où cela tournerait mal.

Mais ils allaient réussir, il se le promit. Hayes le croyait mort. Il ne devait pas imaginer une seconde qu'on puisse les retrouver, Marianne et lui, dans ce genre d'endroit. Et il n'avait pas d'alliés dans cette maison, bien au contraire. Si Hayes croyait que l'argent pouvait tout acheter, y compris la complicité d'une tenancière de maison close, il se trompait. Et il n'allait pas tarder à s'en apercevoir.

Vennor attacha son masque sur son visage, sous le regard médusé d'Inigo.

— Je vous expliquerai plus tard, murmura-t-il avec un clin d'œil.

Inigo opina du chef, encore sous le coup de la surprise.

— J'y compte bien.

Vennor entra dans la maison, encombrée par la clientèle du vendredi soir. Delilah qui, semblait faire le guet sur le premier palier de l'escalier, le dévisageait, bouche bée.

— V-vous ! Je... Je croyais que vous étiez mort !

— Pas encore, Delilah. Ils sont là-haut, je suppose ?

Vennor grimpait déjà les marches deux par deux. La porte de la chambre était verrouillée. Sans attendre la clé du verrou, que Delilah tirait de son corsage, il donna deux puissants coups d'épaule dans le battant, qui céda.

— Hayes, sale porc ! Lâchez-la immédiatement !

Traversant la pièce en deux enjambées, il saisit Hayes par l'encolure de sa chemise et l'arracha au corps de Marianne, qui, se retournant d'un bloc, le regarda, les yeux exorbités.

D'un seul coup d'œil, il avait vu les liens qui retenaient les pieds de la jeune fille, sa tenue déshabillée.

— Retirez vos sales pattes de là.

Dieu merci, il était arrivé à temps. Cet homme était vraiment le plus infâme des infâmes pour s'en prendre à une femme impuissante. Fou de rage, Vennor projeta Hayes contre le mur et le roua de coups de poing.

Le direct dans la mâchoire était pour Marianne, ceux dans l'estomac pour sa mère et son père, qui n'avaient pu partager ensemble une vieillesse heureuse. Et tous ceux qui suivirent pour ce qui lui avait été volé, à lui, depuis trois ans.

Hayes tomba à genoux, le souffle coupé, demandant grâce.

— Vous n'avez rien à voir avec ça, Vigilant... Cette fille est une putain... Nous nous amusions juste un peu... Elle est payée pour ça... Et bien payée, je vous assure.

— Ce n'est pas une putain. Il s'agit de la fille de Sir Jock Treleven, et tu le sais très bien, sale ordure.

Marianne était aussi la femme qu'il aimait, sa future épouse et, bientôt, le plus tôt possible, la mère de ses enfants. Elle était... tout son univers, et pour lui, sa seule raison d'être. Mais il ne pouvait pas le dire sans révéler son identité. Que Hayes croie s'il le voulait que c'était le Vigilant qui avait pris la situation en main. Après tout, le Vigilant ne connaissait pas de loi. Hayes l'en craindrait d'autant plus. Il regretterait amèrement de ne pas avoir à sa place devant lui Vennor Penlerick. Il n'avait pas fini de regretter de l'avoir laissé pour mort, comme ses parents, dans cette ruelle sinistre près de l'Opéra.

— Aujourd'hui, pas de pitié, rétorqua Vennor en tirant son

poignard. Tu vas payer pour tous ceux qui ne peuvent réclamer justice contre toi.

Un cri l'arrêta dans son élan.

— Non ! Non, Vennor, ne fais pas cela. Ne te mets pas de sang sur les mains pour cet individu.

Marianne se débattait pour libérer ses pieds de ses liens. Elle libéra un pied, puis l'autre. Elle put enfin s'asseoir et les dévisagea, les cheveux dénoués, le visage mouillé de larmes.

— Tu n'es pas un monstre comme lui, Vennor. Ni un meurtrier, supplia-t-elle en se levant pour le rejoindre.

Elle était livide, son corps tremblait sous le choc. Son regard fouillait celui de Vennor, s'interrogeant, se demandant s'il était bien vivant, si ce n'était pas un de ses amis qui avait pris ce masque, connaissant son secret.

— Cet homme a commis des crimes pour lesquels il doit payer…

— C'est à la justice de le juger, pas à toi.

— Toi qui viens de souffrir par le fait de ce monstre, tu prends sa défense ?

Vennor luttait contre sa rage. Il voulait la mort de cet homme. Ici et maintenant. Ici, à East Docks, personne ne demanderait d'explications. Personne ne ferait le rapprochement entre cette mort et Vennor Penlerick.

Mais déjà Marianne le retenait par le bras.

— Oui, Vennor, dit-elle en le scrutant d'un regard fébrile, encore incrédule. Oui, je te demande grâce pour cet homme. Je te demande grâce pour toi. Tu ne mérites pas d'avoir ce crime sur la conscience.

Elle était prête à sacrifier sa propre envie de vengeance pour Vennor. Pour la paix de son âme.

Vennor resta un moment silencieux. Puis, empoignant Hayes par le col, il le traîna sur le palier et lui fit descendre l'escalier sans ménagement. Il s'arrêta au pied des marches, et parcourut du regard les clients et les filles qui s'étaient regroupés en bas, ameutés par le tapage.

— Nous conduisons cet homme au poste de police le plus proche, annonça-t-il à Inigo et Cassian postés devant la porte. Ses hommes ont reconnu avoir été payés par lui pour l'embuscade de cette nuit. Il paiera aussi pour le meurtre du duc et de la duchesse de Newlyn.

Croisant le regard d'Inigo, il conclut :

— Nous avons des documents qui le prouvent.

Cassian ouvrit la porte et Vennor propulsa Hayes devant lui, le maintenant toujours fermement, tandis que Marianne lui emboîtait le pas.

— Delilah, cria-t-il derrière lui, un manteau pour la dame, s'il vous plaît.

Cet instant de distraction suffit à Hayes, poussé par l'énergie du désespoir, pour tenter l'impossible. Décochant à Vennor un violent coup de coude dans l'estomac, il se libéra de sa poigne et s'élança dans la nuit. Vennor, plié en deux par la douleur, cherchait à reprendre sa respiration. Marianne posa sa main sur son bras, inquiète. Mais déjà il la repoussait et s'élançait à son tour. Hayes ne lui échapperait pas. Pas maintenant qu'ils étaient si près du but. Pas maintenant qu'il pouvait mettre fin à son cauchemar.

Il courait de toute son âme, le sang battant sous son crâne douloureux, longeant les rues qui menaient vers les docks, au bord de la Tamise. Le Vigilant connaissait les lieux bien mieux que cet homme qui galopait comme un animal aux abois pour sauver sa peau. Il parvint en effet à acculer Hayes au bout de la jetée, là où il n'y avait d'autre issue que l'eau noire qui brillait sous la lune.

— Fin de partie, Hayes. Rends-toi et laisse le soin à la justice des hommes de te juger.

Le Vigilant conclut en brandissant son poignard :

— Tu sais bien que je ne te laisserai pas passer. Et je suis armé... Tu vois ce poignard... Cette fois, je n'hésiterai pas à m'en servir.

Hayes le dévisageait, les yeux fous.

— Je sais qui vous êtes, gronda-t-il entre ses dents serrées. Mais ce n'est pas possible. Vennor Penlerick est mort. Je l'ai fait tuer. Je l'ai vu couché sur le sol.

Il racontait son histoire sans se rendre compte qu'il se mettait la corde autour du cou.

— Tu sais bien que les âmes des défunts errent la nuit pour demander justice, railla Vennor en se rapprochant d'un pas.

Il y était presque. Encore un pas et il allait pouvoir attraper Hayes, paralysé par la peur.

Les yeux de Hayes n'étaient plus que deux puits d'ombre dans la nuit.

Le vicomte hurla, le visage défait :

— Non, vous ne m'aurez pas. Pas vivant.

Il recula encore et disparut dans les ténèbres tandis qu'on entendait le bruit d'un corps tombant dans l'eau.

La seconde d'après, les remous de la Tamise se refermaient sur lui. Livré à lui-même, il ne pourrait survivre aux courants puissants du fleuve.

Vennor retira hâtivement ses bottes. Hayes ne lui échapperait pas. Il ne fuirait pas la justice des hommes. Il entendit un bruit de course dans son dos. Marianne s'agrippait à son bras.

— Non, Ven' ! Laisse-le à son sort. Je ne veux pas risquer de te perdre deux fois de suite en une nuit.

Déjà, elle était dans ses bras et sanglotait bruyamment, submergée par l'émotion des derniers événements. Bouleversée aussi, sans doute, de le voir vivant.

Au loin, sur le quai, Vennor aperçut ses amis qui s'éloignaient dans l'ombre. Témoins de la façon dont Hayes était mort, rassurés sur son sort, sur leur sort à tous les deux, ils les laissaient, Marianne et lui, à leurs explications.

— Tu n'as pas intérêt à essayer encore de mourir sous mon nez. Et à me cacher quoi que ce soit. Pourquoi ne m'as-tu pas prévenue que, ce soir, tu servais d'appât ?

Elle lui frappait la poitrine de ses poings serrés, pleurant et riant à la fois. Lui attrapant les mains au vol, Vennor les retint contre son cœur. Puis, enserrant le doux visage entre ses paumes, il plongea son regard dans le sien.

— Mais toi, ma douce ? Comment vas-tu ? Ce dément t'a-t-il fait du mal ? Tu dois me dire la vérité. Quoi qu'il soit arrivé, ce n'est pas ta faute.

— Je vais bien. Seulement quelques contusions, rien de plus, répondit-elle avec un rire tremblant. Nous en avons vu de belles, en une soirée, mais nous sommes là tous les deux, ensemble. Et c'est le plus important.

Puis elle fut prise d'un long frisson.

— Ven' ! Il faut que je te dise... Je... je t'aime. Eliza avait raison. Je n'aurais pas dû attendre si longtemps. Quand je t'ai cru mort, cette nuit, j'ai pensé que je venais de perdre ma dernière chance de bonheur. Ma seule chance.

— Mais nous sommes vivants, ma tendre. Je suis vivant et toi aussi.

Quelle merveille que de se tenir là, dans les bras l'un de l'autre, tandis que l'aube, teintant les flots noirs de longues flèches d'or et de pourpre, se levait sur ce quai de pierre !

Il la serra plus fort contre lui.

— Moi aussi, je t'aime, Marianne. J'avais l'intention de te le dire ce soir, quand tout aurait été réglé. Quand je m'en serais enfin senti le droit. Quand j'aurais été certain de pouvoir t'offrir un homme entier, un homme qui en aurait enfin fini avec les démons du passé.

Elle leva les yeux vers lui.

— Et le peux-tu ? Peux-tu enfin m'offrir cet homme entier, qui n'a plus peur de son passé ni de l'avenir ?

— Oui, je le peux. Mais veux-tu encore de moi ?

Un sourire éclaira le visage de Marianne.

— Oui, je le veux. Plus que jamais, même s'il m'a fallu beaucoup trop de temps pour en prendre conscience.

Tournant la tête, elle baisa la paume de sa main.

Mais tu saignes !... Mon Dieu ! Tes pauvres doigts...

Elle acheva avec un pauvre sourire :

— Malgré tous mes efforts pour éviter ça, tu as quand même du sang sur les mains, finalement... Mais je suis contente que tu ne sois pour rien dans la mort de Hayes. Le jeu n'en valait pas la chandelle. Cet individu ne valait pas que tu t'abaisses à tant de violence...

Vennor soutint son regard.

— Lui, non, mais toi, oui, murmura-t-il, la voix brisée par l'émotion. Quand j'ai vu la manière dont il te traitait, ce qu'il s'apprêtait à te faire subir… Un homme doit toujours être prêt à se battre pour ceux qu'il aime. Pour ceux qui souffrent.

Il conclut en retirant le masque qui dissimulait encore ses traits :

— Et puis, n'étaient-ce pas les mains du Vigilant ? À toi de jouer, maintenant.

Il saisit le masque entre deux doigts et le tendit à Marianne. Elle le prit d'une main hésitante.

— Tu es sûr ?

— Oui. Il est temps de lui rendre sa liberté. Le duc de Newlyn et sa duchesse vont continuer sa tâche, à leur manière.

— Mais c'est le Vigilant qui m'a sauvée. Deux fois ! protesta Marianne.

— Il nous a sauvés tous les deux.

— Faut-il vraiment qu'il disparaisse ? Tant de gens comptent encore sur lui…

— Ils s'apercevront bientôt qu'ils peuvent compter sur autre chose. Une bonne instruction, un emploi honorable. L'estime et le respect.

Marianne sourit.

— Alors, faisons-le ensemble.

Elle lui prit la main, et c'est d'un même geste qu'ils laissèrent tomber le masque de soie noire dans l'eau du fleuve.

Alors, Vennor la souleva dans ses bras et, après l'avoir embrassée longuement, l'emporta dans son repaire.

Demain, il y aurait une demande en mariage à formuler en bonne et due forme, une cérémonie à préparer, des explications à donner aux amis et à la famille. Mais pour cette nuit, il n'y avait plus qu'eux deux dans la petite chambre au-dessus de l'entrepôt. Eux deux, pour célébrer la seconde chance que la vie leur offrait dans le cercle chaleureux de la lampe.

Épilogue

31 juillet 1826

La joie régnait maintenant à Mayfair. Des guirlandes de fleurs décoraient le pourtour des portes grandes ouvertes de Newlyn House. Elles grimpaient avec l'exubérance des jours de fête le long de la rampe de l'escalier menant à la grande salle, là où le duc de Newlyn et sa toute jeune épousée, la radieuse Marianne Treleven, l'une des Incomparables de la Saison, allaient bientôt ouvrir le bal. Pour l'heure, ils étaient occupés à recevoir les compliments des invités, dont la file interminable s'étirait le long du trottoir dans la chaleur de cette belle nuit d'été.

Vennor, toujours souriant malgré la longueur de ce jour de célébration, se tenait debout dans le hall à côté de Marianne. Ils avaient été unis le matin même dans la cathédrale St. George avec toute la pompe requise pour le mariage d'un duc. Plus tard, Vennor ne se souviendrait guère du détail de la cérémonie, dont M.R. Mannering se chargerait de faire un compte rendu minutieux dans les colonnes de son journal. Par contre, il se souviendrait jusqu'à la fin de ses jours du moment où, les portes de la cathédrale s'ouvrant sur le bleu du ciel, il avait vu entrer dans l'église, comme une apparition, une Marianne tout de blanc vêtue, un bouquet de roses rouges et blanches dans les mains, un sourire éclatant aux lèvres et ses beaux yeux noirs voilés d'une émotion qui n'était que pour lui.

Quand Sir Jock avait mis la main de sa fille dans la sienne, le reste du monde s'était évanoui. Il n'y avait plus devant lui que sa meilleure amie, son seul amour, sa femme. Elle avait pleuré quand il avait glissé à son doigt l'alliance de sa mère, la duchesse de Newlyn. Et, quand l'officiant les avait déclarés unis par les liens du mariage, il l'avait embrassée d'un baiser qui venait du fond de l'âme.

Puis il y avait eu le défilé en carrosse dans Mayfair, les pièces de monnaie jetées dans la foule, le trajet jusqu'à East Docks où Marianne avait coupé le ruban tendu devant la grille de l'ancien entrepôt des Penlerick, qui devenait ainsi officiellement le futur site de l'école primaire des enfants du quartier. Et c'est à ce moment précis que Vennor avait senti la présence de son père à ses côtés, qu'il avait cru voir se dessiner dans l'atmosphère bleue de ce jour d'été son sourire approbateur et bienveillant.

Le grand bal qui devait clore cette journée était une idée de Marianne, en souvenir du célèbre bal de charité organisé jadis tous les ans par les Penlerick. Et, bien que les délais aient été fort courts, à peine un mois pour publier les bancs, dresser la liste des invités, prévoir la réception qui s'ensuivrait, Vennor avait trouvé cette idée merveilleuse. Et Eliza, Audevere, Penrose et Marianne avaient lâché les rênes de leur génie de l'organisation sous le regard médusé de leurs époux et fiancé.

— Est-il temps, enfin, de danser ? s'enquit Vennor quand le dernier invité fut entré dans le hall et que les valets eurent entrepris de fermer les portes. Au risque de ne pas paraître très romantique, je meurs de faim !

Marianne rit et il la fit tournoyer sur elle-même en ajoutant :

— Rassure-toi, ma douce. Danser avec toi, c'est aussi nous rapprocher de notre nuit de noces.

Il l'embrassa à pleine bouche, sans se soucier des regards amusés posés sur eux. Les gens devraient s'habituer à ce qu'il manifeste, partout et toujours, l'amour qu'il éprouvait pour sa femme.

Elle se blottit contre lui, ses jupes collées impudiquement au pantalon de son époux.

— Je ne sais pas si ce bal était une bonne idée, finalement, murmura-t-elle contre sa bouche. Aurai-je la patience d'attendre aussi longtemps ?

Vennor l'entraîna habilement dans l'embrasure d'une des fenêtres cachées par d'épais rideaux de velours cerise.

— Viens ici, ma femme. J'ai un cadeau pour toi. Je ne puis attendre et, ajouta-t-il avec un sourire malicieux, nous risquons d'être occupés très tard dans la nuit.

Joignant le geste à la parole, il sortit de son plastron une longue enveloppe de papier bis.

— Qu'est-ce que c'est ?

Elle sortit un feuillet de l'enveloppe et s'étonna :

— On dirait un contrat.

Il sourit de plaisir en voyant la bouche de sa femme s'arrondir de surprise tandis qu'elle prenait connaissance du document.

— Oh ! Tu as acheté le magazine ?

— Oui. Cela me paraissait plus simple. M.R. Mannering va pouvoir écrire tout ce qui passe par sa charmante tête. Peut-être parviendrai-je même à convaincre la nouvelle duchesse de Newlyn de collaborer en tant que directrice de la publication ?

— Oh ! Vennor !

Marianne lança ses bras autour du cou de son mari et rit assez bruyamment pour susciter la curiosité des gens qui passaient à proximité du rideau. Mais Vennor ne s'en souciait guère. Il s'était enfin retrouvé, après trois longues années de peine et d'exil. Et Marianne était le phare qui lui avait montré le chemin.

L'orchestre avait fini de s'accorder. Aussi, après avoir gratifié son épouse d'un élégant baisemain, s'enquit-il galamment :

— Dansons-nous, ma duchesse ?

Et, conduisant une Marianne radieuse sur le parquet de danse, il la guida dans les savants méandres de la première valse.

— Ils sont ici, tu sais, dit-elle en levant vers lui son regard brillant d'amour et de bonheur. Ta mère et ton père… Je sens leur présence autour de nous. Ils sont heureux pour toi. Les gens que nous aimons ne sont jamais très loin.

Vennor la récompensa d'un chaud sourire et fit signe à ses amis de venir les rejoindre. Le parquet fut bientôt envahi par les ducs de Cornouailles et leurs duchesses, leurs héritiers et leurs épouses. Et Vennor, le cœur empli de joie, les suivait des yeux tandis qu'ils évoluaient autour des nouveaux mariés, leur jetant à tour de rôle des regards pleins d'affection.

Quel fameux été, n'est-ce pas ! murmura-t-il à l'oreille de sa femme.

Renversant la tête, Marianne se contenta d'un sourire heureux.

Oui, quel bel été ! Et que de beaux jours encore à venir !

Demain, sa femme et lui partaient pour un voyage de noces sur le Continent, avec la promesse faite à leurs amis de Cornouailles de revenir sur leurs terres pour l'automne. Il y aurait là-bas pour Vennor des enfants nés ces dernières années à connaître, de vieux amis à revoir, des pique-niques dans les bois, des dîners de chasse devant la cheminée, et tous les souvenirs d'enfance à faire revivre.

Et, si on se fiait à l'air épanoui de Marianne tandis qu'ils valsaient au milieu de leurs invités, peut-être auraient-ils eux aussi très bientôt un heureux événement à annoncer.

Du moins, Vennor l'espérait de tout son cœur. Il brûlait d'impatience de devenir à son tour un mari, un père, mais aussi un homme digne de son rang, comme l'étaient depuis des siècles tous les ducs de Cornouailles.

Vous avez aimé ces romans ?
Retrouvez en numérique l'intégrale
de votre saga « Seigneurs de Cornouailles » :

1. *Le secret de lord Lynford*
2. *La promise de lord Trevethow*
3. *La tentation de lord Tintagel*
4. *La confession du duc de Newlyn*